群衆論

――近代文学が描く〈群れ〉と〈うごめき〉

石川　巧

琥珀書房

群衆論——近代文学が描く〈群れ〉と〈うごめき〉＊序

序

エドガー・アラン・ポー「群集の人」（引用は佐々木直次郎訳『アッシャア家の崩壊』角川文庫、一九五一年十月）は、「それ自身の語られることを許さぬ秘密というもの」を有する「あるドイツの書物」について語り手の「私」が思索する場面からはじまる。「人々は夜ごとにその寝床の中で、懺悔聴聞僧の手を握りしめ、悲しげにその眼を眺めながら死ぬ、――洩らされようとはしない秘密の恐ろしさのために、心は絶望にみたされのどをひきつらせながら死ぬ。ああ、おりおり人の良心は重い恐怖の荷を負わされ、それはただ墓穴の中へ投げ下すよりほかにどうにもできないのだ。こうしてあらゆる罪悪の精髄は露われずにすむのである」という謎めいた言説が綴られたあと、舞台はロンドンの雑踏へと移行する。

ある秋の黄昏近く。長い間の病気からようやく恢復しつつあることを感じた「私」はロンドンのカフェに腰を下ろして街路の雑踏を観察する。人々の服装、表情、身振りなどを分析し、そこにいくつかのタイプが存在することを知る。そのとき、「私」はいままで見たことのないような特異な苦悶の表情をもつ老人に目が留まる。その老人の「奇怪な経歴」を知りたいという衝動に駆られた「私」は人波をかき分けるように追跡を開始する。すると老人はどこに行くあてもなく人通りの多い道を行き来していることがわかる。人通りの少ない道に入ると急いでそこを駆け抜け雑踏に紛れると安心した表情を浮かべることにも気づく。二日間にわたって追跡し続けた「私」はついに痺れを切らして老人を正面から見据えるが、彼は何事もなかったかのように通り過ぎていく。「私」はその老人のなかに「凶悪な犯罪の象徴であり権化」のようなものをみる。彼は「独りでいることができない」人間であるがゆえに「深い罪の典型であり本質」なのだと考える。

このあと、語り手は再び「それ自身の語られることを許さぬ秘密」を有する書物に言及し、そのような書物が存在することは「神の恵みのひとつなのだ」という意味深長な言葉を残して作品を閉じる。語り手は、まさに「群集の人」を「それ自身の語られることを許さぬ秘密」をもった書物に擬えて作品を閉じるのである。

その老人はなぜ「独りでいることができない」のか。「独りでいることができない」ことはなぜ「深い罪の典型であり本質」なのか。それは本書が探究したいと考えている問題そのものである。ただし、〈群衆〉（ポーを翻訳した佐々木直次郎は「群集」という表記を用いているが、本書ではより汎用性の高い「群衆」という表記を採用する）という概念がそこに存在している人間の実体を指し示しているのに対して、現代社会においては、集合としての〈群れ〉に加えてメディアに反映される非実体的なmassとしての〈群れ〉に焦点をあてることが重要になる。実体／非実体を両義的に引き受けるという意味において、それは大衆という概念に近いかもしれない。そこで、まず大衆という言葉を手掛かりにしてそれを議論の俎上にあげるための道筋を考えてみたい。

大衆という概念は可変的かつ偏在的である。かつて、大衆は貴族／民衆、資本家／労働者といった階層構造のなかで、なにがしかの権力をもつ人々がそれをもたない人々を群れとして括るときの総称だったし、特別な能力、資質を備えたエリートに対する庶民＝平均人の集合としても機能していただろう。だが、高度に発達した資本主義社会のもとでは、豊かな暮らしや個人の自由を追求する人々がいつのまにか均質化された価値観のなかに身を置くという現象が起こってくる。個性を主張し、自分たちを支配・拘束する抑圧からは逃れようとするが、だからといって主体的な生き方を望んでいるわけではなく、結果的に多数派に同調してしまうような人々が増え、そうしたサイレント・マジョリティが政治や社会の動向に大きな影響力をもつようになるのである。

ひとたび安定したサイレント・マジョリティが形成されると、そのなかには、〈私〉という存在が埋没していくことへの危機感を抱き、大きな母集団に身を置きながら、同時に個人の顔が見えるような人間関係のつながりを感じられる小集団を組織しようとする動きがでてくる。大衆は、それぞれの趣味や嗜好に基づいた自己表現を認め合う場が複雑に絡み合う〈分衆〉へと変化するのである。今日のようなインターネット社会では匿名性のなかに身を潜めながら自分に必要な情報だけを窃視することが可能だし、使い棄てのハンドルネームを用いて架空の他者と出会っていくことも簡単にできるが、そうした環境のもとで〈分衆〉は無尽蔵に増幅していくことになる。

一方、大衆はどこまでいっても見られる存在である。彼らは支配する側から見つめられ、分析される対象であるがゆえに、ひとつの自立した主体として論じられることがないし、それに対応する反意語も欠いている。民衆、プロレタリアート、国民といった概念であれば、多かれ少なかれ歴史性やイデオロギー性が付着しているが、大衆という言葉は歴史的文脈を剝落させる。いざ大衆とは何かを問おうとしてもその輪郭さえ明確にならず、捉えどころのない感触だけが残る。

そんな大衆の動向は、アンケートや世論調査のような統計で表されたりもするが、そこで得られたデータは、大抵の場合、極端な傾向や特徴を示さず絶妙なバランスシートを提供し続ける。逆にいえば、大衆を主語として語られる言葉は、何かが問題化されるような錯覚と現状の課題が収束に向かうかのような錯覚を同時に与えるのである。

たとえば、私たちの社会にはさまざまな矛盾、差別、偏見、暴力といった負のエネルギーが蔓延しているが、ひとたび大衆というフィルターで濾過すると、そうした負のエネルギーはどこから撒き散らされているのかが不問に付されることになる。大衆を主語にすることによって責任の所在が不透明になり、問われなければならないことそれ自体がどこかで見たことのある似非《えせ》ヒューマニズムに塗り固められる。

また、大衆をひとたび大衆性という言葉に置き換えてみると、そこには新たなベクトルが生まれる。西部邁は「オルテガをはじめヨーロッパの大衆社会論は、結局のところ知識人論に帰結する。とりわけ日本の場合は、近代主義の先頭に立つ知識人こそが大衆の典型といえる」（『大衆への反逆』文藝春秋、一九八三年七月）と指摘し、いまを疑おうとしない人々、すなわち、自分や社会、時代に対する懐疑を忘れ、己より優れた存在を認めず現状を肯定的にとらえる人間類型に大衆性をみたが、それに従えば、大衆性をめぐる議論は、大衆とよばれる人々よりも、むしろ自分を大衆だと思っていない人々、大衆から乖離しようとする人々に内面化されている部分にこそ問題の核心があるということになる。

かつて、丸山眞男は「「である」ことと「する」こと」（一九五八年十月に行った「岩波文化講演会」の発表原稿を『毎日新聞』一九五九年一月九日～十二日に連載したのち、改稿して『日本の思想』岩波新書、一九六一年十一月に所収。四十年以上に亙って多くの国語教科書に採用されている定番教材のひとつ）のなかで、「「先天的」に通用していた権威にたいして、現実的な機能と効用を「問う」近代精神のダイナミックス」を「である」価値から「する」価値への転換とよび、状態よりも運動や過程にアクセントを置いてものごとを考える重要性を説くと同時に、学問・芸術・文化の領域では「大衆の嗜好や多数決」による「する」価値の暴走に歯止めをかける必要が生じること、教養、古典といったものが有している「である」価値が意味をもつことを論じ、「現代日本の知的世界に切実に不足し、もっとも要求されるのは、ラディカル（根底的）な精神的貴族主義がラディカルな民主主義と内面的に結びつくことではないか」と主張したが、それは大衆と大衆性を区別しながら相互補完的な問題として扱う思考のあり方に重要な示唆を与えている。すなわち、「する」ことに過剰な意味を見出そうとする大衆の嗜好性をあらためて検証するためには、大衆から乖離しようとする人々のなかにある「ラディカル（根底的）な精神的貴族主義」を探りあて、それぞれの相互補完性を考える必要があるということである。

大衆から乖離しようとする人々に内面化されている問題を考えるための事例として、ここでは佐藤春夫の「美しい町」（『改造』一九一九年八月～十月）という小説を紹介したい。「美しい町」は、混血の青年テオドール・ブレンタノこと川崎禎蔵という高等遊民の男が、父の遺産を投じて自分たちの理想郷を作ろうとするユートピア小説である。川崎のもとには新進画家のE、世に認められていない老建築技師のTが集い、彼らの語りのなかで構想が具象化されていく。隅田川の中洲につくられるその町は、他の地域と区分するために「幅三間の稍深い渠溝《きょこう》」を設け、それぞれの家屋は「堅固な石垣」で積み固めて城郭のように独立している。家屋ごとに庭園があり、町の独立性と孤立性を確保するために自家発電まで設けられている。

その一方で、この町は「少年や少女たち、形こそ小さいけれど何等の成心《せいしん》もなしに物事をよく考へ、よく感ずることの出来る尊い人間たちが、その町を見たならばそれの美しさのために、たつた一目見ただけで、恰《あたか》も傑作のメルヘンのやうにそれが彼等の柔かな心のなかへ深く沁み入つて終生忘れることの出来ない印象を与へるやうな町」でもある。彼らは、大衆がうごめく都市の一画に、彼らが心底うらやましがる「美しい町」を建設し、空間的には隔絶されているが、あまりの美しさに見上げてしまうような異空間を創出しようとするのである。そこにあるのは、大衆からの逸脱、蔑視、差別化による幸福の追求である。そのようなユートピアを夢想する川崎は、「町に住む人の条件」として、

（1）私の拵へた家に最も満足してくれる人。
（2）互に自分達で択び合つて夫婦になつた人々、さうして彼等は相方とも最初の結婚をつづけて居て子供のある人たちでありたい。
（3）彼自身の最も好きな職業を自分の職業として択んだ人。さうしてその故にその職業に最も熟達して居てそれで身を立ててゐる人。
（4）商人でなく、役人でなく、軍人でないこと。
（5）その町のなかでは決して金銭の取引をしないといふ約束を守つて、それのためには多少の不便を予め忍んでくれる人。その為に私はそこの私が考へる町の近く――さうしてその町の外に、

別にその町の人たちの為めに金銭の受け渡しをする場所をも設ける筈である。

（6）そこの人たちは必ず一疋の犬を愛育すること、若し生来犬を愛しない人は猫を養ふこと、犬をも猫をも嫌ひな人は小鳥を飼ふこと。

を提案し、現代社会の醜悪な欲望や功利主義に侵されていない人々を特権化する。そこには、個性と自由を尊重して通俗的な世界を排斥しようとすればするほど閉鎖系の内部が画一化され、自分たちを見あげてくれる他者の存在なしでは幸福感を味わうことができなくなっていくジレンマが見え隠れする。大衆を嫌悪し、城廓の外にいる大衆から羨ましがられるような理想郷をつくろうとした人々のなかに、本人たちにさえ気づかない新たな大衆性が生成されていく滑稽さがある。彼らは、自分たちだけの特権と自由を確保するために城廓の内側に閉じこもったはずなのに、結果的に多くのルールに縛られ、均質化した生活を強いられることになるのである。

小説の後半では、この計画の発端となる川崎の財産そのものが虚妄だったという事実が判明し、彼らの夢想した「美しい町」は幻影に帰するのだが、それは、資本主義の原理から逃れようとした人々こそが誰よりも資本主義の恩恵に依存していたという事実を照射する。さきに引用した丸山眞男「「である」ことと「する」こと」（前出）になぞらえていえば、彼らは、資産家であることを拠りどころに夢の実現を追求するという転倒を犯しているのである。また、この物語を邯鄲《かんたん》の夢、すなわち虚妄そのものを語った物語として捉えるなら、「美しい町」を構築していく言語ゲームにのめり込んでいく彼らは、権力によって支配される大衆でもなければ、社会を実質的に動かしていく巨大な力としての大衆でもなく、大衆という自己幻想のなかで個人それぞれが小さな物語を紡ぎ、身の丈に相応の自己実現を図ろうとする存在ということになる。山崎正和は『柔らかい個人主義の時代』（中央公論社、一九八五年九月）において、物それ自体を消費することへの欲望ではなく効率に関係なくプロセスを享受すること、充実した時間の消耗を真の目的とするような行動をとることなどが価値をもつ時代が到来していることを指摘しているが、「美しい町」に描かれる言語ゲームもまた、ある意味でそうした醒めた認識のうえに築かれているといえる。

大衆を囲いこもうとする人々は、彼らが言葉をもち、声を発することを懼れると同時に、しばしば審美的な基準を用いて大衆を不当に貶めようとする。また、彼らの多くは大衆の傍若無人なパワーによって自分たちの生活が攪乱されることを嫌うにもかかわらず、大衆から羨ましがられる存在であることには執着する。大衆のなかには、強権的な支配や抑圧に抵抗しつつも、より大きな権力や権威に服従し、他者に同調することで安息を得たいという願望がある。エーリッヒ・フロムは、こうした衝動を「自由からの逃走」とよび、ナチスの台頭にみられるようなファシズムの心理的温床になると警告したが、それは、決して遠い過去に起こった偶発的な出来事ではないだろう。大衆を蔑視する人々のなかに芽生える大衆性は、大衆の弱みを餌にして増殖する。「形こそ小さいけれど何等の成心もなしに物事をよく考へ、よく感ずることの出来る尊い人間たち」のひたむきさを羨望に変えてしまう。そこには、大衆性から乖離しようとして働くベクトルが、逆に新たな大衆性を増幅させていくようなジレンマがある。

以上、佐藤春夫「美しい町」を事例とし、大衆のありようをめぐる問題が常に運動性をはらんでいること、そこには、大衆が大衆という自己幻想から逃れて自由になろうとすると、逆に自分の首を絞めてしまうような転倒が存在していることを明らかにした。大衆は特定の階層や集団ではなく輪郭をもたない社会的有機体であり、絶えず変化し続ける〈群れ〉の表象であること、その本質に迫るためには行動のレベルにおいても認識のレベルにおいても対象を動的に捉えていく必要があることがわかる。

佐藤春夫「美しい町」に限らずとも、近代文学の書き手たちの多くは大衆なるものをいかに描くかに腐心し、さまざまな方法で試行錯誤を続けた。〈群れ〉に組み込まれていく人々の身体性を可視化することによって運動の力学を明らかにし、ときにはひとりひとりの人間が〈群れ〉のなかに組み込まれていく仕組みを、ときには〈群れ〉のなかに埋没しかけた人間が〈個〉としてのありようを取り戻すために格闘する姿を描いてきた。

だが、それを研究しようとする言説の多くは、〈個〉の変化や葛藤を焦点化することにのみ傾注し、作家たちがそうした輪郭のない社会的有機体をどのように表現してきたかを考察しようとしてこなかった。〈個〉における自立や成長の過程を正しく抽出することを前提に作品を読み解いてきた。〈個〉の尊厳を大切にすることこそが文学の使命と考え、〈群れ〉がどのように表象されているかを正面から論じようとしてこなかった。

本書は、こうした研究のあり方を問い直し、近代文学における〈群れ〉と〈うごめき〉を問題化するところに主眼がある。〈個〉を社会的有機体としての〈群れ〉に縛りつける力はどこから派生し、どのように作用するのかを明らかにすることに狙いがある。また、対象とする作家や作品は雑多であり〈群れ〉の描き方も千差万別であるため、書名には包括的な概念が必要と考え、敢えて書名を『群衆論』とした。

次に本書を執筆しようと考えた研究動機と経緯について簡潔に報告しておきたい。本書の構想は、二〇一三年度の昭和文学会秋季大会「特集：群衆と文学——戦後から現代へ——」（二〇一三年十一月九日、金城学院大学）にパネラーとして招待され、「〈一揆〉の表象——群衆を描くとはどういうことか?」というテーマで発表をする機会を与えてもらったことに端を発している。当日は、私以外に、峯村康広「荒野の群衆——開高健「ロビンソンの末裔」——」、石曽根正勝「群れに躁ぐ、群れに醒める——古井由吉「先導獣の話」を中心に——」、立尾真士「〈エネルギー〉と〈エコノミー〉——村上龍における〈群衆〉——」という研究発表があり、最後は文芸評論家の陣野俊文が「人はどのように群れてきたのか——'80年代から現在までの小説について」というタイトルで講演をして閉会となった。この学会は本書の構想における起点といえるため、確認の意味を込めて、私が当日に提出した発表要旨を掲げておく。

エドガー・アラン・ポー「群集の人」がそうであるように、文学は都市生活者の孤独と不安をかきたてる〈影〉として群衆を捉えてきた。群衆はその一様性と集合エネルギーにおいてある種の脅威をもたらす存在だったかもしれないが、文学の関心はもっぱら雑踏のなかを彷徨する単独者の内面に向けられ、その表象を映画や写真に譲ってきた。逆にいえば、文学が射程とする領域には群衆などいなかったし、それを描く方法もなかったということかもしれない。だが、一九五〇年代後半から一九六〇年代にかけて激化した労働運動、安保闘争、大学紛争などを通して、〈影〉に過ぎなかった群衆はリアルなものに転化した。市民が国家権力に抗うためには組織的闘争を展開することが必要であるという認識が正当性を獲得していく状況を目のあたりにした作家たちは、若者のデモや暴動を封建時代の百姓一揆と重ね合わせ、歴史小説の方法でそれを可視化しようと試みた。西野辰吉『秩父困民党』から大江健三郎『万延元年のフットボール』まで、数多くの作品において、自ら群衆のなかに身を投じる若者を描いた。本発表ではそうした観点から問題編成を試み、群衆を描くということはどういうことなのかを考えたい。

この発表要旨にはあまりにも多くのテーマが詰め込まれ

ているためかなり雑駁な印象を覚えるが、とりあえず大きな投網を放ってそこにかかる問題を集約しようとした狙いそのものには意味があったと考えている。また、他の講演や研究発表からも多くの示唆を受け、「群衆と文学」という問いがさまざまな可能性を秘めていると確信できたことも事実である。どちらかといえば、個々の作品をどれだけ精緻に読み解けるかという観点から分析を行うことが多かった私にとって、それは新しい窓が開かれるような新鮮な体験であった。

「群衆と文学」という問題系に迫るために、本書では「労働者であること」、「群れの力学」、「侵略の光景」、「匿名性をめぐる問い」、「寄せ場の群衆」という五つの章タイトルを付した。工場や軍隊といった場において集団的規律を余儀なくされる人々、支配／被支配という構図のなかで抑圧される人々、固有の名を剝奪されること／放棄すること、そして社会を混乱に陥れる暴徒として描かれる人々などに焦点をあて、ひとりひとりの人間を〈群れ〉として括ろうとする暴力性に対して彼らはどのような方法で抗ってきたのか、人間を〈群れ〉として括る権限は誰がどのようにして行使するのか、権力はその正当性をどのようにして担保しようとするのか、といった問いを立てた。物語内容はもちろんだが、物語形式や物語構造にも踏み込み、日本の近代文学がどのような方法で〈群れ〉を描写しようとしたのか、人々の〈うごめき〉を言語化するためにどのような工夫が凝らされているのかを考察した。群衆というモチーフを歴史的な事象と照合するために、コラム①〜⑤も書き下ろした。

ギュスターヴ・ル・ボン『群衆心理』（桜井成夫訳、岡倉書房、一九四七年二月）、リースマン『孤独な群衆』（加藤秀俊訳、みすず書房、一九六四年二月）、エリアス・カネッティ『群衆と権力』上・下（岩田行一訳、法政大学出版局、一九七一年三月、一九七一年十一月）など、群衆をめぐる研究書はあまた存在する。その領域は政治学、歴史学、心理学、社会学などを中心に極めて広範である。近年では、松山巖『20世紀の日本12 群衆 機械のなかの難民』（読売新聞社、一九九六年十月）、島村輝「群集・民衆・大衆 明治末から大正期にかけての「民衆暴動」」（小森陽一、酒井直樹、島薗進、千野香織、成田龍一、吉見俊哉編『岩波講座5 近代日本の文化史 編成されるナショナリズム 1920年代―30年代 1』岩波書店、二〇〇二年三月）をはじめ、叢書や講座の一部でこの問題に紙幅を割く企画も増えているし、今村仁司『群衆――モンスターの誕生』（ちくま新書、一九九六年一月）、荻上チキ『ウェブ炎上 ネット群集の暴徒と可能性』（ちくま新書、二〇〇七年十月）、藤野裕子『民衆暴動――一揆・暴動・虐殺の日本近代』（中公新書、二〇二〇年八月）など、比較的読みやすい新書での問いかけもなされてるようになっている。

だが、現段階において、群衆という問題系を文学的表現の分析によって探究しようとする試みは個別の作品研究が多くを占めており、体系的な考察は今後の課題となっている。萩原朔太郎、横光利一、江戸川乱歩、坂口安吾、織田作之助、安部公房、古井由吉など、群衆をモチーフとした作品を残している作家に関する研究はなされているが、〈群れ〉のなかにある人々の〈うごめき〉や〈群れ〉と〈個〉の関係性を動的に考察する文学研究はほとんどない。したがって、本書は日本近代文学における群衆の表象を多角的に論じる書籍の嚆矢ということになる。今後、このテーマに関する研究を活発に展開するための導入ということになる。また、本書では一九二〇年代から一九七〇年代にかけて書かれた作品を対象に論じているが、今後はインターネット上の仮想空間における〈群れ〉の問題、すなわち、匿名性の暴力を文学の課題として問い直していく必要もあるだろう。

本書に所収している論考は一九九〇年代後半から現在に至るまで四半世紀に亙って発表してきたものであるため、活字化してから多くの歳月を経ている論文に関しては新たな研究の蓄積が為されている。しかし、一度発表した論考に関して他者の言説や研究成果をもとに書き直すことは学術研究としての信憑性、信頼性を損なうことになりかねないため、本書では必要最低限と思われる誤記や表現の訂正に止めている。加筆修正している場合は末尾の出典にその旨を記している。現在の視点から見ると旧弊な議論に終始している論考、当然取り込んでおくべき知見が参照されていない記述があるかと思うが、読者によるご批正を乞いたい。

【凡例】

・本書における作品の引用は、原則として全集、単行本、文庫本に拠っているが、論じるべき内容に関して必然性がある場合は雑誌掲載の初出版を底本としている。
・本書は、コラムを除くすべての論考が既発表論文となっているが、それぞれの論文に関して誤記と表現の修正を行っている。ただし、本書に収録した論文のなかには、発表から四半世紀以上を経ているものもあり、論文のなかで指摘した事実関係や研究史の議論に関して現状にそぐわない場合が多々ある。その場合も、論述の主旨に変更を加えないようにするため論文初出時点の状況を修正をせず残している。
・本書の表記については、旧字体は新字体に改め一部のルビも適宜割愛している。ただし、『文藝春秋』のように表記そのものがロゴのようなかたちで流通しているもの、「芥川龍之介」のように旧字表記が人口に膾炙している固有名詞に関しては、一部旧漢字を用いている。
・各種文献の引用に際しては、一部の記号を省略するなどの改変を施している。
・引用文中の明らかな誤字・誤記については訂正した箇所がある。ただし、誤字・誤記そのものを明示することに価値があると思われる場合、判断が難しい場合は「ママ」を付した。
・単行本の書名、新聞、雑誌は『 』に、作品名や論文タイトルは「 」で統一した。
・「 」のなかにもうひとつの「 」が入る場合は、原則として内側の「 」を小カギとした。
・出典については最初に紹介する際に書誌情報を記し、以後は「前出」と表記することを原則としたが、章が変わるなどして離れたところで引用する場合は必要に応じて書誌情報を記している。
・単行本のサブタイトルについては最初だけ明記し、以後は割愛した。
・本書における年代表記は引用を除いて西暦表記としている。
・二マス下げの引用に関しては、通常の本文にある冒頭の一マス下げを割愛した。
・引用の改行に関しては「／」で表記した。
・引用した諸言説については初出のあと単行本等に収録されたものもあるが、本書では基本的に参照した媒体の書誌のみを記し、文脈上の必要がある場合のみ単行本等の情報を加えている。
・末尾の参考文献目録は本書のなかで引用したものに留めた。
・筆者の注記は「―筆者注」と表記した。
・新聞に関しては夕刊のみ「夕刊」と付記し、朝刊については新聞タイトルのみ記した。
・索引については本書に登場する人名（登場人物名は含まず）のみとし、五十音順に表記した。
・「群衆」と「群集」の表記については、本文が「群集」と表記されている場合を除いて、基本的に「群衆」の表記を採用している。ただし、一部の作品は意図的にそれぞれを遣い分けているため、その場合は論述においても踏襲している。

目次

第1章——労働者であること

1―1　彼女の朝から別の朝へ――佐多稲子「キャラメル工場から」論

1　言葉の振幅と結合

「キャラメル工場から」（『プロレタリア芸術』一九二八年二月）には、ひとつの指示対象を多面的に捉える言葉が頻出する。対象の輪郭に揺さぶりをかけたり、相反した様相を表現したりする言葉を通して言外のイメージが増幅される場面がしばしばみられる。それまで小説など書いたこともなかった佐多稲子（当時の筆名は窪川いね子）が、たまたま中野重治に勧められて発表する気になったこの作品に修辞的な技法が駆使されているとは考えにくいため、それは恐らく書き手自身も意識していないところで作用していることなのだろうが、たとえば、「ひろ子」という主人公に寄り沿うように機能する語り手のまなざしでさえ、必ずしも安定した位置を占めているわけではなく、作品内の諸断片においてさまざまに位相を変えていく。その端的な特徴は、すでに「キャラメル工場から」という表題にあらわれている。佐多稲子自身が、

> 「キャラメル工場から」という題は中野さんがつけた。私の原稿では、資本主義の下で働く幼い娘を馬に喰われる若草のような、という意味でそのまま「若草」と書いた。これはプロレタリア文学にはふさわしくない題だったにちがいない。

と回想（「時と人と私のこと（1）――出立の事情とその頃」『佐多稲子全集』第一巻、講談社、一九七七年十一月）しているように、「キャラメル工場から」という表題は、発表前の原稿に目を通した中野重治がつけたものであり、基本的には佐多稲子自身の言語感覚や個人的な資質に還元して考えるべきではない。だが、たとえば中野重治が、

> 作者はおのずとして、しかしそれだけ断乎としてその処女作をさしだした。それは、そこに描かれた下層の

日本人の、かすかな、小さな、力の弱い生活が、日本革命のあきらかな展望、その強い光に照らしだされて作者をうながしたからであつた。下層の日本人の、低い、弱い生活の断片が、そのものとして消え去らずに、このひろい展望につながるものとして、卑下なし誇張なしに定着された。生活そのものが文学となつたのである。（「『キャラメル工場から』について」『キャラメル工場から』新興出版社、一九四六年七月の「解説」）

と記しているように、佐多の文章は「下層の日本人の、かすかな、小さな、力の弱い生活」を描いているにもかかわらず、そのさきに「日本革命のあきらかな展望」を感じさせるような広がりがある。ひとつひとつの言葉は揺れているが、その揺れがさまざまなかたちで結合することによって読者のイマジネーションを喚起する。中野は、そうした優れた資質を見抜いていたからこそ「キャラメル工場から」という動的かつ複合的な表題に変更したのであろう。

ここでまず注目しなければならないのは、「キャラメル」という甘美な言葉と「工場」という殺伐とした言葉の結合である。そもそも、大正から昭和初期にかけて幼少期を過ごした人々にとって、キャラメルという言葉には格別の響きがあった。甘い子ども菓子が珍しかった時代にあって、彼らは、ときたま口にできるその小さな粒に大喜びし、いつしか好きなだけ食べられる日が来ることを夢想した。それは、ごく一部の裕福な人々しか口にすることができなかったチョコレート、戦後になってから怒濤のようにあふれ出すアメリカ文化のひとつであるチューイング・ガムなどとは違い、日常の少し向こう側にある贅沢品として子供たちの五感を刺激していたのである。また、一九一四年三月の東京大正博覧会で好評を得て翌月から発売された森永ポケット用・紙サック入りキャラメル（二十粒入り、十銭）以来、現在に至るまでそのパッケージを飾っている「滋養豊富」の文字が図らずも伝えているように、そうした甘さは単なる味覚としてではなく、健やかな身体の育成や疲労回復をはかるための栄養という価値観とも結びついていた。したがって、キャラメルの甘さに対する憧憬は大人が幼少期を懐古する際のノスタルジックな菓子として処理されていたわけではなく、広汎な人々の嗜好を虜にし続ける商品だったのである。

このように、さまざまな付加価値を与えられているキャラメルが「工場」という即物的な言葉と結びついた瞬間、読者は同時代のさまざまな文脈との出会いを双方向的に体験することになる。いうまでもなく、作品内の時代における「工場」は、産業・経済の根幹を支える下層世界の隠喩であった。時間とコストを最小限に抑えるためにフル稼働する機械の動き。過酷な労働条件下で喘ぐ人間の苦しみ。数多くのプロレタリア文学が描いたように、そこでは血の通った身体を管理・疎外してしまうような搾取の構造こそが正義だった。その意味で、ここでの「工場」という言葉は、人々がキャラメルに託そうとするささやかな憧れそのものに対する皮肉として作用すると同時に、「キャラメル」という単語のあとに連続するという点で、映画のカット・バックのような反転効果をもたらしている。そこには、言葉と言葉が動的に絡みあうことによって焦点が移動を強いられるような緊張がもたらされているのである。

また、「キャラメル工場から」という表題にこめられた双方向性は、最後の「から」という助詞にも表れている。それは、一方で情報の発信／受信という回路からとらえることができるし、あらゆる意味での起点としてとらえることもできる。言い換えれば、語り手が読者に向けてキャラメル工場の様子を報告＝ルポルタージュしているという見方もできるし、これから主人公が歩むことになる労働者としての生活を方向づけた場所＝トポスとして考えることもできるというわけである。

こうして、「キャラメル工場から」というタイトルからは様々な揺れが抽出できるわけだが、それは佐多稲子が当初考えていた「若草」というタイトルにしても同様である。すでに述べたように、彼女自身は「馬に喰われる若草のような」弱々しい存在という意味でそれを「若草」としたらしいが、それを同時代の文脈に置き直すと決定的な断層が見えてくる。竹久夢二や東郷青児が表紙絵を担当し、少女小説の流行に大きな影響を与えた雑誌『若草』が、太陽の光を浴びてすくすくと成長するイメージ、あるいは、清新なロマンティシズムにつつまれながら未来への可能性を志向する少女像というものを想定して創刊されたのが一九二五年十月のことであり、若草＝少女のみずみずしい感受性という図式が一般的な通念として流通していたことを考えると、彼女の「馬に喰われる」という発想がいかにその文脈から逸《はぐ》れているかがわかるはずである。誤解を恐れずにいうなら、佐多稲子という書き手の文体が持っている最大の魅力は、描こうとする対象を揺さぶり、そこに付着している紋切り型の意味やイメージを剝ぎ取ってしまうような無垢な野蛮さにあるのかもしれない。

しかし、従来の「キャラメル工場から」に対する批評をみるかぎり、対象となる少女の振幅するイメージを中心に据えて作品を論じたものはほとんどない。しばしば引用される佐々木基一の、歯切れのいい文章と清冽な感覚。勤労する人々の世界に自然に溶けこんでゆくなだらかな感情、自分の哀れさへの滲み出る感傷、その感傷に歯止めをくわせる正確な眼と、抑制のきいた文体、自らの可憐さに溺れることを絶対に許さぬ意地の強さと、社会意識。（「解説」『日本文学全集39 佐多稲子集』新潮社、一九六一年六月）

という言説に代表されるように、そこでは、文体のみずみずしさや感傷におぼれることのない的確なまなざしばかりが強調され、言外にさまざまな文脈をつくりだしてしまう言葉の運動性がまったく問題にされていないのである。本節では、そうした印象批評による囲い込みを極力避け、この作品は、むしろ表現の細部にさまざまな不安定さを抱え込んでいるがゆえに魅力的なのだと考えるところから新たな読みの可能性を模索していく。

2 「ひろ子」と「彼女」

「キャラメル工場から」は、家族の生活を支えるために小学校さえ中退してキャラメル工場の女工として働きはじめる小学校五年生の少女・ひろ子を主人公とし、辛い労働に耐えながらひたむきに生きようとする彼女の姿がそのときどきの心境とともに語られる。父親をはじめとした家族たちとのつながりはもとより、街を往来する人々や工場内の様子も鮮やかに描き込まれているが、つきつめていけば、それらは彼女の存在を浮き立たせるための風景でしかない。

語り手はそんな主人公に対して二通りの呼び方を厳密に使い分ける。主人公を外側から俯瞰し、突き放すようにして客観的事実だけを描写しようとするときには「彼女」という第三人称で呼び、内面に踏み込んで心境や感覚を伝えようとするときには「ひろ子」という固有名詞を使うのである（ただし、同一文章の中で反復されるときは、「ひろ子」と書くべき場面でも「彼女」と記される場合がある）。たとえば、作品の冒頭近くには通勤風景が次のように描かれている。

彼女が家を出たのは暗い内だつた。彼女の電車賃は家内中かき集めた銅貨だつた。だが彼女の前には綱状の鉄戸が一ぱいに下りて居た。彼女は間に合はなかつた。工場の門限は七時だ。彼女はコツ〳〵とそこを通りぬけた。彼女はマントの下で弁当箱を両手でしつかり抱いてそれで胸の上をぐつと押さへて歩いた。彼女はベソをかいて居た。人通りが多くなつて居た。陽が輝いてゐる。友学生《ママ》がぽつ〳〵歩いて居た。往来は彼女の朝から別の朝へ移つて居た。／ひろ子はこゞえるよりも遅刻がおそろしかつた。／祖母に咎められながら朝飯をすませたひろ子は、襟巻に顔をうづめて、戦さに行くやうな気持ちで歩いて行つた。外は研ぎ立ての包丁のやうな夜明けの明るさだ。そしてきしむやうに寒い。橋の上では朴歯が何度かすべつた。／まだ電灯のついてゐる電車は、印絆纏や菜業服で一つぱいだつた。皆寒さに抗ふやうに赤い顔をしてゐた。味噌汁をかきこみざま飛んで来るので電車の薄暗い電灯の下には彼等の台所の匂ひさへするやうであつた。／ひろ子は大人達の足の間から割り込んだ。彼女も同じ労働者であつた。

「往来は彼女の朝から別の朝へ移つて居た」という一節とともに、「彼女」は「ひろ子」に変わる。作品は、往来の冷たい風を受けながら「ひろ子」／「彼女」の間を振幅し続ける一人の少女をその背後から追い続ける。

　この少女が「ひろ子」として生きのびられる空間。それは、自分が通っていた小学校のなかではいつも優等生だったという、彼女自身のプライドのありようと見事に連続している。工場に働きに出るまでの少女は、郷里の学校ではもちろん東京に引っ越してからも優等生そのものだった。毎回、みんなの前に貼り出される名前を見た教師や同級生は誰もが彼女を称賛し一目置いたことだろうし、彼女もまた自らの利発さに得もいえぬ優越感を抱いていたに違いない。ところが、工場では他の女工たちよりも幼いうえ、キャラメルの包装という慣れない作業のため思うように手元が定まらず、女工頭からも叱責される始末である。

ひろ子はどうかして早く仕事が上手になりたかつた。他の娘達が五罐こしらへるうちにひろ子は二つ半しか出来なかつた。いつもより出来たと思ふ日でも最後の時間になるとやつぱり二つ半だつた。ひろ子はあせつた。どうかして劣等者の名前からだけでもぬけたかつた。

という内面描写からも窺える通り、少女が「ひろ子」と呼ばれる瞬間には、しばしば、自分自身のアイデンティティを他者に対する優越感に求めようとする意識と自分が他者よりも劣っているというレッテルを貼られることへの恐れが交錯しているのである。

　また、少女が「ひろ子」と呼ばれるもう一つの場面は、それが家族の中の一員として、あるいは家族との関係性を軸として認識される瞬間に訪れる。時間に追われる朝の食卓を囲みながらおもわず祖母に八つ当たりしてしまって涙を流すとき。見栄っ張りでだらしない父親に連れられて工場に向かうとき。そして、家族を前にして仕事の様子を報告しようとするとき。それは、あまり幸せな団欒の風景とはいえないかもしれないが、少なくとも、彼女はそうした家族たちに囲まれたささやかな領域においてのみ「ひろ子」であり続けることができるのである。

そんな主人公が、周囲の状況の変化によってまったく異なった存在のありようを帯びはじめる瞬間を、語り手は極めて冷静に見つめながら、まず「彼女」と呼び、さらに「彼女達」へと転化させる。往来の人混みに紛れながら工場までの道のりをとぼとぼ歩くひろ子、横並びに配列された作業場で機械的に手を動かすひろ子は、次第に街の雑踏や似通った格好をした女工たちに紛れ込み、やがて固有性そのものを消去されてしまう。いままで、ひとりの人間として存在していたはずのものが、その瞬間、交換可能な歯車のひとつとして「彼女達」のなかにずり落ちてしまうのである。そうした危うさが最も顕著に表現されているのが次にあげる三つの場面である。

ひとつは、朝の通勤電車内の光景にみられる。一緒に乗り合わせた労働者が「お父ちゃんはどうしてんだい」と問いかけたのに対して、彼女は恥ずかしそうに「仕事がないの」と応答する。だが、その会話を聞いていた大人たちの様態に目を向けた語り手は、「その車内では周囲の痛ましげな眼が一斉に彼女の姿にそゝがれはしなかつた。彼等にとつてはそれが自分達自身のことであり、彼女の姿は彼等の子供達の姿であつたから」という一節を挿入する。そこでは、少女が背負わされている事情の固有性が斥けられ、社会の底辺に生きる抑圧された人々の惨めさそれ自体に焦点が移されているのである。

それは、ある朝、工場に遅刻してしまいベソをかきながら家に帰ろうとする場面においても同様である。前述の、「人通りが多くなつて居た。陽が輝いてゐる。友《ママ》学生がぽつ〳〵歩いて居た。往来は彼女の朝から別の朝へ移つて居た」という描写が伝えているように、学校に通うことがなによりも好きだった彼女は、陽の光を浴びて輝く往来に溢れはじめた女学生たちを前にしてますます萎縮してしまう。そうした内面のざわめきをすべて封印したまま「往来は彼女の朝から別の朝へ移つて居た」とだけ記すとき、語り手は、すでにひとりひとりの困窮を労働者という階層そのものの困窮として再構成するまなざしを獲得している。世界は何の前ぶれもなく、「彼女の朝から別の朝へ」と移行するのである。

このようにして、「彼女達」はしばしば語り手によって突き放されるわけだが、それが最も強烈に働いているのは、数少ない楽しみのひとつであるおやつの時間に一銭のお金を握り締めて焼き芋を買いに走る女工たちの姿を描く場面である。

　工場の向ひ側は古着屋が軒なみにならんでゐる通りで、あつしやとんびが風に吹かれて舞つてゐた。白い上衣をきて、まくり上げた裸の脳《ママ》を前だれの下に突つこんで、ちゞかんで歩く彼女達の姿は、何処か不具者のやうに見えた。

　寒さに震えてちぢこまりながら歩く「彼女達」を「不具者」のようだと描写するとき、語り手のまなざしはひときわ研ぎ澄まされ、それまで以上に広範な視野を持ちはじめる。なりふりかまわず生きようとする「彼女達」の周囲に漂う喪失と欠如を身体的な欠損と同じレベルで展開させることによって、作品はより逼迫したリアリティを獲得するのである。

　このようにして「不具者」としての側面を考えながら読み進めていくと、「キャラメル工場から」では、しばしば、習慣化された身体の動きを通して労働者たちの生活があばきだされていることに気がつく。「ひろ子はいつものやうに弟の寝てゐる蒲団の裾をまくり上げた隙間で朝飯を食べ初《ママ》めた」という冒頭の一節をはじめとして、そこでは絶えず、「ひろ子」の日常が「いつものやうに」という反復性を前提に描写される。彼女はこうした苦渋の日々を重ねるなかで感情の機微を忘れ、事あるごとに顔をうつむかせて自分の目の前にある困難が過ぎ去るのを待つようになるのである。

　さらに、ここでの「いつものやうに」という表現には、惰性の空気、すなわち、日々の生活に明るい展望をもつことができない諦めと無力感が漂っている。「いつものやうに」という響きには、外界に向かって何かを働きかけていこうとする意志を完全にスポイルされてしまったあとの倦怠がまとわりついている。

　多くのプロレタリア文学の主人公がそうであるように、工場労働者としての生活に習慣づけられた彼女の身体は、当然のごとく、数値による厳密な管理・抑圧から逃れることができない。工場での労働はもとより、起床、食事、通勤などすべてにおいて彼女を急かし続ける時間的制約。作業成績にともなう競争意識。優越感／劣等感を煽りながら進められる労働者の序列化。そして、その能力を露骨なかたちで賃金に反映させることで、同僚たちが親密につながったり協調し合ったりできないようにする策略。間隙を縫うように張り巡らされる巧妙な生産性促進のシステムは、彼女の身体が「いつものやうに」動き続けることだけを要求する。ある日の工場内をスケッチするように記された「廿人ばかりの娘達が、二列にならんだ台に向ひ合せに立ち、白い上着を着、うつむきになつて指先を一心に動かしながらおしやべりをしてゐた。みんな仕事の調子をとるために、からだを機械的に激しく揺すつてゐた」という描写からもわかるように、彼女たちには自分と向き合う瞬間がどこにもない。彼女たちは、何も考えず、何も主張せず、監視の目を盗んでおしゃべりすることを唯一の息抜きとしながら自らの身体を「機械的」に動かし続けるのである。

　作品内において作為的に散りばめられている数々の病とその苦痛は、間違いなくこうした「不具者」としての側面と連動している。何年にも亙って病に苦しみながら死んでいったひろ子の実母。病気で寝たきりになっている叔父。肩の腫れや脚の浮腫《むく》みが原因で雑役夫としての仕事を辞めざるを得なかった父。トラホームの娘。手をひび切らせたり腹痛を起こしたりする女工たち。そして、病弱な体質の「ひろ子」。あちらこちらに偏在する身体の呻《うめ》きは、困窮した生活が身体のリズムを蝕んでいく過程で起こる弊害以外の何ものでもない。ここでは、病もまた生活の厳しさや抑圧の度合いと完全に比例するものとして投影されているのである。

3　陽の当たる広告板

「ひろ子」がキャラメル工場の女工として働きはじめるきっかけは、ある日、父が何気なく目にした新聞広告によるものであった。「三四年患つて死んだ」妻がまだ存命中だった頃から遊びにうつつをぬかし、わずかな不動産さえ失ってしまった父は、二人の子どもをつれて再婚したのちにも「プチブル的な生活」へのあこがれを棄てることができなかった。そのために地方での会社勤めも辞めてしまい、まるで逃げるようにして上京したのである。ところが、彼の中にはそうした意識が払拭されておらず、すっかり落ちぶれてしまったいまでも世間に対する見栄と体裁を気にかけながら暮らしている。ある日、そんな父が薄笑いを浮かべてひろ子の前に新聞広告をさしだす。

> 「ひろ子も一つこれへ行つて見るか」。／ある晩父親がさう言つて新聞を誰にともなく投げ出した。茶碗を持つたまゝ新聞を覗いたひろ子は、あまり何気なささうな父親のその態度と言葉の意味とにまごついた。あのキャラメル工場が女工を募集して居た。ひろ子はうつ

むいてしまひ、黙つてむやみに御飯を口の中へつめこんだ。誰も黙つて居た。

父の勧める理由が、「その工場の名がいくらか世間へ知れてゐた」という一点であったことからも明らかなように、ここで「ひろ子」の未来を決定づけているのは、新聞に掲載された広告が放つ魅惑のメッセージに他ならない。キャラメルのような製品が新聞、雑誌、あるいは看板などの広告を通して販売網を拡大する商品であることはいうまでもないが、作品は、それをつくりだす労働力それ自体が広告のもたらす欲望の循環システムに組み込まれていく状況を炙りだしているのである。

父の言葉にまごついた「ひろ子」は言葉を失い、「黙つてむやみに御飯を口の中へつめこ」もうとするのだが、ここでの沈黙は生身の肉体と感情をもった人間としての「ひろ子」にできる精一杯の抵抗だともいえる。出勤時間に間に合わせるために満足な食事もせず家を飛びだしていく姿を捉えた冒頭部分はもとより、作品内には、たびたび食べ物を口にするひろ子の姿が描出されているが、そうした生命の息づかいのようなものが広告メッセージの非実体性と対照的に配置されている事実を蔑《ないがし》ろにするわけにいかない。

こうした広告に対する語り手の認識をより鮮明に映し出しているのが、工場の建物や周辺の街並みを捉えた次のような情景描写である。

彼女達の仕事室は裏側の川に面してゐた。その室には終日陽が当らなかつた。室の入口は工場内の暗い通り路になつてゐて、明りは川の方の窓からしかはひらない。窓からは空樽を積んだ舟やごみ舟など始終のろ〳〵と動いてゐるどぶ臭いその川をへだてゝ向岸の家のごた〴〵した裏側が見えてゐた。それ等のすぼけた屋根に石鹸や酒の広告板が立てゝあり、その広告板には一日中陽が当つてゐた。その陽の光は幸福さうであつた。閉め切つた硝子戸越しにその暖かさうな色だけが見えた。暮れる前には弱々しい赤い色がはすかひに硝子窓のよごれにちよつと映り、間もなく消えた。すると室の中がすつかり暗くなつた。

陽の当たらない作業場。どぶ臭い川。そして汚れた硝子窓。労働者たちをとりまく風景は、どこまでも暗く薄汚い。ところが、そんななかで「石鹸や酒の広告板」だけは陽の光をさんさんと浴びて輝いている。彼らは、そうした局部的な日だまりによって逆に深さを増してしまう周辺の薄暗闇に身を潜めながら機械的な作業に勤しんでいる。きれいな着物を羽織ってキャラメルや化粧水を買う人々は広告を正面から受け止め、冷たく凍ったご飯、粗末な雑炊、焼き芋を口に詰め込みながら寒さに震える人々が羨望の視線をもって広告を「裏側」から眺めるという構図には、広告というものがもつ欺瞞性が的確に表象されているのである。

　こうして作品は、広告というものを通して、明るく豊かな生活への憧れを映し出す一方、甘美な幻想からとことん排斥されたまま凝り固まっていく女工たちを通して感受性の暗闇に踏みこんでいく。対象に貼りつけられた既成の枠組みを自在にすりぬける語り手の視線は、経済機構の陰影をとらえるだけでなく、広告の背後に覆い隠された過酷な現実にも迫ろうとする。

　たとえば、さきに引用した場面での、「広告板には一日中陽が当つてゐた。その陽の光は幸福さうであつた。閉め切つた硝子戸越しにその暖かさうな色だけが見えた」という描写を見てみよう。なるほど、工場内で働く労働者たちにすれば、広告板に射しこんだ陽の光は乱反射しているのだから、その「暖かさうな色だけ」が見えて、何が書かれているのか分からないというのは至極あたり前のことである。しかし、語り手は明らかにそれを労働者が広告板から遮断されている状況の隠喩として捉えている。つまり、ときに人を欲望に駆り立て、ときに人を惑わす広告の言語的メッセージは、幸福な人間をより幸福にし、不幸な人間をより不幸にするという認識である。本質的な意味で彼らを攻撃・抑圧しているのは工場の機械や時計でもなければ広告でもない。より狂暴なのは、それらの背後に隠れるようにして日常の隅々を支配する言語的メッセージと、そこに組み込まれた権力と差別にほかならないということが明らかになっているのである。

　そのように考えていくと、作品の最終章で同居する「病人」の叔父が内職をする次のような場面は、にわかに重要性を増すことになる。


隅の壁ぎはでは病人が床の上に腹這つて緑色の紙にばらの花や小鳥などを絵の具で画いてゐた。雑記帳の表紙になるものだつた。父親もその枕元で胡坐をかいて見本を見ながら手伝つてゐた。まはりには描き上げた緑色の紙が一ぱい拡げてあつた。弟は祖母の後でさつきから目を赤くして雑誌に読み更けつてゐた。

内職のために描かれている「雑記帳の表紙」は、おそらく退屈な日々を送る病人の数少ない心の慰めになっているのであろう。貧しさゆえの苦痛を抱えながら陰鬱な日常を生きる病人にとって、言葉やイラストを描くことはイマジネーションの翼を広げることである。「病人」にとっての内職は、長い停滞のなかにときおり射し込む癒しの光そのものなのである。彼の背後には「目を赤くして雑誌に読み更けつてゐ」る弟の姿が描写されているが、それは、まぎれもなく言葉の世界を必死にむさぼろうとする情景であり、病人が「緑色の紙にばらの花や小鳥などを絵の具で画いて」いく行為と連続している。

　こうした傾向は、文字やイラストといった視覚表現の領域ばかりでなく音声表現においても同様である。工場の仕事を父から切りだされたとき、「むやみに御飯を口の中へつめこんだ」まま黙り込んでしまう「ひろ子」。ちょっとした気持ちの動揺ですぐうつむいて涙を流してしまう「ひろ子」。賃金が日給制から歩合制に変わり、「さあ初《ママ》めるのよ」という女工頭のかけ声すら必要としないほど黙々と「車を廻すコマ鼠のやうに」働き続ける女工たち。そして、黙り込むことを強いられていく自分に戸惑いながらも、抵抗できないままうつむき嗚咽する「彼女達」。そこでは声が制度であり、声をなくしていくことはとりもなおさず制度への従属を意味している。貧しい少女たちの言葉が生き延びていく場所は、文字やイラストばかりか音声の領域にも用意されていないのである。

4　手紙の文字をむさぼる「ひろ子」

ラストシーンでは、言葉をめぐる抑圧の構造がよりあからさまに語られる。ここでのひろ子は、すでに盛り場のちっぽけな「チヤンそば屋」で棲み込みの店員になっている。工場の賃金が歩合制に変わったためにひろ子の作業能力ではわざわざ電車賃を使って遠くまで出かける意味がなくなり、それを察した父がもっと効率よく収入が得られる仕事を見つけてきたのである。

> まもなくひろ子は、「からだが丈夫でないから気楽なところを」という父親の言葉で、口入屋のばあさんに連れられてある盛り場のちつぽけなチヤンそば屋へ目見得に行つた。

という一節とともに場面は急展開をみせることになるが、棲み込みになるということは、当然、彼女があれほど望んでいた学校への復学という道がますます遠のいてしまうことを意味していたはずである。この作品においては、彼女が父親に対して恨みがましく振る舞ったり口ごたえをしたりすることが一度としてないため、たしかに、そこに「親にも甘えない自意識の芽生え」（長谷川啓『キャラメル工場から』覚書き」『現代文学』一九八二年三月）を看取したくなるのも理解できる。だが、この場面においてより重要なのは、自分が優等生の「ひろ子」でいられる「学校」という世界に留まり続けることを願っていた彼女が、頑《かたく》なに押し黙ったまま自らの暗い未来を受け容れていることではないだろうか。

「ひろ子はそこで馬鈴薯の皮がむけなかつた」という一節が明らかにしているように、「チヤンそば屋」にはお喋りできるような仲間たちもおらず、てきぱきと身体を動かすことだけが求められることだろう。彼女は、まさに言葉が氾濫し言葉を通して思考することに価値を認める「学校」的な場とのつながりを失い、もうそこに元に戻ることのできない自分自身を噛みしめているのである。

そんな折、彼女のもとに郷里の小学校の教師から一通の手紙が届く。


誰かゝら何とか学資を出して貰ふやうに工面して——大したことでもないのだから——小学校が《ママ》けは卒業する方がよからう——とそんなことが書いてあつた。


彼女が置かれている境遇を察したうえで書かれた励ましの手紙であることを考えると、それは恐らく返信として出されたものだろう。作品には描かれていないが、教師は能動的に手紙を出したのではなく、工場に通っていたときに彼女が悩みを訴えるようなかたちで送った手紙に対する応答として書いたのである。自分から書く手紙と他者からの相談に応じた手紙とのあいだに少なからず表現の格差が生じてしまうことはいまさらいうまでもあるまい。教師にしてみれば、たとえ格別な優等生であろうが、結局は大勢のひとりに過ぎないし、ましてや転校してしまった相手なのだから、そこに記される文字がありきたりの配慮になってしまうのは無理もないのである。

手紙のなかにある「大したことでもない」という一節は、「ひろ子」の窮状を他人事《ひとごと》として認識している教師の迂闊さが思わず顔を出してしまった箇所である。彼女にとっての復学を「大したことでもない」と受け止める呑気さは、その教師が必ずしも親身になって心配しているわけではないということの裏返しなのである。

しかし、そこに書かれている文字を何度も繰り返しむさぼる彼女は、もちろん、そのことに気づいてなどいない。学校への復学を促す言葉だけを拾い集め、それ以外の文字をふるい落としてしまう語り手の作為が物語っているように、彼女は無意識のうちに手紙の意味を歪曲し、自分の願望にかなうようにメッセージを読み替えてしまっているの

である。その直後には、

附箋がついてそれがチヤンそば屋の彼女の所へ来た時――彼女はもう棲み込みだつた――それを破いて読みかけたが、それを摑んだまゝで便所にはいつた。彼女はそれを読み返した。暗くてはつ切読めなかつた。暗い便所の中で用も無くしやがみ腰になつて彼女は泣いた。

という描写が加えられ、そのまま作品は閉じられる。そして語り手は、ここでまたしても文脈に多義的かつ重層的な解釈を許容するような揺さぶりをかける。とりあえず目を引くのは執拗に繰り返される「それ」という言葉である。彼女のなかで沸き起こるさまざまな思いのすべてが「それ」という表現で方向付けられることによって、読者の関心はどうしても手紙そのものに向けられることになる。「それ」という指示語を通して手に握られた便箋に質感が生まれる。

　当然、手紙を握りしめた彼女の目には、封筒や便箋に記された〝○○ひろ子様〟という宛名が飛び込んでいるはずである。作品の収束部には「ひろ子」という固有名詞がまったく使われておらず「彼女」という代名詞だけが連呼されているため、「それ」に書かれているであろう〝○○ひろ子様〟という宛名が与えるインパクトはさらに誇示されることになる。かつての恩師から届けられた手紙は、なによりもまず「ひろ子」を個の領域に連れ戻してくれる点において、彼女の心を突き動かしたと考えられる。

　また、棲み込みであるはずの彼女が、手紙を熟読する場所として薄暗く汚れた「便所」を選んでいることにも注目する必要がある。仕事中なのだから仕方がないことなのかもしれないが、排泄行為を目的としている点で人間の生理をどこよりも生々しく感じさせる「便所」は、ある意味で、自分自身と向き合うのに恰好の場所に他ならない。「ひろ子」という主体を「彼女」という労働力の一部に組み込んでしまおうとする資本主義経済の現実はジリジリと扉の外まで迫っている。「彼女」はまるで抵抗する術をもたない子どもがイヤイヤをするように「しゃがみ腰」のポーズを取ってその世界に取り込まれることを拒絶するのである。

　さらに、この場面で重要なのは彼女が誰にも見られないようにして流す涙である。すでに述べたように、彼女は作品のなかでしばしば涙を流す。涙を流すことによって自分のなかに鬱積した思いを吐き出そうとする。だが、ここでの涙は他の場面に見られる涙とはまったく異質のものである。それは第一に、学校という懐かしい場所に戻りたいという単純な願望や悔しさを表現したものとして捉えることができる。子どもがよく見せるような自己主張としての涙である。また、「小学校だけは卒業する方がよからう」という素っ気ない文面を考えると、彼女は、自分に対する教師の評価や執着がそれほどでもなかったことを知り失望していると取れなくもない。せめて小学校くらいはという言い回しは教師であれば誰でも書きそうな凡庸なアドバイスであり、彼女の優秀さを認めて勉強の継続を促すような言葉ではないからである。

　もし彼女の精神年齢がそれを理解するところまで達しているとすれば、それは自分を支えていた自負心が崩壊していく感覚に近いといえるかもしれない。だが、そうした感情レベルでの受け止め方とは別の次元で、この作品を貫く言語的メッセージの差別性や暴力性という問題に踏み込んで考えるなら、そこにはもうひとつの感情を推測することができるだろう。それは、日常のなかから失われつつあった文字そのものをむさぼる行為としての涙、実家を経由してここまで届けられた手紙を読むという行為そのものがもたらす率直な歓喜の涙である。たとえ誤読や曲解を含んでいようと、それは確かに彼女のもとに届けられた文字の集積である。「チヤンそば屋」の棲み込みとして文字の世界から遠ざけられていた彼女にとって、それは懐かしいものとの再会であったに違いない。

　ここで語り手は、「附箋がついてそれがチヤンそば屋の彼女の所へ来た時――彼女はもう棲み込みだつた」と記述することによって、そこに遅延というニュアンスを加える。手紙が着いたとき彼女の生活は「もう」修正不可能なものになっていた。それは「もう」遅かった。手紙は「もう」元に戻ることのない時間の不可逆性を突き付けるような非情さを帯びている。

　「キャラメル工場から」の言説は、こうして最後まで振幅し続ける。ここに挙げた心情はどれも当て嵌まりそうにみえてどれも他を退けることができないため、作品のなかに明確なカタルシスを求めようとする読者は宙吊りの感覚を味わうことになる。ひとりの労働者の叫びとして、この作品のなかにプロレタリア文学の前衛性を求めようとする読者にとっては物足りなさすら感じられるかもしれないが、作品は、最後の最後までひとつの道筋を示さず彼女を混沌のなかに留めるのである。「便所」のなかにしゃがみ込んだまま泣き崩れる彼女の内面は、むしろ描かれないからこそ「ひろ子」が「ひろ子」であり続ける領域として温存されるのである。

　こうして、語り手は彼女の内面を削ぎ落し、すべての感情が露わになってしまわないように制御し続ける。ときには彼女を戸惑いや困惑といった不条理の領域に置き去りにし、ときにはその脆弱さに寄り添っていこうとすることで彼女の在り方を複数性の領域へと連れ出す。こうした語り手と主人公との動的関係性によって、作品はしなやかな強さを獲得し、ひとりの少女を瑞々しく際立たせる。「キャラメル工場から」の世界は、まさに意味の振幅と分裂する言語イメージの危うい均衡のうえに構成されているのである。

本文中における「キャラメル工場から」の引用は、すべて初出に拠る。

1—2 「あなた」への誘惑——葉山嘉樹「セメント樽の中の手紙」論

1 書くこと／読むことの逡巡と愉楽

たとえば、獄中に囚われた夫・宮本顕治と、戦時下の自由剝奪状況のもとで彼を救うために奔走する妻・百合子との往復書簡として編まれた『十二年の手紙』（「その一」が一九五〇年六月に、「その二」が一九五一年四月に、それぞれ筑摩書房より刊行）がひとつの記録文学として現在においても光彩を放ち続けている理由は、もちろん、その真摯で力強い文章表現に負うところが大きいが、同時に忘れてならないのは、手紙という形式そのものが人々の心奥に言葉を響かせる原動力になっているという事実である。逆境のなかで積み重ねられる日々の学習。あらゆる感覚を研ぎ澄ますようにして巡らされた思索。そして二人にしかわからない符牒《ふちょう》に装われた愛の表現。同一の時空間を共有できない〝あなた〟だけに向けて、生活のあらゆる断片をたぐり寄せるようにして発信されるメッセージは、書くことと読むことの間を往来する文字としての手紙に委ねられることによって血肉化される。手紙のなかで生き生きと躍動しはじめた言葉たちは、その瞬間からひとつの文学的領域へと昇華するのである。

監獄の内と外、あるいは過酷な労働状況に閉じ込められた人間の生活や闘争を描いたプロレタリア文学には、隔てられた世界をつなぐ唯一のコードとして、あるいは語りの形式そのものを多層化するトランスとして、こうした手紙が頻繁に登場する。愛する者に向けて文字を連ねていく過程で生まれる「書くこと」の逡巡と愉楽。そして、工場や刑務所のなかで自らの意志を剝奪されている状況下に突然届けられた便りを読むことの騒《ざわ》めき。ともすれば、前衛的・党派的なリアリズム観ばかりが強調され、個性の鮮やかな表出や修辞的技巧を退ける傾向をもつプロレタリア文学の領域において、手紙という装置が果たした役割は見過ごすことのできない問題をはらんでいる。

しかし、ここで注意しなければならないのは、プロレタリア文学における手紙の多くは百合子と顕治にみられるような確固とした相互交通性を欠落させており、誤読されたままプロットが展開される場合が多いということである。その多くは一方的な連絡や通達であり、「私たちが暮して間もなくあなたは、私がどんな手紙をかくかしらと云つていらしつたことがあつたが、いかが？ 私の手紙は。私の手紙には私の声が聞こえますか？ 私のころ〱した恰好が髣髴いたしますか。その他さま〲の時に見える私が見えますか？ 三日に余り久しぶりであなたの声を聞いて、私は今だに耳に感じがついて居ます。こゝでさへペンをもつてゐると手がつめたい」（一九三四年十二月七日付、第一信の附録・前出『十二年の手紙　その一』より）といった相手への甘い囁《ささや》きをはじめとする情緒豊かなコミュニケーションがほとんど存在しない。差出人と受取人はどこまでも遮断され、それぞれが過剰な解釈の病に身もだえしながら自己完結的に手紙の文字を消費し続けるだけである。

　本節では、そうした手紙の機能を最も効果的に用いた作品として葉山嘉樹「セメント樽の中の手紙」（『文芸戦線』一九二六年一月）をとりあげ、労働者を取り囲む社会状況や書き手のイデオロギーから逆照射されることの多かったプロレタリア文学を新たに読み直していくための可能性を探る。

2　手紙のロマンティシズム

名古屋セメント会社に工務係として勤務していた一九二一年当時、作業中に労働者のひとりが高熱の防塵室に落下して死亡するという事故に遭遇した葉山嘉樹は、工場法（注1）による扶助料が少額しか支払われなかったことに憤り、それを機に労働組合を組織しようと企てる。ところが、そうした先鋭的な動きを危惧した工場側は彼を解雇することで問題を鎮圧しようとするのである。その後、名古屋新聞社会部に入り、労働問題の担当記者としてさまざまな労働争議やオルグ活動の先頭に立つことになった葉山は、治安維持法などによる逮捕拘禁、陳情書の提出（注2）を経て作家活動に入っていく。

　そうした経歴をもつ葉山にとっても、この事件が残した痕跡は大きかったらしく、のちに『誰が殺したか？』（日本評論社、一九三〇年一月）においてその経緯を克明に綴ることになる。破砕器に落ちて粉々に砕かれてしまった恋人への未練を連綿と書き記した一通の手紙がセメント樽の中からあらわれ、手紙の文面がそれを拾った労働者の心を波立たせるという単純なプロットで組み立てられた「セメント樽の中の手紙」は、もちろん、この事件を下敷きにして構想されている。

そうした背景のもとに書かれたこの作品は、のちに教科書にも採用されたため、教材研究の領域でも解釈が深められることになり、ときには「労働者の連帯」（川端俊英「『セメント樽の中の手紙』の教材化」『日本文学』一九七六年十二月）などといった恣意的な「主題」さえ導き出されてしまっている。「労働者の連帯」を訴えかける女工の言葉によって、それまで酒浸りの生活を続けていた与三が「大きな励まし」を受け、やがて「自分の苦しみも憤りも女工と共通するものであるという認識に立」ち、そこから真の「連帯が広がっていく」というのが、そうした立場から研究を進める人々の一致した見方らしい。

また、こうした教養小説的な理解は実際の学校現場においても同様らしく、実践報告的な文章のなかにも、「この作品の主題は過重かつ危険な労働に従事せざるを得ない下層労働者の連帯を求める叫びであり、その連帯によって労働疎外からの解放、人間性回復を獲得しようとする願いである」（注3）と記されている。したがって、教材としてこの作品に出会う人々の多くは、こうした読み方を指導されることになるし、それを信じて疑わないのかもしれない。

しかし、この作品の魅力が「主題」などという書き手の論理に従属したところにあるとは思えない。むしろ着目したいのは、それが赤裸々な労働者の実態や悲惨な事故を描写しているにもかかわらず、発表当初から同時代の読者たちを不思議なロマンティシズムの世界に誘ってきた事実である。その一人であった臼井吉見は、

「文芸戦線」で、この「セメント樽の中の手紙」を読んだときの印象は、いまでもはっきり思い出すことができる。昭和初年のことで、ぼくは大学生であった。満州事変のおこる三、四年前、不景気のどん底で、軍部の政治支配が着々進行していたころだ。現在もひどい時代だが、あのころの重苦しい、底知れぬ暗さにくらべたら、とうてい問題にならない。そういうときに、突然現れたひとりの労働者の書いた、この短篇のロマンチックなみずみずしさは甚だ新鮮であった。（「『セメント樽の中の手紙』のこと」『文芸』一九五二年九月）

と記しているが、この回想からもわかるように、同時代の読者のなかには「セメント樽の中の手紙」から時代の重苦しい暗さを突き抜けてしまうような「ロマンチックなみずみずしさ」を嗅ぎとった人々が少なくなかった。また、こうした見方は、葉山嘉樹の作家的資質を分析した市川為雄「葉山嘉樹論」における、「作者は生活を追求するといった

点ではリアリストだ。しかし生活への頌歌を謳ふといふ点ではロマンチストだ」（佐藤春夫、宇野浩二共編『昭和文学作家論』上、小学館、一九四四年四月）という言説、あるいは「「セメント樽の中の手紙」は、「淫売婦」の自然主義風のじめじめした暗さに比較するならば、はるかに明るくロマンチックである」（「セメント樽の中の手紙――現代文の鑑賞 7」『国文学 解釈と鑑賞』至文堂、一九五三年十月）という長谷川泉の解釈にも通じている。そこには、いくつかのプロレタリア文学にありがちな客観至上主義の殻を逸脱した短篇小説として「セメント樽の中の手紙」を評価しようとする水脈が流れているのである。

　ただし、臼井のいう「ロマンチックなみずみずしさ」なるものがどのような質のものであり、表現や文体とどのように結びついているのかということになると問題はそれほど簡単ではない。日々の生活に喘ぎながらセメント工場での過酷な作業に耐える男。見知らぬ土地で彼と同じようなセメント工場で働いていた男の壮絶な事故死。そして、悲しみにくれながら、死んだ男がどんなに自分を愛してくれていたかを連綿と手紙に綴る恋人。彼女が訴える手紙の文面を表層的になぞるだけでは、そこに甘い情緒や感傷を見いだすことは難しいし、冷ややかな目で主人公の様態を見守る語り手もまたそれを喚起することに貢献しようとはしていないからである。

　こうした膠着《こうちゃく》に裂け目を与えるのが、労働者の現実とは次元を異にしたかたちで作品内に確固とした位置を占める手紙の言説である。どこまでが現実でどこからが虚構なのかが判然としないまま、双方向的に揺れ動くメッセージ。書くことと読むことの愉楽。「セメント樽の中の手紙」がロマンティシズムと交錯する可能性は、つまるところ手紙という装置が主人公にもたらす精神の律動に関わるものなのである。

3　誤読される「あなた」

「セメント樽の中の手紙」の冒頭は、「松戸与三はセメントあけをやつてゐた」という唐突な一文から語り始められる。だが、冒頭の一行を読んだ読者は、この人物が「彼」という三人称ではなく「松戸与三」という固有名詞で呼ばれることに必然性を感じることができないし、その印象は最後まで読み進めてもほとんど変わらない。手紙の文面を挿みこむようにして全体が三段落で構成されているこの作品にあって、語り手は、第一段落、第三段落それぞれの冒頭を「松戸与三は……」という言葉で語りはじめ、主人公をそう呼ぶことに強い執着をみせるが、彼がなぜ「松戸与三」と名づけられなければならないのかは遂に明らかにされない。

　実際、それに続く場面においても、語り手は与三を主体的な人間としてではなくひとつの機械システムに組み込まれた肉塊として焦点化する。彼の身体よりもそれを抑圧する力を際立たせようとする。


　外の部分は大して目立たなかつたけれど、頭の毛と、鼻の下は、セメントで灰色に蔽はれてゐた。（中略）コンクリートを除りたかつたのだが、一分間に十才づゝ、吐き出す、コンクリートミキサーに、間に合はせるためには、とても指を鼻の穴に持つて行く間はなかつた。


　擬人化されたコンクリートミキサーと生命維持の根幹である呼吸さえ思うに任せないまま機械の動きに支配されている彼との間で、世界はその価値観を反転させている。そこには倦怠と虚無だけが漂っている。ありとあらゆる思考を放棄してしまった彼の前で現実はまさしく「硬化」してしまっているのである。

　そんな抑圧の時間が過ぎ去ったあと彼の脳裏をよぎるのは、狭い家の中で「ウヨ〳〵してる子供のこと」であり、「此寒さを目がけて産れる子供のこと」であり、「滅茶苦茶に産む嬶《かかあ》の事」である。わずかな酒ぐらい呑みたいと思っても金銭的な余裕はどこにもないし、そのことは痛いほどよくわかっている。わかりきっているからこそ家族のことを考えるたびに「やり切れない」感じがして憂鬱になってしまう。与三はそのことに憤っているし、彼を現実の前に従属させようとする語り手もまた読者がそう読むことを期待しているのである。

　しかし、忘れてならないのは、たとえ神経を逆撫でされるような生活であろうと、あらゆる感性を麻痺させてしまっている与三に人間性を甦らせるきっかけになるのは、あくまでも家族たちとの営みから連想される光景であり、その記憶だという点である。与三と家族との関係は、語り手がそうしむけているほど冷めきっているわけでもなければ荒んでいるわけでもない。詳しくは後述したいが、彼は、むしろそうしたやるせなさを募らせることによって「硬化」した工場の現実から逃れ、本来の自分を取り戻そうとしているともいえる。

　「女工」を名乗る差出人による宛名のない手紙は、そうした状況のなかで唐突にあらわれる。「出来事はなにかを基礎付けたり、根拠付けたりするどころか、むしろすでにある確かな基礎の構造や組織を揺り動かし、解体し、意図的な計算や予測を裏切るものである」という小林康夫の言説（『出来事としての文学』作品社、一九九五年四月）を借りるなら、誰からもそう呼ばれることのない「松戸与三」という男の日常が前ぶれもなく届いた手紙＝出来事によって揺さぶられ、彼自身にも予測不可能だった新たな状況が生起するのである。

　自分をセメント会社の「女工」だと名のり、恋人が破砕器に嵌《はさま》って死んだときの様子を克明に綴った差出人は、やがて「私の恋人はセメントになりました。私はその次の日、この手紙を書いて此樽の中へ、そうつと仕舞ひ込みました。／あなたは労働者ですか、あなたが労働者だったら、私を可哀想だと思つて、お返事下さい」と訴える。「この手紙」、「此樽」というかたちで反復される手紙や事件の固有性。それに続く「あなた」という呼びかけ。ここで表象されているのは、受取人をたった一人の選ばれし「あなた」に仕立てあげようとする誘惑である。「手紙という快楽」（『月刊国語教育』一九八七年十二月）において、「ダイレクトメールといえど我宛のハガキ喜ぶ秋の夕暮」という俵万智の短歌を引用しながら、手紙をもらうことの魅力を「我宛」という一点」に認めた山田有策は、「相手が誰であれ自分一人だけに語り伝えてくれていることが手紙の本質なのだ」と考察しているが、それはまさに、「二人だけの秘密」であるかのように錯覚させることによってはじめて十全な効果を発揮するものなのである。

　だが、当然のことながら、この手紙は「松戸与三」という個人に宛てられたものではないし、同一内容で大量に発信された複製かもしれない。手紙のなかで、自分の恋人の素晴らしさを「私の恋人は、どんな処に埋められても、その処々《ところどころ》によつてきつとい、事をします」、「あの人は西へも東へも、遠くにも近くにも葬られてゐるのですもの」といった言葉で表現する差出人の目的が、バラバラに炸裂した恋人の肉体がどのように散らばったのかを知り、彼の面影を言葉の記憶としてもう一度自分のもとに掻き集めようとすることにあるとしたら、手紙がたった一通しかないことのほうがおかしいくらいである。また、そのようにして詮索していけば、はたして差出人が本当に女性なのかも怪しくなるし、そもそも、恋人の事故が実際に起こったことなのかどうかすらその真偽が判然としなくなる。「セメント樽の中の手紙」という作品の枠組みには、すべてを「私」の一人芝居に収斂《しゅうれん》させてしまう可能性さえ残されているのである。

　多くの先行研究では、そうした可能性をほとんど追求しないまま、与三＝偶然選ばれた手紙の読者という前提を動かし難いものとしてこの問題を立ちあげようとしている。与三が「私」から「あなた」へのメッセージを直接的かつ単独的なものと解釈してのぼせあがったのと同様に、そこでは、作品に批評的言説を加えようとする視線までもが曇らされてしまい、「私」からの手紙に素朴かつ短絡的なラインを引いてしまっているのである。

　そこで、手紙に張り巡らされた疑念をとりあえず保留して作品を整理してみると以下のようになる。まず、「私」が手紙に託しているメッセージには、恋人の拡散性、遍在性を愛しく思い、砕け散った肉体が未来永劫に残り続けることへの夢想が含まれている。また、手紙のなかで「此セメントを使った月日」、「委しい所書」、「どんな場所へ使ったか」、「あなたのお名前」などの具体的情報を事細かに収集しようとする「私」にとって、大切なのは唯一の受取人でもなければ相手から返ってくる慰めや温かい心でもない。「あなたが、若し労働者だったら、私にお返事を下さいね。その代り、私の恋人の着てゐた仕事着の裂をあなたに上げます。この手紙を包んであるのがさうなのですよ。この裂には石の粉と、あの人の汗とが浸み込んでゐるのですよ。あの人が、この裂の仕事着で、どんなに固く私を抱いて呉れたことでせう」などという肉感的な表現を重ね、「あの人」が「固く私を抱いて呉れた」ときの仕事着の裂《きれ》はしを「あなたに上げ」ようとさえする「私」は、明らかに「あなた」に恋人の代行を求めている。

　正確にいうなら、それは「あなた」が死んだ恋人になり代わって「私」の言葉を受け止め、かつて恋人がそうしてくれたような愛のメッセージを返してくれることへの渇望といってもよいだろう。ここに求められているのは、いわば偏在化した恋人の断片が「私」という存在めがけて集まってくることへの期待、あるいは、時空を超えた未来から投機される欲望のダイナミズムにほかならないのである。このような屈折を鮮やかに解き明かしてくれるのが、贈与的行為の本質に関する中沢新一の言説である。

> 贈り物をする人は、自分の贈ったものへのお返しが、今よりも先の時間にもどってくることを期待しながら、ギフトする。品物を郵便や宅配便で送りだすときから、その人は自分の幻想や欲望が、大きな円環を描いて、なにかの成果とともに、もどってくることを期待するのだ。（中略）その環のなかで、つねに時間は期待とともに、先のほうに投げ出され、未来の時間は過去にしばられていくことになる。郵便の時間論は、じつに奇妙な構造をもっている。（『リアルであること』メタローグ、一九九四年九月）

差出人たる「私」の思惑。それはまさに「期待とともに、先のほうに投げ出され」た欲望として贈与の円環システムと密接に結び付き、この短篇小説の言外にロマンティシズムの香気を漂わせる。いい換えるなら、そうした「あなた」への誘惑こそが「セメント樽の中の手紙」という小説の魅力を増幅させるための極めて重要な鍵になっているのである。

4　遍在化する恋人の断片

こうして、差出人の手を離れ、どこの誰ともわからない人々めがけて飛び散った「贈り物」は、与三を通して読者に開陳され、その全文が明らかにされているわけだが、「あの人が、この裂の仕事着で、どんなに固く私を抱いて呉れたことでせう」という煽情的な言い回しをはじめとして、そこには、恋人を喪って気を動転させている女工が書き記すにはあまりにも冷静で技巧的な装飾表現が施されている。

たとえば、「私」の言葉遣いには少しの乱れもないし、随所に織りまぜられる敬語表現も的確に使われている。豊富な漢字の知識量もふくめて、そこにはすぐれた知性と教養が滲んでいる。また、差出人は「私を可哀想だと思つて、お返事下さい」とへりくだることで受取人の好奇心をくすぐったかと思えば、「あなたは佐官屋さんですか、それとも建築屋さんですか」という質問口調と「いいえ、ようございます、どんな処にでも使って下さい」という応答口調を交互に用いることで、自らがつくりだした円環に受取人を否応なく参加させようと試みたりもする（注4）。小説方法としての手紙そのものについて分析を試みた野口武彦は、「小説方法としての手紙――太宰治と『虚構の春』」（『国文学　解釈と教材の研究』学燈社、一九七九年十一月）において、差出人と受取人がそれぞれ第三者を交えずに伝達／受容過程を完了するという「原則的非・公開性」が、ときとして恋文のような「親密性」をもたらすことがあると指摘しているが、「私」の文体はそうした手紙の機能を最大限に引きだすように仕組まれているのである。

また、この作品をすぐれたプロレタリア文学のひとつに数えあげようとする人々の多くが拠りどころとする、「私は私の恋人が、劇場の廊下になつたり、大きな邸宅の塀になつたりするのを見るに忍びません。ですけれど、それをどうして私に止めることができませう！　あなたが、若し労働者だつたら、此セメントを、そんな処に使はないで下さい」という一節にしても、そのあとすぐさま続けられる「いえ、ようございます、どんな処にでも使つて下さい。私の恋人は、どんな処に埋められても、その処々によつてきつとい、事をします。構ひませんわ、あの人は気象の確りした人でしたから、きつとそれ相当な働きをしますわ」という一節との連続性でみれば、「私の恋人」のすばらしさ、有能さを讃えるためにあえて反語的な言い回しをしているだけであるともとれる。

「〈他者〉へ」（『日本文学』一九八八年七月）において「セメント樽の中の手紙」を取りあげた田中実は、女工からの手紙から受ける印象を、「彼女の悲しみの深さ、その愛の強さは恋人の悲劇を克服しようとする意志に貫かれ、悲しみの深さゆえに、いっそう彼女を毅然とさせる」としたうえで、「「セメント樽の中の手紙」という小説は、女工の張りつめた文体の中に彼女の深い愛と連帯の訴えが託されているにもかかわらず、いや逆にだからこそその愛と連帯の訴えによって、職場と家との二重の閉塞状況にある与三がいっそう自身を解体化されていく状況を表出している」と論じているが、与三自身の「解体化」という問題はともかく、受取人が差出人に直接問いただすことができないまま過剰な意味の解釈に悩まされなければならないという、多くのプロレタリア文学に見られる手紙の非コミュニケーション性をふまえるなら、こうした読みはあまりに表層的すぎないだろうか。

「セメント樽の中の手紙」における「私」（手紙の差出人）の語りに虚偽が含まれているかどうかは最後までわからない。与三という男が正しい労働者のありようを体現しているとも思えない。当然、この作品はプロレタリア文学のかくあるべき姿を体現しているわけではないし、「恋人」への愛と「連帯の訴え」を同じベクトルで読むこともできない。むしろ重要なのは、「私」の真意が与三という偶然の受取人によって誤読されること、誤読そのものが彼をさまざまな妄想に駆り立てるということである。

第三段落における与三の描写は、それをひもとく唯一の手がかりになるわけだが、ここで忘れてならないのは、手紙を読んでいる与三の様態を報告するのはあくまでも語り手であって、読者には語り手によって取捨選択された情報しか伝達されないという点である。そのことを踏まえて第三段落の全文を読んでみよう。

> 松戸与三は、湧きかへるやうな、子供たちの騒ぎを身の廻りに覚えた。／彼は手紙の終りにある住所と名前とを見ながら、茶碗に注いであつた酒をぐつと一息に呷《あお》つた。／「へゞれけに酔つ払ひてえなあ。さうして何もかも打ち壊して見てえなあ」と呶鳴《どな》つた。／「へゞれけになつて暴れられて堪《たま》るもんですか、子供たちをどうします」／細君がさう云つた。／彼は、細君の大

きな腹の中に七人目の子供を見た。

ここには、手紙を読んだうえでの感慨や、依頼にどう応えていくかといった意志表示がまったく描かれていないため、「へゞれけに酔つ払ひてえなあ。さうして何もかも打ち壊して見てえなあ」という一節だけが読者の理解を方向づける手がかりになる。だが、見ず知らずの人間が差出した手紙を偶然読むことになった者にとって、その内容はどこまでも他人事《ひとごと》であるはずだし、とりわけ先鋭な問題意識をもっているとも思えない与三がいきなり「労働者」としての自覚に芽生えたと考えるのも無理がある。

したがって、残された可能性は、与三が「私にお返事を下さいね」という申し出に動揺し、その瞬間、家族の存在が急に煩《わずら》わしく感じられるようになってしまったという展開だけである。つまり、死んだ恋人を唯一の存在として思い続けようとする「私」の言葉が、「あなた」という呼びかけを伴うことによって与三のなかで「私」＝「あなた」へとスライドしてしまい、「あなた」という響きに代替不可能な固有性を錯覚してしまったがゆえに、彼は大きな精神的負荷を抱えこむことになってしまったというわけである。それは、ひょっとしたら他者にまつわる生々しい恋愛のドラマを覗きみるような刺激だったのかもしれない。また、家族を足枷《あしかせ》のように感じてしまっているところをみると、手紙をきっかけとした新たな出会いという妄想にまで肥大化していると考えられないこともない。

「誘惑は、受け手の所有する理解のコードによって理解しようとすると不分明なイメージを含んでいるが、未知なるものへの欲望ないしは関心を喚起することによって成り立っている」という多木浩二の言説（「イメージの政治学」『imago』一九九〇年一月）をかりるなら、与三は、まぎれもなく手紙の「不分明」さゆえに「欲望ないしは関心を喚起」せしめられているのである。

しかし、彼自身の苛立ちが裏づけているように、おそらく与三が返信を書くことはあり得ないだろう。彼には、「私」の質問を誠実に受け止めてなんらかの報告をしようとするゆとりなどまったくないし、かといって質問をはぐらかしたまま自らの内実を手紙の文字に託すほどの自信も持ちあわせていないからである。その意味で、この手紙は自らの困窮や鬱屈した状況をあからさまに突きつける鏡のようなものとして機能しているといえる。多くのプロレタリア文学がそうであるように、ここにも手紙を通しての相互交通的なコミュニケーションは成立していないのである。

5 「へゞれけに酔つ払ひてえなあ」と呟く与三

ところが、そうした惨めな存在であるにもかかわらず、語り手は最後まで与三に対するフルネームを放棄しようとしない。「松戸与三は、湧きかへるやうな、子供たちの騒ぎを身の廻りに覚えた」という一節とともに、彼は妻子が待つありふれた日常に連れ戻されるのである。それはある意味で、第一段落での、

「チェッ！　やり切れねえなあ、嬶《かかあ》は又腹を膨らかしやがつたし、……」彼はウヨ〳〵してる子供のことや、又此寒さを目がけて産れる子供のことや、滅茶苦茶に産む嬶の事を考へると、全くがつかりしてしまった。

という描写と酷似している。妻や子の疎ましさ、やり切れなさとともに現実感覚を取り戻す与三のなかには、明らかな反復性がみられるのである。繰り返される日常。何も変わらない貧困生活の光景。第三段落は、そうした倦怠した空気をまとうようにして語りはじめられるともいえる。第三段落における与三の呟きと、それを詰《なじ》る妻の言葉を中心に作品を読み解こうとした前田角蔵は、この場面について、

女工の手紙（他者）を経由することで突き出された彼の言葉は、細君の言葉と出会い、自閉的、自己中心的な〈酒〉を飲む時空からのみ世界＝「世の中」を見ていた与三の〈眼〉は、改めて自己および自己の周辺を直視しようとしている。これが、与三における女工の手紙＝〈他者〉との出会いの内実であった。ここで与三が何を見ているかは問題ではない。女工の手紙＝〈他者〉との出会いによってそのような事態に立ちいたっていることが重要なのである。（「『セメント樽の中の手紙』論」『日本文学』一九八八年十月）

と述べている。与三は手紙＝〈他者〉と出会うことによってそれまでの「自己中心的」な世界から脱皮し、「自己および自己の周辺を直視」するようになるというのが同論の主旨である。

だが、自暴自棄になって毎日のように酒を呷《あお》る与三の態度にそれほどの変化を認めることはできるのだろうか。そうした不穏な感情の揺らぎは、むしろ「世界」に対する明快さをどこまでも拒み続けようとするところから生じているのではないだろうか。〈他者〉という概念に寄り添って

いうなら、彼には〈他者〉の影を感じることはできてもその正体と出会うことなどできないし、出会うことができないにもかかわらず自分のなかにはそれが確固とした場を占めてしまっているからこそ激しく苛立っているのではないだろうか。

「へゞれけに酔つ払ひ」、「何もかも打ち壊して」しまいたいという与三の衝動は、単独性の領域に跳び出そうとする彼の欲望を抑止する力への反駁である。目の前には妻や子どもたちがおり、妻の「大きな腹」には新たな生命が宿っている（注5）。だが、そうした生活は「私」を閉じ込め、息苦しくさせる枷《かせ》でしかない。突然舞い込んできた一通の手紙は、いまここにある現実を揺さぶる言葉の力、すなわち、人間の想像力を刺激し、いまここにない「私」を探し求めよと囁《ささや》く誘惑の言説なのである。

こうして、「あなた」への誘惑という視座から作品を読み直していくと、第三段落の冒頭部分には注目したい事実が指摘できる。ここでの語り手は、まるで与三の内面にふみこむことの代償であるかのように彼が「手紙の終りにある住所と名前」を凝視している姿だけをフレームにおさめようとしているが、それはまず「私」から届いた手紙の文面の最後にある「あなたのお名前も、ご迷惑でなかつたら、是非々々お知らせ下さいね」という一節と連鎖する。また、語り手がなぜ「松戸与三」という固有名詞にこだわるのかという先般からの問題をふくめて考えるなら、ここでは、語り手／与三／「私」のそれぞれが、それぞれの立場から〈名前〉なるものへの執着をみせているともいえる。「私」はなぜ「是非々々」などと念を押して拾った人間の名前だけを知りたがるのか？ 手紙に記されているはずの差出人の名前や住所はなぜ作品内に表記されないのか？ 手紙を凝視する与三が何を感じ何を考えたのかという反応はなぜ完全に覆い隠されているのか？ この場面は、そうした諸々の謎を喚起するように描かれており、結果として読者に〈名前〉をめぐる不可解さを重層的にふりまくことになるのである。

だが、当然のことながら作品内にはそうした符合に応える言葉が用意されていない。そこにあるのは、人は何者かによって名づけられた瞬間から他の誰とも代替しえない単独者であることを宣言されると同時に、社会化された存在として日常という鎖につなぎとめられるという厳粛な事実だけである。〈名前〉あるいはそれを呼びかける声の暴力性について言及した今村仁司が、

声の暴力性はいたるところにみられる。呼びかける声は、しばしば大抵は、服従せよと呼びかける声である。

どこからともなく聞こえてくる声であるから、それがたとえ内部からの声であれ、到底おさえつけることができない。声を無視することができないわけではないが、無視したところで声の呼びかけが消滅するものではない。日常的には、家族のなかの倫理的な呼びかけがあり、家族の外部では社会のなかのさまざまのメディアの呼びかけがある。（「権威の声、声の権威」『IS』ポーラ文化研究所、一九九二年十二月）

と述べたように、〈名前〉を呼ぶという行為は、ある意味で何者かに「服従せよ」と迫ることあり、人々は様々なレベルでの名づけを経験することで外部につながれていくのである。

　言い換えるなら、ひとりの貧しい労働者が「松戸与三」と呼ばれ、ひとりの貧しい女工が手紙の最後に自分の名を記した瞬間、彼らは手紙の世界を彩っていた「私」／「あなた」の抽象性や多様性を失うということである。「私」から「あなた」への誘惑としてのみ生き延びることができたかもしれないささやかなコミュニケーションの可能性は、それぞれが名づけられた存在であることを明らかにすることによって断念を強いられる。

　そのとき、語り手は「私」／「あなた」の幻想が労働者／女工の現実へと脱色されてしまう瞬間の揺らめきを冷静に見極めながら、作品の最後に「彼は、細君の大きな腹の中に七人目の子供を見た」という一節を添える。いまだ名づけられざる存在としての「七人目の子供」に向けて視線を反転させることによって、「セメント樽の中の手紙」は、読者に向けて〈名前〉にまつわる抑圧のメッセージだけを刻みこみ、「松戸与三」の内面をなにひとつ具象化しないまま閉じられるのである。

注

1　工場法では、安全衛生の観点から工場及附属建設物並に設備の取締り規定（一三条）を設けているが、具体的な規定が定められるのは、一九二七年の「工場附属寄宿舎規定」（四・六内務省令第二六号）及び一九二九年の「工場危害予防及衛生規則」（六・二〇内務省令第二四号）においてである。したがって、この作品が書かれた段階では、業務上の傷病や死傷について、職工やその遺族に対する扶養制度は制定されていたものの、補償金などには明確な基準がなく、労働者は工場側の温情や慈恵にすがらなければならないのが現実であった。

2　小田切秀雄はこの事件を一種の「転向」と捉え、葉山の獄中日記を引きながら、「（大正十二年九月）八日には〝石田予審判事殿へ面会、改心悔悟のことを語り、保釈を依頼〟し、二九日には、今までの生活は誤ってゐたとして陳情書を提出、十月四日には〝増田検事が、ほんとに心を改めたかと聞いた。涙が出た。疑へば切りのない話だ〟というふうに運ばれてゆく。――明らかに一つの〝転向〟が行なわれたのである」（「解説」『葉山嘉樹全集 第一巻』筑摩書房、一九七五年四月）と述べている。

3 増田修『国語教材研究講座 高等学校現代文』上巻（有精堂、一九八四年一月）。

4 たとえば、「女工がこんなに上手な手紙を書くとは思はれない。これでは立派な閨秀作家だ。だから、作が少々こしらへものじみて来る」という橋爪健「新人の横顔――葉山嘉樹君――」（『新小説』一九二六年十一月）の言説からもわかるように、手紙の巧さを作品の欠点としてとらえる見方は同時代においても鋭く指摘されている。しかし、本節では、むしろ手紙の修辞性を積極的に評価し、そこに「女工」という存在の捉えどころのない魅力をみようとした。

5 葉山嘉樹は、「セメント樽の中の手紙」と同じ時期に「出しやうのない手紙」（『文章往来』一九二六年二月）という短篇小説を書いている。そこには、自分の洋服を質屋に入れてでも、子どもたちに温かい焼き芋を食わせてやりたいという記述や、腹を空かせている子どもたちを何時間も待たせていたら風邪をひかせてしまうと思って心配している様子などが記されている。また、書き手の葉山同様、刑務所に収監されている主人公は、妻との離縁は仕方ないにしても、子どもたちがどうなったのか、誰が面倒をみるのかだけはしっかりさせて欲しいと懇願し、「子供たちの始末はどうつけたか、それを知らせてくれ。知らせることによつてお前の処が知れると思ふなら、かうすればいい。誰かに代筆をして貰へ。さうして手紙はどこかへ旅行した時に放り込むことにすればいい。若し旅行する機会が無ければ、俺の知らない、お前の友人の宅へ、俺宛ての手紙を封入して、「中身をポストへ放り込んで下さい」と頼めばそれで済むことだ」と記している。「出しやうのない手紙」というタイトルはそこに由来しているわけだが、このことからも、葉山が手紙というコミュニケーション手段に対して、情報が複雑に絡み合うような錯綜性をみていたことがわかるし、同時に、彼がそれを小説の方法として意識的に用いていたことも明らかになるはずである。また、子どもに向けた認識についていえば、「セメント樽の中の手紙」は「出しやうのない手紙」を逆説的に表現したものであるとも考えられる。「セメント樽の中の手紙」のなかで、与三が「ウヨ〱してる子供」たちに対して抱く感情の根幹には、せっかく生まれてきても満足にものも食べられず、ひもじい思いをしなければならない彼らを不憫に思いながら、その責任を果たすことのできない自分が情けなくなり、つい自暴自棄になっているような屈折がみられるのである。ちなみに、一九二五年三月に巣鴨刑務所を出所した葉山は、その年の五月五日にこの短篇小説を書きあげているわけだが、その直後である五月二十四日に長男を、同年十月十五日には二男を続けざまに餓死させることになる。

本文の引用は『葉山嘉樹全集 第一巻』（筑摩書房、一九七五年四月）に拠っている。

1―3　小林多喜二「蟹工船」における言葉の交通と非交通

1　「蟹工船」はどのように読まれてきたのか?

一九二九年三月。書き上げたばかりの「蟹工船」を蔵原惟人のもとに送って雑誌『戦旗』への掲載を依頼した小林多喜二は、そのとき別便で送った書簡に「この作には『主人公』と云うものがない。『銘銘伝式』の主人公、人物もない。労働者の『グループ』が、主人公になつている」（一九二九年三月三十一日付、小林多喜二全集編纂委員会編『小林多喜二全集』第11巻・書簡集、新日本出版社、一九六九年三月）と記し、プロレタリア芸術を大衆化するために未組織な労働者の「集団」に焦点をあてたこと、「個人の性格、心理」を意識的に排除していることなどを伝える。

対して、書簡を受けた蔵原惟人は、この作品について「作者はこの作において個々切離された個人をでなくして一つの集団を描かうと努力した。作者のこの努力は全く正しい。殊に現代においてのやうに、ブルジョア作家のほとんどすべてが集団を描き得ずに、個々人の小つぽけな日常生活や心理に終始してゐる時に、プロレタリア作家が大きな社会的な集団を力強く描いてゆくといふことは、興味ある対照であると共に、プロレタリア文学としては当然な、必然な方向でもある。そしてこの意味においてもこの『蟹工船』はその優れた典型である」と評価しながら、同時に「プロレタリア作家は集団を描くために個人を全然埋没してしまつてよいだらうか?」という疑念も示し、「集団の中の個人」という認識をもって「各階級、層の代表者としての個人の性格や心理をも描くこと」が必要だと批評する（「作品と批評（二）『蟹工船』その他（2）」『東京朝日新聞』一九二九年六月十八日）。『戦旗』創刊号に「プロレタリヤ・レアリズムへの道」（一九二八年五月）を発表し、我々は社会的問題をも『個人の本性』に帰せんとする認識の方法に対抗して、あらゆる個人的問題をも社会的観点から見て行くと云ふ方法を強調しなければならない」と檄をとばしていた蔵原は、「個人」

と「集団」を区別し、帝国主義の機構と労働者の対立を図式的に俯瞰しようとする「蟹工船」の世界にプロレタリア文学そのものが克服しなければならない課題をみているのである。

この問題は、やがて勝本清一郎「『蟹工船』その他」(『新潮』一九二九年七月)、中村武羅夫「プロレタリア文学の理論とその作品の吟味」(『新潮』一九二九年十月)などの同時代評でも議論を呼び、戦後の壺井繁治「『蟹工船』における集団と個人の描写について」(『多喜二・百合子研究』河出書房、一九五四年四月)などに引き継がれ、「蟹工船」をステロタイプに裁断する筋目を与えてしまう。やがて到来する作者・小林多喜二の虐殺という現実の重みも手伝って、善きにつけ悪しきにつけ「蟹工船」にはプロレタリア・リアリズムにおける人間性の追求という命題が無限定に組み込まれるようになったのである。

そうした研究路線に対して、まったく違った視点からこの作品に迫り、多喜二の思想的文脈とは距離を取って読み進めたのが日高昭二である。「蟹工船」の言語空間をモノ、ヒト、コトバの移動としてとらえ、「『蟹工船』は、『故里』を出たヒトが『貨幣』を握るためには、まず彼ら自身の『からだ』が刻々と『商品』になっていくさまを、弁証法の『運動』理論によって追跡した作品だったのである」と論じた「『蟹工船』の空間」(『日本近代文学』一九八九年五月)。〈声〉としての言葉を空間に行き渡らせようとする身体の志向性を明らかにし、「言葉の効果が無意識のうちに読者に植え付ける『物語』本来の首尾をさかさにして、むしろ明瞭な意識とともに言葉が結実する瞬間の連鎖に賭けること、もちろんそれが現実の転倒への近似値を現前化するというわけであろう。『身体』の呈示が、そこにできるだけ『肉声』を滲ませようとする」と結論づけた「『蟹工船』の黙示録」(『日本の文学　特別集』有精堂、一九八九年十一月。先述の論考とともに『文学テクストの領分』白地社、一九九五年五月)。この二論文を通して、日高は徹底的に「蟹工船」を「歴史的な動態」へと開いていく。「蟹工船」を映画のモンタージュ的手法から論じて前半部と後半部の分裂を指摘した右遠俊郎の「『蟹工船』私論」(『民主文学』一九七三年二月)や、作中人物のすぐそばに位置して彼らと「知覚を共有」しようとする「語り手」の存在に注目した佐藤孝雄「『労働』を媒体とする感性と認識をめぐって――その三『蟹工船』論」(『異徒』異徒の会、一九八三年四月)の成果に支えられているとはいえ、日高の考察はまちがいなく、それまで多喜二の現実認識やプロレタリア文学理論との照合に引きずられることが多かった「蟹工船」研究に新たな水準をもたらしている。

本節の狙いも基本的にはその延長線上にある。書く側の思想や表現方法に足場を置いて論じたり、登場人物の感情や意志に寄り添いながらプロットを追うことを自省し、読者の知覚を促していく言葉の力や仕組みを検証することなしに「蟹工船」の世界に新たな可能性を開いていくことはできないと考えるからである。ただし、本節では日高昭二のように人間の〈声〉を「貨幣」や「商品」と並列させて隠喩的に論じるのではなく、〈声〉そのものの質の変化、あるいは、話し言葉の領域に対して加えられるさまざまな抑圧を読み取っていくことに主眼をおく。たとえば、東北出身の労働者たちの言葉と彼らを集団へと駆りたてていくオルガナイザーが使う言葉との偏差などに明らかなように、「蟹工船」における固有性と集団性の問題は、彼らの口から発せられる言葉の変質、すなわち、方言や訛りが徐々に灰汁《あく》を取り除かれ、彼らが言葉を発しなくなったり無機質な会話形態に呑み込まれていったりするプロセスと深く結びついているからである。

　作品内に張り巡らされた労働者への指示、命令の文字は、法規や契約と同様に海上生活の隅々にまで行き渡り、それを保持しない人々を抑圧している。「識字の所有に基づいて築かれた所有権の制度は、過去の制度よりも暴力的なものになり得る。契約書、奴隷制、産業主義、移民や移住者の労働からの搾取の制度が持つ暴力を凌ぐのは困難なように見えるけれども、識字はある独特の隘路《あいろ》を提供する。もっとも識字の前例とはなり難い銃とは違って、識字は自らを正当化する。識字者であることは正当であるということなのだ」というJ・E・スタッキーの言説（『読み書き能力のイデオロギーをあばく』菊池久一訳、勁草書房、一九九五年二月）がそのまま投影されているかのように、作品内には文字を所有する側の横暴ぶりが氾濫している。

　こうした問題編成のもと、本節では多喜二の自伝的小説を読むことから出発し、それを「蟹工船」の世界に接続させる。多喜二は自身の作品において言葉や文字の権力性、暴力性をどのように描いているかを検証しつつ、労働者の〈声〉がどのように簒奪《さんだつ》されていくかを追尾する。

2　小林多喜二が描く〈声〉

「蟹工船」を発表した翌年の一九三〇年に書いた「プロレタリア文学の新しい文書に就いて」（『改造』二月）のなかで、多喜二は、ほとんど読み書きができなかった自分の母に思いをめぐらし、

　私の母は水呑百姓で、小学校にさえ行っていない。ところが私が家にいた頃から、『いろは』を習らい始めた。

眼鏡をかけて炬燵《こたつ》の中に背中を円くして入り、その上に小さい板を置いて、私の原稿用紙の書き散らしを集め、その裏に鉛筆で稽古をし出した。何を始めるんだ、と私は笑っていた。母は一昨年私が刑務所にいるときに、自分が一字も字が書けないために、私に手紙を一本も出せなかったことを「それぱかりが残念だ」と云っていたことがあった。

と記す。また、同年に治安維持法違反と不敬罪を理由に入獄させられたときにも、彼は村山籌子《かずこ》（村山知義の妻）に宛てた書簡に「先日北海道から、母の代筆をした姉の手紙が送られてきました。（中略）そういう手紙を僕等がどのような気持で読まなければならないか。（中略）『幼くて罪を知らず、むずかりては、手をとられし、昔忘れしか、母は涙かわく間なく、祈ると知らずや。』これは讃美歌です。姉が学校に通っていたころの好きな歌の一つらしく、ぼくも覚えさせられて、よく声を合せて歌ったことのある歌です。姉は母の代筆の手紙にこの歌をかいてきているのです」（一九三〇年十月七日付、『小林多喜二全集』第11巻、前出）という文面を残している。

当時、プロレタリア文学に新しい表現の息吹を与えようとしてさまざまな試みを検討していた多喜二は、まず、代筆を頼んだり文字を練習したりする母の姿に思いを馳せながら、文字を使って自分を語ることのできない人々の苦悩をどうしたら客観的な散文の文体にのせることができるか、虐げられた人々の精神的な負荷を自らの文学表現に反映させるためには何が必要かといった思考を巡らすのである。

その実践として多喜二が選んだ方法のひとつにカタカナ書きの文体がある。労働者を啓蒙するための手段として一九三〇年に雑誌『戦旗』に掲載された決議（「芸術大衆化問題に関する決議」七月）を受けた多喜二は、「壁小説と『短い』短篇小説」（板垣鷹穂編『新興芸術研究（2）』刀江書房、一九三一年六月）を書き、「壁小説が、働いている労働者・農民の層に直接に入り得る理由は、第一にそれが一二頁のものであり、何ンな処でゞも、何ンな時でゞも、たちまち読み得て、しかも一つの纏ったものをつかむことが出来るからであり、第二にはそれが労働者・農民のあらゆる会合の場所に貼られ、それらの大衆が直接に求めているものに答える具体的な内容を持っているからである」と論じる。そして、それを証明するために「テガミ」（『中央公論』一九三一年八月）という壁小説を書くのである。「オ母ッチャハワザワザ三町モアルイドニ、四ドモ五ドモ水ヲクムニユクノ……」と綴られていくカタカナ書きの文体には、文字の世界から疎外された人々に向けて書き言葉を開いていこうとする態度がはっきりと窺える。
　また、多喜二は母にまつわる思い出を語った文章のなかでこんなことも書いている。

> 母は今でも眼鏡をかけて針仕事をしながら、無心な時によくそんな若い時の唄をうたっていることがある。それを聞いていると、文句がとても思いがけないもので、それで、素朴で面白いものがある。ところが、その歌の一つにこんなのがあった。人がなんぼ貸せと云っても貸さないで、倉の中の米ば腐らせて、空見て泣きべちょかきながら、河さ捨てる、えゝ気味だ、角地の旦那！　文句は秋田の方言そのまゝで、そういう言葉の持つ飄逸な味いがある。それは今から二十年以上も昔のことである。（「故郷の顔」『女人芸術』一九三二年一月）。

　多喜二は、日常会話で交わされる言葉がもっている方言や訛り、あるいは、ときどき口ずさんでいた唄などが伝える音の響きによって母の存在を確かなものに感じ、懐かしさと貧困の記憶が入り交じる故郷・秋田をたぐりよせるのである。

　多喜二が〈声〉の記憶に執拗な関心を抱くようになる背景には、恐らく、ロシア革命を成し遂げるためにレーニンがとった行動が少なからぬ影響を与えている。前述した「プロレタリア文学の新しい文書に就いて」の結語において、多喜二は、

> 私たちは工場に働いている労働者たちの朗かな放言のうちに、在来の芸術が持たなかったピチピチと新鮮な語彙のあることを知っている筈だ。（私は労働者の集会ごとにそれを感じている。）私たちはそれをモノにしなければならないのではないだろうか。（中略）／レーニンは（インテリゲンチャであったという理由もあるが、）暇があると労働者の集会へ出掛けて行って、彼等がどういうことを考え、どういうことを欲して居り、そしてどういうように云うかということを聞いたり、ロシアの労働者農民の使う日常語を集めた『俗語辞典』を持っていて、始終それをしらべていたということである。／そして私たちはこのことではレーニンに負けてはならないと思っている。

と語り、文字とは無縁の場所にいる人々の「朗かな放言」を拾うこと、むしろ彼らが不用意に発している言葉に寄り添いながら表現していくことの重要性を説いている。彼は、母について記した個人的なエッセイばかりでなく、小

説のなかでも「在来の芸術が持たなかったピチピチと新鮮な語彙」を探し、労働者たちの「朗かな放言」を武器にしようと考えたのである。多喜二の文体を「みている者の文体」と呼び、葉山嘉樹の「行動する者の文体」と対比してみせたのは江藤淳「プロレタリア文学の小説性」（『文学』一九五八年十一月）だが、そうした次元で整理するなら、彼の文学は耳を傾けて言葉を聞き取ろうとする者の文体でもあったといえるだろう。

そこで、多喜二の文学における〈声〉のありようを探ってみると、そこには、やはり方言をどのように扱うかという問題が浮かびあがってくる。たとえば、小樽高等商業学校時代に発表した「健」（『新興文学』一九二四年一月号に入選）には、秋田から小樽に転校してきたばかりの少年の言葉が次のように描かれている。やや長くなるが重要な箇所になるため中略せずに引用したい。

健は学校のことを思うとウンざりした。初め学校に入ったとき、皆はジロジロ健ばかりを見ていた。健にはそれがたまらなく、恥ずかしく、いやらしかった。いつであったか、先生がはじめて彼に問題をあてた。彼は秋田の方言そのまゝに云った。がその言葉は、秋田にいれば所謂とって置きのものだった。生徒たちは腹をかゝえて笑った。健は真赤になって、大げさに笑いこけている生徒たちを見た。が、すぐ視点がぼやけてきた。そのとき彼は先生の笑声まできいた。その次の日、健はいやいやながら学校の門まで行った。が、どうしても入る気になれなかった。家に帰ってもそういう事を打ち明けるものも居なかった。それだけ一日中に起こるいろいろなことが胸中にいくつもいくつもたまっているようで、いらいらした。／健は秋田弁を使うというので学校中の評判になり出した。彼が遊び友達もなく、運動場の隅（こんなときによくあることだが）にいると、上級生が、／「オイオイこいつだとよ、秋田弁は……。」／と見つけ出して、たくさん集まってきては、いたずらをし出した。「よしてくれ」ともいえなかった。／何故かって、それも秋田弁でより云えなかったから、それでもあまりいじめられたり、からかわれた／りすると、反射的に無意識に、／「ホーしなでば。」／と口にすることがあった。上級生はそれをきくと、ますますしつこくやり出すのであった。

のちに「転形期の人々」（『ナップ』一九三一年十月～十一月、『プロレタリア文学』一九三二年一月～四月）にも同様のエピソードが描かれていることから推して、これは恐らく多喜二自身がその生い立ちにおいて体験した出来事であり、その強烈な印象ゆえに自伝的な小説のなかで繰り返し語られるのであろう。しかし、ここで注目しなければならないのはそうした事実関係ではない。問題は、多喜二が方言や訛りへの蔑視というかたちで、先鋭化する文化的偏見、すなわち異物を排除することで自分たちのアイデンティティを確認しようとする集団構造を的確に見抜き、笑われる側＝排除される側に自らの居場所を定めようとしている点である。

明治以降の学校制度のなかで展開された標準語教育にとって、方言は紛れもなく悪い言葉であった。方言撲滅運動の一環としてしばしば教師が用いた方言札（注1）に代表されるように、多くの場合、それは矯正されるべきものとしてあり、全国一律の検定教科書によって行われる指導がその言語ファシズム的な状況をさらに促すことになった。そこでは、美しい標準語を操ることが人間としての品位にとって欠かせないものであり、方言や訛りを丸出しにする人間は周囲の嘲笑と蔑視にさらされるという序列づけがなされているのである。

なかでも、ズーズー弁といわれるように訛りが強く、他地域の人々とのあいだでしばしばコミュニケーションの誤解や中断が起こりやすい東北弁は、経済的に開発が遅れた地域の言葉であったという事情も相俟って、教育現場を離れたところでも不当に差別されることが多かった。「地方へ行くと、村と村との間で、おたがいに方言を批評しあって、あの村のことばは早口だとか、あの村のことばが悪いとか、ことばの調子が変だとか、いう。しかし、それはせいぜい悪口であって、相手の村の方言を聞いて、どっと笑うなどということはない。それが、東京共通語の社会にとっては、すべてが笑いの種になる。／ことに、北関東から新潟県を含めた東北地方の『ズーズー弁』は、面とむかって、また、陰で、東京人を笑わせるのである。東北地方から東京へ出て来た若い人たちが、ズーズー弁を笑われて、以後二、三月は一口もきかなかった、というような話をよく聞く。そして、自分の方言について激しい劣等感をいだくようになる。その劣等感は、ことばだけではなく、自己そのものにも及ぶのである」（「方言コンプレックス」『日本の方言』岩波書店、一九五八年四月）という柴田武の指摘にもあるように、東北人が感じる劣等感は言葉を発することへの萎縮にとどまらず、自分という存在の否定にまで及ぶものだったのである。小樽の教師や生徒たちがごくあたりまえのように秋田弁で話す人間を見下し哄笑した背景にも、そうした文化的偏見がある。

文字を持たない人々の寂しさを推しはかり、その人たちの呻《うめ》きにも似た〈声〉を掬いあげることから作家としての活動を立ちあげようとした多喜二は、まず笑われる存在としての自分を描き、言葉の暴力性を正面から見すえることによって自分が格闘しなければならないものの姿を見極めようとするのである。

3　文字の偽装

出稼ぎ労働者たちの肉声を拾いながら、北方漁業の悲惨さと、そこから立ち上がる運動の軌跡を描こうとした「蟹工船」（『戦旗』一九二九年五月～六月）には、冒頭場面からして、すでにそうした方法意識が示されている。この小説は、「おい、地獄さ行ぐんだで！」という、どこの誰ともわからぬ労働者の叫び声で開扉される。東北方言特有の濁音から醸し出されるざらついた感触は、引き続いて描写される彼らの「酒臭」い身体、「ムッとする石炭の匂い」、「何か果物でも腐ったすッぱい臭気」などと連動して、この場面に濃密な土俗性をもちこむ。彼らは、誰なのかという個別性において表現されるのではなく、どのような言葉を遣いどのような臭気を漂わせているかというところからその存在を輪郭づけられていくのである。

貧民窟の子供、坑夫、職工、土工など、ざまざまな人間が入り乱れる雑居房のなかでも、とりわけ多くの言葉を交わしているのは、秋田、青森、岩手などからやってきた「百姓の漁夫」たちである。朝暗いうちから畑に出て、それで食えないで、追払われてくる者達だった。（中略）彼等はみんな「金を残して」内地に帰ることを考えている。然し働いていて、一度陸を踏む、するとモチを踏みつけた小鳥のように、函館や小樽でバタバタやる。そうすれば、まるッきり簡単に「生れた時」とちっとも変らない赤裸になって、おっぽり出された。

とあるように、彼らの多くは、内地に家族を残して出稼ぎに来たものの働いた金を色や欲に費やし、どんどん社会の底辺に落ち込んでしまう人々である。したがって、彼らの話題はもっぱら自分が相手にした女のことや猥談ということになる。

「……んだべよ。四カ月も海の上だ。もう、これんかやれねべと思って……。」／頑丈な身体をしたのが、そう云って、厚い下唇を時時癖のように嘗めながら眼を細めた。／「んで、財布これさ。」／干柿のようなべったりした薄い蟇口《がまぐち》を眼の高さに振ってみせた。／

「あの白首、身体こったらに小せえくせに、とても上手えがったどォ！」

「この女子、可愛いな。」／便所から、片側の壁に片手をつきながら、危い足取りで帰ってきた酔払いが、通りすがりに、赤黒くプクンとしている女の頬ぺたをつッついた。／「何んだね。」／「怒んなよ。この女子ば抱いて寝てやるべよ。」／そう云って、女におどけた恰好をした。皆が笑った。／「おい饅頭、饅頭！」／ずウと隅の方から誰か大声で叫んだ。／「ハアイ……」こんな処ではめずらしい女のよく通る澄んだ声で返事をした。「幾ぼですか？」／「幾ぼ？　二つもあったら不具だべよ。お饅頭、お饅頭！」／急にワッと笑い声が起った。

といった描写からも伝わるように、彼らは「函館で買った女の話や、露骨な女の陰部の話」を明け透けに語り合うことで悪臭が充満して薄汚い船底の鬱陶しさをこらえ、苛立ちから逃れようとする。このとき、地の文がもっている平板かつ説明的な描写とは対照的な労働者たちの方言や訛りは、日本語で表記されることの堅苦しさにもがき、文字の表面を滑らかに移動しようとする目の動きを停滞させる。ささくれだった文字がノイズとなって意味を侵食する。発音のレベルにまで意識を届かせようとする文体は、むしろ、話された言葉を書き留めることの不自然さを際立たせるのである。

ただし、ここで注意しなければならないのは、「蟹工船」が用いている方言や訛りは、あくまでもモダニズム的な言語装置としてつくられた加工品だということである。そこに描かれているのは、秋田弁のネイティヴである作者・小林多喜二が、自分の原体験に照らして言葉のニュアンスを復元しようとしたものでもなければ、都市文明や中央集権に背を向けて自然への素朴な回帰を志向したものでもない。方言や訛りは、ときに、その地方の言葉を知らない人間から嘲笑や蔑視を浴びせられ、発音をわざとらしく真似られたりすることで陰湿な攻撃の対象となるが、ここでの会話も、ある意味では伝わりにくいものを伝わりにくく書こうとする作為にみちている。作品はザラついた言葉の襞《ひだ》をグロテスクに隆起させることで言葉そのものに内在するエネルギーを抽出し、「だんだん内からむくれ上ってくる性慾」のありようを戯画的に表現するのである。

のちに語り手は、そうした出稼ぎ労働者たちのリーダーになっていく人間として、事あるごとに「威張んな」と抵抗するのが口癖で、いつのまにかそれが渾名《あだな》になってしまった男と、ひどい吃り《ども》があるために「吃りの漁夫」と呼ばれるようになる男を浮上させ、多彩な語彙を駆使して自分の主義主張を自由に語るコミュニケーションのネットワークから疎外された存在が、行動を通して周囲を揺さぶっていく反転構造を用意する。彼らを監視する監督が「貴様等の一人、二人が何んだ。川崎一艘《いっそう》取られてみろ、たまったもんでないんだ」という罵声を浴びせた直後に「監督は日本語でハッキリそういった」という一節を添えるなどして、権威をふりかざす人間たちが所有する「日本語」と、命令される側のたどたどしい言葉との偏差を明らかにする。

作品には、その構造が象徴的に表出する場面がある。蟹漁が一万箱を達成した祝いに酒宴が催され、その余興として活動写真が上映されたとき、語り手はその様子を次のように描写する。

日本の方は、貧乏な一人の少年が「納豆売り」、「夕刊売り」から「靴磨き」となり、工場に入り、模範職工になり、取り立てられて、一大富豪になる映画だった。弁士は字幕にはなかったが、「げに勤勉こそ成功の母ならずして、何んぞや！」と云った。／それには雑夫達の「真剣な」拍手が起った。然し漁夫か船員のうちで、「嘘こけ！　そんだったら、俺なんて社長になってねかならないべよ。」／と大声を出したものがいた。／それで皆は大笑いに笑ってしまった。／後で弁士が、「あ、いう処へは、ウンと力を入れて、繰りかえし、繰りかえし云って貰いたいって、／会社から命令されて来たんだ。」と云った。

会社からの命令で地道に働くことの功徳を訴える弁士の口から発せられる文語調の常套句。薄っぺらな言葉の胡散臭さを嗅ぎつけて反発する漁夫の大声。そして、方言まる出しで叫ぶ漁夫の明け透けな態度によって渦巻く笑い。ここには、上から教条的に押しつけられる「日本語」のもっともらしさを方言の力で茶化し、重い現実を少しでも跳ね返そうとする抵抗が描き込まれている。「言語的エリートの陰謀」（『日本読書新聞』一九七七年六月二十七日、『ことばの差別』農山漁村文化協会、一九八〇年五月）のなかで、自らの専制を安定させるために自分たちが使う言葉を正しく美しい言葉のモデルとしてひけらかしていく言語エリートは、生まれながらに「くずれた」（注2）言葉しか使えない大衆に屈辱を与え言葉の均質化を拒もうとすると指摘した田中克彦は、「知的、記述的伝達のために、ことばはむしろ必要ではなかった。それは何よりも情念のために生まれたのだと述べたのはルソーであった。私はさらにすすんで、ことばの伝達機能は、他方におけるその非伝達力、つまり伝達を拒む力によってささえられている点を強調しておきたい。この求心力と遠心力によって生み出される緊張関係が、いわゆる特定集団のアイデンティティの主張にかかわりを持つのだ。つまり、ことばは、どこへでも移転可能な道具として、いわばむきだしにあるのではなくて――あるとすれば、語学の売場にあるレコードやテープの形においてである――伝達以外の項目の中に埋め込まれている」と論じているが、それは「蟹工船」の世界においても同様である。彼らが口にする方言。それは、いわば簡単に伝達することを拒む力に支えられているのであり、そうした緊張関係が逆に情念の色濃さを炙りだすのである。

　こうして、「蟹工船」は自分たちの利益を最も効率よく確保しようとする人間たちが下層集団に向けて発する巧妙な仕掛けをもった言葉と、それによって分裂を強いられる労働者たちの情念を託した言葉の衝突という様相をみせていく。なかでも顕著なのは、労働者の多くが自由に扱うことのできない文字による攻撃である。

　作品には、「蟹工船は『工船』（工場船）であって『航船』ではない。だから航海法は適用されなかった。二十年の間も繋ぎッ放しになって、沈没させることしかどうにもならないヨロヨロな『梅毒患者』のような船が、恥かしげもなく、上べだけの濃化粧をほどこされ、函館へ廻ってきた」という一節がある。「蟹工船は純然たる『工場』だった。然し工場法の適用もうけていない。それで、これ位都合のいゝ、勝手に出来るところはなかった」という一節がある。そして、それぞれの法解釈が組み合わされることによって、蟹工船はあらゆる法律の網の目から逃れた超法規的空間となる。

　一九二六年十二月に船主団体と海員協会との協定によって設立された海事共同会の活動が、一九二八年になって遭難手当規定、普通船員標準給料最低額協定となって実を結ぶことからもわかるように、当時の海上事業は国際条約を批准する立場から人命の安全および労働条件の改善に向けて法律の整備が急ピッチで進められていた。だが、一九二九年の世界大恐慌、翌年の金解禁などの余波を受けて経済状況が重大な危機に陥っていた日本政府は、主要な輸出産業でもあったカムチャッカ沖の蟹漁に打撃を与えないようにするため、あえて蟹工船を取り締まるような法律を作らずそれを野放しにした。海上を移動することができる蟹工船を工場法が適用される範囲から除外したのも同じ理由によるものである。蟹工船は海上で操業するにもかかわらず航海法の拘束を受けないし、工場でありながら工場法の規定も受けないという、資本家にとってこれ以上ないほど都合のよい無法地帯なのである。

　作品中には、波にさらわれた川崎船を捜索していて別の船のものと思われる川崎船を発見した現場監督が、大工に命じて第36号と書かれた船の「3」をカンナで削り落とさせ、その船を「第六号川崎船」という名前に変えてしまう場面がある。他の船が激しい時化《しけ》にあって無線でSOSを発信してきたとき、航海上のルールに基づいて救助に向かおうとした船長を現場監督が恫喝し、無理やり船名を変えてしまうのである。また、労働者のひとりが病気に罹ったとき、「診断書を作って貰いたいんですけれども」と切り出した患者に対して、医者は「この船では、それを書かせないことになってるんだよ。勝手にそう決めたらしいんだが。……後々のことがあるんでね」と口を濁す。それらすべてが如実に示しているように、杓子定規な表記や規定は現実を置き去りにしたまま資本家たちの利益を守るように作用するのである。

　その意味で、蟹工船における秩序とは、事実にまつわる記録を書き換え、抹消する行為によって保たれているといってよい。音声の言葉が、それを発する人間の立場や個性を剝き出しにするのに反して、文字はときとして書く主体の意図や目的を見えにくくする。それがあたかも公的に開かれた情報であるかのような顔つきをする。多喜二がその生い立ちやプロレタリア作家としての活動の様々な局面でぶつかったように、文字は所有する人々の欺瞞《ぎまん》を装う武器となってそれを所有しない人々を沈黙させるのである。

　こうした認識をさらに鮮明にするかのように、「蟹工船」では、現場監督が労働者たちを管理するために用いる触書きがそのままのかたちで作品内に表記され、読者の意識を喚起する。以下はその触書きである。

> 雑夫、宮口を発見せるものには、
> バット二つ、手拭一本を、
> 賞与としてくれるべし。
> 　　　　　浅川監督。

　ここでは、語り手や登場人物の目を媒介として内容を間接的に記すのではなく、触書きそのものを描きだすことで文字としての意味合いが強調されている。本来は労働者たちと同じ世界に這いつくばる人間でありながら、権力に靡《なび》いて虎の威を借る浅川の無教養ぶりをさらけ出すような「誤字沢山」の触書きは、もともと浅川という男の個人的な憎悪や腹立ちに端を発したものだったにもかかわらず、文字として貼られることによって客観性と公共性を獲得し、労働者たちを統制していくのである。

　このとき、労働者たちはどこまでも情報の受け手であり、触書きによってお互いの関係性に疑心暗鬼を生じさせてしまうような脆弱な存在である。彼らはわずかな「賞与」によって横のつながりを寸断され、去勢状態に陥ることを強いられるのである。こうした触書きの余白には、ときに「共同便所の中にあるような猥褻な落書」が書かれたりして文字の権威に対するささやかな抵抗が試みられるが、それは、いかに労働者たちが文字によって偽装された客観性によってものごとの本質から遠ざけられ、ひれ伏すことを強要されているかを物語る事象のひとつであろう。

　こうした状況のなか、事故や病気で命を落とす者が出てくるわけだが、労働者たちのなかにひとつの連帯感が芽生えてくるのは、そうした者たちへの弔いの場においてである。たとえば、川崎船で海に出たまま行方不明になった漁夫の荷物を整理しているとき、そのなかに「片仮名と平仮名の交った、鉛筆をなめり、なめり書いた手紙」を見つけた漁夫たちは、「豆粒でも拾うように、ボツリ、ボツリ、然しむさぼるように」それを読み回し、涙をこらえながら浅川監督への復讐を計画しはじめる。また、脚気《かっけ》で寝たきりになっていた漁夫が死んだときには、ありあわせの線香と蠟燭《ろうそく》のみで行われたお通夜の席に仲間たちが集まってきて、その悔しさを分かちあう。

> 片言のやうに切れ切れに、お経の文句を覚えていた漁夫が「それでい丶、心が通じる」／そう皆に云われて、お経をあげることになった。お経の間、シーンとしていた。誰か鼻をす丶り上げている。終りに近くなるとそれが何人もに殖えて行った。

という描写が如実に示しているように、彼らは「鉛筆をなめり、なめり書いた手紙」の文面や切れ切れの「お経」を通して心をひとつにしていくのである。これは、いうまでもなく法律の文言や触書きに記された権威の文字とは対極にある自分たちの言葉である。性欲に悩まされた男たちが口にしはじめた猥歌が、まるで「海綿にでも吸われるように、皆に覚えられて」いったのと同じように、ここでは血肉の通った言葉が人から人へと受け渡され、親和的な空間をつくっていく。それまで、それぞれがそれぞれの不満を勝手にぶちまけたり欲求不満の捌《は》け口を探したりするだけで、ほとんど相互性を持たなかった言葉は、ここに至って自閉的な発話行為の殻を破り、自分以外の人間を慮《おもんぱか》ったり悼《いた》んだりすることができるところに到達するのである。

4　帝国の言葉

　こうして蟹工船の船底にはさまざまな言葉が飛び交うようになる。それまで、わずかな言葉の癖を手がかりに相手の素性をさぐりあっていた「百姓の漁夫」、流れ者の「坑夫」、「学生上り」といった枠組みはしだいに作品世界から消えていく。ひとりひとりを分断して競争意識を煽《あお》り、相互監視を強めようとする監督の抑圧が厳しくなればなるほど、彼らはひとつの集団としてまとまり、言葉を共有しようとする。
　だが、それと同時に、労働者たちの肉声と肉声の繋ぎ目には、彼らの置かれている状況を冷静に判断し、書物によって得た認識をもってそれを説明しようとする「インテリゲンチャ」の言葉が増殖するようになる。さまざまな出自の人間がひとつに集いはじめると同時に、彼らは「朗かな放言」（小林多喜二「プロレタリア文学の新しい文書に就いて」前出）に浸れなくなる。語り手と「東京の学生上り」が結託するようにして場面の内と外から語られるその言説は、いっけん蟹工船が置かれている現実をひとつひとつ解きほぐしていく素振りをみせながら、実際のところでは書き言葉の世界から疎外されていた労働者たちから乖離し、作品内を俯瞰してみせたり読者に向けて状況を概説する語り口をみせたりするようになるのである。たとえば、作品にはこんな会話がある。

「何んしろ大事業だからな。人跡未踏の地の富源を開発するッてんだから、大変だよ。この蟹工船だって、今はこれで良くなったそうだよ。天候や潮流の変化の観測が出来なかったり、地理が実際にマスターされていなかったりした創業当時は、幾ら船が沈没したか分らなかったそうだ。露国の船には沈められる、捕虜になる、殺される、それでも屈しないで、立ち上り、立ち上り苦闘して来たからこそ、この大富源が俺達のものになったのさ。……まァ仕方ないさ。」／「…………………」／歴史が何時でも書いているように、それはそうかも知れない気がする。然し、彼の心の底にわだかまっているムッとした気持が、それでちっとも晴れなく思われた。

　明治以降、北海道には土地や漁場を開拓して移民成金を夢見る人々が数多く押しかけた。新しい産業を興し、食糧、人口、エネルギーなどあらゆる経済問題を解決していくために、国家的な事業として植民が奨励されていた。なかでも、ソ連との国境で操業する蟹工船には高い利潤を追求するだけでなく帝国日本の最前線として漁場実績を拡大していくことが求められていた。様々な書物から情報を得ている学生たちは、むしろ、そうした政治的背景を洞察し、「まァ仕方ない」と納得することで自分たちの知的水準を確かめ合う。

また、彼らの言葉遣いは複雑に絡まった糸を簡単に解きほぐし、現実をもっともらしく説明してしまう滑らかさにおいて極めて散文的であり、「蟹工船」に内在するぎこちなさを融解させる。伝わりにくいものを伝わりにくいものとして記述することで文字に身体性をにじませようとしていたはずの文体は、まさにオルガナイザーの文体にとって代わられるのである。

このあと、学生たちはストライキを立ちあげるために労働者たちに組織図を提示する。すべてを効率よく「全体の問題」にしていくことを最も重要なポイントにあげ、作者・小林多喜二が「蟹工船」で表現しようとしたモチーフを的確に実践するかのように、正しい闘争のあり方を教科書的に示していく役回りを果たす。「それは今迄『屈従』しか知らなかった漁夫を、全く思いがけずに背から、とてつもない力で突きのめした」という一節が裏付けるように、「蟹工船」は、この場面を起点として急速にプロレタリア文学らしさを装いはじめるのである。

だが、そうしたご都合主義的な展開は、同時に「蟹工船」を袋小路に誘い込む。さきに引用した場面で、聞き手となっていた学生のなかに燻っていた「歴史が何時でも書いているように、それはそうかも知れない気がする。然し……」という「わだかま」りがいつのまにか雲散霧消し、作品そのものが「『殖民地に於ける資本主義侵入史』の一頁」に書き加えられていく過程において、「歴史」という公の言葉にはなじまないもの、すなわち、方言や訛りを先鋭化することで意識的に作りだされていた言葉＝身体の律動が後景に消えていくのである。

「テクストは『身体』に加圧された凌辱の深度を推し量りながら、それがなお強い尊敬とともにあることを『身体』の側からの『声』の共振として呈示しようとする。そういう言葉のはたらきが『表現』としてめざすものは、たんなる現実の『描写』ではなく、むしろ身体的な『知覚』を縦横に活性化しつつ、その運動のリズムにのせて言葉を運ぼうとすることだろう」という日高昭二の言説（「『蟹工船』の黙示録」前出）をかりれば、「蟹工船」の言葉は、由緒正しい「歴史」に書き加えられるために、結果として〈声〉の共振を封じ込めることになるのである（注3）。

「蟹工船」を発表した翌年、小林多喜二は「『報告文学』

其他」（『東京朝日新聞』一九三〇年五月十四～十六日）のなかでプロレタリア文学が陥っている傾向に言及し、「説明化とわい曲化と卑俗化」を挙げるとともに、「『カニ工船』の持っているさ末性やかいじゅう性」に自ら批判を加える。「レポート文学」なるものを提唱し、「この『報告文学』への着眼は、プロレタリア作家にその『職業化』による遊離をハッキリと示し、従ってそこからは本物に遠いプロレタリア作品しか生れないということ、だからプロレタリア作家が自ら進んで労働者、農民の『通信員』とならなくては、決してその『うそ』と『行詰り』から逃れることが出来ないということを教えた」と論じたが、「蟹工船」の結末をみる限り、「行詰り」は多喜二自身が考えている欠点よりもさらに深刻な破綻をきたしていたといえそうである。「歴史」としての体裁とよりよい着地点を求めるあまり、そこでは、あれほど荒々しく振る舞い、望郷を募らせ、性欲の処理にもがいていた労働者たちの人間臭さがレポートされず、まるで促成栽培のようにすくすくと闘士に育っていく姿だけが描写されているのである。

オルガナイザーの啓蒙によって集団としての統一性を備えはじめた労働者たちが最初に行ったのは、学生たちがまとめた「要求条項」を読み、自分たちの名前を「誓約書」に書き連ねることだった。それまで、あらゆる場面で文字の権威にひれふしてきた彼らは、やっと自分たちの文字言語を獲得し、法律や契約書の記述などを楯にして命令を突きつける資本家たちとのイデオロギー闘争に参加していくというわけである。

やがて、騒乱の情報は当局にも届き、帝国軍艦の駆逐艦がやってくる。「国民の味方」だと思って歓喜する労働者たちを尻目に、軍隊は労働者の代表に銃剣を突きつけ、騒ぎを鎮圧する。ストライキが惨めに破れてからは仕事もさらに過酷なものになり、「俺達には、俺達しか味方が無えんだ」という失望を深くしていく。

そうした逆境のなかで、彼らの間には「ん、もう一回だ！」といってお互いを励ますような言説が飛び交うようになり、もう一度、立ち上がろうとする掛け声が高まっていく。「蟹工船」のラストシーンは、ほんの数頁の間に場面がめまぐるしく変わり、まるでお約束事のようなレジスタンスが活写される。

だが、ここで交わされる労働者たちの言葉からは、なぜか彼らが心の底から声を張りあげて叫んでいたときの方言や訛りが掻き消されている。

「そうだよ。今度こそ、このまゝ仕事していたんじゃ、俺達本当に殺されるよ。犠牲者を出さないように全部で、一緒にサボルことだ。この前と同じ手で。吃りが云ったでないか、何より力を合わせることだって。それに力を合わせたらどんなことが出来たか、ということも分っている筈だ。」／「それでも若し駆逐艦を呼んだら、皆でこの時こそ力を合わせて、一人も残らず引渡されよう！ その方がかえって助かるんだ。」／「んかも知らない。然し考えてみれば、そんなことになったら、監督が第一周章《あわ》てるよ、会社の手前。代りを函館から取り寄せるのには遅すぎるし、出来高だって問題にならない程少ないし。……うまくやったら、これァ案外大丈夫だど。」／「大丈夫だよ。それに不思議に誰だって、ビクビクしていないしな。皆、畜生！ ッて気でいる。」／「本当のこと云えば、そんな先きの成算なんて、どうでもいゝんだ。死ぬか生きるか、だからな。」

東北、北海道の各地からやってきた下層の労働者たちは、学生たちが作った闘争の一覧表《タブロー》や「誓約書」に沿って規律と訓練を重ねるうちに、いつのまにか、東京からやってきた学生たちと同化し、限りなく彼らの言葉＝標準語に近い言葉で冷静に会話を進める術を習得してしまっている。笑われる側、排除される側の言葉にスタンスを置いて描かれていたはずの言語世界は、急速にリアリティを失い、標準語という叙述の形式に従属するのである。

言い換えるなら、それは、「個人の性格、心理」ではなく「労働者の『グループ』」を「主人公」として描こうとするモチーフと、労働者たちの〈声〉を的確に拾い集めようとする「蟹工船」の文体の間に生じた齟齬でもある。現実を対象としての「もの」に即して捉え、「歴史」的状況の中に配置しようとするあまり、この作品は、それまで舞台の上にいたはずの人間たちを〝かくあるべき観念〟で包み込んでしまうのである。『オリエンタリズムの彼方へ――近代文化批判』（岩波書店、一九九六年四月）のなかで日本の植民政策学とオリエンタリズムの問題について分析した姜尚中は、「植民地主義の支配・従属関係におかれた『異系』の社会（アジア）の停滞は、『秩序的な発展』の側から『歴史的』に説明され、同時に『非歴史的な』本質に還元されてしまう。つまり、そのような社会を進化・発展することもない特殊性のなかに釘づけにしてしまう類型学的なカテゴリーが導き出されるのだ」と論じているが、ここでの「アジア」という表現を労働者に置き換えてみれば、「蟹工船」の言説も同じような構造をもっていることがわかる。肉体的な禁欲や精神の孤独などといった負性も含めて、確固とした個性をもっていた彼らが、標準語という装置によって書き換えられていく過程。それは、日本の帝国主義が東アジア周辺の地域国家に対して行った「類型学的なカテゴリー」化の問題と限りなく接近しているのである。

「蟹工船」の文体は、労働者たちの方言や訛りを的確に描き、身体の存在感を〈声〉＝話し言葉によって表現しようとする点において演劇的であるといえる。〈声〉の力は、彼らを抑圧しようとする資本家たちが所有する権威としての文字＝書き言葉と衝突するなかでさらに鮮明になっていく。だが、「蟹工船」の収束部で、語り手は彼らを煽動して運動を起こそうとするオルガナイザーたちに便乗して状況を説明的に描写しはじめる。労働者全体を「歴史」として記述するために彼らから生身の〈声〉を奪ってしまう。多喜二がどこまで意識的にそれを描いたかはわからないが、結果として「蟹工船」の世界を生きる労働者たちは闘争の力と引き換えに「朗かな放言」（小林多喜二「プロレタリア文学の新しい文書に就いて」前出）を失っていく。方言を発することで〈私〉を保とうとしていたひとりひとりの労働者が標準語の思考に馴化させられていくことでその輪郭を失う。それは、日本の帝国主義がアジアに対して行った類型化の問題と根を同じくする言葉の帝国主義に他ならない。

注

1　方言罰札ともいわれ、標準語を普及させるための手段として学校教育の現場などで用いられた。標準語ではなく方言や地方言語で話そうとする者たちにこの札を掛けさせて見せしめとした。

2　田中克彦は、丸谷才一が『日本語のために』（新潮社、一九七四年八月）に記した「口語文とはあくまでも文語文のくずれ」だという一節を批判し、「言語をエリートの専制にゆだねるのに、これほど適切なリロンは他に求めがたい」と述べている。

3　こうした破綻は、たとえば「北海道を植民地と規定したにもかかわらず、被支配者たるアイヌの存在を描かず、移住してきた日本人労働者をあたかも被植民地化された側の人間であるかのように見なしている。資本家の北海道侵入のみをあげつらい、労働者による植民は問題にしない。小林多喜二が『蟹工船』の最後に記した『殖民地』という語には、一種の観念性がつきまとう」と指摘し、「この一篇は、『殖民地に於ける資本主義侵入史』の一頁である」という記述が本文と断絶しているとした西原大輔の論考（「小林多喜二『蟹工船』における植民地」『横浜商大論集』一九九六年五月）にもつながる。

「蟹工船」本文の引用は『定本　小林多喜二全集　第四巻』（新日本出版社、一九六八年二月）に依り、一部のルビ、傍点、記号等を割愛した。

コラム①　松田解子『地底の人々』

館のそとの広場は、いつしかいぶるような陽光に蒸れていた。うえた蝿が、つみあげられた死体に、あるいはまもなく死体になる俘虜の体に群がって血をなめた。まだ呼吸をしている俘虜は、かわいたくちびるで水を求めた。あの父をうしなった少年俘虜、趙青児が、生命をたもって、目を泣きはらして水をもとめていた。そこから二、三間むこうに劉知集が、老沢玉といっしょにひとつの縄にしばられていた。沢玉が子どものように泣き叫び、知集が眉をつって、沢玉になぐりかかる棒頭になにか叫んでいた。広場じゅうが水を求める叫び声と泣き声、うったえの声にみたされた。その中のひとりが立ちあがって、人垣に向かって何やら叫んだ。人垣がぐっとこたえるように背伸びをした。とたんに棒頭の一撃がその俘虜を打ちすえた。

「ええッ！　なに鬼達だべナ、まず！　あのぶったたきァがることよ」

人垣の中から、だれかが涙声で叫んだ。

「鬼だあ？　だれが鬼なんだ？」

「鹿島組から、なんからよッ！　お前達《めだ》みんなよッ」

「このばばあッ」

かれは人ごみをかきわけて、白毛のばあさんのまえへつめよった。（中略）

耿順は訊問者、大館署長に向かってくり返した。

「わたしが主謀者です。ほかのものは何も知らなかったのです。かれらをゆるしてください」

「おまえが主謀だということぐらいわかってる。おまえといっしょに暴動の中心になったものがいるだろう。共謀したものがいるだろう、といってるんだ。おまえがひとりで補導員の宿直室にとびこんだのか」

「ひとりです！」

拷問係が耿順にせまった。が、とびだした福多がさきに手をかけた。かれは憎悪にふるえていた。手数のかかる拷問をやるかわりに、かれは全身で耿順にいどみかかった。尾畠ら仲間の仇討ちだった。見物の澄井が微笑をうかべた。大館署長も、この『とびいり』の拷問係をそのままにした。『忠臣』が『敵性』へ『復讐』するのだ。三撃まで棍棒にたえた耿順は四撃めに崩れた。耳がちぎれかけて、つけ根から、すんだ、赤い血がながれていた。けとばされた耿順はうごかなかった。しだいにとおのいてゆく耿順の意識の底にひとりの日本の農民老婆がうかびあがった。かれは討伐隊にせめさいなまれる病同志のひとり、老保学を、白沢の一軒の農家にかつぎこんだ。そのときそこにいた老婆の顔だった。カワイソにカワイソに！　老婆はひざですりよって保学を中へ入れようとした。が、おそかった。二人は数人の討伐隊にわかれわかれに引きずりだされ、わかれわかれにここへはこばれた。

　そのとき、大館署長が花岡署長をふり返った。花岡署長が警官にいった。

「この張本人を署にはこべ」

　血まみれの耿順の体がかつぎあげられた。館の中の俘虜たちがいっせいに身をもがき、やがて耿順が館のそとへ運び出されると、館のまえの広場の俘虜たちがいっせいに、しばられた上身をもがいて、立ちあがろうとした。かれらは声をかぎりに、耿順の共謀者はじぶんだ、と叫んだ。

　戦争末期、日本に強制連行された中国人は約四万人にのぼり、その十七・七％が拷問や暴行、飢餓と寒さによる衰弱で命を失った。なかでも飛びぬけて死亡率が高かった事業所のひとつが秋田の藤田組（現・同和鉱業）花岡鉱業所の土木部門を請け負った鹿島組（現・鹿島建設）花岡出張所だった。

　一九四四年五月二十九日、秋田県の花岡鉱山で発生した陥没事故により日本人十一人、朝鮮人十一人が生き埋めになる。急遽、花岡川の水路変更工事を進めることになった鹿島組は中国人俘虜九百八十六人を動員して作業にあたらせるが、過酷な労働環境と非人道的な扱いに耐えかねた中国人俘虜が一斉蜂起し四百十八名が亡くなる。松田解子『地底の人々』（世界文化社、一九五三年三月）は、のちに花岡事件と呼ばれることになるこの一斉蜂起を描いたものである。

　『気骨の作家　松田解子　百年の軌跡』（秋田魁新報社、二〇一四年十一月）を書いた渡辺澄子が、旻子著／山邉悠喜子訳『尊厳　半世紀を歩いた「花岡事件」』（日本僑報社、二〇〇五年九月）などの記録をもとに、「薜同道が朝鮮人のおばあさんからおにぎりを一個もらったが、一口食べた時、補導員に見つかった。後ろ手に縛られ、たばこの火を顔に押しつけられた上、四人の補導員に棍棒や鉄棒、皮のむちでめった打ちされ、足蹴にされた。そのむちは雄牛の生殖器を干した「牛陰鞭」だった。「牛陰鞭」での殴打は中国人の人間としての尊厳を冒す決して許されぬ行為だった。この時、耿諄（小説では「耿順」と表記されている—筆者注）は蜂起を決意したという」と説いたように、この作品の根底にあるのは、命を懸けて「人間としての尊厳」を持ち続けようとした人々の闘いである。

この作品には、朝鮮人徴用工、中国人俘虜といった「地底の人々」と彼らを「畜生」のように扱う鹿島組関係者の他に、特高警察、憲兵、地元警察、アカの主義者、日本人に媚びる中国人の物資保管係など様々な属性の人間が登場するが、作者・松田解子は、むしろ登場人物を個性のない操り人形のように描くことで、彼らの背後にあるもの、彼らにそれを強いる力の存在を浮かびあがらせようとしている。のちに「花岡事件おぼえがき」（週刊『日中友好新聞』一九七二年五月十九日〜十月十三日、のち『松田解子自選集』第6巻、澤田出版、二〇〇四年五月）を書いた松田は、それを「この国土の地底にまで及んでいた日本の天皇制と独占の支配、それへの盲信に根差す排他的侵略的な軍国主義」と名指している。

そうしたなか、『地底の人々』において、ただひとり「ふんぎれずにいる」人間として描かれているのが横田定吉という日本人坑夫である。小作人の子として育った彼は「学問」をしたこともなければ権力に抵抗しようとする「思想」をもったこともない。ささやかな幸福を求めて日銭を稼ぐ貧しい労働者である。「天皇だの軍部だの、政府だの、こういう戦争を起こすやつらをこそ、敵にまわしてたたかうよりほかはない」と訴えるアカの声高な叫びを聞くにつれ、「スターリンが指導しているというロシアのように？——独裁主義で、なんでもかんでも、自分のいうとおりにならないものは、牢に入れたり殺したりしていると、日本の新聞やラジオが毎日のように悪口《あっこり》をいっている」と考え、特高の取り調べで「おまえは天皇陛下を、ありがたいと思っているのか、ありがたくないと思っているのか？」と詰問されたときには、「日本人でとおるからは、ありがたいふりをしている必要だけはあるものなのだ」、天皇は日本人にとって「そらおそろしい拷問道具」だと考える。彼は「あきらめ」ているわけでも「やけくそ」になっているわけでもなく、ただただ「ふんぎれずにいる」宙吊りの存在として描出されるのである。

引用した箇所は、『地底の人々』（『松田解子自選集』第6巻「地底の人々」澤田出版株式会社、二〇〇四年五月）のクライマックスである。鹿島組、警察、警防団員らによって一斉蜂起が鎮圧されたあと、広場には死体が積み上げられる。討伐隊の拷問係は、水を求めて泣き叫ぶ中国人俘虜を容赦なく打ち据え、人垣のなかから聞こえてくる「ええッ！、なに鬼達だベナ」と叫ぶ老婆を恫喝する。さらに、それに続く場面には、仲間の「仇討ち」とばかりに棍棒で耿順を半殺しにしようとする男と、その残虐な行為を「微笑をうかべ」

ながら見守る日本人まで描かれる。そこには、わざわざカッコ付きで「『忠臣』が『敵性』へ『復讐』するのだ」という言葉まで添えられている。

こうして、『地底の人々』は血まみれの耿順が警察署に運び出されるところで幕を閉じるわけだが、松田解子はその末尾に「俘虜たちがいっせいに、しばられた上身をもがいて、立ちあがろうとした。かれらは声をかぎりに、耿順の共謀者はじぶんだ、とさけんだ」という一節を加えることで、闘いが終わりではないこと、群れのなかから第二、第三の耿順が現れるであろうことを読者に予感させる。

【図１】松田解子『地底の人々』（世界文化社、1953年３月）より

だが、この作品でもうひとつ重要なのは、耿順たちの一斉蜂起を知った定吉のなかに「今まで感じたことのない性質《たち》の、さびしさとあせり」が芽生えていることである。「いまにも何か叫びだしたいような、何にでもぶつかってゆきたいような、気ちがいじみた衝動」に突き動かされていることである。こうして、鹿島組の課長を人質に坑道の奥へと向かった定吉は、「ようみんな、甚一郎、橋本さがしだして堅坑やぶるべや」と声をあげる。

耿順と定吉は連帯しているわけではない。強い絆で結ばれた仲間でもない。だが、耿順の闘いは、結果として定吉の背中を押すことになった。「あきらめ」でも「やけくそ」でもない生き方を教えることになった。「人間としての尊厳」を賭けた耿順の闘いは、こうして中国人俘虜たちはもとより、何事にも「ふんぎれずにいる」定吉にも伝播しているのである。

「地底の人々」は初刊の『地底の人々』（世界文化社、一九五三年三月）から『松田解子自選集』第6巻（澤田出版、二〇〇四年五月）『地底の人々』の間で大幅な改稿がなされており、後者には初刊になかった新たなラストシーンが付け加えられている。そこには「わすれるな、花岡。／盆地自身がそう叫んでいるかのような刻々がそこにあった。その地底ふかく声なくねむる死者たちと生者たちの沈黙を抱いて」という言葉とともに、足もとに向かって「待っててけろよ、それまでな、……待ってて……」と語りかける定吉が描写されている。

第2章——群れの力学

2―1　群衆とは何者か？――歴史小説における〈一揆〉の表象

1　〈一揆〉小説における群衆

エドガー・アラン・ポー「群集の人」（The Man of the Crowd. 1840）がそうであるように、文学はしばしば都市生活者の孤独と不安をかきたてる〈影〉として群衆（注1）を捉えてきた。群衆はその一様性と暴力性において脅威をもたらす存在だったかもしれないが、文学は、政治性と祝祭性が複雑に絡み合いながら肥大化するデモや暴動の運動性を的確に切り取りながら、同時に、ひとりひとりの人間をいきいきと描く言葉と方法をもたなかった。

だが、一九五五年体制の始まりから一九六〇年安保闘争を経て大学紛争や労働争議などが激化していく時代、多くの日本人は写真や映像を通してはじめて群衆なるものを目撃することになった。〈影〉に過ぎなかった群衆は安保闘争の写真や映像によってリアルなものに転化したのである。個人が権力に抗うには組織的闘争を展開することが必要であるという認識が正統性を獲得していくなか、文学は、その状況をどのような方法で言語に置き換えるかという課題をつきつけられる。

戦前・戦中を通じて厳しい言論統制を受け、戦後もGHQ／SCAP（連合国最高司令部、以下、本書では原則としてGHQと表記する）による検閲やプレスコードに悩まされた記憶を有する旧世代の作家にとって、目の前に起こりつつある騒乱をリアルに描写するのはそれほど容易なことではなかった。国家権力がいかに群衆を恐れ、抑圧と制御に神経を尖らせているかを知っているがゆえに、あるいは、いま目の前で起こりつつある状況がどのような決着をみせるのか予測できないために、多くの作家たちは、イデオロギーや政治的立場を明確にすること／しないことを当面の課題と考え、いままさに起こりつつある現実をいかに描くかという問題に腐心した。

そうしたなか、一部の表現者のなかに、デモや暴動を封建時代の百姓一揆と重ね合わせ、歴史小説（時代小説も含む）

の方法で可視化しようとする試みが生まれてくる。石井洋二郎が「安保闘争から大学紛争に至る六〇年代には「対決」ないし「闘争」の構図がなお支配的であり、かつ社会の解読格子としても有効性を保持していた。政治的イデオロギーの求心力によって来るべき革命のために蓄積された青年層のエネルギーは、個のレベルを超えて種々の集団へと統合・拡大され、現代の一揆とも言うべきデモや暴動を通して直接的に外部へと噴出していた」（『環　歴史・環境・文明』藤原書店、二〇〇三年十月）と指摘したように、「対決」ないし「闘争」の構図を「社会の解読格子」とし、デモや暴動を「現代の一揆」になぞらえる戦略性をもった〈一揆〉小説が書かれるようになるのである。

では、〈一揆〉小説における群衆とは何者なのだろうか？まず確認しておきたいのは、群衆であること（名詞的認識）と群れること（動詞的認識）の違いである。群れることそれ自体を目的にしている人間は、ひとりひとりが別々の夢を見ているだけで、他者のそれに関心を払おうとはしない。人混みや雑踏は不快なものかもしれないが、予測可能な蠢《うごめ》きをみせている限り、私たちはそれを恐れたりはしない。また、群衆は「大衆」という匿名性と抽象性を帯びた概念でもない。メディアがつくりあげる「大衆」は市民社会の mass そのものであり、身体性を伴っていないからである。それに対して、本節が焦点化する群衆は移動／静止する身体性をともない、集合エネルギーの力をかりて何らかの行為を遂行しようとする人々である。群衆の内部には瓦解寸前の緊張感が漲っており、ひとつ間違えば暴徒と化してしまう危うさによって見る者を不安や恐怖に陥れるのである。

もうひとつ、一九五〇年代後半から一九六〇年代にかけて〈一揆〉が頻繁に描かれるようになる背景として確認しておきたいことのひとつに、同時代における歴史小説ブームと倒叙形式による歴史記述の広がりという問題がある。尾崎秀樹が「歴史文学の戦後的展開」（『歴史文学論——変革期の視座』勁草書房、一九七六年一月）のなかで、「昭和三十六年には倒叙形式を採用した新しい歴史記述による『日本の百年』が筑摩書房から刊行された。これは鶴見俊輔のアイデアによるものだったが、時間の方向に沿って歴史を記述する方法を拒んでいるため、現代と過去との対応をより明確にうちだすことに成功し、歴史をしたしみやすいものとした。無数にあるデータをモンタージュし、そのドキュメンタリー性を強調したあたりも、それ以後の歴史ものにおよぼした影響が考えられる」と指摘したように、この時代における歴史小説ブームは「現代と過去との対応をより明確にうちだす」倒叙形式の採用と「ドキュメンタリー性」

の強調に支えられていた。そして、この倒叙形式こそが群衆を群衆として表象するための極めて重要な技法だったと考えられる。

言語表象においては、ひとつひとつの構成要素を順番に捉えていかなければならないため、群衆に関してもバラバラに分解されたものをひとつの画像として再構成することになる。だが、過去から現在へと時間が直線的に進行する通常の叙法では、対象とカメラが同じ速度で移動するような描写になってしまい、動きや速度を迫力のある筆致で捉えることができないのである。

「無数にあるデータ」を「モンタージュ」する倒叙形式はその困難を克服し、断片の組み合わせがひとつの塊のように感じられるような表現の獲得に大きく貢献した。読者は戯画化された世界を通してはじめて群衆のダイナミズムを感じることができるようになった。

ただし、ここで留意しておきたいのは、こうした〈一揆〉表象のあり方が特定の方法論とともに進化を遂げたわけではなく、一九五〇年代後半から一九六〇年代の文学状況のなかに雑然と散らばっているということである。〈一揆〉を捉える作家の目は、ときには通俗的な表現へと堕落し、ときには群衆をそこに駆りたてる思想的背景にまで迫るが、それをどの程度まで突き詰めていくかは作家の資質や読者の要求に対する迎合の仕方に拠るところが大きく、言語表現の発達史とは必ずしも重ならないのである（注2）。

以上をふまえつつ、本節では、同時代に書かれた歴史小説を中心に〈一揆〉のありようを検証し、同時代の作家たちがどのような方法で群衆を表現しようとしたのか、群衆のなかに何を見ようとしたのかを考える。

2 〈一揆〉小説のステロタイプ

歴史小説に描かれる〈一揆〉には、いくつかの特徴的なパターンがある。たとえば、原田種夫「竹槍騒動異聞」（『九州文学』一九五四年十月）や山岡荘八『徳川家光』全四巻（毎日新聞社、一九七四年六月〜一九七六年三月）には、

> まっ黒い煙が空高く噴き上げられ、まっ赤な火焔がめらめらと空を狂いまわり、火の粉が美しく爆ぜた。その中で三万の一揆の鬨《かちどき》の声が地をゆるがせた。凄まじい火の手が博多の方から見え、鬨の声がわきあがるのが聞こえた。（中略）御笠川にかかっている石堂橋の上は、東の箱崎の方から、一揆の難を避けようと逃げてくる人の群れで一ぱいだった。西へ西へと避難する人の群が黒い川のように流れつづけた。橋につづく官内

町の往還は、濠々と砂塵を蹴たてて群集の波が流れる。（引用は「竹槍騒動異聞」）

血を見ると、暴徒はいよいよ猛り狂った。／「こうなったら、もはや、こっちから城へ押しかけるのじゃ。お城の殿は今留守じゃぞ」／「――そうじゃ、この機会をのがしてなるものかッ」（中略）／あの村落でも、この村でも、奇声をあげ、眼を血走らせて馳せ集まり、もはや誰が命令する必要もない狂暴な一揆の姿に変ってしまっていた。／（中略）すでに暴民の数は刻々にふえて、手の下しようもない猖獗《しょうけつ》ぶり……／「暴民どもが城門めがけて押寄せまする」／「その数は⁉」／「二千は遥かに越えました。三千になっているかも知れませぬ」（引用は『徳川家光』）

といった描写がある。それぞれの作品が発表された時期には二十年の隔たりがあり、物語の内容も類似しているわけではないが、〈一揆〉の群衆に対する捉え方は驚くほど似ている。そこに描かれているのは、①群衆の規模を表す数字や比喩、②人波の膨張・拡散、③奇声と絶叫、④報告・記録表現だけである。群衆は奇声をあげながら城下を破壊する暴徒であり、ひとりひとりが〈顔〉のある人間として描かれることはない。映画の技法をそのまま模倣しているとしか思えないこの安直な描写には、むしろ言語をもって群衆を表現することの限界があらわになっている。

また、同時代の歴史小説に描かれる〈一揆〉は、その多くが「佐倉義民伝」（注3）の話型を踏襲しており、杉浦明平が『維新前夜の文学』（岩波新書、一九六七年五月）のなかで、「江戸時代に書かれた百姓一揆の記録もまた、多かれ少かれ、歌舞伎の型から脱していない。領主はいずれも名君だが、佞臣《ねいしん》が甘言をもってその明を覆い、忠臣を遠ざけて新しい搾取法をつくり人民を塗炭《とたん》の苦しめに陥れるという組み立てになっている。百姓のうちで義理を心えたものが民衆の先頭に立って旧法に復さんことを訴える。領主に直訴することをはばまれたばあいには、江戸の老中に越訴したり、蜂起した一揆の指導をうけもって大衆の要求をみとめさせ、じぶんは甘んじて極刑に就くという筋立てである。その筋立てにおいては、明治・大正に編まれた義民伝もすべて大差がない」と嘆くほど通俗化している。

講談や歌舞伎狂言の題材として広く知られる「佐倉義民伝」は、いずれも、年貢の苛酷な取り立て→困窮する百姓義民の直訴→廻状・連判などによる結束と蜂起→悪政者の失脚→義民の処刑という構成になっている。歌舞伎狂言の場合は、「怒り」や「無念」をはらすために「亡霊」となって為政者にとり憑き相手を「狂乱」させるという顚末になるが、さすがに近代の歴史小説ではその部分が割愛され義民の処刑で閉じられるパターンが一般化している。ときには処刑場への引き回しや処刑の場面に力点が置かれ、竹矢来の外側で念仏を唱えたり涙を流したりする群衆が焦点化されている。水上勉「城」（『文藝春秋』一九六五年十月〜十二月）の、

　庄左衛門の処刑は、これで終了した。／十三年にわたってつづけられた貢租軽減歎願の哀訴は、庄左衛門の死で終止符を打ったわけである。／処刑された庄左衛門の遺体は、そのまま磔柱にくくりつけられて人前にさらされていたが、十三日の夕刻、暗くなりかける頃に群衆はようやく散りはじめた。ところが、どこにかくれていたのか、宵闇にまぎれて、遺体の下に集まる百姓がいた。みな、泣きぬれた百姓らであった。

という描写が典型的に示すように、「佐倉義民伝」の話型を受け継いだ歴史小説は、処刑される義民を取り囲み、その死を悼む哀悼群衆に力点が置かれる傾向がある。また、この手法は遠藤周作『沈黙』（新潮社、一九六六年三月）をはじめとするキリシタン殉教者を描いた作品にも踏襲されている。義民や殉教者の処刑とそれを取り囲む群衆という構図は、権力による見せしめであると同時に、集団内部で成員間の相互模倣が高まるにつれて解体の危機に瀕した共同体が犠牲者を選びだし、それに集合暴力を加えることで結束と秩序の回復を図る「供犠理論」（R・ジラール）とも踵《きびす》を接している。ここでの群衆は抑圧される対象でありつつ抑圧する対象でもあるような引き裂かれた主体なのである。

　さきに引用した杉浦明平の『維新前夜の文学』（前出）は、近代になって編集された〈一揆〉の記録の多くが「農民の悲惨な困窮ぶり」と「蜂起した一揆衆の暴状」を強調するとともに、「ひたすら黙従していた農民大衆」が生まれかわったように「意気軒昂」な活躍をみせる場面が欠落していると指摘し、フィクション以前の歴史記録ですら「佐倉義民伝的悲惨」から脱けだせていないと嘆いている。〈一揆〉小説に描かれる群衆は、こうして、その「乱暴さ」と「悲惨さ」が強調される一方で、「意気軒昂」な生命の躍動感を伝えるような表現から遠ざけられていく。「黙従」から「蜂起」への劇的転回よりも、やみくもに家々を破壊する暴徒としての側面が強調されていく。

　もちろん、こうしたステロタイプの蔓延に対する警戒は同時代の作家たちにもある。いくつかの作品では、膨張し続ける群衆が暴力それ自体の魅力に憑かれることの恐ろしさ、あるいは、狂乱的な破壊行為が民衆の反感をよび結果

的に権力者側の思惑通りに事態が運んでしまう状況などが表現されている。たとえば、山本周五郎『栄花物語』（要書房、一九五三年九月）には、〈一揆〉の群衆が発散する「暴力のふしぎな魅力」に誘われるように「野次馬たちといっしょに走り続け」ていた主人公が、「顔や手足を血だらけにした男が伴れの者に抱き支えられ」ながら逃げて来る光景を目撃したことで冷静さを取り戻し、以下のように呟く場面がある。

> 一揆そのものは深刻だが、ひと皮剝けば、醜い権力亡者に煽動されたものだ。おまけに一揆を起こした無辜《むこ》の民は重科に問われ、煽動した人間には少しも累が及ばない、彼は口をぬぐって、ことによるとその裁きの判官になるかもしれないのだ、……相変らずの猿芝居、演じている連中はいっぱし英雄きどりなんだ、なにもおれが悲愴がるこたあねえや。

ここでは、傍観者をも惹きつけてしまう「暴力のふしぎな魅力」と、「醜い権力亡者」に煽動される人々の愚かさが複眼的に示されている。至近距離で群衆を眺めることで群衆なるものの実態に迫ろうとする視点がある。

また、吉川英治「私本太平記」（『毎日新聞』一九五八年一月十八日〜一九六一年十月十三日）の「千早解け」の章には、

> いまや勝者の陣でも、彼こそは、武勲第一と自他共にゆるされるものだった。／いや、武門列だけでなく、民衆の声望もまた誰より高い。領下の民はもちろん散所民まで、／「ようも、あの砦一つで」／「関東の大軍を。……」／「しかもそれも、六波羅へ向った宮方とは、わけがちがう。楠木勢だけの一手じゃった」／と、熱狂的にほめたたえた。沸騰すると、民衆は、事実以上にも、誇張したがる。（中略）／――孤塁千早を開いて、百七十日ぶりで降りてきた菊水の旗の前には、数千の降兵と、また和泉、紀伊、摂津の各地から呼応してきた味方とに、／「たのもしい楠木殿」／「わが多聞兵衛どの」／と、それこそ、時の氏神の顕現のように、囲繞《いじょう》されていたのである。

という場面があり、「時の氏神の顕現」を熱狂的に迎え入れた「民衆」がそれを「事実以上」に誇張していく過程が活写されている。ここでの群衆も竹矢来の外側から処刑場を取り囲んでいた人々と同じように、「時の氏神」を囲繞し続ける存在として描かれている。彼らは直線的な移動によって街を破壊するのではなく、祀りあげるべき対象を護

りつつそれが外に逃げ出さないようにする二重の壁となっている。暴徒となって直線的に突き進む群衆とひとつの場所に留まりながら何かを囲繞する群衆とは本質的に異なった機能を果たしており、〈一揆〉の表象という観点からすると、一九五〇年代後半から一九六〇年代のある時期に前者から後者への移行が急速に進んだ印象がある。

さらに、もうひとつ注目したいのが司馬遼太郎『尻啖《しりくら》え孫市』（講談社、一九六四年十二月）である。この作品では、三河の一向一揆が内乱にまで拡大していく状況が、「当時、三河にこの教義が広まり、真宗寺が村々につくられ、信徒が日に日に増した。／なるほど地上の支配権は家康にある。領民はそれに従いつつ、しかし精神は本願寺にささげきっていた。（中略）／はじめて庶民が、／「世界観」／というものを知ったおどろきと衝撃、それが、戦国期におけるこの宗旨の爆発的な隆盛になった」と語られている。歴史を高いところから俯瞰する語り口は司馬遼太郎の得意とするものであり、ある意味では、さきに述べた倒叙形式が有効に作用した事例といえるだろう。ただし、ここでの語り手は、読者への直接的な呼びかけによって出来事の背景を解き明かしてみせるだけで群衆なるものの本質を凝視しようとはしていない。そこにはひとつの限界がある。

これら三作品の群衆は、結局、どこまでいっても何者かに動かされ、踊らされる存在であり、語り手は余裕をもってその幼稚さ、盲目性を眺望することができる。彼らは常に語り手の想定範囲内におり、いままさに何を思いながら行動しているかを問われることのない張りぼて人形なのである。

そうしたなか、〈一揆〉小説の閉塞状況に鍬《くわ》を入れる作品は意外なところから現れる。それは、月刊漫画雑誌『ガロ』に連載（一九六四年十二月〜一九七一年七月・全七十四回）され、大学闘争などが活発だった時代の若者から圧倒的な支持を得る白土三平の「カムイ伝」である。『百姓一揆と義民の研究』（吉川弘文館、二〇〇六年七月）で「カムイ伝」における「差別と一揆」の問題に注目した保坂智は、「人々がつくりあげる百姓一揆像は、おおむね二つのパターンであるように思われる。その一つは越訴・義民物語タイプのイメージであり、もう一つは竹槍蓆旗《むしろばた》。武装蜂起タイプのイメージである」と述べたうえで、「カムイ伝」の場合は、主人公たちに率いられた〈一揆〉の集団が「藩の軍団となんども戦闘におよび」、「ときには領主の部隊を全滅させる」成果を得ていることに注目し、それを「農民的英知」とよんでいる。旧弊な〈一揆〉小説のパターンをふまえつつ、差別と貧困に苦しむ人間が「農民的英知」を獲得していく物語として「カムイ伝」を捉えている。もちろん、それ以前にも、虐げられた人々が〈一揆〉という方法で権力に立ち向かい一定の成果をあげていく物語がなかったわけではないが、「カムイ伝」の場合はいままさに大学闘争や労働争議に加わりつつある若者たちを鼓舞するカノンとして機能した点において重要な役割を果たしたといえる。

もうひとつ、「農民的英知」を描いた作品として、一九七〇年代後半に入ってから発表された藤沢周平の『義民が駆ける』（中央公論社、一九七六年九月）を紹介する。幕府の国替え政策に抵抗する農民の直訴を描いたこの作品は、収束部に次のような場面を用意している。

> 城の中には、さっきまでの自分たちと同じように、国替え沙汰の結果を案じている人びとがいて、いま彼らと一緒に走っている早追いの使者が着けば、人びとはやはり狂喜するに違いなかった。彼らはそういう城と殿さまを祝福した。／おら達《だ》が、殿さまを引きとめた。昂った気分の中で、彼らの頭を時どきその思いが占める。誇らかなその気持の中で、彼らは江戸訴願に出かけたのが、ほかでもない自分たちの暮らしを守るためだったことを、つい忘れそうになる。

ここにはカーニバルを演出する要素としての群衆が捉えられている。多くの〈一揆〉小説が、義民の犠牲とそれを弔う哀悼群衆を描くことで為政者の不条理を逆説的に訴えようとする傾向をもっているのに対して、作者・藤沢周平は、群衆を祝祭的な空間のなかに連れだし、人々の「意気軒昂」な姿を視覚に収めようとしている。また、「彼ら」がふと我にかえる瞬間を、「自分たちの暮らしを守るためだったことを、つい忘れそうになる」とも記す。そこには群衆とよばれる人々の内面が確かに捉えられている。ほんの短い表現ではあるが、本来の目的を「つい忘れそうになる」集団心理の怖ろしさを自覚し、完全な陶酔感に浸る一歩手前で「自分たちの暮らし」に踏み留まる姿に力点が置かれている。

3　〈一揆〉小説の組織論

これまで紹介した歴史小説が、戦国時代や封建時代を立体的に描くための素材として〈一揆〉を焦点化し、それに加わる人間を一様に取り扱っていたのに対し、〈一揆〉小説のなかには、はやくから〈一揆〉をひとつの組織体と捉え、その内部機構や個々の人間の思惑に迫ろうとした作品もあった。その嚆矢といえるのが、戦中に発表されたのち、改稿を経て一九五八年に定稿がまとめられた江馬修《なかし》『山の民』（飛騨考古土俗学会、第一部『雪崩する国』一九三八年六月、第二部『奔流』一九三九年二月、第三部『途上』一九四〇年二月。のち隆文堂版、冬芽書房版などを経て『定稿 山の民』第一部〜第四部、理論社、一九五八年五月〜九月が刊行された）である。この作品には、

> じっさい、一揆にはせ集まった連中でも、みながみな積極的なものばかりでは無かった。男子は一人残らず得ものをもって出ろという触れに強制され、後難をおそれてしぶしぶ出てきたものも少なくなかった。そのため、進発にあたって、吉川消防組の先陣に続いて、シシツキ槍をもった百姓どもが塊まって出る段になって、彼らの間に軽い動揺があらわれた。彼らの中には、あわてて鉈《なた》をふるってシシツキ槍の穂先を切りおとし、柄だけを握って後続の竹槍組にまぎれこむものが出てきた。途中でもそれをやったものがかなりあって、彼らの行進したあと、槍の穂さきが路ばたに散乱していた。／いよいよいくさが始まるときいて、すっかり度を失って、恥も外聞も忘れてふらふら逃げ出すものもあった。（中略）後陣には高山消防組の火方連中が多数ひかえていた。彼らは逃げ出そうとする逃亡者をみると、いきなり目を怒らし、大ドビで路をさえぎって、どなりつけた。／「卑怯者っ、もどれ、もどれ！戻らぬとこの場で叩き殺すぞっ！」

という描写があり、〈一揆〉の群衆がどのような拘束力をもって組織されているのか、そこから離脱しようとした百姓たちがどのような仕打ちを受けたかが克明に記されている。また、臆病でずる賢い百姓たちがひとたび優位な立場になると、

> 群衆はさっそく縄を探し出して、それを彼の首にかけ、丸太のように町にむかってぞろぞろ引きずり出した。彼らは高山の町々をひととおり引廻してから、夜に入ってまた万人抗まで引いてもどり、半ばくずれ去った五郎左衛門の死体を川原の上に投げすてた。そして群衆はようやく村々へ退散した。御役所では何もかも見ていた。しかし地役人らはだまって静まり返っていた。むろん町会所も知っていた。しかし誰もそれを阻止するために指ひとつ動かそうとはしなかった。

という残忍極まりない殺戮者にも変貌することも明らかにしている。それは為政者の仕打ちを完全に裏返したものになっており、人間が暴力の魅惑から逃れることがいかに困

難であるかを逆説的に示している。安丸良夫は『一揆・監獄・コスモロジー』（朝日新聞社、一九九九年十月）のなかで、「百姓一揆は村単位で動員され、不参加の村と家には打ちこわしまたは焼打ちを行うとして動員を強制するものだった。一戸に一人、もしくは十五歳以上六十歳までのすべての男子が動員されるのが通例で、一揆勢には焚出しと饗応がなされ、日頃から憎まれている豪農商の家に対しては、きびしい打ちこわしが行われた」と指摘したうえで、さらに、「こうした人びとは、いうまでもなく、あらかじめそうした役割を果たそうとして集団に参加したのではなかった。しかし、富への怨念に固有の、思いがけないほどに高揚した「集合心性」（G・ルフェーブル）を構成してそれを生きたのであり、そのなかで人びとは、これまでの人生のなかで蓄積してきたさまざまの資質を、その極限的な可能性において現実化したのである」と論じたように、『山の民』における百姓の臆病振りと兇暴さは、まさに拘束／解放のダブルバインドによって惹起されている。「佐倉義民伝」の系譜に連なる〈一揆〉小説において処刑場を取り囲んだ群衆たちが置かれる状況がそうだったように、彼らもまた読者の前に引き裂かれた主体のありようを曬《さら》しているのである。

　江馬修『山の民』の定稿とほぼ同じ時期に刊行された西野辰吉の『秩父困民党』（『新日本文学』一九五四年三月〜一九五六年二月に断続連載、のち講談社ミリオンブックス、一九五六年三月）の場合は、群衆に加わる人々の〈顔〉がさらに鮮明に捉えられている。

　寅市はそのとき自由な人間だった。鍋すみを顔じゅうにぬりたくった瞬間、彼はもうどこの村のだれ兵衛でもなくなったのである。片足わらじばきで片足はだしという山からかけおりたままの恰好で、一揆の先頭に喚きながら走ってゆく寅市は、あの海老のようにからだをまげながら荷物をしょって行った寅市ではなかった。それは日頃、彼のなかに眠っていた、もう一人の寅市だった。

〈一揆〉に加わる百姓たちは、集団の一員になるために敢えて顔に炭をなすりつける。それはもちろん、為政者から個人として特定されることを回避するための戦略である。だが、〈顔〉に炭をなすりつけた瞬間、彼のなかにはいままで感じたことのなかった「もう一人」の自分が屹立してくる。自分が「自由な人間」になれたことを自覚しはじめる。ここには、〈一揆〉の高揚感を支えている根源的な要素が的確に示されている。それは、生涯に亙って土地に縛られる百姓であり続けなければならない人間が匿名性を手に入れることで自己の内側に眠っていた破壊衝動を発散し、かりそめの「自由」を体感する場だったのである。山本七平は『一九九〇年の日本』（福武書店、一九八三年六月）において、〈一揆〉における「傘連判」（＝指導者や連判者の序列を秘匿するために、円を描いてその中心から外へと署名していく形式）に着目し、「一揆の特徴は、契約書の有無にかかわらず、それが、それを構成する各人にとっては、自己を存立さす唯一の単位だという点である。他に何らかの基礎集団、たとえば確固たる血縁集団があり、各人がそれに属しつつ機能集団としての一揆に属しているのでなく、各人が全人格的にこれに属し、強固な帰属意識をもつ唯一の集団を形成しているという点である」と指摘するとともに、人々が地縁・血縁の集団を離れて「平等」かつ「全人格的」に属することのできる集団としての〈一揆〉に注目しているが、それは『秩父困民党』という作品が標榜した問題でもある。

　さらに、『秩父困民党』には〈一揆〉の群衆をめぐるもうひとつの視座が示されている。

　べつに指導者はなかった。だが、秩序は守られた。こういう一揆の秩序を、彼等はみんな先祖から話につたえきいて知っていたのだ。それは封建領主の圧制の下で苦しんできた先祖が、抵抗と挫折のなかでうみだし、彼等につたえてくれた知恵だった。そして先祖はまた彼等に、行動の秩序といっしょに倫理をもつたえてくれたものだった。

とあるように、百姓たちは先祖が「抵抗と挫折のなかでうみだし、彼等につたえてくれた知恵」をもち、特定の指導者がいなくても「秩序」と「倫理」を見失わない存在として描かれている。それは、同時代の歴史小説が表象している暴徒としての〈一揆〉とは相容れないし、のちに藤沢周平などが顕在化させる「農民的英知」とも微妙に違う。『秩父困民党』が描いているのは、闘争に勝利するための戦術ではなく、「秩序」ある集団として抵抗し続けるための「倫理」であり、語り手は百姓たちが継承してきたその精神の崇高さに向けて言葉を発しているのである。

　だが、『山の民』や『秩父困民党』が探求した土俗的な問題は、その後の歴史小説ブームのなかで忘却され、異端の領域へと追いやられる。「佐倉義民伝」の系譜に連なる悲話や「農民的英知」を謳いあげる祝祭的空間の表象が主流となる。戒能通孝が『群衆』（要書房、一九五二年三月）において、「群衆はヒューマニズムの敵である。しかしセンチメンタリズムの味方である。だからして群衆は弱き者に同情し、一時的に社会主義者、というより賤民的な共産主義者にもなり得るが、しかし、群衆によってしぼられるこの安価な涙には、本当の永続性が少しもない。群衆はやがて弱きものの弱さを忘れ、強きものをひたすらに強きが故に尊敬し、彼の口にするもっともらしいいい分は、すぐ信用されるようになる」と指摘した通り、同時代の小説に登場する群衆は、そのほとんどが安易な「センチメンタリズムの味方」に堕するのである。

そうしたなか、一九六〇年代後半に入って大きな衝撃力とともに登場したのが大江健三郎の『万延元年のフットボール』（講談社、一九六七年九月）である。『万延元年のフットボール』における群衆は、ただの暴徒でもなければ「倫理」的集団でもない。それはさながら異種混合体として作品世界に棲息している。たとえば作品中には、

「若者組の連中はじつに兇暴だったわけだが、ある意味ではその兇暴さが、普通の百姓である参加者たちに、ひとつの確実な安心感をあたえていたんだ。当面の敵を傷つけたり殺したりしなければならない時は、自分の手を汚すことなくかならず若者組の連中の兇暴さをあてにできたからね。一揆の百姓たちは一揆の後、放火や殺人の罪科で追及される心配なしに、一揆に参加できる仕組みだったわけだ。（後略）」

という台詞がある。ここでの群衆は「人間あつかいされなかった極貧の不良少年」が組織する「若者組」と、平時には村から「若者組」を排斥していた『善良な百姓』という二つの層にわかれている。だが、いざ〈一揆〉を起こすときには、「村単位で結束して他所者を疑う生活感情」に拘束されていないがゆえに、「他所からやってきた者たちとのみ自由に結びつく」ことのできる「若者組」が威力を発揮する。「善良な百姓」も、「若者組」の兇暴さに恐れをなしつつ彼らが犯罪行為のすべてを担ってくれることに「安心感」を覚えて〈一揆〉に加わる。語り手は双方の結託について、「かれらはその「恥」そのものを正面から引き受けることによって破壊力を獲得し、お互いに結びつきあったのだ」と記す。『万延元年のフットボール』の語り手は、群衆をキメラと捉えることによって常に日常への帰還を志向し続ける「善良な百姓」なるものを抽出し、「陰湿で厭らしい無力な「恥」」の感覚が、いかに利害の相反する相手同士を「結託」させるかを注意深く見守ろうとするのである（注4）。

4 〈一揆〉小説のカタルシス

『群衆論 20世紀ピクチャー・セオリー』（リブロポート、一九九一年六月）で、映画「戦艦ポチョムキン」（監督／セルゲイ・エイゼンシュテイン、一九二五年制作・公開）における「オデッサの階段」のシーンを分析した港千尋は、そこに現れる「見ている群衆」に注目し、パニックに陥って「殺戮のイメージの彼方へと消え去る」彼らは、「哀悼群衆と群衆の崩壊とのあいだに過渡的に位置している」存在なのだと説く。また、フランス革命に心を揺さぶられたエマニュエル・カントが、「わたしが関心を抱くのは、偉大な革命というゲームにおいて自分の姿を公共的に現す注視者たちの思考様式だ。これは一方の競技者に反対し、他方の競技者に向けて普遍的でしかも没利害的な共感を表明するという、しかもその共感の表明が自分にとって不利になる危険を冒してでも行われるような、思考様式なのだ。この思考様式はその普遍性のゆえに人類の性格を全般的に明示し、その没利害性のゆえに人類の道徳的性格を、少なくとも素質として明示する」（注5）と述べていることに触発され、「自分の姿を公共的に現す注視者たち」は「ゲームに参加していないがゆえに、ゲーム全体を見渡すことができる」と論じている。

すでに指摘したように、一九五〇年代後半から一九六〇年代にかけて書かれた歴史小説の〈一揆〉表象も、その多くが作品のクライマックスにおいて「見ている群衆」を視界に収める。義民の処刑と竹矢来を囲繞する群衆という構図がそれである。〈一揆〉を煽動した義民の処刑はもちろん見せしめとして執行される。それを見守る哀悼群衆には死骸を弔うことさえ許されていない。

だが、彼らはときに「自分にとって不利になる危険を冒してでも、普遍的でしかも没利害的な共感を表明しよう」とする。日常への帰還を願う姑息さに片脚を置きつつ、ときに声を押し殺しながら念仏を唱え、ときに静かに嗚咽する。為政者たちが立ち去ったあとには誰ともなく義民の死骸によりそい野辺送りに加わろうとする。多くの作家たちは「佐倉義民伝」から継承されてきた極めて通俗的な表現であることを知りつつ、なおそれを反復するのである。「見ている群衆」を自覚的かつ戦略的に描いた作品の典型として、ここでは斎藤隆介『ベロ出しチョンマ』（理論社、一九六七年十一月）のラストシーンを紹介したい。

竹矢来の外にギッシリ詰めかけた村人たちの念仏の声がいっそう高まった。（中略）／竹矢来の西のはしがユッサユッサと揺れはじめた。村の人たちの怒って血走った目や、ゆさぶるふしくれ立った手やが、高い長松の所からはよく見えた。（中略）／「ウメーッ、おっかなくねえぞォ、見ろォアンちゃんのツラァーッ！」／そして眉毛をカタッと「ハ」の字に下げてベロッとベロを出した。／竹矢来の外の村人は、泣きながら笑った。笑いながら泣いた。長松はベロを出したまま槍で突かれて死んだ。／長松親子が殺された刑場のあとには、小さな社《やしろ》が建った。役人がいくらこわしても、いつかまた建っていた。そして命日にあたる一日には縁日が立って「ベロ出しチョンマ」の人形が売られて、親たちは子供に買ってやった。／千葉県の花和村の木本神社の縁日では、今でも「ベロ出しチョンマ」を売っている。

ここで、竹矢来をユッサユッサと揺らす群衆は「泣きながら笑った。笑いながら泣いた」と表現される。彼らは長松親子を不憫に思って涙を流す主体であると同時に、為政者の期待通りに処刑場を囲繞し、残虐な見せしめの儀式の演出に貢献する主体でもある。そこでは、供犠として差しだされた義民を挟んで為政者と群衆が相互補完的な関係になっている。

だが、引き裂かれた主体としてのありようをまざまざと見せつけられることになった彼らは、やがて処刑場のあとに「小さな社」を建て、「ベロ出しチョンマ」なる人形を売りはじめる。義民の死を後世に伝えるために商品をつくり、売り／買い続けることで記憶し続けようとする。小泉義之が『弔いの哲学』（河出書房新社、一九九七年八月）において、「何を喪失したのかを明らかにしながら、そこを埋め合わせていくことは、まさに世俗的な仕事である。そして喪の仕事は、日常生活を立て直す仕事でもある」と指摘し、さらに「私は、〈死者＝死体〉を直視することだけが、守られるべき文化だと考えたい。私は、〈死者＝死体〉を埋葬地まで野辺送りする労働者だけに敬意を感ずるし、野辺送りに連なる生者の絆だけを信じている」と論じたように、そこには「日常生活を立て直す」ための糧として「喪の仕事」に勤しむ人間のしたたかさが描かれている。「ベロ出しチョンマ」を売ることで「野辺送りに連なる生者の絆」を後世に伝えようとする人々の知略がしっかりと刻まれている。

かつて、安保闘争の騒乱がいっきに鎮まり来たるべき東京オリンピックに向けて祝祭的なムードが高まりつつあった頃、吉本隆明は「葬儀屋との訣別」（『京都大学新聞』一九六一年六月十二日、のち『擬制の終焉』現代思潮社、一九六二年六月）を書き、「闘争の成果をわが田にひきいれよう」とする「俗物たち」を「葬儀屋」に喩えて、「ほんとうに葬儀屋たちから土砂をかけられたのは、個々の死者、個々の組織の消長の背後にあるひとつの魂であり、戦後史を擬制の手からまもりつづけてきた何かであった。（中略）／葬儀屋の特徴はいくつかある。そのひとつは他人の悲劇を喰い物にして自分の腹を肥やすということである。そのふたつは、陰湿であるということである。そのみっつは、すでに硬直し死滅した物体しか取扱《ママ》かわないことである」と罵ったが、ここで吉本隆明は決定的な誤謬を犯している。「葬儀屋」になるということは「俗物たち」のように「他人の悲劇を喰い物にして自分の腹を肥やす」ことではなく、「センチメンタリズムの味方」に堕落することを注意深く拒絶しながら「喪の仕事」を遂行することである。群衆という主語に置き換えていえば、彼らこそは、竹矢来の外側で義民の処刑を見送らざるをえなかった無念を携えながら日常への帰還を果たす存在、「喪の仕事」というかたちで記憶を分有する「共感の表明者」であり続けようとする存在なのである。

　ただし、多くの群衆にとって「葬儀屋」の立場に留まり続けるのはそれほど容易いことではない。周囲からの外圧によって群衆のなかに身を投じなければならなかった彼らは常に迷い、躊躇《ためらい》い、揺れている。彼らは自らの憤懣《ふんまん》と怨《えん》嗟《さ》をはらすために群衆に身を投じると同時に、他者もまた自分と同じ境遇であると信じている人々である。共感を表明し合うことで個の問題が「組織的闘争」へと展開していくことを期待し、常に全体を見渡そうとする意識をもっているが、それと同時に、心のどこかで為政者から許されることを待ち望んでもいる。吉本隆明が「擬制」とよぶ為政者と群衆の結託はここに胚胎する。そして、群衆に囲繞されながら執行される義民の処刑こそは、「擬制」をカタルシスのなかに溶け込ませることのできる場でもある。

　そうした欺瞞を鋭く見ぬいていた作家、それが太宰治である。彼は、歴史小説のなかに〈一揆〉の群衆や義民の処刑が描かれるようになる以前、日本が泥沼のアジア・太平洋戦争へと突入する前夜に、ギリシア神話とドイツの詩人であるフリードリヒ・フォン・シラーの詩をもとに「走れメロス」（『新潮』一九四〇年五月）を書き、ラストシーンに処刑場の奇妙な光景を描いた。遠いむかし、遠くの国で起こった友情と信頼の物語であるかのように偽装することで検閲の目をかいくぐり、愚かなる群衆をパロディに仕立てた。あらためてその場面を引用しておこう。

「ありがとう、友よ。」二人同時に言い、ひしと抱き合い、それから嬉し泣きにおいおい声を放って泣いた。／群衆の中からも、歔欷《きょき》の声が聞えた。暴君ディオニスは、群衆の背後から二人の様を、まじまじと見つめていたが、やがて静かに二人に近づき、顔をあからめて、こう言った。／「おまえらの望みは叶ったぞ。おまえらは、わしの心に勝ったのだ。信実とは、決して空虚な妄想ではなかった。どうか、わしをも仲間に入れてくれまいか。どうか、わしの願いを聞き入れて、おまえらの仲間の一人にしてほしい。」／どっと群衆の間に、歓声が起った。／「万歳、王様万歳。」／ひとりの少女が、緋のマントをメロスに捧げた。メロスは、まごついた。佳き友は、気をきかせて教えてやった。／「メロス、君は、まっぱだかじゃないか。早くそのマントを着るがいい。この可愛い娘さんは、メロスの裸体を、皆に見られるのが、たまらなく口惜しいのだ。」／勇者は、ひどく赤面した。

ここでの「王様」は、はじめ「群衆の背後から二人の様を、まじまじと見つめて」いる。そして、群衆の合間を縫うようにして二人に近づき、「どうか、わしの願いを聞き入れて、おまえらの仲間の一人にしてほしい」と哀願する。だが、「王様」の願いを聞き入れるということは、メロスに科せられた罪そのものが無かったことになるという意味ではなく、「王様」がメロスを許しメロスも「王様」を許すということである。「王様」は、二人の「信実」に免じてというかたちで密かな司法取引を提案し、「勇者」の称号を与えることと引き換えに恩赦というかたちで処刑の中止を宣言するばかりか、それを宣言する主体として「王様」の地位に留まり続けることを周囲に認めさせているのである。

さらにいえば、メロスは私憤で行動し私的友情のために戻ってきた人間であって、決して義民ではない。にもかかわらず、群衆はその死が回避されたことに対して「万歳、王様万歳」と叫び、「歔欷《きょき》の声」をあげる。エリアス・カネッティ『群衆と権力』下（岩田行一訳、法政大学出版局、一九七一年十一月）が、「多くの禁止がそれらに対する違反を罰したり赦したりしうる人びとの権力を高めるためにのみ存在していることは、全く疑いの余地がない。恩赦という行為は権力のきわめて高度の集中的な表現である」と指摘した通り、ここでの群衆は、まさに許されることを待ち望みながらそこに佇んでいる。「群衆の背後」に身を置き、その様子をじっと観察していた「王様」は、義民でもないメロスを「勇者」に仕立て、許しを乞うふりをして許すという策略を弄することで群衆の喝采を浴びる。

本来ならば死をも恐れずに友情を貫いたセリヌンティウスがここで固有名を抹消され、ただの「佳き友」として道化役を演じさせられる所以はここにある。一九四〇年という時代に書かれたこの作品は、パロディという手法を戦略的に用いることによって、群衆の脆さ、愚かさを逆照射している。囲繞する群衆は、こうして祝祭的空間を演出し、「勇者」なるものをつくりだすことに貢献する。権力に奉仕し、それを延命させる主体となる。のちに一九五〇年代後半から一九六〇年代に書かれる〈一揆〉小説が抱えることになるアポリアは、すでに「走れメロス」において予告されていたのである。

注

1 本節では、引用文以外「群衆」の表記を採用している。これは港千尋が『群衆論』（後掲）において「群衆」＝crowd、「群集」＝mob または foule に分類し、後者を「そこにある重要な価値観があらかじめ付加されている場合」と規定したことを踏まえている。

2 一九五〇年代後半から一九七〇年代の歴史小説を見る限り、群衆をいかに描くか？という観点で言語表象の方法が突き詰められた形跡はない。ただし、諸作品を概観すると群衆をどのような観点から捉えるかという点に関する問題意識が働いていたことがわかる。具体的には、①群衆の集合エネルギーのみを興奮気味に伝えるもの、②群衆を俯瞰できるところから批評的に語るもの、③群衆のすぐ近くに身を寄せてそこに加わることができない立場から状況と心情を語るもの、④群衆ひとりひとりの〈顔〉を明らかにしながら内面に迫ろうとするもの、⑤群衆のなかのひとりに視点を置き、群衆に加わることの葛藤と恍惚を語るもの、⑥史料を引きながら、「史実」のなかの群衆を現在の地平から分析的に語るもの、などにわかれる。

3 たとえば、「佐倉義民伝」を下敷きに書かれた「東山桜荘子」は、「下総国佐倉では、長年の飢饉により百姓の生活は困窮。堀田家の苛政により重税が課せられ村は荒廃の一途。当地の名主佐倉宗吾は、義父も既に投獄の身ながら村人の意志を汲んで藩主堀田上野介に嘆願する。が、受け入れられない。／捨て身で将軍家へ直訴しかないと決意した宗吾は、妻子に別れを告げに帰郷。追われる身となった宗吾だが渡し守甚兵衛が旧恩に報いて、掟を破り船を出してくれる。／愛する妻子との束の間の団欒。しかしこの間にも餓死する者たちがいる。今生の別れが雪の中で繰り広げられる。／宗吾の直訴は東叡山寛永寺で決行された。老中松平伊豆守の慈悲により、何とか願書は届いたが捕らえられる宗吾。／宗吾の叔父にあたる仏光寺の名僧光然は、宗吾一家の命乞いを祈念していたが、それも虚しく、宗吾一家は乳飲み子までもが死罪。怒りと無念さに堕ちた光然は戒を破って、堀田上野介を呪うべく魔界の鬼のごとく変じていった。／堀田上野介は宗吾一家の刑死以来、彼らの亡霊の怪に悩まされ病の床に。印旛沼に入水した光然の霊にまで取り憑かれ、上野介は狂乱する。／宗吾の死より百年。宗吾が眠る東勝寺では、盛大にその霊を弔う例大祭が執り行われている。藩主の代も替わり、今日は宗吾の末裔（利右衛門）までも現れて、新たに宗吾霊堂が建てられることになった」（「あらすじ」七幕十場、作・三世瀬川如皐、補綴・戸部銀作、監修・中村又五郎、国立劇場、一九九八年十月）といった内容である。

4 『万延元年のフットボール』からは、〈一揆〉の表象をめぐって、天皇制、在日朝鮮人、被差別問題、占領／被占領といった諸課題が抽出できるが、本節では、群衆とは何か？という問題を焦点化するために、そうした観点からの分析は割愛した。

5 港千尋は、ハンナ・アーレント著／ロナルド・ベイナー編／

浜田義文監訳、伊藤宏一、多田茂、岩尾真知子訳『カント政治哲学の講義』（法政大学出版局、一九八七年一月）から引用している。

本節は、昭和文学会〔二〇一三年度〕秋季大会（於・金城学園大学）での口頭発表をもとにしている。当日、会場で貴重なご意見を下さった方々、特集「群衆と文学―戦後から現代へ―」で示唆に富むご発表、ご講演をされた方々に心から感謝申し上げる。

2―2　横光利一『上海』の力学――〈場〉の運動

1　膨張する言葉／分裂する現実

赤間啓之は『分裂する現実――ヴァーチャル時代の思想』（NHKブックス、一九九七年十月）のなかで、私たちの認識に「ぬきんでた感覚的現実性」を与えはじめているヴァーチャル・リアリティの問題に迫り、歴史的な観点から「言葉と現実の関係」を解き明かすことの重要性を語っている。そして、その手がかりとして、小林秀雄が一九三〇年代のロシアについて語った「現実の分裂」という表現に焦点をあて、

われわれが非日常的な、異常な現実を体験し、それを後で言葉に置き換えたとする。言語を絶した体験であればあるほど、そのような言葉には、辻褄の合わない部分が多く見いだされるだろう。しかし、小林にとって、それが文学の言葉であるならば、分裂しているのは、「言葉」ではなく、あくまで「現実」の方なのである。彼において、「言葉」は、強いバイアスをかけられ、「現実」の整合性、一貫性よりも確かな、絶対的な存在性を与えられている。

と論じる。言葉の象徴的機能には、人間の感覚を変容させ新たな「現実」を生成させる力があるという小林の認識は、私たちがヴァーチャル・リアリティと呼ぶもう一つの「現実」と密接に結びつきながら、今日的な状況を先取りしているというのがその骨子である。

これを具体的に検証するために、同書では文学、哲学、言語学の方法を援用しつつ様々な作品が分析の対象となるわけだが、そこで繰り返し言及されるのが横光利一の形式主義である。たとえば、横光利一の「島国的と大陸的」（『東京日日新聞』一九三八年五月二十～二十二日）から、「同じ言葉の中に、意味が二つ以上の幻想を含んでゐるから、戦争は起り易いので、同じ言葉が接近した意味を伝へるなら、戦争は起つたところで、人間の愛情といふ自然の与へてくれた

武器により相互に利益を得られる知恵が出る」という一節を引いた赤間は、ここに示された横光の「同じ言葉の中に、意味が二つ以上の幻想を含んでゐる」という認識は、結局、「言語における差異はシニフィアン（言語の表層）ではなく、シニフィエ（意味）の側に見いだされ」、「現実の恣意性」に帰着することになると考える。そして、「そのような反言語学的な結論に横光を導いたのは、まさしく彼の植民地体験だった。同一なるシニフィアンの裏で、シニフィエが増殖することが、戦争という現実の破局《カタストロフィ》を生むのである。言葉の統一的次元の裏側で現実そのものが分裂し出す」と結論づける。

　言葉は、それ自体の「絶対的な存在性」によって様々な意味を副次的につくりだす。だが、意味があまりにも膨張してしまうと逆にその「絶対的な存在性」が仇となり、いっきに破裂＝「現実の分裂」を引き起こす。横光は、その逆説をなかば自虐的に引き受けていたのであり、『上海』（『改造』一九二八年十一月〜一九三一年一月まで断続して連載。一九三二年十一月、改造社より刊行。のち、一九三五年三月に書物展望社から決定版を刊行）もまたそうした文脈の裂け目から浮上してくるというのが赤間啓之の認識である。

　このあと、作品内部に目を向けた赤間は、まず、主人公・参木の思考パターンを「上には上があるという知の競り上げ」が、やがて「巨大な嘘に行き着いて、そこでばったり止まってしまう」ような「知のニヒリスム」と規定する。そのうえで、横光が小説『上海』の主人公・参木に「うむ、もうあれは人間ぢやない人間の先生だ。支那人ほど嘘つきの名人も世界のどこにだつてなからうが、しかし、嘘は支那人にとつちや、嘘ぢやないんだ。あれは支那人の正義だよ。此の正義の観念の転倒の仕方を知らなきあ、支那も分らなきあ、勿論人間の行く末だつて分りやしない」と語らせていることに着目し、「嘘を超え嘘の果てにあるものが正義であるように、横光にとって知を超え知の果てにあるものはまさしく絶対的虚偽、絶対的誤謬であり同時に幸福な無知蒙昧である」と主張している。嘘が正義に転倒し、「絶対的誤謬」が「幸福な無知蒙昧」と同義になる『上海』の世界では真偽という価値基準を離れたところで言葉だけが膨張していくことを指摘し、それを「ハイパーインフレーション」と表現する。

　本節が論じようとする問題の出発点はここにある。つまり、作品で語られる言葉がどのように現実を分裂させていくのかを見極め、それを動的にとらえていくことにある。以下『分裂する現実』（前出）が提示した問題系に沿って、『上海』を動かす言葉の力学を考察する。

2　『上海』の物理

『上海』の冒頭近くには、次のような場面がある。

参木は一人になると、ベンチに凭れながら古里《ふるさと》の母のことを考へた。その苦労を続けて、なほますます優しい手紙を書いて来る母のことを。――彼はもう十年日本へ帰つたことがない。その間、彼は銀行の格子の中で、専務の食つた預金の穴をペン先で縫はされてゐただけだつた。彼は、忍耐とは、此の生活の上で、他人の不正を正しく見せ続ける努力にすぎないと云ふことを知り始めた。さうして、彼はそれが馬鹿げたことだと思ふ以上に、いつの間にか、だんだんと死の魅力に牽かれていつた。彼は一日に一度、冗談にせよ、必ず死ぬ方法を考へた。それが最早や、彼の生活の、唯一の整理法であるかのやうに。

銀行員として働く参木は、自分の生活が「他人の不正を正しく見せ続ける努力にすぎない」と感じている。そして、まるでそれが「唯一の整理法」であるかのように、一日に一度、自殺の「真似」をしてみる。自分の感情の傾きをシミュレートし、目の前にある客観的現実と自意識の間に折り合いをつけようとする参木の姿は、たとえば幼児の頃を追想して涙を流すときの「彼は泣くときに思うのだ。えーい、ひとつここらで泣いてやれ、と」といった振る舞いにも表れている。彼は死に魅せられたニヒリストを演じることで外圧によってスポイルされそうになる主体を支えているのである。

しかし、こうした擬態性は、もちろん参木という人間の個性や主体的判断に根ざしているものではなく、「上海」という言語空間上の都市が要請するルールとして描かれている。参木に思いを寄せるトルコ風呂の湯女・お杉のなかに沸き起こる「欄干に投げかけてゐる自分の身体が、人の売物になつて、ぶらりと下つてゐるやう」な錯覚に表象される通り、『上海』の登場人物たちは、擬態によって都市の経済機構に呑み込まれていく自分の身体とありのままの場所に留まろうとする精神性とのあいだに折り合いをつけようとする。一九三八年に発表した「力の場」（『東京日日新聞』一月十一、十二日、原題「力の場――上海の思ひ出より」）において、一九二八年当時の上海の人口が調査にのぼった数では百五十万人であるにもかかわらず、実際には二百五十万人と見なければならないという情報を耳にしたときの驚きなどを例として、「問題の外容は政治に関することにちがひないが、その内容は民族間の心理的な事実である。事を行ふにはどのやうなことであらうと、人間の心理を考へないで行はれては失敗である。しかし、また尽《ことごと》くの人間の心理を考へては、何事も出来ぬ。ここに対象について考へる深さの限度が必要であり、自分の考へついた深さから引き上げる手腕を、力と変じる場所がある」と述べるほど、「上海」という〈場〉に固執していた横光にとって、まず描かなければならないのは〈場〉の力学であって、人間およびその身体はそれを構成する装置のひとつに過ぎなかったのである。

　こうした〈場〉の力学を的確に伝えるために、語り手は参木という人間の特性を「物理」的ないし「原理」的な認識によって浮上させ、時代の「思想」をもって彼の前に現れる人々と対峙させる。たとえば、ロシア人の娘・オルカとの会話のなかで、自分は「支那人」と同様に「唯物主義者の一歩進んだ物理主義者」なのだ、「愛の言葉を聞きかけたら、わけの分らぬことを云ふが良いと云ふ主義なんだ」と語るとき、あるいは、「列国ブルジョアジーの掃溜である共同租界の人々」に頼るのではなく、「支那人」は自らの力で殺到してくる武力から逃れる方法を考えなければならないと主張する中国共産党の女性活動家・芳秋蘭に対して首を振り、問題は「掃溜に関する疑問」にあるのではなく「掃溜が問題なのだ」と感じるときなど。参木のまなざしは、いつも形式化された「思想」を排除し、〈場〉の生成にまつわる諸要素を物そのものの動きとして捉えていこうとするのである。

　一九二八年四月にはじめて上海を訪れたときの体験をふまえて書いた「形式と思想」（『読売新聞』一九二八年十一月二十七、二十八日）のなかで、横光は「思想とは、人間を盲目にする近代的薬物であるのみならず、歴史を運搬した誤謬そのものの本質である。思想に動かされるものは、絶えず誤謬を運んでゐる人生の人夫である」と述べている。また、改造社文庫版『上海』の序文（「上海再刊の序」一九三九年十一月）では、「この作を書いた昭和四年から七年にかけては、日本に於いてマルキシズムの最も旺盛期であつたが、この時少し思うところあつて私はひとり上海に旅立つてみた。今、日支の大戦争はなお熄《や》まぬが、この作の主題と現在の戦争との連関を考察されるならば、東洋の描きつつあるカーブについて何らかの屈折率を夢見られるであらう」と述べている。こうした周辺言説からも明らかなように、当時の横光は「歴史を運搬した誤謬そのものの本質」に迫ろうとし、上海という都市空間を通してその「屈折率」を描こうとしたのである。

　たとえば、主人公の参木は銀行員として働いていたにもかかわらず、「無価値な担保を有価値に見せかけて」欠損を隠し、危険な状況のなかで現金輸送をする作業を部下におしつけようとする専務を糾弾して路頭に迷うことになる。彼は実際に物の売り買いをする世界ではなく、金銭の運用によって利潤を得る銀行の世界に身を置く人間であるがゆえに、「上海」の経済機構を金銭の流通という観点から把握することができるのである。

あるとき参木は、友人の高重と甲谷に向かって「もうこの支那で、何か希望らしい希望か理想らしい理想を持つとしたら、それは何も持たないと云ふことが、一番いいんぢやないかと此の頃は思ふんですが」とつぶやく。すると二人は、

「それやさうだ。ここぢや理想とか希望とか、そんなものは持ちやうが全くない。第一ここぢや、そんなものは通用しない。通用するのは金だけだ。それもその金が贋金かどうかと、いちいち人の面前で検べてからでなけりや、通用しない。」／「所が、参木は、その贋金を溜めることまで嫌ひだと云ふんだから、仕様がない。」と甲谷は云つた。／「いや、それや参木君も僕と同様で、その贋金を使ふのが好きなんだ。だいたい、支那で金を溜める奴と云ふものは、どつか片輪でなきあ溜らんね。そこは支那人の賢い所で、此の地でとつた金は、残らず此の地へ落して行くやうな仕掛がしてある。まだわれわれを、人間だと思つてゐてくれる所が、支那人の優しい所だ。」／「ぢや、支那人は人間じやない神様か。」と甲谷は云つた。／「うむ、もうあれは人間ぢやない人間の先生だ。支那人ほど嘘つきの名人も世界のどこにだつてなからうが、しかし、嘘は支那人にとつちや、嘘ぢやないんだ。あれは支那人の正義だよ。此の正義の観念の転倒の仕方を知らなきあ、支那も分らなきあ、勿論人間の行く末だつて分りやしない。」

といった具合にまくしたて、たとえ「贋金」であってもそれを本物にみせかけて一度流通させてしまえば立派な価値を生みだすのと同様、この街では正義か悪かなど問題ではないのだと語る。銀行員として世間の表裏を見てきた参木は、彼らが口にする「逆説」をたちどころのうちに理解し、そこに「久しく欠乏していた哲学の朗らかさ」を感じる。

ここで問題なのは正義や真実ではなく贋や嘘を本当らしくみせかける技術である。「上海」という都市はそれを効率よく展開させていく変換システムそのものだったのである。「静安寺の碑文――上海の思ひ出」（『改造』支那事変増刊

号、一九三七年十月）において、「上海」の印象を「着いて最初に感じたことは、ここでは総てが銀の上を流れてゐるといふことであつた。この感じは感覚的なもので、いたる所にある銭荘と書かれた両換屋が私に刺激を与へた」、「ここでは科学の隣りに易占の屋台が何の不思議もなく竝んでゐる」などと記し、金銭が動くだけで利潤を生んでいく「両換屋」に上海の特異さを見た横光利一の目は、明らかに『上海』に反映されているのである。

肉体はもちろん愛情までも切り売りして身を立てようとする女たち。博打の借金を返すために自分が囲っている妾たちを平気で売り飛ばしていく男。そして、人間の死体をかき集めて骨の標本として売買しようとする商人たちなど。「上海」で生き延びようとする人々は、価値のある物を売るのではなく、自らの力で価値をつくり続けることでいまを食いつなぐ。まるでその運動を止めてしまったらすべてが無に帰してしまうような強烈な切迫感を抱えながら街を暗躍する。貨幣が貨幣として過去から未来へと受け渡されていく期待の先送りについて、「過去をとりあえずの根拠にして無限の未来へむけての期待がつくられ、その無限の未来へむけての期待によって現在なるものが現実として可能になるのである。貨幣ははじめから貨幣であるのではない。貨幣は貨幣になるのである。すなわち、無限の未来まで貨幣は貨幣であるというひとびとの期待を媒介として、今まで貨幣であった貨幣が日々あらたに貨幣となるのである」と説いた岩井克人の言説（『貨幣論』筑摩書房、一九九三年三月）に従うなら、そこに描かれた「上海」は、貨幣が貨幣になるためにつなぎ合わされた「因果の連鎖」（『貨幣論』より）にほかならないのである。

3　衝突／離反する「二つの中心」

西川長夫は、「近代の群れ　シャルル・ボードレールと萩原朔太郎の『群集』」（『ＩＳ』別冊『群れの場景』ポーラ文化研究所、一九八九年九月）のなかで、エリアス・カネッティが『群衆と権力』上・下（岩田行一訳、法政大学出版局、一九七一年三月、十一月）でまとめた群集の特徴として、「群集はつねに増大することを望む」、「群集の内部には平等が存在する」、「群集は緊密さを愛する」、「群集はある方向を必要とする」と述べている。そして、一八四〇年に発表されたエドガー・アラン・ポー「群集の人」からボードレールの散文詩「群集」（一八五五年）につながる都市像を同時代の歴史的文脈に沿って読み返し、最終的には、それを萩原朔太郎がどのように受容し、変奏していったかまでを詳細に論じている。朔太郎が「群集の中を求めて歩く」（『感情』一九一七年六月）

で強調した波のイメージと律動、そして「群集」の意志と愛欲が不断に連なっていくエロティックな魅力について西川は、

ボードレールの場合、その時期のノート（「火箭」）で恋愛、宗教、栄光といった人間の最も聖なる行為や価値を売淫にたとえていることからもわかるように、そこには価値のドラマティックな逆転がある。（中略）ボードレールは愛という行為における自己犠牲と自己欺瞞（「他人の肉体のうちに自我を忘却しようとする欲求」）を見すえながら、その自己という主体の悲しくも滑稽な働きが聖なるものに転じる一瞬に注目して、売淫という言葉に執着する。これに対して萩原朔太郎が述べているのは、そうした自我の働きではなく対象である群集の性格である。「さかんな意志と愛欲」をもっているのは一つの個としての詩人ではなく群集の方であり、詩人は「かなしい憂鬱」という莫とした気分にすぎない。朔太郎は「群集の中を求めて歩く」という標題をつけているが、ここでは何を求めて歩くのかは示されず、群集の波にもまれて、「ただひとつの『方角』ばかりをさして」流されてゆきたいという願望だけが語られているのである。

と読み解いている。朔太郎は都会にうごめく「群集」から「ありとあらゆる官能のよろこびとそのなやみと、ありとあらゆる近代の思想とその感情と、およそありとあらゆる『人間的なるもの』のいっさい」（「都会と田舎」『文章世界』一九一七年六月）を見ているという。

こうした群衆の動きから『上海』の世界を眺望しようとするスタンスは、前田愛の「『地』としての都市の風景から、逆に『図』としての人間のかたちが浮びあがる」（「SHANGHAI 1925——都市小説としての『上海』」『文学』一九八一年八月）という指摘以来、しばしば試みられてきたものであるが、私見によれば、『上海』の場合にはボードレールや朔太郎が感興をかきたてられていた群衆とはまったく違う視点からそれを捉えているように思える。

語り手が最も身近に寄り添い、ときにはその内面にまでふみこむ主人公・参木は、一度たりとも群衆のなかに身を投じる快楽を享受しようとしない。また、「かなしい憂鬱」などといった情緒的な気分に浸るわけでもない。たとえば、「立ち連つた電話の壁のために、うす暗くなつた場内の人波は、油汗ににじみながら、売りと買ひとの二つの中心へ、胸を押しつけ合つて流れてゐた。その二つの中心は、絶えず傾いて叫びながら、反り返り、流動しつつ、円を描いて

は壁に突きあたり、再び押し戻しては、壁にはじかれて、ぐるぐると前後左右へ流れ続けた。しかし、周囲の壁や、連つた椅子の上に盛り上つてゐる観衆は、黙々として視線を眼下の渦の中心へ投げてゐた」という描写、あるいは、「彼等は引き返さうとした。と、後方の押し出す群れと、衝突した。彼らは円弧を描いた二つの黒い潮流となつて、高重の眼前で動乱した。方向を失つた背中の波と顔の波とが、廻り始めた」という描写などが鮮明に伝えているように、彼の目はつねに一定の距離を持って「二つの中心」がぶつかり合う群衆を追い、その力が拮抗する状態そのものを感じとろうとする。参木は均衡を保ちながら凝縮されていく群衆のエネルギーに眩惑されているのである。

　のちに花田清輝は、二葉亭四迷の『其面影』にある「君は能く僕の事を中途半端だといって攻撃しましたな。成程僕には昔から何だか中心点が二つあって、終始其二点の間を彷徨しているような気がしたです。だから事に当って何時も孤疑逡巡する、決着した所がない」という言説を踏まえながら、「二つの中心」をもつことの重要性を主張し、

> 我々の魂の分裂は、もはや我々の父の時代からのことであり、しかも私の歯痒くてたまらないことは、おそらく右の主人公が、初歩の幾何学すら知らないためであろうが、二つの焦点を、二つの中心として、とらえているということだ。かれの「孤疑逡巡」や「決着した所がない」最大の原因は、まさしくここにある。何故にかれは、二点のあいだに、いたずらに視線をさまよわせ、煮えきらないままでいるのであろうか。円を描こうと思うからだ。むろん、一点を黙殺し、他の一点を中心として颯爽と円を描くよりも、いくらか「良心的」ではあるであろうが、それにしても、もどかしいかぎりではないか。（中略）いうまでもなく楕円は、焦点の位置次第で、無限に円に近づくこともできれば、直線に近づくこともできようが、その形がいかに変化しようとも、依然として、楕円が楕円であるかぎり、それは、醒めながら眠り、眠りながら醒め、泣きながら笑い、笑いながら泣き、信じながら疑い、疑いながら信ずることを意味する。（「楕円幻想」『文化組織』一九四三年十月）

と述べているが、『上海』の群衆もまた、「醒めながら眠り、眠りながら醒め、泣きながら笑い、笑いながら泣き、信じながら疑い、疑いながら信ずる」ような運動のなかに生きることを強いられているのである。

　ただし、参木の目に映る群衆は必ずしも花田が「楕円幻

想」で論じるような積極的な意味をもつわけではない。ぶつかりあう「二つの中心」の外側に自分を置き、三点測量のような意識を働かせて「ぼんやりしたフィルムに焦点を与へるやうに、自分の心の位置を測定」する参木は、さきにも述べたように、けっして運動のなかに身を投じようとはしない。自らの手を汚すことなく「贋金」を本物に洗浄する金融の世界がそうであるように、彼は安全な場所に身を置きながら群衆を眺めるニヒリストである。

こうした人物造型の仕方を考えるとき注目したいのは、横光が「新感覚派文学の研究」（『文芸創作講座』文藝春秋、第一号〔一九二八年十二月〕、第二号〔一九二九年一月〕、第四号〔一九二九年三月〕、第六号〔一九二九年五月〕、第八号〔一九二九年七月〕、第十号〔一九二九年九月〕に六回連載）で自作「青い大尉」を解析したときの、以下のような言説である。

> 自分の狙つたのは主人公の複雑な心理の発展であつた。現実は畳みかけるやうに主人公を深い無常感へ追ひ込まうとして迫つて来る。主人公はほがらかなニヒリズムでそれを抜け切らうとする。この現実と主人公の心理との交錯とその推移だ。が、自分は決してくだくだと主人公はどんな気持になつたとか、こんな気持ちになつたとか、そんな説明は用ひなかつた。そんな説明ではこの場合の微妙な推移が現はせるものではない。自分は、すべて、形を、形の運動を、意識的計画的に、羅列することによつて、この推移を表現しようとしたのだ。

ここで横光が述べている描写方法は『上海』にも通じている。語り手は絶えず参木を焦点化しつつ彼の「心理」を直接的に描こうとしない。「形」のあるもの、および「形の運動」のみを羅列し、その巨大なエネルギーを前に「ニヒリズム」に囚われていく主人公を追尾する。それはまさに参木に与えられた最大の属性であると同時に、横光が『上海』において実現しようとした新たな小説表現の方法でもあった。

さらに、参木はしばしば自分の肉体の占めている空間が「絶えず日本の領土となつて流れてゐる」ことを意識する。日本に住む母に思いを馳せ、以下のような観念にとり憑かれる。

> 彼は自分の身体が、母の体内から流れ出る光景と同時に、彼の今歩きつつある光景を考へた。その二つの光景の間を流れた彼の時間は、それは日本の肉体の時間にちがひないのだ。そして恐らくこれからも。しかし、

彼は彼自身の心が肉体から放れて自由に彼に母国を忘れしめようとする企てを、どうすることが出来るであらう。

「彼」の「心の位置」は、「今歩きつつある光景」と「母の体内から流れ出る光景」を二つの中心として、双方に「焦点」が合うように測定されている。「彼」は自分という存在を「日本の領土」として意識し、あくまでも同時性にこだわるのである。

同じことは、女性革命家・芳秋蘭と応答する場面にもいえる。「あたくしたちはお国にプロレタリアの時代の来るために、お国のブルジョアジーに反抗してゐるんでございますわ」という秋蘭の言葉を受けた参木は、「しかし、それには中国にも同時にプロレタリアの時代が来なければ」と反駁し、二つの国が「同時に」革命を起こすことを夢想する。参木は、まともにぶつかり合った群衆が拮抗した「二つの中心」を保ち続けるイメージだけでなく、時間の「同時性」にも拘泥し続けるのである。

排英／排日運動に沸きたつ五・三〇事件（注1）前夜の騒乱のなかで、それまでの楕円的な認識を踏みにじられていく参木の背後に浮かびあがるのは、もちろん、それを語っている主体のまなざしであり、書き手である横光にまで還元される問題である。そこには、参木の認識というレベルではなく、参木という主人公を通して人と人とのつながりや国と国との間にある「同時性」を浮き彫りにしようとする横光の方法意識が鮮明に示されているのである。

この点について赤間啓之は、「形式なくして内容なく、新しい形式なくして新しい文学は生まれない。そのことを否定するのは『文字なくして、文学が存在し得る狂人以外にないであろう』。彼にとって、この『狂人』たちとは、文学内容を重視するあまり、『文字の運動』を閑却してしまった、マルクス主義文学者たちのことである。それに対し『感覚のある作家たち』は文字の次元に踏みとどまって形式を重視し、それにより文学に新鮮な息吹を吹き込む」（『分裂する現実』前出）と述べ、横光は作品内に「文字の運動」を定着させることで読者の感覚活動に訴えようとしたと指摘している。『上海』には、「思想」ではなく文字のリズムや視覚的効果から捉えることで見えてくる世界があると指摘している。

ここでは、その効果を「辷る」という言葉を例にとって考えてみよう。『上海』には『辷る』という単語が頻繁に用いられ、作品内に波の動きや川の流れがもたらすような力強いうねりのイメージとはまったく異なる運動性が与えられている。漢字の中に含まれる「一」の形が、そのまま直線的かつ表層的な速度感覚を表すように仕組まれている。

参木は死と戯れてゐる二人の距離を眼で計つた。彼は外界に抵抗してゐる自身の力に朗らかな勝利を感じた。(中略)彼は拡がる彼の意志の円周を、動乱する街路の底から感じると、初めて斬られるやうな快感にしびれて来た。彼は今は自身の最後の瞬間へと辷り込みつつある速力を感じた。彼は眩惑する円光の中で、次第にきりきり舞ひ上る透明な戦慄に打たれながら、にやにや笑ひ出した。すると、不意に彼の身体は、後ろの群衆の中へ引き摺られた。

動乱の様子を冷静に見極め「死と戯れてゐる二人の距離を眼で計」っていた参木は、やがて自身が「最後の瞬間へと辷り込みつつある速力」を感じて群衆に呑み込まれるのだが、ここで見逃せないのは「辷る」という文字の形そのものが彼の安定を引き裂く刃のイメージと重ねられていることである。

それと同じ光景は参木が踊子の宮子と交わす会話にもある。「あたしは自分と同じやうな人を見つけると、恐ろしくつて寒けがするのよ。あなたももうお気をつけてらつしやらないと、危くつてよ。顔に出てるわ」という言葉に「急所を刺されたやう」な「不快」を感じた参木は、眉をひそめて「もう、向うへいつてくれませんか、同じ人間が二人ゐちや、辷るだけだ」と反駁する。ところが、それを受けた宮子は、さらに「あたし、何んだか、だんだん氷と氷の間へ辷り込んでいくやうな気がするの。これはきつと、あんまり人の身体の間へ挟まつてばかりゐるからね。恋人なんて、まるで泥みたいに見えるのよ」と語り、参木をうすら寒くするのである。

二人の間に交わされる「辷る」、「辷り込んでいく」という表現は、もちろんしっくりと噛み合っているわけではない。参木がいう「辷る」は、毎日「割れた鏡の前」で食事を取るという作品内の一節が意味するところと同様、自分で自分を見つめていくうちに死や虚無を探りあててしまう彼の上滑りしていく自意識につながっている。一方、宮子がいう「辷り込んでいく」は、自分自身が誰かと誰かの間に入り込みながら寄生虫のように暮らしている姿への卑下として受けとれる。だが、「辷」という文字によって括られた瞬間、二人の心性はそこに形式上の連動性を生じさせている。視覚に訴える文字の力がそれぞれ別々であるはずの二人に「同時性」を与え、読者の意識に働きかけることになるのである。

この事例に限らず、横光は『上海』のなかに様々な形式主義の方法論を持ち込み、「形或いは形の運動」（「新感覚派文学の研究」前出）を前面に押し出しながら作品を展開させている。そこで、以下『上海』の後半を中心にその問題を考えてみたい。

4　「言葉」による認識との訣別

「満潮になると河は膨れて逆流した」という冒頭の一節がそうであるように、『上海』にはしばしば自然の流れに「逆流」する動きが描写される。あらゆる物事を受け流し、流動性に身を任せるように生きてきた参木も、作品の後半では群衆の衝突に呑み込まれ、「逆流」に抵抗しながら自分の立ち位置を確保する必要に迫られるようになる。また、心のなかに浮かんでは消えていく祖国の記憶や思いを通して目の前に広がる「上海」と自分が棄ててきた祖国を複眼的に捉えるようになる。彼にとっての世界は、こうして「二つの中心」の均衡状態として認識されるようになる。「上海」に革命のエネルギーが膨張しても敢えてその高揚感に身を委ねようとはしないし、日常生活の維持が困難になったときにも自分が置かれている状況を冷ややかに分析しようとするのである。

そんな参木が、まるで自分を保つための儀式のように繰り返す習性のひとつは、目の前を通り過ぎていった女たちの面影をなぞることである。「此の心の中に去来する幻影は、いったい何んだらう。お杉、競子、お柳、オルガ。ただ競子をひそかに秘めた愛人であつたと思つてゐたばかりのために、絶えず押し寄せて来る女の群れを跳ねのけて進んでゐたドン・キホーテ」、「彼は競子を高重の妹を、押し除ける作用で充血した。すると、今迄、彼女のために跳ね続けて来た女の動作が、浮き上つて来て、乱れ出した。お柳、オルガ、お杉、宮子、と泡立ちながら」、「参木は滲み込んで来る危険な境界線を見るやうに、宮子の顔を眺めてみた。すると、ふと、彼は競子の顔を思ひ出した。だが、もう彼女は処女ではない。彼は秋蘭の顔を思ひ出した。が、彼女を見ることは死ぬことと同様だ。いや、それより俺には何の希望の芽があるか」という具合に、参木は女たちを横並びにする。それぞれを連続するコマのひとつひとつに置き換えることで彼女たちの運命と手を切る。

たとえば、かつて愛し合い切実に結婚を願ったこともあった競子の夫が死んだことを知らされ、あらためて彼女への思いに立ち返ったときのこと。すでに地位も金も失っていた参木は、自分の心が急に回転を停めたような気がする。語り手はそのさまを「輝き出した巨大な勢力が、彼の胸の中を馳け廻つた。彼は喜びの感動とは反対に、頭を垂れた。だが、次の瞬間、彼はじりじり沈んで行く板のやうな自分を感じた」と描写する。そして、この場面を境に彼の前には次々に「掃溜」、「泥溝」、「排泄物」といった光景が押し寄せるようになり、作品内が腐敗した空気に充たされる。現実の表層を「辷」り続けていた彼のベクトルは、以後、垂直的に下降しはじめるのである。

作品の末尾に近い場面。「突然、停つてゐた人の塊り」が殺到してくると同時に、彼は「空が二つに裂け上る」ような感じとともに「逆さま」になって排泄物がいっぱいに溜まった船に突き落とされる。起きあがろうとしても「柔軟な平面が首まで自分の身体を浸して」いて抜け出すことができない。だが、そうした絶望的な状況のなかで彼の頭のなかには「生きて来た過去の重い空気の帯」が浮かんでくる。注目したいのはそれに続く場面である。

彼はそのまま排泄物の上へ仰向きに倒れて眼を閉ぢると、頭が再び自由に動き出すのを感じ始めた。彼は自分の頭がどこまで動くのか、その動く後から追つ馳けた。すると、彼は自分の身体が、まるで自分の比重を計るかのやうに、すつぽりと排泄物の中に倒れてゐるのに気がついて、にやりにやりと笑ひ出した。——(中略)ああ、しかし、船いつぱいに詰つた此の肥料の匂ひ——此れは日本の故郷の匂ひだ。故郷では母親は今頃は、緑青の吹いた眼鏡に糸を巻きつけて足袋の底でも縫つてるだらう。恐らく彼女は俺が、今ここのこの舟の中へ落つこつてゐることなんか、夢にも知るまい。

それまで彼を支えていた均衡は「空が二つに裂け」るように砕けてしまう。それはまさに楕円構造の安定性が破綻した瞬間である。彼は「排泄物」まみれになることで対象との間に距離を保ち続けるような傍観者の余裕を失い、五感を通して意識を覚醒せざるを得なくなるのである。

なぜか「にやりにやりと笑ひ出した」参木は、「船いつぱいに詰つた此の肥料の匂ひ」から「日本の故郷」を思い出し、さらに変わらぬ生活を送っているであろう母親の姿へと想像力を拡張していくが、それは自分の「頭」のなかを支配していた均衡への意思が消滅したところに生まれた軽やかさがもたらしたものである。「二つの中心」を持つ楕円構造の緊張感を拠りどころとして「上海」の街を渡り歩いてきた参木は、こうして自分自身を「排泄物」のように見立てることと引き換えに、ただ思いつくままに連想を巡らすことの自由を手に入れるのである。

こうした意識の覚醒は、さきの引用に続く場面にも見られる。芳秋蘭に思いを馳せた参木は、最初に「ああ、あの秋蘭め、俺をここからひき摺り上げてくれ。俺はお前にもう一眼逢はねばならない。俺はお前の云つたマヂソン会社へこれから行かう」と考える。だが、次の瞬間には「しかし、俺は秋蘭に逢つてさて何をしようといふのであらう」と思い直す。また、それまで「俺」という一人称で語られていたのが急に三人称へと変わり、

彼は逢ふたびに彼女にがみがみ云つた償ひを一度此の世でしたくてならぬのだ。／しかし、ふとそのとき、参木は仰向きながら、秋蘭の唇が熱を含んだ夢のやうに、ねばねばしたまま押し冠さつて来るのを感じた。すると、今迄忘れてゐた星が、真上の空で急に一段強く光り出した。

と描写される。秋蘭の「唇」が「熱を含んだ夢のやうに、ねばねばしたまま押し冠さつて来る」のを感じた瞬間、彼のなかに「今迄忘れてゐた星」が「一段強く光り出」す。「排泄物」のなかに身体を浮かせているときに摑んだ「頭が再び自由に動き出す」ような感覚は、こうして言葉による思考を退けることでより活性化される。

思えば、『上海』という作品には、人と人とのつながり、別れ、誤解、すれ違いなどの局面で、ある特別な言葉が重要な役割を担う場面がほとんど存在しない。「白晰明敏な中古代の勇士のやうな顔」をした参木の造形の美しさが女たちを魅了する展開をはじめ真実は既定のものであり、言葉は世界を差異化していくための道具に過ぎないという認識が支配している。逆にいえば、『上海』における言葉は、「頭」で思考することの限界を示すために存在しているといえる。

この問題を考えるとき、作者・横光利一が「沈黙の精神」（『東京日日新聞』一九三八年七月十七日）のなかで語っていることが参考になる。同論において横光は、

生きる意義には言葉は不用だと観念する沈黙の精神これが日本人の精神の、根本であらう。／しかし、一度言葉を必要とすれば、心はも早や言葉といふ浮橋を渡らねばならぬ。この浮橋を一歩でも渡り出せば、不言実行は下へ沈み、活動するものは言葉となる。言葉は頭だ。頭で考へるすでにここに間違ひのあることを直観する日本人の知性は、再び言葉を排して実行へと移つていく。

と主張している。また、「いはざる言葉としての表現を、

言葉でとらねばならぬ」と考える「日本人の知性」は必然的に「西欧の言葉の論理」と衝突することになるが、「この矛盾が何かを生む」とも語っている。それはまさに『上海』において参木が到達した思考である。

『上海』の語り手は、そんな参木の内面を照らし共鳴していく存在としてお杉を選び、彼女に参木の陰画のような役回りを与える。『上海』の第二十五章。淫売に落ちたお杉をやっとのことで捜しだした参木が彼女と再会する場面は以下のように語られている。

> 河にはいつぱいに満ちた舟の中で、整へられた排泄物が露出したまま静に水平を保つてゐた。参木はお杉の前になつた。彼女は彼の後から彼の家まで歩かうと思つた。すると、十日間の過去が、参木の知らない彼女の淫らな過去が、お杉の優しさをうち叩いた。／お杉は彼との肉体の間隔に、威厳を感じた。化粧した顔が、重くぐつたりと下つて来た。希望が歩く時間に擦りへらされた。愛情はただ参木の後姿に絡つたまま、沈み出した。すると、お杉は通りかかつた黄包車《ワンポウツ》を呼びとめて、参木の面前を馳け抜けた。

静かな「水平」性を保ちながら近づいてくる影。お杉の内面への反転。そして、再び参木の側から疾走するお杉の姿を追う語り手。ここでは、視点の素早い切り替えと「水平」性から垂直性への切り替えが絶妙に組み合わされ、お杉と参木の認識が相互的に捉えられている。また、参木がたびたび陥る埋没感覚をなぞるように、彼女もまた意識が沈んでいくような重圧に襲われている。このとき、二人は沈むことにおいて「同時性」を生きているのである。

その日、数多くの客が一夜を過ごしていったお杉の部屋に転がり込んだ参木は、一方で芳秋蘭への未練を引きずりながら、お杉を不憫に思う気持ちから暗闇の中で息を潜めている彼女を抱き寄せようとしている自分に気づき、「自分の言葉を信じていく度に、お杉はだんだん不幸に落ち込んでいつたのだ。／しかし、彼がお杉を救ふ手段としては、あのときも、その言葉以外にはないのであつた」と逡巡する。重要なのはそれに続く場面である。

> 抱くといふこと、――それは全くどんなに悪からうとも、お杉にとつては抱かぬよりは良いことだつたのだ。それにしても、まアお杉を抱くやうになるまでには、自分はどれだけ沢山なことを考へたであらう。／しかも、それら数々の考へは、尽く、どうすればお杉を、まだこれ以上虐め続けていかれるであらうかと考

へてゐたのと、どこ一つ違つたところはないのであつた。／「お杉さん、こちらへ来なさい。あんたはもう何も考へちゃ駄目だ。考へずにここへ来なさい。」／参木はお杉の方へ手を延ばした。すると、お杉の身体は、ぽつてりと重々しく彼の両手の上へ倒れて来た。しかし、それと同時に、水色の皮襖《ピーオ》を着た秋蘭が、早くも参木の腕の中でもう水々しくいつぱいに膨れて来た。

だが、どんなに強くお杉を抱きしめても参木が彼女との暮らしに安息を覚える日が来ることはないだろう。暗闇のなかでお杉の身体を受けとめた彼の意識に「水々しくいつぱいに膨れて」くる秋蘭の面影。それは、まるで「贋金」を本物に濯い直していくことで価値を生みだしていく「上海」のルールが染み着いてしまった姿のようにもみえるし、結局、最後まで「二つの中心」が均衡を保つような「同時性」に支えられることによってしか生を体現できない彼の哀れさにもみえる。疲れ果てたようすで眠りに落ちていく姿には、作品の表舞台から消去されていくような印象さえ残る。このとき横光は、未来に何の希望も見いだせず、ひとつの場所に着地することもできずにさまよい続ける主人公をそのまま放置することによって、物語が大団円を迎えて終息していくような安定を拒否し、人間を後景に押しやることと引き換えに一瞬たりとも停滞することなく流動し続ける「上海」のエネルギーを浮上させている。人々を呑み込んでいく都市の動態に迫ることを選んでいる。『上海』という作品の特異性は、まさに、都市のうごめきを表現するために人々の営みを後景に退けている点にあるのではないだろうか。

注

1　一九二五年五月三十日、都市部の深刻なインフレや列強国の中国人に対する帝国主義的な支配に不満を募らせた上海の学生や労働者がデモを行った際、上海共同租界警察が発砲して十三人の死者と多くの負傷者を出した事件。この事件がきっかけとなり、中国では民衆による反帝国主義運動が活発化した。

『上海』の引用は『定本 横光利一全集』第三巻（河出書房新社、一九八一年九月）に拠る。

2—3 群衆はいかにして国民となるか——石川達三「蒼氓」

1 他者を経由しない社会正義

石川達三が描く人間は、国家や社会からの炙り出しとして小説内に配置される。その人間がどのようなことを考え、どのような判断のもとに行動しているかを捉えるのではなく、彼にそうさせているものは何か、彼はなぜそうしなければならなかったのかを問題にし、ひとりの人間の背後から国家や社会といった巨大な機構を前景化させる仕組みのなかに文学の可能性を見ようとする。「作家は個人を守る。個人の自由と尊厳のために闘う。国家権力は常に人民にむかって国家への奉仕を要求する。したがって作家はほとんどすべての場合、国家に対して批判的であり、野党的な立場に立つ。……私はそういう風に信じ、そういう立場を取って来た。それが私の良心であり、それを間違っていたとは思わない」(『経験的小説論』文藝春秋、一九七〇年五月)というわけである。

そしてやっかいなことに、石川は自ら現場に赴いて体験したり、事実調査を行ったりして書いていることを楯にリアリズムという甘美でしたたかな護符をかざす。そこにあるのは、他者なるものを経由せずに表現される社会正義であり、彼はそれを確信犯的に遂行しているともいえるのである。かつて、松原新一は「私が感心もし不思議にも思うのは、石川達三という人が、実にいろんな問題にたいして発言をする人であるということだ」という問いを発したうえで、彼の描く人間がしばしば現実性を欠いているようにみえる理由を、「石川達三の場合、一種の固定観念のようなものがあって、それを石川達三その人は必ずしも固定観念とは思ってはおらず、その固定観念を媒介として現実が写されるため、出来上がったものは、むしろ石川達三の主観の表現といったほうがいいような作品になっていくのである」(「石川達三の時代認識」『国文学 解釈と鑑賞』至文堂、一九七六年八月)と説明したが、石川が描く抵抗や告発が通俗的で、どこかで聞いたことがあるような浅薄さを感じさせるのは、そうした「固定観念」を疑う場所がどこにもないからであろう。

「蒼氓」(『星座』創刊号、一九三五年四月、同年九月『文藝春秋』に再録)における南米移民問題、「日蔭の村」(『新潮』一九三七年九月)における東京の貯水池問題、「人間の壁」(『朝日新聞』一九五七年八月二十三日〜一九五九年四月十二日・全五九三回)における戦後日本の教育問題、「傷だらけの山河」(『週刊朝日』一九六二年十二月十四日〜一九六三年十一月二十五日)における都市と郊外の開発事業などが象徴しているように、彼はいつも具体的な事象を題材とし、諸悪の根源は何かを問題にしてきた。「私は小説のために小説を書こうとは思わない。何のために書くか、という問いは私の頭から離れたことがない。人生のために、社会のために……と言うと大袈裟に過ぎる。私は国士でも何でもない。一介の文士にすぎない。しかし私は自分の書いたものを、人に読んでもらうためには、読者の心に訴える何ものかがあると思わなくては、書く気になれない」(「出世作のころ」『読売新聞』夕刊、一九六八年二月十九日〜三月五日)、「いわゆる社会派と言われた私の過去の作品の大部分は、現実の社会で生起した或る事象、或る事件に取材して、その社会的なまたは政治的な、あるいは人生的な意味を追求し批判し抗議する、という風なものであった。その主題となった事件は或る一つの時代のものであり、ある一つの社会のものであった。それらは直接には私の生活とかかわりの無いもの、やや遠くに在るものであった」(『経験的小説論』前出)といった言説にみられる使命感をもち、「私」ではなく「社会」を問題にした。「私」なるものを安易に語ってしまう文学風土を嫌悪し、「何のために書くのか」という大義を求めた。

だが、その御託が立派であればあるほど石川の「主観」は他者との交渉を失い、「読者の心に訴える何ものか」を探して新しい「意味」を付与しようとするモチーフがひとり歩きすることになる。そして、彼が見いだした「意味」の世界は時間とともに色褪せ、どこかで見たような既視感のなかに埋没していく。そこには、「意味」への過剰なこだわりが逆に「意味」そのものを風化させるような自家撞着がある。

また、石川が数々の小説を通じて執拗に追求することのひとつに「孤独」という問題がある。彼は「孤独」を知ることを個人として生きるための必要不可欠な条件と看做《みな》し、ひとりで立つ人間がそれを手放した「群衆」たちを熱く見つめるという構図のなかで「意味」を発見していこうとする。「群衆の自己喪失、孤独の喪失は、飛躍した言い方を敢えてするならば、社会の民主的進歩にとって大きな支障となる」(「群衆と孤独」『朝日新聞』一九六一年一月十一日)といった言い回しからも明らかなように、彼のなかには、「群衆」を蔑視し、ひとりひとりが「孤独」と向き合うことが社会の民主的進歩につながるという良識が深く根を張っているのである。「創作の仕事は、孤独な魂の戦いだ。作家たちは誰でもが、孤独な書斎のなかで自分の姿をながめ、自分の魂を手さぐりし、そしてそのような孤独を愛する。この孤独こそは、最も豊富なものだ。机にむかっているあいだが私たちの戦いである。そして敵は、無限にひろがるこの社会なのだ」（「ろまんの残党」『芸術』一九四七年四月）という短絡的な図式を臆面もなく描いてしまうのもそのためである。

そうした石川の作家的資質をにべもなく斬り棄てたのが大西巨人である。「「芸術護持者」としての芸術冒瀆者」（『近代文学』八雲書店、一九四七年九月）のなかで、戦中における石川の「抵抗」ぶりがいかに欺瞞にみちたものであったかを検証した大西は、「靴」（＝生活）とラファエル（＝芸術）という隠喩を用いて次のように批判する。

> 彼は靴とラファエルを二者択一の問題として選言的に提出した上で後者を採択する。まづ第一に政治、法律、社会制度と芸術（文学）とはおのおの切り離されて孤立の状態におかれる。「ラファエル・シェークスピア」とは云ふまでもなく「純粋芸術」「芸術それ自体として存在する芸術」といつたものを意味してゐる。「法律で芸術をも裁いてはならない」「文学はやはり良心ですね。（政治は良心ではない）」「芸術は孤独な心にのみ育つ。」「創作の仕事は孤独な魂の戦ひだ。」――といふやうな言葉、それ自体として必ずしも間違つてゐない表白によつて、この分離を石川は遂行する。第二に、その結果さういふ芸術は必然的に政治、法律、社会制度――一般に社会と人間との外に、或は社会人間を超えて存在し、それらに対していかなる責任をも義務をも発生的連関をも有しないものとして規定される。中空に浮び漂ふ超越者としての芸術の源泉が存在し、芸術家は社会からも人間＝民衆からも孤立して「書斎で」その源泉から切れ端をもぎとることによつてのみ彼の作品を作り、さうすることによつてのみ「芸術的」であり得るとでもいふかのやうに。

大西の言説は、戦中の言論統制に対する揺り返しのなかで書かれたものであり、媒体も文学者の戦争責任を鋭く追及する雑誌『近代文学』であるため、勢いこのような苛烈な表現になってしまっているところもあるだろうが、大西がいわんとしていることは、要するに、反権力を謳う石川がいかに自分を特権化しているかという問題である。「それ自体として必ずしも間違つてゐない」言葉を垂れ流しながら、本質的な部分において、彼が「人間」なるものに興味をもとうとしていないという批判である。

ここで注目したいのは、そうした石川の作家的資質は、彼が「蒼氓」によって第一回の芥川賞を受賞したときから、しかも、彼と身近に接していて「蒼氓」を世に出すきっかけをつくった矢崎弾によって見抜かれていたということである。石川の受賞が決まった直後、初出誌である雑誌『星座』はさっそく芥川賞受賞記念号（第六輯、一九三五年九月一日）を編集し、矢崎弾も「石川達三と僕との記憶」という文章を寄せる。そして矢崎は、「硬化した感受性と直線的な理解の速力に溺れて、対象を無雑作に割りきる事が石川達三の文学だと考へてゐた」と述べたうえで、「心理感覚の酷使で感受性の摩滅となり単純な断定をとび越え、速製の理解の縄をぬひながら、対象を侮蔑することで優越感を感ずる人間である」と予見する。石川にとっての「芸術」が、いかに群衆に対する超越的なものの見方で占められているか、彼のなかで「理解」と「侮蔑」がいかに隣接しているかということに関して、矢崎は早々と見切りをつけてしまっているのである。

本節では、こうした批判的言説を引き受けたうえで、あらためて石川達三の文学の出発点である「蒼氓」を論じる。ただし、ここで目的とするのは、先行する言説の尻馬に乗って石川の文学を断罪することでもなければその通俗性をこれみよがしに指摘することでもない。問題はむしろ、そうした構造的な脆さを抱えているにもかかわらず、彼の文学には読者の期待の地平を刺激し精神的なカタルシスを与えるような中毒性があるのではないかということである。矢崎や大西の批判はどちらかといえばその通俗性に向けられたものだと考えられるが、彼の文学には同時代の読者を惹き付ける何かがあったということである。石川の小説は同時代の読者を魅了する一瞬の輝きをもっているが、一定の時間が経つと飽和して読者をうんざりさせるということである。

2 「移民」として再編成される人々

「蒼氓」は、神戸の国立海外移民収容所で一週間の準備生活を送った移民希望者たちが「ら・ぷらた丸」（注1）での四十五日間にわたる船旅を経て南米ブラジルに上陸し、開拓地に辿り着くまでを描いた小説である（注2）。舞台は一九三〇年三月八日から四月末までの二ヶ月間弱。移民たちを群衆として描くために数多くの人物が登場するが、それと同時にお夏という主人公を設定し、彼女の境遇や体験のなかに移民として生きることの様々な困難を集約している。東北の農村で育ち、紡績工場の女工をしながら婚期を迎えたお夏が、政府からの渡航費補助を受けるために偽装結婚し、相手に求められるがまま従順に移民となっていく過程を描くことで、与えられた運命を無抵抗に受け容れていかざるを得ない女の半生というサブプロットを展開させている。石川は、お夏を主人公にすることでルポルタージュの手法をフレームとする「蒼氓」の世界に物語性を溶かし込もうとしたのである。

収容所での資格審査や体格検査。新天地で生活していくためのさまざまな事前教育。移民船の窮屈な船艙に詰め込まれた人間たちが経験するストレスとトラブル。そして、極限に追い詰められていく群衆たちの生態をあらかじめ予測していたかのように彼らを巧妙に操る国家の集団統制。「蒼氓」は、常に移動し続ける移民船のなかに存在する閉塞的な環境のもとで蠢《うごめ》き順化させられる人間たちの姿を濃密に描く。

たとえば、小説の冒頭近くには東北地方からやってきた家族同士がお互いのズーズー弁を耳にすることで心をうち解けさせる場面があるが、その様子は、

「……あんた秋田県でねしか?」／「青森だし。秋田さ近え方だども」／「俺秋田県だし!」今まで鼻歌をうたって行李を片づけていた孫市が言った。／「湯沢だし」／「ほ! 俺あ田沢だし」と大泉さんが一層元気づいて言った。それからはもう打ちとけた話が糸をほぐす様にすらすらと出て来た。

と描写される。小説世界を俯瞰的に眺める語り手は、この光景を「知識階級の初対面と違って虚栄も探索も警戒も軽蔑も、一切ぬきにした急激な親しみであった。そのうえ皆が同じ目的をもって集まって来たのだ。言わば誰もかれもが、日本の生活に絶望して、蘇生の地を求めて流れて行こうとする、共同の悲哀を胸に抱いているのだ」と注解する。また、海外移民収容所での一週間を終えていよいよ移民船に乗り込む場面には、

一番まえの舳にある三角に尖った室がA・F。こゝには北海道の移民たちが三十人ばかりいた。次がA室。青森から秋田、岩手あたりの二百人がいる。その次がB室。こゝには福島から新潟、長野、金沢などの二百四十人がいた。船の中央部にある企業移民たちの小室が七つ。これをまとめてCとした。一室は五人

から十人くらいである。次のD室は滋賀、兵庫、岡山、広島の二百三十人がおり、最後の室には九州の二百人あまりがいた。

という描写があり、移民船の船室が出身地域を単位として組織されていることが明らかになる（注3）。

　こうして、地名で集団を括る方法がとられたことによって、船内でもめ事が起こった場合は各部屋同士がいがみ合うようになる。ある日、E室の誰かが洗面所のパイプを詰まらせてしまったときのこと。事務員の岡松は「犯人がわかるまでE室の者は一切洗面所を使わせんことにする」と宣告する。それを聞きつけたE室の男たちは憤激して、「詰めた者を探し出せというなら話がわかる。E室全部に何の罪があるんだ。俺たちが捲きぞえを喰う法はないぞ。大体詰めた者がE室の者かどうか分からんじゃないか。その密告したD室のやつを連れて来い」「第一その岡松とかいう事務員が生意気だ。引っぱって来て謝罪させろ」と騒ぎ出す。だが、よく読むと、語り手はそうした諍いを静観したうえで、ごくあたりまえのように「元来E室というのは大部分が九州人で気が荒く、乱暴で一番手のつけられない連中がそろっていた。そこでこの騒ぎが忽ち同志を求めて大きくなった」と記す。

外務省通商局第三課編『移民運送船ノ研究』（外務省通商局、一九三〇年三月）に拠れば、当時の『船内取締』には「船室ノ割当及秩序維持」という項目があり、図解付きで「移民ノ船内生活、乗下船ノ混乱ヲ避クル目的ヲ以テ船室ノ割当上相当ノ注意払ハレ居リ各移民運送船ノ実行シ居ル方法トシテハ各船室ノ割当ヲ各府県別ニ分割スル方法比較的効果ヲ挙テ居ル」と指摘している。また、それと同時に船内の秩序と風紀を取り締まる方法としては「乗船前又ハ乗船直後家長会議ヲ開催シ船内生活ニ必要ナル予備知識ヲ与フルコト」、あるいは、「各室ヨリ組長及副組長各一名ヲ選出シ或ハ総代、副総代ヲ選出シ其ノ外青年団、婦人会等ノ各種ノ団体ヲ組織シ団長及副団長ヲ置キ青年団ヲシテ衛生係、風紀係、演芸係、運動係、監視係、教育其他ヲ設ケシメ船内規則ノ励行、風紀、衛生ノ取締ニ関シ組織的統一ヲ計リ且ツ船舶側トノ折衝ヲ円滑ナラシメ」ることが有効だといったことも説明されている。辻小太郎『ブラジルの同胞を訪ねて』（日伯協会、一九三〇年五月、のち『日系移民資料集第2期　南米編第14巻〈昭和戦前期編〉』日本図書センター、一九九九年二月）にいたっては、「自分は一同を合して一団とし、自治体を組織して之れを備後村と称し、船席によつて八区に分け、各区を七家族とし、区長兼村会議員一名を選出するため満二十歳以上の男子には選挙権並に被選挙権を与へ、自分自身村長に就任し、助手を助役とし合計十名にて村会を組織し、一同に関することは此の会議の多数決によること、した」とあり、そこにひとつの「村」社会が構成されていたことを回顧している。

したがって、小説内でこのように各県別の部屋割りが行われているのは事実に即しており、石川は自分が見たままを描写したといえる。だが、石川を代弁する語り手には、「各府県別」の分割による村社会の構成が「秩序維持」の「取締」を行うための基盤組織であるという認識がまったく欠如しており、たんに「共同の悲哀」を分かち合う空間としてしか捉えられていない。「蒼氓」以前に彼がまとめた『最近南米往来記』（昭文閣書房、一九三一年二月）にいたっては、群衆が地名で括られていく光景がほとんどみられず、「一室に十二のベッドがあって、老幼約十五人がここへ入る。何のことはない。室中がベッドで、ほかには歩く場所もない。ここでお互いに名乗りあって親しくなる。半日も経てば十分に親しくなり得る。同病相憐れむという次第だ」と記述している程度だから、移民船を体験した石川がそうした政策をいかに無邪気に理解していたかがわかる。

同じことは、移民船の監督である村松がホンコンから乗ってきた中国人の邸世英から「日本は羨ましい国です。政府が渡航費を出して移民を海外へ送るということは支那では夢にも考えられない事です。政府組織が完全にできていて、あらゆる国家施設が非常によく整っているのだ。日本人たちは羨ましい」といわれる場面にもあてはまる。その言葉をきいた村松は、一方で「亡国的な支那民族の悲しみ」を思いながら、同時に「中国は元々移民を出す必要がないのではなかろうか。国土狭小な日本ではその領土の中で養って行けないほど国民がいるから、移民の必要が出てくるのではないか」と考え込む。石川はのちに「出世作のころ」（前出）のなかで、「全国の農村から集まった千人以上の農民家族は、みな家を捨て田畑を捨てて、起死回生の地を南米に求めようという必死の人たちだった。その貧しさ、そのみじめさ。日本の政治と日本の経済とのあらゆる「手落ち」が、彼らをして郷土を捨てさせ異国へ流れて行かせるのだった。移民とは口実で、本当は「棄民だ」と言われていた」と記して、このときの村松の戸惑いを「棄民」（注4）という言葉で表現する。また、木村一信「石川達三のブラジル体験——棄てられる人々」（『作家の世界体験——近代日本文学の憧憬と模索』世界思想社、一九九四年四月）や川村湊「移民と棄民——移民文学論序説」（『国文学 解釈と教材の研究』学燈社、一九九九年十月）といった近年の研究でも、「棄民」という言葉は重宝されている。

だが、石川が移民船に紛れ込んでブラジルに向かった一九三〇年といえば、すでに拓殖省が設置（一九二八年四月）され、拓殖大臣が「朝鮮総督府、台湾総督府、関東庁および南洋庁を監督し移民および邦人の海外事業に関する事務を管理」するようになっていた時代である。鈴木譲二『日本人出稼ぎ移民』（平凡社選書、一九九二年十一月）に拠れば、移民を含めた海外出稼ぎ者が一九三三年に母国に送金した金額は九千八百八十万円にものぼり、「貿易外収支の総額九億五八〇〇万円のおよそ一割、経常収支のおよそ十五％を占めている」（注5）。つまり、この時代における移民は、農村の貧困や人口増加問題を解決するための口減らしという消極的な側面だけでなく、移民政策と植民政策を統合しようとする地政学的な戦略のもとに再編成され、国民的同質性の輸出という積極的な役割も担っていたのである。佐藤弘は一九二八年十一月に刊行した『政治経済地理学』（古今書院）のなかで、

> 英国及びアメリカ合衆国の世界経済に対する指導的位地は彼等が驚くべき程多量な農産物鉱産物及び工業品をもつてゐると云ふことにあるのは勿論であるが、これ等の生産物は彼等に世界市場に対する大なる土地表面を供給してゐることにも基因してゐる。世界戦争に於て、英国及びフランスが植民地からの人間輸送によつて母国の軍隊を強くし、以て決定的勢力を持したのは本質的にかかる方策の上に帰することが出来るのである。これを以て空間の大きさが如何にその国の発展に大なる影響を与ふるものであるかが知らる、のである。／然しながら土地表面の大きさは、ひとりそれのみで権力政治の意味に於ける国家の大さを決定するものではない。地球上に於ける大国ブラジル（8.5Mill.qkm）支那（6.2Mill.qkm）メキシコ（2Mill.qkm）及びペルシヤ（1.6Mill.qkm）はこれを裏書してゐる国である。それは云ふまでもなく彼等が単位的な内部の機構をもつてをらず、又彼等の空間に於ける所有状態が統一を欠いてゐるがために分裂乃至瓦解の危険が広潤すぎる空間に曝されてゐるからである。大なる土地表面の弊害は即ちこれであつて、一面長所を有すると同時に他方には弱い特徴（Schwache merkmal）を有してゐるのである。

と述べ、地政学的な見地からすれば、移民事業には「空間に於ける所有状態が統一を欠いてゐる」大国に人間を輸出することで、世界各国に日本社会を組織し、民族としての影響力を高め、いざ戦争というときには母国の軍隊を補強する目的があることを指摘している。このように、平時に

は外貨を日本に送金し、有事には予備兵としての役割を果たす可能性がある移民たちが、ただの「棄民」であるはずはない（注6）。彼らは、一方で海外に廃棄される余剰生産物でありながら、もう一方では、政治的・経済的・軍事的な役割を担う輸出品として期待され、まさに、国策の表裏を同時に体現しているのである。しいていうなら、それは人間が物として都合よく処理されていくようなものである。彼らは、まさに物民だからこそ国家の手厚い保護のもとに送り出されるのである。

　こうして、「蒼氓」は出身地域ごとに組織された青年会や婦人会を中心に様々な行事やリクレーションが企画され、そのなかで人々が親睦を深めていくさまを追っていく。そこには、あらかじめ無知で無軌道だった農民たちが「忠良なる日本の臣民」として成長していく物語が期待されている。船内新聞『ら・ぷらた時報』の発行。ブラジル生活に適応するための講習会。運動不足とストレス発散を目的とした運動会や相撲大会。国民体操。赤道通過祝賀会。演芸大会。敬老会。そして、ブラジル到着後の連携を誓って結成される同志会など。自分たちを「落葉の吹き溜り」になぞらえて卑屈になっていた移民たちは、そうした擬似的な「村」社会の結びつきによって励まされ、新天地での意欲を張らせていく。船内最後の夜に催された宴会での、「数々の不安や悲しみや失意ののちに、今夜の宴会はそれらを拭き払ってくれて、何かさっぱりとした元気がまた盛り上がって来るような気がしていた。明日はいよいよ上陸だぞ、しっかり働こうぜ！　お互いにそう言い交してはげましあう気持であった」といった描写からもわかるように、当初、郷土への愛着と他地域への敵愾心に燃えていた彼らは、次第に紐帯を強めてお互いを励まし合うようになるのである。

　小説では、その集大成として、船が最後の停泊地リオ・デ・ジャネイロに着いたときの勇姿に焦点があてられ、移民たちがみせる自信に満ちた表情が克明に描き出される。

> 移民たちはデッキにならんで、高級船員とともに、船長の発声で万歳を三唱した。それから長い長い今日までの航路を逆に辿って、東北の空にむかって最敬礼をし、国歌を二回合唱した。すると、とうとう世界の果てまで来てしまった自分たちがしみじみと考えられた。涙ぐんだ歌声にうちしめった君ヶ代は、老若男女、さまざまの声のまじったコーラスとなって、ブラジルの岸辺、打ち寄せる磯波のうえに美しい韻律を流した。仰ぎ見るメイン・マストの日章旗は、はるかなるこの土地にまでも皇国の余栄が及び、彼等の将来を見守っていてくれているかと思われて、涙が流れた。

そこにあるのは、ただの群衆でしかなかった連中が移民船という名の教室で矯正され、立派な国民となって晴れ舞台に登場していくカタルシスである。「君ヶ代」や「日章旗」といった「皇国の余栄」に見守られていることを心から信じきる人間たちが身につけた兵士のような規律正しさである。当時のブラジルは、一九二三年に下院議員フィデリス・レイスが議会に提出した「黒人移民入国禁止及び黄色人入国制限」という法案を根拠とした黒人・黄色人移民の排斥運動が広がっており、中央農会で日本人移民を歓迎すべきかどうかを問う一般投票では「可否相半ばした状況」（外務事務官・土屋萬亀が行った講演「海外渡航に就いて」の筆記録として『移民情報』一九二九年十月）さえ生じていた。また、一九二九年一月一日から実施された新旅券規則では、「証明書の如きも善行、身分、正業の日本官憲発給の三種の証明書を要し其の他医師の種痘、健康の二証明書及各自の写真を貼つた査証申請書を要する、而して右等の書類は総て葡萄牙語でなくてはならん、尚ほ身体検査は近年非常に八ヶ間敷く、殊にトラホームの如きは瘢痕のあるものは殆どいけない」ということになり、日本からの移民船を厳しく制限しようとする動きが活発化していた。彼らはそうした緊張関係の高まりのなかでブラジルに乗りこみ、世界の果てに新たな日本社会を建設しようとするのである。

3　超越的な視点からの〝良識〟

石川達三はこうした移民たちの変貌ぶりに「意味」を見いだし、群衆のなかに紛れていた移民にとっては国家の一員であることを自覚することが個人としての自立につながると理解した。「蒼氓」を第一回・芥川賞へと押しあげた文学者たち、ならびに、それが広く読まれるようになったときに好意的な印象を抱いた読者たちも、身をもって移民たちの困難を共有し、その「現実」に迫ろうとする石川の姿勢にヒューマニズムをみた。そうした支持があることを知っていたからこそ石川は、『昭和五年から十年という時期は、日本の農村が大変に窮乏していた時期であった。政府は一人について僅か三百円程度の渡航費補助を支出することによって、窮乏にあえぐ農民たちをブラジルへ送った。ずいぶん安上りな農村対策であった。「蒼氓」はこれら農村出身の移民集団を描くことによって、政府の移民政策に一種の抗議をするような性格をもっていた。そして最初に世間で認められた私の作品が「蒼氓」であったということは、いささか象徴的でもあった。権力に対する庶民的な抵抗という姿勢は、ほとんど私の作家としての全生涯を通じて変らなかった」（「作中人物の系譜9」『石川達三作品集』月報9、新潮社、一九七二年十月）と語ることができた。

だが、少なくとも「蒼氓」には国家権力に虐げられた人間の「抵抗」がどこにも存在していない。それどころか、権力の期待する通りに成長する群衆を美しく描くという手法をとることで、人々を支配する側の論理に則った思想が肯定的に描かれているとさえいえる。この小説が描いた「現実」には、大東亜戦争時の国策文学が戦意高揚を目的として描いた「現実」と同質のすり替えがある。

彼らは国家の犠牲になって祖国を離れることになった。しかし、石川の〝良識〟は彼らを惨めな物民のまま放置しておくことに堪えられない。だから、いちどは犠牲にされた彼らが国家を信じることで希望と誇りをもつようになるという物語をつくりあげた。自分が生まれ育った郷土に愛着をもち、悲哀を共有できる相手と群れていた移民たちが、郷土へのセンチメンタリズムを棄ててより大きな帰属母体を見いだしていくという反転のなかに「意味」を見いだした。

私たちがそこから学ばなければならないのは、ある主体が群衆を間に挟んで国家と対峙し、自分はひとりで立っているという認識のもとで超越的な位置から群衆を眺めること、および、語り手が彼らの成長を客観的な立場で見とどけることの欺瞞性である。こうした批判精神がいかに安易なカタルシスを醸成してしまうかという問題である。ナショナリズムというものが、本質的にそうした心地よさの衣装をまとっているということである。「蒼茫」は、国家権力の凶暴性を告発しているように見えて実際にはそれに追従してしまう働きをしているのである。

注

1 通商局がまとめた「昭和五年［自一月―至十一月］海興扱伯剌西爾渡航本邦移民数」（『移民情報』一九三〇年十二月）によれば、同年一月から十一月までの期間にブラジルにわたった移民は一万二千五百七人［十九艘］。同月十五日に神戸港を出港した「ら・ぷらた丸」には八百六十七名が乗船しており、実数は小説内での「九百余」という記述よりやや少ない。

2 「蒼氓」はこのあとも書き継がれ、第二部「南海航路」（長篇文庫、三笠書房、一九三九年二月～七月）、第三部「声なき民」（長篇文庫、三笠書房、一九三九年七月）を併せた長篇小説『蒼氓（三部作）』（新潮社、一九三九年八月）として刊行されている。

3 永田稠は『日本植民読本』（寶文館、一九三六年一月）のなかで、「らぷらた丸級の船をとって説明すれば」という前提で移民船の内部を、「船の全長は四百四十八呎、幅五十六呎、深さ三十六呎、総噸数七千三百噸、速力十七浬、実力六千五百馬力のデーゼル機関を具へ、一等船室四十名、別室三等百二名、普通三等六百三十六名、計七百七十八名の船客を収容し、約一万二千哩を四十七日にて航海し得るのである。／一等には客室、談話室、喫煙室、ベランダ等の設備があり、別室三等は四人室六人室八人室十人室等に分れ、ベツドは準二等と云ふべき程度である。三等には百二十人を容れ得る大食堂や喫煙室がある。食物も相当のものが供せられ、浴場の設備も出来て居る。此外医師・産婆・看護婦から洗濯人迄乗つて居り、無線電信局があるから、内地出帆後約一週間は、故国と自由に通信を交換することが出来るし、船内の郵便函に投函する郵便は、寄港地毎に発送されて居る。／又、船客の娯楽慰安の方法として、蓄音機・碁・将棋・輪投・デッキビリヤード等の設備もあり、時々船内で、芝居・演芸会・活動写真・運動会・赤道祭等の催しをするし、船内では船客の希望に依り、ポルトガル語スペイン語等の練習、日曜礼拝、船内講話会、船内小学校等、船客の修養も出来るのである。／又、香港、西貢、新嘉坡、古倫母、ダーバン、ケープタウン等の寄港地には上陸して見物することが出来る。／であるから、今日では、老人・婦人・小児等でも少しも心配することなく、万里の波濤を蹴破し、世界至る所の邦土に向つて、容易に渡航することが出来て海の旅行は却つて陸のそれよりも楽しきもの喜ばしきものと考へられる様になつて来たのである」と紹介している。

4 今野敏彦、藤崎康夫編『移民史Ⅰ 南米編』（新泉社、一九八四年二月）は、この「移民」か「棄民」かというフレーズが、一九二六年一月一日の『伯剌西爾時報』に「晩翠生」の筆名で寄稿された文章にある「移民は棄民たらずや」という問いかけに端を発し、それを読んだ「尾関生」と名乗る日本人移民が自らの体験を赤裸々に綴って「結局移民は棄民に終らざるを憂惧さる、殊に年不惑を過ぎたるものは此感最も深し、果して移民？ 棄民？」と提起したことによって、同時代におけるブラジル日本人社会で議論されるようになったと指摘している。

5 出稼ぎ送金には県単位で大きな偏りがあり、昭和初期でいえば、広島、和歌山、山口、沖縄、福岡、岡山、熊本、福島の上位八県が全送金額の七十五％を占めていたという。それは、移民船の客室を県単位で括り、船内はもちろんブラジルに着いてからも郷土会などを組織して集団入植を奨励していたことと無縁ではない。

6 当時の兵役法は「徴兵適齢及其ノ前ヨリ帝国外ノ地ニ在ル者（勅令ヲ以テ定ムル者ヲ除ク）ニ対シテハ本人ノ願ニ依リ徴集ヲ延期ス」（第42条）として移民に徴兵猶予の恩恵を与えつつも、完全な免除については満三十七歳まで認めず、有事には彼らを徴兵することもできるようになっていた。

2―4　二つの日本合戦譚――菊池寛と松本清張

1　菊池寛の「日本合戦譚」

菊池寛の「日本合戦譚」は、一九三二年八月から一九三四年十二月まで『オール讀物』（同誌の名称は一九三二年十二月まで『文藝春秋オール讀物号』。その後、『オール讀物』と改称された）に連載されたのち、前半にあたる十四篇（「姉川合戦」、「厳島合戦」、「川中島合戦」、「桶狭間合戦」、「田原坂合戦」、「長篠合戦」、「賤ヶ岳合戦」、「碧蹄館の戦」、「嶋原の乱」、「山崎合戦」、「鳥羽伏見の戦」、「大坂夏の陣」、「大坂夏の陣補遺　真田幸村」、「真田幸村　その二」）が『日本合戦譚』（中央公論社、一九三三年九月）として刊行されている。またその翌年六月には、この十四篇に「応仁の乱」、「四條畷」、「小田原の陣」の三篇を加えた増補版を平凡社から刊行し、のちに『菊池寛全集』第15巻（中央公論社、一九三八年二月）に「日本武将譚」、「仇討新八景」とともに所収したときも同じ作品編成となっている。つまり、菊池寛が雑誌に連載した「日本合戦譚」は、前半を中心とした十七篇のみが人口に膾炙し、後半の「小牧山合戦」、「壇の浦合戦」、「元寇の役」、「川越の夜戦」、「高松城の水攻め」、「梁田戦争」、「石橋山の合戦」、「白虎隊血戦記」、「筑後川合戦」九篇は、最新版の『菊池寛全集』第16巻（高松市、一九九五年四月）が刊行されるまで簡単に読むことができなかったのである。

では、なぜこれら後半の九篇は単行本化されることがなかったのか。その理由を考えるとき重要なヒントになるのは、「日本合戦譚」連載時に文藝春秋社員となり、菊池寛の依頼で「日本合戦譚」の史料集めとともに材料の選定や下書きなどを任された池島信平の証言である。『松本清張全集』第26巻（文藝春秋、一九七三年三月）に収められた「解説」のなかで彼は以下のように記している。

わたくしは昭和八年五月の入社試験の、面接の日に、「君の得意とする課目は何ですか」と聞かれた時、「史学科を出ましたから、歴史のことなら、他の人より少しは知っています」と答えたところ、菊池さんがニヤリと笑ったのを覚えている。そのせいかどうか分らぬが、入社後しばらくして、社長室に呼ばれた。／「キミ、日本合戦譚の資料を調べてもってきてくれよ」／と命令された。／大学で習った歴史と、日本合戦譚では、大分調子が違うので、わたくしは答えを渋っていると、／「資料の原稿料として、一回分二十円あげるよ」／といわれ、金の欲しかったわたくしは、即座に引きうけた。（中略）「今月は、賤ヶ嶽合戦」／「今月は、関ヶ原でどうだい」／順序と時代はバラバラだった。その号一つが勝負の読み切りで、わたくしもこのやり方に賛成だった。／菊池さんにいわれて、わたくしは編集長に了解を得て、毎月一回ずつ昼頃から、上野図書館に出かけた。史料はなるほどいくらでもある。特に面白いのは稗史野乗のたぐいといわれる雑書であった。しかしいくら面白くても素性のハッキリしない本は、参考に止めることにした。わたくしは、いつの間にか、この仕事に慣れ、図書館にある数百部の関係書の大体を頭の中に入れた。／昼から夜までかかって読み散らし、その夜は朝までかかって、材料をすっかり書き並べて、朝の十時頃、菊池さんの自宅まで届けた。こうした仕事を、わたくしは、五年か六年つづけた。日本合戦譚が終ると、「戦国武将譚」「大衆維新史読本」「大衆明治史読本」と引きつづいて史料しらべが続き、このへんのところは、どの本にどういう記述があるかということは、今日でもよく記憶している。

「日本合戦譚」の連載開始は一九三二年（昭和七年）八月であり、池島がはじめて菊池寛と対面したのは「昭和八年五月の入社試験の、面接の日」以降である。したがって、池島が下書きをし始めた時期にはすでに「日本合戦譚」の前半が活字になっていた。また、歴史小説家として確固とした地位を築いていた菊池寛が新入社員のひとりにすぎない池島の下書きを最初から借用したとは考えにくいため、より厳密にいえば、菊池寛は一九三三年（昭和八年）五月以降、池島に史料集めを依頼するようになり、下書き担当者から徐々に代作者に育てていったと考えるのが妥当だろう。「解説」を書く段階ですでに晩年を迎えていた池島（実際、この「解説」が絶筆となり、一九七三年一月十三日に没している）は、「「今月は、賤ヶ嶽合戦」／「今月は、関ヶ原でどうだい」／順序と時代はバラバラだった。その号一つが勝負の読み切りで、わたくしもこのやり方に賛成だった」と回顧し、自分が入社する前に雑誌掲載されていた「賤ヶ岳合戦」（一九三二年三月）や、菊池寛が「日本合戦譚」にとりあげなかった「関ヶ原」まで自分が下書きを担当したかのように記述している。「日本合戦譚」が、後半になればなるほど菊池寛の筆致を模倣した池島信平の作品という色彩が濃くなるのは事実だろうが、そこには彼が下書きをしはじめた時期に関する重大な認識の錯誤があるといってよいだろう。

　ところが、その池島をつかまえて「合戦譚を書く時の菊池さんの意気込みや、勉強の仕方に対し」、「根掘り葉掘りの質問」を浴びせて創作の秘密に迫ろうとした松本清張は、池島信平がうろ覚えで語った言葉を鵜呑みにして作品を描いてしまう。清張は「形影　菊池寛と佐佐木茂索」（『文藝春秋』一九八二年二月～五月、のち『形影　菊池寛と佐佐木茂索』文藝春秋、一九八二年十月）のなかで、

　はじめのほうの姉川合戦と厳島合戦くらいは菊池が書いたのではなかろうかとも思う。あとは面倒臭くなって、池島におよその構成を話して代筆させたのだろう。婦人雑誌などに載せる通俗小説でも、菊池は才筆の女子社員に筋と場面を話し、彼女の書いたものにちょっと筆を加える程度であった。菊池にはそんなずぼらなところがあった。それにしても池島は菊池の筆致や文章癖をよく捉えたものである。「日本合戦譚」の三、四篇目くらいからあとになると、菊池の文章をすっかり自家薬籠中のものにしている。

と明言し、「日本合戦譚」はその大部分が池島の「代作」であると結論づける。さきにあげた「解説」には、「わたくしは菊池寛ではないから、作品完成までの秘密までは分らぬが」という断わりが入っていたのに、そうした微妙なニュアンスを捨象し、まるで菊池寛が自分の作品を丸投げして代作させていたかのように「菊池にはそんなずぼらなところがあった」と言い切る。そこには、絶大な人気を誇り数多くの連載をかかえながらもそれをすべて自分の手でこなしているという自負がやや過剰に露出している。

　こうした事情を菊池寛の側から考えると、彼がなぜ「日本合戦譚」の後半部分を単行本に所収しようとしなかったのかが鮮明になる。要するに、菊池寛は池島信平の代作に近いものであることを知っているがゆえにその後半部分を封印し、自分が力をこめて書いた前半部分だけを単行本として流布させたということであろう。また、池島信平の証言にもあるように、この連作は時代別の順序があるわけでも明確なコンセプトのもとに企画されたわけでもなく、菊池寛の興味に沿って「その号一つが勝負の読み切り」（「解説」『松本清張全集』第26巻、前出）で書き継がれている。それは

逆にいえば、最も関心があり、書きたいと思っているテーマから順番に書いていくということだから、当然のごとく、後半になればなるほど題材についての関心は薄れる。実際、単行本化されなかった分については戦国時代の武将の戦略がダイナミックに展開される場面が少ないし、特定の地域に限定された合戦という印象を否めない。菊池寛の「日本合戦譚」は、こうした経緯によって前半のみが広く流通することになったのである。

2　松本清張の「私説・日本合戦譚」

そして、この「日本合戦譚」から約三十年を経た高度経済成長期の日本において再び戦国武将たちの生きざまを小説化しようとしたのが松本清張の「私説・日本合戦譚」（『オール讀物』一九六五年一月〜十二月）である。清張の証言によれば、この連作は自身が『オール讀物』編集部に「売りこんだ」ものであり（「菊池・池島「日本合戦譚」其他と「私説・日本合戦譚」との間」『松本清張全集』第26巻「月報」前出）、長年に亙って菊池寛の愛読者だった自分の手で菊池寛とは別の「日本合戦譚」を描いてみたいという強い意志をもって書きはじめられている。

> 私に歴史小説の眼を開かせたのは芥川龍之介や菊池寛のそれであり、とくに菊池の「日本合戦譚」。これでどのくらい歴史への興味がひきつけられたかしれない。私の二十三の年である。「日本合戦譚」で書かれたいくつかの文章の断片は、かなり長い間おぼえていたくらいである。それほどその文章は菊池的であり、解釈が菊池流であった。（「菊池・池島「日本合戦譚」其他と「私説・日本合戦譚」との間」前出）

と回顧する清張は、「私説・日本合戦譚」に挑むことによって、菊池寛の歴史認識を追体験しつつ、同時に先達の仕事を相対化しようとしているのである。「形影　菊池寛と佐佐木茂索」（前出）を連載していた一九八二年の段階では、「日本合戦譚」を池島信平の「代作」だといって憚らず、菊池寛の仕事のやり方を揶揄するところがあった清張も、さすがに、自分が若い頃に菊池寛の文学に出会ったときの悦びを語るときには菊池寛を褒めちぎっている。清張は前述のエッセイのなかで、「原稿を毎月毎月書きながら、三十年も隔てた往事の愛読を回想し、いま自分がそれと同じ材料、同じ体裁のものを書いていると思うと涙が出るくらいうれしかった」と記し、「日本合戦譚」の熱心な読者だった頃の自分を懐かしむのである。

こうして、「私説・日本合戦譚」は菊池寛の「日本合戦譚」を本歌とし、それを批評的に乗り越えていこうとする本歌取りの精神にもとづいて構想される。自分を目覚めさせてくれた教科書だからこそ、それは仮想敵となる。ある意味、清張は両方を読み比べる読者というものを想定している。清張が「同じ材料、同じ体裁」にこだわったのは、そうしなければ比べて読むことができないからにほかならない。

清張が選んだのは、「長篠合戦」（一九六五年一月）、「姉川の戦」（同二月）、「山崎の戦」（同三月）、「川中島の戦」（同四月）、「厳島の戦」（同五月）、「九州征伐」（同六月）、「島原の役」（同七月）、「関ヶ原の戦（上）」（同八月）、「関ヶ原の戦（中）」（同九月）、「関ヶ原の戦（下）」（同十月）、「西南戦争（上）」（同十一月）、「田原坂・城山――西南戦争（下）」（同十二月）である。「日本合戦譚」と比較してみると、「長篠合戦」、「姉川の戦」、「山崎の戦」、「川中島の戦」、「厳島の戦」、「島原の役」の六つはほぼ重複しており、お互いの方法意識を比べる格好の素材となっている。

次に、「日本合戦譚」では取りあげていないのに「私説・日本合戦譚」に含まれているものについてだが、全十二回の連載中、清張が独自に選んだのは「九州征伐」と「関ヶ原の戦（上）（中）（下）」の四回分である。「九州征伐」については、菊池寛の「高松城の水攻め」と同様、自分の故郷周辺の出来事を意識的に加えたと考えるのが自然であろう。小倉在住時代から九州各地の史料や考古に通じ、上京後も九州の歴史的事象をさまざまな小説に組み込んできた清張にとって、それはやはり欠くことのできない素材だったと思われる。逆に、「関ヶ原の戦」の方は歴史教科書などでも最重要項目にあげられる合戦なわけだから、清張が加えた理由を考えるよりも、菊池寛がなぜそれを除外したのかを考えるのが自然だろう。「大坂夏の陣」については「真田幸村」を中心に三回分の誌面を割いているにもかかわらず、菊池寛はなぜ「関ヶ原の戦」を描こうとしなかったのか。問題の所在はむしろそちらにあるだろう。

こうしたことから、本節では「日本合戦譚」の前半部分にあり「私説・日本合戦譚」にも含まれているものを中心に二つの合戦譚を比較検討し、それぞれの方法意識の違いを考える。

3 「真実幻覚」の技法

菊池寛「日本合戦譚」の第一話となる「姉川合戦」の冒頭は、

元亀元年六月廿八日、織田信長が徳川家康の助力を得て、江北姉川に於て越前の朝倉義景、江北の浅井長政の聯合軍を撃破した。これが、姉川の合戦である。／この合戦、浅井及び織田にては、野村合戦と云ふ、朝倉にては三田村合戦と云ふ、徳川にては姉川合戦と云ふ。後に徳川が、天下を取つたのだから、結局名前も姉川合戦になつたわけだ。

という記述からはじまる。この場面に記されているのは、合戦というものがそれぞれの立場や見方によってまったく異なった意味合いをもつという、ごくあたり前の（しかし見落としやすい）事実である。のちの時代へと受け継がれるのは合戦の歴史そのものではなく、「天下を取つた」側を正統とみなし、勝者から逆算された歴史＝正史に過ぎないということである。この小説は、いまに伝えられる歴史のなかに「天下を取つた」側の論理によって再構成されたフィクションとしての要素があることを、あらかじめ読者に言い含めるところからはじまるのである。

　したがって、菊池寛の合戦譚においては歴史家が相手にしないような俗書も引かれ、事の真相よりもその場に立ち会った人間を活きいきと描写することに力点が置かれる。その端的な例は、「姉川合戦」において朝倉勢の真柄十郎左衛門と徳川勢の匂坂兄弟が太刀を交わす場面にみられる。

真柄太刀とり直し、宗六を殻竹割に割りつけたが、其の時六郎鎌鑓《かまやり》にて、真柄を掛け倒す。流石無双の大力の真柄も、六十に近い老武者ではあるし、朝より数度の働きにつかれてゐた為めだらう。起き上がると、尋常に「今は之れ迄なり。真柄が首を取つて武士が誉にせよ。」と云つた。／六郎、兄の式部に首を取れと云つたが、式部手を負ひて叫ひ難し、汝取れと云つたので六郎走りか丶つて首を打落した。

といった具合にリアルな一騎打ちを描いた菊池寛は、続いて「太閤記」を引き合いにし、「「太閤記」では、匂坂兄弟が真柄一人にやられてゐるところに、本多平八郎忠勝馬をおどらせ馳せ来り、一丈余りの鉄の棒をもつて、真柄と決戦三十余合、北国一と聞えたる勇士と東国無双と称する壮士とが戦ひ、真柄が老年の為めに、遂に忠勝に撃たれる事になつてゐる」と記す。そしてさらに、「併しこれは、勇士真柄の最期を飾る為めに本多忠勝の為めに撃たれたことにしたのであらう。真柄と忠勝とが、三十余合撃ち合つたとすれば、戦国時代の一騎打として、これに勝るメイン・エヴェントはないわけだが、本当は矢張り、匂坂兄弟に撃たれたのであらう」と述べて自分の解釈を展開したのち一枚の挿絵を見せる【図2】。フィクション、史料の言説、自身の解釈、そして挿絵などが多彩に組み合わされることによって、読者は自分もまたその場に立ち会っているかのような臨場感を味わうのである。菊池寛はのちに「歴史小説論」(『文芸講座』文藝春秋、一九二四年九月〜十一月)のなかで、「歴史小説の場合は、万人に知られてゐる性格を利用し、小説に必要な一部丈を描写するか、或は小説に適合するやうに、変更すればいゝのである」と述べ、それを「真実幻覚」とよんだが、ここで試みられているのもそうした「真実幻覚」を喚起させる技法のひとつであろう。

【図2】

しかし、連載の第一回となる「姉川合戦」において菊池寛が最もこだわったのは、たとえば末尾にあるこんな一節ではないだろうか。それまで武将たちの傍らでその挙動をつぶさに見とどけようとしてきた語り手は、ここでいきなり歴史の大きな歯車を俯瞰できる位置に後退し、

> 姉川合戦の直後、信長が秀吉の策を用ゐて、すぐ小谷城を攻め落したならば、長政の妻のお市殿には、長女のお茶々は生れてゐないだらう。結婚したのが、永禄十一年四月だから、生れてゐたかどうか、多分まだ腹の中にゐたのである。すると落城のドサクサまぎれに、流産したかも知れないし、淀君など云ふものは、生れて来なかつたかも知れん。／つまり秀吉は、後年溺愛した淀君を抹殺すべく、小谷城攻略を進言したことになる。しかし、淀君が居なかつたら、豊臣家の社稷はもつとつゞいたかも知れない。そんな事を考へると、歴史上の事件には、あらゆる因子のつながりがあるわけだ。

とまとめる。ここには、権力者がつくった正史を幹として、そこから分かれていく枝の太さに応じて出来事の重みを量ろうとするツリー的な思考モデルではなく、「あらゆる因子のつながり」を網状的に捉えて、歴史そのものの背理を解き明かそうとするリゾーム的な思考モデルが企図されている。菊池寛の歴史に対する興味は理路整然とした進化論的構造にあるのではなく、むしろ、そこに生きた人間たちの様々な思惑が交錯するなかで逆説的に表出してしまうような不合理性のなかにあるのである。こうした菊池寛の表現スタイルについて、清張は「いわゆる一等史料なるものは信用度が高いかもしれない。が、その記録にはおよそ当時の雰囲気も感情性も伝わっていない。それは「大日本史料」などをのぞいても分る。「生活的な雰囲気」といったものは市井に伝わった話を集録した俗書に多い。菊池が愛読したという「武将言行録」も史料価値はないとされている。しかし、人間の面白さが出ている。歴史性をこわさずに、その中でこうしたものを挿入する手法は心憎いばかりである」（「菊池・池島「日本合戦譚」其他と「私説・日本合戦譚」との間」前出）と称えているが、ここでいう「生活的な雰囲気」や「人間の面白さ」というものが、権力者によってうち立てられた正史には現れてこない稗史的な側面を指していることはいうまでもない。

また、菊池寛が描く「人間の面白さ」は、多くの場合、組織の内側に対して〈忠〉と〈義〉を重んじる武将が合戦に敗れた敵将の前でほんの一瞬だけ垣間見せる〈情〉というかたちで示される。「姉川合戦」における「信長は、安養寺が重ねて「首をはねよ。」と云ふをきかず自分に従へよとすゝめたが聴かないので、「然らば立ち帰りて、浅井に忠節を尽くせよ。」とて、小谷へ帰した。忍人《にんじん》信長としては大出来である」という一節、あるいは、「厳島合戦」における、「元就は斯くて十月五日に二十日市の桜尾城に於て凱旋式を挙行してゐるが、彼は敵将晴賢の首級に対してもこれを白布で掩ひ、首実検の時も、僅かに其白布の右端を取つただけで、敵将をみだりに恥かしめぬだけの雅量を示してゐる。其後首級は、二十日市の東北にある洞雲寺といふ禅寺に葬らせた」という一節などはその顕著な場面だろう。

だが、わたしたちがこうした「真実幻覚」を愉しんでいられるのは、それが遠い過去の出来事として現在から切り離されているからである。俗書を使って歴史を面白おかしく加工する菊池寛の手法は、ひとつ間違えば権力とのあいだに強力な相互補完関係を築いてしまう。

それは、大東亜戦争の拡大によって日本とアメリカの関係が一触即発となりつつあった一九四一年に現実のものとなる。翌年に発足する日本文学報国会の創立総会で議長をつとめることになる菊池寛は、それにさきがけて『日本戦史抄』（昭和書房、一九四一年五月）を刊行し、「序」で次のように述べる。

> 近衛公が、「新政治体制」を標榜して、「大政翼賛」「臣道実践」に邁進されてゐるその壮図に対して私は心から敬意を表するものである。自分も及ばずながら、自分の「職域」に於いて、これに協力して、国家奉仕の実を幾分でも挙げたいと思つてゐる。／日本は今国家の安危にかかる非常の時である、それは歴史あつて以来と云つていいであらう。この未曾有の国難に当つて、その使命を辱めないといふやうな人物は却々見つからないのであるが、近衛公はその滅多に現はれない稀有の人物の一人と云つていいと思ふ。／日本の歴史を読むと、国家が危機に立つや必ず、その難局に身を以つて当り、国家を泰山の安きに置くやうな大人物が出てゐる。而もかかる人物が、いつもその時代の上層部、即ち指導的地位にある人々の中から出て来てゐる。外国のやうに対立する階級の中から出たり、被支配的立場にある者の反抗運動の指導者の中から出たりするのとは大いにその趣を異にしてゐる。（中略）日本が他の国々と全然その撰を異にする最大の特徴は、過去を以つて、現在を責めない寛容の態度である。これは日本の歴史に一貫してゐるところで、遠くは神代の国譲りの故事から、神武天皇が、帰順した弟猾《おとうかし》の献策を用ゐさせ給ふた如き、その論功行賞に際しても降臣を日向以来の重臣同様の県主《あがたぬし》なぞに任じて、重く用ゐられてゐる如き、近くは、明治天皇が、三條実美を召され、徳川家の旧勲を失はざるやう処置せよとの有難き宸翰《しんかん》を賜りたる如き、戊辰奥羽諸藩の処断に当つても、詔して、今日の乱は九百年来の弊害の結果であるとて、その藩主等の罪を恕し給ふた如き、その著しい例である。／東亜の新秩序建設といふ聖業は、事変処理に於いて、斯うした日本精神が遺憾なく発揚さるることによつてのみ、全うすることが出来るのであり、それが即ち世界新秩序の一つの規範となるのである。

「神武大和平定」にはじまり、「熊襲と蝦夷征伐」、「三韓征伐」、「蝦夷・粛慎を伐つ」、「平将門の乱」、「源平合戦」、「元寇の乱」、「建武中興」、「湊川の戦ひ」、「四條畷の戦ひ」、「戦国時代」、「川中島の戦争」、「厳島の戦ひ」、「桶狭間の戦ひ」、「山崎の戦ひ」、「賤ケ嶽の戦ひ」という配置によって天皇制を基盤とする「日本国興隆」の系譜をたどった菊池寛は、「国家が危機に立つや必ず、その難局に身を以つて当り、国家を泰山の安きに置くやうな大人物が出てゐる。而もかかる人物が、いつもその時代の上層部、即ち指導的地位にある人々の中から出て来てゐる」と述べ、あられもない英雄史観を展開する。そして、「日本人が如何に高い文化的感性と天才的吸収同化力をもつてゐるか」、「国内の問題に、絶対に外国の力をかりることをしなかつた独立不羈の精神に大いなる誇負を感ぜずには居れぬ」、「日本が他の国々と全然その撰を異にする最大の特徴は、過去を以つて、現在を責めない寛容の態度である」などといった表現で自国の歴史を誇らしげに語り、そうした優れた民族であるがゆえに「東亜の新秩序建設といふ聖業」をまっとうすることが可能になると結論づける。

また、この「序」の後半では、戦国武将から明治維新の志士たちまでもが「成敗利鈍を問はず、真に一身を国家に捧げた」人物として崇められ、「忠誠」と「志操」のために自らを犠牲にする精神が強調される。リベラリストであると同時に極端な合理主義者でもあった菊池寛は、国家が存亡の危機に直面しているとみるやいなや、あっさりと大政翼賛運動の協力者となり、持ち前の文才を駆使してこの戦争の正当性を主張するとともに、武将や志士たちの生きざまを手本として人々に国家への「忠誠」を誓わせようとオルガナイズするのである。

ここでの議論は菊池寛の戦争責任を断罪することが目的ではないため、これ以上の言及はしないが、俗書や俗説をうまく利用して読者の歓心を買うように工夫された「日本合戦譚」がこの『日本戦史抄』のベースになっていることは明白であり、それを接合させてしまうところに菊池寛という書き手の危うさがあったことは間違いないだろう。

では、こうした菊池寛の文芸に感化されて作家をめざし、戦争協力者として公職追放の憂き目にあう菊池寛の姿も知っていた清張は、どのような狙いをもって「私説・日本合戦譚」を連載しはじめ、どのような表現スタイルによって先人の仕事を超えようとしたのだろうか。清張が第一回に選んだのは武田勝頼と信長・家康の連合が戦った「長篠合戦」だが、ここではより明快に比較するために、同じ「姉川の戦」をとりあげて考察してみよう。

清張は「姉川の戦」の冒頭を、

「桶狭間役ノ後十年ニシテ姉川役アリ。織田信長ハ徳川家康ト与ニ南軍ヲ成シ、浅井長政モ朝倉義景ノ将士ト与ニ北軍ヲ成シ、江越濃尾参遠等数州ノ兵相会シテ一地ニ対抗ス。亦著名ノ大戦ナリ。」／と、旧参謀本部編『日本戦史』にはあって、姉川の戦は名の聞えた大戦だったのである。

と書き起こす。この「日本戦史」は菊池寛も頻繁に使った史料だが、清張の場合は、その出典を明記し、本文をそのまま引用するかたちで書きはじめるのである。そこに浮かびあがるのは、史料と向き合っているひとりの読者、あるいは考証家としての主体である。語り手という無色透明な装置が小説世界を語るのではなく、小説というフレームのなかに歴史史料を読み込んでいる主体としての自分を入れ込み、いまここで史料を猟歩している姿を自己相対的に語ろうとするスタイルである。

「姉川の戦」の初出（『オール讀物』一九六五年二月）には、浅井・朝倉軍に挟み撃ちにされた信長がわずかな旗本を伴って京都に逃げのびる場面がある。このとき、語り手は「家康はどうしたか」という問いを発しつつ、同時に次のような解説を加える。

　これには二つの説がある。例の「三河物語」には、信長が自分の身を大事と考え、家康をあとに捨てて沙汰無しに（無断で）宵の口に引取った、とある。そして、夜が明けて木下藤吉郎が案内者に云いつけ、家康を退き口に誘導したと、大久保彦左衛門は書いている。／別の一説は、殿《しんがり》として木下藤吉郎が若狭の境に入る頃、朝倉勢が多勢追いかけて、秀吉の手兵に喰いついて一戦に及んだ。秀吉勢危うくみえたとき、秀吉が家康へ助けを求めたので、家康は自分で鉄砲を取り、朝倉勢を防ぎ、家中の面々を励まして敵の追撃を退けた、とある。これは徳川方で編纂した「武徳編年集成」「東照宮実記」などの記事だ。／いずれにしても、家康は信長とコースを違え、若狭の小浜に出て、根来谷に入り、針畑を越えて鞍馬山を過ぎ、京都に帰った。このコースは今でも難路で、根来谷は根来耶馬溪の称がある。家康の行軍も難儀したに違いない。

このような記述にとどめる姿勢には、不確定なことは不確定だといい切る考証家のプライドがあらわれている（なお、この記述は『私説・日本合戦譚』文藝春秋、一九六六年三月として単行本化された際に削除されている）。そして、こうしたプライドがあるからこそ、清張は『形影　菊池寛と佐佐木茂索』（前出）で菊池寛の「日本合戦譚」に言及したとき「「日本合戦譚」の参考資料は、菊池が愛読していた「名将言行録」「明良洪範」などの有名なものから古記録、各藩の家譜、「関八州古戦録」といった俗書に亙っている。挿入の戦闘経過図を見ると、基本的には陸軍参謀本部編「日本戦史」に拠ったことも推定できる」と述べるし、自分が俗書を引かざるをえなかったときには、「厳島合戦は正確な史料がないので、やむなく「吉田物語」「陰徳太平記」「芸侯三家誌」

などの俗書に拠った。また、こんな本は面白い。渡辺世祐博士に、地方の古文書類による厳島合戦の考証がある」（「厳島の戦」「私説・日本合戦譚」前出）という「註」を付してしまう。

また、逆に本文中には、

老舗の大会社の社長が過去の実績にあぐらをかいて、退嬰主義による内部崩壊も気づかず、新興勢力を軽蔑してフンゾリ返っているのと似ている。「徳川家康」みたいなものが、経営者の「参考」になっているそうだが、その轍でゆけば、壮年の頃の家康、秀吉の意気は、徹夜のマージャン疲れの顔で、机の前にぼんやりと煙をふかしている、無気力なサラリーマンの参考程度にはなるかもしれない。／しかし、現代の資本機構はがっちりとしているから、どだい戦国時代のことが参考になるわけがない。せいぜい、精神衛生的な効果くらいだ。

といったコメントを通じて戦国時代に「現代」の縮図を見いだす場面も少なくない。道義と忠誠によって成り立つ「戦国時代」の主従関係をそのまま「現代」の資本機構に持ちこむことはできないといいつつも、清張の描写には、合戦時における武将の統率力と高度経済成長期の渦中にある社会組織のリーダーが重ね合わされており、『オール讀物』という大衆雑誌の読者に迎合したかたちで理解を促そうとする傾向があらわれている。

つまり、清張は一方で歴史に通じた読者から俗書に拠っていると指摘されることを回避するために「註」を付すような厳密さを心がけ、もう一方で、歴史通俗読物に慣れている読者を惹きつけるためにわかりやすい見立てを行うという二兎を追うような記述スタイルをとっているのである。なんの屈託もなく俗書を取りいれてスピード感あふれる読物に仕上げようとした菊池寛と、できる限り信用の置ける史料に基づいて合戦譚を構成しつつ読者の期待に応えるために様々な工夫を凝らした清張のどちらが正しいアプローチの仕方だったかを簡単に決めることはできないが、少なくとも、そこに自分の書きたいものを自由に書こうとする菊池寛と読者の存在を明確に意識して彼らの期待に応えようとする清張の違いが顕在化していることは確かだろう。

たびたび引用している「菊池・池島『日本合戦譚』其他と「私説・日本合戦譚」との間」（前出）のなかで清張は、

もとより「私説・日本合戦譚」は元祖「日本合戦譚」には及びもつかない作である。いま、両方をくらべて読み返したのだが、拙作は『オール讀物』という雑誌の性格を意識して、ひどく「読もの」的になっている。だが、元祖のほうはそんな読者への意識はほとんど眼中に置かれずに実に簡潔にして緊密に書かれている。
　後者が正当であることは言うまでもない。

と述べているが、「私説・日本合戦譚」が「日本合戦譚」の躍動感に比べて失速してしまう部分があるとすれば、それは「雑誌の性格を意識して、ひどく「読もの」的になっている」からであると同時に、歴史史料との関わり方を弁明的に記述し、わかりやすさと厳密さを同時に追求せざるをえなくなったところにあるのではないだろうか。

「私説・日本合戦譚」のなかで清張が拘り続けた要素のひとつは、合戦時の陣形を詳細に分析し、そこから武将たちの戦略を読みとる方法である。山、川、谷などの地理的な条件、あるいは、刻々と変わっていく陣形を時間別に書きこんだ戦図【図3】を挿入して、合戦を勝利に導く要因がどこにあったかを解析していく叙述の仕方はその典型である。菊池寛が武将の個性や人間的な魅力を存分に引きだすようなエピソードを中心に躍動感のある描写をめざしていたのに対して、清張の場合は合戦を戦略と戦略のぶつかり合いと捉え、その場の状況を静止画像のように止めて両軍の勢力を冷静に判断する場面が頻繁にみられるのである。

そうした清張のまなざしは、ときとしてこんな言説をうみだす。信長軍の殿《しんがり》を願い出た木下藤吉郎秀吉の勇敢さを称えた清張は、「姉川の戦」において、

　戦場での華々しい功名は先陣だが、それにも増して困難な持場は殿軍《でんぐん》である。先陣の場合は、味方があとからバックアップしてくれるから、ただ真一文字に進撃するだけでよいが、殿軍となると、本隊を先に逃して、

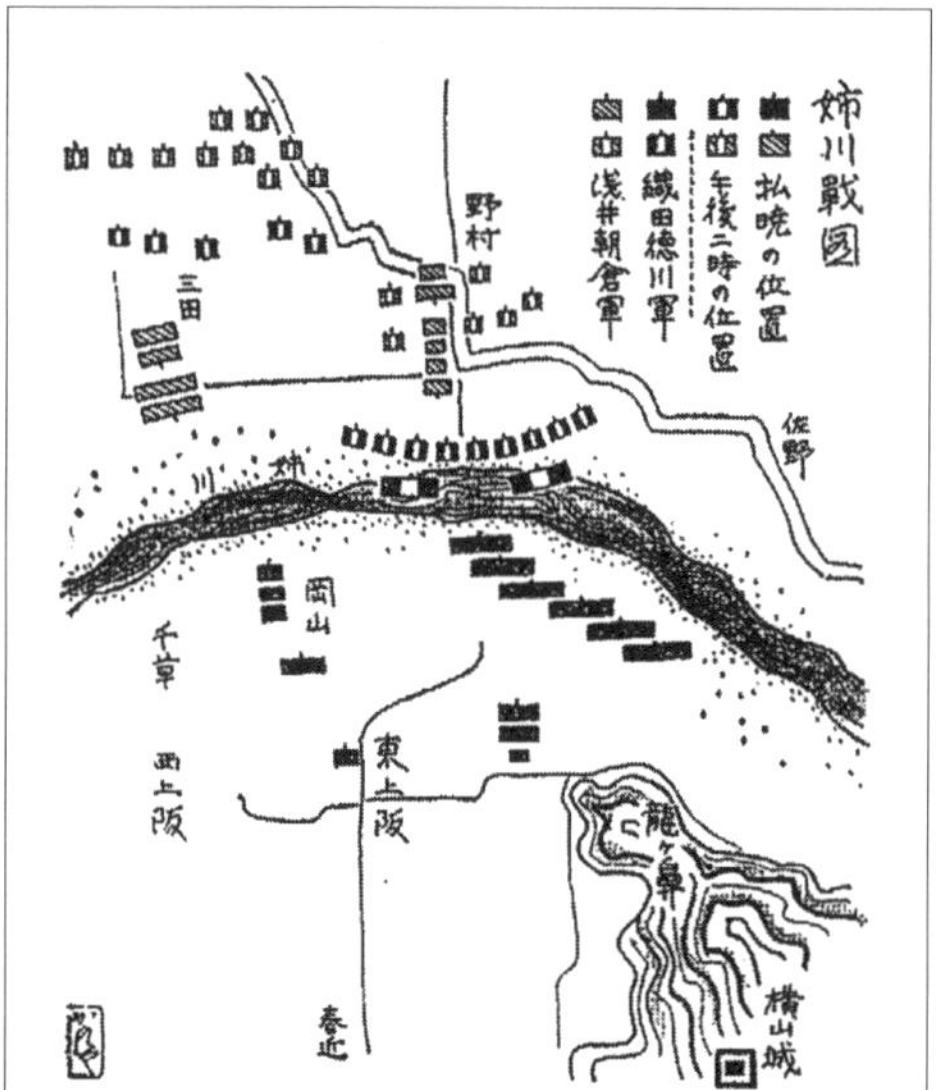

【図3】

> 最後に踏止まりながら敵の追撃を斥け、隙を見ては自分も退却しなければならないわけだから、先陣とは大そうな違いだ。（中略）／いわば、先陣は背後の味方が全部敵に当たるのだが、殿軍は自分だけの僅かな手兵による孤独な戦いである。／しかも、心理的には敗け戦だから、兵卒の意気も消極的だし、浮足立っている。真に討死の覚悟でなければ殿軍はつとまらない。また、大将を逃すためには、その身代りにもなって討死覚悟だから、文字通り死地での戦いだ。これを志願した青年武将木下藤吉郎秀吉の心組みは、織田方の宿将を前に置いて昂然たるものがあった。

と記し、戦において心理的な要素がいかに大事であるかを簡明に説くのである。もちろん、こうした記述がなされる背景には自身で戦場を体験した清張の洞察が深く関わっていると思われる。花田俊典は「『遠い接近』の後景――松本清張の軍隊体験」（『松本清張研究』二〇〇四年三月）のなかで、膨大な戦争史料を駆使して衛生兵・松本清張の軍隊生活を検証したあと、「一度も戦闘は体験せず、しかも前線で防衛任務につく緊迫感も体験していない。さらには朝鮮半島南部にいたためソ連軍の侵攻もシベリア抑留体験もまぬがれ、ついでにいうと内地の主要都市にもいなかったために空襲も体験していない。結果的に、彼には軍隊（後方部隊）内部の弛緩した実態が構造的によく見えたのであったろう」と述べ、清張の軍隊体験がいくつかの作品に描かれているほど苛酷なものではなかったはずだと指摘しているが、清張においては、そうした「弛緩した実態」を見つめる気持ちよりも自分がいた場所もまた戦場だったという思いの方が強かったのではないだろうか。だからこそ、彼は「私説・日本合戦譚」のなかで「先陣」と同時に「殿《しんがり》」も重要な役割を担っていることを強調し、軍隊に楽をしている人間などひとりもいないということを婉曲に主張しようとするのである。

4　等身大の武将たち

菊池寛が連載の第一回に選んだ「姉川合戦」は、戦国時代を象徴する存在である信長、秀吉、家康の人間性や相互の関係をより鮮明に映しだしており、乱世から天下統一へと向かう筋道が縮図化されている。また、先述したように、特に秀吉にとってこの合戦は後々へとつながる因果応報の発端であり、そうしたドラマティックな物語性が菊池寛を駆りたてたところもあるだろう。それに対して、清張が第一回に選んだ「長篠合戦」は、武田家の滅亡という合戦そのものの内実と同時に、鉄砲という近代兵器が騎馬隊を蹴散らした戦という事件性において記憶されている。

長篠の戦は、騎兵隊が砲兵隊に負けたのである。近代戦術の勝利である。ここから歩兵戦術が発達する。／長篠の戦によって、諸大名も鉄砲の威力をまざまざと知らされ、旧来の戦術が一変した。弓矢や槍に備えていた防具の甲冑も、きらびやかな赤糸縅や紺糸縅といった源平式のものから、冑《かぶと》は鉄帽式、甲《よろい》も胴丸、つまり、南蛮胴のような弾丸除けの実戦用と変ったのである。／長篠の戦は、日本戦史の上でいろいろな意味があったわけだ。

という清張の言葉からもわかるように、それは以後の合戦を劇的に変貌させていく契機だったのである。それゆえ、「長篠合戦」では合戦の描写だけでなく日本における鉄砲製造の過程が詳細に記されている。

「国友鉄炮記」という本が伝えるところによれば、国友村には国友善兵衛ほか三人の鉄砲匠がいて、将軍義晴から鉄砲一梃を見本として貸与えられた。／彼らは昼夜肝胆を砕いて見本通りに造ってみたが、銃尾を塞ぐ螺旋《ねじ》の工夫がどうしてもつかなかった。当時の日本人には螺旋方式という工作観念がなかったのである。／ところが、彼らの内の或る者が小刀の刃尖の欠けたもので大根をくり抜くと、小刀の欠けた通りに道がついたので、この道理から螺旋の製造法のヒントを会得したという。

という一節からもわかるように、清張には技術発展を中心とした近代の成立という側面から戦国時代を逆照射しようとする意志が強く働いている。清張は、こうした探究を通じて私たちが歴史に対していだきがちな先入観を打破しようとする。たとえば「山崎の戦」の前半では、光秀が主君である信長を急襲する本能寺の変が扱われるが、彼は「主殺しが、大罪とみられるようになったのは、徳川時代になって、朱子学が入ってからである。徳川幕府は、その支配体制を維持するために朱子学を利用したので、信長のころには、そんな道徳的な秩序観念はうすかった」と記し、朱子学が隆盛する以前とそれ以後では主従関係が大きく違っていると指摘する。また、秀吉の逆襲を受けわずかな従者とともに逃げ延びようとした光秀が「野伏の百姓ども」に狙われる場面では、「ここで、ちょっと断っておきたいのは、当時の農民は、幕藩体制の確立した江戸時代の百姓とは違って、土地私有の名主群によって、農奴的に統率されていたことだ。そのため名主は、荘園的な領主としばしば利害関係で争っている。殊に、戦国時代となれば、武装兵の横行に対して自衛的にも武装しなければならなかった。集団武装しているから、敗残兵を襲撃できたのだ」と説明する。多くの歴史小説家が好んで描く娯楽物としての合戦譚は、戦国武将の派手な立ち回りやエピソードを強調する講談的な内容になっているし、菊池寛の「日本合戦譚」も同様に読者の期待の地平を裏切らないように構成されているが、清張の場合は、合戦という表舞台を支えていた社会制度や道徳観念の変化を見逃さず、徳川幕府が成立する以前の民衆社会に対するわれわれの誤解をひとつひとつ剝ぎとっていくのである。

そうした考証家の眼で戦国時代を捉えようとする清張が、読物としての魅力をかきたてるために敢えて用いたレトリックがある。それは、権力への媚態や裏切りのなかで生き残っていく武将たちの性格や人間性を現代的な用語で規定していくやり方である。たとえば「姉川の戦」では、歌人として足利に仕えておきながら足利家が落ち目になったのち信長、秀吉、家康と渡り歩いていった細川藤孝をさして、「歌人のくせに、いや、歌人だからこそ権力の動向に敏感な、オポチュニストだったのであろう。しかし、それでなくては、戦国の世に子孫を繁栄させることはできない」と指摘する。「厳島の戦」では毛利元就を「徹底したマキャベリストだった。ただ、彼が中国地方という、中央から離れた地域にあったため、志を全国に伸べられなかったが、彼がもし中央にいて、信玄あたりと嚙み合わせさせたら、戦国時代ももっと面白くなっただろう」と分析する。清張は、形勢をみて敏に動こうとする日和見主義者（オポチュニスト）・細川藤孝や、目的のためには手段を選ばない権謀術数主義者（マキャベリスト）・毛利元就などを、戦国時代を生き残るタイプだとみなすと同時に、現代的な政治用語で括ることによって、それをいつの世にも現れる典型として整理するのである。ちなみに清張は、有名な「三本の矢」の逸話について、

元就のしあわせは、三人の子に恵まれたことにある。もっとも、長子は元就の存命中に死に、孫の輝元があとをついだ。だから、元就が死ぬときに、三人の子を枕頭に呼びよせ、三本の矢をたとえに、団結を説いたというのはつくりごとである。／この「三本の矢」は、現代で意外なところに役立ち、防衛庁の三十八年度国防計画の机上演習で、「三矢作戦」と名づけられた。／しかし、この三矢作戦の「三矢」は、米軍の極東戦

略における"Three Arrows" Operationの直訳なのだ。これが国会で追及されるや、政府と防衛庁は、「あれは元就の故事にもとづいたのです」とゴマカした。／もっとも、アメリカの覇道と、元就の権道とに、一脈通じるものがあるとすれば、また、いくらかの意味をもつ。

と蘊蓄《うんちく》を披露しているが、こうした余談も「私説・日本合戦譚」の連載時における政治問題と戦国時代のそれをひとつの共通する枠組みでとらえようとする問題編成においては有効だったといえるだろう。

そのようにして武将の類型化を試みる清張にあって、唯一、例外なのは「山崎の戦」に登場する丹羽長秀である。本来、秀吉よりも古参であり、柴田勝家などと同じ格にいたはずの丹羽長秀は、秀吉が明智光秀を討って天下統一に名乗りをあげたとき、まったく抵抗をみせずに秀吉の軍下に入る。清張はそうした丹羽長秀の態度に注目し、

秀吉が、いち早く光秀を討ったという行動は、なんといっても、戦場に間に合わなかった柴田や滝川などの先輩よりも、強大な発言権を持つことになる。これから、柴田勝家と滝川一益が、秀吉に力で対抗することになるのだが、その中で、柴田と同じクラスである丹羽長秀が、唯々《いい》として早くも後輩の秀吉の下に従っていたのは変っている。丹羽長秀の性格に筆者は興味を持っている。

と記す。格下の者が上の者に媚態をみせたり、自分の利益のために次々と主君を渡り歩いたりすることがあたり前の世の中にあって、自分が格上であるにもかかわらず易々と秀吉に軍門に入った丹羽長秀。清張は、自らのプライドに拘《こだわ》らずに実利をとっていく丹羽長秀の生き方に、単純な日和見主義者とは違うある種の懐の深さを認めている。四十歳を過ぎるまでサラリーマン生活を送り、学歴がないばかりに肩身の狭い思いをすることの多かった清張には、この社会が人間を序列化していく格付けの仕組みでできあがっていることがよく見えていた。そして、その格付けの上位にあることでプライドを保っている人間がそれを奪われることをどれほど恐れているかも熟知していた。だからこそ、彼はそれをいとも簡単に棄ててしまった丹羽長秀をきわめて例外的な存在として認めるのである。

こうした着眼の仕方は、同じ場面を描いた菊池寛「山崎の合戦」の筆致と比較するとより鮮明になる。「明智光秀は、信長の将校中、第一のインテリだつた。学問もあり、

武道も心得てゐる。戦術も上手だし、築城術にも通じてゐる。そして、武将としての品位と体面とを保つ事を心がけてゐる。／それだけに、勿体ぶつたもつともらしい顔をして居り、偽善家らしくも見えたのであらう」と述べた菊池寛は、すかさず「リアリストで、率直を愛する信長は光秀がすまし過ぎてゐるので、「おい！　すますない！」と云つて時々は肩の一つもつゝきたくなるやうな男であつたのであらう」と続け、リアリストを前にしたインテリの不甲斐なさという観点からふたりを裁断する。

それは確かに明快でわかりやすい分析かもしれない。だが、こうしたわかりやすさは逆に人間の魅力を平面化してしまう可能性がある。清張は、むしろ、そうしたわかりやすい関係に収斂されない存在に「興味を持っている」と記すことで自分がものわかりのよい識者の場所に立つことを拒むのである。

「私説・日本合戦譚」には、自分の立ち位置を明確にしようとする清張が菊池寛の「日本合戦譚」を直接ひきあいにして考察をすすめる箇所がいくつかある。たとえば、「西南戦争」で菊池寛が描いた「田原坂合戦」に言及した清張は、「菊池寛は、この大山県令からの通告を、西郷が陸軍大将として上官の資格で熊本鎮台司令官に命令しようというのであるから、子供だましのようなものである、と書いているが、西郷の大将の地位が正式に剥奪されていない限り、表むきには合法なのである。すなわち、のちの軍人勅諭にもあるとおり、上官の命は朕が命と心得よ、の精神だ。これは二・二六事件における参加兵隊の立場と相似ていて、命令系統の矛盾を露呈している」と述べ、西郷が陸軍大将として熊本鎮台司令官に命令を下したことについて、そのような命令が通用するはずがないとする菊池寛の理解に異を唱えている。

また「川中島の戦」では、菊池寛が「川中島合戦」のなかで「豊臣秀吉が、川中島の合戦を批評して「卯の刻より辰の刻までは、上杉の勝なり、辰の刻より巳の刻までは武田方の勝なり。」と、云つてゐるが、これは一番正当な批評かも知れない」と述べ、「信玄は深謀にして精強、謙信は尖鋭にして果断、実にいゝ取組みで拳闘で云へば、体重の相違もなく、両方とも鍛錬された武器を持つてゐたわけであるから、この川中島の合戦も引分けになつたのは、当然かも知れないのである」と記しているのを踏まえ、「のちに秀吉が批評したという言葉が「名将言行録」に載っている。／「卯の刻より辰の刻までは、上杉の勝ちなり、辰の刻より巳の刻までは、武田方の勝ちなり」／どうせ、秀吉の名前を持ってきた「名将言行録」の作者の、与太文句だろうが、自分の批評だけでは権威が無いとき、他人の言を引いてこけおどしにするのは、現今の一部評論家の踏襲するところだ」と糾弾し、菊池寛の解釈を疑っている。

地位や権力というものに対して徹底的にシニカルな視線を送る清張は、内容の妥当性よりも誰の口からどのように発せられたのかを厳密にしようとしている。ものごとの本質をうまくいい当てている表現であれば誰がどこでいったことなのかということに頓着しない菊池寛とはまったく対照的な姿がここにある。清張の「私説・日本合戦譚」には、戦国武将の他に否応なく戦に駆りたてられる農民や、形勢が悪くなるとなりふりかまわず逃げだしてしまう雑兵などが描かれ、武家社会の倫理では統率のきかない民衆がクローズアップされる場面が少なからずあるが、そうした描き方も含めて、清張は地位や権力を握った人間がのちの言説によってさらに権威づけられることを嫌悪し、むしろ、彼らの虚像や神話化されたイメージを解体する方向で筆を運んでいるといっていいかもしれない。

比喩的ないい方をすれば、菊池寛によって語られた人物や出来事は読者の前でより大きく肥えて見えてくるが、清張が語ると同じ人物や出来事が小さく痩せてきて読者と等身大の存在に見えてくる。歴史家の菊地昌典は「歴史の考証と推理の回路」（『国文学　解釈と教材の研究』学燈社、一九八三年九月）のなかで、「松本清張は、可能なかぎりの事実の蒐集を前提とし、その事実と事実の空間を、なまぐさい人間の競争心、復讐、怨念、憎悪などの脈力の糸で組みたてていく」、「不思議なことに、清張作品のテーマとなった芸術家は、すべて読者にとって、より身近な存在となってたちあらわれることになるのである」と述べているが、ここでの「芸術家」という言葉は、そのまま戦国武将に置き換えることができるだろう。

5　英雄的な存在に対する民衆の期待

菊池寛の「日本合戦譚」を読んでいると、これまで述べてきた特徴以外にも、直接話法を多用したり地の文でわざと漢語的な言い回しと下卑た言い回しを混在させたり、武将の家訓や家柄のようなものを紹介してその人物の精神構造を明らかにしたりする場面が見られる。また、武将に寄り添った女たちの悲運を織り交ぜることで、男たちの戦に翻弄される女の物語を演出したりもしている。総じていえば、それらは舞台をよりドラマチックに仕上げるための道具立てであり、講談物などに慣れていた同時代の読者にとっては非常に親しみやすい内容だっただろう。だが、菊池寛の世界を超えることを目的に構想された松本清張の「私説・日本合戦譚」では、合戦をめぐる様々な要因、その合戦が後の時代に与えた影響などが注視され、ほぼ時間軸に沿って編まれた各章がひとつの大きな歴史となって迫ってくる印象を受ける。つまり、清張の場合は個々の章がバラバラにあるのではなく全体がひとつの大河物語のように構成されているのである。菊池寛が人の動きを中心として合戦そのもののドラマチックな世界を活写していたのに対して、清張のそれは史料の考証を通して戦国時代そのものが近代化していく道筋を描こうとしているといってもよいだろう。

したがって、二つの合戦譚は序盤から少しずつ差異が拡大し物語のオチとなる結末部分ではまるで違った方向性をもつことになる。ここでは、典型的な例をあげながら菊池寛と清張それぞれがめざしたものの帰結点を考えてみたい。たとえば、菊池寛の「嶋原の乱」のラストシーンは、

> 寄手の放つた弾丸が、原城中の軍議の席に落ちて、四郎を傷《きずつ》けたことがある。城兵は、四郎を天帝の化身のやうに考へ、矢石当らず剣戟も傷くる能はずと思つてゐたのに、四郎が傷いたので、彼等の幻影が破れ、意気頓《とみ》に沮喪したと云はれる。／幕軍は、城中に在つたものは老幼悉く斬つて、その首を梟《さら》した。／天草の乱平ぎ、切利支丹の教へは、根絶されたと思はれた。／しかし、こぼれた種は、地中にひそんで来ん春を待つてゐた。／明治初年信教の自由許され、カソリック教の宣教師が来朝し、長崎大浦の地に堂宇を建て、、朝夕の祈禱をしてゐると、どこからともなく集つて来た百姓が、宣教師の背後に来て、しづかに十字を切つた。／その数が日に殖えて、日本に於けるカソリック教復活の先駆を成したのである。

という記述になっている。菊池寛は勝者である幕府側に関する記述をほとんどせず、「天帝の化身」のように神格化されていた天草四郎時貞の「幻影」が破れていく場面に焦点をあてる。そして、いったんこの「嶋原の乱」に「切支丹の教へ」の「根絶」という意味づけを行ったうえで、やがて明治時代になって宣教師が長崎の大浦天主堂を訪れたときの奇跡、すなわち、宣教師不在の二百数十年に亙って長崎の民がひっそりと、しかし逞しくカソリックの教えを子孫に伝えていた出来事に遭遇した瞬間の驚きをもって合戦譚を閉じるのである。菊池寛は、原城に立て籠もって抵抗したすえ女や子どもまでもが皆殺しにされたこの惨劇を滅亡から復活へのダイナミズムとして物語化し、信仰というものがどんなに人を強くするかを描いたということである。

では、同じ素材を扱った清張の「島原の役」はどのようになっているだろうか。その場面を引用してみよう。

> 天草役は幕府に種々の教訓を得させた。その第一は、この戦争が牢人を主体としていたことである。前記のように、原城に立籠って指揮をとったのも牢人なら、攻囲軍のなかでも牢人たちが、ここぞ出世の機会とばかりに、各藩の持場をかりて奮戦している。大坂役後、諸大名の改易によって失業した浪人群の脅威を目のあたりに見た幕府は、これ以後、浪人取締令をすこぶる厳重にするようになった。／また、吉利支丹の信仰禁止は、家康のころから行われていたのだが、この島原役後、さらにそれを厳密にした。もし、この内戦に和蘭陀や西班牙の外人部隊が参加したなら、どんな国際紛争にまで発展したか分らない。その危険性も事実、ないではなかったのである。幕府も慄然となったのであろう。／だが、島原役によって、幕府はその実力低下を満天下にさらした。また、それに劣らず、諸大名の武力低下も暴露された。大坂役後、さしたる戦闘もなく、武士団の戦闘力も、いつのまにか衰弱していたのだ。ただ、幕府にとって幸いだったのは、諸藩の実力が幕府同様に低下していたため、相対的に幕府の威信が傷つけられなかったことである。／島原役を最後に、世はいよいよ泰平となり、武士階級の腐敗が深化し、のちに幕末の自己崩壊を迎えるのである。

清張の記述は、まず「島原の役」を戦っていた連中の多くが「浪人」（本文では「牢人」と「浪人」の表記が混在しているが、ほぼ同じ意味）であり、大坂役後に失業した武士たちが再就職を求め両軍にわかれて奮闘したことに言及する。つまり、この戦は吉利支丹信仰の浸透を恐れた幕府側の制圧であると同時に、諸大名の武力や経済力が低下して武士を中心とした社会が構造不況に陥っていたところに起こったフラストレーションの捌け口、あるいは、威信回復のためのデモンストレーションの側面をもつという解釈である。だからこそ、清張は天草四郎時貞がどのようにして神格化されていったのか、切支丹農民がどれほど殺されたかといった悲劇性を高めるための素材にはいっさい言及せず、「武士階級の腐敗が深化し」「自己崩壊」していく契機という点に着目するのである。

同じことは菊池寛の「田原坂合戦」と清張の「西南戦争」（雑誌連載では「西南戦争（上）」、「田原坂・城山——西南戦争（下）」に分載）にもいえる。菊池寛は、田原坂の激戦によって大勢が決したあとの場面に、西郷隆盛が岩崎谷の洞壁に書いたといわれる「百戦無レ効半歳間／首邸幸得レ返二家山一／笑儂向レ死如二仙客一／尽日洞中棋響閑」という辞世の漢詩を挟み込み、さらに、

田原坂の激戦は、西南戦争の最初にして、しかも最後の勝敗を決したものと云つてよいのである。／この戦ひに於て所謂百姓兵の為すある事が分り、徴兵制度の根本が確立したのである。／自分は、昭和五年に鹿児島へ行つたが、西郷隆盛以下薩軍の諸将の墓地が、壮大であるのに引きかへ、西南戦争当時の官軍の戦死者を埋葬した官軍墓地と云ふのが、荒寥としてゐたのは、西南戦争当時の薩摩の人心の情勢が今もなほほのかに残つてゐる気がして、興味を感じた。

という一節を加えている。菊池寛は西南戦争を「百姓兵」が活躍した最初の戦とみなし、のちに「徴兵制度」が確立するきっかけであると指摘する。戦というものが様々なかたちで国家の中央集権化を促し、良きにつけ悪しきにつけ近代化を推進していく力になるという考え方は、清張が「私説・日本合戦譚」の骨子にした問題と同じであり、菊池寛にもそうした視線があったことには注目する必要がある。ところが、その直後、彼の筆はいきなり「昭和五年」という時間にとび、自分が西南戦争の戦死者墓地に出向いたときの印象を語りはじめる。薩軍の諸将を手厚く祀り、西郷隆盛に畏敬の念をもち続ける「薩摩の人心」を前景化させることでこの戦に現在性を与えるのである。

それに対して、清張は本当に西郷隆盛は英雄なのだろうか？　という疑念をもち続け、ラストシーンでもそのスタンスを変えようとしない。

西南戦争は、どう考えても西郷の暴挙である。彼は私学校の生徒にやむなく戴《たい》せられたというのが通説になっているが、そこまで私学校党を過熱させる途中、いくらでも制止できる方法はあったろう。西郷は、むしろ彼らの激昂を俟っているような態度でもあった。西郷が私学校党の犠牲になったのか、私学校党が西郷の犠牲になったのか、判定に苦しむところだ。／しかし、いえるのは、西郷の自信過剰に両者が犠牲になったことである。何といっても、西郷の挙兵は無茶である。

清張は、西郷隆盛のなかに私学校党の「激昂を俟っているような態度」があったと指摘し、西南戦争そのものが西郷隆盛の「自信過剰」に基づく「暴挙」だったと結論づける。まるで、菊池寛が造型した西郷隆盛のイメージを壊し、

いまでも敬愛されるだけの価値ある偉人だったのだろうかという疑義を呈するかのように、西郷隆盛が薩摩の人々に強いた犠牲を問題にするのである。
清張は、「川中島の戦」を描くときも、

信玄からみると、他国の攻略も云い分があろう。甲府盆地だけの僅かな耕作地では、食うに足りない。どうしても、信濃の平野を占領しないと、経済的にも人口的にも、自立が困難だ。戦時中、満州は日本の生命線などといって、膨張する日本の人口の捌け口を、満州に求めたことがあるが、信玄も、まさに信濃平の沃野は、甲州の生命線と云いたかったかもしれない。曾ての日本のように、信玄も徹底した軍国主義者だった。／軍国主義には、統制と、重税と、産業奨励とが附きものだ。信玄が、いわゆる甲州法度なるものを設けたのも、その統制上からである。

と述べて、武田信玄の信州攻略の背景にある甲州の切羽つまった事情と満洲侵略を遂行した日本の植民地主義を重ね合わせていたが、そうした見方の背景にあるのは、戦や支配はひとりの英雄的な存在の主導で起こるのではなく、それを支える民衆の期待と民衆をそのように焚きつけていく連中の相互的な関係性のなかで火種が大きくなっていくのだという認識である。
「西南戦争」のラストシーンにおいて、清張は「この戦争はその後の日本に何を与えたか」という問いを発し、具体的な項目を箇条書きにする形式で次のように述べている。

この戦争はその後の日本に何を与えたか／①政府が徴兵制度に自信を得た。／②兵制の改革、特に海軍の増強を行った。／③これ以後、反政府運動は実力によらず、政党が結成され、自由民権運動などの言論と、その後の議会闘争に移った。／④政府は警察力を強大にし、治安維持に努め、密偵政策をとった。／⑤政府軍の輸送を受持った海運業が儲け、三菱などの独占資本の擡頭となった。／⑥福地源一郎、犬養毅などの現地特派員の報道が人気をよび、新聞の発達を促した。／以上のようなことが主だったものだろう。／これによって日本は、よい意味にも、悪い意味にも、「近代」に入るのである。

「西南戦争」は「私説・日本合戦譚」の最終回を飾った作品であり、清張の筆もそれを意識した運びになっているが、戦がもたらす技術革新、社会革新の諸相に着目し、それを冷静に分析しようとする清張の考証性は、この場面において最も端的にあらわれている。そして、そうした「近代」化への歩みが、「よい意味」であると同時に「悪い意味」でもあるというシニカルな見方にこそ清張の深い洞察が発揮されているといってよいだろう。

本文中の引用はすべて初出誌に拠り、ルビはほとんど割愛した。なお、「日本合戦譚」と「私説・日本合戦譚」の初出に関しては本文中で割愛してあるので、ここにその一覧をあげておく。

菊池寛「日本合戦譚」（一九三二年十二月までは『文藝春秋オール讀物号』、一九三三年より『オール讀物』）

姉川合戦	一九三二年八月
姉川合戦	一九三二年九月
厳島合戦	一九三二年十月号
川中島合戦	一九三二年十一月号
桶狭間合戦	一九三二年十二月号
田原坂合戦	一九三三年一月号
長篠合戦	一九三三年二月号
賤ヶ岳合戦	一九三三年三月号
碧蹄館の戦	一九三三年四月号
嶋原の乱	一九三三年五月号
山崎合戦	一九三三年六月号
鳥羽伏見の戦	一九三三年七月号
大阪夏の陣	一九三三年八月号
大阪夏の陣補遺　真田幸村	一九三三年九月号
真田幸村　その二	一九三三年十月号
小牧山合戦	一九三三年十二月号
壇の浦合戦	一九三四年一月号
元寇の役	一九三四年二月号
応仁の乱	一九三四年四月号
四條畷	一九三四年五月号
小田原の陣	一九三四年六月号
川越の夜戦	一九三四年七月号
高松城の水攻め	一九三四年八月号
梁田戦争	一九三四年九月号
石橋山の合戦	一九三四年十月号
白虎隊血戦記	一九三四年十一月号
筑後川合戦	一九三四年十二月号

松本清張「私説・日本合戦譚」（『オール讀物』）

長篠合戦	一九六五年一月号
姉川の戦	一九六五年二月号
山崎の戦	一九六五年三月号
川中島の戦	一九六五年四月号
厳島の戦	一九六五年五月号
九州征伐	一九六五年六月号
島原の役	一九六五年七月号
関ヶ原の戦（上）	一九六五年八月号
関ヶ原の戦（中）	一九六五年九月号
関ヶ原の戦（下）	一九六五年十月号
西南戦争（上）	一九六五年十一月号
田原坂・城山――西南戦争（下）	一九六五年十二月号

コラム② 石原吉郎「ある「共生」の経験から」

こうして私たちは、ただ自分ひとりの生命を維持するために、しばしば争い、結局それを維持するためには、相対するもう一つの生命の存在に、「耐え」なければならないという認識に徐々に到達する。これが私たちの〈話合い〉であり、民主主義であり、一旦成立すれば、これを守りとおすためには一歩も後退できない約束に変るのである。これは、いわば一種の掟であるが、立法者のいない掟がこれほど強固なものだとは、予想もしないことであった。せんじつめれば、立法者が必要なときには、もはや掟は弱体なのである。

私たちの間の共生は、こうしてさまざまな混乱や困惑をくり返しながら、徐々に制度化されて行った。それは、人間を憎みながら、なおこれと強引にかかわって行こうとする意志の定着化の過程である。（このような共生はほぼ三年にわたって継続した。三年後に、私は裁判を受けて、さらに悪い環境へ移された。）これらの過程を通じて、私たちは、もっとも近い者に最初の敵を発見するという発想を身につけた。たとえば、例の食事の分配を通じて、私たちをさいごまで支配したのは、人間に対する（自分自身を含めて）つよい不信感であって、ここでは、人間はすべて自分の生命に対する直接の脅威として立ちあらわれる。しかもこの不信感こそが、人間を共存させる強い紐帯であることを、私たちはじつに長い期間を経てまなびとったのである。

強制収容所での人間的憎悪のほとんどは、抑留者をこのような非人間的な状態へ拘禁しつづける収容所管理者へ直接向けられることなく（それはある期間、完全に潜伏し、潜在化する）、おなじ抑留者、それも身近にいる者に対しあらわに向けられるのが特徴である。それは、いわば一種の近親憎悪であり、無限に進行してとどまることを知らない自己嫌悪の裏がえしであり、さらには当然向けられるべき相手への、潜在化した憎悪の代償行為だといってよいであろう。

こうした認識を前提として成立する結束は、お互いがお互いの生命の直接の侵犯者であることを確認しあったうえでの連帯であり、ゆるすべからざるものを許したという、苦い悔恨の上に成立する連帯である。ここには、人間のあいだの安易な、直接の理解はない。なにもかもお互いにわかってしまっているそのうえで、かたい沈黙のうちに成立する連帯である。この連帯のなかでは、けっして相手に言ってはならぬ言葉がある。言わなくても相手は、こちら側の非難をはっきり知っている。それは同時に、相手の側からの非難であり、しかも互いに相殺されることなく持続する憎悪なのだ。そして、その憎悪すらも承認しあったうえでの連帯なのだ。この連帯は、考えられないほどの強固なかたちで、継続しうるかぎり継続する。

　これがいわば、孤独というものの真のすがたである。孤独とは、けっして単独な状態ではない。孤独は、のがれがたく連帯のなかにはらまれている。そして、このような孤独にあえて立ち返る勇気をもたぬかぎり、いかなる連帯も出発しないのである。無傷な、よろこばしい連帯というものはこの世界には存在しない。

　この連帯は、べつの条件のもとでは、ふたたび解体するであろう。そして、潮に引きのこされるように、単独な個人がそのあとに残り、連帯へのながい、執拗な模索がおなじようにはじまるであろう。こうして、さいげんもなくくり返される連帯と解体の反復のなかで、つねに変らず存続するものは一人の人間の孤独であり、この孤独が軸となることによって、はじめてこれらのいたましい反復のうえに、一つの秩序が存在することを信ずることができるようになるのである。

【図 4】「シベリア抑留の収容所の調理場」
（提供・毎日新聞社）

　一九一五年十一月十一日、静岡県田方郡土肥村に生まれた石原吉郎は、東京外国語学校ドイツ語科を卒業したのち、キリスト教の洗礼を受けて神学校入学を決意するものの、すぐに応召となる。当時、大学卒業者は幹部候補生になる資格があったが、石原はそれを志願しようとせず静岡歩兵第三十四連隊に入隊する。一九四〇年、外国語に堪能だった石原吉郎は北方情報要員第一期生に選ばれ、翌年にはハルピンの関東軍情報部（特務機関）に配属される。一九四二年十一月には関東軍特殊通信情報隊（秘匿名称・満洲電々調査局）に徴用され、ソ連の参戦時期を推定するための情報収集にあたる。

一九四五年二月、ヤルタ会談で対日参戦を約束したソ連は、四月に日ソ中立条約の延長を求めないことを日本政府に通告し、ヨーロッパ戦線においてドイツが無条件降伏（五月）したのち、「満洲国」との国境に兵力を集結した。八月九日には対日攻勢作戦を発動し、満洲国境はもとより、朝鮮半島、千島列島、南樺太などで戦闘を繰り広げる。

敗戦後、事情を知る白系ロシア人の密告によってソ連内務省軍に逮捕された石原は、貨車でソ連領中央アジア・南カザフスタン共和国にあるアルマ・アタのラーゲリ（強制収容所）に収監される。当時、シベリア開発の必要性に迫られていたソ連は、武装解除をして投降した日本軍兵士、民間人（当時、日本国籍だった朝鮮人も含む）を捕虜とし、満洲の産業施設に残されていた工作機械を搬出する作業に従事させたのち、日本人捕虜を貨車でソ連領土内に移送する。連行された日本人の数に関しては諸説あるが、現在、ロシア国立軍事公文書館に保存されている資料の調査により、七十六万人以上の抑留者が判明している。

引用は石原吉郎「ある「共生」の経験から」（『思想の科学』一九六九年三月）の一節である。

飢餓と寒さで衰弱した収容者たちは、生き延びるために他者を蹴落し合うような消耗戦を避けるため、徐々に「共生」の仕方を身に付けていく。二人にひとつ配られた食器に注がれた粟粥を均等に分けるために智慧を絞り、土木工事でよりよい工具を手に入れるために食事を奪い合う関係の二人が無言のまま結束する。冬の極寒を凌ぐために二枚の毛布を共有し憎悪する相手と身体を寄せ合う。

「立法者」が人々に服従を迫るのであれば、虐げられた人々は横の結びつきを感じられるかもしれない。獣のように完全な「孤独」に置かれた場合は、自分ひとりの生命を維持するためのサバイバルに身を投じることになるだろう。だが、強制収容所で生き延びるためには自分にとって最大の脅威となる敵の力を借りるしかない。隙あれば相手の食糧や毛布を奪い取ってしまおうと考える他者とのあいだには、相互の「不信感こそが、人間を共存させる強い紐帯である」ような「連帯」が生まれる。『望郷と海』という作品がなぜ「私たち」という主語で記述されなければならないのかという問いの答えはそこにある。

のちに石原吉郎は、当時の状況を「強制収容所のこのような日常のなかで、いわば、〈平均化〉ともいうべき過程が、一種の法則性をもって容赦なく進行する。私たちはほとんどおなじかたちで周囲に反応し、ほとんどおなじ発想で行動しはじめる。こうして私たちが、いまや単独な存在であることを否応なく断念させられ、およそプライバシーというべきものが、私たちのあいだから完全に姿を消す瞬間から、私たちにとってコミュニケーションはその意味をうしなう」(「沈黙と失語」『展望』一九七〇年九月)と記している。彼にとってのコミュニケーションとは、各人が完全に他者と隔絶されているにもかかわらず、お互いが生存のために何を求めているかが手にとるようにわかってしまうことの絶望、内面を所有することを赦されず、鏡地獄のように他者の姿に自分のおぞましさが投影されてしまうことの悲劇だといえるだろう。

さらに、「ある「共生」の経験から」において基調低音のように響いているのは、こうした苦い「連帯」に出口が与えられていないことである。それは強制収容所という過酷な特殊空間において偶々《たまたま》起こった出来事ではなく、この世界を形づくる「秩序」として潜在的かつ持続的に反復されているという認識である。石原はそれを諦めとして描くのではなく、人間存在の本質として冷ややかに凝視している。

だからこそ、石原は、自らに特殊通信情報隊の任務を与えた日本を怨んだり、二十五年の重労働という判決をしたソ連法廷のいいかげんさを詰《なじ》ったりするような言葉を発したりしない。彼は自分をそのような状況に追いつめた何かを告発すること自体を禁じているようにさえみえる。石原吉郎の死後、鮎川信夫と対談した吉本隆明は、「エッセーを読むと特にそう感じますが、石原さんは国家とか社会とか、共同のものに対する防備が何もないんですね」(「石原吉郎の死・戦後詩の危機」『磁場』一九七八年四月、のち『新選現代詩文庫115 新選石原吉郎詩集』思潮社、一九七九年七月所収)と批判したし、それに続く芹沢俊介も、「石原吉郎の論理の不安は、単独者の発想の極度の無媒介性に帰する」(「〈単独者〉の自由とその限界—石原吉郎論」『現代詩読本 石原吉郎論』思潮社、一九七八年七月)と述べたが、彼らは、告発を自らに禁じようとする石原の態度に言いようのないもどかしさを感じていたのであろう。

第3章——侵略の光景

3—1　夢野久作が描いた〈東亜〉——「氷の涯」を中心に

1　夢野久作の探偵小説における〈東亜〉

夢野久作は一八八九年に福岡市で生まれた。父は政界の黒幕として政治、経済、外交など幅広い領域に影響力を誇った国家主義者・杉山茂丸である。頭山満を中心とする地元福岡の政治結社・玄洋社の経済的基盤を確立するため筑豊炭田を買収させたかと思えば、伊藤博文、桂太郎、児玉源太郎、後藤新平などとの人脈を駆使して日本興業銀行を設立し、立憲政友会の結成を促すなど、在りし日の杉山茂丸は明治国家の財政的基盤をつくるために暗躍した。日清戦争後は、台湾統治、南満洲鉄道の設立、日韓合邦運動などを推進する一方、インドのチャンドラ・ボース、中国の孫文らとも親交を結び、西欧列強からの独立運動を支援したといわれている。生涯に亙って公職に就くことはなく、その行動原理や思想は謎の多い人物だが、日本の政界・財界を動かすことのできるフィクサーであったことは間違いない。孫の杉山龍丸（夢野久作の長男、陸軍少佐で終戦を迎えたのち、インドに渡って緑化事業に貢献した）は、そんな祖父について、

杉山茂丸は、国際的にいえば、右手でアメリカのユダヤ財団と結んで、ロシア帝国やイギリスその他の帝国と対抗することを考え、一方の手は、ロシアの革命家と手を握って、ソ連革命をやっている人間である。彼が右であるか、左であるか、本人以外誰も判らぬので、彼自身の知る目的を達成するのに、手段は選ばなかった。彼が五十余年の間、先輩であり、友とした頭山満翁すら、彼は玄洋社の人間でなく、彼独自の人間であるとしていた。彼は、彼自身のしたい放題のことをやって、それは、表向き犯罪として裁判されるようなことは無かったが、良いことも、悪いことも、徹底してやって来ている人間である。／仕事の範囲も、美術協会から、相撲協会、義太夫協会、テキヤ、露天商、株式取引所、海運、右翼、左翼等の思想、果ては、道楽

息子の始末から、乞食の世話、彼自身の性欲のはけ口等々、彼自身が、夢野久作の題材になることを、徹底的にやり通して来た人間であった。（「夢野久作の生涯」『思想の科学』一九六六年十一月）

と語っているが、その破天荒さは筆舌に尽くしがたいものがあったようである。

杉山直樹こと夢野久作はそうした破天荒な父親の影響下に育つが、父から言われた「夢の久作の書いたごたる小説じゃねー」（「夢の久作」は、福岡弁で夢想家、夢ばかり見ている変人の意味）という悪評をそのままペンネームにしたことからもわかるように、父の篤い信頼を得られるような人物ではなかったようである。若い頃には志願兵として近衛師団に入隊させられているし、父の命令で慶應義塾大学予科を中退させられたのちは農園を営んだり出家して僧になってみたりするが、そうした試行錯誤の背景には、文学にのめり込む息子の軟弱さを嫌った父親の抑圧とそれに対する抵抗意識が垣間見える。その後も謡曲・喜多流の教授になったり新聞記者になったりと、若き日の夢野久作の試行錯誤は巨大な壁として立ち塞がる父の支配を逃れることに費やされている。

一九二六年に「あやかしの鼓」が雑誌『新青年』の懸賞に入選して作家デビューを果たしたあとは、父の呪縛もやわらぎ、江戸川乱歩から激賞された「押絵の奇蹟」（『新青年』一九二九年一月）、構想と執筆に十年を費やした奇書『ドグラ・マグラ』（松柏館書店、一九三五年一月）によって作家として高い評価を得ていくことになるが、ここで注目したいのは、彼が〈東亜〉を舞台としたミステリー仕立ての小説を好んで描いたことである。

夢野久作は、当時の朝鮮・釜山に叔父を訪ねて旅行（一九二六年八月）したのが唯一の外地経験である。つまり、彼自身は外地の光景を殆ど見たこともないし、そこで起こっている現実を直接的に体験することもなかった。逆にいえば、彼は膨大な資料や証言を参考に自分が見たこともない世界、体験したことのない世界に思いを馳せ、虚構の〈東亜〉を屹立させたことになる。「死後の恋」（『新青年』一九二八年十月）、「支那米の袋」（『新青年』一九二九年四月）、「ココナットの実」（『新青年』一九三一年四月）、「焦点《フォカス》を合せる」（『文学時代』一九三二年四月）、「幽霊と推進機《スクリュウ》」（『新青年』一九三二年十月）、「氷の涯」（『新青年』一九三三年二月）、「爆弾太平記」（『オール讀物』一九三三年六月、七月）、「難船小僧《S.O.S BOY》」（『新青年』一九三四年三月）、「人間腸詰《ソーセージ》」（『新青年』一九三六年三月）で描かれた世界がそれにあたる。

これらの小説が書かれた時期は、日本の関東軍が謀略のためにひき起こした張作霖暗殺事件（一九二八年）から日中戦争勃発（一九三七年）までの期間にすっぽりと収まる。父・杉山茂丸を通してアジア主義者たちの思想に接し、満洲国建国や帝国主義政策の舞台裏を知っていた夢野久作にとって、〈東亜〉は日本の侵略行為と分かちがたく結びついた戦場そのものだったと思われる。〈東亜〉を描くことは、そこに生きる人々を帝国日本の文脈から焦点化し、自分たちに都合のよいユートピアを立ちあげる危うさも内包していたのである。

　また、〈東亜〉を描いた小説の多くは探偵小説の体裁を取っているのだが、いわゆる謎解きや犯人捜しに重心を置く本格ミステリーではなく、ある事件を発端としてその背後にある権力の陰謀や政略が浮上してくるような仕掛けをもっている。そこには、探偵小説というジャンルの枠組みそのものを破壊する豊かな構想力がある。かつて、萩原朔太郎は「未知に対する冒険」（「探偵小説に就いて」『探偵趣味』一九二六年六月）こそ探偵小説の広義な解釈に於ける本質であると主張したが、夢野久作の探偵小説にはそれが最も先鋭的に表現されている。実際、国際的なスパイ同士の攻防を描いた「焦点《フォカス》を合せる」には、

　これでも金儲けの為めに働いて居るコスモポリタンですからね。世界中が独裁政治《ファシスト》と共産政治《ボルセビイキ》の二つに別れる……ドチラも金が儲からないとあれあコスモポリタンになつた方が便利ですからね。世界中のインテリはみんな一種のコスモポリタン式エゴイストですからね。さうです〳〵……貴女と握手すれば随分大きな金儲《しごと》が出来ます。此の船は国際的ルンペン船でもなけあ、日本の諜報船《スパイ》でも何でも無い。（中略）ナニ……僕の国籍？　名前……へ、、。今は日本語を使つて居るから日本人ですが、浦塩《うらじほ》へ這入れば露西亜《ロシア》人で通りませう。此奴等《こいつら》は皆日本語のわかる朝鮮人ですが、国籍を持つて居る奴なんか一匹も此の船に居ないんですよ。

といった台詞があり、人種、国籍、言語に囚われることなく生きようとする「コスモポリタン式エゴイスト」が描かれる。「今は日本語を使つて居るから日本人ですが、浦塩へ這入れば露西亜人で通りませう。此奴等は皆日本語のわかる朝鮮人ですが、国籍を持つて居る奴なんか一匹も此の船に居ないんですよ」という台詞には、言語、国家、民族をめぐる深い洞察が含まれている。「スパイ」を通して「国籍」とは何か？　という問いも立てられている。

　また、「ココナットの実」は「共産党」の青年が「印度のインターナショナル」を介して「ココナットの実」とい

う爆裂弾を入手する経緯が語られる倒叙法小説だが、そこには、

あいつは財界のムッソリニです。彼奴《あいつ》はお金の力で今の政府を押へ付けて、亜米利加《アメリカ》と戦争をさせようとしてゐるんです。現在の財界の行き詰りを戦争で打ち破らうと企んでゐるのです。日本は紙と黄金の戦争では世界中のどこの国にも勝てない。下層民の血を流す鉄と血の戦争以外に日本民族の生きて行く途《みち》は無い。不景気を救ふ道は無いと高唱してゐるのです。彼奴《きやつ》は此世の悪魔です。吾々の共同の敵なのです……彼奴は……イヤあなたの旦那の事を悪く云つて済みませんが……。

といった台詞があり、日本が経済の行き詰まりを打破するために対外進出を図っていること、戦争で犠牲になるのは「下層民」たちであることが明確にされている。国家同士の紛争は必ずしもイデオロギーの対立による止むにやまれぬ衝突ではなく、お互いの利害が複雑に絡み合ったところに派生する経済活動のひとつなのだと語られている。「敵」は戦争の相手ではなく、人々を戦争に駆り立てていく財界、政界であり、彼らは「吾々の共同の敵」なのだという認識が示されている。夢野久作自身はマルクス主義やプロレタリア文学運動の影響を殆ど受けていないため、社会の階層や搾取の構造に深い認識をもっていたわけではないが、戦争は誰かによって意図的に引き起こされるものであり、巨額の利益を得たり権力を握ったりする者たちが少なからずいるという認識はもっていたようである。

日本の支配下に置かれ、植民地となっていた朝鮮漁民に横暴を働く日本の悪徳資本家、官僚、政治家を叩きのめす快男児の活躍を描いた「爆弾太平記」の冒頭では、陰謀によって公職を追われた「吾輩」の口から、事件当時の東アジアの政治情勢が次のように語られる。

吾等の首をフッ飛ばした事件の真相を突込んで行くと一つのスバラシイ復讐事件にブッカツて来るんだ。しかも其の事件の主人公と云ふのは、吹けば飛ぶやうな貧乏老爺に過ぎないのに、その相手と云ふと南朝鮮各道の検事、判事、警察署長、其他の有力者六十余名と云ふのだから容易ぢやないだらう。……のみならず、その復讐事件の真相なるものをモウ一つ奥の方へ手繰つて行くと、現在、内地朝鮮の官海《ママ》、政界、実業界に根強い勢力を張り廻はしてゐる巨頭株の首を数珠繋ぎにしなければならぬと云ふ、日本空前の大疑獄が持ち

上つて来る事、請合ひだ。……しかもソイツが又、全国の爆薬取締に関する重大秘密から、社会主義者、不逞鮮人の策動に引つかゝつて行く。若くは張作霖、段祺瑞を中心とする満洲、支那政局の根本動力にまで影響するかも知れんといふ……実に売国奴以上に戦慄すべき彼等、巨頭株連中の非国家的行為が、真正面から蜂の巣を突つついた様に、曝露して来るかも知れないんだが……それでも構はんか……君は……。

ここで事件の「真相」に迫った「吾輩」は、その背後に「社会主義者、不逞鮮人の策動」が見えてくると主張する。また、「張作霖、段祺瑞を中心とする満洲、支那政局の根本動力」にまで影響が及ぶと述べたうえで、彼等の行為は「売国奴以上に戦慄すべき」「非国家的行為」なのだと批判している。ここで重要なのは、語り手の「吾輩」が東アジアの政局を権力者同士の騙し合いと捉え、そうした陰謀や策動を達成するための武器としての「爆弾」に焦点をあてていることである。それは、当然のことながら日本の関東軍によって奉天軍閥の指導者・張作霖が爆殺された張作霖事件を想起させる。

問題は、なぜ夢野久作がこのようなかたちで日本軍の陰謀事件に言及したかである。彼が〈東亜〉を舞台とする小説を描いたのは、日本を含めた世界十五ヶ国が参加したパリ不戦条約（一九二八年八月、のちに六十三ヶ国が参加し世界的な国際条約となる）が調印される一方、世界恐慌（一九二九年十月）による株価暴落で経済危機が深刻になっていた時代でもある。満洲国建国の承認を得られなかった日本が国際連盟を脱退するなど、ヴェルサイユ条約（一九二〇年一月）で誕生した国際社会の枠組みが崩壊しつつあったこの時期、世界は軍縮への希望と経済危機の絶望を同時並行的に体現するのである。実際、「爆弾太平記」には以下のような言説がある。

「一体、爆弾漁業といふものは違法なものでせうか。……巾着網よりも底曳網の方が有利だ……底曳網よりも爆弾漁業の方が多量の収穫を挙げる……といふだけの話で、要するに比較的収益が多いといふだけのものぢや無いですか。……だから之を犯罪とせずに正当の漁業として認可したら却つて国益になりはしまいか。是を禁止するのは炭坑夫にダイナマイトを使ふなと云ふのと、おなじ意味になるのぢや無いですか」／と云ふのだ。……どうも法律屋の議論といふものは吾輩に苦手なんでね。吾々みたいな粗笨《あら》つぽい頭では、何処に虚構《おち》が在るか見当が附かないんだ。それで止むを得ず受太刀にまはつて、南鮮沿海の漁民五十万の死活に関する所以を懇々と説明すると、／「それならば其の普通漁民も、ほかの方法で鯖を獲る方針にしたらい丶でせう。朝鮮沿海に魚が居なくなつたら、露領へでも南洋にでも進出したらい丶ぢやないですか」／と漁業通を通り越した様な無茶を云ひ出す。ドウセ無責任と無智をサラケ出した逃げ口上だがね。

これは海域における漁業権をめぐる諍いを描いている場面だが、よく読んでみると、この諍いのもとは爆弾を用いて領海内の魚を乱獲すること、あるいは、他国の領海内に侵入して魚を捕獲することの是非だということがわかる。海域としての境界をめぐる国家間の経済闘争が辛辣に描かれているといってもよい。また、この小説には、

内地の近海漁業は二千五百年来発達し過ぎる位発達して極度の人口過剰に陥つて居る。残つてゐる仕事はお互ひ同志の漁場の争奪以外に無いといふのが、維新後の水産界の状態だった。／然るに之に反して朝鮮はどうだ。南鮮沿海の到る処が処女漁場で取巻かれて居るぢやないか。況んや露領沿海州に於てをやだ。……之に進出しないでドウなるものか。日本内地三千万の人口過剰を如何せん……と云ふのが吾輩の在学当時からの持論だつたが……ウン。

という具合に、玄洋社の海外工作を担った黒龍会の思想を彷彿させる大陸浪人の物語が披歴されている。「巨頭連中は、そんな事なんかテンデ問題にしてゐないのだ。……勅令……内務省令、糞を啖《く》らへだ。いよ〳〵団結を固くして、益々大資本を集中しつ丶、全国的に鋭敏な爆薬取引網を作つて行《ゆ》く。それが現在、ドレ位の大きさと深さを持つて居《ゐ》るかは彼《あ》の報告書を引つぱり出す迄もない。吾輩の話だけでもアラカタ見当が付くだらう。／そこで、斯様《こん》な風に爆弾漁業が大仕掛になつて横行し始めると、何よりも先にタマラないのは、云ふ迄もなく南鮮沿海五十万の普通漁民だ」といった台詞が用意され、日本の国益だけを優先する政界や財界を徹底的に批判するとともに、朝鮮の「普通漁民」の生活を守ることこそ国際社会のなかで日本が生き延びていくための方策であると主張する場面も描かれる。

国境を越えたところでの相互扶助という観点でいうと、「難破小僧《S・O・S BOY》」に登場する遭難信号SOSの誕生秘話も重要な意味をもっている。この小説ではSOSの起源が以下のように描かれている。

彼《あ》の小僧も亦《また》、毛唐の高級《ハイクラス》に抱かれるとステキに金が儲かるんで、船にばつかり乗り度《た》がるんださうですが、不思議な事に彼《あ》の小僧が乗つた船で、沈まない船は一艘も無いんださうです。初めて彼の小僧を欧州航路に雇傭《チャータ》した郵船のバイカル丸が、ジブラルタルで独逸《ハン》のU何号かに魚雷《やきいも》を喰はされた話は誰でも知つて居るでせう。其時に漂流端舟《ながれボート》に這ひ上つてハンカチを振つたのが彼小僧《あいつ》のSOSの振出しださうですがね。……それから第二丹洋丸がスコタラ沖でエムデンにアッパーカットを喰はされた時も、彼《あ》の小僧は丁度、新式救命機の着込み方のモデルにされてゐた処だつたさうで、そのまんま飛込んで助かつちまつたんださうです。

ここでのSOSは、ある意味、各国の利害を超越するものとして機能している。いわゆるSOSというのは一九〇六年にドイツのベルリンで開催された第一回・国際無線電信会議において世界共通の遭難信号として定められたモールス信号のことである。実際、国際条約にSOSという表記が盛り込まれたのは一九五九年になってからだから、夢野久作がこの小説を書いた時代には遭難事実の通知と周辺各局に通信中止を求める符号の俗称として用いられていたものと思われる。

しかし、ここで大事なのはSOSそれ自体ではなく、海上における緊急避難という問題が無線を通じて世界の共通認識となり、いかなる国家の船舶、乗員であろうと、無条件で救出に向かうという了解が出来あがっているということである。これは赤十字などにもいえることだが、たとえ戦闘状態にある国同士であってもSOSの信号をキャッチしたら救助に向かうことが世界原則になったことは画期的な出来事であり、夢野久作がそれを小説に描いていることにも注意しなければならない。彼にとってSOSというのは国境を越えるものの象徴であり、そうした人道主義の成熟にひとつの可能性を見ているのである。

以上の小説群からいえることは、夢野久作における〈東亜〉という問題系が常に国家、民族、言語と個人のアイデンティティの相克、あるいは、国境や境界を越えるためのさまざまな試みとともに構成されていることである。そこに描かれた世界認識のありようは、明らかに彼が父親・杉山茂丸を介して受容していた玄洋社の活動と深い関わりをもっている。

ただし、ここで留意しておかなければならないのは、夢野久作が描く〈東亜〉には、ある特定のイデオロギーや思想に基づく正義もなければ諍いを仲裁したり双方を捻じ伏せたりするような超越的な力も存在していないということである。彼が活躍した一九二〇年代後半から一九三〇年代というのは、日本においてマルクシズムが急激な拡がりをみせた時代である。治安維持法などによる厳しい弾圧を受けながらも、従来の国体思想（万世一系の天皇によって統治される神国日本という考え方に基づく国家体系）を転覆させようとする勢力が誕生し、プロレタリアートの権利が叫ばれるようになった時代である。しかし、さきにも述べたように、夢野久作の文学世界には左翼的な言辞がまったく登場しない。権力への抵抗やそれを解体しようとする動きはあちこちに描かれているが、民衆による闘争の勝利を予感させるような幻想が振りまかれることはない。

仁賀克雄が、「両刃の剣——夢野久作論」（『みすてりい』一九六四年十月）という論説のなかで、「彼は弱者に対する同情はあったが、だからといって彼自身が左傾することはなかった。乞食、狂人、貧乏人、工場労働者たちに対する加担も、権力者に対する反抗もあくまでも国体を破壊しない範囲内においてである。彼はやはり天皇中心の国家社会主義的な思想の持主であったと私は思う。その証拠に当時の社会状態を評して資本主義の末期的症状として批判している」と述べているように、夢野久作においては、それぞれがバラバラな意志をもつ民衆を束ね統治するために国家が必要とされていた。しかし、その一方で、自らは国家の周縁にあって国家そのものを相対化する存在に強く共鳴していた。

夢野久作は「犬神博士」（『福岡日日新聞』一九三一年九月二十三日～一九三二年一月二十六日）という政治小説のなかで福岡の政治結社・玄洋社を題材にし、「玄洋社と云ふのは誰でも知つて居る通り、維新の革命に立ち遅れて、薩、長、土、肥のやうな藩閥を作り得なかつた福岡藩の不平分子が、国士を以て任ずる乱暴書生どもを馳り集めたもので、或は大臣の暗殺に、又は議会の暴力圧迫に、其他、朝鮮、満蒙の攪乱に万丈の気を吐いて、天下を震撼して居た政治結社であつた」と紹介している。彼らが戦争遂行に必要な「筑豊の炭田」を「官憲の手から奪取せねばならぬ」と考えていたこと、そのために武力行使も厭わず「官憲の威力をタ、キノメス」気勢を示していたことに着目し、それを痛快な出来事として描いている。玄洋社社長・楢山が福岡県知事を恫喝する場面では、楢山に「ホンナ事い国家の為を思うて、手弁当の生命《いのち》がけで働きよるたあ、吾々福岡県人バッカリばい」、「熟《よ》と考へてみなさい。役人でもアンタは日本国民ぢやらうが、吾々の愛国心《おごころ》が解からん筈は無からうが」という台詞をいわせ、「官憲」がすべての権力を掌握し、中央集権的な独占資本主義が跋扈することを強く警戒する。そこにあるのは、国家なるものの自明性を疑い、「日本国民」なるものを地方＝周縁から再構築していこうとする考え方である。

　前述した『みすてりい』（一九六四年十月）の特集企画に「宿命の美学――夢野久作論」を寄せた権田萬治は、彼の思想を「農本主義的なファシズム」と呼んでいるが、それは的確な指摘である。外地を描いた彼のミステリーはいずれも越境をテーマとしており、その根底にあるのは資本主義の発達、植民地主義支配による国家権力の拡大よりも自給自足の追求に価値を認めるような生き方である。文化人類学者のクロード・レヴィ＝ストロースの表現を借りれば、それは自分に与えられているものを寄せ集めることで危機を乗り切っていくようなブリコラージュ（注1）に他ならない。

　こうして、夢野久作は父・茂丸を拒絶しその存在から離れようとするのだが、結果的に父の思想と奇妙に癒着していく局面がないわけではない。彼の小説には、しばしば父・茂丸が抱いた〈東亜〉の未来構想、すなわち、大東亜の統一とその中心を担う国家としての日本再建という見取図が顔を覗かせるのである。

　ただし、少なくとも〈東亜〉を描いた夢野久作の作品において、当時の日本帝国主義に加担するようなナショナリズムが正論として顔を覗かせることはない。「〝異端作家〟の復権――『夢野久作全集』全七巻の刊行に寄せて」（『週刊読書人』一九六九年七月二十一日）のなかで夢野久作の文学を考察した紀田順一郎が、「おそらく彼には体制的指向はない。むしろ非体制的指向を自覚していたがゆえに、素朴な地方的ナショナリズムがインターナショナルな感と矛盾なく同居しえたのである。『氷の涯』が逃避小説ではなく、熱烈な反戦の文学であるという見解は別段新しいものではないが、それは彼の非体制的指向を証明することによって、より説得力をもつ筈である」と指摘した通り、夢野久作は時代にコミットしつつ「体制」から身を逸らし、あらゆる権力の支配から逸脱しようとする人間の無垢な逞しさを描いているのである。

2　「氷の涯」のニーナ

「氷の涯」は『新青年』（一九三三年二月）に掲載された後、日本小説文庫『氷の涯』（春陽堂、一九三三年四月）、および『氷の涯』（春陽堂、一九三五年五月）の発行にあたり、それぞれ大幅な改稿がなされている。

　作品は、一九三二年に「北満守備」の名目でシベリアに出兵した日本軍の内部で起こった公金横領事件で犯人の濡れ衣を着せられた「僕」（歩兵一等卒・上村作次郎）が、「君」に宛てて「遺書」（「いしょ」／「かきおき」とルビが遣い分けられている）を認《したた》めるという形式で語られる陰謀小説である。作品の冒頭で語り手の「僕」は、「この遺書を発表するなら、なるべく大正二十年後にしてくれ給へ」と述べており、この「遺書」が存在しない時空間に向けて投企されていることがわかる。

舞台はロシア革命による迫害を逃れて亡命者となった白系ロシアの軍人や政治家が暗躍する東洋の巴里・哈爾賓《ハルビン》。物語内容のほとんどは「虚無主義者《なまけもの》」と名乗る「僕」が見聞きしたこと、その出来事に対する認識や推理で占められている。そして、この陰謀小説を実質的に駆動させているのが、「コルシカ人とジプシーの混血児《あひのこ》」を名乗り、作品内で終始「僕」を翻弄し続ける妖女ニーナである。十四歳のとき「落魄《らくはく》した両親に売り飛ばされ」るという運命を背負わされたニーナは、上海に連れて行かれる途中に無頼漢のもとから逃げ出し、白系ロシアの陰謀政治家・オスロフの養女になる。男たちの欲望が渦巻く哈爾賓にあって、国家、領土、人種、イデオロギーの枠組みを「ゴチャゴチャ」にする。ニーナは、作品に書かれていない余白、すなわち想像の領域に読者を連れ出し、私たちのなかに巣食っている偏見や先入観を駆逐するトリック・スターなのである。

「氷の涯」を読むにあたって、まずは小説の時代背景を確認しておこう。当時、満洲に起こった出来事を略年譜にすると以下のようになる。

一九三一年／柳条湖事件（関東軍、奉天、チチハル占領）。一九三二年／関東軍、哈爾賓占領、満洲国建国宣言、リットン調査団来満、日満議定書。一九三三年／関東軍、山海関占領、熱河省侵攻、日本が国際連盟を脱退、停戦協定、ヒトラーのナチ党が政権掌握。一九三四年／満洲国帝政実施（皇帝溥儀）。一九三五年／日満ソ、北満鉄道譲渡協定

また、「氷の涯」の舞台である哈爾賓に関して同時代の旅行ガイドを読むと次のような記述が目に留まる。

帝政露西亜華かりし頃、日に夜についで宴会が開かれ、「女とバクチ御免」であつたその昔のハルビンなら知らぬこと、警察犯処罰令張りの細い規制のお好きな日本人指導下に在る満洲国内で、大陸的なロシア時代の夜の面白さが得られやうはすがないではないか。今も残つて居るのは幾分その形式を残して居るキヤバレーの二、三と高位高官の役人や軍人達と高慢チキな貴族の有閑マダムや娘達が夜を徹してフザケ散らかしたこともあらう昔のしのばれる鉄路倶楽部の豪勢さが

あるだけで、何もかもが――一時は国際都市とか何とか云はれたハルビンが、薄つぺらなアメリカニズムの不消化そのものみたいな日本色が夜のハルビンをも包みつゝある。折角エキゾチツクな気分を幾分でも味はをうとしてキヤバレーを訪ぬれば「アナタワタシカヘルマデ、マツテテネ」と軽く日本語でやられたり、音楽の半分がテムポの狂つた日本の流行歌であつたりするのは全くどうかと思はれる。（中略）／話し込むで居る内に時には正に夜ともなりぬ。つまるかつまらぬかは一応実際に見て見た上のことで云へることであるから、一つブラリと歓楽の女神舞ひ給ふと云ふ夜の幕の中へ現はれてみやう。（長谷川治編輯『ハルビン１９３６』哈爾賓印刷所出版部、一九三六年五月）

ヤン・ソレッキー（訳・北代美和子）が「一九三二年三月、傀儡国家満洲国が樹立され、満洲はその豊かな資源もろとも日本の手中に落ちた。東支鉄道は基本的にはロシア人によって運営され続けたが、経済は日本人に握られ、鉄道の繁栄とともにロシア人社会の繁栄も傾き始めた」（「ユダヤ人、白系ロシア人にとっての満洲」藤原書店編集部編『満洲とは何だったのか』藤原書店、二〇〇四年七月）と指摘するように、当時の哈爾賓は実質的に日本が支配していた。同じ満洲のなかでも白系ロシア人やユダヤ人によって開拓された哈爾賓にはヨーロッパの文化が流れ込んでおり、大陸進出を図る日本にとって〈ヨーロッパ〉なるものを支配下に置きたいという野望を疑似的に満足させる空間でもあった。当時の哈爾賓はロシア革命後の迫害を懼れた帝政支持の商人、役人、白系ロシア人、ユダヤ人などが流入する国際都市であると同時に、日本の帝国主義的欲望がヨーロッパ文明と接触する最前線でもあったということである。

さきにも述べたように、ニーナは十四歳のとき落ちぶれた両親に売りとばされて上海に連れていかれるところを逃げ出し、白系ロシア人の富豪であるオスロフの養女になったのだが、作品にはその経緯が、

無頼漢の手から、又逃げ出したニーナは、キタイスカヤの雑沓の中に走り込むと、向うから来蒐《きかか》つたオスロフの首ツ玉に飛付いて、／「お父さん……」／と出鱈目を絶叫したものだといふ。それから大笑ひの中《うち》にオスロフの養女になつて、語学だの、計算だの、自動車の運転だのを教はる身分に出世したが、酒を飲ませると悪魔の様な記憶力をあらはすので皆呆れてゐる。其中でも自動車の運転はアンマリ上手過ぎて先生のオスロフが胆を潰すくらゐ無鉄砲だつたので此頃は禁じら

れてゐたといふ。むろん本人の話だから真実《ほんたう》らしい。事実、酒を飲ませるとステキな才能と美くしさを発揮する。雀斑《そばかす》までも消え薄れて気が付かなくなるのだから……。

と語られている。ニーナは、「出鱈目」と「悪魔の様な記憶力」を駆使して自らの世界を切り拓いていく人間として登場する。酒を呑むと「ステキな才能と美くしさを発揮」し、「雀斑《そばかす》までも消え薄れて」しまうと表現される。彼女の身体は、外部からの刺激によっていかようにも変化するものとして描かれている。

さきにも述べたように、ニーナは自分自身を「コルシカ人とジプシーの混血児《あひのこ》」だと名乗る。もちろん、それは彼女の得意な「出鱈目」かもしれない。語り手の「僕」も、そうした捉えどころのなさを、

混血児だと自分で云つてゐるが、其《その》せゐか身体が普通よりズット小さい。濃いお化粧をすると十四五位にしか見えない。それでゐて青い瞳と高い鼻の間が思ひ切つて狭い細面で、おまけに顔一面のヒドイ雀斑だから素顔の時は、どうかすると二十二三に見える妖怪《ばけもの》だ。ほんとの年齢は十九ださうで、ダンスと、手芸と、酒が好きだといふから彼女の云ふ血統は本物だらう。／性格はわからない。異人種の僕には全くわからないのだ。馬鹿々々しい話だが彼女が平生《いつも》、何を考へて居《い》るのか、彼女の人生観がドンナものなのか、全く見当が付かないのだ。

と記し、ニーナのことを語り始めるといつも話題が「脱線」すると愚痴をこぼす。ここで大事なのは、彼女が本当に「コルシカ人とジプシーの混血児」なのかどうかではなく、彼女自身がそう名乗って生きているということである。ヨーロッパ各地に散在する移動型民族に対する蔑称である「ジプシー」という表現を自ら口にするニーナは、名乗るという行為によって他者の勝手な思惑や認識を置き去りにしてしまう。

たとえば、作品内にはこんな場面がある。「……オイ。娘つ子、貴様の名前はニーナつて云ふんだらう。……隠すと承知せんぞ」と問い詰められたニーナは、「莞爾《につこり》とうなづいて見せ」、「ハツキリとした日本語」で「えゝ。さうですよ。日本語でニーナ。露西亜語でイイシイ、ウヰスキー……」と名乗っている。ここでの名乗りは、自己の主体性を高らかに宣言する行為であると同時に、いかなる脅迫を受けても「妾《あたし》」（夢野久作は同作のなかで敢えて「女」＋「立」と

いう表記を採用している）は自分の本性を掴まえさせはしないという態度表明にもなっている。

一方、「僕」が彼女のことを語ろうとするとなぜか饒舌になってしまい、挙句の果てに当初のもくろみが「脱線」してしまうように感じるのは、彼女自身が物事の予定調和的な進行を混乱させる主体だからである。作品のラストシーンで「僕」と一緒に死ぬことを決意したニーナは、それまでずっと続けていた「編物」をぐちゃぐちゃにして笑い転げるのだが、それはまさに「編物」（＝テクスト）をぐちゃぐちゃにしてしまうトリック・スターの面目躍如といった場面である。

ここで注目したいのは「混血児」を名乗るヒロインの機能についてである。夢野久作がなぜ諸国の欲望が渦巻く国際都市・哈爾賓を舞台として彼女のような主体を造型したのかということである。たとえば、成田龍一が「日本における「混血児」のディスクール：「戦前」と「戦後」」（川島浩平、竹沢泰子編『人種神話を解体する 3 「血」の政治学を越えて』東京大学出版会、二〇一六年九月）のなかで、

> 集団との一体感――アイデンティティが重視される近代社会において、それぞれの帰属が意識されるなか、二つの集団の混血として、「混血児」はさまざまに取りざたされる。国民、民族、人種にまつわる「土地」と「血」の呪縛が色濃く出てくる局面でもある。さらには、体臭や容貌（皮膚の色、体格……）や習慣（振る舞い、作法、生活習慣……）、言語なども、濃密にそこにまとわりつき関与してくる。（中略）／大日本帝国のもとで同化政策が進行し、植民地との一体化（「内鮮一体」「内台一体」）として、「日本人」と「植民地人」との結婚が奨励される時期である。

と述べているように、一九三〇年代の日本においては、「日本人」と「植民地人」との結婚が国策として奨励されていた。そこにあるのは外地を植民地化する過程で血縁による支配を強めていこうとする同化政策である。その意味で、この作品における「混血児」は、帝国主義的な欲望の産物として表象されているともいえる。

しかし、当時の日本では日本人の優等性を誇り純血主義を貫くことによって欧米諸国に対抗していこうとする考え方も根強くあった。同じ黄色人種であっても、われわれだけは他の東アジア諸国の民族とは違うのだという屈折した人種差別意識が国策にも反映していた。実際、一九三〇年には、優生学による社会改造をスローガンに掲げる日本民族衛生学会（実質的には学会ではなく運動団体であり、一九三五年

には日本民族衛生協会に改組した）が設立され、遺伝病者や「劣等者」の断種、優生学者の診断による「優生結婚」、産児制限反対、日本民族の人口増殖等が推進される。一九二四年に創刊された日本優生学会の『優生学』と、一九三二年に創刊された日本民族衛生学会の『民族衛生』が中心となって、遺伝病者や精神障害者の断種法の立法化、衛生管理や人口増殖などが進められる。

彼らの多くはナチスのホロコーストにも共鳴していた。このような立場からすれば、「混血児」というのは邪悪な存在、国家を滅ぼす契機に他ならない。一九三〇年代の日本においては、対外進出を図るための同化政策と、異民族との混血は日本を滅ぼすことになるという純血思想が拮抗していたのである。

自らを「混血児」と名乗り、自らを束縛するすべての力から逃れ続けるニーナは、同化政策と純血思想を同時に無化してしまうような存在だといえる。作品内のニーナは、

> 妾は主義とか思想とか云ふものは大嫌ひだ。チットも解らないし面白くも無い。「理屈を云ふ奴は犬猫に劣る」つて本当だわ。／……妾には好きと嫌ひの二つしか道が無いのだ。妾は其中《そのなか》で好きな方の道を一直線に行《ゆ》くだけだわよ。（中略）／妾はブルジヨアでもプロレタリアトでもない。だからブルジヨアでもプロレタリアトでも乞食でも泥棒でも構はない。正直な一本調子の人間が好きだ。だから賄賂を取らない、嘘を吐《つ》かない。

と叫ぶ。作品内で「お嬢さんの身体《からだ》にはコルシカ人の血が流れてゐる。しかも夫《そ》れはウッカリすると神様に反逆しようとする恐ろしい血だ、憎くらしい人間にめぐり合ふと、其《そ》の人間の息の根を止《と》めなければドウしても承知出来なくなる血だ。コルシカ人は夫れを正義の血と云つて居《い》るけれども、それは人間世界の正義で、神様の世界の正義ぢやない」と言われたニーナは、「トッテモ六《む》かしい事を云つて、間《ま》がなスキがなお説教をして居たんだからね。ソンナ爺やに妾が今思つてゐる様な事の百分の一でも話さうもんなら、それこそ生命《いのち》がけで邪魔をするにきまつてゐるからね」と反論する。彼女は、「主義」や「思想」を語る人間を信用しないし、「血」の論理が正当化されるような世界ともキッパリと縁を切っている。「好きと嫌ひ」という価値判断のみを拠り所に生きようとする。種村季弘が「逃走のトポロジー」（『夢野久作全集6』「解説」ちくま文庫、一九九二年三月）のなかで、

> 「氷の涯」の上村とニーナの向かう先はかならずしも

日本とはかぎらない。目的地は、「……だったらドウスル?」と宙吊りである。すなわち、回帰ではない。どこへも行き着かない出発なのだ。ジプシー娘ニーナと道連れでいて土着や回帰を云々するなど、土台無理な話なのである。／反近代主義や土着思想には相手どっていつかは倒すべき敵がある。失地回復。これは敵がなければ成り立たない勝負の世界を前提としている。勝ってしまえばそこが行き止まり。ためしに、夢野久作のどこへも行き着きたがらず、舞台の上でのようにたえずくるくる変身し続けている人物たちに、どこへ行くのだと訊ねてみようか。彼らはおそらく異口同音に答えるだろう。勝ツノハ皆サンニオマカセシマス。私ハタダ逃ゲテイルノガ好キナノデス。

と指摘した通り、「氷の涯」のニーナは「敵」に「勝ツ」ことを目的とする価値観から身を逸らし、「どこへも行き着かない出発」を試みる存在に他ならないのである。

また、「混血児」という問題系はハイブリッド、メスティーソ、キメラ、混合体、境界侵犯、交差、ミシュリング、中間性といった概念にも通じる。今福龍太は『ハーフ・ブリード』(河出書房新社、二〇一七年十月)のなかで、

ハーフ・ブリードの記憶とは、別の言い方をすれば、自己の記憶と他者の記憶が遭遇・交差する場所そのもののことである。だからその記憶は、特定の歴史的「過去」とただちに結ばれてはいない。そのため、記憶から思考を再構築するとは、複雑で創造的な過程をはらんだ行為となる。彼ら、彼女らは、みずからの混合体としての身体と対話しながら、記憶が完全無欠ではないことを知る。記憶が断絶を含むこと、記憶が沈黙を抱いていることを理解する。記憶そのものが、自らの記憶の抑圧をはらんだ逆説的なプロセスであることに気づく。さらに記憶はときにあやまった刻み込みを行うこともある。

と指摘し、ハーフ・ブリードは「歪み乱反射する無数の鏡」を「肌身離さず持ち歩こうとする」と語っているが、ニーナもまたそれに類した存在である。彼女は、国家や社会が自分たちに都合のいいように創出した「特定の歴史的「過去」」がいかに欺瞞にみちているか、いかに人々を抑圧するかを暴き、自らの身体と「対話」しながら断絶としての記憶、沈黙としての記憶を呼び起こそうとする。「特定の「歴史的」過去」」に囚われないやり方で他者と結合するためにはどうしたらよいかを考える。「記憶」というものは、「自

らの記憶の抑圧をはらんだ逆説的なプロセス」であることを明らかにする。夢野久作がニーナに託したことのひとつは、そうした「逆説的なプロセス」にある。

「氷の涯」では、このような認識が哈爾賓の都市表象にも反映されている。以下は、日本軍人である「僕」の目に映った哈爾賓の光景だが、非常に重要な問題を含んでいるので場面全体を引用する。

> 僕がよく展望台へ上《あが》つたのは景色がいゝからであつた。平凡な形容だが、其処《そこ》から眺めると哈爾賓《ハルビン》の全景が一つのパノラマになつて見えた。邪魔になるのは向家《むかひや》のカボトキン百貨店の時計台だけであつた。／哈爾賓は流石《さすが》に東洋の巴里《パリー》とか北満の東京とか云はれるだけあつた。／何町《なんちやう》といふ広い幅でグーツと一直線に引いてある薄茶色の道路からして、日本内地では絶対に見られない痛快な感じをあらはしてゐた。（中略）／あつち、此方《こつち》にコンモリした公園が見える。その間《あひだ》を鉄道線路が何千哩《マイル》に亘《わた》る直線や曲線で這ひまはつて、眼の下の停車場《ていじやぢやう》を中心に結ばれ合つたり解け合つたりしてゐる。その向うにお寺の尖塔がチラ〳〵と光つてゐる。その又はるか向うには洋々たる珈琲色の松花江《スンガリー》が、何処《どこ》から来て何処へ行くのかわからない海みたやうに横たはつてゐる。三千百九十呎《フイート》とか云ふ大鉄橋も見える。その又向うには何千哩かわからない高粱《コウリヤン》と、豆と、玉蜀黍《たうもろこし》の平原が、グルリとした地球の曲線をありのまゝに露出してゐる。人空と人地とが、あんなにまで広いものと誰が想像し得よう。司令部の地下室から出てあの景色を見廻すと僕はポーツとなつてしまふのであつた。／……スバラシイ虚無の実感……。

「東洋の巴里」、「北満の東京」という表現からもわかるように、哈爾賓という都市は何かに似せて造られた亜流（＝贋物）の世界として描写される。威厳を誇る百貨店の「時計台」も一直線の「道路」も「結ぼれ合つたり解け合つたり」する「鉄道線路」も「お寺の尖塔」も「大鉄橋」も、結局は人間が造り出した人工物に過ぎない。しかし、はるか向こうに「洋々」と流れる松花江だけは「何処から来て何処へ行くのかわからない海みたやうに横たはつてゐる」と描写される。作品内には、哈爾賓で「確かなこと」は「お太陽様と松花江が、毎日反対に流れて居ること」だけだ、というニーナの台詞があるし、『松花江」のルビは、ときに日本語の「しょうかこう」、ときに中国語の「スンガリー」と付されている。この大河は、まさに「何処から来て何処へ行くのかわからない」存在であるニーナとのアナロジーを構成しているのである。その意味で、「僕」がここで呟く「スバラシイ虚無の実感」というのは、せっかくの「編物」をぐちゃぐちゃにして笑い転げるニーナに通じている。

「氷の涯」のラストシーンは、そんなニーナと「僕」が橇《そり》に乗って「凍結した海の上に辷り出」していくところで閉じられる。軍資金の横領事件に巻き込まれ、どこにも逃げ場がなくなった「僕」は、「妾と一所に死んでみない」、「ステキな死に方があるんだから」というニーナの言葉に共鳴し、その実行に踏み出すのである。肝心のラストシーンは以下のように描かれている。

> ニーナはまだ編物を続けてゐる。寄《よ》せ絲で編んだハンドバッグ見たやうなものが出来上りかけてゐる。（中略）／僕らは今夜十二時過《すぎ》に此の橇《トロイカ》に乗つて出かけるのだ。先づ上等の朝鮮人参を一本、馬に嚙《か》ませてから、ニーナが編んだハンドバッグに、やはり上等のウヰスキーの角瓶を四五本詰め込む。それから海岸通りの荷馬車揚場《あげば》の斜面に来て、そこから凍結した海の上に辷《すべ》り出すのだ。ちやうど満月で雲も何も無いのだからトテモ素敵な眺めであらう。（中略）／ニーナが哈爾賓に居るうちにドバンチコから聞いてゐたさうで、そのドバンチコは又、或る老看守から伝へ聞いて居たものださうだが、大抵の者は途中で酔ひが醒めて帰つて来るさうである。又年寄りの馬はカンがいゝから、橇《トロイカ》の上の人間が眠ると、直ぐに陸《おか》の方へ引返して来るさうで、その為に折角苦心して極楽往生を願つた脱獄囚が、モトの牢屋のタヽキの上で眼を醒ました事があるといふ。／「……しかしアンタと二人なら大丈夫よ」／と云つて彼女が笑つたから僕は此のペンを止めて睨み付けた。／「若《も》し氷が日本まで続いて居たらドウスル……」／と云つたら彼女は編棒をゴヂヤ〳〵にして笑ひこけた。

この場面に関しては、二人の研究者が大変魅力的な分析を行っている。ひとつは川崎賢子「極東の少女／少女の極東　夢野久作少女紀行」（『ユリイカ』一九八九年一月）である。「若し氷が日本まで続いて居たらドウスル……」という台詞からイマジネーションを拡張した川崎は、

> 「氷の涯」の少女は、哄笑とともに、絶対零度の恐怖と、まどわしとをふたつながら無化してしまう少女だ。「編み棒をゴジャゴジャにして」織りなされ、もの語りつづけられたテキストをゴジャゴジャにしてしまうノンセンス少女だ。／ノンセンス少女は、ホモジニアスな世界の極限におもいえがかれた戦争状態のイメージで

ある氷の世界と、「日本」との境界に、ノンセンスの場所をひらく。氷の世界と「日本」との接続を断ち、「生活」の底のゼロをよみがえらせ、「戦争」の底のゼロの場所をひらく。／だから笑いを虚空にのこして消えてゆく「氷の涯」の少女とともに、わたしたちもおもいださなければならない。意味をもとめ目的をもとめ敵の肉体をもとめて戦場におもむくことが、小説家夢野久作の戦争ではなかったことを。能は戦争だ、戦争は美だと書きつけてさらに、美の底にあるのはノンセンスだ、無表情の仮面だ、仮面をはげばなにもないと、小説家は書いていたことを。国家間の利害の対立にさきだって戦闘状態がある、口実などあとからいくらでもつけられる。挑発に乗ったものが敵だ、夢野作品群の国際スパイはそのように動き、国士杉山茂丸もそのように動いたと書きつけてさらに国士杉山茂丸は別名法螺丸だと、夢野久作は書いたことを。小説家夢野久作は、それ以上に観念をつむごうとはしなかった。

と述べている。ここで重要なのは、国家間の利害が対立する戦争の恐怖と期待を同時に「無化」してしまうという指摘である。戦争の「意味」は後付けされるものであり、いかようにも捏造することができるがゆえに、それは恐怖であると同時に期待をも含み込んでしまうという認識である。ニーナはそこに「ゼロの場所」あるいは「ノンセンスの場所」を開くがゆえに美しいということである。

もうひとつは佐藤泉「アジア主義の夢の形——夢野久作の想像力」（『文藝別冊　夢野久作』KAWADE夢ムック、二〇一四年二月）である。同論では、「氷りついた夜の海」を疾走する橇《そり》が残した二本の線から、次のような認識が引き出されている。

夢野久作が父親を通して受け継いだのは大陸ロマンや右翼美学の類ではなく、アジアと世界の空間意識、そして相互に焦点のずれた夢がそれでもなお同一の大地（地表）に重なりあう感覚ではなかったかと思う。（中略）／『氷の涯』の冤罪を背負わされた「僕」は、これから一緒に死ぬことになっている少女、ニーナがいったい何を考えているのか見当がつかないと書いている。彼女はというと、死ぬ間際という今も平気で編物をして笑い転げている。わかりあったりなどしない、理解を強いることもない、理解しつくせない残余がどこまでも残され、けれどそれで一緒に死ぬにはさしつかえない。氷りついた夜の海へと走り出していく死のイメージがこの上なく美しいのは、ひとつにはそのせいではないだろうか。二つの固有の世界が永遠に交差しない二本の線のように逃走の線を引く。冴え冴えとした夜の向こうで、このパラレルな線たちもどうにか出会いなおすのだろうか。

夢野久作における〈東亜〉の未来という問題は、この重なり合うことなくパラレルに進んでいく「二本の線」と深く関わっている。二つの世界が交わるわけでもなく遠ざかるわけでもなく、永遠のパラレルとなって一定の距離を保ち続けるような関係性は、夢野久作が「氷の涯」のエンディングとして用意した鮮烈なイメージであると同時に、彼が〈東亜〉の未来に託したひとつの希望でもある。作品の冒頭にある「この遺書を発表するなら、なるべく大正二十年後にしてくれ給へ」という一節には、その思想が明確に刻印されているのである。

3 夢野久作における〈東亜〉の未来

やや唐突だが、村上春樹は川上未映子との対談集『みみずくは黄昏に飛びたつ』（新潮社、二〇一七年四月）のなかで、グレン・グールドというピアニストの演奏方法とその魅力を次のように語っている。

普通のピアニストって右手と左手のコンビネーションを考えながら弾いているじゃないですか。ピアノ弾く人はみんなそうしてますよね。当然のことです。でもグレン・グールドはそうじゃない。右手と左手が全然違うことをしている。それぞれの手が自分のやりたいことをやっている。でもその二つが一緒になると、結果的に見事な音楽世界がきちっと確立されている。でもどうみても左手は左手のことしか、右手は右手のことしか考えてない。（中略）本人がどこまでわかっているかはわからないけど、とにかくそういう乖離の感覚は、乖離されながら統合されているという感覚は、人の心を強く引きつけます、何かしら本能的に。でも、危ないといえば危ない。

ここでの「乖離されながら統合されているという感覚」は、まさに、二つの固有の世界が永遠に交差しない二本の線のように逃走の線を引く「氷の涯」の「僕」とニーナそのものである。二人の〝亡命者〟たちは、出発点も到着点もない途上を生きようとする。「僕」とニーナはいつも一緒にいるが、それぞれが同じことをするわけではない。お互いが身を寄せ合ったり恋愛を語ったりしないどころか、相手の顔を見つめるように向き合って会話をすることすらしない。

〈純潔〉なもの、〈純潔〉であろうとするものをいっさい認めず、かといって〈混淆〉や〈同化〉がもたらす血の暴力にも与しないニーナは、何がしかの明確な目的すら持っていないように見える。陰謀に巻き込まれて日本軍を離脱する「僕」も、ニーナに依存したり協力を得ようとしたりすることはなく、一緒にいて別々のことをすることの幸福感に浸っている。二人は「乖離されながら統合されているという感覚」を共有することでコロニアルな空間の外部に立とうとするのである。

それは、夢野久作が思い描いた〈東亜〉の未来そのものである。正面から向き合ってお互いを凝視し合うような窮屈な関係性に拘るのではなく、横並びで同じ方向をめざすような関係性を希求すること。それぞれが別々であることを認め合いながら、ひとつの未来を展望できるようなつながり。夢野久作は、日本が強引に帝国主義を進めていた時代にあって、二つの固有の世界が永遠に交差しない二本の線のように続いていく関係性に可能性を見ていた。誰もがみな、松花江（スンガリー／しょうかこう）のように「何処から来て何処へ行くのかわからない」主体＝「寄せ絲」の身体であることを知り、目の前にいる他者に行為を促すけれどけっして相手を拘束せず、永遠のパラレルを持続することに希望を抱いた。それが夢野久作の考える〈東亜〉の在り方だったのではないだろうか。

最後に哲学者・國分功一郎の『中動態の世界　意志と責任の考古学』（医学書院、二〇一七年四月）に記された一節を紹介する。

> 人は意志するとき、ただ未来だけを眺め、過去を忘れようとし、回想を放棄する。繰り返すが、意志は絶対的始まりであろうとするからである。そして、回想を放棄することは、思考を放棄することに他ならない。なぜならば、人はそれまでに自分が受け取ってきたさまざまな情報にアクセスすることなしにものを考えることはできないからである。／つまりハイデッガーはこう言っているのだ。意志することは考えまいとすることである、と。（中略）意志は過ぎ去ったこと、あるいは歴史に対して「敵意 Widerwille」を抱くことになる。しかし敵意を抱くことは不快なことであって、結局「意志は自己自身に苦悩する」ことになる。／ハイデッガーはこのような意志そのものに巣食う「敵意」こそ、ニーチェの言う「復讐 Rache」の本質であるとすら述べる。ハイデッガーは意志することは憎むこと

であり、復讐心を抱くことだとまで述べるのである。

みずからの「意志」をもって他者に向き合おうとすると、そこには「敵意」が芽生える。「意志」は過ぎ去った歴史にも向けられ、自らを物語の「始まり」に位置づけようとする。そのとき、記憶は修正され、「思考」そのものが放棄される。夢野久作が造型したニーナは、そうした「意志」の暴走に歯止めをかけ、「乖離されながら統合されている」という感覚」を共有しようとする主人公である。そして、彼女の生き方は、当時における〈東亜〉の現状はもちろんのこと、現在においても重要なテーゼを投げかけているのである。

注

1　クロード・レヴィ＝ストロースは『野生の思考』（大橋保夫訳、みすず書房、一九七六年三月）のなかで、「ブリコロール bricoleur（器用人）とは、くろうととはちがって、ありあわせの道具材料を用いて自分の手でものを作る人」と定義し、「器用人《ブリコルール》」によって為される行為を「器用仕事《ブリコラージュ》」と呼んでいる。「器用人《ブリコルール》は出来事を用いて構造を作る人のことをいう」と定義したうえで、「彼の使う資材の世界は閉じている。そして「もちあわせ」、すなわちそのときそのとき限られた道具と材料の集合で何とかするというのがゲームの鉄則である。しかも、もちあわせの道具や材料は雑多でまとまりがない。なぜなら、「もちあわせ」の内容構成は、目下の計画にも、またいかなる特定の計画にも無関係で、偶然の結果できたものだからである。すなわち、いろいろな機会にストックが更新され増加し、また前に作ったものを作ったり壊したりしたときの残りもので維持されているのである」と主張している。また、「器用人《ブリコルール》」は「ものと「語る」」だけでなく、ものを使って「語る」。限られた可能性の中で選択を行うことによって、作者の性格と人生を語るのである。計画をそのまま達成することはないが、器用人はつねに自分自身のなにがしかを作品の中にのこすのである」とも指摘している。この概念は、「氷の涯」のニーナを理解するうえで極めて有効である。

「氷の涯」に関する引用は大幅な改稿がなされた春陽堂版の『氷の涯』（一九三五年五月）に拠る。

3—2　石川達三「沈黙の島」を読む

1　「言論を活発に」の思想

一九三八年に「生きてゐる兵隊」（『中央公論』一九三八年三月）が新聞紙法に問われて発禁処分となり、禁錮四ヶ月執行猶予三年の判決を受けた石川達三は、当時、日本占領下にあった中国の北京で発行された雑誌『月刊毎日』（注1）に「沈黙の島」という小説を書いている。本節では、戦時下における石川達三の言動を追いつつ、厳しい言論統制が敷かれていた時代に書かれた寓話的小説として「沈黙の島」を読む。

石川達三はこの作品が掲載される直前、一九四五年七月十四日から『毎日新聞』朝刊に「成瀬南平の行状」という小説を連載している。だが、この作品はスタート当初から政府への批判的言辞がなされていると指摘され、七月二十八日掲載分（第十五回）で打ち切りになる。連載打ち切りに関する詳しい説明もないまま、同年八月二十日の『毎日新聞』朝刊に「都合により続稿を打切ります」という社告が掲載される。

伊藤絵理子は「打ち切られた連載小説 国民の不満、代弁し」（『毎日新聞』二〇一五年七月二十日）において、同作の打ち切り問題を、

> 「成瀬南平の行状」は、県知事に新任した幼なじみの要請に応じて「特別報道班」班長となった型破りな男、成瀬南平が主人公。県の宣伝工作を任され、美貌の戦争未亡人、先鋭な思想を持った片目の青年を従え県の変革を試みる。食糧事情が逼迫《ひっぱく》する中、県高官用の食堂は二重配給にあたり県民の戦意低下の原因だとして、各自弁当を持ってくるよう訴えたのが初仕事だった。／社史「毎日新聞七十年」によると、小説は官僚や官界に対する痛烈な批判として「たちまち読者の熱狂的な人気の的となった」という。内閣直属の情報局は「官僚に対する侮辱」とみなし、連載開始直後から「注意」「厳重な警告」「筆者の執筆意図の変更の要求」

などを相次いで出した。石川も毎日新聞社も取り合わず連載は続いたが、小説と挿画の事前検閲、7月28日の挿画掲載禁止を経て、ついに内務省が局長会議の末、28日限りの掲載禁止を通達した。

と説明している。

石川達三は一九四四年七月十四日の『毎日新聞』朝刊に「言論を活発に」という論説を書き、「今日、言論統制はその方法を誤り、もしくは厳に失して言論抑圧の傾向を生じてはゐないか」、「言論を抑圧すれば民衆は反抗し、反抗を弾圧すれば民心は沈滞する」と主張するなど、過激な表現で体制を批判し続けた人物である。同論の主張は「沈黙の島」にも通底している。その一方、彼は同じ時期に文学報国会の機関紙『文学報国』に「公平に就いて」(五月十日号)、「サイパンの思ひ出――アンケート」(七月二十日号)、「作家は直言すべし」(八月一日号)、「空襲奇談」(十二月二十日号)を書く戦争協力者でもあった。一九四五年一月に同会の実践部長に就任した直後には「動員に対する態度」(一月二十日号)という論説を発表し、「第一目的は文筆活動ではなくてその与へられた持場に対する挺身活動であるのだ」とも主張している。

「挺身活動」という字面だけで判断すると、この論説は多くの作家を文学報国会の活動に煽動することを目的としているように見えるが、あとの展開をじっくり読むと、その本心は別のベクトルを向いていることがわかる。たとえば、彼は「工場や農村や乃至は外地に活動するにしても、または自分の書斎にこもつて文学の仕事に没頭するにしても、等しく国難に処して挺身する文学者の態度でありさへすればいゝ筈だ。事務局の動員計画はたゞ会員諸氏の挺身せんとする情熱に対して、その実践方法を考慮してゐるに過ぎない」と述べている。

また、「比島を中心とした太平洋戦局」に対しても、「吾々の希望的な観測は今日までに幾度となく裏切られてきた。今やこの戦局の様相を冷静に正視して感ずべき道を考へねばならない。国難は今後の半歳《はんさい》乃至一年のあひだに更に倍加するであらうことは否定し得ない」と分析している。石川達三は文学報国会の実践部長という立場にありながら、戦局が刻々と悪化しつつあることを隠さず、作家たちに向けて「戦局の様相を冷静に正視して感ずべき道を考へ」るべきだと訴えているのである。

戦時においては、天皇直属の最高統帥機関である「大本営」が戦況に関する公式発表を行った。一九四一年から終戦までの間に八百本以上の発表がなされ、新聞やラジオを通じて全国に伝えられた。開戦当初は戦局を的確に伝えていたが、日本海軍が空母四隻を失ってアメリカに太平洋地域の制空権を握られる契機となった一九四二年六月のミッドウェー海戦を機に、戦果を過大に、被害を過小にという方向性が強まっていくことになる。そうした状況下にあって、『文学報国』紙上で大本営発表の信憑性に疑義を投げかけるような言動が許されるはずはない。

そこで石川達三は、論説の後半で「私は思ふ、今日必要なものは正確な理論でもなく謙虚な自省でもなく、たゞ一つ吾々の情熱とその実行とのみであらう。行動することのみが吾々の道である。／文学にたづさはる徒は、正義を感ずる事に於て、義務を感知する事に於て、衆に優れたる者であると私は信ずる。その正義感を以てその義務を実行に移さんがためにこゝに動員を行ふものである。実行によつてのみ吾々は国民の先頭に立ち得る。実行力のみが真の戦力であると私は信ずるものである」といった微妙な言い方をし、「挺身活動」一辺倒になることへの警戒を婉曲に示す。その意味で、「動員に対する態度」における彼のスタンスは決して字義通りに受け取るべきではないだろう。

では、石川達三はどのような思惑をもって文学報国会の実践部長に就いたのか？「成瀬南平の行状」を射程に含めて考えるなら、そこには、国家による言論統制に反発するがゆえに体制の内部に入ってそれに抵抗しようとするような捻じれがある。作家は優れた知性の担い手であり、その作家が「戦局の様相を冷静に正視」した文章を書けば愚かな国民たちを正しい方向に導くことができるという涵養的な思想も感じられる。もちろん、それは平和主義や反戦思想のようなものではなく、言論を活発にすることで国威を発揚しようとする立場に他ならない。彼は作家としての矜持を持っているがゆえに、体制の懐に飛び込んで自分たちの存在感を示そうとしたのである。

たとえ方法的に倒錯していたとしても、ひとつ間違えば国家への叛逆者として処罰されかねない状況のなかで言論の自由を訴え続けた彼の姿勢に関しては、正しく評価しなければならないと考える。戦争末期の石川達三は、『文学報国』に論説を発表する傍らで『週刊毎日』にも「国家宣伝に就いて」（一九四五年五月六日号）、「真相とは何か」（五月十三日号）、「声なき民」（五月二十日号）を連続掲載し、六月二十五日の『毎日新聞』には「遺書」と題する文章を発表しようとして未掲載となったというが、その行動を支えているのは、作家は言論の自由を尊重し『声なき民』の導き手にならなければならないというある種の高邁さなのである。

こうして、一九四五年八月号の『月刊毎日』に掲載されたのが「沈黙の島」である。作品は、「敵米軍の作戦がニューギニアから更にレイテ島に及んで」くるなか、補充部隊で勤務する「私」が乗っていた輸送船が撃沈され、命からがら小島に打ち上げられる場面からはじまる。ところが、作品世界にリアリズムの秩序が設定されているのはこの冒頭のみで、「私」が小島で体験することのすべては寓話的な語りで処理される。つまり、石川達三は、いかにも戦争小説らしい作品を書いている素振りをしながら、そのなかに体制を批判する劇中劇を用意するのである。

2 「神祀りの司」であると同時に「戦ひの指揮官」でもあるカルクライ

上陸した島の住民は、「私たち」が近寄っても「何の興味もなささうな様子」でだらしなくバナナを喰っている。「この島に日本軍が居るか」、「アメリカ軍が居るか」と訊いても首を振るばかりで相手にならない。島民がぼろぼろの腰布一つをまとった恰好で「ひとことも口を利かない」ことを訝しく思った「私たち」は、食糧を求めて小高い丘の上に建つ立派な家をめざす。ところが、その途中には埋葬されないまま野晒しになっている白骨がいくつもころがっている。その様子は、「明らかに一年以上も経つた人骨が白く横たはつてゐた。葬られたものではなく、死に倒れてそのまま捨てられてゐるのであつた」と描写されている。

やがて、大きな邸宅の前まで来ると、「白い衣服をきた男」が「いくらか巻き舌の明瞭な英語」で「ああ！　日本の軍人だ、あなた方は日本の軍人ではありませんか」と近づいてくる。インドネシア人の系統と思われるその男は「私たち」を歓待し、「奇怪な島の奇怪な物語り」を次のように語り始める。

この島の名は高島と云ひます。現在この島は向ふに見える長島の大酋長の支配下にあります。私はその大酋長の代理としてこの島を治めに来てゐるのです。この島にも一年まへまでは大酋長カルクライが居りました。カルクライは一族の神祀りの司でもあり戦ひの指揮官でもありました。その頃の高島の一族は慓悍無比と言ひませうか好戦的と言ひませうか、何百隻のカヌーを連れて長島の岸を襲ひ、戦ひの度毎に必ず勝つたものでした。今でもここの原住民の骨格の頑丈さは昔の武勇を物語つて居ります。長島の大酋長は戦ふ度に敗れて和を乞ひ、女たちと、女が織つた布と、船と、それに武器を奪ひ取られたことは十回以上にもなるでせう。現に私の父はさういふ戦ひの中に死し、私の母は私を産んで二年目にカルクライに奪はれてこの島に連れて来られました。

大酋長・カルクライは「一族の神祀りの司」であると同時に「戦ひの指揮官」でもあるとされている。ここでの「神祀りの司」という表現は、たとえば、一九三七年三月に文部省が発行した『国体の本義』における、「我が国は現御神にまします天皇の統治し給ふ神国である。天皇は、神をまつり給ふことによつて天ッ神と御一体となり、彌々現御神としての御徳を明らかにし給ふのである」という文言と鮮やかに対応する。また、「戦ひの指揮官」という文言も、軍部が天皇の命令によって内閣や国会の意向と関係なく行動できることを規定する統帥権（大日本帝国憲法第十一条「天皇ハ陸海軍ヲ統帥ス」）を想起させる。戦時下においてこの記述を目にした日本人は、間違いなくカルクライ＝天皇と認識したはずである。「沈黙の島」は入れ子構造になった寓意小説であるため直接的には語られていないが、「一族の神祀りの司」であると同時に「戦ひの指揮官」であるという表現を同時代的な文脈で解釈すれば、そこには天皇という明確な対象が浮かびあがる。

さらに、石川達三はカルクライが支配する高島の島民を「好戦的」と形容し、「戦ひの度毎に必ず勝つた」こと、「昔の武勇」に縋ってばかりいること、そして、武力によって多くの物品や女たちを略奪してきたことを指摘する。カルクライが天皇をイメージさせる以上、当然、高島の島民は日本人ということになる。

注目したいのはこのあとの展開である。カルクライ率いる高島の軍勢に攻め込まれていた長島の大酋長は、当初、現状を打開するために「不言実行」を指導綱領とする「強力政治」を断行する。「戦力の蓄積、船の増産と武器の増産」を進め、島の一族に向けて朝となく夜となく「最後の一人まで戦ひ抜かうといふ精神、島の伝統を守り島の名誉を護つて死なうといふ精神」の鍛錬を指令する。こうした強硬的な政策を進めることによって長島は一時的に攻勢に転じる。

だが、やがて島民は「強力政治」そのものに疲弊しはじめる。島民が疲弊すればするほど大酋長は自らの方針を批判する者が出ないように「峻烈な罰則」を設けて人々を監視する。こうした負の連鎖が続くことで、ついに長島の島民は戦闘意欲を失くし、「敗けることについて新たなる憤りも悲しみも湧いては来ない、さういふ無気力な民族」になってしまう。

さきのカルクライ＝天皇という図式と同様、この記述は国家総動員体制のもとで一億玉砕のスローガンを掲げ、多くの若者たちを特攻隊として送り出した日本の軍政に対する真向からの批判として機能している。「峻烈な罰則」を設けて人々を監視することで、島民はむしろ戦闘意欲を喪失するという主張が端的に示されている。作者は高島＝日本、長島＝日本の帝国主義によって支配された地域という単純な図式で「沈黙の島」を構成するのではなく、高島と長島それぞれに同時代の日本に通じる問題を振り分け、戦争末期における日本と周辺諸国との関係を戯画的に描いてみせているのである。どちらか一方を日本に見立てるのではなく、諍いを繰り広げる両島にそれぞれファシズムの陥穽を投影すること。それは、厳しい言論統制の下で当局や軍部の監視をすり抜けるための巧妙な仕掛けだったといえる。

作品の前半が権力の誤謬を描いているのに対して、後半では二つの島の命運がくっきりと分かれていく過程に焦点があてられている。「強力政治」が失敗だったと悟った長島の大酋長は、それまでのやり方を改め、全島民を「山の上の平らな草むら」に集めて大会議を催す。涙を流しながら、「一族の者よ、お前たちの中に神様から良き智慧を授かつた者が何人か居るかもしれない。お前たちの智慧を一族の為に捧げよ」と訴える大酋長の言葉に励まされた島民たちは、次々に意見を述べ始める。

最初に一人の青年が立つて自分の考へを申し述べました。それは平凡な考へで何の取り柄もありませんでした。しかしそれをきつかけに老人も青年も女たちも次々と立つては意見を語りました。彼等には語りたいことが無限に有つたのです。そして弦月が血にまみれた昨日の戦場の浜辺の波を光らせながら西に沈むころからは、殆ど全部の群衆がわめきあひ叫びあふやうな混乱にまでなつてしまひました。誰の意見を聞いて見ても大酋長より賢い考へはありません。みんな平凡な考へをわめいて居るばかりでした。大酋長は山羊の毛皮を草の上に敷きその上に胡坐を組んで一同の言葉に耳を傾けて居ました。私はその時の情景を忘れることはできません。月が沈み、日が昇り、さうしてその日の雨（スコール）が来るころになると、全民衆の混乱した意見は次第に融けあつてただ一つの意見にまとまつて行つた。その意見といふのは、もう一度戦はうではないか、戦つて必ず勝ち、奪はれた妻と母と娘とを奪い返し、さらにカルクライの一族の女たちをことごとく奪ひ取らうではないかといふ事でありました。

長島の大酋長は島民に言論の自由を保障する。老若男女がこぞって自分の意見を表明することで人々は団結する。それぞれの「智慧」を集めてひとつの方針を見出すことで士気が徐々に高まっていく。そこには民主主義の原型が企図されている。だからこそ、そのときの光景を語る男は、「私はその時の情景を忘れることはできません」という感想を添えるのである。

だが、ここで注目しなければならないのは、島民たちの意見がいずれも「平凡な考へ」に過ぎず、誰も「大酋長より賢い考へ」を述べることができなかったという点である。大酋長が「平らな草むら」で開催した大会議は、具体的な方策を検討するための協議ではなく、島民の不平不満をガス抜きして彼らの群衆心理を煽動するための場として機能しているのである。

一方、その頃、戦に勝ち続けていた高島のカルクライ一族の間では、「奪ひ取つて来た女たちと織物と武器と船との分配」を巡って紛争が起こり、訴えが絶えない状況が生じていた。ところが、カルクライは「民衆の訴へ」に逆行するかのように恩賞を「上に重く下に軽く」分配する。戦で良人を亡くした女たちにも「慰籍の方法」を取ろうとはしなかったし、男たちが奪ってきた女に対する妻たちの嫉妬も紛争の種になりつつあった。現状を打破しようとしたカルクライは、長島の大酋長と真逆の恐怖政治を断行する。「民衆の無智な発言をそのままに許して置いてはやがて島内の秩序は失はれ」ると考え、「神よ、願はくば向ふ一ケ年のあひだ、わが一族の者より言葉を奪ひ給へ、彼等の言葉を奪ひ給へ。彼等は彼等の言葉に溺れてみづからを滅さんとする愚かなるものなり。彼等愚かなる者を滅亡より救ひ出さんが為に、神よ一年のあひだ彼等より言葉を奪ひ給へ」と祈って「服従の精神」を徹底させる。

その夜から、カルクライの一族はみな「唖」になる。他人の言葉も聞き分けられないし自分でも語ることができない「沈黙の民」となる。言葉を封じられた島民のなかには無秩序な暴動を起こす者もいたが、カルクライはそうした暴徒を厳罰に処し、「浜辺の巌の上から銛で突き殺して海中に投じ」る。「言葉を封じられ暴力行為も封じられ」た島民は、やがて「精悍な好戦的な気風」を失い、怠惰な暮らしを貪りはじめる。近くに長島という敵がいることさえ忘れて平穏な生活にうつつをぬかすようになる。かつて、「言論を活発に」（前出）という論説において、「今日、言論統制はその方法を誤り、もしくは厳に失して言論抑圧の傾向を生じてはゐないか」、「言論を抑圧すれば民衆は反抗し、反抗を弾圧すれば民心は沈滞する」と書いた石川達三は、小説のなかで自らの主張を具現化するのである。

作品の結末部。高島の島民が「沈黙の民」となってしまったことを知った長島の大酋長は、ここぞとばかりに総攻撃をかけて高島を制圧し復讐を果たすのだが、作者はここに極めて辛辣な表現を書き添えている。それは、「言葉のない群衆には心の統一がありません、民心の結束がなかつたのです。翌朝までに戦ひは終わり、カルクライとその血族とは悉く戦ひの中に勇ましく斃れました」という一節である。「沈黙の島」を寓意小説として読み進めてきた読者は、当然、この記述を天皇及び皇室の滅亡として解釈したはずである。厳しい言論統制によって表現の自由を奪われた国家が滅び去るという設定を日本が直面するかもしれない最悪のシナリオとして捉えたはずである。その意味において、この「沈黙の島」は一九四五年八月という段階においていまだ戦争を遂行し続けようとする軍部を挑発する危険きわまりない作品だったといえる。同時代の日本国内ではけっして発表することができない体制批判に彩られた作品だったといえる。

二つの島の歴史を知る長島の男は、ここまでをいっきに語り終えたあと、ただひと言「せめて彼等に言葉を返してやりたいのですけれども、カルクライが約束した神様への誓ひはカルクライの祈りによつて解かれなければならないのです。彼は戦ひに出て死ぬ前に、彼の祈りの誓ひを解いて置かなくてはなりませんでした」と呟く。まるで、天皇の戦争責任を追及するかのような意味深長な言葉を残して作品世界から姿を消す。

3 民衆は愚民か？

「沈黙の島」における作者のスタンスは、戦争反対を叫ぶものでもなければ軍事力による他国への侵略を批判するものでもない。そこに希求されているのは言論の自由のみであり、他国を侵略すること／侵略されることの道義性を問う意識、すなわち、なぜ？という問いかけはない。より正確にいえば、作者は戦争で勝つためにこそ言論の自由が必要だといっているのであり、その点においては大真面目に大政翼賛運動を推進しているともいえる。戦時中における文化人の活動は、しばしば賛成／反対、協力／非協力といった単純な図式に還元されがちで、戦争協力者たちはみな国家主義者であったかのような錯覚がまかり通っているが、石川達三の場合は、そのどちらでもない角度から自説を展開しているのである。

また、「沈黙の島」においては、常に女の身体が略奪される対象として描かれ、男たちがその力をもってして女を従属させることが暗黙のうちに了解されている。作品の末尾で二つの島の歴史に関する語りが閉じられ、語りの主体が日本兵である「私」に戻ってくる場面には、なぜか「竹の筒に入れた椰子酒を持つて召使ひらしい腰蓑の女が広縁の奥から出て来た」という一節が挿入されており、「私」はその女の姿を眺めながら眠りに落ちていく。ここに登場する「召使ひらしい腰蓑の女」が、勝者である長島の男に与えられた戦利品であることはいうまでもない。兵士たちの屍が野晒しにされている光景も含めて、この作品には人間の精神の頽廃という問題と、女の身体を戦利品と看做すような認識のあり方が同時に横たわっているといえよう。

当時、一部の関係者や雑誌の寄贈を受けた者以外、国内で「沈黙の島」掲載号を手にした日本人はほとんどいなかったと思われる（発行直後に無条件降伏となったことで、第一巻第八号は北京周辺でも流通しなかった可能性が高い）。だが、「沈黙の島」は国家体制のあり方を厳しく指弾しつつ同時に戦争に勝つことを最終目標としている点、あるいは、言論の自由を叫びながら略奪した女を「召使ひ」にすることを是認している点において、極めて挑発的かつ両義的な作品だといえる。

『月刊毎日』の編集部がどのような判断でこの作品の掲載を決めたのかは不明だが、ひとつ間違えば関係者全員が処罰を受けてもおかしくない作品であることは間違いない。戦局が著しく悪化しつつあった時期、この気骨溢れる独善作家に小説を依頼するのは相当の勇気を必要としたはずである。戯画化されているとはいえ、国家による言論統制を痛烈に批判するような小説を掲載することで、『月刊毎日』はおろか毎日新聞社までもが弾圧の対象とされる危険性もあっただろう。にもかかわらず、編集部は一九四五年八月という極めて重要な局面で「沈黙の島」を掲載するという英断を下した。それはある意味で、戦争末期の日本に向けて放たれた痛烈な言論の矢だったといえる。

ところで、石川達三が「沈黙の島」に描いた民衆イメージは敗戦直後に発表した「本再建の為に」（『毎日新聞』一九四五年十月一日）という論説とも呼応している。同論の冒頭は、

> 漸く物が言へる時代が来た。正しい意図をもつた言論が処罰されること無しに発表される時が来た。八月以前の数年間は日本の暗黒時代であつた。何といふ地獄を吾々はくゞり抜けて来たことか。いま私は処罰を恐れることなしに所信を記さうと思ふ。是は首相宮殿下と米軍司令官とにより保証された私の自由である。一ケ月前に私を取調べた官憲は、最早や同じ理由で私を取調べる機能を有しないであらう。吾々は一体日本といふ国をどんな風に考へてゐたのであらうか。日本は世界に於けるどのやうな位置に在つたのか。外国人は

日本をどう見てゐたのか。今になつて私は自分の認識がどれほど歪んだものであつたかを考へる。八紘一宇の理想をかざし大東亜共栄圏建設を目標とした日本は、三十数年の朝鮮統治にも失敗し、満洲国経営に失敗してゐるのだ。吾々の自負がどれほど空疎なものであつたかを今に至つて悟る。

と書き出される。「成瀬南平の行状」の連載中止をはじめ言論統制によって自由にものを書くことを許されなかった石川達三は、戦時中を「暗黒時代」と呼ぶとともに、その時代を生きていた自分がいかに歪んだ認識をもっていたかを自己省察する。それに続く文章では、「日本は過去の国である。私はさう考へる。さう考へなくてはならぬと思ふのだ。日本の歴史も捨てよ、伝統も棄てよ、一切の誇るべきものを捨ててしまへ。たゞ皇統のみを護つてそこに将来の日本の根を据ゑるのだ。歴史も尊い。伝統も尊い。しかしその尊さを自負したがために吾々は母国の運命を誤つたのだ。吾々の認識を誤つたのだ。今や暫く歴史や伝統から離れて生きて見よう。旅に出るのだ」と述べ、日本は、「皇統」すなわち天皇制以外の「歴史」と「伝統」をすべて捨て去るところから始めなければならないと主張する。また、GHQが持ち込んだ民主主義についても、

日本は民主主義国になるといふ。この事にも危険があるのだ。欧米各国に於ては自覚せる民衆が政府との戦ひによつて民主主義を獲得した。民衆の自覚といふ先決問題があつて成立したのだ。然るにいま日本の民衆の自覚は甚だ不十分だ。民主主義は形式のみ成立して内容空疎なるものが出来さうである。進駐軍は内容充実せる民主主義が完成するまで日本に止まり、日本の病患を余す所なく切開して貰ひたい。それが日本再建に是非とも必要な過程である。（中略）日本人は教養もあり日本的性格を持つてゐたが人格を持たなかつた。この事は重大である。人格を持たない、自律性をもたないのだ。さういふ教育であつた。その結果道義は頽れて百弊朝野に満つるに至つた。自律性のない民衆が政治に参与する場合を考へると、私はむしろ真に信頼するに足る極めて少数の人を選出して選挙権を与へ、本当の理想選挙といふものをやつて見たい気もするのだ。／私はマッカーサー司令官が日本改造のために最も手厳しい手段を採られんことを願ふ。

と指摘し、「民衆の自覚」が育っていないところに民主主義の形式だけを移入しても、結局は「内容空疎」なものに

なってしまうだろうと懸念する。自律性をもたない民衆が政治に参与するくらいなら、「真に信頼するに足る極めて少数の人を選出して選挙権を与へ、本当の理想選挙」をやった方がよいという。「沈黙の島」がそうであったように、言論の自由を御旗に掲げる知識人のなかには根深い愚民意識が巣食っている。それは、戦後日本の出発を考えるうえで極めて重要なテーゼを孕んでいる。石川達三が捉える民衆がどこまでも愚かで信頼するに足らない存在として造型される所以である。

注

1 『月刊毎日』については、拙著『幻の雑誌が語る戦争 『月刊毎日』『国際女性』『新生活』『想苑』』(青土社、二〇一八年一月)を参照していただきたい。

3—3 侵略者は誰か —— 村上龍『半島を出よ』

1 はじめに——ひとつの寓話から

魯迅に「賢人と愚者と奴隷」(注1)という寓話がある。ある日、「とかく人に愚痴をこぼしたがり」、「そうすれば気がすむし、またそれしかできない」「奴隷」が「賢人」に出会う。彼は涙を流しながら「私の暮らしは人間なみではありません」と訴える。すると「賢人」は、「まったくお気の毒だね」、「いまにね、きっとよくなるよ」と言って慰める。「奴隷」は同情の言葉を聞いてすっかり気が楽になるが、二、三日もすると、またむしゃくしゃしてきて「愚痴をこぼす相手」を探しに出かける。そして、たまたま出会った別の人に、「先生、私に当てがわれているのは、ちっぽけなおんぼろ小屋です。じめじめして、寒くて、ナンキン虫だらけで、睡ろうとすると出てきて、やたらに嚙みつきます。臭くて鼻がまがりそうです。四方とも窓がありません」とすがる。ところが、それを聞いた男は、「奴隷」の家に行って「おまえに窓をあけてやるのさ」と叫びながら壁を壊しはじめる。男は「愚者」だったのである。あまりの無謀さに驚いた「奴隷」は、他の連中とともに「愚者」を追い払い、やおら出てきた「主人」を前に、得意げな表情で「強盗がわたくしどもの家を毀そうとしました。最初にわたくしがどなって、みんなで力を合わせて追っぱらいました」と報告し、「よくやった」と褒められる。また、その騒ぎを聞きつけてたくさんの見舞客が訪れるのだが、そのなかには「賢人」もいて、「奴隷」と「賢人」はこんな会話を交わす。

《先生、こんどは私が手柄を立てて、主人がほめてくれました。このまえ先生が、きっといまによくなると言ってくださったのは、ほんとに先見の明が……》希望にあふれて、朗らかにかれは言いました。/《そのとおり……》お蔭で自分まで愉快だと言わんばかりに、賢人はうなずきました。

別にこれからの生活がよくなっていくわけでもないのに、ただ「主人」から褒められただけで、生きる希望が見つかったかのように喜ぶ「奴隷」。そんな「奴隷」の媚びた態度をみてもまったく動じず、「自分まで愉快だと言わんばかりに」眺め返す「賢人」。「賢人」の背後には、絶対に事態の当事者に巻きこまれることのない高みから「奴隷」を見下ろすような不気味な余裕が感じられる。

『魯迅「野草」全釈』（平凡社東洋文庫、一九九一年十一月）でこの作品の登場人物を分析した片山智行は、「奴隷」のことを「「自覚」のない民衆」とよび、因習社会に安住するためには自分たちを解放するために戦っている反抗者でさえ圧迫しようとする存在だと述べている。また「賢人」については、「奴隷」のために何かしてやるわけでもなく、ただ「同情と慰め」の言葉をふりまくだけの「実質においていいかげんなもの」であるとし、「世の中の人間は大半がこの「利口者」に属する」（片山訳では「賢人」を「利口者」と表現している）と断じている。

そんななかで、「奴隷」や「賢人」とは逆に、きわめて肯定的に受け止められているのが「愚者」である。片山は、魯迅が翻訳した厨川白村の『象牙の塔を出て』(注2)にある「どちらを見てもいやに利巧な奴ばかりだ。日本が今日一番必要とする人物は、策士でもない、敏腕家でもない、物識りでもない。そんなのは腐る程ある。一番欲しいのは、それこそ生一本の熱烈な、底の知れない馬鹿者である」という文章などを根拠として、「魯迅が「馬鹿」を積極的に支持していることはまず間違いない。罵倒や恨みを買うことを覚悟のうえで、中国（民族）の革命のために生涯のうち何度も論争をくりかえした魯迅自身も、こうした「馬鹿」といえなくはないのである」（片山訳では「愚者」を「馬鹿」と表現している）と指摘している。つまり、この作品で魯迅が自己を投影しているのは行動する主体としての「愚者」であり、「賢人」も「奴隷」も現状を変革するための行動を起こさない点で反動的な存在だという理解である(注3)。

しかし、魯迅がこの作品を書いてから五年後に起こった南満洲鉄道の謀略爆破事件（一九三一年九月十八日）を発端とする満洲事変、および、その延長にある日中戦争で日本軍が行った侵略行為の愚行性を知っている読者としてこの作品に触れると、そこには、こうした魯迅のモチーフとは別の新しい解釈が生起してくるように思う。魯迅のなかでは「愚者」＝革命家という図式があり、「生一本の熱烈な、底の知れない馬鹿者」に対する期待が込められていたのかもしれないが、作者のモチーフを切り離し、現在的な地平からみると、そこにはもうひとつの「愚者」像がみえてくるのである。

それは、誰からも求められていないのに勝手に他人の家に乗りこんで、自分は被害者を救済するためにやってきたのだと主張しながら破壊行為を繰り返す厄介者である。そして、その典型としてすぐ想起されるのは、西欧列強からの解放というスローガンを掲げてアジア諸国に乗りこみ、なりふりかまわぬ武力行使を続けた日本である。大東亜共栄圏構想の拡大から、敗戦、占領と続いていく日本のあゆみは、まさしく、他人の家を壊そうとして顰蹙《ひんしゅく》をかい、街を追われた「愚者」そのものである。逆にいえば、この作品に描かれる「愚者」は、その情熱と行動力によって人々を煽動する時代の変革者としての側面と、他人の迷惑を顧みず短絡的に行動して結果的に周囲の顰蹙をかう乱暴者としての側面をともに持ちあわせる両刃の剣のような存在であるといえる。

また、このような観点からあらためて作品を読み直すと、そこには国家間の戦争・紛争をめぐる支配／被支配の構造が次のようにみえてくる。――まずこの作品には、「主人」／「奴隷」という主従の格差と「賢人」／「愚者」という能力の格差が縦軸と横軸を構成するように描かれている。普段は愚痴ばかりいっているくせに「主人」から褒められるために進んで服従する「奴隷」がいて、あとさきを考えず粗暴に振る舞うことで世間から排斥される「愚者」がいて、「奴隷」や「愚者」をうまく操りながら資本を蓄えていく「主人」がいて、さらに、慈愛のまなざしをもって俗物たちの怒りや不満をすくいあげる「賢人」がいてという具合に、それぞれの役どころは完全に類型化されていると同時に循環するように造型されている。そして、その世界全体を安定させ秩序を与えているのは「主人」が担う強権的な搾取ではなく、「賢人」がときおりみせる慈愛の表情なのである。

さきにも述べたように、「賢人」は「奴隷」の愚痴に耳をかたむけているようにみせながら最後まで自分から問いかけようとはしない。つねに自分を安全な場所に置き、憐れみのカタルシスと根拠のない希望を与えることで問題の解決を先送りし続ける。ある意味では、「愚者」と「奴隷」が対立を深め、もめごとがたくさん起こるほど「賢人」はその存在感を強めていく仕組みになっているともいえる。「賢人と愚者と奴隷」という作品は、こうして、直接には手を汚さずに全体を支配する「賢人」の力を前景化させるのである。

村上龍の『半島を出よ』（幻冬舎、二〇〇五年三月）は、北朝鮮の「反乱軍」を名乗る武装ゲリラによって占拠された福岡を舞台とする近未来小説だが、物語の骨格は魯迅の「賢人と愚者と奴隷」と相似形をなしている。そこには、かつて朝鮮半島や中国大陸を植民地化して「主人」になろうとした日本＝「愚者」と、侵略をやすやすと許してしまった被支配者＝「奴隷」の関係が鮮やかに反転されているからである。本節では、この作品が私たちに示唆する寓話性をふまえて『半島を出よ』を読み、そのフィクショナルな世界を突き抜けたところに見えてくる極めて現実的な問題を明らかにしていきたい。

2　暴力を想像する力

『半島を出よ』の舞台は二〇一一年の福岡市である。そこに描かれる日本は深刻な財政破綻によってアメリカからも見棄てられ、国際的な孤立を深めつつある。円の暴落にともなって食糧自給率が低下しエネルギーも不足するなか、マスコミは餓死者や凍死者が出るのではないかと騒ぎはじめる。また、そのような生活の困窮にともなって国民の不満は増大し、強硬派の野党は核兵器を含む軍備増強を主張して勢力をのばす。国際社会からの孤立と経済の破綻が戦争という特需を期待する声にすり替わっていくのである。そんなとき、北朝鮮の「反乱軍」だと名乗る特殊戦部隊のコマンド九人が福岡ドームを占拠して三万人の観客を人質にするという事件が起こる。彼らは、九州独立を蜂起の目的に掲げて日本政府を脅迫する。

テロリズムへの対処方針を決定できないまま人命尊重という原則にこだわる政府が手をこまねいているうちに、北朝鮮からは新たに四百八十四人の特殊部隊が来襲し、福岡市は完全に制圧される。やがて、北朝鮮兵士たちは福岡市の公的機関を乗っ取り、住基ネットや納税台帳などの情報から悪質な資本家をあぶりだし、強制的な逮捕・拘禁・処刑によってその資産を強奪するようになる。閉塞した国家の状況にうんざりしていた市民のなかには、自分たちの責務遂行の邪魔をしない限り一般人には危害を加えないと約束し、悪徳人や犯罪者だけを拘束する「反乱軍」の姿勢に共鳴する者が現れ、九州独立政策を支持する声が高まりはじめる。統制機能が麻痺した日本政府は「反乱軍」が日本全域に侵攻することを恐れて関門海峡を封鎖し、特殊部隊を送りこんで反撃に出ようとするが、その作戦も失敗に終わり、逆に「反乱軍」の武装行動に正当性を与えてしまう。

こうして福岡市の占領が着々と進むなかで、「反乱軍」のやり方に抵抗する少年たちが密かな武装蜂起を開始する。彼らは凶悪犯罪者や異常性格者の烙印を押され、自分の居場所をなくして福岡の街にふきだまってきた少年たちだったが、同時に、それぞれが武器、爆弾、毒物、テロリズムなどに関する高度な知識と経験を有するエキスパートだった。イシハラという詩人から提供された住居で共同生活を送りながら戦闘集団としての能力を高め、綿密な計画を練った彼らは、「反乱軍」の活動拠点となっているシーホークホテルを爆破倒壊させて部隊を殲滅する作戦を決行する。

村上龍における近未来小説の系譜には『愛と幻想のファシズム』（講談社、一九八七年八月）、『五分後の世界』（幻冬舎、一九九四年三月）、『昭和歌謡大全集』（集英社、一九九四年三月）などがあり、特に『昭和歌謡大全集』の場合は『半島を出よ』と登場人物の一部が重複する作品となっているわけだが（注4）、そこに設定される近未来は、「現在」とは断絶したところに仮構された「未来」ではなく、「現在」を飴のように引き伸ばしていったところに見えてくる「未来」である。そのため、読者として物語世界に入っていく私たちはひとつのシミュレーションとしての「未来」を体験する一方で、その「未来」が「現在」から想定された光景に過ぎないことに気づかされる。また、『半島を出よ』に限っていえば、そこに描かれる個人とその個人を管轄する国家を二元化し、双方の中間項にあたる要素、すなわち、家族や友人・知人や地域コミュニティなどに関連するつながりをほとんど捨象している。稀に平凡な家族のもめ事や組織における人間関係のいざこざを描くこともあるが、それはほぼ間違いなく「奴隷」たちの卑小な小市民性や保守性を強調するための描写である。

また、物語世界に措定される国家（およびそこに連なる諸機関）と個人の対立は意外なほど単純で、国家は、人間を集団の構成要素として位置づけ、個人を抑圧する装置として表象される。デビュー作の『限りなく透明に近いブルー』（講談社、一九七六年七月）が中国語版に翻訳された際、「序文」を寄せた村上龍は、「このデビュー作はその後の作品のモチーフもすでに全部含んでいると思う」という前提のもと、「わたしは現代人の不安などを描いたりしなかったし、国家と個人の相克も、家族の絆も、普遍的な青春も描かなかった。（中略）わたしが無自覚に表現しようとしたのは、「喪失感」である」（引用は『村上龍 文学的エッセイ集』株式会社シングルカット、二〇〇六年一月）と記したが、そうした強固な自己認識があるからこそ、彼は、所属や肩書きといった外在的な要素で自分を語ることを必要としない人間、集団から排除される人間にのみ個人としての相貌を与え、国家や社会そのものに焦点をあてる場合には組織の内部に蔓延する腐敗や空虚感ばかりを問題にしてきたのだろう。

村上龍が描く凶悪犯罪者や異常性格者は、きわめて多様な個性をもち、人間らしい貌つきをしているが、それは、彼らのなかに「旧来の文脈から個人的に脱出する」（「破壊から脱出へ」『朝日新聞』二〇〇〇年十二月二十八日）可能性が託されていることの裏返しなのである。「バブル経済の崩壊で始まった九〇年代以降は、近代化および高度成長という時代のシステムと考え方、つまり文脈が不適合・不整合を起こしはじめた時代だった」（『村上龍　文学的エッセイ集』「あとがき」前出）と規定し、「日本社会の文脈の不適合・不整合を暴き指摘すること」こそ文学者の仕事だと主張する村上龍は、彼らのなかに「生一本の熱烈な、底の知れない馬鹿者」（厨川白村）をみているのかもしれない。

ところで、宮崎哲弥は「ナショナリズムを問い直す②」（『朝日新聞』夕刊、二〇〇三年八月十三日）で、こうした「日本社会の文脈の不適合・不整合」に関する興味深い指摘をしている。この論評は「世界価値観調査」というリサーチ（電通総研が各国の研究機関と共同で五年に一度実施している）の二〇〇〇年度調査結果に基づいて書かれたものだが、ここで宮崎は、「自分の国に誇りを感じるか」という問いに対して肯定的な回答をした日本人が全体の五十四・二％（調査に加わった七十四ヶ国中七十一位）しかおらず、「戦争が起きたら進んで国のために戦うか」という問いに「戦う」と答えた人に至っては十五・六％（五十九ヶ国中五十九位）しかいなかったという事実を報告したうえで、さらに、そのリサーチを受けた日本人のじつに六十五・七％にのぼる人々が、「国民皆が安心して暮らせるよう国はもっと責任を持つべきだ」と答えている点に着目する。

そして、いまの日本には、自分たちが国のために何ができるかを問う近代ナショナリズムの高邁な理想にかわって、無責任と過度の国家依存が結びついた「パラサイト・ナショナリズム」が蔓延していると分析する。自分が日本という国家のために尽くすことは忌避していながら、国家には過剰な期待を抱いて、自分たちの安全を守る責任だけはあたりまえのように要求する感覚。それは、獲得されるべきものとしての自由、お互いが力を尽くすことで堅持される自由をただの平板な利己主義に変容させてしまう。また、人々がすべての責任を国家に委ねることでナショナリズムが肥大化し、権力そのものへの制御がきかなくなる。『半島を出よ』は、そんな「パラサイト・ナショナリズム」に慣れきった日本の状況を次のように描写している。

古い卵が割れて腐臭のする黄身がどろりと垂れるように、あきらめが円卓の人びとを支配しつつある。あきらめというのは巨大な力に従うことを受け入れることで、巨大な力への抵抗を放棄することだ。力は暴力を内包し、暴力に支えられている。長く平和に親しみ暴力に慣れていない人間は、非人間的な暴力を行使するのもいやだし、非人間的な暴力を行使されるのもいやがる。そもそも暴力を想像することもできない。暴力を想像することができない人間が意志として暴力を行使できるわけがない。

平和ボケという言葉が何の抵抗もなく流通し、いつの間にか「暴力を想像する」ことができなくなった日本人。個人の自由は主張するが社会や国家との関係性においては保護されるべき対象としての自画像しか描けない日本人。この近未来小説は、この程度の認識しかもてない日本人から最も遠いところにいる他者（注5）が、その「パラサイト・ナショナリズム」を利用して侵略・占領を企てる物語なのである。

国家間の紛争をテーマとして近未来小説を描く場合、その多くは、どちらか一方の国家に視点を据えて外／内、敵／味方の対立を際立たせることで問題の核心に迫ろうとする。また、ＳＦ小説やスパイ小説の要素を取りこんで、科学兵器の開発競争や様々な情報、謀略、政治的な駆けひきなどを中心に据えることも多い。なぜそのような文法ができあがるかというと、それぞれの国家の論理を均等に描き分け、巨視的な立場から物語を構成しようとすると、読者が感情移入する対象を見失い、物語世界からサスペンスの要素が消失するからである。勧善懲悪の論理がそうであるように、私たちのなかには、自分のいる場所を善と見定めてそこから他者を自在に眺め渡したいという欲望がある。

だが、村上龍は『半島を出よ』を書くにあたって、あえて北朝鮮兵士をひとりひとりの個性的な人間として描き、彼ら自身に北朝鮮の生活を語らせる。上下各巻の冒頭に示された「登場人物」欄をみると、「絶対的な信頼を集める作戦隊長」のハン・スンジンをはじめ、「鋭利な刃物を思わせる眼光と堂々たる体軀を持つ作戦副官」のキム・ハッス、「射撃・撃術など傑出した戦闘能力。野獣のような凶暴な風貌」と表現される警察隊隊長のチェ・ヒョイルなど、多くの兵士が主要な登場人物として紹介されている。

それは複雑な場面設定や人間関係の絡み合いに戸惑う読者への親切として掲げられているだけでなく、北朝鮮の人間たちをこちら側から一方的に見つめるような書き方だけはすまいという、この作品の根本的なコンセプトを明らかにする記述でもある（それは、作品内では重要な役割を果たしている元・内閣官房副長官の山際清孝をはじめ、「内閣情報調査室」や「内閣危機管理センター」の関係者が、肩書き以外の情報をまったく記されていないこととも連動している。彼らは所詮、交換可能な政治家や国家官僚にすぎず、「登場人物」欄に記載するほどの個性を与える価値がないとみなされているのである）。

『半島を出よ』の刊行直後、「文芸時評」でこの作品をとりあげた島田雅彦が、「この作品が画期的なのは、作者自ら自慢しているように、私たちとは別世界に暮らす他者である北朝鮮のコマンドを語り手に仕立て、その内面を語らせているからである」と指摘し、日本の近代文学は「犯罪者や変態、さらには自分の内面には深く踏み込むわりに、外国人や皇族の内面を描くことに躊躇してきた」（『朝日新聞』二〇〇五年四月二十六日）が、村上龍は「蛮勇」をもってそこから逸脱したと称賛したように、この作品における北朝鮮兵士の語りは、日本人のそれと対等に機能している点において、これまでの文学作品が表象してきた外国人とはまったく違う厚みをもっている。

また、この作品では、国家のために愛すべき祖国を棄て（二度と帰らない覚悟をもって）日本に上陸する北朝鮮兵士と、凶悪犯罪者・異常性格者というレッテルで日本社会から完全に切り離された少年たちが互いに相手を殲滅させるための戦いを続けながら、多くの場面で似通った行動をし、敵の思考が手にとるように理解できたり、敵とのあいだに奇妙な一体感を覚えたりする場面が少なくない。彼らは、国家を「脱出」した者同士でありながら結果的に国家を救うために殺し合うという矛盾を生き、お互いが矛盾した存在であるという点において敵と一体化できる「愚者」の両極なのである。

のちに「村上龍 現代を語る」（主催・西南学院大学）という公開座談会で「『半島を出よ』はわれわれと別世界の北朝鮮兵士も語り手になって話が進むところがユニークだ」という発言を聞いた村上龍は、「戦争映画で顕著ですが、主人公が最後に死ぬと悲しい感情が起こり、名もない端役やその他大勢がバタバタ死んでも、見る人は何も思わない。北朝鮮の反乱コマンドを語り手にしたのは、〝異物〟として描きたくなかったからです」（『西日本新聞』二〇〇五年十一月二十三日）と語っているが、ここでの「〝異物〟として描きたくなかった」という表現は、この作品と向き合おうとするとき忘れてならない作者からの警告として受けとめる必要があるだろう。村上龍がこの作品で表現したことの根底にあるのは、日本という国家の近未来をどのように展望するかという政治的な課題でもなければ、北朝鮮を脅威として煽りたてて浅薄なナショナリズムを喚起しようとすることでもなく、遠くにいる他者をいかに想像し、ひとりひとりの個人として立ちあげられるかという問題なのである。

3 「賢人」というポジション

このようにして、北朝鮮兵たちは日本を相対化するひとつの主体として立ちあがる。彼らが捉えた作戦対象としての日本は次のように描かれる。やや長くなるがその場面を引用しておこう。

> 福岡は人口が百万人を超える大きな都市だ。日本政府は、犠牲者を出すことに耐えられない。在日アメリカ軍にしても、日本政府の要請がないと動けない。これはパク・ヨンス先生の意見だが、日本は国家として、戦略的に犠牲者を出すことで生き延びたことがない。したがって戦略的に少数を犠牲にして多数を生かすということができない。第二次大戦の沖縄は、戦略的に犠牲になったわけではなく、単に場当たり的に見殺しにされただけだった。君たちは、ホンギルトンのように、福岡および九州に、新しい国家を造るために半島を出たのだという声明を出す。それですべて解決する。日本帝国主義の圧政に苦しむ福岡および九州の人びとを解放するために、正義と自由を与えるためにやってきたのだと言うのだ。それはメッカを攻撃したムハンマドが主張したことと同じだ。まあそれは十字軍の主張でもあり、アジアを侵略した日本帝国の主張でもあり、ヒトラーの主張でもあり、ナチスを打ち負かした連合軍の主張でもあり、アフガニスタンやイラクを侵略したアメリカの主張でもあった。ホンギルトンは、歴史的であり、普遍的であるのだ。（中略）日本は本土を侵略されたことがないので国家的危機というものがわからない。我々がミサイルを撃つとか、どこかに上陸するとか、原発を狙ってテロを行うとか、日本の政府も報道機関も想定しているのはそんなことばかりだ。当然のことだが、我々はそんな危険度の高いことはしない。我々が本当にテロをやるなら、それは必然的に防衛的なものになり、日本近海に無数にある小さな島を占拠すれば、それで済む。島の巡査を殺し、島民を人質に取るだけで、日本政府は赤子同然になる。その作戦は一個中隊もあれば充分で、日本は、島民もろとも敵を殲滅するという、国家なら当然採るべき毅然とした解決策を決して実行できない。

この作戦はテロ行為に対する日本の危機管理の甘さを突くことを目的に遂行される。彼らには、日本は「国家として、戦略的に犠牲者を出すことで生き延びたことがない」し、「本土を侵略されたことがないので国家的危機というものがわからない」という確信があるのだ。

そして、こうした盲点を効率よくつくために、彼らは、ミサイル発射や原発を標的としたテロ行為で国際社会を敵に回すようなまねはせず、福岡の制圧を「日本帝国主義の圧政に苦しむ福岡および九州の人びとを解放する」ための独立運動であると偽装する。自分たちは北朝鮮軍ではなく北朝鮮の政治体制に反旗をひるがえした「反乱軍」であると主張し、福岡に「新しい国家」を建設すること、人々に「正義と自由」を与えることを目的に蜂起したと宣言する。

　地理学者であり歴史学者でもあるドナルド・W・メイニグは、植民地支配の段階を「一、未知の土地の探索、二、沿岸地域での資源の収集、三、現地住民との交易、四、内地地域での略奪と最初の武力行使、五、拠点の確保、六、強権による取得（支配要求の象徴的な通告と最初の公式代表の配置）、七、最初の民間入植者の入植と自立的な集落の建設、八、完全な植民地支配機構の形成」に分類している。また、その指摘を踏まえてさらに深く植民地支配の構造を分析したユルゲン・オースタハメルは、「現地の支配者と平和的に共存する形式を模索する」ケースが少なくなかったこと、侵略者はしばしば「平和を好む野蛮人や東洋人を土着の独裁者や盗賊から解放するために、「未開人（savage）との平和目的の戦争」（ラジャード・キプリング）を〈強いられ〉ている」[注6]という論理を用いることなどを指摘している。こうした言説を援用していえば、『半島を出よ』における「反乱軍」もまた植民地支配の常套手段を駆使しているといえる。彼らは「福岡および九州の人びと」を、いまだ「日本帝国主義の圧政」から解放されていない「平和を好む野蛮人」と位置づけるところから出発しているからである。

　そこに示された共存共栄の論理が荒唐無稽な詭弁であることはいうまでもない。だが、子どもだましの詭弁であるにもかかわらず、この論理は過去における数々の戦争において錦の御旗のごとく反復されてきた。国家間の戦争では、お互いがそれぞれの正当性を主張し合うことになりがちだが、そのような「理」をもちあわせていないとき、侵略者はつねに共存共栄の道を説くことでそこに欠如している正当性の根拠を補ってきたのである。のちに福岡市を制圧した「反乱軍」（この段階で彼らは「高麗遠征軍」と名乗るようになっている）は、「わたしたち高麗遠征軍は共存の道を探ります。歴史的に交流の深い半島人と九州人なので、良い影響を与え合うことができると信じます。わたしたち高麗遠征軍は、この福岡および九州を共存共栄の地として、繁栄と秩序を築きたいと思います」と訴えるとともに、知事や市長を脅迫して自分たちを支持する声明を出させるが、そのやり方は、まさに、かつての日本軍が朝鮮半島や中国大陸で遂行したプロパガンダそのものであるといってよい。

　福岡市が完全に制圧されようとしたとき、日本の安全保障の中枢となる「内閣危機管理センター」は、これまでに経験したことのない緊急事態に慌てふためき大混乱をきたしていた。作品では、その内幕が、事件直後の対応の拙さを問われて内閣官房副長官を罷免された山際清孝を介して描かれる。「内閣危機管理センター」における発言権を失い、周囲から黙殺されているにもかかわらず、退席することだけは許されないという屈辱的な立場に置かれた山際は、時間の経過とともに事態の全容を冷静に見渡せるようになる。そして、「福岡市民と共存し、福岡に真の平和と繁栄をもたらすために北朝鮮からやってきただけで、福岡を侵略したわけではなく、福岡市民に危害を加えるつもりもない」という高麗遠征軍のメッセージの背後に、それに従わなければ処罰するという恫喝を察知する。

　また、それは「アフガニスタンやイラクに侵攻したあとにアメリカが言ったことに似ていた。確かクウェートに侵攻したフセインも同じようなことを言った。旧日本軍が満洲に侵攻し統治したときも同じことを言ったのかも知れないし、フランスがアルジェリアを、イギリスがインドをそれぞれ植民地としたときも同様の声明を出したのかも知れない。／他国に武力で侵攻した連中はたいてい同じことを言うのだ。制圧される側にすればむちゃくちゃな論理で、だいいち共存したいからどうぞこちらに来てくださいと招待したわけではない」と考え、この「デタラメな理屈」に奇妙な既視感を覚える。彼は、罷免というかたちで国家機構の中枢からつまはじきにされることで、はじめて、歴史のなかで幾度も繰り返されてきた本当のことに気づかされるのである。山際の洞察は、このあと次のように続く。

　アメリカや中国や韓国から遺憾と激励の電報が次々に寄せられていた。アメリカは大統領と国務長官で、他の二国も差出人は最高責任者だった。この事件は許しがたい犯罪行為であり、大変驚いている。できることは何でも協力したい。だがテロリストたちは反乱軍ということであり、その点を充分に考慮し、北朝鮮本国に対しては冷静な対応を希望する。事件の早期の解決と日本国民の無事を祈っている。だいたいそういう内容だった。どうしてアメリカの大統領から直接の電話がないのだろう、と山際は疑問に思った。どうしてこの危機管理センターに駐日アメリカ大使や在日米軍司令官の姿がないのだろうか。外務省は駐日中国大使や韓国大使と話し合いを持っているのだろうか。

　日本が他国の軍隊に侵略され、国家としての存亡の危機に立たされているにもかかわらず、同盟国であるはずのアメリカからは「遺憾と激励の電報」が届いただけで、日本に駐在しているはずの司令官をはじめとした軍事関係者は誰も姿をみせない。大統領から直接電話が入ったりすることもない。それまで、日米安全保障条約という神話を信じ続けてきた山際は、ここで、いきなり梯子《はしご》を外された感覚に陥る。

　もちろん、ここでアメリカ軍が出動しないのにはそれなりの理由がある。作品では、後半で高麗遠征軍兵士の治療を担当することになる国立病院機構九州医療センターの医師・黒田元治を介して次のように説明されている。

> 日米安保条約には「日米相互協力及び安全保障条約」という長い名前があった。関連文書は、日米防衛協力のための指針というやつで、九〇年代の終わりごろに発表されたものだ。そのどちらにも、日本が攻撃されたら自動的に在日米軍が反撃するとは書かれていなかった。最初意外に感じたが、やがて当然のことだと気づいた。いくら同盟国といっても、武力攻撃されたからといって要請もないのに勝手に他国の領土で武力行使できるわけがない。日米防衛協力のための指針という文書には、日本に対する武力攻撃がなされた場合、日本は主体的に行動し極力早期にこれを排除し、その際米国は適切に協力する、という風に書かれてあった。

　要するに、アメリカは、たとえ日本が「武力攻撃」を受けた場合であっても、それに「適切に協力する」責任しか負っていないのである。だが、ここで山際が察知したのは、そうした条約の文言に関する公式的な解釈などではなく、「賢人と愚者と奴隷」のなかで寓意的に示されていたような強者と弱者の力学そのものだった。たとえば、この場面の直前には、

> もう七年ほど前のことになるが、梅津に代表される旧自民党の右派は、もともと反米であるにもかかわらず当時のブッシュ政権に忠誠を示すために自衛隊をイラクに送った。世界のリーダーであり続けるはずのアメリカに反抗するのは損であり、またアメリカの機嫌を損ねては北朝鮮と対峙できないと思ったからだ。だがたった数年で情勢は変わってしまった。ドルの暴落によってアメリカは圧倒的強者の座を降りた。自ら望んで覇者の座を降りたという説もある。力が衰えたときに覇者であり続けることはコストがかかりすぎるからだ。もちろん軍事力はいまだに強大だが、石油をはじめ決済通貨に占めるユーロの比率は大きくなるばかりだ。そしてアメリカは日本にほとんど相談もなく北朝

鮮との宥和策を発表した。もちろんアメリカはもともと北朝鮮などどうでもよくて、中国との関係を重視したのだ。日本は、強い男だからとさんざん貢いだのに金が尽きると捨てられた女のようなものだった。だが強い男に貢ぐのは悪でも不合理でもない。誰が何と言おうと自分の意志で貢ぐのだと決めて貢いだ女だったら、捨てられても後悔はしないだろう。自分の意志ではなく、相手に喜んでもらえるはずだと決めてかかって一途に貢いだ女は、後悔して相手の男をひどく恨むだろう。

という記述があり、「七年ほど前」の日本が「世界のリーダーであり続けるはずのアメリカ」に尻尾を振っていたこと、その後、ドルの暴落によって軍事コストを抑えようとしたアメリカが世界の「覇者」の座を降りたことなどが明らかにされている（「七年ほど前」というのは、この作品の執筆時とほぼ重なる）。また、「中国との関係を重視」して北朝鮮とも「宥和策」をとりはじめたアメリカのアジア戦略により、日本が完全に黙殺されるようになったことも明らかにされている。つまり、アメリカと日本は「主人」とそれに搾取される「奴隷」という関係でつながっていたが、アメリカは一方的に「主人」であることを止めたというわけである。

　ここで注目したいのは、山際の場所から見た北朝鮮と日本とアメリカの関係が、それぞれ男女間における情愛のもつれのレトリックで語られている点である。たとえば、高麗遠征軍の司令官の口から「独立」という言葉が出たとき、彼のなかには唐突に、「日本からの独立という文言は日本政府の神経を逆撫でした。暴力で脅されていて本意ではないとわかっていても、自分の女が他の男と抱き合うのを見ると不快感と怒りがこみ上げる。それと同じではないかと山際は思った。脅迫者への怒りと不快感は、それに屈服してしまった者にも向けられるのだ」という考えがうかぶ。そこでは、高麗遠征軍によって日本から切り離されようとしている九州がレイプされた女に見立てられ、それを眺める男の目線、すなわち、他の男に自分の女を犯された男が女に対して抱く「怒りと不快感」というものが問題にされている。

　また、国家間の安全保障をめぐるかけ引きを〈強い男〉とその男に〈貢ぐ女〉になぞらえている点に注目すると、日本はアメリカという〈強い男〉に尻尾をふる〈貢ぐ女〉だったが、金の切れ目が縁の切れ目となってアメリカは中国という〈新しい女〉に乗り換えた、という構図が前景化してくる。アメリカが「主人」だった頃、日本はその「主人」に喜んでもらおうと媚を売る「奴隷」そのものだった。

にもかかわらず、圧倒的強者でいるのに莫大なコストがかかるということに気づいたアメリカは「主人」の座にいすわることをやめてしまう。

だが、どこまでも自分を頼りにしてくれていた〈貢ぐ女〉をそのまま放置したら酷く恨まれることになるかもしれない。だから、アメリカは困窮している日本に対して「遺憾と激励の電報」を送るくらいの慈愛を示してやり、日本が自分たちへの憎しみを募らせることを回避する。つまり、「主人」の位置よりもずっと狡猾かつ安あがりに相手を支配できる「賢人」の位置に移行したのである。

ここで注目したいのは、山際が、「誰が何と言おうと自分の意志で貢ぐのだ」と考えることと「相手に喜んでもらえるはずだ」と思って一途になることは決定的に違うと考えている点である。たとえ自分が「奴隷」に甘んじてでも「主人」に尽くしたいと思うことが主体的な行動だとすれば、「主人」に愛されたいがために「奴隷」になり下がるのは、客体的な状態にほかならない。かつて丸山眞男は、「「である」ことと「する」こと」（四頁参照）でその違いを考察し、日本の近代における「である」論理から「する」論理への転換は、「身分社会を打破し、概念実在論を唯名論に転回させ、あらゆるドグマを実験のふるいにかけ、政治・経済・文化などいろいろな領域で「先天的」に通用していた権威にたいして、現実的な機能と効用を「問う」近代精神のダイナミックス」な移動だったと述べたが、村上龍が描く戦後日本は、「である」ことに甘んじたまま「する」ことに価値を見いだせなくなった社会として表象されるのである。

マイク・モラスキーは「占領の記憶　沖縄・日本における言語　ジェンダー・アイデンティティ」（鈴木直子訳『現代思想』二〇〇三年九月）のなかで、「帝国主義的介入に関する修辞は、女性ジェンダー化され、進軍する男性により性的侵攻を受ける身体を風景に投影する。地理的領土への植民地的ないし軍事的侵攻は個人の身体への性的侵略と関連づけられる。このような修辞は、個人の身体を国体（ナショナル・ボディ）に同一化し、侵害された女性身体をとくに選び出して、侵入してきた男性支配者を前にした「彼女」の従属と無力とを強調する、というロジックに基づいている」と指摘したうえで、そうした軍事的侵攻に曝された国家では、「彼女」を横暴な敵から守ることができない男が「去勢や不能といった性的メタファー」を用いて描かれると述べているが、『半島を出よ』は、それに加えて、自分の「彼女」を犯されて不能化させられた男が、むしろ敵に従属した「彼女」を憎むようになることを問題化するのである。

山際のまなざしは、こうして、日本を侵略する北朝鮮という問題と、自分たちはいっさい手を汚さずに超越的な立場に君臨するアメリカという問題を同時に浮上させる。のちに山際を介して語られる、

日本における最高の権力者たちが、必死になって福岡の封鎖に取り組んでいる。封鎖するということは、福岡および九州を自分の意識から切り離すということだ。福岡および九州への思いとか、愛着とか、気持ちのつながりを断ち切らなければならない。(中略)問題はそういったことの善し悪しではない。日本の最高権力者たちが意識の中で福岡および九州を切り離すことで、もっとも得をするのは誰かということだった。

という言葉が暗示しているように、そこには、文字通り「もっとも得をするのは誰か」という問題がせりあがってきている。魯迅の「賢人と愚者と奴隷」に読みとることができる「愚者」と「奴隷」の関係性は、こうして『半島を出よ』の世界と複雑に交錯する。かつて、誰からも「招待」されたわけでもないのに他国に武力で侵攻し統治しようとした旧日本軍がそうだったように、イギリスもフランスもアメリカも、そして独裁者フセインも、人民の解放という名目で同様の行為をした。

「制圧される側」にしてみれば「むちゃくちゃな論理」だったが、歴史はそれを繰り返し、侵略者には忘却を、侵略される側には怨嗟を与えてきた。そして、ひとたび「主人」としての権勢をほしいままにできるようになった侵略者は、「愚者」と「奴隷」のいがみ合いに乗じて「主人」よりも安全でコストのかからない「賢人」というポジションを求めるようになった。かつて「愚者」であった日本は、敗戦を契機として「奴隷」として飼い馴らされることになり、自分たちの国家に対する誇りと愛着を棄てた。

その意味で、この作品が問いかけているのは、〈他者〉である北朝鮮と〈わたし〉としての日本の対立ではなく、〈他者〉である北朝鮮から逆照射されることで忘却していた記憶をよび覚まされる日本という脆弱な主体のありようである。戦後の日本を動かしていたシステムが自己疎外化されることによって、他者へと還元することのできない過去の記憶が甦ってくるような経験である。

『半島を出よ』を帝国主義時代の日本という「愚者」がもたらした負の遺産という観点から考察するのであれば、私たちは、日本人みずからがこの作品に描かれる九州独立のシナリオを描いた経験をもっていること、そのシナリオそのものが火野葦平という作家によって小説化されていることを、あらためて想起しておく必要がある。村上龍がこ

の作品を構想する過程でその事実を意識していたかどうかわからないが、戦争末期に九州独立運動が画策されていた事実を世に知らしめた火野葦平の回想録「九州千早城」（『オール讀物』一九五二年十二月）と小説『革命前後』（注7）は、ある意味で『半島を出よ』と同系統のプレテクストといえる。『半島を出よ』のような空想小説とは違い、戦時下に火野葦平が関わった九州独立運動を史実として語る内容であるが、反復される歴史のなかで、戦争における「独立」というスローガンが、いかに人びとを名誉ある犠牲者に駆りたてたかを考えさせる材料として大きな意味をもっている。

終戦前夜、アメリカの沖縄上陸、主要都市への空爆、広島・長崎への原爆投下と続く連合軍の侵攻を食い止めることができない状況に置かれた日本の軍部では、本土決戦というカードがまことしやかに囁かれていた。特に、全国を九分割した地方総督府のひとつとして独立政府に近い機能を備えていた九州総督府は、地理上の条件を鑑み九州こそ決戦の地にふさわしいと考えていた。「九州千早城」（前出）では、九州政府が誕生したあかつきに書記官長として閣僚に名を連ねることが予定されていた映画監督兼プロデューサーの熊谷久虎が「私」に聞かせる秘密情報として、謀略の全容が次のように語られる。

> すでに、戦局は末期的非常の段階に入つた。空襲の激化と、敵軍の上陸によつて、細長い地形の日本は、幾つもに寸断される危険がある。軍はすでに管区制となつてゐて、分権主義に拠り、連絡が絶えても、管区ごとに活動が出来る態勢が整つてゐる。さういふ点で、もつとも有利なのは九州である。本土決戦となつた場合には、地理的、物的、人的に恵まれた九州に立て籠るべきだ。このためには、九州に戒厳令を布いて、一切を軍政下に置かねばならぬ。そして、九州政府を作り、天皇陛下を迎え奉つて、最後の決戦を挑む。

これは小説『革命前夜』でも同様である。そこには、「日本の興亡は九州の一戦にかかっているといっても過言ではありません。九州における勝利が日本の勝利です。ところが、サイパンと沖縄の失陥以後、戦局は次第に苛烈になって来て、日本全国が敵の空襲圏内に入りました。地理的に細長い日本は、いつ、どこで、分断されるかわかったものではない。こういうことをあなたにいうのは釈迦に説法ですが、戦闘というものは臨機応変、そのときその場の敏速的確な措置にもとづかなければ、勝利を逃してしまう。つまり、九州は九州としての独特の戦闘をしなければならないわけです。いちいち遠い東京の大本営の指示を仰いでいたのでは、戦機を失います。すべからく、即戦即決、九州だけで処置すべきです。辻さん、ここまでいえば、聡明なあなたは、僕の、いや、僕たち同志の真意を汲みとってくださるでしょう。つまり、九州の独立です。（中略）敵の上陸や空襲によって分断されても、管区ごとに活動が出来る態勢は整っている。この点で九州ほど有利な地はありません。地理的、物的、人的、すべての資源に恵まれている九州こそ、日本のホープです。辻さん、僕は、天皇陛下を九州へ迎え奉ることまで考えているのですよ。妄想と笑わないで下さい」という描写があり、「九州千早城」とほぼ重複する内容が語られている（注8）。島としての九州は、「地理的、物的、人的、すべての資源」において日本から独立し得るだけの資本を備えているし、独立して活動することで、むしろ高い戦闘能力を維持できるというわけである。

もちろん、『半島を出よ』における「独立」は帝国主義からの「解放」を謳う高麗遠征軍の侵攻によるテロ行為を発端とするものであり、それを火野葦平が描く本土決戦前夜の日本と同列に扱うことには無理がある。前者は、北朝鮮の独裁主義と日本の帝国主義の間で犠牲になっている人民がともに手を携えて独立国家をつくりあげることを偽装した物語だったのに対して、後者は、あくまでも日本という国家を守るために九州が捨石となって戦うという忠義的精神（「九州千早城」というタイトルのイメージそのものが、千早城に立て籠もって最後まで鎌倉幕府の大軍と戦い続けた楠木正成の故事に拠っている）の産物なのだから、それらを同等に比較すること自体、侵略戦争の本質を見えにくくすることにつながるかもしれない。

だが、『革命前夜』に挿入された次のような文面を読むとき、私たちは、まったく異質の「独立」でありながら、その深層で根をひとつにする政治機構に遭遇することになる。そこには、「九州革命はもちろん、そのまま日本革命です。そして、もちろん、九州独立による勝利は、日本の勝利だけにとどまりません。白色帝国主義からのアジアの諸民族の解放、アジア諸国の独立、大東亜共栄圏の確立――この根本理念は在来の右翼でもファッショでも、もちろん、左翼でも、リベラリズムでもない。在来のものを一切否定する世界連邦運動の一環となるものです。その第一歩が九州独立と、九州における米軍の撃滅です。光はそこまで見えています。辻さん、かならず、九州独立は出来ます。いや、絶対にやらなくてはいけません。この逼迫した状態を打開し、祖国を勝利にみちびくために、九州独立以外の手段はありません。辻さん、やりましょう。祖国と祖国の勝利のために」という威勢のいい言葉が並び、九州独立は

「白色帝国主義からのアジアの諸民族の解放、アジア諸国の独立、大東亜共栄圏の確立」を成し遂げるための捨石であることが謳われ、さらに、「この根本理念は在来の右翼でもファッショでも、もちろん、左翼でも、リベラリズムでもない」という具合に、すべてのイデオロギーに囚われることのない「世界連邦運動」というものが模索されているのである。

比喩的にいってしまえば、それは「賢人」になることを夢想した「愚者」の物語である。彼らは、いつの日かアジア諸国の「奴隷」たちを解放し、「世界連邦運動」を推進する「賢人」の座にすわることを夢見ている。そして、九州が「独立」して戦うことでその夢はかなえられると信じている。ここでの「独立」とは自由や解放につながる運動としてのそれではなく、壮大な目的の犠牲になること、矜持をもって夢に殉じていくことにほかならない。そして、その精神構造は『半島を出よ』において北朝鮮が遂行した侵略作戦、および、その任務を与えられた高麗遠征軍たちの夢物語でもある。彼らは、かつて窮地に追いこまれた日本がやろうとしたことをそのまま私たちに突きつけることで、私たちが忘却しているおぞましい記憶をよびさますのである。

4　解き放たれる怒り

『半島を出よ』では、「愚者」から「賢人」になろうとしたことを忘れたかのように無邪気に平和を口ずさむ日本を象徴する存在として、「国民に「わからせる」という絶対的な使命」をもち、出来事や事件を必ず「理解可能」なこととして報道」（村上龍「メールメディアの可能性」written ca.1998、引用は『村上龍 文学的エッセイ集』前出）するマスメディアが批判の標的にされる（注9）。出来事の真相を解き明かそうともせず、高麗遠征軍と福岡市民の関係を、占領か融和かという尺度から短絡的に図式化し、事態を国民にわかりやすく伝えることが使命だと考えるマスメディアの無能さを執拗に描くことで、政治的な力学や歴史的背景に無頓着なままヒューマニズムの論理を展開することが、いかにプロパガンダの本質を隠蔽するかが明らかにされる。

たとえば、作品には高麗遠征軍の車に同乗して取材することを許された「朝日新聞の記者」が、「一連の逮捕ですが、福岡の市民に理解され共感を得ていると思いますか」という質問をして、警察隊隊長のチェ・ヒョイルから「何という愚問だ」、「こいつは侵略や武力制圧を何だと考えているのだろうか。平和使節団や人道奉仕団体と間違えているのではないのか」と侮蔑される場面がある。このとき、チェ・ヒョイルの頭のなかには、「支配する者は、被支配者に理解されるとか共感を持ってもらうとかいっさい考えない。考えるのはもっとも効率的な支配の方法だけだ。生存を許したほうが効率的だったら生かしておくし、殲滅したほうが効率的だったら皆殺しにする。殲滅したら国際世論から非難を受け間違いなく在日米軍が攻撃してくる。だからお前はこうやって同行取材を許され愚問を発しても生きていられるのだ」という侵略者の論理が展開されている。チェ・ヒョイルにとって、出来事の真相というのはつねに口にすることができない領域にあるものなのである。だが、この記者は「大きな権力を持った容疑者」ばかり逮捕する高麗遠征軍のやり方に「喝采を送る市民も多い」という結論を前提とし、市民の良識に重点を置いて報道することがマスメディアの使命だと信じこんでいる。自分はそうした市民の良識を代表しているという身勝手な矜持をもっている。他者としてのチェ・ヒョイルに一蹴されるのは、そのようにして事態の表層をなぞるヒューマニティそのものである。

アメリカの庇護に慣れきった日本。支配／非支配の関係がもたらす暴力性に対して無防備になり、自分たちが誰かに支配されているという感覚すら失った日本。そして、弛緩していく社会に垂れ流される薄っぺらなヒューマニズム。作品には、こうして国家のシステムそのものが崩れつつある日本を問うような言説がいたるところにみられる。たとえば、福岡市を占拠した高麗遠征軍に対して他のボンクラとは違う本質的な質問を浴びせる新聞記者として登場する西日本新聞社の記者・横川茂人は、日本政府が高麗遠征軍を攻撃できなかったのは、要するに、「固有の領土に外国の軍隊が攻め入ってきたという経験がない」という単純な理由によるのではないかと類推し、そこに北朝鮮の狙いを察知する。「六十六年前の八月に無条件降伏をせずに本土でも戦闘を続け」ていたら、「アメリカと旧ソ連と中国が侵攻してきて、結果的に分割統治されていた」ら、いまの日本はどんな国家になっていただろうかと考える。また、イシハラグループのシーホークホテル倒壊作戦によって高麗遠征軍が壊滅したあと、「中央政府をまったく信用しなくなった」福岡市と、九州を「封鎖してしまった負い目」を感じる政府のあいだはぎくしゃくしてしまうのだが、そのとき登場するのが、かつて数十億円の資金を動かすような金融実務のプロとしてならし、いまは赤坂のバー店主におさまっている三条という男である。

彼は、「リアルな現実というのは面倒臭くやっかいなものだ。戦後日本はアメリカの庇護に頼ることによってそういった現実と向かい合うことを避けてきた。そういう国はひたすら現実をなぞり、社会や文化が洗練されていくが、やがてダイナミズムを失って衰退に向かう」と規定したうえで、「あいつらが福岡と九州に居座れば、東京もリアルな現実と向き合わざるを得なくなっただろう。いずれ間違いなく高麗遠征軍と日本の間で戦争が起こった。それはアメリカや中国を巻き込む小規模な世界大戦になって、九州は戦場になったはずだ」と夢想する。

三条のニヒリスティックな洞察は、もし高麗遠征軍の作戦が成功していたら、日本は「リアルな現実」に気づかされ、戦争という犠牲と引き換えに国家としてのダイナミズムを取り戻せたかもしれないという仮説につながっていく。村上龍は、ちょうどこの作品の構想を練りはじめた時期に書いたエッセイで、「戦争の遂行は、近代化のハイライトだった。国民が一丸となるための、これ以上のモチベーションはない。敗戦は衝撃的だっただろうが、本土に一兵の敵も上陸しないうちに無条件降伏をしたのだから、戦地以外では結局この国の人々は肉体を持った他者に出会うことがなかった」（「寂しい国の殺人」『文藝春秋』一九九七年九月）と記しており、こうした認識が『半島を出よ』のなかでも執拗に反復されている。

実際、作品のなかで日本というシステムを外部から掌握し、本当のことを語ろうとするのは、誰にも拘束されず、薄っぺらなヒューマニズムにも汚染されていない社会からの逸脱者だけである。その典型であるイシハラは、少数派が多数派を脅かすためのテロや暴力は多数派が少数派を抑えこむための戦争と明確に区別されなければならないという立場から、こんなことを語る。

ぼくちゃんはもうオナニーをやめた。と思ったら、朝起きて気がつくとオナニーをしていた。それが真実さ。テロもすばらしいし、暴力もすばらしいし、殺人だってすばらしいけど、戦争はダメだ。それは戦争が多数派のものだからだ。少数では戦争に負ける。戦争をしたがるのは多数派しかいない。多数派は必ず少数派をいじめるし無視する。ぼくちゃんは痛いのが嫌いだから、できればテロとか暴力とか殺人とかはないほうがいいけど、少数派はテロや殺人や暴力をどうしても必要とするときがある。痛いのは嫌いだけどそれより嫌いなのがモジョリティというやつなの。モジョリティは多数派と訳されるけど、本当はみんなも知ってる通り、マジョリティ。メジョリティでもないし、モジョリティ。この世の中で最悪なのはモジョリティで、それは村も町も国もモジョリティの利益を優先させるから、国家はモジョリティを守るという必要性に迫られて生まれたんだよ。この国では多数派から遠く離れるのが本当にむずかしい。(中略)大事なことだから一回しか言わないけど、多数派に入っちゃだめよ。多数派に入るくらいだったら人を殺したほうがモアベターよ。

国家間における侵略行為や同盟関係がレイプあるいは情愛のもつれといった比喩で語られていたのに対して、少数派の戦いはオナニーという言葉との隣接関係において語られる。多数派の論理に従って戦争をしかけたりしかけられたりすることが力の強い者が弱い者を捻じ伏せるレイプと同じ構造であるのに対して、少数派であるということは誰からも干渉されることなく自立した個人であり続けることである。その意味で、ここでのオナニーはひとりで世界と対峙することの比喩として機能している。だからこそ、イシハラは別の場面で「国家というものは必ず少数者を犠牲にして多数派を守るものだ」と語り、「福岡のみなさまの生命の安全をだいいちに考える」限り、本当に敵と戦うことなどできないと断言する。「守るべきものは何か」ということについて骨の髄まで知り尽くしている侵略者と戦うためには、「少数者が死ぬのを見る」ことを懼れず、誰でもあるとき「少数者」になる可能性があるという覚悟をもたなければならないと説く。「賢人と愚者と奴隷」に照らし合わせていえば、「奴隷」になることを拒むためには、自分の家に「愚者」が近づいてくるような隙をみせてはいけないし、自分が少数者の側に置かれることを恐れずに戦う覚悟も必要だというのである。

ただし、ここでいう多数派と少数派の戦いを、単純な暴力肯定論と同一にするわけにはいかない。村上龍は「破壊による突破」(『村上龍自選小説集4』集英社、一九九六年七月)に、「コミュニケーションと言えば単に相手に話しかけること、言うこととされている。もちろん、それは嘘だ。/コミュニケーションというものは、現状のままでは決して伝わらないことを伝えようとすることだとわたしは思う。そして伝わったかどうかは必ず確認されなくてはならない」と記し、自分にとっての「破壊」とは「コミュニケーション」そのものだと述べている。この論理に従えば、少数派が多数派に対して行使するテロや暴力は「現状のままでは決して伝わらないことを伝えようとする」ために残された唯一の方法であり、多数派が少数派を殲滅するために仕掛ける「戦争」とは決定的に違っていることになる。

何のために生きるか、そんなこともわからずに、君たちは日々を生きているのか。右手と右足、左手と左足を同時に出して円を描いて歩きながら、イシハラはそう怒鳴った。予測不能の動きと仕草だった。ヘッドと副官は肩を落としてうなだれた。イシハラは、あいつらは寂しいから真剣に叱ってやると喜ぶんだとシノハラに言ったことがあった。何のために生きるのかわからないで生きるなんて、そのへんのオヤジとかサラリーマンとか会社員とかおじさんとか公務員と同じじゃないか。一回しか言わないぞ。大事なことだから真心のヒダヒダをなびかせ耳を酸っぱくして聞いてくれ。何のために生きるか。それは破壊のためだ。この世の中には二種類の人間しかいない。こつこつと爪の垢に火を灯すように防波堤や堤防や防風林や灌漑用水を作る人間と、脳天がぶち割れ金玉が打ち震えるような感動と情熱とパッションと激情と情欲とパッションフルーツを持って既得権益層と旧来のシステムと悪の砦を破壊する人間の、二種類だ。イシハラは、頬を紅潮させ、髪が逆立ち目がらんらんと輝いていた。

作品の後半部分で、いよいよシーホークホテルの爆破作戦を決行することになったとき、イシハラはこう叫んで少年たちを鼓舞する。「こつこつと爪の垢に火を灯すように防波堤や堤防や防風林や灌漑用水を作る人間」を「奴隷」だとすれば、「既得権益層と旧来のシステムと悪の砦を破壊する人間」は、自分自身が『奴隷』であることに嫌気がさし、破壊という方法で「奴隷」として生かされる世界から脱出しようとする人間である。

また、彼らのそれは内発的なものであり、頼まれもしないのに他人の家に出かけて行く「愚者」の破壊行為とは決定的に違っている。ここでの破壊行為とは、関係性の決裂や終息ではなく、あくまでも『現状のままでは決して伝わらないことを伝えようとする」行為である。彼らが破壊しようとするのは多数者の論理で組み立てられた国家というシステムであり、その国家に依存して漫然と多数者の論理を生きる人間たちの既得権にほかならないのである。

最初に北朝鮮コマンドたちが福岡ドームを占拠したとき、テレビ中継の映像をながめていたイシハラグループの面々が、「恐怖に突き動かされ、我慢できなくて断崖から飛び降り」るような精神状態でコマンドに榴突く観客を眺めている場面は、次のように描かれている。

イシハラのグループのみんなも同じだ。拳銃を持っている相手に拡声器で怒鳴りながら向かっていったりはしないし、そのあと急に態度を変えて罰を受ける囚人のように身動き一つしなくなるということもない。ヤマダやモリや、イシハラのもとに集まる他の仲間たちは、小さいころからずっと今の福岡ドームの観客のような扱いを受けてきたからだ。支配が剝き出しになっている状況で生きてきたから、それに慣れているのだ。物心ついたときからいつも周囲に圧力をかけられ、指示に従わなければ罰を与えると脅され、お前は無力なのだと、恐怖と痛みとともに刷り込まれてきた。この世のすべての人はもともと暴力的な何かの人質なのだが、ほとんどの人はそれに気づかない。根本的にはすべての人間が暴力で支配されているのだが、そのことがわからない。だから野球場でゲリラに襲われ、支配される側に分類されて真実の世界に向かい合うと混乱して、考えるのをやめてしまう。

ここでは、「この世のすべての人はもともと暴力的な何かの人質なのだ」というテーゼを深く認識する人間と、そのことに気づかないまま漫然と支配される人間の違いが説明されている。換言すれば、それは「囚人」として生きていくのか、それとも、「暴力的な何かの人質」になっている状況からの脱出をめざすのかという二者択一である。ただし、ここで注意しなければならないのは、支配／被支配の拘束が、大きな権力と卑小な個人という関係だけでなく、私たちの社会の隅々に張り巡らされた生活原理でもあるということである。

たとえば、作品の冒頭近くには、「スギオカやシノハラのような人間は確かに危険だ。だがそれよりやっかいなのはこのリョッコウに集まっている連中だ。彼らは会社の都合で会社から放り出されても、家族に家を追い出されても、国家から預金を奪われても、それでもなにかを信じようとしている。本当に何かを信じたいから信じるものを探すのではなく、何かにすがっていなければ恐いというだけの理由で寄りかかれるものを求めているのだ。スギオカやイシハラのような人間に焦点を当ててリョッコウに集まるホームレスやＮＰＯの連中を見ると、現実感がなくなる。顔つきや態度や動作のすべてがフラフラとしている。風景全体が白日夢のようだった」といった描写がある。また、収束部には、福岡市役所の職員として高麗遠征軍をサポートする役目を負った尾上知加子という女性が、日本政府のだらしなさは離婚した夫の性格とそっくりであると感じ、

日本政府に北朝鮮の艦船を攻撃する度胸なんかないと、尾上知加子は思った。日本政府の態度は、友人の会社に誘われたときの夫の態度に似ていた。今の仕事を辞めるのもいやばってん、あいつの頼みを断るわけ

にもいかんもんね、というのが当時の夫の口癖だった。十二万人の部隊に日本領海を越えて福岡に入られるのも困るが、テロを起こされても困る、というのがこれまで一貫した政府の態度だった。何かを選ぶというのは同時に別の何かを捨てることだが、それがわかっていない人間が大勢いる。夫はその典型だった。たぶんあの嫌みな母親に甘やかされて育ったせいだ。甘やかされたというより、押しつぶされたということかも知れない。夫の母親は、後悔と不幸と自尊心が顔の皺に埋め込まれているような女だった。わたしの言う通りに生きればすべてが手に入るが、背くと何も得られないと脅しながら子どもを育てたのだろう。自分で考え、自分で判断して決定することに何の利益もないと刷り込んできたのだ。

と考える場面がある。「わたしの言う通りに生きればすべてが手に入るが、背くと何も得られないと脅しながら子どもを育てたのだろう」という文言が、この作品における高麗遠征軍のプロパガンダと同心円的な構造になっていることはいうまでもない。彼女にとって我慢ならないのは、自分の息子を思い通りに支配しようとする「あの嫌みな母親」であると同時に、その「主人」に飼い馴らされ、「自分で考え、自分で判断して決定する」ことを放棄したまま「奴隷」として成長してきた夫である。これらに向けられる憎悪は同じ比重をもっている。そこには、「主人」の横暴さが罪であるのと同等に、「奴隷」に甘んじて生きることもまた罪であるという認識がくさびとなって打ちこまれているのである。

では、そういう圧倒的な支配を受けたとき、私たちに何ができるだろうか。作品では、高麗遠征軍が逮捕者を収容している施設に足をふみいれた医師たちが、惨憺たる現場を目のあたりにする場面でそれが問われることになる。

ナチスの収容所で反抗ではなく発言しただけで射殺されるユダヤ人女性を描いた映画があった。ナチスと同じように、暴力によってあらゆるものを奪われてもなお生きようとする人間の本能を利用して高麗遠征軍は収容者を支配していた。収容者の中に家族がいたら自分はどうしただろうか。浴衣の隙間から皺だらけの乳房が見えたあの女が、もし妻や母親だったら自分はどうしただろうか。きっと、何らかの方法で抗議しなくてはいけなかったのだ。あのときも今も、どんな抗議の方法があるのか見当もつかない。ハン・スンジンたちに殴りかかっても意味はない。兵士たちに棒で殴られるだけだ。しかし抗議の方法がわからないのは、これまで圧倒的な暴力で支配されたことがないからだ。どんなに考えても抗議の方法は見つからないかも知れない。だがそのことを考え続けない限り無力感に包まれた激しい怒りは絶対に収まることがない。そして怒りを無力感で抑えつけることをずっと続けていたら、おそらくいつか正気を保てなくなるだろう。

衝撃的な破壊や虐待を浴びせられたとき、あるいは、妻や家族がそうした状況に置かれたとき、人間は抗議の方法さえわからなくなる。また、実際に抗議しようとしても、そのさきに待ち受けているのは更なる暴力かもしれない。だが、たとえ抗議の方法が見つからない。そして、その「怒り」だけはもち続けなければならない。そして、その「怒り」を「無力感」で抑えつけるのではなく、何らかのかたちで解き放たなければならない。それがこの作品のメッセージである。

5　ヤドクガエルの「教養」

『半島を出よ』という作品は、上巻が国家や組織・集団の論理にもとづく抗争を中心に描いているのに対して、下巻では、そうした組織・集団の内部に属していながら、なおひとりの主体として生きようとする人間の貌が前景化されてくる。なかでも重要な役割を演じるのは、上巻から登場していた西日本新聞社の記者・横川茂人、同じく兵士たちの治療にあたる国立病院機構九州医療センターの医師・黒田元治、戦争中、兵士として朝鮮半島で残虐行為に加わった経験をもつ医療センターの名誉顧問・世良木勝彦、そして、高麗遠征軍の宣伝番組を担当することになるNHK福岡放送局のアナウンサー・細田佐起子の四人である。

さきにも紹介したように、横川という新聞記者は、ヒューマニズムを気どったり、民衆の世論を代表したりするようなものいいをしない。問わなければならないことは直接その当事者に訊き、いまここで起こりつつある事態をひとつひとつ着実に確認する。先入観や偏見の色眼鏡をもって取材せず、自分の頭でものを考えることができる人間である。

また、それは黒田元治にもいえる。「悪人」狩りをすめる高麗遠征軍が市民から歓迎されるような風潮がでてきた頃、たまたま伝染病の専門家として高麗遠征軍が占拠する施設に入った黒田は、病気の人間や虫に対する彼らの態度をみて、「こいつらが福岡に順応すると思ったら大間違いだ。病気の人間や虫に対する態度でわかったのは、こいつらの排他性と閉鎖性だ。異質なものは排除するという考え方が、頭ではなく内臓に刷り込まれている。だから非協力的で反抗的な組織や人間を社会から解放するのは、彼らにとっては善なのだ。金日成や金正日はそういう国民的特性をうまく利用して政敵を粛清し恐怖政治を維持したのだろう。／絶対に好きになれない連中だと黒田は思った。言葉遣いもていねいだし、驚くほど礼儀正しいが、それは排他的で閉鎖的であることの裏返しだ。外部と距離を置くだけではなく、外部を信用していない。そもそも外部そのものが嫌いなのだ。集団に忠誠を誓うエリートは大事にされるが、異議を唱える者、違う価値観を持つ者、病弱な者、障害を持っている者などは徹底して排除される」と見抜く。その意味で、横川や黒田は、ものごとの本質をしっかり見極め公正な判断をくだす認識者の位置にあるといってよい。

だが、『半島を出よ』には、そうした認識者の場所に収まりきらず、考える前に走り出してしまう人間、自分が正しいと思えないことに対しては身を挺してでも阻止する人間が登場する。それが世良木勝彦であり細田佐起子である。かつて、陸軍の少年兵として朝鮮半島に行き、そこで残虐行為に加わった経験をもつ世良木は、自分たちが犯したことの非道さをいまも忘れず、その負債をひきずりながら生きてきた。また、そうした残虐行為を止めようとすら思わなかった自分の幼さを恥じ、「無知」であることの暴力性にも気づいている(注10)。ひとりひとりの兵士が悪逆非道だったわけではないが、多くの兵士たちは「無知」だったためにそうした行為に加わったと考え、「無知」であったことそれ自体を憎んでいるのである。

だから、彼は若い医者たちに向かって「よくね、勉強ばかりすると頭でっかちでろくな人間にならんなどという人がいるが、そんなことは大嘘だと思うね。知識や技術がその人の人格を作るんだ。座禅したり滝に打たれたりするくらいなら、自然科学や哲学の本の一冊でも読んだほうがいいんだよ」と説いて、つまらない精神主義に踊らされないように戒める。また、「当たり前のことだが、半島や大陸で全部の日本人がひどいことをやったわけではない」とも語り、北朝鮮の人間であろうが日本人であろうが、その属性として残虐性をもっているわけではないことをことさらに強調する。

ある日、そんな世良木の目の前で高麗遠征軍の公開処刑が行われることになる。軍隊内部に起こった傷害事件の責任を問われた兵士二名が銃殺刑に処せられようとするそのとき、老医師は同僚たちを振り切って処刑場に飛び出し、身体をはってそれを中止させようとする。結果的に、公開処刑はそのまま行われるわけだが、のちに、そんな世良木に自分の父親に似たものを嗅ぎとった女性兵士キム・ヒャ

ンモクが彼に面会を求めてきたとき、彼は「昔のことだけどね」と前置きして、

戦争中、あなたの国で何度か処刑を体験したんだ。ぼくたちは、あなたの国に対して悪いことばかりをしたわけではないが、良いことばかりしたわけでもない。わたしは陸軍の少年兵で、処刑を止められなかったし、止めようとも思わなかった。つまりそれが悪いことだと思わなかったんだ。（中略）何も知らなかったんだ。悪逆非道というより、無知だったんだな。学校に入り直して、あの処刑がどういうことだったのかわかったんだが、もう七十年近く前のことなんだけどね、いまだに夢でそのときの情景がよみがえるんだ。わたしはもう八十三だから、いつ死んでもおかしくないんだが、この歳になってね、また新しい悪夢を見るのはまっぴらだったんだ。

と語る。この言葉を聞いたキム・ヒャンモクは、口癖のように「子どもを可愛がれ」と言い続けていた父親の記憶をまざまざと思い出すとともに、北朝鮮で飢えに苦しんでいたとき、松の皮粉を食べさせようとして赤ん坊を窒息死させてしまった過去まで告白する。作品では、ちょうど二人が対面している最中にシーホークホテルが爆破倒壊し、その余波で天井が崩れ落ちた医療センターの研究室からキム・ヒャンモクが世良木を救い出すことになるし、事件がすべて終わったあとには、世良木が彼女を自分の養女として引き取り、誰も事件のことを知らない小島の育児施設で働かせるという後日談まで描かれているが、その展開をみても世良木が果たす役割は一目瞭然だろう。彼は、自分自身が犯した罪を忘れず、その痛みを自らの行動倫理として生きている点で輝いているし、そのときどきの状況でどう行動するかを判断する日和見主義者たちには到達できない凄みをみせているのである。

同じことは細田佐起子にもいえる。あるとき、テレビ番組の録画を終えた彼女は、宣伝教導を担当する美貌の兵士チェ・スリョンを中洲の繁華街に誘いだす。街を勝手に歩き回ることは職務違反にあたるのだが、自分に対して屈託のない表情で話しかけ、軍の規律など気にとめる様子もなく公用車を走らせる彼女に惹かれたチェ・スリョンも、ついペースに乗せられてしまう。だが、小さな食堂に案内した彼女は、ひとしきり話を終えると、いきなりコンクリートの床に膝をついて「福岡の人を殺さないでください」、「福岡の人たちは、悪いところもいっぱいあるでしょうけど、いいところもいっぱいあるんです。みんな恐いんです。み

んな怯えています。わたしも恐くて死にそうです」と訴えはじめる。

彼女の仕事ぶりに好感をもち一緒に過ごすことにほのかなときめきすら抱いていたチェ・スリョンは、「武装している兵士の前でそんなことを言う日本人は、日本政府や福岡市の要人を含め、これまで誰一人としていなかった」と驚く一方で、いいしれぬ「怒りと失望」がこみあげてくるのを感じる。「命令と服従」だけがすべての世界で生きてきた彼は、「植民地時代に日本の警察や軍がどれだけ多くの朝鮮人を拷問し殺したか知っているのか」と怒鳴りつけたくなる怒りのなかに、「笑い合って楽しい時間が過ごせるだろうという期待」が踏みにじられた「失望」が混じっていることを思い知らされて愕然とする。

また、不安をひとしきり吐きだして冷静さを取り戻した彼女は、チェ・スリョンに向かって、「わたしたち、明日も会えますか」と問いかけたりもする。それまでの怒りが嘘のように消え、彼女の肩を支えてやりたいという衝動につつまれたチェ・スリョンは、何も言えないまま黙ってうなずき、次のようなことを考える。


わたしたち、明日も会えますか。細田佐起子はそう聞いた。わたしはあなたに明日も会えますか、ではなく、あなたは明日もわたしに会おうと思いますか、でもない。わたしとあなたは、明日も会えるのか、と聞いた。そういう言葉の使い方は初めてだった。


のちに、高麗遠征軍が壊滅したとき、たまたま放送局で番組収録中だったために生き残ることになったチェ・スリョンは福岡県警に自首し、身柄引き渡しを要求する日本政府とそれに反発する福岡の対立を象徴する存在になる。細田佐起子も、チェ・スリョンの身柄引き渡しに反対する運動の先頭に立って「彼は罪を償わなければなりません。ただわたしは、この福岡で取り調べと裁判を行うべきだと言っているだけなんです」と訴える。世良木の場合と同様、作品には、無期懲役が確定したチェ・スリョンが彼女の励ましを受けながら獄中で日本語を学び、小説や詩を書きはじめるという後日談がついている。

世良木勝彦と細田佐起子は、武装する兵士の前でも怯むことなく、「わたし」と「あなた」が対等な関係であり続けることを希求した例外的な日本人である。彼らは、それぞれの背後にある国家も歴史も支配／非支配の関係も保留し、相手をひとりの人間として理解しようとしている。また、チェ・スリョンの罪を裁くことができるのは事件の被害者である福岡の人々であって日本政府ではないと主張した細田佐起子の訴えからもわかるように、彼らは当事者という概念の重要性を代弁する存在でもある。高麗遠征軍がはじめて日本のマスメディアの前で記者会見を行ったとき、政治的危険分子や重犯罪人を逮捕するやり方に対して、「どの国の法律が適用されるのか」と詰問した横川がそうであるように、彼らもまた出来事の当事者は誰なのか、その出来事を裁くのは誰なのかということを忽《ゆるが》せにしないもの言う市民なのである。

　ところで、『半島を出よ』というタイトルがそうであるように、この作品では、国家をはじめとする集団管理システムの内と外、あるいは、内側にとどまることと外側に飛び出すことがしばしば問題化される。そして、その問題を具象化する存在として作品内に鮮烈なイメージを残すのがシノハラの飼育しているヤドクガエルである（注11）。このヤドクガエルのメタリックな皮膚から分泌される猛毒は「青酸カリの五千倍の強さで、コブラと比べると二百五十倍、サリンの二百十倍、ウミヘビの五十倍、VXガスの八倍、フグ毒の五倍の強さ」と説明される。固い皮膚をもっていない彼らは、悪性のバクテリアやウイルスから身を守り、熱帯雨林で生き延びるために、「猛毒と、それとセットになった信じられないような美しい色彩を身にまとう必要があった」というわけである。

　だが、このヤドクガエルは、本来生息している中南米のジャングルから離れると、その毒が消えてしまうという。餌を調べても直接の関連はなさそうだし、現地の土のなかにいる無数のバクテリアをいちいち調べるわけにはいかないから、結局、このヤドクガエルをはじめとする毒ガエルたちが、なぜ生まれ育った土地を離れると毒を失ってしまうのかは原因不明だという。

　作品の語り手は、そんな生態の神秘について、「カエルたちは多くのものに守られている。ウイルスを運ぶ蚊やブヨがいるし、湿った土の中には猛毒を持つ昆虫がいるし、密生した樹木の間には毒蛇やボアや豹がいる。人間はその王国に入ることができない。生態系そのものがヤドクガエルたちを守っているんだ」と考える。つまり、ヤドクガエルにとっての生態系とは、きわめて過酷な環境であると同時に保護してくれるものであり、その生態系を離れることはすなわちヤドクガエルがヤドクガエルとして生きていかれなくなることを意味しているのである。

　このヤドクガエルをめぐるエピソードは、国家という集団管理システムのなかで飼い馴らされ、権力や体制の思うままに操られる日本の堕落ぶりと、九州を占領して数多くの難民をそこへ送りだそうとする北朝鮮の錯綜ぶりを二重に浮かびあがらせる。生態系のなかにいるときには、つねに自分を脅かす他の生物との強烈な毒と美しい色彩を保持し、喰うか喰われるかという生存競争のなかで生物としての輝きを放っているヤドクガエルは、日本（注12）というシステムがいつの間にか放棄した暴力への想像力の問題を象徴すると同時に、そのヤドクガエルが毒を失うという点において、北朝鮮の体制賛美を自分たちの国家の外に持ちだそうとする北朝鮮の愚かさ（それはかつての日本の愚かさでもあるのだが）をも象徴しているのである。

そして、作品のなかで、その日本というシステムを冷ややかに俯瞰する存在として再び登場するのが、赤坂のバー店主・三条である。たとえば、シーホークホテルが倒壊して事件がすべて終わったとき、彼は、あの高性能爆薬を仕掛けられるのはアメリカの特殊部隊以外にないのではないかと考える一方で、「アメリカにとっては福岡に北朝鮮の反乱軍が駐屯していた方が好都合ではなかったのだろうか」という疑問も抱く。北朝鮮の反乱軍が日本を占拠していれば日本の軍備拡張論者を抑えることができるし、アメリカは国連平和維持軍として福岡に部隊を送りこめばこと足りたはずだというわけである。

また、かりに戦争になったとしても、彼らは反乱軍なのだから、公式的には北朝鮮や中国との関係が悪くなる心配もないし、かえって大量の武器が消費されて産軍共同体がボロ儲けできたかもしれない。したがって、もしアメリカの特殊部隊が関わっているとしたら、それは日本政府が金を積んだ結果ということかもしれない。それが、この不可解な事件に対して三条が考えたシナリオである。三条という男は、アメリカがいかに自己中心的で功利的な「賢人」であるかを知り尽くしているのである。

三条は高麗遠征軍を背後で操っている北朝鮮の政治組織について、

国民の七割が飢えに苦しむような国家をさ、儒教の教えを上手に使ってね、情報を操作して、反抗するやつは殺して、外国から金をせびってさ、何とか切り盛りしてきたんだからさ、吐き気がするけどね、そりゃある意味プロ中のプロよ。（中略）北朝鮮の体制賛美というのはね、実は洗練されてるんだよ。たぐいまれな知性とか、太陽のような慈悲深い御心とか、鉄のような不屈の魂とか、ある時期金日成を讃える形容詞や前置きが三十八個あったっていうけど、そういうのを考えるのは簡単じゃないね。さりげなくっていうか、宣伝の匂いがしないようにね、大衆がプロパガンダだと気づかないような表現を考えないといけないんだからね。それで首領様や将軍様やその側近が気に入らなかったら、宣伝を担当するやつは家族もろとも収容所行きなんだよ。そんな人間があいつらの中にいるんだよ。交渉とか、逮捕とか拷問とか、それに資金移動とかね、対外宣伝とか、すごいやつがきっといるんだよ。それで恐ろしい訓練を受けてる特殊部隊がいてさ、豊富な資金も手にしたわけだから、九州の田舎の役人なんか相手にならないよ。でもね、あいつらそのうち必ずボロを出すよ。教養がないからね。ポル＝ポトもナチスも最後は教養がなくて負けたんだから。

と語ったりもする。ここで彼が口にする「教養」とは、いわば、中南米のジャングルに生息しているヤドクガエルがもっている力にほかならない。誰にも依存せず自分ひとりで生きるために獲得されたもの。決して攻撃のためにあるのではなく、自分を守るために備わっている必要十分の機能。それさえあればどんなに強い相手にも屈せずにいられる能力。ここでの「教養」は、そうした力の総体としてある。三条は事件に関わろうとする行動者ではないが、生臭い金融取引から身を引いて「賢人」のポジションをめざした存在であるがゆえに、「奴隷」や「愚者」には見えないものがみえてしまうのである。

　ところで、作家の中島らもは「教養」という言葉をめぐって、「自分一人で時間を潰すことができる能力のことを「教養」という」（『心が雨漏りする日には』青春文庫、二〇〇五年六月）と説いているが、この言葉は、作品における三条の台詞およびその台詞の文脈を理解するうえで示唆的である。つまり、かつての日本にしても、福岡を占拠する北朝鮮にしても、そこに決定的に欠如していたのは、「自分一人で時間を潰す」という自己充足的な営みだからである。この作品の最終章には事後談としてイシハラグループのその後が描かれるが、そこでは、イシハラたちに興味を覚えた少年の目を通して彼らの充足した生活が次のように語られている。

四人は、イシハラという人以外は、酒ではなくウーロン茶やポカリスエットを飲みながら、何も話さずにソファにただ座っている。煙草を吸うわけでもないし、音楽を聞くわけでもないし、テレビや雑誌を見ているわけでもない。世間の常識からすると、決して楽しそうに見えない。だがこれもタテノという人に教えてもらったのだが、楽しいというのは仲間と大騒ぎしたり冗談を言い合ったりすることではないらしい。大切だと思える人と、ただ同じ時間をともに過ごすことなのだそうだ。

「大切だと思える人と、ただ同じ時間をともに過ごすこと」。それは三条のいう「教養」であると同時に、ジャングルのなかで美しく危険な存在として生態するヤドクガエルの「教養」にもつながっているのではないだろうか。

6 「帝国」の遺産相続人

こうして、福岡市という場所を舞台に近未来の日本と北朝鮮が交錯する壮大なフィクションは閉じられる。読者は、この作品に描かれた北朝鮮兵士や、彼らひとりひとりの記憶を回路として、日本にとって最も遠い国家のひとつである北朝鮮と対峙するとともに、私たちが忘却していた過去をまざまざと見せつけられる。ロバート・J・C・ヤング著／本橋哲也訳『ポストコロニアリズム』（岩波書店、二〇〇五年三月）の巻末に「ポストコロニアル――「帝国」の遺産相続人として」を書いた本橋哲也／成田龍一（連名の文章）は、他国を植民地化しようとした「日本人」の過去に対する責任の取り方は、「安易なわかりあいを強要する同化」か「権力を笠に着た声高な抑圧」かの二者択一しかなかったとしたうえで、

多くの「日本人」が連累関係にあるはずの「朝鮮」に対して、私たち自身が紋切り型の言葉と、歴史認識を欠如させた感覚と硬直した態度しか示せないのは、まさに「帝国」の遺産相続人に求められるはずの想像力が欠如した結果なのではないだろうか。／ポストコロニアリズムという精神の構えは、自己と他者との境界を不断に引き直し、あらゆる時空間から自己と他者との二項対立関係を壊していこうとする試みである。そうした思考の構えによって世界に面するとき、植民地関係が「他者」としてしか捋えあげてこなかった存在が、はじめて〈友〉として私たちに語りかけてくるはずだ。

と論じているが、『半島を出よ』という作品が開示する世界も、ある意味では「自己と他者との境界を不断に引き直し、あらゆる時空間から自己と他者との二項対立関係を壊していこうとする試み」だったように思う。この作品に登場する老医師・世良木勝彦などは、そうした「「帝国」の遺産相続人」という構えをもち続ける人物の典型であろう。

先にも述べたように、彼は、事件のあとキム・ヒャンモクを自分の養女として迎える。そして、自分たちに「心を開いている」ようにみえる彼女に香という日本名を与える。

だが、彼女が冗談とも本気ともつかない口調で、「この島は十人の兵士で占拠することができますね」といっているのを聞いた彼は、「あの子は日本人になろうとはしてない、単に隠れているだけなんだ」と語るのである。世良木は、生き残った北朝鮮兵のために奮闘し、お互いの絆をつよめていくために尽力する一方で、日本人と朝鮮人の距離感を見失わず、「他者」を「他者」のまま尊重しようとしている。彼は、「「帝国」の遺産相続人」としての「想像力」をもっているからこそ、そして、それを失うまいとする自負をもっているからこそ、自分たちに同化しようとしないキム・ヒャンモクをそのまま受け容れるのである。それは村上龍という作家の背筋を貫く強固な倫理でもある(注13)。

冒頭に展開した魯迅の「賢人と愚者と奴隷」に重ねていえば、この作品における近未来とは、資本主義や階級といった大きな物語が効力をもち、近代化や進歩といったスローガンのもとで無邪気に「想像の共同体」(ベネディクト・アンダーソン『想像の共同体 ナショナリズムの起源と流行』白石隆、白石さや訳、リブロポート、一九八七年十二月)で戯れていればよかった時代が終わってしまったあとを指しており、そこでは、「主人」と「奴隷」という単純明快な対立軸で問題を構成すること自体が意味をなさなくなっている。

そこに突きつけられるのは、他国を侵略・支配した記憶であると同時に、強大な力に依存したまま平和と繁栄を貪るなかで私たちは何を忘却させられてきたのかという問題である。『半島を出よ』の世界を潜りぬけたとき、そこに見えてくるのは、平和を希求する土着の人びとを独裁者や盗賊から解放するために戦うという詭弁で自らの罪を免れようとした「愚者」の自画像であり、それと同様の詭弁で、逆に自分たちが侵略・支配の危機にさらされたときに侵略者の言葉として語られる他画像なのである。「愚者」と「奴隷」がいがみ合い、抗争を続け、それぞれが体力を消耗させていくような緊張関係が生じたとき、そこで誰よりも大きな力を有することができるのは、彼らと直接的に関わる可能性がある「主人」ではなく、そうした枠組みの外側に立って怒りを宥めすかす「賢人」である(注14)。

「賢人」は、決して自らの手を汚すようなまねをしない。周囲の誰もが彼を讃え、信頼する。だが、そうした超越性をもっているがゆえに「賢人」には気をつけなければならない。それを『半島を出よ』に置き換えて考えれば、本質的な侵略・支配は、戦禍に紛れながら無言のままに進行するという事実に突きあたる。それは、表舞台には顔を出さずに漁夫の利を得るのは誰なのか？という問題である。侵略者は誰なのかという問いに答えを与えるためには、誰が最も得をするのかを考えなければならないのである。

注

1 原文は「聡明人和傻子和奴才」（『語絲』一九二六年一月四日）。本節では竹内好訳（『魯迅文集』第二巻、筑摩書房、一九七六年十二月）を使用している。

2 『朝日新聞』（一八九五年三月五日〜二十三日）、のち一八九五年六月、福永書店より刊行。魯迅の翻訳は一九二四年から一九二五年にかけて『晨報副刊』、『京報副刊』などに連載されたのち、単行本『出了象牙之塔』（北新書局、一九二五年十二月）として刊行。

3 この作品については、竹内好も「賢人は彼の憎むもの、奴隷は彼の憎みながら脱却できぬもの、馬鹿は彼の愛するものだ。この馬鹿は『このような戦士』の「戦士」であり、賢人は「慈善家、学者、文士、長者、青年、雅人、君子……」などの旗をかかげ、「学問、道徳、国粋、民意、ロジック、正義、東方文明」などの刺繡のある外套をきた「無物」である」（『魯迅入門』東洋書館、一九五三年六月）と述べている。

4 『半島を出よ』の「あとがき」には、「『昭和歌謡大全集』という小説の登場人物の生き残りとその新しい仲間が福岡でテロを計画しているが、それより先に北朝鮮のコマンドが福岡を制圧してしまう、そういった構想の作品を十年くらい前から考えていた」と記されている。

5 作品に登場する北朝鮮兵士たちは、「多くの愛国烈士が、自らの意志で、あるいは帝国主義者の弾圧や殺戮から逃れるために、母国を離れ、非国民、反乱分子、あるいはスパイといった汚名に挫けることなく責務を全うした。彼ら烈士は今や人民英雄となり、まあ革命の祖として共和国内で一心に尊敬を受けている。我々が、一時的に反乱軍という汚名を甘んじて受けることで、共和国に平和と安定がもたらされ、我々の父や母や兄弟や子どもたちにさらなる栄光が訪れるのならば、わたしは何の後悔もない。個人の献身と犠牲的行為によってのみ国家的幸福は勝ち取られる。国家的幸福なくして個人の幸福はない。そして献身と犠牲的行為が凡人を英雄に変えるのだ」と描写される。その是非はともかく、「国家的幸福」こそが「個人の幸福」の原点であり、「献身と犠牲的行為」によって国家の「平和と安定」が保障されるという考え方が、日本人には想像することのできない「リアルな現実」の一部であることはまちがいない。村上龍は、価値観の是非ではなく、そういう考え方をもった「他者」と対等に向き合っていくにはどうしたらいいのかということを問いかけているのである。

6 ユルゲン・オースタハメル著／石井良訳『植民地主義とは何か』論創社、二〇〇五年十月）。ドナルド・W・メイニグの論文は、"The Shaping of America : A Geographical Perspective on 50 Years of History". Vol. 1 : *Atlantic America*, 1492-1800. New Heaven/London 1986. p. 65f.

7 『中央公論』（一九五九年五月〜十二月、一九六〇年一月、中央公論社）。火野葦平は一九六〇年一月二十四日に若松の自宅書斎で自死しているので、この作品は遺作となっているし、この作品の完成を死の契機のひとつにあげる見方もある。

8 火野葦平が描いた「九州独立運動」の詳細は坂口博「山家《やまえ》（洞窟司令部の幻景「九州独立運動」前後」（『敍説Ⅱ（特集　独立共同体の夢）』花書院出版、二〇〇二年八月）に詳しいし、本節も、基本的にはその記述に依拠している。

9 ここでの「朝日新聞の記者」をはじめ、『半島を出よ』に登場する日本のマスメディア関係者は、ごく一部の例外を除いて、ほとんどが「愚問」ばかり繰り返す無能な人間として描かれる。村上龍という作家は自らもマスメディアに登場し、そのなかで積極的に活動するタイプの作家だが、たとえば、『村上龍　文学的エッセイ集』（前出）に掲載された冷泉彰彦からのメールの、「日本のマスメディアは、アメリカやアメリカ国民を「主語」にして語る傾向がある。アメリカの人々はあのテロをどういう風に受け止めようとしているのか、という重要な問題において、アメリカやアメリカ国民という主語で考えるのは危険だと思う。／テロの根本的な原因は、「格差を伴った多様性」にあるという指摘もある。国家や国民や集団をひとくくりにして語ることで、「格差を伴った多様性」あるいは「文化的価値観の違いを伴った多様性」が隠蔽されてしまう」（冷泉彰彦「冷静で繊細なレポート」『911 セプテンバー・イレブンズ』小学館、二〇〇二年三月）といった言説からもわかるように、彼のなかには、マスメディアが本来の役割を忘れ、むしろ、物事の本質を隠蔽してしまうような役割を果たしていることへの苛立ちがある。作品における「朝日新聞の記者」は、その典型である。

10 新城郁夫は「「にっぽんを逆さに吊す」――来たるべき沖縄文学のために」（『日本近代文学』二〇〇六年十一月）で、E・K・セジウィックの「無知の効果は、おそらく近代の西洋文化における人間活動のうちでももっとも強力な意味の場であるセクシャリティの周辺で、様々に目立った強制のために、大規模なスケールで活用され、認可され、そして規制され得る。たとえば、レイプした男性が〈気づかなかった〉と主張できる限り（この無知こそ男性のセクシャリティが念入りな教育を受けているものだ）、レイプされた女性が何を知覚し何を必要とするかは、まったく問題にならない。それほど男性と無知とは同時に特権化されている」（『クローゼットの認識論　セクシュアリティの20世紀』外岡尚美訳、青土社、一九九九年七月）という言説を引用したうえで、「この場合「男性」とは、支配、啓蒙、開発、管理、強姦、といった諸権力作動において形成される近代的主体に与えられた名に他ならず、そして言うまでもなく植民地主義的主体の別名にほかならない。重ねてここに、「文化的簒奪という強姦」に「植民地的本質」を見出していくデリダの思索をも読みとどけていくならば、「男性と無知とは同時に特権化される」というセジウィックの「主体」批判が、植民地主義批判の中心的課題に連動していくことはもはや贅言を要さないであろう」と述べている。

11 ヤドクガエルについては、単行本『半島を出よ』のブックデザインを担当した鈴木成一もこの作品を象徴するモチーフと考え、メタリックな色彩に覆われた姿をシールのようにして表紙につかっている。また、村上龍も「あとがき」でこのデザインに言及し、「鈴木成一氏との仕事の中でも、特筆すべき一作となった」と記している。

12 本文でも指摘したように、村上龍の近未来小説は国家と国家、国家と個人というものをきわめて単純な図式に還元してしまう傾向があるので、北朝鮮という「他者」を立ちあげようとするとその勢いで「日本」というものが並行的に浮上してしまう。だが、今日の国民国家論に対する様々な批判的言説が明らかにしているように、「日本」という呼称は国籍、民族、言語などの括り方によって多様な意味合いをもっているし、ひとつに統一された実態としての「日本」があるわけでもない。したがって、本文で用いる「日本」という呼称は、あくまでも本文中の表記をそのまま引用したカッコ付きの表現に過ぎない。

13 村上龍は「あとがき」のなかで、「わたしは『脱北者』を読んでから、この書き下ろしに関しては北朝鮮のコマンドを「語り手」に加えなければならないのではないかと思うようになった。そして同時に、そんなことは不可能だと思った」と記すほどこの作品に大きな影響を与えた『脱北者』（韓元彩著／李山河訳、晩聲社、二〇〇二年六月）には、飢餓、強制労働、拷問、虐待、処刑、そして脱北にまつわる様々な苦難がこれでもかというほど克明に描写され、その合間から、国家によって奴隷化されていく人間たちの「魂の叫び」（「あとがき」より）がきこえてくるが、その一方で、この手記には、脱北者たちがつらく困難な状況に置かれているときに「そのつらさと苦しみをともに分かちあってくれた」人びとの「高尚な人間性や道徳性や品性の尊さ」や、「言語や風習は変わっても、同胞に手を差しのべ、思いやりをかける」「人徳」に対する「厳粛な畏敬の念」などもしっかり刻みこまれている。目を背けたくなるような残虐行為が延々と続いていくからこそ、そうした地獄絵を切り裂くように貌をあらわす人間の温かみが、より凄みをまして伝わるのかもしれない。そしてそれは、破壊はコミュニケーションそのものだと主張する村上龍の作品において、破壊と暴力にあふれた世界をこじ開けるように貌をのぞかせ、自分もまたひとりの人間であると主張しはじめる登場人物たちと共鳴している。

14

『半島を出よ』の装幀には「高度680kmからのIKONOS衛星画像」で撮影された福岡市の写真が使われているが、そこにある軍事衛星の視点と軍事衛星が映しだす個々の建造物や道路、河川などのディティール（それは驚くほど鮮明であり、ひとつひとつの建物がはっきりと識別できる）は、戦争という場における超越的視点の隠喩として機能している。それはまさしく「賢人」として世界を俯瞰するアメリカの視線に他ならない。また、多くの小説は、直接話法で語られた言葉を括弧でくくり、語り手による地の文と区別するが、この作品では、そうした標準的な表記スタイルに裂け目を入れ、本来なら括弧でくくるべき箇所を地の文に溶かしこむ技法も用いている。そうすることで、発話主体と語り手との距離感が縮まり、北朝鮮兵士の言葉を日本語的な語感で表記することへの違和がなくなる。

本節は福岡市文学館・文学講座「文学のまなざし――忘却されたアジア」の第一回講座（二〇〇六年三月十九日、九州大学六本松キャンパス）での講演をもとにしたものである。当日、講演のあとに対談した中川茂氏（西日本新聞編集局次長。村上龍の高校時代の同級生で『半島を出よ』に登場する横川茂人のモデル）からは、作者・村上龍のモチーフや作品の執筆過程に関して数々の貴重な証言をいただいた。なお、この講演では本論に記した内容を語ったうえで、作品の終わり方について疑義を呈している。具体的にいうなら、「福岡および九州は、あの事件以来大きく変わった。食糧自給や環境問題などにも積極的に取り組んだ。市や県による開発を減らし、政府からの補助金や地方交付税に頼らなくて済むような行政改革が向こう五年間で行われるようになった。県庁を福岡市から七つの町に分散して移し、市の職員の数を半分に減らすことにした。東アジアとの経済協力や貿易にはさらに力を入れるようになった。／その象徴ともいえるイベントが開かれたのは一昨年だ。「アジア千年の知恵」と題して、アジアからの留学生を九州内二十三の市や町に一年間住まわせたのだ。市や町をどうやって活性化するかというテーマを、アジアの視点で語るという大規模なイベントだった。二千人近い学生がアジアの各都市からやってきて地元市民や経営者や学生と討議し、アイデアを出し、そのうちのいくつかは実行に移された。留学生が住んだ街並みはそのままアジアンタウンとなって新しい観光名所になり、学生たちはそのあとも九州とアジア各国を結ぶ重要な人的資源となった。福岡と九州の失業率は全国平均より五ポイントも低く、出生率の低下も止まった。九州にUターンする若者が増えたし、他の地域から移り住んでくる人も増えつつある」といった事後談の部分に対する批判をしたということである。この作品における構成の密度や文体の緊張感を考えると、こうした、いかにもとってつけたような事後談は不要だったのではないかと思う。村上龍の場合は、特に長篇小説のラストシーンにこのような〈救済〉を挿入してしまう傾向があるが、作品の本篇が緻密な調査に基づいて記述されている分だけ、こうした記述をみると、根拠のない楽観性だけが浮きあがってしまうのである。この点に関しては、本論で述べたことと切り離す必要があると考え、ここに記しておくことにする。

コラム③　上林暁「国民酒場」

阿佐ケ谷では、一列に並んで、五人に一枚ずつ整理券をくれるのだが、西荻窪では、二列に並んで、二人に一枚ずつくれた。入口に着くと、右列の者が券を渡し、左列の者が金を渡すようになっていた。店も狭く、椅子も置いてないので、後から追い立てられるような気がして、慌しい飲み方であった。阿佐ケ谷では、椅子に腰を下ろし、紙包みにして来た撮《つま》み物など開いて、一杯の酒をゆっくり味えるのだが、西荻窪ではそんな気分は味えなかった。やっぱり自分の里の阿佐ケ谷がいいということになった。

六時半の開場と言えば、この頃はもう暗くなって、本も読んでいられない。阿佐ケ谷映画劇場の先の蛇屋の前あたりから、本を読みながら列を詰めたこともあったが、眼は疲れ、字も朧《おぼ》ろになって来たので、ふと本から顔をあげると、高い欅《けやき》の木の腰のあたりに、十日頃の月が淡く出ていて、我を忘れたことがあった。その翌《あく》る晩はまた、偶然のことながら、渋谷へ本を探しに行ったついでに、青山通りの国民酒場で店の開くのを待っていたが、梢《こずえ》を並べた列木の上に月が昇って来るのを見て、阿佐ケ谷の国民酒場のことを思い出した。月は、一晩のうちに、見ちがえるように肥《ふと》っているような気がした。

ついでながら、青山の国民酒場では、二列に並ぶことは西荻窪と同じだが、先頭の者と後尾の者がジャンケンをして、勝った者の方から整理券を配るということであった。僕の並んだ晩は、後尾の者が負けて、先頭の方から順に配布して来た。僕は後尾に近かったので、あぶれるかも知れないと気を揉んでいたら、最後に残った一枚を、ジャンケンして、左列の人と争うことになった。左列の人は、浴衣を着た老人だった。僕は胸を轟《とどろ》かせながら、イシを出した。老人はハサミを出した。「どうも失敬しました。」と言って、僕は老人にお辞儀をしたが、こんな運の好いことはないと北叟笑《ほくそえ》むと同時に、老人の口惜しさが察しられた。かくて僕は、列の最後尾にくっついて行くこととなった。

そこは、酒場の位置からは遥に遠く、或る市場の裏で、青山師範の横手に当っていたので、酒場まではなかなか歩くのであった。酒場に近づくと、一旦附近の路地に入り、そこらの人家を一巻きにして、酒場の入口に現れるのであった。そこも椅子はなかった。もとは床屋ででもあったろうか、壁に鏡が嵌《は》め込んであったので、鏡を見ながら飲んだ。戦闘帽を冠り、ワイシャツの胸をはだけ、頬や頸の肉の落ちた自分が、咽喉《のど》を動かして酒を飲んでいた。あとにまだ、二、三十杯余っていたので、僕は二杯目を飲んだ。ビリだったお蔭で、今日は運が好かったと、何度も思った。しかし二杯だと、一杯だけの時よりも、粗末に飲んだようだ。

　今年は、朝夕涼しくて、秋の気が流れるようになってから、既に久しい。殊に、国民酒場に列を作って、あたりが暗くなって来ると、秋の気は身に沁むのであった。そんな時、僕は心が沈んで、何とも言えず寂しい感じを味わうのだった。程なく、妹と下の女の子を郷里に帰し、上の女の子と二人きりで世帯を張らねばならぬ前途の心細さに堪えられぬ思いをするのも、そんな時であった。

　この行列の道筋に、亜鉛《トタン》壁の家があって、そこでは路の傍らに棚を作って、四、五本の南瓜《カボチャ》を這わせていた。蔓には、二つ三つの南瓜がなっていた。その棚には木札をぶら下げて、「皆様の妹を可愛《かわい》がって下さい、カボチャ子」と書いてあった。夏の頃、雑炊食堂の行列に並んだ人達は、みなその木札に眼を停めて、微笑《ほほえ》んだものであった。僕もその行列の中の一人だったので、いつもその南瓜の傍らを、列につながりながら通り過ぎたものだが、今はその南瓜の実はちぎられ、茎や葉は枯れ果て、ただ木札だけが夕闇にぶら下っているのを見ると、僕は過ぎ去った夏を回想しながら、一入《ひとしお》うら淋しい気持で列を進めるのだった。

　戦争末期の一九四四年二月二十五日、政府は「国民勤労体制ノ刷新」、「防空体制ノ強化」、「簡素生活徹底ノ覚悟ト食糧配給ノ改善整備」、「高級享楽ノ停止」を柱とする「決戦非常事態要綱」を閣議決定し、国民に対して「総力ヲ直接戦力増強ノ一点ニ集中」させるように求める。学徒動員や女子挺身隊の強化、疎開の推進による空襲対策、旅行の制限、高級享楽の停止（料亭、待合、カフェー、遊廓、劇場などの休業）、官庁の休日制限、公共工事の停止などが通達され、質素倹約を求める「享楽追放」のスローガンが巷に溢れだす。当時の日本は軍事費が国家財政の八十五％を超えていたというから、それは戦争を継続させるための苦肉の策に他ならなかった。

　国民酒場は営業停止を強いられた飲み屋に替わって登場した公営酒場である。他に行き場をなくした人々はこぞって国民酒場に列をなし、最盛期には東京都内だけで百二十軒以上が営業していたという。国民酒場に集った客は、まず店の入口で切符を買い、ひとりあたりビール一本か日本酒一合と引き替えてもらうルールだった。だが、店に配給される酒量は限られていたため、当然のことながら列に並んでもあぶれてしまう者たちがいた。列の割り込みをめぐるトラブルも後を絶たず、各店でそれぞれ独自のルールを設けて客を捌いた。

上林暁「国民酒場」（未発表、一九四四年十一月頃の作と推定）の冒頭は「国民酒場も、行きつけると、病みつきになってしまった」という一文からはじまる。主人公の「僕」は、当初「開場前に大勢列を作って屯《たむろ》している」のを見て敬遠していたが、いざ使ってみると「仕事を措《お》いて、ついと出かけたく」なるほど心惹かれるようになったと語る。「僕」はそれを「遠心力に引きつけられるように」と表現している。

【図5】「決戦新商売　国民酒場」
（提供　朝日新聞社）

では、国民酒場の魅力はどこにあるのだろうか？　作品の前半、酒場でたまたま知り合った「西荻窪の連中」と一緒に飲むことになった場面。「僕」は「卓子に就くと、「西荻窪の連中」の一人は、昆布の佃煮をすすめ、僕は大豆をすすめ、撮《つま》み合って飲んだが、この日の後味は、僕には少しこたえた。もう少しのんびりした空気を、国民酒場に期待して来る僕にとっては、その場の空気が真剣すぎるし、荒すぎるのだ。これは自分等の行くところではないぞと、嫌気が差して来た」と語る。「僕のような気の弱い者は、こんな荒々しい空気の中で鍛えられる必要があるので、これくらいのことに負けてはならぬ」と思い直したりはするものの、「僕」がその「真剣すぎる」空気に馴染むことはなかった。

引用した箇所はそれに続く場面である。「西荻窪の連中」に誘われて西荻窪の国民酒場に出かけた「僕」は、そのルールの違いに戸惑う。狭い店のなかで「後から追い立てられるような」「慌しい飲み方」をしなければならないことにも辟易する。国民酒場の居心地の悪さは最後まで払拭されないのである。

戦争末期の殺伐とした状況のなか、わずかな酒で憂さを忘れ、国民勤労体制そのものを皮肉るような筋の展開を想像していた読者の期待はここで見事に裏切られる。作品の冒頭にあった「国民酒場も、行きつけると、病みつきになってしまった」という一文は、その内実を見つけられないまま作品世界を漂う。

だが、引用箇所を精緻に読んでいくと「僕」を虜にしたものの正体が行列そのものであったことがわかる。「僕」は国民酒場で酔い痴れることを目的としているのではなく、一杯の酒を求めて並ぶという行為そのものに魅せられているのである。

国民酒場の行列はなぜ「僕」をそれほどまでに惹き付けるのか？ ひとつヒントになるのは、「僕」がさまざまな国民酒場を渡り歩き、各店独自の並び方や整理券の配り方を愉しんでいるように見えることである。公営でありながら国民酒場にはそれぞれの個性があり、ルールも異なっているが、金持ちも貧乏人も関係なく店が決めたルールに従って並ぶという点においては共通している。だからこそ、ひとたび列に居場所を占めたあとの「僕」は深い詮索をめぐらす必要もなく、穏やかな気持ちになれる。ときには月を見上げて「我を忘れ」ることさえできる。戦争末期の暗く淀んだ世相のなか、生き残るために必死にならざるを得ない民衆の殺伐とした感情は、行列という心地よい統制によって癒されるのである。

それは、先頭と後尾の者がジャンケンをしてどちらから整理券を配るかを決めたり、最後の一枚を賭けて老人とジャンケンしたりするエピソードにも通じている。長い行列の末尾に並び、「あぶれるかも知れない」と思っていた「僕」は、思いがけずジャンケンで最後の整理券を争うことになるわけだが、そこに悲壮感は微塵もない。そのときはたまたま勝つことができたので、「こんな運の好いことはないと北叟笑《ほくそえ》む」ことになるが、仮に負けたとしてもそれは後に尾を引くような苦々しさではないだろう。実際の国民酒場がどうだったかは不明だが、少なくともこの作品における行列とジャンケンは、むしろ酒をうまくするための余興的なものとして描かれているのである。「僕」は、こうして手に入れた酒のうまさを「二杯目を飲んだ。ビリだったお蔭で、今日は運が好かったと、何度も思った。しかし二杯だと、一杯だけの時よりも、粗末に飲んだようだ」と語っているが、そこには行列やジャンケンといった仕掛けがもたらす効果が逆説的に示されているといってよい。

会社がリストラを進めるため労働者にジャンケンをさせるという戯画的な光景を描いた佐木隆三の「ジャンケンポン協定」（『新日本文学』一九六三年五月）がそうであるように、ジャンケンやくじ引きは、いっけん公平で客観的な選別方法のようにみえる。力による支配や不正行為がないように感じられるだけで民衆は穏やかな気持ちになれる。だが、それは巧妙に仕掛けられた罠である。行列とジャンケンがうまく機能することによって、国民酒場はあらかじめ用意した少ない分量の酒だけで民衆を満足させることができるからである。民衆を行儀よく並ばせ、軽い賭け事への参加を促す国民酒場は、まさに国家が国民を欺きながら統制するための最良の手段だったのである。

作品のラストシーンには「皆様の妹を可愛がって下さい、カボチャ子」と書かれた木札が描かれ、それを微笑ましく眺めていた人々の気持ちが荒んでいくようすが「今はその南瓜の実はちぎられ、茎や葉は枯れ果て、ただ木札だけが夕闇にぶら下っている」と表現されているが、それは戦局の悪化を感じさせる隠喩であると同時に、国民酒場という欺瞞のペンキが剝げていく過程でもある。

第4章——匿名性をめぐる問い

4―1 〈正名〉のモラル――中野重治『歌のわかれ』論

1 「自画像」を描くこと

『歌のわかれ』は、雑誌『革新』に連載された「鑿《のみ》」（一九三九年四月）、「手―長篇第二部―」（同年五月）、「歌のわかれ―長篇第三部―」（同年七月）、「歌のわかれ―長篇第四部―」（同年八月）をひとつの長篇として統一し、翌一九四〇年八月に新潮社から刊行したものである。その際、作者・中野重治は、作品の末尾に「彼は手で頬を撫でた。長いあいだ彼をなやましてきたニキビがいつのまにか消えてしまつて、今ではそこが一面の孔だらけになつていた。いつから孔だらけになつたか彼は知らなかつた。しかし今となつてはその孔だらけの顔の皮膚をさらして行くほかはなかつた。彼は兇暴なものに立ちむかつて行きたいと思いはじめていた」という一節を加えている。

一九三九年五月の『革新』に寄せた「作者附記」において、「この物語はいわゆる長篇小説になるだろうと思う。原稿用紙五、六百枚の長さの小説を、何となく長篇小説と呼ぶ意味で、前号に『鑿』を書き、つづいて今度の分を書くが、また自分でも、毎号つづいてこれくらいの分量を書きたいが、いろいろの事情から、主として力量の問題から、時々とぎれることもあろうと思う。感心したやりかたではないが、そういう我儘をさせてもらうことにする」と語り、本来は「原稿用紙五、六百枚」の長篇を予定していたにもかかわらず、『歌のわかれ』は、構想の半分にもみたない二百数十枚の段階でその一節とともに唐突に閉じられたのである（注1）。

初出段階では、「とにかく彼には、短歌の世界というものが、もはやある距離をおいたものに感じられだしている。頼子につながつていた長い間の気持ちもどこかへ溶けてなくなつてゆくようであつた」という、きわめて叙情的なカタルシスによって閉じられていた世界が、「兇暴なものに立ちむかって行きたい」という攻勢的な表現になったことで作品はどのように変容したのか？　安吉のなかに沸き起こる「孔だらけの顔の皮膚をさらして行く」とはどのような意志なのか？　まずは、作品を読み進めていくための手がかりをこのあたりに求めてみよう。

自分で自分の顔をなぞる安吉のしぐさ。それは、作品にたびたび登場する「自画像」の問題と通底している。たとえば、冒頭近くには、「できそこないの自画像のカンヴァス」をさげて金沢の街を見下ろせる丘陵にのぼった主人公の片口安吉が、思いがけず目にした監獄の風景を描きはじめる場面がある。「自画像」をずんずん塗りつぶしているうちに、彼はいつか京都で見た「草枯れし監獄の横」という絵のことを思い出し、「恋はのろまをすばやくす／安田徳蔵また然り　されどおれには恋はなし／「草枯れし監獄」は高川高政　「草のあおい監獄」は片口……」という詩句を口ずさむ。

また、作品の後半で東京に向かうことになった安吉が高校生活を過ごした思い出の下宿を訪ねる場面には、「そこは、畳の色以外は何ひとつ変つていぬ様子でがらんとしていた。秋に返り花を咲かしたことのある桜が、ちようどまつ盛りに咲いているのが北側の窓ガラス越しに見えた。ここで彼は、監獄をかきに行つたあと放りだしていた絵の具箱をもう一度取り出して、その後金之助などに笑われた「花をかついだ自画像」をかいたのだつた」という一節がある。

この二つの場面を時間軸に沿って並べると、安吉は、まず「できそこないの自画像」を描き、それを塗りつぶして「草のあおい監獄」という絵を描き、さらにもう一枚「花をかついだ自画像」を描いたということになる。言い換えれば、何度も自画像に挑んで、最後に「孔だらけの顔の皮膚をさらして行く」というかたちで、未完だった自画像を完成させたとみることもできる。

林淑美が「風景の眺望から〈空間の支配〉へ」（『中野重治　連続する転向』八木書店、一九九三年一月）のなかで、「安吉は自画像を完成させることはできなかったはずだ。監獄の絵は自画像を塗りつぶしてかかれたのだったし、その監獄の絵も未完成なのだ。監獄の絵をかいたときの安吉の視覚は、身体によって促されたものではなく抽象的な眼だけになっていた。このような視覚によっては、見る身体と見られる身体との相互変換をあらわす自画像を完成させることはできない。自画像は安吉を赤裸々にせずにはおかない。しかしぼんやりとした身体のまま金沢の町にあることを強いられた安吉に、赤裸々にされるべき何があったというのだろう。（中略）もし自画像が完成されるのならば、この加筆した部分にあるように、孔だらけの顔を我が顔として引き受けたこの時にこそ、完成されるべきであっただろう」と論じたように、ここでの安吉は、まさに、「見る身体と見られる身体との相互変換」というレベルにおいて、自分の「顔」を引き受けていく決意をしたのである。

ただし、こうした側面から作品を読み解く立場に対しては、竹内栄美子の

あとさきのないそのとき限りの心情を一首の歌に封じ込め、歌の世界は完結する。代替することの決してできぬ、その場そのとき限りのものだからこそ、放たれる光は美しいが「はかないもの」でもあり、外部へ踏み出すことのない一回性の純粋さを守るのである。／安吉のこのような短歌観は、詠み人の個を復活させ「私」性を盛り込むようになったと言われる近代短歌の流れに連なっている。中野自身の見解によれば、短歌は「作者という個人に他のある芸術の場合よりも強く結びつく」（『斉藤茂吉ノート』「ノート三　茂吉にあるわかりにくいもの」）とされている。（中略）自己内に沈潜し自己の声のみを響かせる安吉の在りようは、自画像よりもむしろ短歌においてこそふさわしい。「純粋に einmalig なもの」である短歌は、世界を自己内的に規定してその内部にとどまっている安吉をメタフォリカルに表すものなのである。（「〈写生〉への道のり――『歌のわかれ』」『中野重治〈書く〉ことの倫理』EDI学術選書、一九九八年十一月）

という言説をはじめとして批判的な見方もないわけではない。『歌のわかれ』の世界から、「一回性の純粋さ」を尊ぶような「短歌」的認識を抽出し、安吉を「自己内に沈潜し自己の声のみを響かせ」ようとする存在ととらえるその見方は、作品のラストシーンを「空虚な身体と空虚な空間からの脱出」ととらえるような教養小説風の読みに対する反措定として、ある一面では示唆に富んでいる。しかし、安吉にとっての「自画像」と「短歌」的認識とは、果たしてそれほど乖離した問題なのだろうか。それぞれは根深いところで結びつきながら、安吉の内面にひとつのうねりを作りだしているのではないだろうか。

たとえば、作品の第一部「鑿」から第二部「手」の冒頭近くにかけてこんな場面がある。ある晩「乱暴や悪遊び」のグループにいる佐野という男に「無礼」なふるまいを受けた安吉は、「佐野の無礼は許せるが、佐野の無礼をおまえが許すことは許せぬぞ」と自問自答したあげく、ポケットに鑿をしのばせて彼を刺そうという思いに駆られる。後日、事件を振り返った安吉はそれを次のように述懐する。

安吉がドアを押してはいつた時には佐野はもういなか

つたのだった。安吉はそのまま自分の部屋へ帰つて試験勉強の続きをつづけた。あれはほんとうに仕合せだつた。あのとき鑿を握つた右肘の関節をつっぱっていたことを思えば、運よく佐野がいたところで、しかと刺せたかどうかはかなりに疑問だつた。しかしはたしてあれが仕合せだつたろうか。何か深い意味、たとえば摂理というような意味からいえば、一つの刃傷沙汰が避けられたというだけでも仕合せだつたといえよう。しかし自分にとつて、どたん場まで行かなかつたことが仕合せといえるかどうか。結局おれは、精神の貧弱さから知らず知らずどたん場を避け、また他の場合には、外からの偶然がどたん場に突きあたることから自分をよけさせ、こうして、「窮地」に落ちることなく一生過ぎてしまうのではないか。幸福といえる幸福、不幸といえる不幸を経験することなく、時々の小さな幸福を幸福と感じつつ、特に時々の小さな不幸をいくらかもつたいぶつて不幸と感じつつ、人間として低い水準をずるずると滑つて行くのではなかろうか。

　ここに示されているのは、いつも自分を何か別のものになぞらえ、周囲に溶け込ませるようにして生きてきたことへの根元的な疑いである。自分はいつまでも本物の世界に触れられないまま人間としての「低い水準をずるずると滑つて行くのではなかろうか」という自己嫌悪である。安吉のなかには、対象の奥行きに届かないまま表層をなぞっていくような現実感覚を呪い、自分を「どたん場」に追い込むことで生の深みを肌で感じてみたいという欲望が沸々とわきあがっている。作品に頻出する「自画像」の問題と「自己内に沈潜し自己の声のみを響かせ」（竹内栄美子「写生への道のり――『歌のわかれ』」前出）ようとする安吉の「短歌」的認識は、こうして、彼が自らをエピゴーネン＝偽物として自覚していく過程でひとつにつながりはじめるのである。

　エピゴーネンとしての「自画像」。それは、安吉が「春」や「若きウェルテルの悩み」といった「煩悶する青年像」を描いた文学になぞらえて自分の置かれている状況を振り返る場面にも顕著に表れている。この場面で、普段では考えられないほど饒舌になった安吉は、

「あんな時代がもう一度来るかつてんだよ。一方がキリスト教から来た『文学界』、それから山路愛山の一派、それから二葉亭がいてね、硯友社はあんなだろう？それから一葉だ。そこへ鷗外がハルトマンなんかさげて帰つてきたんだろう？その鷗外が一葉をちよつとヒイキにしてね。あんな時代は来ないつてんだよ。田

方は。うまいことといつてたよ。あの『春』は、花でいえば大根の花で、季節からいつても大根の花だつてんだ。ぼうつとしててね。いくら文学文学つていつてたつて、おれたちとあの時代とじやすつかり変わつちまつたつてんだ。」

とまくしたてる。作品内には、それに先だって、「彼は時に立ちどまってうしろをふりかえり、そのつど、丘、街、川、それに反対側の丘陵地をふくめた風景が「ウェルテル」のなかのある場面に似かよっているなどと考えて歩いて行った」という描写があり、小説の主人公たちを介して思い出に浸り、知的なディレッタンティズムに酔おうとする安吉の心性が映しだされているし、許嫁《いいなずけ》があって、まもなく結婚することになっていた頼子を愛してしまった場面でも、「頼子自身にたいする心持ちよりも、彼女を苦しめたという記憶がなかなかにこそげ落せぬのであった」といった内省によって事態を自分ひとりの問題として回収していくようすが切り取られているが、それらはすべて恋愛のロマンティシズムに酔うことのできない自分を表象する伏線となっている。彼はつねに自分を遅れてきた青年として認識し、他者との関係性よりも、後悔や自己嫌悪となって還ってくる醜さに煩悶する自分の姿に執着し続ける男なのである。

ここで注目したい一冊の書物がある。それは『歌のわかれ』の舞台となっている小説内時間よりもすこし前の一九二二年九月に刊行された和辻哲郎『日本精神史研究』（岩波書店）である。中野重治はこの書籍の第十二刷を所蔵している。それは折しも『歌のわかれ』を執筆し始める時期にあたる「昭和十四年四月」に発行されたものである。そして中野重治は、『日本精神史研究』のなかで「物のあはれ」が語られている箇所とそれに続く恋愛に関する認識を綴った部分に細かく傍線やカッコを記している。

たとえば、傍線を引いた箇所には「或時は『物のあはれ』といふ言葉が率直で情熱的な思慕の情の直接さを覆ふ虞れがあり、また或時は強烈に身を以て追ひ求めようとする思慕のこゝろの実行的な能動性を無視する虞れがある。『物のあはれ』といふ言葉が、その伴へる倍音の悉くを以て、最も適切に表現するところは、畢竟平安朝文学に見らるゝ永遠の思慕であらう」とある。

また、カッコで括って居る箇所には、「恋に於て体験するところは、遥かに切実であり、遥かに深い。彼らはこゝに総じて人生の意味価値を思量し、永遠への思慕に根ざす烈しい魂の不安を経験する。かくて彼らの精神は、緊張し、高まり、妊み、さうして生産するのである。明らかに女らは、精神的に云つて、男よりも上に出てゐる。しかし女らには、このより高い立場から男を批評する眼は開けなかつた。彼らにとつては、現前の男が畢竟男であつた。従つて彼らは、この与へられた男に於て、即ち彼らの求むるものの存在しないところに、彼らの求むるものを捜した。こゝに彼らの哀感の特殊な能力がある。彼らは官能的なる一切のものを無限の感情によつて凝視し、さうしてそこに充たさるゝことなき渇望を感ずるのである。（中略）物のあはれは女の心に咲いた花である」とあり、さらに数行後の「それは男性的なるものの欠乏に起因する」という一節が含まれる行頭にはチェックの印が付されている。

中野重治は、『歌のわかれ』執筆時期に一世を風靡していた和辻哲郎の『風土 人間学的考察』（岩波書店、一九三五年九月、中野重治自身は一九四〇年二月に発行された第八刷を所蔵）でも、「日本的なる恋愛の類型」について論じた場面の、「そこで日本的恋愛の話は、恋愛を魂の事件として把捉しつゝも肉欲的に執拗である他の型よりも、一層高き品位を保つてゐるのである」という箇所と、「またこの特殊な仕方は、家族制度がすたれて行くと共に消滅し去るやうなものであらうか」という箇所に傍線を引いているため、それぞれを照らし合わせると、彼が興味をもっていた事柄の一端は鮮明に見えてくるように思う。要するに、そこでは「魂」が響き合うような「官能」にのめりこむことなく、「現前の男」のものになっていく女の「哀感」を「物のあはれ」として尊ぶ「日本的恋愛」、あるいは、それと表裏をなす「男性的なるものの欠乏」というものに焦点があてられ、その根幹に「家族制度」の特殊性が見据えられているのである。

こうした認識が作品内における安吉と頼子の恋愛描写に反映している可能性は十分に考えられる。許嫁のある身でありながら安吉を慕い、彼も自分を慕ってくれることを期待していた頼子は、いよいよ別れのときになって小包の中に自分の着物を忍ばせて安吉に届ける。許嫁がいることにさえ気がつかず、「ぼんやり」していた安吉は、すべて終わってしまった後になって、自分の前から消えていった頼子への未練を「汽車は停車場にとまるが／船は海の上にとまらない／おまえは／とまることなく遠ざかって行ったのだ」と謳う。そこには、和辻哲郎が論じた「日本的恋愛」と「男性的なるものの欠乏」の問題が、なかば戯画化されたかたちで描かれているのである。

だからこそ、安吉は自らの内面にくすぶり続ける悔恨を「頼子自身にたいする心持ちよりも、彼女を苦しめたという記憶がなかなかにこそげ落せぬのであつた」と内省するような態度をとってしまう。これは、作品の第一部「鑿」の最後にある「佐野の無礼は許せるが、佐野の無礼をお前が許すことは許せぬぞ」という一節と見事に相似していると思われるが、結局、彼の罪傷感は〈他者／自分〉という関係よりも〈自分／自分を認識する自分〉の関係として顕在化し、完成しない「自画像」の問題において意匠化されるのである。

作品内には次のような印象的な場面がある。あるとき、安吉が舟木という友人と話していると、京都に住む友人・内蔵太から手紙が届いたことに話題が及ぶ。舟木は雑誌をめくりながら「おれんとこへもよこした」、「ふふ……。部長の高瀬叢々ね、あれが大学教授で終るべきか、作家として立つべきか、煩悶してるんだとさ。五十にもなつて、京都なんてのんきだなア」と語る。だが、すぐそばにいるはずの安吉は、その言葉に何も応えようとせず、自分の前を通り過ぎていった「夏時分の光景」を思い出すのである。「しかしすべては河であり、丘であり、樹木であり、風景であつた。安吉には、まる四年半いたこの町に一きれのどきんとするような記憶もなかつた。彼は勉強をしたか。しなかつた。道楽をしたか。しなかつた。恋愛をしたか。しなかつた、この町に関するかぎり。なにか町の生活、場末の人々と親しくでもなつたか。ならなかつた。そしてそう考えること自身、田山花袋にでもありそうな感傷的でダルな回想だつた」。

ここに描かれる「高瀬叢々」のモデルは厨川白村。『三太郎の日記』（東雲堂、一九一四年四月）から『人格主義』（岩波書店、一九二二年六月）にいたる著作を発表し続けていた阿部次郎、『出家とその弟子』（岩波書店、一九一七年六月）、『愛と認識との出発』（岩波書店、一九二一年三月）で知られる倉田百三とともに、彼の著作は当時の学生に幅広く読まれ、大正教養主義の一翼を担っていた。竹内洋が『日本の近代12　学歴貴族の栄光と挫折』（中央公論社、一九九九年四月）で指摘するように、「読書を通じての教養は大正時代以後の旧制高校の規範文化」であり、学生たちは「自ら作品をつくり、独創を誇るのではなく、傑作に接し、人類の文化の重みを知ることによる人格形成」をめざした。また、帝国大学へと続くエリートコースが約束されていた旧制高校生たちは、表面的には実利や名利を軽蔑し、「特権的モラトリアム空間」としての学生生活を謳歌した。その一方、彼らは、遺書「巌頭之感」を残して華厳の滝から投身自殺した藤村操（一九〇三年没）を起点とする懐疑主義、あるいは、「凡てのものと共に生きて而も自ら徹底して生きること」（「不一致の要求」『合本　三太郎の日記』岩波書店、一九一八年六月）を説き、自我の確立と社会の繁栄を統一的に成し遂げていこうとする阿部次郎の生命主義などに感化され、個と外界との相克に苦しむこと、それ自体を学生の本分と考える傾向があった。

だが、一九二六年に「東京帝国大学生」（『驢馬』六月）という詩を発表した中野重治は、

顔の黄色いのが居る／眼鏡が居る／羽織／るぱしか／釦の直径が一寸もある外套が居る／乞食のやうなのも居る／そして銀座をあるく／酔ふと卑しいお国言葉をわざわざ使ふ／学問の蘊奥／人格の陶冶／そして言ふ／『苦悶の象徴』は鳥渡《ちよつと》読ませるね／へどだ／そして正門のあたりをぞろぞろと歩いて居る／ふつとぼおるばかり蹴つてるのも居る

と謳い、厨川白村の『苦悶の象徴』（改造社、一九二四年二月）を「へどだ」と拒否する。この言葉に着目して「『へどだ』といい放ったとき、中野はどこへ向かって飛翔をこころみたのであろうか」と問いかけたのは磯田光一「〝わが家〟の内と外」（『左翼がサヨクになるとき』集英社、一九八六年十一月）だが、少なくとも、それが『苦悶の象徴』における「人生の深き興趣は、要するに強大なる二つの力の衝突から生ずる苦悶懊悩の所産に外ならない」という立場、すなわち、「苦悶懊悩」を糧として優れた人格を形成していこうとする相克的な態度からの離脱をめざしていることは間違いないだろう。

中野重治が詩に託した思いは安吉の閉塞感でもある。『歌のわかれ』の舞台となっている一九二四年前後のこと。従来のナンバー校に加えて地名校や私学が増設され、大学の定員に対する高等学校生の割合が相対的に激増（注2）したことによって、旧制高校は、それまでの牧歌的なエリート主義が瓦解し、入学試験での合格を第一目的とする受験競争が学生生活を抑圧するようになる。大学教授でい続けるべきか作家として立つべきかを「煩悶」する高瀬叢々に向けられる「のんきだなア」の言も、そうした文脈を通過させることで理解可能となる。

　しかし、安吉は、そうした息苦しさに圧迫されながらも、必死で試験勉強をしていい成績を取ろうと血眼になっている連中に迎合できない何かを感じている。作品の冒頭に近い場面。行き場のなくなった彼が県立図書館に逃げ込んだときのようすが、「そろそろ学期試験の勉強を始めている学生たちの頭へ軽蔑するような視線を投げ、威張つたような顔つきで特別室へ入り、このまま見残した鍔《つば》の写真のいつぱいはいつたイギリス本を五、六冊借り出してどつかりと椅子に腰かけた」と描写されていることからもわかるように、彼は、旧制高校の知性を覆っていた「煩悶」の空気から逃れようとするだけでなく、ガツガツと努力して自己実現を図っていくような学生たちにもなじめないまま自分

の存在をもてあましているのである。

2 「二階」の住人

こうして、生きることの確かな感触をつかみかねている安吉に対して、語り手はしばしば「二階」の住人という属性を強調する。安吉が久しぶりに高校時代の下宿を訪ねたときの「頼子との間に手紙の行きちがいが生じたのもこの部屋でだつた。そして二度目の落第をし、さつきの中のばあさんに、「ないことではないんですさかい、あんまり気落ちあそばさんでいね……」といつてわざわざ慰めにあがつてこられたのもこの二階でのことだつた。／二階へあがつてからまだ五分とたつていぬにちがいなかつたが、しかしまた安吉は、早く降りなければ降りる機会がなくなる気がしてもう一度とんとんと下へ降りた」という場面をはじめとして、作品には、安吉が身を置く場所としての「二階」がくり返し描かれるのである。

下宿の「二階」。それは、いうまでもなく、その土地を仮の住まいとして通過していく者たちの空間である。「二階の下宿」(『都市空間としての文学』筑摩書房、一九八二年十二月)において尾崎紅葉『多情多恨』を論じた前田愛が、「二階の柳之助の部屋には、今は亡きお類の肖像画が架っている。柳之助はこの肖像画に眺め入りながら死者の追憶をあらわにするが、一方ではそこからたちのぼる死の雰囲気に耐えられずに、お種のあたたかいもてなしを求めて階下の茶の間に降りて行くことになる。二階が感傷の絆につなぎとめられた過去の世界、死者の世界であるとすれば、階下は家庭の優情を約束する現在の世界、生者の世界であって、この二つの世界をむすぶ階段を往きつ戻りつする柳之助のためらいがちな動線は、おのずからこの物語がはらんでいるドラマの内実を明らかにする。ロマネスクな世界から日常的な世界への帰還であり、二つの空間に投影された時間のドラマである」と論じたのと同じように、安吉も、かつてはロマネスクな「二階」の住人だったのであり、彼自身もそのことに気がついているからこそ「早く降りなければ降りる機会がなくなる」ように感じるのである。

このような、地に根を張ることのない通過者としての感覚が、作品内にたびたび描かれる高台からの眺望と連続していることはいうまでもない。安吉が「ウェルテル」のなかの風景を思い出しながら金沢の街並みを見おろす場面には、こんな一節がある。

眼に見えるかぎり、風呂屋、桶屋、その他の店屋、豚や鶏、畑の野菜、川や用水や藪かげの村の家、それから谷あいの部落から尖った杉の植林まで、動いている人かげをも入れて眼に見えるすべては人の営みだった。／「高等学校の生徒なんというもの、その落第生なんというものが何だろう……一面が営みであるなかで、おれには営みがない。」

この「営み」の問題については、亀井秀雄が「『歌のわかれ』『街あるき』『むらぎも』」（『中野重治論』三一書房、一九七〇年一月）のなかで、「安吉は女学生の群れを追いこしながら、『女性にたいして復讐する力』を感じたりもしている。（中略）要するにそれは、小器用に若い女性とうちとけられないおのれに対するいまいましさを裏返した怨念みたいなものであろう。そういう生命の直接的な営みの可能性からも、生活資料の営みの世界からも、とおく分け距てられている自分。さし当り安吉をとらえていたのは、こうした二重の営みからの疎外感、手ざわり確かな営みの喪失感、この痛烈な思いだけだったのである」と論じている。また、高橋博文「歌のわかれ」（『日本の近代小説』東京大学出版会、一九八六年七月）も、「安吉の思い描く〈営み〉とは、単に額に汗して働くといったことに尽きるのではない。その土地を自分の在所として、何年にも何代にさえも渡って営まれる生、その中で人々が互に恒常的で安定した繋りを持ちえているような生、そのような生のありよう」であると指摘している。「営み」の欠落は、「歌のわかれ」を読むうえで避けることのできない問題として広く認知されている。本章が問題としている大衆と匿名性という概念に照らしていえば、名もなき大衆、匿名の領域に埋没している大衆のなかにも確かな「営み」をもつ人間とそれをもたない人間がおり、主人公の安吉は、自分がそうした「営み」につらなっていないことに焦燥しているということである。

しかし、この「営み」の内実を問う前に、もうひとつ明らかにしておかなければならないのは、「営みがない」と感じる安吉が、いつも自分をものを見る人、または、ものが見えている人という立場に置いて思考し続けている点である。さきの引用に限らず、作品内の安吉はまるで何かに急きたてられるように広い眺望が得られるところを探し求める。部屋に閉じこもり考え事をしているときでさえ、何かを見つめることだけは忘れない。そして、自分を見る側に置いている限り、彼は生命がほとばしるような「営み」から疎外され続ける。

安吉は、食事をしたり酒を呑んだり、排泄行為におよんだりすることで生身の肉体性を回復しようとするが、実際には、そういった光景の多くは、むしろ、逆に彼の虚弱性を浮上させてしまうことが多い。高校時代、外国人教師のウォーカーと並んで小便をすることになったときに彼が感じた「改札口で人と人とは密着している。しかしおたがいは何の関係をも持たない。ここでも二人はいわばこんなに赤裸々な関係にあるのに……」という思い然り。東京の街を歩いていて便所に駆け込んだとき、「彼のむき出しになつた尻の下で、円錐形をなして盛りあがつた壺のなかの糞のかたまり」を見たときの「脅迫された」ような思い然り。安吉における「見る」ことの問題は、ある意味で、貧相で虚弱な男としての自分＝「男性的なるものの欠乏」した自分の劣等感と深いところで交錯しているのである。大学に入った安吉が、運動場を疾走する娘たちの肉体の美しさに感じ入る場面にある、「ほんとうにそれは美しかつた。彼女らの皮膚は栄養と鍛錬とに輝いていた。それは、痩せて薄汚い安吉から見てほとんど尊敬すべきものでさえあつた。そして結局それは安吉を憂鬱にした」という一節には、そうした認識がはっきりと吐露されている。

ところで、「見る」人としての安吉を考えるにあたって重要になることのひとつに、「歌のわかれ」の冒頭に描かれている「高川高政」のモデル中川一政との関連がある。作品に登場する「草枯れし監獄の横」という絵は、実際、中川一政が一九二〇年一月に描いた油絵で、彼の第二詩集『見なれざる人』（叢文閣、一九二一年二月）にも写真版が収められていた。だが、この原画はその後に行方不明となり、写真版の方も再版以降は削除されてしまった経緯がある。この初版本を所蔵していた中野重治は、同書に感化されて「見なれざる人」というタイトルの絵を『歌のわかれ』に組み込んだものと思われる。

『見なれざる人』の書き出しには、「見る事」という文章が入っており、そこには、「描けるだろうかと思ふ時、決して描けるものではない。見えないからこそ危ぶむ心が来る。研究所や学校にゐる人（またはそこで習った人）はかういふ時にも平気で描く。見えるといふことに無関心であるからである。見る事を知らない。そして見えると思つている。／彼等の芸術は平行、若しくは反発の芸術である。技巧が出来たのちに彼等は描く。しかし見るから技巧が生じたのでなくては真ではない。草はかういふ風に描いて見ようと思へばそれは平行に終る。草をかういふ風に描いて見ようとおもふ時、それは反発する。草となつて草を描く時、草が見えた時、画家は自然と溶合する」という論が展開されている。

風景画を描くために街を見下ろせる場所に出かけたり、「自画像」を描こうとして挫折を繰り返していた金沢時代の安吉は、まさに、中川一政が説くような「平行」と「反発」のまなざしで対象に迫っている。高校時代の彼にとって、世界はいつも自分を置き去りにしたまま上滑りしていくか烈しい違和を感じさせるかのどちらかだったのである。

そんな安吉が、目に見えるものと感応し、「見る」ということに対して神経を研ぎすませはじめるきっかけになるのが、第二部「手」のラストシーンである。いよいよ卒業できる見通しとなり、金沢の街を去る日が近づいていたある日、「東京での大学生活」について「どうしたらよかろうかという圧迫的な不安」を感じながら川沿いの道を歩いているとき、彼は自分の目の前を疾走していく機関車に魅せられる。

> そのとき汽笛が鳴つたので安吉は眼をあげた。最初あるテンポでこつちの方へむくむくと動いて伸びてくる煙が見えた。列車はすぐ村のはずれへ出た。黒い貨物列車——出はずれたのを見るとかなりに長いそれは汽車だつた。煙が白に変つた。音がどんどん大きくなり、機関車のある前の部分が急激に大きくなつた。それは箱のように、左右と上とへ立体的にぐつぐつとひろがつてきた。（中略）突然機関車から一つの手が差し出された。それは人がショベルを突き出したかのような調子で機械的に突き出された。と、手の持ち主のからだが現われた。青服に顎ひもをかけた姿が、上半分の縦三分の一くらいをちらつと覗け出した。／列車の後部の方からもう一つの手が出たのを見たとき安吉はぶるつとした。後部は安吉の前を通過しつつあつた。二つの手は、指をそろえた掌《たなごころ》のほうを向き合わせにしたまま、列車のほとんど全長をへだてて瞬く間《ま》停止し、こくりとうなずき合い、ふたたび元へもどつてそのまままなかへすっと消えた。その消え方は、人がなかにいて、そとへ突き出していたものを再びすつとひつこめたのと同じ調子だつた。安吉は、脊骨のなかの孔がつめたくなるような気持ちでそれをその非常に短い時間のうちに見た。

はじめ、安吉は機関車を冷静かつ微細に見極めようとする。自分が感じた印象をいっさい差し挟まず、機関車の動きを刻々と叙述しようとする文体からもわかるように、まっ黒い鉄の塊は次第に生命の躍動感をたたえはじめ、見る者を圧倒していくのである。中野重治が「高瀬叢々」という名で『歌のわかれ』に描さ、「東京帝国大学生」という詩では『苦悶の象徴』というタイトルまで出したうえで「へどだ」といい切った厨川白村は、その『苦悶の象徴』のなかで、自説を説明するのに機関車の比喩を用い、「これを譬ふれば、生命の力は機関車のぼいらあのなかに在つて、猛烈なる爆発性、危険性、破壊性、突進性を有する蒸汽力のごときものだ。この力を外部から機械の各部分が制圧しつゝ束縛しつゝ、而かもまた同時にその力によつて総ての車輪を廻転させてゐるのである。恬《か》くして機関車は、要せられたる速度を以て一定の軌道の上を進転して行く。蒸汽力そのものの本質は飽くまでも利害の関係を絶し、道徳や法則の軌道を離れて、殆ど盲目的に突進し跳躍せんとする生命力に他ならぬ」と論じているが、この場面の安吉もまた、はじめはただただ突進するような勢いで迫ってくる機関車の力に惹き込まれているようにみえる。

ところが、その次の瞬間、突然機関車の前方と後方から差し出された二つの手が「列車のほとんど全長をへだてて瞬く間停止し」たかと思うと、それぞれの人間が「こくりとうなずき合い、ふたたび元へもどつてそのままなかへすつと消え」るのを見た安吉は、「脊骨のなかの孔がつめたくなるような気持ち」を味わう。

このときの安吉をどのように理解するかという問題については、「(この場面は) 文明論的な翳を帯びている。それは極端なくらい純粋に農村的な感性が、東京に代表される都会生活に抱く不安あるいは恐怖といった問題である」と論じ、「恐怖」と捉える桶谷秀昭「歌のわかれ」(『文学界』一九八〇年七月) の立場と、「単なる風景から、営みのある風景へ、そして更に風景そのものに潜在する営みの発見というように認識が深化してきた安吉には、機関車の「立体的にぐっぐっとひろがって」くるそのダイナミックな迫りように、すでに「営み」という認識は意識させられていたはずである。従ってこの場面において「感動」の質的差異があったとすれば、その「営み」という認識への決定的な衝撃であったはずであり、つまり、「手」の章における「営み」という安吉の認識自身に、人間そのものが殆ど関わりをもたず、生産というダイナミズムと結びあったところでの認識ではなかったということに気づかされたのである。自身の空虚さを「営み」との対比の中で感じとっていたその安吉の認識にひそむ感傷性がこの時根底から破壊されたものだといえるのではないだろうか」と論じ、安吉のなかにあった「感傷性」が「破壊」された衝撃と捉える水本精一郎「『歌のわかれ』論 (上) ―昭和十年代における中野重治の闘い―」(『長崎造船大学研究報告』一九七一年十月) の解釈が対照を示しているし、それぞれを止揚するような見方として、「「それは彼を『不安』にする。『背骨のなかの孔がつめたくなる』戦慄を彼にもたらす。そういうもの、彼を『不安』にし、彼を戦慄させるものにこそ、彼が惹かれる。そのようなものを秤の片方の皿に置いて、ようやく釣りあうある渇えが彼のうちに呼びさまされる。その『非人間的な』

ともいうべきものへの、それゆえの渇求が、ここで中野によって語られようとしていることにほかならないのである。／とすれば、ここにはある逆転がある。そういうべきだろう。それは自分を恐怖させる。しかし、その恐怖させるものにこそ、自分は惹かれる、というような」と論じる加藤典洋「「書くこと」の非人間性——中野重治の戦時期の経験をめぐって」（『ホーロー質』河出書房新社、一九九一年八月）の読みもあるが、私自身は、基本的に水本精一郎のような認識を支持しつつこの場面をもう少し別の観点から眺めてみる必要を感じる。

　安吉は、ここでまず機関車という鉄の塊のなかにある生命のほとばしりと、熟練した人間の身体が機械のような精密な動きをしはじめる瞬間を双方向的に引き受けることになる。また、それと同時に認識されるべき客体であったはずの機関車の動きが「営み」への「感傷」的な態度を揺さぶり、自らが主体＝見る側から引きずりおろされるような感覚に襲われている。中川一政の言葉をかりていえば、そこには、機械と人間、見る側と見られる側の「溶合」が起こっている。「平行」や「反発」という一方的かつ表層的なベクトルで現実と関わり、他者の領域には「営み」があるが自分にはないなどという線引きで自己保存を図ってきた彼の理性が討たれている。「見る」ということはとりもなおさず自分自身の変容をも促すのだという認識が「背骨のなかの孔」にまで届いている。厨川白村『苦悶の象徴』が捉えた機関車が、高踏的な修養主義の象徴だったとすれば、安吉が捉えたそれは人間の身体と連動して無駄のない機能美を作りだしていくダイナミックな機関として映っている。その瞬間、安吉は、エピゴーネンとしての自分を支えてきた「おれには営みがない」という負の矜持が崩れ落ちていく衝撃を感じながら、「感傷的」な記憶に包まれた金沢の街と訣別するのである。

3　「ゆかしさ」への屈服

　安吉が東京へ出発する日。父は、「おまえ、あした立つんならちよつと村山へ寄つておくほうがいいじやろう」とだけ言い残して野良仕事に出る。安吉もまたあたり前のようにそれを聞き入れ、何も言わず父の実家である村山の家に向かう。旅に出るときや遠方から帰ったとき近隣や親類に挨拶するのは安吉の家および村のしきたりであり、その慣習に従ったということなのだろうが、金沢の街ではあれほど他者の言葉に過剰な反応をみせ、いちいち咀嚼せずにおれなかつた安吉の心性に照らしたとき、この場面における率直さ、父との間に通う阿吽の呼吸は、むしろ特異な印象さえ受ける。『歌のわかれ』の第三部は、金沢の街では見ることのできなかつた安吉のもうひとつの側面を照射することからはじまるのである。

　相手を訪ねる道すがら、安吉は「その家と自分の家との関係をちらりと頭に浮かべ」ながら歩く。そして、それは「心を新鮮にする」ための「癖」のようなものだと考える。「父の実家の村山はすぐ隣り部落にあつて、伯父の生きていた時分から安吉は入りびたりになつていたが、ほんの五、六分の距離ではあつても、別の部落だということが、祭のよんだりよばれたりの記憶に結びついていつそうその思いを新鮮にした」という描写が示しているように、彼は、連綿と受け継がれてきた村のしきたりに幼い頃の「記憶」を重ね、その背後に微かな越境体験を読み取ることで「関係」のなかに生かされている自分を再認識する。

　この場面そのものは、村に流れるゆったりとした時間のひとコマとして記述されるだけであり、東京に出た安吉のなかに強烈な残像をとどめるわけではない。だが、やがて東京に出て、そこに暮らす人々の異様なふるまいに出くわしたり目撃したりしたとき、彼は自分が村の「営み」というものを唯一の規範として都市を眺めていることに気づかされる。

　たとえば、かねてから作家になろうと志していた安吉は、上京後、すぐに紹介状を携えて藤堂高雄という作家のもとを訪ねる。安吉が通された二階の部屋には、「長いズボンの両あしをすつかり椅子に上げて、にちやにちや何か噛んでいるまま」こちらを振り返ろうともしない青年がいる。あとから部屋に入ってきて、いきなり腹這いになって西洋の絵入り雑誌のようなものを読み耽る青年がいる。そして、目当ての藤堂はといえば、紹介状をざっと読むなり、そのまま封筒を畳の上に放り出す始末である。安吉は、彼らの態度を無礼と思いながらもひと通りの挨拶をすませる。自分の話をよく聞いてもいなさそうな藤堂を前にへらへらと微笑して向き合っている自分に「誇りを傷つけられる」ような思いをしながらも、彼はひたすら時間の経過に耐える。

　そんなとき、藤堂は「君は詩を書くんですか」と問いかけておきながら、安吉の返答を黙殺するかのように青年のひとりに「このカルケット、うまいな。どこで買つたんだい」、「カルケットはね。パンの売れ残りがあるだろう。あれを切つて、砂糖をつけてこさえるんだよ」などと話しかけ、青年もまた「知つてるよ、そんなこと」と答えて「腹這つたまますずるずる廻転してきて」カルケットに手をのばす。会話の流れを断ち切られた安吉は、思い切って腰を上げようとするのだが、「腰を上げる途端にゆらりとひろがるにちがいないよれよれのセルの袴さえ、このハイカラのような自堕落なような三人の姿にくらべてひどく野暮つたいものに思われ」てきっかけを失うのである。

ちぐはぐな沈黙のあと、藤堂の口から発せられた「君は作家になるんですか」という一言に、安吉は、そのまま「ええ」と答えて済ます気になれず、思わず「しかし作家にならなくてもいいんです。なろうとは思つているんですが……」と釈明を加えてしまう。語り手はそのときの安吉の内面を、

二階の部屋には一冊の本も置いてはなかつたが、広くもなさそうなあの家のどこの部屋に彼は住んでいるのだろうか。あれらの二人の青年は彼の愛読者である東京風文学青年というものだろうか。彼らのノンシャランな態度は、どこまでがほんとうに高等なものだろうか。いつたい彼および彼らが、儀礼にかまわぬということは非常にいい。しかしあのかまわなさは、藤堂のいわゆる「いい家《うち》のぼんち」のかまわなさではないか。おれは彼の芸術を愛してきたし愛している。そうして彼と自分とのあいだに根本的に共通するものを感じてもきた。しかしそれは、ただ印刷されたものを通してそうと思いこんできたものではないのか。人生にたいする実際の態度において、彼の行き方とおれの行き方とでは、どこかで根本的にちがっているものがあるかもしれぬ……


と描写している。安吉は藤堂のふるまいを、「「いい家のぼんち」のかまわなさ」、すなわち世間知らずのお坊ちゃんがみせる気ままさと見なし、彼が活字の世界で実現してきた「芸術」と「人生にたいする実際の態度」との落差にある種の幻滅を覚える。また、そこに集う「東京風文学青年」のエゴイスティックな態度にも組していけないことを直感する。かつて、父の言葉にしたがって近隣の家々に挨拶に出かけたときに感じたような、「関係」を見つめることで「心を新鮮にする」喜びなど、ここでは望むべくもないことをはっきりと思い知らされるのである。また、この出来事が安吉に与えたしこりは、さらに、彼が人通りの少ない横丁を歩いているときに見かける「狐つきじみた眼つき」をした女を通してより具体的なイメージを結ぶことになる。祠の前にしゃがみこんで「何かぶつぶついつてしきりに祈つている」年増の女を見たとき、安吉は連れの金之助に向かって、「東京が伝統としての文化を持っていないところからくる一種の野蛮性」だと主張する。

ここでは、祈りは祈りであるよりもいつそう呪詛で

あるように見えた。「丸越」のすぐ裏にある不動尊や、動坂へ出るところの何かの祠の前などで、安吉はもう幾度もそういう気違いじみた祈りをする人を見かけていた。それらはどれもこれも狐つきじみた眼つきをして、なりふりかまわぬ態度でもぐもぐと祈つていた。そこには、祈りに伴うゆかしさというものが全然なかつた。それらは、江戸からひきつづいた迷信、迷信とまじり合つた軽薄な淫蕩とさえ安吉の頭のなかで結びついていた。

安吉は、「伝統としての文化」を育てていくためには、人々のなかに「ゆかしさ」がなければならないと考える。しかし、東京には「気違いじみた」様相でなりふりかまわぬふるまいをする連中が横行し、どこを探してもその「ゆかしさ」を感じることができない。この女の背後には、そうした東京がもっている暗部とそこに生きる人間の「呪詛」があると考える。「ノンシャランな態度」で他人に興味を持とうとしない人間と「狐つきじみた眼つき」をして祠の前にしゃがみ込む人間。それらは、ともに関東大震災後の首都東京に上京してきたばかりの安吉が目のあたりにしたごくごく限られた経験に過ぎない。

しかし、安吉はその両極から同じ腐臭を嗅ぎつけ、他者を他者として敬おうとしないその「かまわなさ」に、自分とは「根本的にちがつているもの」があると考える。さきにも言及した通り、作品には、地震からの復興気分が漂いはじめた街のなかでぽつんと取り残されている汚い共同便所に駆け込んだ安吉が、便所の踏み板よりも高く盛りあがっている糞のかたまりに慄いて外に飛び出すというエピソードがあるが、そのときの、

それは安吉に、心の底からふるえあがるような光景であつた。彼が下をのぞいた時、彼のむき出しになつた尻の下で、円錐形をなして盛りあがつた壺のなかの糞のかたまりが、尖端を踏み板の平面上よりもずつと上までのし上げて、ほとんど安吉の尻にすれすれのところまで伸びていたのであつた。そのまま尻をおろしていれば、それは完全に尻にくつついたはずであつた。それをみつけた瞬間、それは大都市の亡霊ともいうべき不気味さで彼におそいかかつた。むき出しにした尻からおそいかかられたことで、安吉は敵しがたく脅迫されたのであつた。

という描写は、まさにそうした人間たちの「呪詛」を具象化したものに他ならない。彼の「行き方」は、掃き溜めか

ら溢れていく糞のかたまりのような不気味さで襲いかかる「かまわなさ」や「呪詛」といったものに踵を返し、人間の「ゆかしさ」に思いを巡らせるところからはじまるのである。

では、安吉が考えるところの「ゆかしさ」とはどのようなものなのだろうか。ここで想起されるのは、さきに挙げた父とのやりとりに続く次のような場面である。ある晩、酒を呑んで一ぱい機嫌になった父は、冗談のように「おとつつあんらは欲も得もない。しかしおまえらよくおぼえててくれよ。おとつつあんが死んだらね、あの棺桶だけは駄目じやよ。おとつつあんはからだが大きいから、とてもあんな中へやはいりきらん。寝棺にするんじやね。死んだ死骸じやからわからんにはきまつてるが、桶だけはまっぴらじや。それから湯灌もいらん。おとつつあんら精神がきれいじやからね。そのかわり酒を一升かけてくれ」と語る。安吉は「精神がきれいじやから」という言い方から、こんなことを考える。

> 安吉の知るかぎり、父はすべてに遠慮ぶかくすべてに義理堅かつた。それは律儀といつていいほどに彼には思えた。あるとき安吉が「さんまい」に松を二本ほど入れようと提議した時、父はまわりのよその田んぼが陰になるからといつて反対した。養子に来たものだから、村の「さんまい」で火葬になろう。——これもやはり律儀の問題だろうか。「太閤ざんまい」へ土葬になることで片口家の人となる以上に、村の「さんまい」へ火葬になることで波屋部落の一員となろうというのだろうか。安吉としてそれ以上きくことはここではできなかつた。

婿養子として片口家に入った安吉の父は、何事においても遠慮ぶかく、周囲への義理を欠かさない人間だった。だから、自分が死んだときにも、片口家が特別に与えられている「太閤ざんまい」に土葬されるのではなく、集落の人々と同じように村の「さんまい」で火葬になりたいと語る。父は、自分の価値観や考え方はもちろんのこと、自分の家の都合さえ二の次にして、あくまでも村や地域の「一員」であることに拘り続ける。ただたんに自分を抑制して全体のなかに埋没していくのではなく、個と集団の「関係」に対する緊張の糸を張りめぐらしながら、自分の身を「きれい」に処していく態度を貫こうとする。それまで、「結局おれは、精神の貧弱さから知らず知らずどたん場を避け、また他の場合には、外からの偶然がどたん場に突きあたることから自分をよけさせ、こうして、「窮地」に落ちることなく一生過ぎてしまうのではないか。幸福といえる幸福、不幸といえる不幸を経験することなく、時々の小さな幸福を幸福と感じつつ、特に時々の小さな不幸をいくらかもつたいぶつて不幸と感じつつ、人間として低い水準をずるずると滑つて行くのではなかろうか」と煩悶し、「おれ」自身のこと、「おれ」が人間としていかに高い水準を保って生きるかということばかり考えてきた安吉は、まるで自分というものを持とうとしない「ゆかしさ」に、なんともいえない畏怖を覚える。だからこそ、それ以上のところに踏み込んで父の真意を問うたり父の考え方と対峙したりすることさえできないまま引きさがってしまうのである。

　自伝的小説『歌のわかれ』のなかで、主人公・安吉に同時代の自己認識を限りなく忠実に投影しようとした中野重治は、関東大震災から数年を経て刊行された『驢馬』（一九二六年六月）に、さきに紹介した「東京帝国大学生」という詩と「詩に関する二三の断片」（後半は一九二七年一月に刊行された第四号に発表。のちに『芸術に関する走り書的覚え書』改造社、一九二九年九月に所収されるとき約六頁分を削除し「詩に関する断片」と改題）という評論を同時発表し、前者の詩に「酔ふと卑しいお国言葉をわざわざ使ふ／学問の蘊奥／人格の陶治／そして言ふ／「苦悶の象徴は鳥渡《ちょっと》読ませるね」／へどだ……」と記している。

　ここで東京帝国大学生たちを「へどだ」と言い放つ中野重治に対して、磯田光一は「〝わが家〟の内と外」（『左翼がサヨクになるとき』（前出））において、

> 　興味ぶかいのは、彼らが酔うと口に出す「卑しいお国言葉」と「学問の蘊奥」「人格の陶冶」とのあいだの断層である。ここにいう「学問の蘊奥」とは明治十九年の「帝国大学令」の一節に依拠しているが、つぎの「人格の陶冶」は、じつは「帝国大学令」が大正七年に改正されて「大学令」となるとき、「兼テ人格ノ陶冶及国家思想ノ涵養ニ留意スヘキモノトス」という文章が補足されたもので、中野はそれを引用しながら〝帝国大学〟をシニカルな眼でみているのである。／それだけではない、「人格」という用語のうしろには、阿部次郎の〝人格主義倫理学〟への反発がある。『三太郎の日記』（大正三年）から『人格主義』（大正十一年）にいたる阿部次郎の著作は、旧制高校生の必読書の座に押しあげられ、いわゆる大正教養主義が当時の学生層をとらえていた。それに対応して、竹内仁『阿部次郎氏の人格主義を難ず』（大正十一年二月）など阿部次郎への批判があらわれたのであるが、中野重治も阿部次郎への批判者の立場にあった。右の詩で、そのつぎに出てくる「苦悶の象徴」が、当時ひろく読まれていた厨川

白村『苦悶の象徴』であったことはいうまでもない。／以上に述べたさまざまのイメージが平均的な「東京帝国大学生」の属性であったとすれば、それにたいして、「へどだ」といい放ったとき、中野はどこへ向かって飛翔をこころみたのであろうか。

と指摘している。さらに磯田光一は、自らの問いへの答えを「詩に関する二三の断片」のなかに求めようとする。この評論の冒頭にはブハーリンとプレオブラジェンスキーによって編まれた『共産主義入門』（日本語訳の正確なタイトルは『共産主義のＡＢＣ』田尻静一訳、政治研究社、一九三〇年六月）の献辞が引用され、「その結構の全幅をつらぬくものは、一つのはげしい感情である。（中略）一人の女に対する一人の男の情念が、その性質上いちじるしく個人主義的であり独善主義的であり、時には頽廃的であり自棄的でさえありうるに反して、ここに披げられた感情は、集団主義的であり光明的であり、所属する集団の透徹せる理論と強大な力とに対するこまやかな愛と信頼との思いをさえも示している。そしてここに撰ばれたことごとくの言葉は判明であると同時に明晰であつて、何の障碍もなくやすやすと私たちの頭の中に理解され、その感覚は紛れもないものであり、その感情は直ちに私たちの心臓の中へと沁み込んでくるものである」と記されているが、磯田光一は、まさにそこにこそ中野重治が「飛翔をこころみた」地平があるというのである。

「歌のわかれ」には、酒に酔った安吉が「東京、東京、なんぞその名の美しくてかなしきや……」という詩の一節を思い浮かべ、それを「今はきらいになつてしまつた詩人」の言葉だと振り返る場面がある。また、許婚との結婚が決まっていた女性を愛した安吉が、彼女から送られた小包に入っていた女物の着物を「ひつかぶつて」泣き寝入りし、つまらない詩句のようなものを書いてみたものの、傷心が少しも癒えず、「頼子自身にたいする心持ちよりも、彼女を苦しめたという記憶がなかなかにこそげ落せぬのであつた」と告白する場面がある。そうした事例にみられるセンチメンタリズムは、すべて中野重治自身がいうところの「個人主義的であり独善主義的」な「情念」に根ざしたものであり、安吉の精神にある種の弛緩をもたらす。頼子のことを何も知らずにいた自分を責める場面での、「安吉のぼんやりはここで最大のぼんやりさを発揮して、頼子にはちゃんとした許婚があり、まもなく結婚するのだということを、ほんの間ぎわになるまで気がつかずに頼子を苦しめたのだつた」という一節が示しているように、独り合点な「情念」は、現実を甘く切ない記憶にすり替え、物事の本質を見誤らせる。「東京帝国大学生」という詩に刻まれた、「酔ふと卑しいお国言葉をわざわざ使ふ」学生たち、「苦悶の象徴は鳥渡読ませるね」などと気取っている学生たちが、なぜ「へどだ」といって唾棄されねばならないのかは、そうした安吉の認識と深くつながっているのである。

それに反して、本節第三項の冒頭にあげた「おまえ、あした立つんならちよつと村山へ寄つておくほうがいいじやろう」という言葉をはじめとして、父が口にする言葉には抒情的な響きはもちろんのこと、何らかのニュアンスに意を溶け込ませて伝えようとする装飾性がまったくみられない。その言葉は、つねに村の暮らしに対する「律儀」な信頼に裏打ちされており、「その感情は直ちに」安吉の「心臓の中へと沁み込んでくる」。抒情詩に描かれるような「個人主義的であり独善主義的」な「情念」から抜けだそうとする安吉が、父の「ゆかしさ」に屈服し積極的に従っていこうとするのは、彼が父の言葉に「所属する集団の透徹せる理論と強大な力とに対するこまやかな愛と信頼との思い」を見ているからにほかならないのである。その意味で、安吉にとっての父という存在は、田園風景のなかに溶け込んで都合のいいときだけ郷愁の一コマとして呼び寄せることができるような過去の住人ではなく、東京で様々な体験を重ねていけばいくほど、より鮮明なかたちで目の前に立ちはだかってくるひとつの規範なのである。

4 「短歌的なものとの別れ」

『歌のわかれ』には、そうした父のありようを考えるうえで見逃せない場面がもうひとつある。安吉が東京に発つ日の朝のこと。父と安吉は「いつものならわし」で朝から盃を交わす。父が多少酔い、安吉も酔った頃、父はポツリと「からだを大事にせにやいかんが……」、「病気になつたら、病院へはいるのがいいじやろう」とつぶやく。安吉は、その一言に「ある柔らかなショック」を受けるものの、そのときはさほど意識することもなく家を後にする。だが、東京に向かう列車に乗り込み、昨日までの自分と明日からの自分に考えをめぐらした彼は、突然、朝の光景を想起し、父の言葉がもっている深みに突きあたる。「いま思い出されてみると、それは方途のない父の柔らかさと懸念とだついた」。安吉は、そんな思いを噛みしめながら「瞼うらに泪の出てくるのを感じ」るのである。

『歌のわかれ』には、こうした何気ない言葉が安吉の心を揺さぶる場面が頻繁にみられる。また、彼が言葉の微妙なニュアンスの違いに執着して感情をあらわにする場面も多い。詩歌を詠み、小説家を志望する文学青年として、それはある意味で当然のことなのかもしれない。だが、たとえば金沢にいた頃、東京でアインシュタインの講演を聴いてきたという教師に印象を尋ねたときの、

> 安吉も金之助も相対性理論については知らなかった。しかしこの人の人なつつこさや高い叡智についての話、彼の髪を夫人がつんでやるのだという噂ばなしなどは知つていた。彼らは、天地ほどもちがうこの碩学《せきがく》のなかに、貧しい彼らと人間的に共通した点をさえのぼせ気味で感じていたのだつた。／「どうつて……非常にいい人ですね……」／「非常にいい人」という言葉を沢村は嘆息するように言つた。それはそつくり二人の心に受け入れられた。

という描写、あるいは、その直後の歌会で、自分の歌のなかにある「犀川の水はやけにせせらぐ」という表現はいかがなものかと批評された安吉が、「いや、「やけに」なんだ！」と叫んで一座を笑わせる様子などから明らかなように、彼がこだわるのは、むしろ、詩歌のように美しく完成された表現ではなく、そのときの感覚や印象を素朴に、しかも、それ以外に言いようがないものとして言語化することである。だからこそ、本当に美しいもの、五感の過敏な部分に突き刺さってくるものにめぐりあったときには、自分の言葉がその衝撃に追いついていかないことを思い知らされ愕然とする。「白い運動着を着て、短く切つた髪を細い鉢巻のようなもので留め、両腕を後上へ、両股を前上へ振りあげるような恰好でぴよんぴよん跳ね」る娘たちを運動場で目撃した安吉が、その「栄養と鍛錬」に輝く肉体の美しさに魅せられて詩を書いたものの少しも納得がいかず「憂鬱」になる場面、あるいは、その直後に街に飛び出した彼が野菜市場に山のように積まれたキャベツや白菜を見たときの、「白菜の肌の緑いろと白とが美しく朝日に光つていた。大きな竹かごの積まれたうしろには真紅な生薑の山の濡れたのが見られた。それらの匂いと味の記憶とは、今の安吉にとつて全身的につうんとくるものだつた。舌ばかりでなく彼の精神が唾をたらすようだつた」という描写などは、明らかにそうした飢餓感によってもたらされている。藤堂という作家と面会したときに感じた『人生にたいする実際の態度」と「印刷されたもの』との乖離がそうだったように、安吉のなかには、文学を志しているはずの自分が人々の「営み」に肉迫する言葉をいっこうに持ちえていないことへの虚しさが深く根を張っているのである。

　ところで、ここで安吉が感じる「憂鬱」という言葉は、藤堂高雄のモデルである佐藤春夫が、『田園の憂鬱』（新潮

社、一九一九年六月)、『都会の憂鬱』(新潮社、一九二三年一月)などを発表したことで、大正後期の文学青年たちが好んで用いるようになったもので、作品内で同じ時代の空気を呼吸している安吉もまた、そうした文脈を理解しているはずである。

その佐藤春夫は、『日本詩人』(一九二五年八月)に発表した「僕の詩について　萩原朔太郎君に」のなかでこんなことを記している。

> 僕は純粋な日本語の美に打たれることが折々ある。言葉とはつまり霊のことだ。さうして近代人ではなく世界人でもない自分の魂を凝視して溺愛することがある。僕は折ふしのさういふ時間にだけ歌ふ。ひとり歌ふのだ。別に出教授はしない。即ち僕は僕のなかに生きてゐる感情が古風に統一された時に詩を歌つてゐる。僕は夢遊病者として date の外へ歩いて行つて歌つてゐる。

中野重治が、この文章からなんらかの直接的な感化を受けたという確証はもちろんない。だが、この短文は、萩原朔太郎が『一九二五年版　日本詩集』(新潮社、一九二五年四月)に書いた「総評」の反論として書かれたものであるということ、萩原朔太郎はそのなかで「「詩壇の詩人」として、佐藤春夫は過去の人である。第一に、彼の詩の言葉それ自体、言語の感覚それ自体が古臭いので、今の詩壇から本質的に遅れてゐる。彼の詩から嗅ぐものは、十年以前の詩壇であり、詩想も、趣味も今の詩人の神経に触れてゐない」と批判をしていることなどを考えると、それに対する反論として書かれた佐藤春夫の文章も、当然、詩壇の注目を浴びるものであったに違いない。また、金沢時代から佐藤春夫の文学に親しみ、『歌のわかれ』において佐藤の「のんしゃらん記録」(『改造』一九二九年一月)にちなんで藤堂高雄を「ノンシャランな態度」と形容した中野重治が、佐藤春夫の「言語の感覚それ自体が古臭い」と批判されていたことを知らなかったとは考えにくい。

ただし、問題は中野重治がこの文章を読んでいたかどうかではなく、そうした「古臭い」佐藤春夫をあえて小説のなかでモデル化し、「普通の常識が東からばかり考えている時、この作家の常識は、それはやはり常識ではあつたが、北から考えることで突然話に窓をあけるというふうであつた」などと指摘していることにある。結果的には、その「ノンシャランな態度」に自分と相容れないものを感じたりもするが、中野重治にとって、佐藤春夫の「古臭さ」は負性を帯びたものとして映っていなかつたと思われるのである。のちに、「生理的幼少年期と文学的少青年期」（『中野重治全集』第一巻「著者うしろ書」筑摩書房、一九七六年九月）で高等学校から大学にかけての時期の自分を振り返った中野重治は、「私は、文学については自然発生風ということを根本的大事と思つている。何をそう呼ぶかここで書いていることはできないが、まずまずこれは私のなかで動かない」と記すことになるが、ここでの「自然発生風」の言葉とは、佐藤春夫がいう「僕のなかに生きてゐる感情が古風に統一された時」に生まれる言葉という意味合いに限りなく近いように思われる。

そして、父の言葉がなぜ安吉に「ある柔らかなショック」をもたらすのかを考えるとき、こうした言語認識は、ひとつの重要な補助線となる。「からだを大事にせにやいかんが」、「病気になつたら、病院へはいるのがいいじやろう」という言葉は、あたり前のことをあたり前に言っているようにみえる。だが、それは無意味な自明性ではなく、都会に出て行く息子を慮る気持ちに満ちていながら、そうした心配や不安を極力抑制したあとに残る自明性である。中野重治が「誠実ということ」（初出未詳、『中野重治随筆抄』筑摩書房、一九四〇年六月）にはじめて所収）という文章に記した、「誠実は、ほとんどそれとわからぬくらい快活に生かされてこそはじめて、そしてほんとうに、美しい」という表現になぞらえれば、父の言葉はその「誠実」さが「ほとんどそれとわからぬくらい」さらりと伝えられているがゆえに「美しい」といえる。それは、隅々にいたるまで質朴に生きてきた人間の真っ当さによって貫かれているのである。

こうした中野重治の言語認識を、彼自身が好んで用いた「私は田舎者であり、桶を桶という」という表現から解き明かしたのは井口時男「桶を桶ということ」（『言語文化』一九九九年三月）である。ここで井口は「私の中野への関心の焦点には、いつでも次の一句がある」としたうえで、中野重治自身がこの言葉をどのように用いたかを、三つの例で紹介している。

ひとつは、『歌のわかれ』の連載時に同じ雑誌『革新』（一九三九年七月）に掲載された「ねちねらした進み方の必要」という随筆における、「すべての文学は、文学自身の言葉によつて正確に研究せられねばならぬ。研究者は、「私は田舎者であり、桶を桶という。」という気組みを持ち保たねばならぬ」という記述である。二つめは、「わかりやすい言葉を」（『文学新聞』新日本文学会、一九四六年十一月一日）における「わかりやすい言葉をつかうにはものを確かに見る必要がある。「わしは田舎者だ。桶を桶という。」という意味の諺があるが、桶を桶という行き方、これが言葉づかいの土台にならねばならぬと思う」という記述、三つめは、「星野芳樹議員の懲罰反対」という国会演説記録（一九四九年五月二十七日付）での、「われわれは率直に言うほうがいい。そのことはギリシャ人が言っている。「おれは百姓であるから桶を桶と言う」」という発言である。これらの言葉を手がかりに、戦中から戦後にかけての中野重治の認識に迫った井口は、

「私は田舎者であり、桶を桶という」——私はこれが、中野重治の批評の核心をいとめた言葉だと思っている。私はそれを、「名を正すということは大事にちがいない」（「脱けたところ脱けているところ」一九七三年）といった考え方と結んで「正名《せいめい》」と呼んでいる。「正名」とは、もともとは儒教の概念で、名（言葉）と実（現実）との一致を求める言語観である。「文学的」にはそれはリアリズムの言語観に対応するが、儒教概念としては、言語を正すことによって世界の秩序を正す、という道徳的・政治的な含意こそが中心にある。中野の「正名」もそういうものだった。

と結論づけている。私見によれば、この「名を正す」という信念は、中野重治において「批評の核心」を意味するだけでなく、『歌のわかれ』という小説の「核心」でもある。本節第二項で指摘した、「草となつて草を描く時、草が見えた時、画家は自然と溶合する」という中川一政の認識と同様、「歌のわかれ」には、自分が生きる世界をいかに正しく名づけていくか、いかに正しい秩序を与えていくかという問題が、父の存在を仲介することで絶えず反復されているのである。

ところで、中野重治がいう「田舎者」とはどのような内実を伴うものなのだろうか。中野は「斎藤茂吉ノート九短歌写生の説」（『臨床文化』一九四一年十一月）、「茂吉の短歌写生の説」（『臨床文化』一九四二年二月）において、「子規は、心得—たしなみとしての和歌を破らねばならなかつた。そのためには視覚ただ一つが武器とならねばならなかつた。彼は、長袖の伝統破壊のために、全く素朴に、実証的に『実物』に即くことにおいて自然にひたと面した」と記したうえで、子規がめざした「写生」による短歌革新運動は、「『田舎者』の自己樹立」の問題に関わっていると結論づけている（注3）。

ここで「写生」による「伝統破壊」の問題を追求する余裕はないが、少なくとも、中野重治における「田舎者」とは「素朴」かつ「実証的」な眼をもって「実物」に即くような態度をさしており、それが必ずしも現実に対する保守的な態度を意味しないことは間違いない。その意味で、「歌

のわかれ」における父の言葉には、「田舎者」としてのまっとうな生き方を、ひたすら素朴な言葉として表現していこうとする作家・中野重治の言語認識が色濃く反映されているといえる。

　しかし、父のように村の共同体のなかで村のしきたりを守りながら生きるような「ゆかしさ」に埋没することができず、東京の「野蛮性」に身を置きながら文学を通して個の可能性に賭けようとする安吉にとって、父は決定的に自分と違う存在であり、その生きざまを模倣することなどできるはずもない。東京の街をさまよう安吉は、そのジレンマに苦しみながら自分の「行き方」を探すのである。

　そうした試行のひとつとして注目したいのは、大学で開講されている倫理学への期待である。先述した「東京帝国大学生」という詩に対する磯田光一の批評にもあったように、中野重治が青春を送った時代にあっては、阿部次郎の『人格主義』（前出）に代表される「人格主義倫理学」が幅をきかせ、「人格」を「陶冶」されるべきものと捉える考え方が信奉されていた。そして、大学の授業では阿部次郎などに影響を与えたリップスの美学、倫理学が講義されることが多かった。『美学各論』（稲垣末松訳、洛陽社、一九二二年七月）、『倫理学の根本問題』（藤井健治郎訳、同文館、一九二二年十一月）といったリップスの著作は、大正教養主義の渦中にある学生たちにとって、なかば必読の書であった。

　それは小説の主人公である安吉にしても同じである。大学に通うようになった安吉は、まず美学の授業を取るが、そこではリップスの『美学』が教科書として使われている。だが、その「大きな本を三ページも読んで行つて、教室で学生と教授とを前にして説明したり質問に答えたりしなければならぬため、安吉は二度出たばかりで閉口して」しまう。また、リップスを扱ったドイツ語の授業はとても厄介で、その点でも安吉は挫折を味わう。こうして美学の授業を諦めた安吉は、聴講届に書いた授業を一通り聴いていくのだが、順番の最後でめぐってきた倫理の授業は彼にさらなる幻滅を与える。

> 順番最後に彼は倫理を聴いてみた。これがいちばんみじめであつた。／建築工事の音のがんがん響けてくるなかで、ドアをあけてはいつてきた作田博士をひと目みた瞬間安吉は心からがつかりした。ギリシャ人がほんとうに正しかつたとすれば――彼はいつかそういうことを何かの抄訳本で読んでいた。――こういう容貌の人によつて講義される倫理というものはありえなかつた。にこにこ顔の教授の顔は、「ニコニコ絣《がすり》」や雑

誌『ニコニコ』を安吉に連想させた。講義は教授の笑顔以上にひどかつた。講義が進むにつれて安吉は眠りに落ちて行つた。／何かのはずみで彼ははつとして眼をさました。／「……つまりこれが、乃木さんのいわゆる熟慮断行というやつですね。これ……」といつて教授はばらりと扇子を開くところであつた。すると安吉に、白地に石版で、乃木大将の見なれた「熟慮断行」の文字が浮き出ているのが見えた。「わたしお祭に買つてきましたが……」／そして教授は、ほとんどぞつとするようなやり方でにつこりと笑つた。

安吉は、教授が意味もなく「ニコニコ」笑っていることを心底軽蔑する。講義が進むにつれて彼が眠りに落ちていくのは、その講義がつまらないだけでなく、教授の表情の奥底に「倫理」を語るべき人間がもつ緊迫した精神性を感受できないからである。また、何かのはずみで眼をさました安吉は、お祭で買ってきた扇子を自慢げに開いて、そこに書かれている陳腐な言葉から乃木大将の人物像に迫ろうとする教授の惨めな通俗性に幻滅し、いたたまれない気持ちになる。「文学部には文学部らしい雰囲気があり、それは文学にもまつわりつくふうのものであろう」と考えていた安吉は、「倫理」という言葉への過剰な期待を抱いていたがゆえに、自分が求める「倫理」と大学のなかで流通しているそれとのギャップに落胆するのである。

ここで再び中野重治自身の言説に立ち戻ってみよう。「現代文学におけるモラルの問題――狭く限定して」（『思想』一九三九年四月）という評論のなかでモラルという言葉の発達史に言及した中野重治は、「社会史の古い段階」においては「百姓の世界には百姓の風習があり、職人の世界には職人の風習があつて、それは風習《ならわし》であるとともに、それぞれの世界の道徳（実践道徳）ないし道徳律でもあつた」とし、モラルはそもそも集団の「風習」を意味していたと説く。そこでは「道徳と社会生活」が「申し分なく一致」しているのである。だが、やがて「風習」から独立したモラルが人間の頭のなかで世界を形づくるにしたがって、「風習」や「しきたり」といった「庶民的な世界」よりも、より高い精神と思考との世界がモラルという言葉と結びつき、文学に生きようとする人間もまた「モラーリッシュな問題または特定のモラル」を「個」の問題として引き受けなければならなくなった。中野重治は、ここに問題の本質を見ている。

そのうえで、中野重治は文学におけるモラルのあり方を二種類に峻別し、それぞれを「世界と生活とに対して全面的に生きる」タイプと「世界と生活とに対して道徳的に生きる」タイプと呼ぶ。

> 第一のタイプの作家におけるモラルは、彼が世界と生活とに対して全面的に生きることそのことである。彼および彼の作品にとって、彼の作品が世俗的にモラーリッシュであるか否かは第一の問題ではない。彼の作品が、特定のモラルを取り扱つているか否かも重要問題ではない。彼の作品は、世俗的にしばしばインモラーリッシュにさえ見えることを妨げない。／第二のタイプの作家におけるモラルは、世界と生活とに対して道徳的に生きることである。彼および彼の作品にとつては、彼の作品が世俗的に――この「世俗的に」を世俗的に解してはならぬ。――モラーリッシュであることが大事であり、常に何らか特定のモラルを取り扱つていることが先決問題である。

中野重治がめざす文学は、もちろん、第一のタイプである。文学におけるモラルは作品そのものにあるのであって、作品のなかに特定のモラルが反映されるわけではないという認識があるからこそ、彼は「モラルは、作家、制作、作品の最後の結果の一つであつて、読者、批評家、作者自身すらが、この結果にそのものとして気づかずにしまつても差支えはない」と考える。

したがって、第二のタイプの作家がみせる「文学説教屋」的な態度に対しては徹底的な批判がなされる。彼はそれを「大部分の修身の教師にとつて、徳目の実行、それを通しての自身の悩みの解決が問題であるよりも修身答案の採点が問題であるように、文学モラリストにとつては自己の文学が問題ではなく、文学的粉飾をこらして振りまく特定のモラルがそのものとして読者に受けとられることが問題である。教師の説く徳目以上に明瞭な徳目がないように、文学的モラリストの説くモラル以上に明瞭な文学的モラルはない。それらは終に、生きた人間の世界には無用な、あるいは邪悪な文学的紙屑モラルである」と断罪し、現代小説の多くにそれが幅を利かせていると主張するのである。以下も「現代文学におけるモラルの問題――狭く限定して」（前出）からの引用である。

> ごく狭く限定した場合の現代文学におけるモラルは、作者たちがultramoralichであつて、古い社会においてMoralがSittlichkeitであつたのとも違い、将来社会においてそれであろうとするのとも違い、人間の共同生活の実相からは独立に、作者自身の頭のなかから、むしろその頭以外からさえ適宜に振り出して、これを

文学的に装わせていることのなかに生きているといえるであろう。（中略）彼らにおけるモラーリッシュなテーマは、モラーリッシュであればあるだけ作者の心理的実践の濾過をも経ていない場合が多い。その作者らは、主観の著しい衰弱にあるか、しばしば主観なき人間でさえあるかである。最近の日本文学における頽廃は大体においてここに原因する。特定のモラルまたはモラーリッシュなテーマを取り扱うことが、モラルへの作者のかかわり方であるという意見、ここに文学におけるモラルの問題の取扱いの今日における頽廃がある。モラルの問題をあげつらうことを止めて、悲しくも美しくもない文学からの離脱を具体的に計ることが、われわれの文学今日の Sittenlehre でなければならぬと思う。

中野重治におけるモラル、あるいは、Sittenlehre（＝倫理学、道徳哲学）は、こうして「モラルの問題をあげつら」ったり「悲しくも美しくもない文学」を量産したりすることからの「離脱」をあらわす言葉となる。そして、彼はこの論評で宣言した問題を生涯に亙って堅持し続けた。晩年に書いた随筆「室生犀星と斎藤茂吉」（『中野重治全集』第十七巻「著者うしろ書」筑摩書房、一九七七年一月）のなかで、なぜ自分が斎藤茂吉の世界に魅せられていったのかを自問自答した中野重治は、「私がいきなり引きこまれたのは茂吉における個ということだつた。問題を個人の件などとして考えていたのではない。自分の手でさわつたもの、自分の眼で認めたもの、自分の耳の聞きつけたもの、自分の舌で嘗めて噛んだもの、またわが悲しみ、わが腹立ちと怒り、すべてそこから出発してどこまでもそれに執して離れぬこと、そしてそれを議論の世界にまで執念く持ちこんできて筋を通してしまおうとすること、そしてそれが、歌論そのもの、歌論史そのものに肉感ある論理を通したことに私は頭からつかまれて引きずりこまれたのだつた」と振り返っている。作家・中野重治は、終生にわたり、作者が自分の主観をもって「世界と生活とに対して全面的に生きる」ことを志向し続けたのである。

そして、『歌のわかれ』の安吉も、ある意味ではそうした「世界と生活とに対して全面的に生きる」ことを模索する主体であった。「伝統としての文化」を持ちえていない東京の「野蛮性」。既成の文学や「作家」と称される人々への「疑惑」。大学生活への期待と失望。安吉の眼には、東京で経験する出来事の多くが特定のモラルによって「文学的粉飾」を施された「邪悪」なものに映る。そうしたもののたちに比べれば、「道徳と社会生活」とを「申し分なく一致」させて集団の「風習」に生きた父の方がはるかにモラーリッシュであったように見えてくる。『歌のわかれ』の世界は、安吉をそうした認識に導きながらクライマックスを迎えるのである。

ある日、大学の掲示板に貼られている短歌会のポスターを見た安吉は、急に、その歌会に出てみようと思い立ち、夜中までかかって短歌を三つほど作り参加する。ところが、それぞれの詠草は、どの歌もどの歌も「巧みさ」だけが際立ち、金沢にいた頃にやっていた歌会のものにくらべて、ずっと「格」が落ちているように感じる。また、批評が始まってみると、ここでは「一点はいつた歌から順ぐりに高点の歌へと進んで」行く形式が取られており、「最高点を得た作品から順に批評をする」ことによって批評のレベルを高めようとしていた金沢時代と違い、徐々に緊張感がなくなっていくような違和感を覚える。結果的には、彼の作品が最高点になり教授らしい男から誉められたりもするのだが、安吉は、どこか「社交性を帯びた」この歌会の雰囲気に反発を覚える。語り手は、その日の出来事を次のように記している（注4）。

あとから出た批評はだんだんに質が落ちていた。なかにまじつていた安吉にもはつと響いてきたようないくつかの言葉も、結局がやがやした批評のなかでぼんやりとぼかされて行つてしまつた。心を込めてつくつた作品が、心をこめたことをも入れて認められた時のほてるような恥かしさのまじつた嬉しさ、そういうものは結局して安吉には感じられなかつた。げつそりした気持ちで彼は本郷通りを歩いて帰つた。彼は袖を振るようにしてうつむいて急ぎながら、なんとなくこれで短歌ともお別れだという気がしてきてならなかつた。短歌とのお別れということは、このさい彼には短歌的なものとの別れということでもあつた。それが何を意味するかは彼にもわからなかつた。とにかく彼には、短歌の世界というものが、もうはやある距離をおいたものに感じられだしていた。頼子につながつていた長いあいだの気持ちもどこかへ溶けてなくなつて行くようであつた。

ここで注目したいのは、安吉が「短歌とのお別れ」をわざわざ「短歌的なものとの別れ」と言い直している点である。すでに竹内栄美子「〈写生〉への道のり――『歌のわかれ』」（前出）が指摘しているように、この一節を考えるためには、作品の第二部にあたる「手」に描かれた次のような場面を参照する必要がある。

改札口で人と人とは密着している。しかしおたがいは何の関係をも持たない。ここでも二人は、いわばこんなに赤裸々な関係にあるのに……彼は彼女に、きよう出くわした不作法な生徒について話すかもしれない。「まあ、いやねえ……」と彼女はいうかもしれない。しかしそのまま忘れてしまって、彼らはいつものように、かなり清潔にいちやつくだろう……こういう遭遇は、天の一方での、全然あとさきのない、純粋に einmalig なものだろう。それははかないもので、彼がこの一、二年心をこめてやってきた短歌のようなものを本質に含んでいる……

これは金沢で高校生活を送っていた安吉が学校の便所でウォーカーというアメリカ人教師と出くわしたときに、ふと脳裏をよぎった妄想である。「彼」(ウォーカー)と「彼女」の会話も、すべて安吉の勝手な観念の産物である。ここで安吉は「短歌のようなもの」という言葉を慎重に選んでいる。要するに、安吉にとって問題なのは短歌という形式そのものではなく、それが「本質的に含んでいる」属性、すなわち、「全然あとさきのない、純粋に einmalig なもの」との「遭遇」を至上とする表現原理であり、この原理を直視することで自分のなかに棲みついていた「はかないもの」を愛でようとする心の傾きに「別れ」を告げるのである。

また、さきほど引用した場面でもうひとつ重要なのは、「心を込めてつくつた作品が、心をこめたことをも入れて認められた時のほてるような恥かしさのまじつた嬉しさ」という一節である。そこでは、背後にそれを発する人間の心が投影されることによって「はつと響いて」くる言葉と、まわりの状況や相手との関係性に応じて「達者」に微調整を加えられた言葉が厳密に嗅ぎ分けられている。そして安吉は、後者のような言葉によって創作における主体のありようが「ぼんやりとぼかされ」ていくことに憤りを感じている。自分が確かなものとして信じられることしか口にせず、「名(言葉)と実(現実)」とを一致させようとし続けた父の態度と同様、安吉もまた「名を正す」ことでひとつのモラルをうち立てようとしているのである。

彼は手で頰を撫でた。長いあいだ彼をなやましていたニキビがいつのまにか消えてしまつて、今ではそこが一面の孔だらけになつていた。いつから孔だらけになつたか彼は知らなかつた。しかし今となってはその孔だらけの顔の皮膚をさらして行くほかはなかつた。彼は兇暴なものに立ちむかつて行きたいと思いはじめていた。

『歌のわかれ』の世界は、こうして安吉を、あからさまとも思えるようなシンボリックなフレームに収めるかたちで幕を閉じる。かつて、傷ついた自分を慰めるために「花をかついだ自画像」を描き、自分を自分以外のもので飾ろうとしていた安吉は、いわば、短歌および短歌にまつわる世界がもっていた「はかないもの」への執着を棄て、田舎者の無骨な「顔」をさらしながら生きていくことを決意する。「伝統としての文化を持つていないところからくる」東京の「野蛮性」。そこに生きる人間たちの「なりふりかまわぬ態度」。安吉は、そんな都市生活者たちによって排泄された「兇暴なもの」に立ちむかうために、父や村の「営み」に連続する存在として自分を正面から見据え、言葉と現実をぴったりと重ねるような「行き方」に自らの主体性を委ねるのである。

注

1　満田郁夫は、こうした終わり方になった要因として、掲載誌『革新』の廃刊（『公論』に名称変更）、中野自身の内面における短歌的な手法の否定などをあげているが、もし仮に中野が構想通りにこの長篇を書き進めていたら、当然、話題は彼の共産党活動及び転向問題に関わってくるわけで、この頃、やっと執筆禁止の処置（一九三七年から当局が出版社に示唆するかたちで行われた）が弛み、ふたたび文章を執筆することが許されるようになっていた彼にとって、それは生活のためにも回避しなければならないテーマだったと思われる。

2　高橋佐門は『旧制高等学校研究』（昭和出版、一九七八年九月）において、「ナンバー校のみであった大正四年（一九一五年）の高等学校卒業者数は総計　、八三一名であり、増設が大体一巡し、その卒業生を出すようになった昭和五年（一九三〇年）のそれは五、二六六名と、三倍近い増加であるが、これに見合う帝国大学の受入れ定員は必ずしも高校卒業生の志望に副った枠はなく、特に東京帝大に集中の傾向は一そうその門を狭くした」と述べている。また同書は、中野重治が四高を卒業した大正十三年（一九二四年）四月に、五高の始業式で学校長が述べた告辞から、「東京の法学部、経済学部で落第したものは、昨年迄は京都の法学部、経済学部へ志願することが出来たが、本年は京都の法学部、経済学部も第一入学願書締切期日迄に満員となった。それで東京で落第したものは東北の法文学部に行かねばならぬが、若し東京の落第生が全部東北の法文学部に向へば此所でも収容し切れないと思ふ。医学部は東京も、京都も、九州も、東北も初めから超過した。それで此等の医学部で落第したものは、単科医科大学へ向はねばならなかった。而して単科医科大学でも総合大学の医学部の落第生を全部は収容することが出来ぬ。工学部は東京は二三六人、京都は一八人の超過、九州は丁度満員、東北は九二人欠員となって居る。それで四大学《ママ》を通じて云ふと、欠員九二人に対して超過人員二百五十四《ママ》人なるので、結局一六二人は、本年は工学部へ這入ることが出来ないのである。／以上述べ来った如く、本年は入学試験の競争が激烈となったが為に希望の大学、学部若くは学科へ入学出来なかった者が大変多かった。来年は浦和、大阪、福岡の三高等学校から新に卒業生が出る。其上本年迄に大学の選抜試験に不合格になったものが来年再び受験する。それで来年の入学試験の競争は更に一層激烈となる」という文面を引用している。『歌のわかれ』の主人公・安吉が置かれていた状況は、そうした具体的な数字を通して推察することができる。

3 この問題について、井口時男は『柳田国男と近代日本』（講談社、一九九六年十一月）において、「眼の問題、態度の問題として中野が倫理的に語っていることを言語使用の問題としていいかえれば、このとき、「田舎者」であることは、「粋」であったり「ハイカラ」であったりする言語表象のいちいちを自分の生活現実にこすりつけて試してみなければ納得しないようなふるまい方を指している。表象空間の美学のなめらかさに抗うそのふるまいは、紛れもない「野暮」の骨頂なのだが、しかし、この「野暮」の骨頂においてはじめて、「写生＝リアリズム」という近代表象技術の確立と短歌という伝統形式の再生とが二つのことでなくなった。中野が子規に託しているのはそういうことである」と論じている。また、井口がこの問題を柳田國男論で扱っていることからもわかるように、中野重治が「田舎者」の自己樹立への関心を深めていく背景には、「常民」論をはじめとする柳田民俗学の受容、および、柳田國男そのものとの交流が大きな影響を与えている。なお、この問題は、鶴見太郎「中野重治の郷土意識――中野重治と柳田国男」（『中野重治研究』一九九七年九月）に詳述されている。

4 このときの体験を、作者・中野重治は、「私は二十にも二十一にもなつて初めて歌や詩のようなものを書きはじめたが、それだけに一時たくさん読んだ。ハムスンの『飢え』を読むかと思えばカリダーサの『シャクンタラ姫』を読むという具合だつた。ここで絵にたいする熱情もよみがえつてきた。ヴァン・ゴッホを初めて知つて熱愛した。椅子の上にタバコをひとつまみとパイプとの載つている絵などには泪を流さずにいられなかつた。中川一政の『見なれざる人々《ママ》』を読んだのもこの時分だつた。大学へ来た私はドイツ文科にはいつたが最初はいろいろに困つた。勝手がわからぬため、毎日大学まで行つてはそのまま帰つていた。ある日舟木重彦に出くわして教室の在りかや聴講届の出し方を教わつた。ある日短歌会があるというので歌を二つ持つて出席した。女の聴講生なぞも来ていたが廻された詠草はすべてちやちなものだつた。金沢でやつていた私たちの短歌会に比べて大学の短歌会は遥かにレベルが低かつた。私の詠草の一つは最高点、他の一つは二番目になつた。そしてそれが不幸になつて私は短歌から離れて行つた」（中野重治「わが文学的自伝」『新潮』一九三六年七月）と回顧している。

4―2　ひとりひとりの死を弔うために――長谷川四郎「小さな礼拝堂」論

1　はじめに――石原吉郎の言葉に導かれて

一九四五年八月九日未明、ソ連は日ソ中立条約を一方的に破棄して日本に宣戦布告し、戦時中に日本が実効支配していた満洲国、朝鮮半島、南樺太・千島列島に軍事侵攻した（注1）。戦闘後に武装解除、投降した日本軍兵士と民間人男性（当時、日本国籍だった朝鮮人も含む）を捕虜としたソ連は、満洲の産業施設に残されていた工作機械を自国に搬出する作業に従事させたのち、捕虜たちを貨車でソ連領土内に移送した。連行された日本人の数は諸説あるが、ロシア国立軍事公文書館が保存する資料から七十六万人以上（注2）にのぼることが明らかになっている。

このシベリア抑留という問題を自らの創作の原点とした作家のひとりに石原吉郎がいる。一九三八年に東京外国語学校ドイツ語科を卒業したのち、幹部候補生を志願しないまま、一九三九年十一月に応召で静岡歩兵第三十四連隊に入隊した石原吉郎は、一九四一年七月から哈爾濱の関東軍情報部（特務機関）に配属される。一九四二年十一月には関東軍特殊通信情報隊（秘匿名称・満洲電々調査局）に徴用され、終戦までソ連の参戦時期を推定するための情報収集にあたった。敗戦後、いったん勤務を解かれたものの、一九四五年十二月中旬、白系ロシア人の密告によってソ連内務省軍に逮捕され、貨車でソ連領中央アジア・南カザフスタン共和国にあるアルマ・アタのラーゲリ（強制収容所）に収監。一九四九年、重労働二十五年の判決（罪状はロシア共和国刑法第五十八条「反ソ行為」。当時のソ連国内法の最高刑）を受け、ハバロフスクのラーゲリなどを点々としたのち、一九五三年十一月、スターリンの死去にともなう特赦によって日本への帰還を許された。その石原吉郎は『確認されない死のなかで』（『現代詩手帳』一九六九年二月）において、

> ジェノサイド（大量殺戮）という言葉は、私にはついに理解できない言葉である。ただ、この言葉のおそろし

さだけは実感できる。ジェノサイドのおそろしさは、一時に大量の人間が殺戮されることにあるのではない。そのなかに、ひとりひとりの死がないということが、私にはおそろしいのだ。（中略）私がそのときゆさぶったものは、もはや死体であることをすらやめたものであり、彼にも一個の姓名があり、その姓名において営まれた過去があったということなど到底信じがたいような、不可解な物質であったが、それにもかかわらず、それは、他者とはついにまぎれがたい一個の死体として確認されなければならず、埋葬にさいしては明確にその姓名を呼ばれなければならなかったものである。

と主張し、翌年に書いた「望郷と海――東シベリア・カラダンダ第二刑務所にて」（『展望』一九七一年八月）の冒頭も、「一時に大量の人間が殺戮されることにあるのではない。その中に、ひとり一人の死がないということが、私には恐ろしいのだ。死においてただ数であるとき、それは絶望そのものである。人は死において、ひとり一人その名を呼ばれなければならない」という一節から書き起こしている。

シベリア抑留をジェノサイド（大量殺戮）として掌握してしまった瞬間から、ひとりひとりの人間は数字のなかに埋没する。固有性を有していたはずの人間が死体であることすらやめて他者の記憶から消滅していくとき、生と死を隔てていた境界は曖昧になる。彼はそれを「絶望」とよぶのである。

本節が論じる長谷川四郎（注3）の「小さな礼拝堂」は、ある意味で、こうした石原吉郎の認識を先取りした小説である。一九五三年に帰還した石原吉郎が、高度経済成長期の日本を横目に見ながら思索を続け言葉を発するまでに十五年以上の沈黙を必要としたのに対して、長谷川四郎はいち早くそのテーマを小説に描き世に問いかけたのである。

「小さな礼拝堂」は、五年間に及ぶ作者自身のシベリア抑留体験に基づいてはいるが、そこには収容所の現実に対する告発もなければ被害者／加害者という対立軸を強調する姿勢もなく、死んでいった者たちと生き残った自分たちとの境界が静かに凝視されている。人間の尊厳を破壊しようとする収容所のシステムに絡め取られることなく日常の断片に的確な意味を与え、それを的確に言語化することだけが追求されている。ひとりひとりの死を弔うことが自らの生の証しになるという確信において、長谷川四郎の文学は石原吉郎と鮮やかに共鳴している。

ただし、ジェノサイドという問題系に照らしていえば石原吉郎と長谷川四郎のあいだには決定的な認識の相違がある。レオ・クーパーによれば、二十世紀のジェノサイドは政治的、社会的、文化的、経済的、生物学的、物理的、宗教的、道徳的な領域に跨っており、「保護されるべき諸集団の構成員に死をもたらすか、その健康や物理的安全を損なわせる行為」から「子供たちの強制的移送、強制的な国外への追放、自国語使用の禁止、書物、文書、遺跡そして歴史的、美術的、宗教的に価値あるものの破壊によって、迫害された〈集団〉の特性を破壊すること」に至るまで、ありとあらゆる破壊行為がその範疇に含まれている。また、「文化的」破壊に関しては、「民族的、人種的、またはその構成員の宗教的信条を口実として、民族的、人種的または宗教的諸集団の言語、宗教、また文化を破壊することを意図して計画的に遂行される」行為のすべてがジェノサイドと呼ばれ、日常生活における諸伝達や学校におけるその集団の言語使用、およびその言語による印刷物の印刷と頒布の禁止、その集団の図書館、博物館、学校、歴史的記念物、礼拝の場所、その他の文化施設や事物の破壊もしくは使用の妨害が具体的事例として挙がっている（『ジェノサイド　二十世紀におけるその現実』高尾利数訳、法政大学出版局、一九八六年八月）。

　長谷川四郎は、ジェノサイドのこうした側面に対して極めて意識的である。当然、「小さな礼拝堂」にも「文化的」ジェノサイドの問題が描き込まれている。スターリンの肖像が掲げられた収容所のなかで、日々あたりまえのように文化破壊が行われていく過程が具体的なエピソードを通して記述されている。彼自身はそれを告発的な表現で描いていないため、表面上はユーモラスな会話に感じられるが、スターリン主義の痕跡は作品内の至るところに散りばめられており、粛清による支配のありようが生と死の境界を曖昧にする働きをしている。つまり、長谷川四郎は一方でジェノサイドの本質を明らかにしつつ、それを梃子《てこ》として自らを被害者の側に位置付けることに関しては厳しく自分を戒めるというスタンスを取りながら書いているのである。それは、ジェノサイドのありようを表現すること自体を拒否する石原吉郎とは異なる立ち位置である。

　長谷川四郎は「〈私の処女作〉『シベリヤ物語』」（『週刊言論』一九七一年十月二十九日）のなかで、五木寛之から「『シベリヤ物語』はのんきな本で捕虜生活の苦しみが出てないですね」と言われたエピソードを紹介している。戦後の日本人にとって、シベリア抑留は悲惨な出来事でなければならなかった。だからこそ、過酷な重労働や飢餓に苦しむ人物が登場しない長谷川四郎の作品は「捕虜生活の苦しみ」が描かれていない作品と看做されたのだろう（注4）。だが、作者はそうした期待の地平をさらりと受け流し、「それは罪ある者として私がよろこんでシベリヤに服役したためかもしれない」と言ってのける。この発言に対する詳細な説明はなされていないため「罪ある者」という言葉の内実はわからないが、少なくとも彼が自らの抑留生活のすべてを不条理な経験として認識していたわけではないということは確かだろう。

　この言葉に対してひとつの応答を試みたのが天沢退二郎である。天沢は「無名《アノニム》なるものの尊厳」（「解説」『シベリヤ物語』講談社文芸文庫、一九九一年四月）のなかで、「『シベリア物語』の諸篇を読み継ぎ読みおえながら、深く息をついてさて私たちが感じとるのは、ひとつの《尊厳》ではあるまいか。話者は、《長谷川四郎》も、決してそれをめざしているわけではなく、もしかしたら《罪ある者として……よろこんで服役した》のが掛け値なしであったとしても、そういうこととはすでにかかわりなく、ある無名《アノニム》なるものの尊厳が深々と行間にまでみち亙って、あの炭坑夫一家と同居して《揺籃をゆすって下の小さな赤児を寝かしつけながら、無言で私たちを迎えた》若い女や、《お前たちは犬を殺して食べてしまったのです》と云って涙を流した老婆や、あのマイヨール佐藤少佐をさえ、かがやかせているのではないか」と述べ、長谷川四郎の『シベリヤ物語』（筑摩書房、一九五二年八月）の基底にある認識の核を「無名《アノニム》なるものの尊厳」と呼んだ。また、本多秋五も『物語戦後文学史（全）』（新潮社、一九六六年三月）のなかで、「重心の低い姿勢で黙々とやるだけのことはやりおおせた」作家という称号を与え、「長谷川四郎は、自分の置かれた場所を、広大で勝手のよくわからぬ世界と感じ、よくわからぬままに、畏敬の念をさえこめて、全体を害《そこな》わずに認識しようとする」と指摘している。それぞれの評言には、長谷川四郎の特異性に対する驚きとともに、彼の小説が戦後日本文学に新たな可能性を与えてくれたことへの賞讃が滲んでいる。

　本節で論じる「小さな礼拝堂」は、『シベリヤ物語』のなかでも特にその傾向が強い作品である。昨日まで一緒に暮らしていた人間の誰かが毎日のように死んでいく収容所の生活を描くこの作品には、偶然生き残ってしまった人間としての自己認識がある。生者と死者を完全に切り離す行為としての弔いと、それを実践するための言語抗争が戦略的に描かれている点において、「小さな礼拝堂」は長谷川四郎の作家的資質を最も顕著に表した作品のひとつだといえる。

2　「一個の有機体」としての収容所

「小さな礼拝堂」に登場する収容所内の日本人、監視するソ連兵は殆どが固有名をもたない。ソ連側の人間は階級、所属、専門領域で呼ばれ、日本人を個人として表象する際には渾名《あだな》が採用される。一方、日本人でもソ連兵でもない中間的存在に対しては、「パウロフ爺さん」、「イワン」といった固有名が与えられている。

さらに、語り手は自らを「私たち」と名のり、「私たち」以外の他者を「彼」、「彼ら」と呼ぶ。作品内でただ一度だけ例外的に用いられる「私」という呼称を除き、語り手は執拗に「私たち」を反復し続ける。もちろん一人称複数で語られるからといって視点が複数に分裂するわけではないが、この言葉が「私たち」の圏域にいる人間／「私たち」の圏域にいない人間という二元性を作りだすことは確かである。

同じことは作品の舞台となっている収容所にもいえる。収容所の周囲は、内側に向けて「日本語の立札」が立っていて、「禁止地帯、近寄る者は射殺さるべし」と書かれている。外側に向けて立てられた立札にはロシア語で「近寄る勿《なか》れ、射殺するぞ！」と書かれており、語り手は「この射殺すると言う語は、一人称単数の現在形だった」と説明している。また、収容所の四隅にある櫓《やぐら》から「私たち」を監視するソ連兵は「射殺者」と形容される一方で、「一人の人間の肖像が見えていた。彼は（時間の男）と呼ばれ、一時間ごとに交代したが、交代するや否や、それは前と全く同じ人物になるのだった」とも語られる。「小さな礼拝堂」においては、語り手の動態に限らず、一人称単数であることと／一人称複数になることの問題が多義的に問題化されているのである。そのことを念頭に作品冒頭の叙述を追ってみよう。

それは柵で囲まれていた。柵は針金製の茨の生垣だった。この生垣は概して透明であり、内からも外からも見通すことが出来た。この二重に張られた柵と柵との中間は、細長い、無住の、言わば真空地帯だったが、時たま私たちは許されて、と言うのは命ぜられて、その中に入り、草をむしったり、鋤き返したりして、この地面を黒々と綺麗に均らしたが、そこには何の種子も蒔かれなかった。（中略）／私たちはこの中間の真空地帯へ入るのが嫌ではなかった。それは、どちらの世界にも属していなかった。それは透明な天使の通路だった。そこからは幾つも張られた針金の水平線越しに、内と外の世界が同時に眺められた。私たちはそこで自分たちの足跡を綺麗に消しながら後向きに歩いてゆき時折休憩した。そんな時、私たちは、もういかなるものからも捉まえられない、言わば死の世界にでも入ったかのような、一瞬奇妙な静寂な感じに襲われ、めいめい沈黙していた。

作品はこのように書き出されている。冒頭でまず重要なのは、「私たち」の収容所がいきなり「それ」という指示代名詞で名ざされていることである。いまだ作品世界の全体像を把握しきれていない読者からすれば、それはいかにも唐突であると同時に具象性に欠けた説明にみえる。語り手は、その場所がどこなのか、それはいつの出来事なのかといった情報を隠蔽するかのように作品内から明確な時空間を剝奪するのである。

また、冒頭には「どちらの世界にも属していな」い「透明な天使の通路」なるものが描かれており、そこに足を踏み入れることが「私たち」にとって数少ない「休憩」だったと書かれている。「いかなるものからも捉えられない」避難場所であると同時に、「死の世界」でもあるような領域が措定されている。

「避難場所」を「死の世界」のように感じること。それはもちろん倒錯である。そこには「どちらの世界」にも属していない場所を求めて避難を企てたものの、それを実感できる唯一の場所が「死の世界」だったという顚末が語られているからである。長谷川四郎の方法意識を端的に示す重要な場面として「小さな礼拝堂」の冒頭部分に着目した川崎賢子は「長谷川四郎」(『彼等の昭和――長谷川海太郎・潾二郎・濬・四郎』白水社、一九九四年十二月)において、

〈自分たちの足跡を綺麗に消しながら後向きに歩いて〉いくことが、前進することにあたるような歩みかたは、この時期の四郎の、歴史にたいする足どり、物語の書きぶりに対応する表象である。(中略)/近づくためには後向きに歩まなければならないような歩みによって確保された〈中間の真空地帯〉〈透明な天使の通路〉といった空間として、〈休憩〉の時間として、〈もういかなるものからも捉えられない、言わば死の世界〉がおもいえがかれ、そのようなイメージとしての〈死〉が、おそらく、いつでも突然に収容所の捕虜をわしづかみにしたであろうシベリアの死の現実を隠蔽し、忘却する表象となっている。

と述べている。それは「小さな礼拝堂」という個別の作品を読むうえでも看過できない問題を含んでいる。ここで二重に張り巡らされた「柵」は、「私たち」を拘束するものであると同時に、「私たち」というテリトリーを保証するものでもある。空間としての「柵」を動かすことはできないが「私たち」が「私たち」であり続けるための抗争を続

けることで認識上のテリトリーは動かすことができる。そして、そのための方法として語り手が選択したのが「私たち」という呼称であり、「私たち」の領域を限定しないことだったのではないだろうか。「私たち」は、自分たちを支配する力に逆らって外に飛び出そうとはしない。後ろを向いて反対方向に歩みを進めようともしない。その代わりに、「自分たちの足跡」を消しながら後ろ向きに歩くような進み方を志向する。詳しくは後述するが、「小さな礼拝堂」の語りはこうした力学によって貫かれているのである。

だが、収容所での生活に慣れてくるに従って針金の柵や「近寄る者は射殺さるべし」と書かれた立札がもたらす緊張感は徐々に作品内から消えていく。「私たちに対する警戒はゆるめられた。それは言わば、調教の期間が過ぎたからであろう。私たちは、問題は私たち自身の内部にあり、柵と言うものはどこにでもあるので、その中にあるのは、幾分退屈ではあるが、しかし或る面においては拡大されたる、ありふれた人生そのものであると言うことを、だんだん理解したのである」とある通りである。

こうして「私たち」は恐怖を内面化する。監視哨に「時間の男」がいなくても常にそこから監視されているという思い込みを自分のなかに植えつける。強硬な弾圧や迫害であれば、それに抵抗したり隙を見せないように身構えたりすることができるだろうが、収容所での生活こそ「人生そのものである」という認識が芽生えたことで、「私たち」は自らの意志を失い精神の奴隷と化していく。興味深いのは、こうした目に見えない監視システムを張り巡らす収容所の内部が「一個の有機体」と表現されていることである。作品の冒頭で収容所が「それ」と指し示された理由もそこにある。この作品の舞台となっている「柵の中」は単なる建物としての収容所ではなく、「生存に必要なあらゆる器官」が備わった「一個の有機体」として増殖しているのである。

そして、「生存に必要なあらゆる器官」の中枢としてすべての指令を司《つかさど》っているのがスターリン憲法(注5)である。「食堂と便所とそしてその他にいろんな建物がそこにあった。理髪所、浴場、医務室、水槽、食糧庫、被服庫、とにかく何でもあった。そして私たちが外部に出て働く限り、食糧と水と火は門から入って来たのである。そして、スターリン憲法の太陽のもとで、この労働の権利は私たちにいくらでも与えられた」とある通り、収容所の機能はすべてスターリン憲法によって秩序立てられている。

「私たち」と名のる語り手は、そのことについての批判めいた言葉を発しないし、シベリア抑留者に対する強制労働のありようを事後的に検証するような視点にも関心を示さない。スターリン憲法が支配する収容所の建物にはすべて「ロシヤ名」が付けられ、収容者を検査しに来た「いかめしい制服の人たち」は、「モスクワの決定、モスクワの命令」という言い方をして「私たち」を恫喝するが、その根底にあるのは独裁者スターリンが制定したスターリン憲法であり、それを「太陽」と崇めなければ粛清を余儀なくされる社会機構である。「私たち」はもちろん「彼ら」もまた「一個の有機体」を組織する細胞の一部なのである(注6)。

ノーマン・M・ネイマークによれば、ジェノサイドの定義上のもっとも大事な特徴は、「親分」(ホジアニン)または「首領」(ヴォジュド)といった「実行者の動機」によって「末端の方針実行者にいたる指揮系統、犠牲者集団の全部または一部を集団として抹殺する」(注7)ことにある。「私たち」を完全に諦めさせるために、収容所内では昼夜を問わず目に見えないかたちでの人間性破壊が試みられる。

たとえば便所での排泄。収容所では「巨大な穴」を掘ってそのうえにバラックを建てて急ごしらえの便所を作り、穴が徐々に一杯になってくると隣に新しい穴を掘ってバラックを移動するというやり方をしていたが、ある日、その場所を視察した「見知らぬソ連軍将校」は、穴を掘っている「私たち」に向かって「お前たちはこの穴が一杯になったら帰るであろう」と言って動揺を誘う。ところが、その直後には、「長い縄の先に石を結びつけて、穴の深さを計り、もっともっと掘りなさい」と言って「私たち」を嘲笑する。彼らは、排泄物を溢れさせないために必死で深い穴を掘り進める「私たち」を弄ぶことで、祖国への帰還を夢見て必死で生き延びようとする気力を削がせようとしている。

それはシジフォスの神話(注8)を想起させる苦役である。もちろん、「私たち」もただ一方的にやり込められるつもりはなく、できあがった穴にめいめい土を抛《ほう》り入れて「これで帰る日が一日早くなった」と冗談を言うが、それは相手の悪意に絡め取られまいとする精一杯の抵抗だったといえる。「私たち」は、まさに「自分たちの足跡を綺麗に消しながら後向きに歩いて」行く態度を実践するかのごとく、大変な思いをして掘った穴に石ころを抛り込むのである。

3　名付けをめぐる抗争

柵外の立札が日本語とロシア語で書きわけられていたように、作品内では名付けを巡る抗争が至るところで展開されている。さきにも述べたように、収容所の施設にはことごとくロシア名が貼付されており、施設を訪れた「いかめしい制服」の検察官たちは、いずれも「建物の名前を読んでから、果してそれがその名に値するかどうか見るために、その中へ入って」いく。名づけることは支配することに他ならないのである。

　こうして、日本語で認識していたことがロシア語に上書きされていく経験を重ねていくうちに、「私たち」は徐々に思考する力を奪われていく。スターリン憲法の恩恵として与えられた「労働の権利」を遂行することだけが生きる目的であるような日々のなかで、死はごく日常の光景と化す。「私たち」が収容所の片隅に死体安置場を作ったのはそのときである。名づけること／名のることを巡る問いかけは、こうして静かに発動する。

　私たちはこの小屋にロシヤ名を付けようとして、いろいろ考えたのだった。しかし、結局、何と書いていいか解らなかった。私たちはモルグという言葉を知っていたが、この名前をここに付ける気がしなかった。これは行き倒れなどの死体置場のことだし、一方私たちは、まだ（英霊安置所）と、日本語でその小屋を呼んでいたのだった。

　それは「私たち」にとって「英霊安置所」と呼ばれるべきものである。外見は質素な小屋に過ぎないかもしれないが、断じて「行き倒れなどの死体置場」ではない。もちろん、小屋に日本語で「英霊安置所」という看板を掲げるわけにはいかないため、「私たち」は自分たちの思いを最も適切に表現できる言葉を考えるが、弔いの気持ちを過不足なく表現できる言葉が見つからないため、仕方なく「名無し小屋」と呼ぶのである。

　ここで登場するのがパウロフという元炭坑夫の老人である。「私たち」に炭坑危害予防の規則を教えるために毎日やってくるこの老人は、「部厚な本を小脇に抱えて、大跨にゆっくり歩いて来て、私たちをまるで小学生のように取り扱い、判《わか》り切ったことをくどくどと説明」する。説明を聞いているうちに「私たち」が居眠りしても怒ったりせず、「ここでは居眠りしてもいいけれど、炭坑の中で眠ってはいけません」と注意する。相手がロシア人であろうが日本人であろうが危険なことは危険だといい、事故やケガを回避するために必要な知識だけを注入する彼は、偏見や先入観もなければ相手に自分の考えを押しつけることもない職能者なのである。パウロフ爺さんに信頼を寄せる「私たち」は、思い切って「名無し小屋」を「ロシヤ語で何と呼んだらよいか」を尋ねる。

　彼は答えた。／「チャソーフニャ」と。／私たちは彼が帰ってしまってから字引を引いてみた。するとチャソーフニャというのは小さい礼拝堂という意味だったのである。私たちはそれ以上深く穿鑿しなかった。そしてパウロフ爺さんの言ったまま麗麗しく（チャソーフニャ）と書いて、その小屋の入口の上に掲げておいた。

　さりげない筆致で描かれた場面ではあるが、そこには言語をめぐる抗争がひとつの帰結点を見いだしていく過程が示されている。死体をただ安置するだけでなく、「英霊」として弔いたいと願う「私たち」の思いを適切に表現するロシア語を見つけ出した悦びが表現されている。「麗麗しく」掲げられた看板には、たとえいかなる権力が介入してこようと、その空間だけは心の拠所《よりどころ》として守り抜こうとする意志が漲っている。「私たち」は、支配者の言葉を退けてそれに抵抗する言葉を探すのではなく、支配者の言葉のなかに自分たちの心情を託すことのできる言葉を見つけ、それを堂々と相手に示すという方法を選択するのである。そこにあるのは、まさに「自分たちの足跡」を消しながら後ろに下がっていくような進み方に他ならない。

　そんなある日、「私たち」のもとを訪れた検察官は「まるで動物の匂いでも嗅ぐように鼻をうごめかし」ながら宿舎を視察し、最後に小屋の前を通りかかる。語り手はその様子を「（チャソーフニャ）と声を出して読んだが、しかし小首をかしげたまま、中には入らないでそのまま通り過ぎた」と記す。それは「私たち」の方略が功を奏した瞬間である。生活の隅々にまでスターリン憲法が浸透し、ロシア語を通した認識の上書き＝教化がなされている収容所にあって、「私たち」は検察官が侵入を躊躇《ためら》う唯一の空間を手に入れたのである。

　興味深いのは、このあと作品内の時間が逆回転し、「小さい礼拝堂」（タイトルは「小さな礼拝堂」だが、作品内では「小さい礼拝堂」と表記される）を作ることになった経緯が語られていることである。「このことを私たちは後になってから、あたかも古い物語のように話し合ったものである。その頃は、まだ来たばかりで、生活が確立していなかった。その頃は、まだ有史以前で、生と死とがあんまりはっきりしていなかった」という一節からもわかるように、それは「私たち」が収容所に来て間もない頃の出来事として語られている。

「あたかも古い物語のように」とある通り、ここでの語りにおいては「その頃」がひとつの起点として切り取られている。収容所に移送されるまでの経緯には意識を働かせず、「その頃」からいまに至るまでの変化、および、「私たち」がどのような営みを通して自分たちに課せられた困難を乗り越えるに至ったかを時系列的に検証しようとする視点が持ち込まれているのである。作品内では、その典型的な事例として虱《しらみ》にまつわるエピソードが紹介されている。

私たちのいる所が、そのまま死体置場となっていて、まだあの小さい死体置場は出来ていなかった。私たちは平均一日一人は死んだ。私たちは墓穴を掘る一方、唯一の防衛策として、さかんに虱をつぶした。殺人者の細菌は虱に寄生し、虱は人間に寄生し、この人間は頼りがなかった。人間が死ぬと、虱はそれを見捨てて、生きている人間の方へやって来た。（中略）「今度は俺の番だ」と私たちは言った。実際、未知の順番に従って私たちは次々と死んだ。／私たちは滅菌所を作って、そこで虱を火あぶりにして大量に殺戮した。こうして私たちは少しずつ勝利し、だんだん死ななくなった。それはあたかも篩《ふるい》にかけられたようなもので、その網目からは体の大小と関係なく未知の尺度に従い、多くの人々が篩い落されてしまった。

発疹チフスの流行によって、収容所では「平均一日一人」が死んでいく。しかも、死んでいく者と生き残るもののあいだに明確な差異があるわけではない。「私たち」の誰がどのような順番で篩にかけられているのかもわからない。「未知の尺度」に怯えた「私たち」は、「私たちのいる所が、そのまま死体置場となって」しまわないように、死者を弔ってから埋葬することを始めるのである。

作品ではそうした認識に到達するまでの過程が、「私たちは死を少しずつ距離を置いて考えるようになり、だんだんと生活の秩序が確立されていった。未知の原始林は、だんだんと人の住めるように整備されて来た。そして、その時、私たちは死体置場と言うものを特別に作ったのである。それは最も遠隔な片隅に建てられ、非常に小さいもので（おお！　最小限に）、中には木の寝台が一つ据えられ、定員は一名だった」と説明されている。人間は生と死の境目が見えないことに耐えられない。だからこそ人の死を弔い、いまここに生きている「私たち」からゆっくりと切り離すのである。

こうして「小さい礼拝堂」を大切に守りながら生活するようになった「私たち」は、それまで見失っていた時間の観念を取り戻す。永遠に続くとしか思えない「倦怠」に身を沈め、精神の奴隷として生きていた「私たち」のなかに、過去を過去として語る余裕が生まれる。さきに述べた「あたかも古い物語のように」という表現はそれを端的に示している。

また、この場面でもうひとつ重要なのは、「小さい礼拝堂」が「定員は一名だった」と記されていることである。「小さい礼拝堂」を作った「私たち」は、誰かが死に誰かが生き残ることに関する理由などどこにもないという厳粛な事実を受け容れている。ブルーノ・ベテルハイムが「生きのびた者たちが使命を負っているがゆえに生きのびたのだとしたら、死んだ者たちは、そのような使命がないがために死んだのであり、そこに死の理由があったことになる。死んだのが私ではなくほかの者たちであり、生きのびたのが彼らではなく私であったことに、いかなる理由も使命もありはしないのだ」（『生き残ること』高尾利数訳、法政大学出版局、一九九二年八月）と述べていることに擬《なぞら》えていえば、生き残った者と死んでいった者との間にそれを必然とみなすような「理由」や「使命」が存在しないのは明白である。この作品において語り手が「私たち」という呼称を用い、死んでいった者たちを「篩い落されてしまった」と表現するのは、ずっとそのことを意識し続けているからである。

逆にいえば、だからこそ「小さい礼拝堂」の「定員は一名」でなければならないのである。死んでいった者たちをひとりにすること。それは個の輪郭を失い、群れとして生かされている「私たち」が、あらためて人間としての尊厳を取り戻すことである。作品内には、たまたま収容所の戸外に出た「私たち」の耳に合唱をする女性たちの声が聴こえてくる場面があり、そのときの衝撃が、

暗黒の中で、それは岡が歌っているように思われ、私たちはじっと耳傾けた。それは女性の声で、二部か三部の合唱だった。それに実に生命そのもののように思われた。

と描写されるが、この場面における「生命そのもの」という表現は、「小さな礼拝堂」という作品を読むうえで極めて重要である。「私たち」は、死んでいった者たちをひとりにすることによって彼がもはやこちら側には存在していないことを認識するが、それは逆にいえば、「生命そのもの」に対する敬虔さを保ち続けることでもある。「私たち」はそれをかけがえのないものと認識しているからこそ女性たちの歌声に耳を傾けるのである。

さらに、この場面で注目したいのは、不意打ちのように侵入してくる歌声に対する「私たち」の無防備さである。暗闇の向こうから聞こえてくる歌声は、「私たち」が日常のなかで繰り広げている言語抗争、およびそれにともなう緊張をいとも簡単に解きほぐしてしまう。ロシア語と日本語が強制／従属の関係で機能し、言葉のひとつひとつに神経を尖らせなければならない収容所の生活に疲弊した「私

たち」は、遠くから聞こえてくる歌声に陶酔する。それは、パウロフ爺さんが教えてくれた「チャソーフニャ」という言葉を字引で調べ、日本語で「小さい礼拝堂」を意味することを知った「私たち」が、入口に「チャソーフニャ」という言葉を「麗麗しく」掲げる場面とも通底している。誰かの死を直視することだけが日常であるような作品世界にあって、「私たち」は強制／従属の関係に囚われることのない言葉を探し、飢餓に直面した人間が食べ物にむしゃぶりつくようにそれを味わうのである。

4　黙秘される言葉

この問題をさらにつきつめるために、本節では、小泉義之が『弔いの哲学』（河出書房新社、一九九七年八月）で展開した議論を参照する。小泉義之は、アドルノが『否定弁証法』（木田元、渡辺祐邦、須田朗、徳永恂、三島憲一、宮武昭訳、作品社、一九九六年一月）において、収容所で生き残った者のなかに「殺戮を免れた者につきまとう深刻な罪科」があると主張していることを厳しく批判し、「アドルノは、収容所で恣意的選択をする側に立ってしか事態を見ていないのである。そもそも、収容所の死は確率計算による無意味な死であると語ること自体が、恣意的に殺害する側に立った物言いでしかない。あえて書いておくが、たとえ一度に大量に毒によって殺されたとしても、それぞれの死に方には微細な差異があったはずだ。それぞれの人は、特異でかけがえのない仕方で死んでいったはずだ。そのような差異を感受しようとしないことが、すでに退廃であると思う。もちろん、そんな差異を言い立てることは徹底的にむなしい。しかし、それを言い立てることをむなしくさせてしまった側に立って事態を見るべきではないことだけは動かないのだ」と論じている。

また、「名を呼ぶことが、他人を他者として遇することである。ところが、戦争は決してそのような仕方で他人を遇してはいない。戦争は敵国と敵国民の打倒をめざす。戦闘は敵兵士の殲滅をめざす。戦争も戦闘も敵を名で呼び出すのではない。兵士は名も知らない敵を殺害する。これは収容所も同じである。収容所は、ユダヤ人というカテゴリーの下に包括される個人たちを集めたのであって、各人の名を呼んで召喚したわけではない」と指摘したうえで、大岡昇平『俘虜記』（『俘虜記』創元社、一九四八年十二月、『俘虜記 続』創元社、一九四九年十二月と書き継がれ、のち合本『俘虜記』創元社、一九五二年十二月として刊行）における洞察の深さを高く評価し、殺さなければ殺される関係は、「ほかにいる」敵によって強制された関係であり、その関係から脱落してしまえば、眼前の敵兵を殺す理由など何一つないということが洞察されている。しかし元兵士大岡昇平の最高の到達点はその先にある。彼自身が別の箇所で書いているように、そのような洞察は、戦友たちの死によって可能となったのである。たまたま戦友が多数死んだから、たまたま部隊が敗走したから、たまたま上官がまともな人であったから、誰かを殺さなくとも生きられるという状況を得ることができたし、誰かを殺す必要はないという洞察を手にすることができた。そして生きのびることができた。大岡昇平が生涯でただ一度書いた詩は、戦友の名を書き連ねたものだった。そのように名指される死者たちのおかげで、大岡昇平は妄想を捨てて生きのびることができた。だからこそ死者の名を呼ぶ。それ以外の仕方で、敵兵や戦友の弔いが可能だろうか(注9)。

と問いかけている。この指摘は「小さな礼拝堂」という作品を読み解くための重要な示唆を与えてくれる。収容所のなかで「私たち」自身が生活の秩序を取り戻し人間として生き延びていくためには、死んでいった人間をかけがえのない存在として認識することから始めなければならなかった。「他人を他者として遇する」ことで死んでいった者と生き残った者の間に境界線を引いて死者をひとりの人間に戻してやると同時に、自分たちの生命に明確な輪郭を与えなければならなかった。「生命そのもの」を深く洞察することは、「私たち」のなかから毀《こぼ》れ落ちていった者たちひとりひとりの名を呼ぶことに他ならなかった。

ただし、そこにはひとつの逆説がある。「小さい礼拝堂」を作って死者を安置した「私たち」は、そのとき確かに彼らの名前を呼び死者を弔ったはずである。だが、作品内にはその光景がいっさい描かれていない。当然のことながら、葬礼的な行為をしたり喪に服したりすることもない。死んでいった者の名前は知っているが、それは徹底的に黙秘される。「私たち」は、個としての存在性を剝奪するところから始まる収容所の生活において、敢えて名前を隠匿することで自分たちだけのテリトリーを確保して人間性の恢復を図るとともに、何人《なんぴと》も人間の尊厳を収奪することはできないことを証明としようとしているのである。

こうして「小さい礼拝堂」を作ることで「死を少しずつ距離を置いて考える」ようになった「私たち」は、やがて自分たちの存在を客観的に眺め、語り合うことができるようになる。その典型は以下のような光景に表れている。

私たちの所から炭坑を見ると、それは岡の中腹に穿たれた小さい穴で、そこからは何か昆虫の営みのように、毎日休むことなくトロッコが出て来ては、石炭を貯炭場へぶちまけるのが、小さく眺められた。（中略）炭坑と収容所を結ぶ小路があり、これは私たちの足跡で出来た、踏まれた草の路で、炭坑の交代時の前後には、列を作った一群の人がその上に現われて、或いは炭坑の方へ、或いは収容所の方へ歩いてゆくのが見えたが、それが私たちだった。

ここには収容所の様子が一定の距離をもって捉えられている。眺める「私たち」と視線の先にいる「私たち」が同時に屹立している。炭坑への道を歩き続ける「私たち」とそれを眺めている「私たち」が同じ主体であるはずはないのだが、この作品の語りにおいては、双方が滑らかに連続して視線のさきにいる他者のなかに自分の影を見てしまうような、ドッペルゲンガー的な書き方がなされているのである。

語り手としての「私たち」は対象としての「私たち」をどのように描き得るのか？ 作品の後半では、不慮の事故で礼拝堂に安置されることになった三人の男たちに焦点をあてることで、その問いへの応答が試みられる。生き残った人々がどのような方法でこの世界に奥行きを作りだしていったのかが検証される。

ひとりは「木片《こっぱ》大工」という渾名の若い小男である。赤ん坊のとき、煮えた味噌汁を頭からかぶったことが原因で「顔半分と頭全部が廃墟」になったこの小男は、「片方の横顔は美しい若者で、片方は怪物だった」と描写される。片眼がどうしても閉まらなかったため「眠る時も片眼を開いていた」こと、「穴に入り込んだ獣のように、その寝台の上にいつもじっとしていた」こと、その身体から「非常に猛烈な悪臭」を放っていたことなど、実に事細かなエピソードが綴られている。

また、あるとき班長に向かって「班長殿は生命保険に入っていますか？」と尋ねたかと思うと、「一番嬉しいことは何だべか？」と自問し、「両親《ふたおや》の所さ帰って、手をついて、ただ今帰りました言う時だべな」、「座敷の真ん中に立って泣く人もあべし、仏壇に花立てて喜び人もあべし、日本は涙の流れ国だべなあ」と呟いたりもする。だが、彼はパウロフの忠告を忘れて、不用意にも坑木を落し込む竪坑の真下に立ってしまう。上から落ちてきた丸太の下敷きになった彼は、不幸にも「小さい礼拝堂」に安置される最初の犠牲者となる。

このエピソードには、親方兼相棒であるロシア人のイアンと、丸太を坑内に落とす仕事をしていた「若いウズベク人」が登場する。

イワンは彼に仕事を与えると、そのまま自分の仕事に去ってしまった。そして時々やって来ては彼の肩を叩いて、黙って一緒に煙草を喫みながら休憩した。彼はロシヤ語が出来なかったし、イワンは無口だった。彼らは二人、よく薄暗い坑道の中で、大きな丸太に向い合って跨り、粗悪なマホルカ煙草を喫っていたが、そんな時、その煙が暗い電灯の光の中で混り合い、同じ方向にゆっくりと漂い、それが彼らの無言の会話のようだった。

という描写からも分かるように、イワンはロシア人でありながら「私たち」と心を通わせることができる相手である。元炭坑夫のパウロフがそうであったように、彼もまた収容所の日本人を仕事のパートナーとして受け容れている。彼は余計な感情を交えることなく、お互いにとって最も効率よく仕事を遂行することだけを考えてくれるのである。

また、イワンとは正反対の存在として描かれているのが材木を地表から坑内に落とす係をしていた「若いウズベク人」である。彼は故郷から来て間もないらしくロシア語がよく理解できなかった。何を尋ねられても聴き取ることができず発音も悪かったため、「ニエ・ズナーユ（私、知りません）」という発話ができず、頑固に「ネズナイ」と繰返すだけだった。言葉をめぐる抗争はここにも表出している。イワンと「木片大工」とは仕事のパートナーだったが、「若いウズベク人」は自分が働く場所で唯一の共通言語となり得るロシア語を使えなかっただけでなく、「木片大工」との間に「無言の会話」を成立させることもできなかったがゆえに、彼を死に追いやってしまうのである。

「小さな礼拝堂」という短篇小説にあって、「木片大工」の説明に費やされる分量は過剰ともいえる。語り手は明らかに「木片大工」と呼ばれた小男の人となりに迫り、彼がなぜそのような人格を形成するようになったのか、彼を精神的に支えていたものは何だったのか、そして、彼はどのような原因で死んでいったのかを執拗に浮かびあがらせようとしている。敢えて東北弁を用いることで「木片大工」の声を甦らせようとしている。語り手は、弔いのあり得べきかたちとして、「私たち」のなかから毀れ落ちていった人間の記憶を作品内に刻み込もうとするのである。

作品内における二人目の犠牲者は「岩手県の百姓」だった男である。彼はたまたま特異体質だったため茸の中毒で命を落とすことになるのだが、当初、死因がわからないということでソ連軍医による解剖手術を受けることになる。内臓をひとつひとつ取りだして検べる軍医の脇でようすを見守っていた政治部員は、日本人軍医に向かって「日本人はよく魂と言うが、その魂はどこにあるのです?」と尋ねる。死体をさんざん切り刻み、自分の知りたいことだけを検べたあげく、再び内蔵を腹のなかに戻して切開の跡を糸で縫い合わせる。通訳は「芝居の黒坊《くろんぼ》」のように演戯をしているだけで何の役にも立たず、日本人には「彼がどのような報告書を書いたのか」すらわからない。

こうして「岩手県の百姓」と呼ばれる男は正当な手続きのもとで収容者名簿から抹消されていく。語り手は、目の前の無名者に手を合わせるように、「縫い合わされた死体は小さな礼拝堂の中の、裸かの寝台の上に裸かで横たわり、白い敷布をかぶっていた。そして、その閉ざされた扉には夕陽が射していた」と記述する。

ここでソ連軍医がどのような意図をもって「魂はどこにあるのです?」と尋ねたのかは明らかになっていないが、それが「私たち」の死生観を愚弄する結果になったことは間違いない。この問いかけは、自分たちを科学的合理主義の側に配置し、「魂」の存在を信じる日本人を非科学的かつ不合理な精神主義へと追いやる機能を果たすからである。また、そのあとの場面でソ連軍医の思うままに切り刻まれ再び縫い合わされる肉体が焦点化されること、報告書にどのような言葉を記したのかもわからないまま葬られていくことを読み込むなら、名簿上における数字のひとつに過ぎない人間存在のありようという問題も前景化してくる。さきに紹介したレオ・クーパーは、ジェノサイドのひとつとして「民族的、人種的、またはその構成員の宗教的信条を口実として、民族的、人種的または宗教的諸集団の言語、宗教、また文化を破壊することを意図して計画的に遂行される」行為を挙げていたが、この場面にはそれが典型的に表れているといってよいだろう。

三人目の犠牲者は「満洲で富山の薬の行商」をやっていたという逃亡常習者である。男が二度目の逃亡から戻ってきたとき、尋問を担当した政治部員は「お前はどうして逃亡するのか? ここには家もあれば、仕事もあれば、被服も食物もある。同志スターリンが言った、――シベリアの密林とシベリアの狼は何人をも決して逃しはしない」と問いかける。政治部員はスターリン憲法をもって男が収容所に留まるよう威圧するのである。

ところが、男は少しも怯むことなく「自分は家に帰ろうなどと思わない。ただ我々の状況を同胞に知らせたいのだ」、「大いに輿論を喚起するのだ」と言い張る。この遺り取りのあと、語り手はこの男のことを「ヒロイズムによって自ら感動し、他人をも感動させようとしたのだろうが、政治部員は一向感動しなかった。そして、口癖のように言った、「たわごと（チェプハ）！」と呟いて、直ぐ次の質問に移った」と書き記す。「お前は中国語が話せるか？」という問いかけに「話せます。中国人と同じくらいに」と応答する男の自己顕示的な態度についても、「彼は万事この調子だった」と片づける。

ヒロイズムに駆られたこの男は、やがて三度目の逃亡を試み、警戒兵によって射殺される。日直将校は「私たち」に対して、「彼は、帰途、突然走り出して逃亡を企図したので、規則により警戒兵は射殺したのである」と説明する。一方、「彼の死体を運搬した仲間の元衛生兵」は、「弾痕は後頭部の、丁度首筋の真上に当るところにあり、殆ど銃口を直接当てて射ったとしか思われない、至近弾であった」と証言する。ここでも事の真相は明らかにされないままに終わる。「私たち」の生活において最も避けなければならないのは、「私たち」の領域からひとりで飛び出していくヒロイズムなのだということだけを伝えて、彼は作品内から消えていくのである。

さらに、この場面にはもうひとつ重要な一節がある。それは、この逃亡常習者を訝しげに眺める語り手が記す次のような言葉である。

柵の中から人間が姿を消してしまうのは、このように死亡によるか或いは逃亡によるものだったが、しかし逃亡者は必ず帰って来た。少くとも私は、帰って来なかった逃亡者を知らない。

それまで「私たち」という人称を使っていた語り手は、ここでただ一度だけ「私」になる。「少なくとも私は、帰って来なかった逃亡者を知らない」という言い方は、恐らく、のちに別の収容所に移ったあとも含めたすべてのシベリア抑留体験に根ざしたものであり、それを語っている「私」はすでに抑留者ではなくなっている可能性もある。その意味で、この一節は収容所での日々を過去の出来事として語るための足場だといえる。「私たち」と名のる語り手は、いまひとりの「私」としてこの世界に留まっている。無名者たちの名前はいまも「私たち」の記憶として生きている。「私」のなかにある「私たち」。それは「小さい礼拝堂」の世界に未来が存在していることの証左として輝きを放っている。

三人の犠牲者を出したところで、「私たち」は別の収容所に移ることになるのだが、この場面で重要なのは、作品の最後に語り手が、自分たちの礼拝堂を「私たちのチャソーフニャ」と呼び直していることである。思えば、この作品のタイトルにもなっている礼拝堂は、「英霊安置所」、「小さい小屋」、「名無し小屋」、「チャソーフニャ」、「小さい礼拝堂」、「死体置場」、「小さな礼拝堂」といった具合に呼称が次々と変わっている。語り手は、場面に応じて礼拝堂の名前を使いわけることで、意味がひとつに限定されること、その意味が「彼ら」によって歪曲されることを回避している。礼拝堂に安置された三人の名前が最後まで明らかにされないのと同様に、語り手はここでも言葉をめぐる密やかな抗争を繰り広げているのである。作品のラストシーンには、それを象徴するような出来事が刻まれている。

私たちの後には、ウクライナの方から来た強制移住の一集団が入ったのだった。彼らは穀物やら、また家畜まで持ってやって来た。そして私たちは同じ炭坑で彼らと一緒に働き、非常に彼らと親しくなって、終にソ連当局から注意を受けたほどだった。けれども私たちは、彼らがあのチャソーフニャを何に使っているのだろうと話し合いはしたが、しかし彼らには何もたずねず、また何も話さなかった。

別の収容所に移送される直前、「私たち」はウクライナからの強制移住者(注10)と出逢う。敗戦とともにシベリア抑留となった「私たち」にとって、スターリンの粛清でこの地に移送されてきたウクライナの人々は相憐れむことができる友だったはずである。だからこそ、「私たち」と「彼ら」はともに働くなかでどんどん「親しく」なっていく。ソ連当局が警戒するほどお互いを理解し合うようになる。「私たち」が居なくなったあと、「彼ら」が「あのチャソーフニャ」を使い続けてくれるかどうかも気になる。だが、そういう相手だからこそ、「私たち」は「彼らには何もたずねず、また何も話さな」いままその場を立ち去る。お互いがお互いのことを語り合わないことで連帯する。

語り手はここでも自分のなかにあるはずの言葉を黙秘し続けているが、少なくとも、「あの頃」を振り返ることができる場所に立つ語り手が、彼らを「私たち」の一員として認識していることは間違いないだろう。「小さな礼拝堂」という作品は、そのラストシーンにおいてウクライナからの強制移住者をも含み込むところまで「私たち」のテリトリーを拡充しているのである。

5　終わりに――長谷川四郎における「抵抗の詩」

かつて「反戦の詩」という詩論を書いた長谷川四郎は、その一章に「抵抗の詩」というタイトルを付し、「なにもいわないからといって、その人に言葉がないと思うことはできません。それどころか、だまっている言葉こそ、きくにあたいすると思います。死んでいる黒人の女性がいて、それが死にたてのほやほやだからといって、その心臓を盗みとっていいものでしょうか。また、それで生きようと思う人がいるとすれば、これまた、堪えられない思想です。生きて生きさせるとゲーテはいいましたが、これは生の場面においてです。そして生きるということは、一方において、死者を死なせることだと私は思います」と述べたあと、次のような詩の一節を書き記している。

戦争で頭のふっとんだ人／それは私の友だ／メスで胸にぽかりと穴をあけられた人／それは私の友だ／頭が痛み心臓がいたむ

長谷川四郎が「私たち」という語り手を通して描こうとした「小さな礼拝堂」の世界は、まさにこうした黙秘の抗争によって貫かれているといえるだろう。

「私たち」は分断されている。その状況に抗うために、長谷川四郎は「自分たちの足跡」を消しながら「後向き」に歩き進むことで「私たち」が「私たち」であり続けることができる方法を考え続ける。「私たち」のテリトリーを動かしながら他者と心を通じ合わせていくと同時に、「私たち」という自画像を構成する認識の枠組みがどこにあるかを見定め、それを更新しようとする。

だが、毎日のように人間が死んでいく収容所の世界にあっては、死んでいった者／生き残った者のあいだに線を引き、なぜ彼らが死に自分が生き残ったのかを明確にすることができない。だからこそ、「私たち」は死者を「自分と隔たりのあるものとして遇する」（高橋哲哉『靖国問題』ちくま新書、二〇〇五年四月）方法を考える。死者の名前も呼ばれなければ弔いの言葉もない世界にあって、語り手は彼らひとりひとりの痛みや苦しみを「私たち」のそれとして保持し続けようとするのである。

注

1　日本では、ソ連が一方的に日ソ中立条約を破棄して、不意打ちのように侵攻してきたと説明されることが多いが、実際には、一九四五年七月二十六日に米英中が提案した三国宣言（ポツダム宣言）を日本が無視したため、連合国からソ連に対して参戦の要請があり、それに応えたものであった。また、それに先立つ一九四五年四月五日、ソ連は日本に対して日ソ中立条約を延長しない（事実上の破棄）と通告していたことも明らかになっている。

2
富田武『シベリア抑留 スターリン独裁下、「収容所群島」の実像』（中公新書、二〇一六年十二月）には、「●日本軍将兵／満洲・北朝鮮内の75万人のうち戦死8万、捕虜61万、現地釈放3・7万、満洲の収容所での死亡1・6万を除き、捕虜中のソ連への移送56万弱、南樺太・千島列島内の11万のうち戦死1万、捕虜6万、捕虜中のソ連への移送5万強、ソ連領内からの「逆送」が満洲に1・6万、北朝鮮に2・7万、労働力補充のため北朝鮮からソ連への移送2万、ソ連内での抑留死は全体で3・9万、最終的にナホトカ経由で55万が帰国。●満洲居留民／150万のうち死亡18万、難民化し大部分は米国・国民党影響下の葫蘆島へ105万、一部は北朝鮮へ4万（移動は6万だが2万は引き返す）、ソ連軍支配下の関東州、旅順・大連での抑留者が23万、それぞれの地から帰国。●北朝鮮居留民＋捕虜／28万のうち難民化し、満洲難民4万も加え南朝鮮に逃れ帰国した者が27万。興南・元山経由で送還された者が捕虜を含めて3万（死亡が3万弱か？）」と報告されている。以下、シベリア抑留に関する略年表を記す。【一九四五年】七月十日／関東軍、満洲在郷軍人の根こそぎ動員を下命。八月八日／ソ連、ポツダム宣言に参加して対日参戦を通告。翌日、国境を突破して満洲国に進軍。十六日／スターリン、米大統領宛の書簡でソ連軍の北海道北半分の占領を申し出る。十九日／関東軍降伏。二十日／ソ連、瀋陽、ハルビン、長春、樺太に進駐。二十三日／スターリン指令九八九八号「日本人捕虜五十万人をシベリアに移送せよ」。【一九四六年】十二月八日／シベリアからの引揚げ第一船大久丸、舞鶴入港。十二月十九日／日本人送還についての米ソ協定で毎月五万人送還と決定。【一九四七年】十二月／前年度中、五十七万六五五二人がソ連各地域から帰国。【一九四八年】十一月二十三日／ソ連代表、「引揚げに要する一切の費用は日本政府が負担すべきもの」と言明。十二月十一日／GHQ、ソ連側から引揚げ中止の通告を受けたと発表。【一九四九年】一月五日／GHQ、ソ連が引揚げ協定に違反して俘虜を抑留と発表。六月二十七日／ソ連からの引揚げ再開。「マルクス・レーニンの筋金入り」を自称する帰還者が増加。八月十日／引揚げ者の行動が不穏化しているため「引揚者の秩序保持に関するポツダム政令」を公布。【一九五〇年】二月十二日／日の丸梯団の代表・久保田善蔵らが「徳田球一が反動は帰すなとソ連に要請した」と発表（徳田要請事件）。【一九五三年】十二月一日／日ソ赤十字協定による引揚げ、三年八ヶ月ぶりに再開。シベリアから興安丸で八一一人帰国（石原吉郎は同船で帰国）。【一九五八年】十一月十五日／舞鶴引揚援護局閉鎖。【一九五九年】九月二十五日／ソ連からの第十八次集団帰国によりソ連地区在留者のうち帰国希望者は約二百人となる。

3
長谷川四郎は一九〇九年に北海道の函館に生まれた。長兄の海太郎は作家・牧逸馬（別名・谷譲次、林不忘）。法政大学独文科を卒業後、南満洲鉄道株式会社に入り大連に勤務しながらシベリア調査にあたる。召集を受けソ連と満洲の国境線付近の警備を命じられたが、終戦間際にソ連軍の攻撃を受けて捕虜となった。以後、シベリア各地の捕虜収容所で五年を過ごした。

4
長谷川四郎の「罪ある者」という自己認識に対して、川崎賢子は「かれらをシベリアに連れ去り抑留し、強制労働に従事させた、日本とソビエト・ロシヤとの国際的な力学にふみこむことなく、収容所と強制労働、および検閲を要請せずにおかないソビエト・ロシヤの体制にかんしては言葉を濁し、被害者としての立場から発言することのなかった長谷川四郎。四郎はそういう発言にかえて、言葉少なに、協和会会員として満洲経営の体制についたみずからの罪を告白した。だが、この罪と罰との交換は、中国人にたいして犯した罪をシベリアの強制労働で償うという、戦後世界のシステムによってゆがめられた交換である。四郎が満洲国での言動を罪あるものと懺悔することは、ソビエト擁護の根拠には、ならないはずだ。／ならないはずだ、という論理を隠蔽しつつ、四郎は、この罪と罰とのアクロバティックな交換を甘受してみせた。／わたしたち読者は、交換しえぬことがらの交換という事態に眼をうばわれ、その交換の背後で、満鉄図書館から満鉄調査部さらに満洲国協和会調査部への、じょじょに満洲国の中枢へと近づいた道筋が、その裏面でソビエト体制を肯定する論理を獲得する道筋でもあったという、四郎の満洲体験の両義性、多層性が、一元的なものに閉ざされてゆくという変容を見おとしがちである。長谷川四郎がそのことに自覚的だったかどうかはわからない。が、そのように輻輳する道筋をたどって獲得された左翼思想は、すでに両義的であり、その両義性をかかえこんだ四郎は、しばしば無防備に、おそらくは意に反し、ソビエト体制を肯定する思想がそのまま反体制思想、反権力の思想、あるいはヒューマニズムの思想と同義にはあたらないという事態を暴露してしまうような言説をもって、ソビエトを擁護したのだった」（「長谷川四郎」『彼等の昭和――長谷川海太郎・潾二郎・濬・四郎』前出）と説いている。

5　一九三六年にスターリンが起草し第八回全連邦ソビエト大会で承認された憲法。同憲法は「社会的ならびに国家的組織の指導的中核をなすソビエト連邦共産党に団結する」（第一二六条）と謳っており、ソ連における共産党の一党独裁が正当化されている。

6　長谷川四郎は「シベリヤの思い出」（グリーン版『世界文学全集』第二集・第十巻「月報」、河出書房新社、一九六三年十月、のち『知恵の悲しみ―我がバリエテ』創樹社、一九七三年七月）のなかでシベリア抑留生活を、「私がシベリヤにいた当時はいたる所にスターリンの肖像が掲げられ方々に収容所が立っていた。煉瓦作りで窓に鉄格子のはまった監獄もあれば兵営式の収容所もあったが、一見自由な市民のように見えて実は一定の行政区画から出ることを足どめされて働いている人たちもいた。（中略）今、目をつむると、シベリヤできいたロシヤ語がきこえてくるようだ「同志スターリンはいっています、シベリヤの密林から出ようたって出られるものではないってね」。これをきいて私は、それは出る前に狼にくわれてしまうからだろうと思ったものだった」と回顧している。

7　ノーマン・M・ネイマーク著／根岸隆夫訳『スターリンのジェノサイド』（みすず書房、二〇一二年九月）より。ネイマークは同書において、「１９３０年代はじめと１９５３年の間のＮＫＶＤ（ソビエト秘密警察組織のひとつである内務人民委員部――筆者注）の数字を使うと、およそ１１０万から１２０万人のソヴィエト国民が処刑されている。およそ６００万人の国民が、特別移住地に強制送還された。そのうち１５０万人（25パーセント）が「早すぎる死」に見舞われた。この期間に１６００万人から１７００万人のソヴィエト国民が強制労働収容所に監禁され、そのうち３００万人が「反革命活動」の罪で有罪判決を受けた。強制労働収容所の犠牲者の10パーセントは早死にした。これらの数字はウクライナ大飢饉の犠牲者あるいはポーランド人、バルト三国人、集団化に抵抗した農民、強制移住に抵抗してたたかった少数民族の虐殺と処刑の犠牲者数３００万から５００万人をふくんでいない。移住地と強制労働収容所への強制移送の途中で死んだ人たちも、予備審問、拘禁、訊問のさなかに殺されたり、死んだ人たちも数えられていない」とある。

8　アルベール・カミュは『シジフォスの神話』（矢内原伊作訳、

新潮社、一九五一年九月）のなかで、「神々がシジフォスに課した刑罰は、休みなく岩をころがして、ある山の頂まで運び上げるというものであったが、ひとたび山頂まで達すると、岩はそれ自体の重さでいつも転がり落ちてしまうのであった。無益で希望のない労働ほど恐ろしい懲罰はないと神々が考えたのは、たしかにいくらかはもっともなことであった」と記している。

9　小泉義之は、死者／生者の在り方をめぐって、「ほんとうは断絶しているのに、そこに何らかの関係がある」と思うこと自体が〈妄想〉なのだと指摘し、哀悼、追悼、葬礼といった「喪の仕事」はすべてその〈妄想〉によって支えられていると断じるとともに、「英霊や無名戦士を哀悼することと、戦死した敵兵や戦友の名を弔うことは、まったく別のことなのである」と述べ、「追悼」と「弔い」を明確に区別している。

10　ソ連政府は農民を集団化してコントロールしようとしたが、そうした農場集団化政策に対して最も頑強に抵抗したのがウクライナ人であった。スターリンは、ウクライナの民族主義者、インテリ層、集団化政策の反対者、そして彼の権力にとって脅威であると看做した者たち約百万人を粛清するとともに、約一千万人を強制移住させてタイガの森林伐採などに従事させた。

本節は「ジェノサイドとしての抑留——長谷川四郎「小さな礼拝堂」論——」（原爆文学研究会、於・長崎大学、二〇一五年三月七日）、「抑留者たちの表現——香月泰男・石原吉郎・長谷川四郎」（大阪経済法科大学アジア太平洋センター公開講座、二〇一五年十一月七日　於・大阪経済大学東京サテライト）での口頭発表、講演をもとにしたものである。長谷川四郎は「ロシヤ」と表記しているが、本書の地の文では「ロシア」の表記を用いているため、本節においても引用は「ロシヤ」、地の文は「ロシア」と表記している。

4―3　手記のなかのヒロイズム――樺美智子・奥浩平・高野悦子

1　はじめに

一九六〇年代から一九七〇年代の初頭にかけて、日本の出版界では夭折した学生活動家の日記や手記をまとめた遺稿集がブームになる。なかでも、樺美智子著／樺光子編『人しれず微笑まん 樺美智子遺稿集』（三一書房、一九六〇年十月）に始まり、奥浩平『青春の墓標 ある学生活動家の愛と死』（文藝春秋新社、一九六五年十月）、高野悦子『二十歳の原点』（新潮社、一九七一年五月）と続く系譜は、樺美智子に傾倒する奥浩平、奥浩平に擬似的な恋愛感情を抱く高野悦子というかたちで連鎖しており、遠く藤村操「巌頭之感」（注1）や原口統三『二十歳のエチュード』（前田出版社、一九四七年五月）と接続しながら同時代の若者たちを魅了した。なかでも高野悦子の場合は、続編『二十歳の原点 序章』（新潮社、一九七四年六月）、『二十歳の原点 ノート』（新潮社、一九七六年一月）も刊行され累計三百五十万部という驚異的な数字を叩き出している。

これらの遺稿集の特徴は、安保闘争や学生運動におけるさまざまな苦悩が「自己否定」として語られているにもかかわらず、読者がそこにヒロイズムを見出していく構造になっていることである。川本三郎が「それまで何か行動したいのだが行動を起こせない個々の人が、ひとりひとりの孤独な内面に閉じ籠もっていた。それが『自己否定』というキー・ワードが生まれた瞬間、〝自分が考えていたのはそのことだったのか〟と多くの学生が全共闘運動にひきつけられていった。その意味でこの運動は政治運動というより思考革命と呼んだほうがいいものだった」（『マイ・バック・ページ ある'60年代の物語』河出書房新社、一九八八年十二月）と指摘したように、そこには孤独や挫折を培養液とする共同幻想が成立しているのである。

もちろん、三作品のあいだには六〇年安保闘争／七〇年安保闘争という質的にも思想的にも異なる二つの文脈が介在している。不慮の死を遂げた樺美智子と自殺という選択をした奥浩平や高野悦子とでは書き手としての立ち位置も違う。一方は〈神話〉として語り継がれ、一方は〈共鳴〉として機能している点でも隔たりは大きい。

にもかかわらず、若き読者たちはそれぞれの断層をいっさい無視して三人の遺稿集をひとつの塊として理解しようとした。彼らの苦悩する姿を自らのそれと重ね合わせながら何度も読み返し青春のバイブルとした。本節では、三作品の記述内容や語り口の特徴から読者の欲望を逆照射することによって、手記のなかのヒロイズム、および、清らかな挫折を希求する読者たちの存在を浮き彫りにしたい。

2 樺美智子の〈神話〉化――『人しれず微笑まん 樺美智子遺稿集』

樺美智子は、一九三七年十一月八日に東京で生まれている。幼少期を沼津で過ごしたあと、父・俊雄の神戸大学赴任にともない中学から神戸に移住。一九五六年に県立神戸高等学校を卒業後、東京に戻って紅露外語予備校、駿河台予備校に通学。同年十一月、日本共産党入党。一九五七年、東京大学文科二類に入学。一九五八年、日本共産党を脱党。一九五九年秋、文学部学友会副委員長となり警職法闘争、反安保闘争に参加。一九六〇年一月に羽田デモで逮捕されたのち、同年五月に学友会副委員長を辞任。六月十五日、反安保闘争のデモで国会構内に突入した際、警察隊の暴行によって頭部を強打され死亡している（警察側は転倒による圧死と説明している）。享年二十二歳であった。

知的教養に溢れた家庭に育ち、予備校時代に日本共産党に入党する樺美智子は、ある意味で早熟な秀才だった。日本共産党を脱党し共産主義者同盟の書記局長となり、やがて羽田デモで逮捕されるという経歴は、戦前・戦中における「転向」者の系譜とも重なり、その思想的遍歴に厚みを加えている。また、当時は数少なかった女性活動家であるという点で、彼女のありようにはジャンヌ・ダルクのイメージが重ねられている。のちに、樺美智子をもとにつかこうへいが書き下ろした「飛龍伝'94――いつの日か白き翼にのって」（一九九四年七月〜八月、銀座セゾン劇場）、および『飛龍伝'94――神林美智子の生涯』（集英社、一九九七年一月）に示唆を受けた酒井敏が、「私を驚かせたのは、そこで紹介された、〈全共闘の女委員長でありながら、婚約中の参謀本部長と、敵方の機動隊長の二人を愛してしまう〉ヒロイン「神林美智子」の設定であった。（中略）当時つむがれた〈神話〉のありようは、もはや明らかであろう。ジャンヌ・ダルクなどと等しい「救国の乙女」の〈神話〉である。（中略）当時、「事件」を記録した人々――就中、それに関する文章を公表する機会を多く与えられた知識人達――の思想的立場は、彼女の死を「救国」のための死と位置付けるような立場で、ほとんど一致していた。そのように整理されたとき、「樺美智子」の「事件」は、人々の深層に潜むこうした〈神話〉で解読するのに、おあつらえむきのものとなった」（「〈神話〉形成の一コマ」『中京大学図書館学紀要』一九九五年三月）と指摘したように、彼女の履歴には「救国の乙女」に仕立てあげるための諸要素が揃っている。

　のちに、座談会「「聖少女」樺美智子の青春と死」（『文藝春秋』二〇一〇年七月）に出席して旧友の思い出を語った北原敏（北海道大学名誉教授）は、「樺さんの死によって岸内閣が吹っ飛ぶという、学生運動が内閣を倒した唯一の例になったわけですが、今、五十年たって、樺さんの死や全学連の運動は、私たちに何を残したのでしょうか」という司会者（江刺昭子）の問いかけに、「六〇年安保闘争の特徴は国会に集中した政治闘争だったことです。その点で、生活空間に解放区を生みだして祝祭性を伴った十年後の全共闘の運動とは大きく異なる。市民が多く参加し、「声なき声」の運動も起きましたが、国会デモが中心で、市民社会や生活環境にどういう意味を持たせるかは二次的な問題でした。／この政治闘争は、実際には多様な意識でもって闘われた。ところが、樺さんの死によって、安保闘争の意味が一点に凝縮されてしまった。安保を闘った者たちの共同性がそこには生まれたけれど、本来そこにあった多様な意識が、その後の社会運動や市民運動にどのように結びついていったのか、検証されずにきたのが現実ではないかと思います」と述べ、彼女の死が〈神話〉となっていくことで多様な市民たちによる政治闘争の意味が一点に凝縮されてしまったという指摘をしているが、こうした証言からも、同時代の社会状況に樺美智子を日本のジャンヌ・ダルクへと押しあげる力学が働いていたことがわかる。

　なかでも、樺美智子の死を〈神話〉へと祀りあげるうえで大きな役割を果たしたのが文学者たちによる哀悼の表現だった。『樺美智子　聖少女伝説』（文藝春秋、二〇一〇年五月）を書いた江刺昭子が、

　東大の慰霊祭、全学連慰霊祭、国民葬と死後一〇日足らずのうちに三つのセレモニーが執り行われた。無惨な死からわずかしか経っていないが、あるイメージができあがりつつあるのがわかる。イメージ操作といってもいい言挙げにかかわっているのは、文学者たちである。／まず全学連葬で深尾須磨子が朗読した長詩「ばらは死んだ」の一、二連。／「（中略）美智子さん／《美智子は非の打ちどころのない娘だった》／と　あなた

の父君樺教授は語っている／その美智子さん／あなたは原爆一号国民の先頭に立ち／世界人類の戦争を拒み／戦争の導火線につづく一切の／有形無形の悪循環を拒んだのだ／あなたの青春に予約された／英知と愛と美と自由の／夢と理想の時空をこの一瞬に縮め／あなたは死をかけて／人類の不正に抵抗したのだ（以下略）／深尾の朗詠を聴いて、美智子を知っている人たちが、ああ、心から美智子を悼み、顕彰してくれていると思っただろうか。いくらか違和感があったのではないか。亡き人のイメージとかけ離れているからだ。樺美智子にばらは似合わない。「祖国愛」や「人類愛」といった、ありったけの賛辞は、詩人には失礼だけど言葉が死んでいないか。追悼歌とはそんなものだと言われればそれまでだけど。／詩人だけではない、歌人も動員されて歌った。国民葬で宮崎白蓮の哀悼歌「我が国にジャンヌ・ダーク出ず若人よ、彼女の死をむだにあらすな」を新劇俳優の三島雅夫が朗読した。／大正時代に日本の恋愛史、結婚史に一頁を刻んだ白蓮は、戦争で息子を喪い、世界連邦婦人部を結成し、平和運動にも奔走している。そういう意味では、深尾とともに妥当な人選かもしれないが、フランスの救世主ジャンヌ・ダークに擬してよいものか。／きわめつきは、日本女性同盟が捧げた弔辞である。「五月二〇日以降、刻々に強まる国民のスクラムと批判の声に狼狽した政府が、愛国者たちに襲いかかったとして、支配を非難する文言に続けて、「新しい社会の訪れる日まで、私たちはけっして斗いをやめません」と誓い、「日本のキリストとなられた美智子さん」と呼びかけている（『美の想』）。（中略）／秋田雨雀のメッセージにも違和感がある。東大葬で読みあげられたのち、色紙に認めて樺家に贈られ、大事に所蔵されていると聞くが、その文言は「永遠の処女は／平和のために／たたかいて／今ぞ帰りぬ／盾にのせられ 永遠の処女 樺美智子を讃して」というものである。／雨雀は、このときから二年後に七九歳で亡くなっているから最晩年ということになる。なぜ「永遠の処女」礼賛なのか。死んだ女が未婚でなかったら、あるいはあばずれと言われるような女だったら、その人にどうよびかけたのだろうか。

と批判するように、その死は文学者たちの過剰な演出によってシンボル化されるのである。

『人しれず微笑まん 樺美智子遺稿集』は、こうした騒然とした空気のなかで事件からわずか三ヶ月余りのちに刊行される。彼女の死後、母・光子が編んだこの遺稿集は、「まえがき」（樺光子）に続く前半部が、第一部・小学生のころ 赤とんぼ／雨／星／夏休み日記―小学四年生のとき／冬休みの日記―小学校四年生のとき、第二部・中学生のころ 小さなコックさん／社会主義について／小川未明／日記―中学二年生のとき、第三部・高校生のころ「私は成長したい！」／結婚観／「アンケート」に答える／K・Mへ／「最後に」／「ブリュメール」／年賀状1〜3／手紙1〜8、第四部・大学生のころ 書簡／入学したら―私の抱負／葉書1〜2／書簡1〜5／無題／書簡6〜7／野郎どもと女たちの生活と意見／書簡8〜9／ある小学生の歴史観、という成長の軌跡で構成され、後半には、第五部・教育実習について、二年社会科学習指導案／教育実習レポート／学習指導についての生徒の感想文／一人の生徒より、第六部・安保問題について 安保改定問題をめぐって／学友会委員会報告／四・二六国会請願デモにストライキで起とう、第七部・論文・レポートなど、史論グループ総括／婦人問題の根本的解明を／「前期古墳の葬制を通じてみられる当代の死者に対する観念」／歴史意識育成の面から見た戦後の歴史教育の問題点／農民階級／「徳川慶喜論」―政治史的考察／律令時代の損田処分法、第八部・思い出と追憶のことば、で構成され、詩、日記、手紙はもとより、ノート、レポート、論文、追悼文など雑多な文章がひしめいている。

戦禍を逃れての疎開生活に始まり、高度経済成長期の安保闘争までを駆け抜けていく彼女の人生は、まさに日本が敗戦から占領・復興を経ていく過程と完全に重なる。そこには、戦中世代のひとりとして生まれ育った少女が知的教養人として成長していく姿と、大人になった彼女が戦後日本社会の矛盾に突きあたって苦悶する姿が分裂したまま一冊の遺稿集にまとめられている。幼少期の作文や日記から大学のレポートまで収めているところをみると、遺族の意志というよりは、〈神話〉となった樺美智子に目をつけた出版社が彼女の書き残したものを無理やり集めて一冊の本にしてしまったという印象が拭えない（注2）。

その内容において特に興味深いのは、恐らく第三者に見られることなど想像もしていなかった日記やノートの記述スタイルである。たとえば、そこにはこんな一節がある。

お求めに応じて、私の最愛の人である「樺君」について。（中略）性格に関して……彼女は一般的には理性的性格として通っている。又、事実、大抵の場合そういう態度をとっている。（尤もこれは努力の結果であり、それも他から強いられた経験の堆積である点が多いことは否めない。）しかし、感情の爆発は時々起る。（最近はごく少いが）、情熱的な面も強いが、今までのところは、いわゆる理性という奴が押さえている。多数の人々の敵であると知っても、その人間がどうしてそんな立場になったかを考えると、一種の哀れみとも同情ともつかないものを感じてしまうのである。恐らく、その原因は、「敵であると知る」だけで現実に身をもって感知する経験に欠けているからと考えられる。指摘されている「親しみにくい点」は彼女も認めている。このことを知って、今後も慎重に考慮すべし。

彼女は、自らを「樺君」と呼び、存在の外化＝客体化を図る。そこにいるはずのない架空の読者の「お求め」に応じて語るスタイルを通して、能う限り冷静な自己分析を試みようとする。それは、未成熟な自分を省みようとする謙虚さの表れであると同時に、高度な道化性に縁どられている。ノートのなかにわざわざカッコ書きを施し、自分を見つめる自分を登場させる手法からも、そうした身振りが窺える。

また、樺美智子の文体は、いま現在の自分を等身大の言葉で語るのではなく、かくあるべき自分、将来の展望や目標に向けて前のめりになっていく自分を語ろうとする傾向が強い。同書には「将来、人民のために尽す立派な人間となるために、人民の中から選ばれて入学へはいるのだということを常に念頭におき（私は去年にはこのことがまだはっきり理解出来ていなかったように思います。今は本当に人民の中から選ばれて大学に送られてきたのだと思って頑張っています）、未知の何万何十万という虐げられた人々が、あなたの入学を、将来の活躍を期待しているのだということを自覚し、十分に力を発揮して下さい」といった表現がしばしば顔をのぞかせ、選ばれし人間としての自分を奮い立たせる記述が散りばめられているが、それは東京大学への女子合格者がわずか九十名程度しかいなかった時代（手記のなかにも、「今朝のニュースでは女子の合格者が九十名はあるようです。昨年は六十六名（衛看含めて）だったようですから、大分多くなったことになり、とてもうれしいです」という一節が記されている）における女子エリートの矜持と責任感の表れだったのだろう。

こうした認識が社会矛盾の克服や革命への意志となって表出するのは、ある意味必然である。当初、「資本主義経済は大多数の人間にとって（私は全ての人間と云いたいが）非常に有害であるために、社会主義経済に変えられねばならない——必然的に変えられるのだが——段階にすでに達している。（そしてここに云う社会主義とは、ブルジョアジーによって骨抜きにされた修正資本主義＝エセ社会主義では決してなく、マルクス主義＝共産主義である。）このことを私は本で知った。しかし、本で知る前からすでに、私は「その有害な産物」にとりまかれていることを、いくらか感知していたし、非常に不安な気持であり、摑み所のない敵に向って出来る丈の反撥をしていた。そして、高校時代にその恐るべき相手の正体を知り得た。私はこの知らされた本体は正しいものだと考え、それと戦って、社会主義社会＝共産主義社会をつくる大きな仕事に、一生をかけて参加しようと決心している。／「全ての人間が人間にふさわしい生活を送れるような社会」を望み、その実現のために協力することに対して、なぜそうするのかという理由の説明が必要だとは思わない。必要なのは、そういう社会の設計と建設とへの協力だとはっきり云い切ろう」といった語り口で共産主義運動に殉じようとする自分を奮い立たせようとしていた樺美智子は、次第に東京大学という環境のなかでぬくぬくと学問をしながら革命を叫んでいる自分自身を懐疑するようになり、やがて次のような一節を記すことになる。

昨十九日三時から行なわれたシンポジウム「日本の現時点とインテリゲンチャ」で講師飯坂氏は先づ「学問をしていることが、ドブさらいの仕事をする人の社会に対する有益さに劣っていないかどうか」を真剣に考える必要があるとして、ベーベル、ハルナックに言及しつつ、学問と実践の問題を説き起され、さらに戦後の政治過程の中で第三段階に属する講和～現在を〈擬似政治化の時代〉と規定され、その中で全社会階級が其の精神構造において、中間化の傾向があるとして、そしてそれはネオファシズムの温床の危険性をもっていることを指摘された。／さらに現在の安保改定に対し、文化人が提起し実践している請願闘争の意義と、一方その請願が、国民のもっているエネルギーの擬似的発散法となり、権力者にとっては安全弁の役割を果す危険を明確に指摘され、単なる請願ではなくPressureと結びついたものでなくてはならないとして、会場にあったスローガン「批准をはばむものはストライキによる国会請願の数万のデモだ！」をゆび指し、／「Pressureとしてのストライキそれと結びついた国会請願デモ」と位置づけられ、その後、活発な討論がつづけられた。

『人しれず微笑まん　樺美智子遺稿集』における日記やノートの記述を追う限り、「学問をしていることが、ドブさらいの仕事をする人の社会に対する有益さに劣っていないかどうか」というテーゼと出遭って以降、樺美智子の書きぶりは大きく変化していく。「勉強のできる立場にいる私達が社会に対して果すべき役割がある。そのうち、女性と職業の問題に関して、しかも教職課程在学中になすべきことにしぼって云うならば、まず次のことを徹底的に究めることであろう。即ち、憲法のもとに、法のまえにその平等を規定されながらどうして男女不平等であるのか（多くの人は女性の経済力が小さいからだ、弱いところへ必然的にしわよせがくるのだと指摘する）。では、どのような歴史的原因によって女性の経済力が小さくなり、何が「弱い」ままでいることを強いるのか、それを根本的に解決するものは何なのか（そして更には、社会的仕事をすることの人間にとって積極的な意義を確認すること）」といった、自己の存立基盤を疑うような記述が多くを占めるようになり、次第に自己否定の色合いを濃くしていく。「お前は何者なのだ」という自己追究の果てに私／私という対話の回路を開き、最終的にはいまの私を否定することによってかくあるべき自己に辿り着こうとする倒錯へと陥るのである。

当時、教員の立場で樺美智子と顔を合わせていた佐藤進一（東京大学教授）は、「自分の信ずるところを実践に移すことにおいて、最も熱心かつ勇敢であって、「学者になるつもりなら、東大になんかこなかった」と日ごろ友人にもらしていたといわれる反面、近世史演習（岩生教授）のレポートや、近世史専攻ときめた卒業論文の作製に、骨身をけずるようなはげしい勉強を続けていた樺さんは、学問と実践とを、どのように統合的に理解していたのだろうか」（前出『人しれず微笑まん 樺美智子遺稿集』に収録された追悼文より）と記している。当時、東京大学文学部の助手だった青木和夫も、あるとき喫茶店で「国史を勉強していらっしゃるのは、なんのためなんですか」と詰問されたことがあると記し、自分が「急所から鋒先を外す」ような応答をしてしまったこと、それを納得しないようすで聴いていた彼女の表情などを回想している。これらの言葉は、亡き学生へのオマージュであると同時に、樺美智子という存在がその死後において、なぜ時代の英雄に祀りあげられていったのかという疑問に対するひとつのヒントを与えているように思う。自分は如何に生きるべきかという課題に突きあたっていた当時の若者たちは、学ぶことと実践することの両極を揺れ動きながら二兎を追い続ける樺美智子の姿に共鳴し、「自分が考えていたことはそのことだったのだ」という確信とともに『人しれず微笑まん 樺美智子遺稿集』を受け容れたのではないだろうか。その意味において、「ここぞという選択の場で常に苦しく激しい方を選びとり、それに躊躇なく突き進んで行った」という道浦母都子の指摘（「死」によって生き続ける「生」 樺美智子『人知《ひと》れず微笑まん』」（『思想の科学』一九八三年四月）は正鵠を射ている。

しかし、手記の内容に限っていえば、樺美智子の言説は極めて画一的で、書物の記述をそのままなぞるような生硬な議論に終始している。世の中の垢にまみれたことのない大学生が机上の論理で組み立てた誓いの言葉といった趣である。『人しれず微笑まん 樺美智子遺稿集』がベストセラーになった理由は、それ以外にもあるように思える。

ここで注目したいのが、母・光子による「まえがき」と最終章にまとめられた「思い出と追憶のことば」である。母・光子は「まえがき」のなかで娘の成長記録を淡々と綴る一方で、学生運動に関しては「あんなに静かな子が、あんなにも常に慎重な行動をとる子が、自分の正しいと信ずる道へ進む時に、あんなにも勇敢な態度をとるものかと私は驚きと畏敬のおもいで亡くなった子を偲ぶのです」と記し、その行動力を賞讃する。また文末では、四年間に亙って彼女と親しく交わった友人からの手紙にあった「樺さんは全くおどろく程清らかな、清らか過ぎる人だった。樺さんの勇敢さは他のどんな男子学生（いつもは急進的なことを云っている人でも）よりも大きいことを、私は駒場時代から知っていました」という言葉を引用するとともに、その友人が事件から十日ほど経った頃に恩師から受け取った手紙に「一人の死がこんなにも日本中を感動させた例はない事でしょう。美智子様の肉体はなくなっても精神は日本人の心の中に残って成長してゆきましょう。（中略）生きていらしたら、このあとながい一生に人類の幸福のために立派なお仕事をなさる指導者におなりになったかも知れないと思えば、やはり言いようもない損失は御一家のみならず日本の損失だとも言えましょう」という文面があったことを孫引きで紹介している。樺美智子はどこにでもいる普通の大学生であると同時に、世界中の人々の心を捉える資質をもった正義の志士であったことを、母親の側から証言している。

一九六〇年十月といえば、明治以降、民間女性として初めて皇太子と結婚（一九五九年四月十日）した美智子妃が浩宮徳仁親王を出産し、世の中がミッチーブームに沸いていた時期である。ちょうど『人しれず微笑まん 樺美智子遺稿集』（前出）が刊行されたときには、日米修好条約百周年を記念してアメリカに招待（同年九月二十二日〜十月七日）されるなど、もうひとりの美智子は表舞台での活動がより華やかさを増している。「美智子様の肉体はなくなっても精神は日本人の心の中に残って成長してゆきましょう」という言葉は、美智子妃と対極的なかたちで国民の支持を集めるもうひとりの美智子を浮かびあがらせているのである。

そうした露払いを受けて最終章に並べられた「思い出と追憶のことば」の数々は、もはや尋常の哀悼精神を逸脱し、教祖を祀るための言祝ぎに近い印象を与える。誰もが彼女の人格や行動を賞讃し、その存在を時代の英雄へと押しあげようとしているかのようにみえる。

たとえば、樺美智子の最期を間近に見ていた同級生の榎本暢子は、「彼女が学生運動をする一番底にあったものは何か。それは学生として真理を探究する態度ではなかったか。大きな意味で正義感というふうに云い代えることも出来るかもしれないが」と述べたあと、「われわれ――東大の者にとっては、重すぎる程の重さ、悲しさをもたらした。しかしその悲しみが深ければ深い程、樺さんがあくまで希求した革命をなしとげることが残されたわれわれの義務であろう」と結んでいる。

京都市下鴨婦人民主クラブからの手紙には、「「美智子さまの死を無駄にするな」とわたしたちは叫びます。／美智子さまの尊い犠牲は、日本の歴史を明るい未来に一歩進めたと確信出来ると思います」とある。その他にも、「殺戮の季節―樺美智子さんの霊に捧ぐ―」と題した詩を送った長井菊夫、大牟田の三池闘争で「資本家の暴力団に命を奪われた」労働者の妻やストリップショーのコメディアンからの激励、そして、教育実習で教えた生徒が記した「先生の死は、決して無駄ではなかったのです。先生は、いや先生達は万人の気持を現わして下さったのです、日本の危機を救おうとして」という悲痛の手紙など、同書に収められた弔文は、幅広い階層、年齢層の人々が彼女を核としてひとつにつながろうとする能動性に溢れている。その背後からは樺美智子の死を無駄にするなというシュプレヒコールが聞こえてきそうである。

また、そうした身近な知り合いや大衆一般の声を掬いあげる一方で、「思い出と追憶のことば」には同時代の国際社会における政治的対立や世界各地の革命闘争との連携を図るような言説も並んでいる。「樺美智子さんは日本の民族的英雄になった」と題された中国・新華社の通信には、「毛主席は、日本国民が反米愛国の正義の闘争のなかでいっそう大きな勝利をおさめたことを祝った。樺美智子さんの英雄的な犠牲にたいして、毛主席は尊敬の意をあらわした。毛主席は、樺美智子さんは全世界にその名を知られる日本の民族的英雄になった、とのべた」とあるし、同じ中国の『人民日報』に掲載された弔文には、「われわれは、樺美智子さんが流した熱い血潮を、いつまでも心の中に刻みこんでおかなければならない。彼女は米帝国主義とその手先岸信介によって虐殺されたのである。／革命の先覚者の血潮は、決して無駄には流されない。血は幾億、幾千万の人びとに真理を訴え、闘争を励ます。血は人びとの前進の道を照り輝かすものである。血は必ず社会をとりかえ、世界の革命と進歩を獲得するものである」と記される。ブルガリアの詩人・ボヤジェフが「絹の弔旗が掲げられ、あなたの野辺の送りがなされたが、あなたには見えるだろう、海のかなたの国で黒い企らみが人民の怒りで踏みにじられた光景が」と謳っているほか、劉白羽、阮章竜、コンスタンチン・オレーシンが詩やメッセージを送っている。こうして樺美智子は、その生と死が過剰に意味づけられるだけでなく、世界各国の共産主義運動家たちの偶像として機能することになったのである。

3　革命と恋愛の相克
――奥浩平『青春の墓標』

樺美智子著／樺光子編『人しれず微笑まん　樺美智子遺稿集』がベストセラーとなってから五年後、樺美智子を崇拝していたひとりの青年の遺稿集が刊行される。それが奥浩平『青春の墓標　ある学生活動家の愛と死』である。一九四三年十月九日、東京に生まれた奥浩平は、一九五九年、都立青山高等学校入学後、「安保阻止高校生会議」のデモに加わって活動するようになる。一九六三年、横浜市立大学文理学部入学後は、「マル学同・中核派」（同年七月より）、「革命的共産主義者同盟全国委員会」（翌一九六四年より）などに参加し、原潜寄港阻止闘争、日韓条約反対闘争に加わった。そうしたなか、一九六五年二月の椎名外相訪韓阻止羽田闘争で機動隊の装甲車を乗り越えた際、警棒で鼻硬骨を砕かれ入院することになる。この出来事にショックを受けた奥浩平は、退院十日後の三月六日、自宅の勉強部屋で服毒自殺を遂げる（享年二十一歳）。手には一輪のカーネーションが握りしめられ、勉強机には『資本論』第一巻が開かれていたという。

『人しれず微笑まん　樺美智子遺稿集』が、政治の季節を生きつつあった読者の熱狂的な支持を受けたのに対して、『青春の墓標　ある学生活動家の愛と死』の書き手と読者のあいだには、やや時代的なズレがある。一九五九年から「安保阻止高校生会議」に参加していた奥浩平にとっての闘争は、あくまでも一九六〇年安保を原点としている。大学入学後の学生運動も、その闘争を経て自分が信じるに至った政治思想やセクト主義に基づいている。だが、同書が刊行された一九六五年の日本は、オリンピック景気に支えられた経済成長が続き、何に対してどのように抵抗すればよいのかという闘争の課題そのものが見えにくくなっていた。ある意味、奥浩平は遅れてきた青年であり、彼の政治的苦悩を自らの問題として捉える若者は決して多くなかったと思われる。

そうしたなか、一九六八年一月の東京大学医学部無期限スト突入以降、東大闘争が活発化し、四月に発覚した日本大学の使途不明金問題を発端とする日大闘争などに飛び火する。ベトナム戦争における南ベトナムの共産ゲリラ蜂起、フランスの五月革命、中国の文化大革命など、世界各地が騒然とした状況に陥る。当時、遊び気分でデモに参加していた亀和田武が「奥浩平／中原素子 中核対革マル思想が裂いた悲しい恋」(『文藝春秋』二〇一一年三月)のなかで、

『青春の墓標』には〝ある学生活動家の愛と死〟の副題が付いている。横浜市大の二年生だった奥浩平は中核派の活動家だった。(中略)六七年十月八日。この日から〝叛乱〟の季節が始まる。それまでの日本は、奇妙なくらい平和だった。退屈な毎日にうんざりしていた私は、待ってましたとばかりに心浮き浮きとデモ通いを始める。デモで知り合った予備校生たちと集会や学習会に出るようになったのが六七年の初秋だった。／「すごいのよ。なんで俺を愛してくれないんだ。そういって、女の子のホッペタを叩くのよ」。『共産党宣言』か『経哲草稿』の読書会を終えた後の雑談のとき、陽気な女の子が、そういって『青春の墓標』を話題にした。(中略)敵と味方に別れた者同士の恋。それはロミオとジュリエットの悲恋よりも熾烈な宿命を孕んでいた。

と回顧するように、六〇年安保の残滓《ざんし》であった奥浩平の遺稿集は、七〇年安保につながる文脈のなかで新たに読み替えられていくのである。

ただし、ここで読者の心を捉えて離さなかったのは、共産主義革命への情熱でもなければエリート大学生が自己否定を重ねながら成長していく姿でもなかった。『青春の墓標 ある学生活動家の愛と死』という表題が端的に語っているように、彼らはセクト間の対立によって恋人と引き離されていく青年活動家の悲恋、すなわち、誠実に生きようとすればするほど恋人との溝を深めざるを得ない奥浩平のジレンマを、「ロミオとジュリエット」のような物語として享受したのである。

『青春の墓標 ある学生活動家の愛と死』は、「まえがきにかえて 奥紳平」、第一章・高校時代、第二章・浪人時代、第三章・大学時代Ⅰ マル学同加盟、第四章・大学時代Ⅱ 七・二事件、第五章・大学時代Ⅲ 原潜寄港反対闘争、「あとがき 奥紳平」、「学生運動の潮流と課題 北小路敏」という章構成になっている。基本的には『人しれず微笑まん 樺美智子遺稿集』の体裁を模倣しているが、大きく異なっているのは、奥浩平が執拗に希求し続けた中原素子(仮名)と

いう女性への手紙、および、彼女を思い続けながら記したノートがその中心を占め、全篇を通して片思いの相手に送る脅迫的なラブレターになっていることである。

樺美智子のそれが歴史や思想を中心とした学究的な文章だったのに対して、奥浩平の場合は自分の認識や感情を相手に理解してもらうことを目的として書かれており、現在的な視点でいえばほぼストーカーの言説に近いものがある。その意味で、「すごいのよ。なんで俺を愛してくれないんだ。そういって、女の子のホッペタを叩くのよ」という感想を漏らした女子大生は、同書の核心を的確に捉えている。『1968 若者たちの叛乱とその背景』（新曜社、二〇〇九年七月）を書いた小熊英二は、奥浩平の『青春の墓標 ある学生活動家の愛と死』について、「高度成長下の「現代的不幸」に直面していた当時の日本の若者の多くに、マルクス主義は一種の「主体性回復論」としてうけとめられていた。奥は中核派の路線にそってマルクスの著作を読みつつ、「現代において、人間の主体性とはなんなのか――これに全力をあげて回答することが必要なのだ！」と書いている。（中略）活動に打ちこむほど、学業との両立は不可能になる。高度成長の果実に惹かれ、女性への欲望にも身をこがしながら、小市民的な生活と疎外された労働に埋没していく将来には嫌悪感しかわかない。そうしたジレンマのなかで、奥は煩悶するばかりだった」と記しているが、これは奥浩平を擁護する立場からの判官びいきの言説に見える。少なくとも、同書を手に取った読者の多くは、「主体性回復論」の探求者というよりも、恋愛の場面において相手の気持ちがまったく理解できていない道化的主人公、あるいは、わざわざ『資本論』を開いてカーネーションを握って死ぬような自分を愛して止まない自己陶酔者として奥浩平を理解し、自滅していく若者の痛々しさ、切なさのなかに自分たちが置き去りにしてきた六〇年安保闘争の残り香を味わったのではないだろうか。

また、同書が広く読まれるようになった原因のひとつとして覚えておきたいのは、奥浩平という書き手が樺美智子に擬似的な恋愛感情を抱き、『人しれず微笑まん 樺美智子遺稿集』にあるひとつひとつの言葉を反芻することで彼女へのオマージュを綴っていることである。『青春の墓標 ある学生活動家の愛と死』という作品は、生身の存在である中原素子（仮名）と書物のなかに生き続ける唯一無二の対話者・樺美智子を両極に配置し、その間を揺れ動くことで主人公の苦悩ぶりが明らかになる仕掛けになっているのである。

第一章・高校時代の最後に「青山高校時代の奥君について」と題する印象記を書いた旧友・安部邦夫が、「英語の参考書と樺美智子さんの「人知《ママ》れず微笑まん」とを持って、ぼくにとって彼は文字通り彼になっていった。深刻な自己形成が、自己に沈着して——ぼくにはそう思えた——進められていった。樺さんの遺稿集は彼の全体を捉えた。そのことは、当時書かれた彼の詩に発想の類似、用語の模倣となって具象する。彼の変化は彼における樺美智子像の変化であった。定着せぬ樺像にいらだち、時には耽溺しながら、彼は成長した」と記しているように、同書では、全編に亘って「樺美智子」という固有名詞が頻出する。

「ぼくは樺さんとちがう。多くの人にとって希望のかてだった。「人知《ママ》れず微笑まん」がぼくにとってはなやみの種だった。ぼくはいつまでも樺さんの詩はかけない」、「樺さんには、はげしく自分をせめるものがあった。決してうやむやに自己弁護のちょっとしゃれた理屈をもってきてごまかしてしまうようなところがなかった。そして同じ人間に対する激しい愛情があった。多くの自称マルクス主義者達の欺瞞に満ちた偽善に満ちた態度がなかった。彼女は、自然に、またはそうならざるを得なくてああなったのであって、マルクス主義者になろうと思ってなったのではない」、「反省、ぼくは自分に対してこの言葉を用いる時、樺美智子の像を思い浮べずにはいられない。反省ということが、ぼくにとって大きな問題になったのは樺美智子によってであった」、「その〝死〟によってであった」、「「母」のイメージがぶっこわれ、村岡と絶交（その意味するもの）、そして、浪人生活がぼくに反省をもたらした。樺美智子に対する評価は安保闘争後から浪人生活が終わるまで変化し続けた。「人知《ママ》れず微笑まん」は計り知れない回数で、ぼくに反省を求めた」、「ぼくにとって、何故樺美智子が重要な意味を持つのであろうか？　それは、樺美智子が（正しくは、樺美智子の死が）ぼくに反省ということを教えたからだ。（中略）ぼくは樺美智子の精神を正しくとらえ、それに触れ、自分を樺美智子に近づけたい（こうして出来る樺美智子の像が偶像であることは避けられない。ぼくは、そのことに躊躇しない）」、「樺美智子が死んで要求した「革命家であれ！」という問題を、未だ、全身で受けとめ解決しえず、さまざまの惑星の間を浪間に浮かぶ木の葉のように浮遊し続けているわたしは、灼けつくような太陽と、じりじり足の裏を焦がす白い砂と、緑の海のうねりを、この目に見るとき、マルクスの上衣は暑苦しく、オリーヴ油を塗った裸身のすがすがしさを味わい、海岸で知り合った娘のみずみずしい腕に強く惹かれる」といったかたちで、彼は常に樺美智子を行動の規範とし、死者から無条件で受け容れられたいと願う。

　こうした記述スタイルのなかでも特に際立っているのは、恋人（だと思い込んでいる）中原素子（仮名）に向けた怒りの手紙に、樺美智子が思想的転機を迎えるきっかけになったあの「学問をしていることが、ドブさらいの仕事をする人の社会に対する有益さに劣っていないかどうか」というテーゼを引用し、「樺さんは自分がプチブル的要素（実にあいまい。卑怯な人はどんな風にでも解釈できる。定義も難しいだろう。けれど、本当はみんなちゃんと知ってるんじゃないか？）を克服する道は、徹底的な勉強と闘争とで身をすりへらすことしかないと思っていたらしい。「君は何故生きているの？……ただ、すべてに目をつむり、無の境地に入り込みたさしか……」樺さんは、こうした言葉を憎悪しただろう（樺さんはそんなに崇高だったんだろうか？）。そうではないと思う。彼女もまた「ただ、すべてに目をつむり……」の仲間だったろう。彼女はそれを知っていた。そして決してそんな発言を自分に許さなかった。（それが）六四頁だ」と書いたあと、すかさず手紙の受取人である中原素子（仮名）に向けて、

君のネゴトが手紙の中だけのことであれば良い、と思います。「かつて私は、大人になるためであり、すてきなママになるためであり、社会に貢献するために生きているつもりでした。けれども、そんな事はみんなうそっぱちです」と、君が考えるのは何故ですか？ 純君がそう考えるに至ったのは君自身の責任ですか。純粋に君の問題ですか（いい加減だ、ここらでこの手紙はひっちゃぶかれそうですね。「なんの権利で、人の言葉をやたらにほじくりまわすのだろう。バカだったわ、あんなことを書いてしまって。いつもそうだわ。シャクね」）。それならそれにこしたことはないのです。でも、ぼくはもっと問題を重大に感じた。（中略）「シニックな笑い、ニヒリスティックな微笑……懐疑的なナントカ」そんなものは、ぼくは一切相手にしない。勝手にしろ。君も好きなようにするがいい。君が何をやっていようとラオスにむけて飛行機はとびたち、参院選は気違いじみた選挙違反を続けている。さようなら。

と書いている場面である。ここでの奥浩平は、樺美智子という女神を楯にして現実の女である中原素子（仮名）を詰《なじ》っている。「ここらでこの手紙はひっちゃぶかれそうですね」などという断りを入れておきながら、言いたいことは最後まで言わせてもらうという態度で彼女を罵倒している。「勝手にしろ。君も好きなようにするがいい」と突き放し、これでもうお別れ、というニュアンスで「さようなら」と書いているにもかかわらず、その十日後にはあっけらかんとした態度で、「中原君こんにちは。／たびたび電話して気にしたかもしれませんが、別に急用ではなかった

のです」という挨拶から始まる手紙を出している。奥浩平という青年は、自分が未練たらたらでストーカーのようにつきまとっている相手に向かって、樺美智子がいかに魅力的であるかを得々と語るような男なのである。

別の場面には、「樺美智子が死んで要求した「革命家であれ！」という問題を、未だ、全身で受けとめ解釈しえず、さまざまの惑星の間を浪間に浮かぶ木の葉のように浮遊し続けているわたしは、灼けつくような太陽と、じりじり足の裏を焦がす白い砂と、緑の海のうねりを、この目に見るとき、マルクスの上衣は暑苦しく、オリーヴ油を塗った裸身のすがすがしさを味わい、海岸で知り合った娘のみずみずしい腕に強く惹かれる。その時わたしは嘲笑を買うべき一人の旅人以外のなに者でもなく、だがあずき色の乳首をしたその娼婦の若く美しいことにかわりはなく、冷たい海水にひたり、速い流れを泳ぎ切って浅瀬に渡る心地よさに、わたしの頭はりんりんと澄んだ響きをたてるのだ」という記述もある。このメモには、わざわざ〈F氏への手紙――というわけではない〉という言い訳が添えられており屈折の深さを物語っているわけだが、ここでも彼は、「革命家であれ！」と要求し続ける樺美智子の前に跪きながら自分の欲望を露悪的に告白して許しを得ようとしているようにみえる。革命と恋愛の相克が問題の中心となり、他者に働きかけることの困難さという次元においてそれぞれが等価であるかのような錯覚が生じている。自分を理解してくれるのは樺美智子だけだという思い込みのなかで、他者を許容する度量が狭くなっていくような息苦しさが行間を支配している。樺美智子の言葉を頼りに革命の戦士であり続けようとしてきた奥浩平は、次第に、眼の前にいるひとりの他者にさえ十全な働きかけをすることができない自分に幻滅しはじめるのである。

また、こうした艶めかしい記述は、のちに柴田翔の『されど われらが日々――』（文藝春秋新社、一九六四年八月）を読んだあとの感想にもあらわれている。「「われらが日々」はくだらない小説だが、女についてはよく書かれているように思われた」と書いた奥浩平は、それに続けて、「『抱かれたことのない、接吻されたことさえない二十一歳！　何て醜いの！』と優子は言うのだった。ぼくが初めて彼女の手を握った夜、ぼくは彼女をやさしくなぐさめるべきだった。そしてこういうべきだった。「君の心をぼくにもっと開いてほしいんだ」けれどもぼくは彼女の中で、女の子が目を覚ましているのをみつめることができなかった。ぼくは彼女に要求することしか知らなかった」と述懐する。

ここで注目したいのは、心の奥底に届くメッセージとして文学の言葉が選ばれていることである。『人しれず微笑

まん　樺美智子遺稿集』の場合は、幼少期を除いて文学に関しての言及・感想がほとんど登場せず、もっぱら歴史や思想をめぐる諸問題についての考察が中心だったが、『青春の墓標　ある学生活動家の愛と死』では、明らかに文学表現への傾斜が強まっており、小説の登場人物が口にする台詞や行動から現実を逆照射することによって、他者への想像力を欠いていた自分を発見するプロセスが完成しているのである。

4　イノセントの剝奪
――高野悦子『二十歳の原点』

このようにして、自己愛とも自己憐憫ともつかぬ精神構造に陥った末に死を選んだ奥浩平を「奥浩平クン」あるいは「奥君」と呼んで敬愛したのが高野悦子である。一九四九年一月二日、栃木県西那須野町に生まれた高野悦子は、県立宇都宮女子高等学校に入学（一九六四年）したのち、一九六六年一月、奥浩平『青春の墓標　ある学生活動家の愛と死』と出遭い、この書を心の友とするようになる。一九六七年には立命館大学文学部史学科に入学し、五月、初めてメーデーに参加した頃から政治・社会問題への関心を強める。部落問題研究会に入り、地域の子ども会活動に励むものの、一九六八年四月、部落研と民青の癒着に煩悶して部落研を退部。同年十二月、学内ゲバが発生し学園紛争がエスカレートするに及び、一九六九年六月二十四日、鉄道に飛び込んで自殺を遂げた（享年二十一歳）。

『二十歳の原点』のなかでたびたび言及される奥浩平について高野悦子自身は、「高校二年の三学期に『青春の墓標』を読み、奥浩平にあこがれをいだいた。たぎる熱情、突走る行動、深い焦燥感、そういう彼の姿にあこがれをいだいた」と記している。奥浩平が樺美智子に抱いた感情が崇拝に近いものだったのに対して、ここでの高野悦子は、奥浩平の後ろ姿に限りない親しみを感じ、信頼できる身近な友人として語りかけているように見える。「ああ、そうだ。思い切り本が読めるんだ。テストのあいだ押えていた本が、自由に読めるんだ。奥浩平クンについてだって知ることができるし、ハリーについてもだ。それに、奥クンが理想としていた樺美智子さんの『人しれず微笑まん』も読める。何と楽しいことじゃないか」、「二、三月のころの日記を読んでみておどろいた。前進しようという前向きな姿勢が滲み出ている。奥君の影響だけど、それに比べてこの一学期間は二年の三学期より退化してしまっている。あんなファイトはどこへ行ってしまったのだろう」といった語り口には限りないシンパシーが漂っている。高野悦子にとっての奥浩平はクラスメイトのような存在なのである。
　そんな高野悦子も、かつて樺美智子がそうしたように、手記のなかで戯画化された自画像を語っている。

　このショートカットの頭ボサボサの、身長一五二センチの童顔のガキが、煙草や酒をのんで、山本太郎の詩がどうだこうだといったり、すべては階級闘争だといったりするのがこっけいなのだ。（中略）パゾリーニは「エディプス王の物語」を彼のエディプス・コンプレックスを克服して作ったという。どのようにして？／真実と人間を求めるって？ 私の求めているものは愛なのだ。（中略）自殺をしたら、バイト先では、へエあの娘がねエと、ちょっぴり驚かれ、それで二、三日たてば終りさ。かあちゃんやとうちゃんは悲しむ（悲しむ？）かもしれねエな。牧野、彼女はどうだろうな。哲学的にいろいろ考えるかな。ヒトリデ　サビシインダヨ／コノハタチノ タバコヲスイ オサケヲノム ミエッパリノ アマエンボウノ オンナノコハ。

　樺美智子のそれが強い克己心とともに綴られていたのに対して、高野悦子の記述は繊細かつ感傷的である。コンプレックスを羅列したかと思えば、周囲との関係性における存在の稀薄さを嘆いてみたりもする。ときには、カタカナ書きの言葉で「ヒトリデ　サビシインダヨ／コノハタチノタバコヲスイ オサケヲノム ミエッパリノ アマエンボウノオンナノコハ」と弱音を吐くことさえある。
　そこにあるのは、イノセントな少女が無理に背伸びをして学生活動家を気取り、次第に傷ついていくさまである。山口文憲が「イノセントに見える少女が、わずか五年後には、ヘルメットに覆面をしてバリケードにたてこもる。またモダンジャズを聴き、酒を飲み煙草を吸って、その日記のなかで「性交時の人間は醜い」とうそぶくまでになるのである。思春期の少女が数年で大変貌をとげるというのはどの時代にもあることだが、六〇年代にはそれが最も残酷な形で起こった。／しかし、この新年の日記（『二十歳の原点ノート』にある一九六三年一月一日の記述――筆者注）はそんな近未来を微塵も感じさせない。本人の幼さもさることながら、そこにあるのは六〇年代前半のまだどこか牧歌的な空気で、この詩の題材も表現も、いってみれば当時の生活作文運動のお手本そのまま。同じ頃に学校教育を受けた者なら、「こういうありのままの作文をする子って、先生にほめられたんだよなあ」と、みな口を揃えるのではあるまいか」と指摘したうえで、この日記の背後にある「時代性」を問題化し、「東京オリンピック前年の一九六三年は、いわば「戦後」の最後の年にあたる。だから、古典的な意味での文学少女はまだざらにいたし、吉屋信子あたりの流れをくむ戦前からの少女文化、少女趣味も命脈を保っていた。たとえば、自分の日記を擬人化して、それに名前をつけるというのも、その一つだろう」（「1963 第2回『二十歳の原点』」『新潮45』二〇〇八年二月）と論じたように、高野悦子の言葉には、「生活作文運動のお手本」のように率直な自己を語ってしまう少女性が偏在しており、読者はそうしたイノセントが残酷なかたちで壊れていく過程を目撃することで政治の季節がひとつの節目を迎えていることを実感したのである。

また、『二十歳の原点』が同時代のベストセラーとなって広汎な読者を獲得した理由としてもうひとつ指摘しておきたいのは、「私は慣らされる人間ではなく、創造する人間になりたい。「高野悦子」自身になりたい。（未熟）であること／人間は完全なる存在ではないのだ。不完全さをいつも背負っている。人間の存在価値は完全であることにあるのではなく、不完全でありその不完全さを克服しようとする時点では、それぞれの人間は同じ価値をもつ。そこには生命の発露があるのだ」、「「独りであること」、「未熟であること」、これが私の二十歳の原点である」といった表現で自分の弱さ、未熟さをまっすぐに見つめようとする一方、しばしば手記のなかに「私は非常にウソつき」、「人生は演技」といった言葉を書き込むなどして、本音と虚偽のあいだを激しく振幅している点である。土井隆義が「主体的な存在であらねばならないという強迫観念は、じっさいには主体的になりきれない自分だけが、すでに主体的にみえる周囲の人びとから、むしろ置いてけぼりを食うのではないかという焦燥感や孤独感にも通じる」（『生きづらさの系譜学――高野悦子と南条あや』、亀山佳明、富永茂樹、清水学編『文化社会学への招待』世界思想社、二〇〇二年四月）と指摘したように、『二十歳の原点』（前出）の語りは「置いてけぼり」にされた「私」というかたちで読者の前に提示されるのである。

「このノートこそ唯一の私である」と語っていた高野悦子が、手記を書く自分／書かれる自分の対話的関係を構築するために用いたツールは文学だった。奥浩平がそうだったように、彼女も文学との融和を通して孤独を慰めようとしたのである。たとえば、エルンスト・フィッシャーの『若い世代』を読んだときの感想には、「ヴェルテルの何と自由であることか。涙を流すことができた。歓喜にふるえることができた。なのに私は、泣くことも吠えることも出来ないでいる。ただ、人におびえてうすら笑いを浮べて、エヘラエヘラとしている」と記している。大学の大衆団交の雰囲気に馴染めず、惨めな気持ちで書店に入った日の手記には、「太宰治の全集があったので希望をたくして買う。（中略）太宰の本を三十ページあまり読む。"He is not what was" が面白かった。芥川のように可成り精緻な作品だが、理智的な冷たさはなく、あたたかさとやりきれなさとユーモアがある。（中略）彼の作品は難かしい。よくわからない。けれども彼の世界が真実のように思える。前に私のもっている世界は己れのものではないと書いたが、私のもっている世界は――女の子は煙草を喫うものではありません。帰りが遅くなってはいけません。妻は夫が働きやすいように家庭を切りもりするのです……。しかし、うすうすその世界が誤りであることに気付き始めているのだ。私はその世界の正体を見破り、いつか闘いをいどむであろう。太宰に何か惹かれるのである。太宰は何が本物で、本当なのかを知っているのではないか」とある。

太宰治に関しては、「高橋和巳にひかれましたので「堕落――内なる荒野」を読みました。二、三日前、太宰を二、三頁読んだ後でポットのコードを巻いて左右に引っ張ったりしましたが、別に死のうと思ったわけではなく、ノドを圧迫したときの感触を楽しんだだけで、しめあげられたノドは息をするにもゼイゼイと音をたてまして、妙に動物的に感じました」といった記述もあり、太宰治の文学が彼女の自殺願望を触発していたことがわかる。

文学の世界に浸って素直に涙を流したり歓喜にふるえたりすることができない自分。太宰治の言葉に「真実」の匂いを嗅ぎ取り、いつか自分もこの世界の正体を見破ってやろうと勇気づけられる自分。そして、自ら死を選んだ作家を模倣するかのように、コードを首に巻いて苦しさを確かめる自分。手記における私／私の対話に限界を感じ始めた高野悦子は文学の言葉に拠り所を求めるのである。

「彼女にとって日記は逃避の場所とはならなかった。むしろ「醜い」と信じる自分、あるいは「醜くなくてはならない」自分を映し出す鏡だった。そこは罪や恥や反省をひそかに保管する場所だった。（中略）真面目で、多少内省的すぎる若い女性が往々にしてそうであるように、高野悦子は「自然主義文学」の考えかたで自分をいつも鞭打っていたのである」（「一九六九年に二十歳であること――『二十歳の原点』の疼痛」『砂のように眠る――むかし「戦後」という時代があった』新潮社、一九九三年七月）という関川夏央の言説に仮託すれば、私／私の対話回路を失った彼女は、文学に耽溺することで「罪や恥や反省」をひそかに保管している自分を赤裸々に語ろうとしたのである。

この文章の末尾で高野悦子の痛ましさに言及した関川夏央は、「これは作文だと思った。二、三年前こんな文章はいたるところのアジビラに記してあった。一九七一年にも残っていたが、多くは大学構内の風にむなしく飛ばされていた。「自己の内部と対決する」――このくだりを読んだとき、わたしは眉根にしわを寄せたまま、赤面した。著者があまりにもいたましく思え、本をそのまま棚に戻した」と記しているが、それは彼女のイノセントを突き放そうとする侮蔑ではなく、かつて同じ時代の空気を吸っていた者としての自嘲を含んだものである。

　文学への傾斜という点では、他にも特徴的な表現がみられる。たとえば、井伏鱒二の「山椒魚」に関する「穴に入ってのろのろと暮しているうちに穴から出られなくなり、毎日毎日穴の中で上を通りすぎるカエルや魚を見てくらしている。そこに一匹のエビかなんかが入ってきてまたまた出られなくなり同じ穴のムジナとしてふたりで過すのである。彼らは楽しいのか、悲しいのか。（中略）私は自己の演技は常に行っているが、他者への演技はしていない。常に全力投球であり、まじめであり、正直である。おかしいかな――エヘッ。早く他者への演技ができるようになりたい」という感想、あるいは、金子光晴の「おっとせい」という詩を知ったときの、「「おいら／おっとせいの嫌いなおっとせい／だが、やっぱりおっとせいはおっとせいで／ただ／むこう向きになっている おっとせい」／詩といえばヘッセと太郎しか知らなかった私。しかし「言語空間の探求」を読んで、どうしてこの詩人を今まで知らなかったのかと思うほど胸に入ってくる詩があった」といった言説はその典型である。ここでの彼女は山椒魚やエビやオットセイの姿に自己を投影するとともに、それらの卑小な存在に焦点をあてることができる文学の力に驚嘆している。善／悪も肯定／否定もない文学の世界にひとつの希望を見出している。

　だが、こうした文学少女の語りは、実生活における恋愛問題の浮上とともに手記のなかから消滅し、やがて「「言語空間の探求」を読む。石原吉郎、彼はなんとどしりと私にせまってきたことか。（中略）吉野弘なんていうのはオプティミズムのお人好しさ。（中略）石原吉郎、彼は何よりも話すことの、書くことの無意味さを知っている。彼は沈黙して語る詩人だ。（とうとう買っちゃったんだ。定価一〇〇〇円也の彼の詩集を）」といった言葉へと変質する。「書くことの無意味さ」を知ってしまったあと、彼女の手記からは文学作品に関する感想がほとんどなくなり、ひどく通俗的な恋愛の顛末が報告されるようになる。

　初めて男性と関係をもった日の手記には、「愛に関しては大きな変化があった。肉体関係がすべてを解決するという甘い幻想をいだいていたが、それは単なる物理的な結合であった。その中にどれだけ非物質的な結合をもっているのかということが、もっとも大切なのだ。孤独について、愛について、今年の闘争はどのような変化を与えるのだろうか。／国家権力――機動隊とはっきり対決する以上、逮捕されることも覚悟の上の行動である。御堂筋占拠をかちとれ！」という勇ましい文言が踊っている。また、失恋した日の手記では、「みごとに失恋――？／アッハッハッハッ。君。失恋とは恋を失うと書くのだぜ。失うべき恋を君は、そのなんとかいう奴との間にもっていたとでもいうのか。共有するものがなんにもないのに恋だって？　全くこっけいさ。君は昨日もいっていたじゃないか。「何もない空間で、車輪を急回転に空回りさせただけだ」ってね。君はそのなんとかいうやつを愛していたって？　君、そんなふうに愛という言葉を使ってもらっては困るネエ。君はそのなんとかいうやつを愛そうとしていただけなのだ。君のエゴは、たえず、そのなんとかいうやつを所有しようとしていた。君はそのエゴをかくそうとして愛していたなんて言葉を並べただけなのだ。そうさ。君にいま残っているものは憎しみさ。アッハッハッハッ。こっけいだねえ。君と云う人間は全く楽しい人物だ。そんなことを書いて、ひそかに喜びさえ感じているんだから」といった道化調の自己憐憫が連綿と続く。

また、自死を遂げる直前には、「あなたと二日の休日をすごしたい。（中略）その夜、再びあなたと安宿におちつこう。そして静かに狂おしく、あなたの突起物から流れ出るどろどろの粘液を、私のあらゆる部分になすりつけよう。血とくその混沌の中を裸足で歩いていくように、あなたの黒い粘液を私になすりつけよう。そして次の朝、静かに言葉をかわすこともなく別れよう。それから私は、原始の森にある湖をさがしに出かけよう。そこに小舟をうかべて静かに眠るため」といった生々しい夢想が描かれ、地に足の着いた表現がなくなっていく。イノセントを剝奪された少女は、文学というウロボロスを啄《ついば》んでいるうちに自らの存在を呑み込んでしまったのである。

5　おわりに

こうして、樺美智子に始まり奥浩平を経て高野悦子へと継承されたベストセラーの系譜はひとつの着地点を迎える。革命闘争に身を投じた彼らは、よりよい生き方をしようとすればするほど他者との軋轢に苦しみ、やがて手記のなかに自分だけの世界を見出した。「書くことの無意味さ」（石原吉郎）を知りつつ、書くことによってしか自分という存在の痕跡を実感することができないジレンマに陥った彼らは、現代風にいえば「イタイ」若者である。だが、一九六〇年代を知る多くの読者は、彼らの生きざま／死にざまに少なからざる共鳴を感じて遺稿集を手に取った。ときには手記のなかにあるヒロイズムに辟易し、ときには手記の書き手たちの清らかな挫折を追体験しようとした。

かつて、実人生に目的や価値を見出せなかった原口統三は、「自己の思想を表現してみることは、所詮弁解にすぎない／右の最後の反省と共に、僕はこの小さな三つのノートを、君の手に渡そうと思う。長い間筆を捨てて来た僕が臨終の直前まで来て、まだ一度も試みたことのないこうした感想録を作らずにおれなかったのは、やはり弱気の蛆が湧いたためだろう。いつも罵倒していた「老耄《おいぼ》れの繰り言」を、僕もまた実行したわけだ。九月の二十四日から今日まで、僕は寸暇も休まずに書き殴って来た。僕の心にはまだ書きつづけたい気があるし、これを整理して壮麗な文体で一つの作品を残したいとも思った。けれども、改むるに憚るなかれ。僕は今その意図を棄てねばならない。／君に渡すとすれば、もっと綺麗に、粗雑な文体も直した上で手放したいのだが、僕にはもうその気力がないのだ」（『二十歳のエチュード』前出）という言葉を残して自死したが、樺美智子、奥浩平、高野悦子の三人は、まさにそうした遺伝子の継承者として登場したのである。

注

1 第一高等学校生だった藤村操は、一九〇三年五月二十二日に華厳の滝から投身自殺した。その際、樹木に刻まれた遺言「巌頭之感」の、「悠々たる哉天壌／遼々たる哉古今／五尺の小軀を以て此大をはからむとす／ホレーショの哲学竟に何等のオーソリチィーを価するものぞ／万有の真相は唯だ一言にして悉す、曰く「不可解」／我この恨を懐いて煩悶、終に死を決するに至る／既に巌頭に立つに及んで／胸中何等の不安あるなし／始めて知る／大なる悲観は大なる楽観に一致するを」という言葉は広く知られるところとなり、のちのちのエリート大学生の思想形成に様々なかたちで影響を与えた。

2 樺美智子著／樺光子編『人しれず微笑まん 樺美智子遺稿集』がベストセラーになったことで、続編を企てた三一書房は、一九六八年の大学紛争直後に『友へ 樺美智子の手紙』（三一書房、一九六九年七月）を刊行する。再び編者となった母・樺光子は「はじめに」のなかで「私はこれらの美智子の手紙、美智子への友人の言葉、及び六〇年に最後まで一緒に闘った学友の「思い出」の原稿をまとめて一冊の本を編んだ。東大闘争は去年からはじまっている。一九六九年の六・一五の記念日に前後してこの本はできるだろう。本のなかから美智子の全学共闘支援の声がきこえてくるように思う」と記している。

4―4 車椅子の〈性〉――田辺聖子「ジョゼと虎と魚たち」論

1 はじめに

街を歩いていて身体障害者（注1）の車椅子と行き交うと、自分の視線をどこにもっていけばいいかわからなくなる。向こうは見ず知らずの他人なのだから、何かの手伝いを求められていない限り平然と通り過ぎればいいのだろうと思う。自分を〈健常者〉だと思っている人間が身体障害者を一方的に見ることとの傲慢さも認識している。だが、そのときの私には、無礼を承知で車椅子に乗った人の動作や姿態をじっと見つめたいという衝動が確かにあり、そう思う自分を恥じる感情とのあいだで板挟みが起こっている。そのことを誰からも悟られまいとするからこそ、逆に視線を拡散させることに必要以上の神経を使ってしまう。そんな私が、一瞬の戸惑いのあと選択するのは、見ないようにして見るというなんとも卑劣な態度だ。

では、なぜ私は彼らをそれほどまでに見つめたくなるのだろうか。表面上の理由としてすぐ思い浮かぶのは、車椅子の動きを邪魔しないよう自分の身体に注意を促すためである。車椅子をとり囲む人々は、ほぼ例外なく車椅子と自分とのあいだに一定の距離を確保し、無表情のまま群衆のなかにポッカリあいた空間を避けるように流れていく。私にも、できるだけスムースにその流れに加わりたいという願望があるのだろう。また、もうひとつは、様々な困難をもろともせず街にとび出して懸命に生きている障害者というイメージを勝手につくりあげて、彼らを心のなかで励ましている自分、および、そんな自分のヒューマニティを確認しようとする偽善的な感情である。彼らを社会的な弱者とみなして、少しだけ高いところから見守ろうとする気持ちがないといったら嘘になるかもしれない。

また、ここで確認しておかなければならないのは、同じ車椅子に座っていても、ケガや老齢の人と身体障害者とでは見方が決定的に違っているということだ。私はきっと彼らが街を移動する光景を特別なものとみなし、私と彼らを区分しようとしている。彼らは私が侵入することのできない領域にいるのだからという理由で彼らと関係することを拒んでいる。そして、関係を結ぶことを拒んでいるにもかかわらず、特別な彼らという意識だけはもち続け、密かに覗き見たいと欲している。それは、強者が弱者を殲滅するようなあからさまな暴力ではないから、あえて言語化しなければ誰からも誹りを受けることはないし、ひょっとしたら自分自身でさえ意識することはないかもしれない。だが、そうした囲いこみが彼らを禁忌の対象に祀りあげることにつながり、排除と表裏一体の差別的な構造をうみだす原因のひとつになっていることも考えられる。見ないようにして見るという保身的な態度が、目に見えないかたちで偏見を助長させる可能性もある。

R・G・トムソン著／西本あづさ訳「現行カリキュラムへの障害研究の導入 ハワード大学における「女性と文学」講座の試み」（『現代思想 特集・身体障害者』青土社、一九九八年二月）は、そのようなかたちで〈私たち〉と〈あの人たち〉を加害者／被害者、正常者／異常者に位置づける抑圧の形態を分析し、お互いをより複雑化した関係性へと解放することをめざした授業カリキュラムの実践記録である。この取り組みの第一歩は、身体障害者を「物質的側面」からではなく「文化的に決定された基準との相対性」から捉え直すことである。「私たちが従来なじんできた伝統的な身体障害に関する記述は、障害を身体の内部に存在する問題としてばかり位置づけ、身体とそれが置かれている環境との間の相互作用の中から生ずる問題としてはとらえられていない」と説くトムソンは、身体障害者の置かれた状況を人種、ジェンダー、階級などと同列の問題とみなし、「人間における差異と外見の政治学」として考察するのである。

この問題に踏み込むための前提としてトムソンが授業で取りあげるのは、女性のみに向けられる「美」という尺度および観念についてである。トムソンに拠れば、そこには「様々な制度や伝統的習慣によって維持され補強されてきた抑圧的な文化的イデオロギー」が複雑に張りめぐらされており、それを議論することで「規範が定める範疇にすべり込むことができる者とそこから外れてしまう者との間に生じる単純な分裂を一切回避することができる」からだという。つまり、「私たち」と「あの人たち」という単純な区別をすることができない場面に学生たちを連れ出し、「自分の身体に対する個人的な関わり方や美の基準が課す要求に対する私的な対処の仕方」を考えさせることで、「個別性を超越するような、包括的な外見の規範」が見えてくるというわけである。

こうした手順を経て学生の興味をひきだしたトムソン

は、次に「美」の反対語である「醜さ」にも注目させ、「美容整形術」や「肥満」をサンプルとして、その区別が自然発生的に起こるものではないこと、「美」はちっとも抑圧的にみえないのに「醜さ」は極めて大きなマイナスの作用をもたらすことなどを明らかにする。そして、「美」というのは「醜いという汚名を着せられないために人がとる一連の術策であり立場にほかならない」としたうえで、身体障害者に向けられる健常者たちの評価の基準もまたそれと同じ構造をもっていると結論づける。

私が「身体障害者」を見るときに感じていた戸惑いは、トムソンの実践に学ぶことでひとつの輪郭を露わにする。私は〈あの人たち〉を見ていたのではなく、〈あの人たち〉に貼り付けられているさまざまな属性を見ていたのである。そして、自分のなかにも抑圧的な規範意識があることに気づき、それをどのように処理してよいかわからないまま慌てふためいていたのである。

2　名づけることと名乗ること

「ジョゼと虎と魚たち」（『月刊カドカワ』一九八四年六月、のち『ジョゼと虎と魚たち』角川書店、一九八五年三月）は、そんな戸惑いを相対化し、〈私たち〉が〈あの人たち〉を真っ直ぐに見るために何が必要なのかを教えてくれる作品である。作品の主人公は下肢の麻痺で車椅子生活を送っている。語り手によるカッコ付きの注釈で、

子供のころから「脳性麻痺」と診断されていたが、「全く違う。特有の症状が見られない」という医師もいて、結局のところ不明のまま「脳性麻痺」で片付けられて、もう二十五歳になる。

と説明されていることからもわかるように、はっきりした原因が解明されないまま、とりあえず「脳性麻痺」と名づけられてきた。なぜ彼女を「脳性麻痺」と診断しなければならないかというと、身体障害者福祉法によって「身体障害者の医学的、心理学的及び職能的判定を行うこと」が義務づけられているからである。彼女は、「脳性麻痺」と診断されることで立派な身体障害者と認められ、一定の生活保護を与えられるのである。

そんな彼女には「山村クミ子」という名前があるのだが、戸籍上の名前が気にいらず、自分で勝手にジョゼと名乗っている。フランソワーズ・サガンの小説に「心を奪われてしまった」彼女は、そのヒロインと同じ名前をもつことで「何かいいことが起こりそう」な気持ちになるという。

障害者運動団体の活動にも参加せず、介護ボランティアとも打ち解けようとしない彼女は、身体障害者手帳に記されている名前を拒否することで想像の世界を自由に駆け巡ることができるもうひとりの自分を立ちあげようとする。作品内には、

　障害者の中には差別闘争意識が強くて、日常でもおのずと人間性に圭角《けいかく》が多くなってゆく、そういう者もいるということだが、ジョゼは恒夫の見るところ、そういう風なのでもなかった。ジョゼは大勢で何かする、というのがきらいで、デモや集会をやって行政に押しかける、という場から遠い人生をひっそり、こっそり、生きている。

という描写があり、彼女の内向的な性格が浮きぼりにされているが、それは必ずしも弱さや消極さを意味するものではない。ジョゼは、差別と闘争するよりも差別が侵入してこない自分だけの領域を確保しようとしている。それは、他の身体障害者たちからも非難されかねない孤独な営みかもしれないが、必要最低限の「生活保護」だけは受けとりながら「ひっそり、こっそり」生きることで、役所が彼女に求める「更正援護」の思想（注2）、すなわち身体障害者を「更正」されるべき対象とみなし、それを「援助」するという考え方については丁重に拒否し続けるのである（注3）。

　さきに述べたトムソンは、身体障害者が自分たちに向けられる差別を乗り越える物語には、「何らかの身体的、心理的な恐怖を伴うリハビリか、あるいは正常から外れる自らの身体を超越する精神力によって、この社会には馴染まない自分の身体を乗り越えねばならない」という考え方にもとづく「克服の物語」と、「自分の身体を超越するのではなく、むしろそれに向けられてきた伝統的な劣等のレッテルを拒絶し、その身体があるがままに存在する権利を主張する」ような「抵抗の物語」があると述べ、前者が「異常性」というものを「正常値を外れていると見なされた身体の内部に存在する性質」と位置づけるのに対して、後者は「社会的是認を受けていない身体に、異常という概念を生み出している文化的な環境の内部での存在位置を与える」としている。この分類に従えば、ジョゼはまさに「克服」することそれ自体を拒否し、「抵抗」し続ける女として登場しているといえるだろう（注4）。

　ジョゼと名のることの効果はさっそくあらわれる。ある日、ジョゼは「悪意の気配」を漂わせた男に車椅子ごと坂の上からつきとばされる。そのとき、ひとりの大学生が坂の下から登ってきて車椅子にとびついて助けてくれるので

ある。このときの恒夫は「坂の下から登ってきた人影」と描写されるが、ジョゼに対する恒夫のまなざしのあり方を考えるとき、この登場の仕方はきわめて象徴的である。

そのことが契機となって恒夫はしばしばジョゼの家を訪ねるようになる。屈託なくやって来る恒夫に向かって、ジョゼは「管理人や！　あんたは」と指図する。文句を言わずに黙って自分を守ってくれるのが「あんた」の仕事だというわけである。「わりに何にでも馴染みやすく順応性のある性質」で、「心理の綾をこまかに分析して表現する習慣も能力も」ない恒夫は、ジョゼの命令をすんなり受け容れ、ときには自分から率先して「管理人の意見としては、やな」と言ったりもする。恒夫と一緒にいるときのジョゼは言葉もぞんざいであり、まるで女王様のように威張り散らすのだが、恒夫はそんなジョゼの「いばり」を「甘えの裏返し」だと感じている。ジョゼと「管理人」は、こうして、わがままな主人と主人に依存されていると知りながら主人のわがままを許容する従者として互いを受け容れていく。のちに二人が一緒に暮らすことになったとき、語り手は、

恒夫はあれからずうっと、ジョゼと共棲《ともず》みしている。二人は結婚しているつもりでいるが、籍も入れていないし、式も披露もしていないし、恒夫の親許へも知らせていない。そして段ボールの箱にはいった祖母のお骨も、そのままになっている。長いことかかって料理をつくり、ジョゼはそのままでいいと思っている。／ジョゼはゆっくりと洗濯をして恒夫を身ぎれいに世話したりする。お金を大事上手に味付けをして恒夫に食べさせ、に貯め、一年に一ぺんこんな旅に出る。

と説明するが、二人は、そうした「共棲み」のなかでゆっくりと流れる日常に身を委ねるのである。戸籍を入れようともせず、彼女の存在を自分の親許に知らせようともしない恒夫の態度を中途半端と非難することは簡単だし、それを身体障害者に対する差別の表れと受けとめる見方もあるだろうが、ここで重要なのは、恒夫が必ずしも自分の将来やジョゼと暮らしていくことのリスクを考えて狡猾にふるまっているわけではないということである。彼はジョゼの「抵抗の物語」を一緒に生きるために、婚姻関係や親の理解といったものを「放下《ほか》す」のである。

作品の前半には、父に愛されなかったジョゼが自分のなかで父との記憶を修正して、「アタイのお父ちゃんはなあ、それはやさしいねん。アタイのいうこと何でも聞いてくれてん」と威張ってみせる場面があり、それを聞いた恒夫は「ジョゼのいうことは嘘というより願望で、夢で、それは

現実とは別の次元で、厳然とジョゼには存在しているのだ」と考えるのだが、この遣り取りには恒夫の人間性がよく表れている。彼はジョゼに事実を押し付けようとせず、「現実とは別の次元」にあるもうひとつの世界に遊ぼうとするのである。その意味で、恒夫という名前には、いつも同じ場所に留まってジョゼを見守る存在という意味が込められているのではないだろうか。

だが、そうした包容力をもつ一方で、ときに恒夫は「クミちゃんは、何も知らんとこと、やけによう知ってるとこがあって、怪《け》ッ態《たい》やな」と呟いたりする。恒夫自身は、ごく普通の関西弁として「ケッタイヤナ」と言っているのだが、それを記述する書き手は、あえて字面を「怪ッ態」と表記することで読者にひとつの毒を差し出している。この場面の少し前には、彼女を福祉施設から引きとった祖母が、普段はやさしく接してくれるのに「車椅子の彼女を人に見せるのをいやがり、夜しか出してくれな」かったというエピソードも挿入されていて、祖母がジョゼに向けられる世間のまなざしをどれほど恐れ、嫌悪していたかが伝わるようになっているが、この字面には、まさにそうした「悪意の気配」が濃厚に漂っている。そして、それを屈託のない好青年の恒夫の台詞に被せるところに書き手の冷徹さがある。そこには、なんの偏見もなく身体障害者と付き合う恒夫の言葉にさえ「悪意の気配」をしのばせようと思えば簡単にできてしまうという冷酷な事実が刻み込まれているのである。

3　ジョゼの〈性〉

ところで、身体障害者を扱った小説の多くが回避してきたことのひとつに〈性〉をめぐる問題があるのだが、「ジョゼと虎と魚たち」は、それを正面から受けとめている点において画期的な作品である。たとえば、ジョゼが十四歳のとき、義母との関係がうまくいかなくなって施設に入ることになった経緯は、「車椅子が要って生理がはじまってているという「ややこしい」ジョゼは、女に煩わしがられて施設へ入れられた」と説明される。祖母が亡くなってひとり暮らしをするようになったジョゼは、「この二階には気色《きしょく》わるい中年のオッサン居《お》るしな。そいついうたら、お乳房《ちち》さわらしてくれたら何でも用したる、いうてニタニタ笑いよるねん。アタイ、襲われたらあかん思て、夜はどっこも出んと鍵かけてるねん」と文句を言う。また、ジョゼが恒夫に帰らないでくれと縋る場面には、「アタイのいうこと聞かれへんやったら、大きい声で言い触らしたる。動かれへん身障者を無理に襲いました、いうて新聞に電話かけたる。役所の人にいうたる」という台詞がある。ジョゼの言葉は、常に女性身体障害者の〈性〉をめぐる「ややこしい」問題を含み込んでおり、彼女たちに浴びせられる不条理な暴力性を浮かびあがらせる仕掛けになっているのである。

身体障害者の〈性〉をめぐる問題は、いまでもまともに議論されておらず、特に女性の場合は、まるで〈性〉を語ること自体がタブーであるかのような風潮がある（注5）。また、彼女たちに襲いかかる性暴力や偏見がいかに当事者を傷つけているかという認識も広く行き渡っているとはいえない。だが、この作品はその問題の危うさを正しく把握し、言説化しているといえる。

この作品で語られる〈性〉の問題で特に重要なのは、たびたび市松人形に喩えられるなどして外見上はセクシャルなイメージとかけ離れているジョゼが、ひとりの女としてあたり前の欲望をもち、恒夫と自然に結ばれるまでの過程を描いていることである。「鋭い言葉を発するには似合わないジョゼの、市松人形《いちまサン》のように美しい面輪も、恒夫には物珍しかった。大学のキャンパスで見る女の子たちはみな、すこやかな雌虎のようにたけだけしく、セクシュアルだったが、ジョゼには性の匂いはなく、旧家の蔵から盗み出してきた古い人形を運んでいるような気が、恒夫にはした」と描写され、この作品のタイトルにかかわる「雌虎のようにたけだけしく、セクシュアル」な存在と対称化されるかたちで「性の匂い」からほど遠い存在と看做されていたジョゼが、恒夫との出遭いによってひとりの女として成熟し、まるで別人のように「エロチック」な女に豹変することである。「恒夫はこれがはじめての経験ではなく、女子学生と何べんか体験はあったが、こんなこわれもののようなもろい体ははじめてだった。その日、はじめてジョゼの繊《ほそ》い脚を直接《じか》に見て、これも人形のような脚だと思った。しかし人形は人形なりに精巧にできていて、外から見るより、少なくとも女の機能はかなり図太く、したたかに、すこやかに働いているのがわかった」、「繊い人形のような脚のながめは異様にエロチックで、そのあいだに顫動している底なしの深い罠、鰐口のような罠がある。恒夫はそこへがんじがらめに括りつけられたように目もくらむ心地になる」といった描写が明らかにしているように、ジョゼの肉体には恒夫を「がんじがらめに括りつけ」てしまうほど「したたか」で「すこやか」な〈性〉が機能しているのである。

身体障害者にも性欲がある。恋愛もするし好きな相手に抱かれたいと思う。もちろん、性愛の快楽に溺れることもできる。語り手は、こうしたあたりまえの事実をあたり前のこととして語ることで、これまでに描かれてきた身体障害者イメージの欺瞞を打つとともに、暗黙の了解のもとで彼らを〈性〉の領域から締めだそうとする「文化的イデオロギー」を蹴散らしている。恒夫と結ばれたあと、急に「虎を見たい」と言いだしたジョゼは、「虎が猛獣特有のしぐさで、檻の中を飽くことなく行ったり来たり、を繰り返すのに見とれ」、「その抑えつけられた兇暴なエネルギーを思わせる、物狂おしい黄色い虎の眼」に身震いしながら、「いちばん怖いものを見たかったんや。好きな男の人が出来たときに。怖うてもすがれるから。……そんな人が出来たら虎見たい、と思てた」と呟くが、それが社会に対するジョゼの宣戦布告であることはいうまでもない。先述の場面で「たけだけしく、セクシュアル」な女たちを表象し、ここでさらに「抑えつけられた凶暴なエネルギーを思わせる」と記される「虎」。それは、ときには「悪意の気配」として忍びよる暴力であろうし、ときには「身体障害者」に自分たちの思惑を被せたがる「健常者」の「文化的イデオロギー」であるかもしれない。だが、ジョゼは「好きな男の人」と一緒なら自分もそれに臆せず対峙することができるという。そして、自分もうひとつの「虎」となって「たけだけしく、セクシュアル」に生きようとする。そこに、「ジョゼと虎と魚たち」というタイトルに込められたモチーフの一端が顕れていることはいうまでもない。

この作品を中心に据えて「予感する〈女〉たち——韓国語訳『ジョゼと虎と魚たち』をめぐって」（『別冊国文学 解釈と鑑賞 田辺聖子』至文堂、二〇〇六年七月）を書いた申銀珠は、ジョゼと恒夫の関係について、「狭い世界に閉じこもって静かに生きてきた足の不自由なジョゼは、平凡で優しい大学生恒夫との出会いから虎のような強い精神と魚のような自由な魂を与えられたかのように、生き生きと自分の感情を表現し、エロチックな至福の瞬間を経験する。（中略）自己肯定の力が、身障者という肉体的なハンディーなど気にも留めないで、ありのままの自分の気持ちや思いを堂々と表現する中でより強くあふれ出るのである」と述べている。また、「文学にみる障害者像」（『ノーマライゼーション 障害者の福祉』二〇〇四年七月）という連載企画でこの作品をとりあげた中村尚子も、「読者はかえって、この話を、どこにでもあるかもしれない男と女の話として受けとることができるだろう。作者の意図は、そこにある。「障害者が主人公の作品」として肩を張ることもなく、他の八編（角川文庫版『ジョゼと虎と魚たち』に収載された諸作品—筆者注）と違和感を感じることもなく読みふけることのできる作品である」と述べている。数少ない先行研究ではあるが、この作品についてはいずれも、ジョゼが恒夫と恋愛することで身体障害者としての「ハンディーなど気にも留めないで」、「どこにでもあるかもしれない男と女」の関係を生きられるようになると解釈している。

だが、それらは根本的なところで作品のスタンスを読み誤っているのではないだろうか。ジョゼは決して「克服の物語」に殉じるのではなく、「抑えつけられた凶暴なエネルギー」と対峙して（あるいは、それと対峙できるエネルギーを自分のなかに蓄えて）「抵抗の物語」を生きているのであり、彼女が「健常者」の側に接近していくかのように理解すること自体、「文化的イデオロギー」に組み込まれてしまっているように思う。小佐野彰と小倉虫太郎（聞き手）による「「障害者」にとって「自立」とは、何か？」（『現代思想特集・身体障害者』前出）という対談のなかで、小倉から「「自己決定権」ということも、はっきり言ってしまえば健常者によって考えられた概念であったということも言えるのでしょうか」と問われた小佐野は、「「自立」には、二つの側面があって、その人自身がどうしたいか、ということがちゃんと実現され、保障される、という側面も大切なわけですが、もう一つの側面として、「自立」って社会的なものであって、どんな人でもその他の廻りの人との関係の中で、そこにいることに意味があるということ、そういうことが認め合えるということが「自立」じゃないか、と僕は思っています」と答えているが、この言説を援用するなら、ジョゼは社会という名の「抑えつけられた凶暴なエネルギー」に「抵抗」する力をもつことで、自分もまた「そこにいることに意味がある」ということを認めさせようとしているのである。いつも何者かに怯えて萎縮していたジョゼが、恒夫を従えることで力強い生命力をみなぎらせ、他人の前でも堂々とふるまえるようになるプロット構成は、そのように解釈することではじめて有効性を発揮するはずである。

4　「怪っ態」を生きること

作品の最後は、その二人が九州の果ての海辺に「新婚旅行」をする場面である。ジョゼは、「つんとして、顎を上げかげんにし、ホテルの男には一瞥もくれない」ままエレベーターに乗ろうとする。ところが、そのエレベーターが狭くて車椅子が入らないことがわかり、恒夫が背負って部屋まで運ぶことになる。その様子を「無遠慮」に注視する「団体客の中年女たち」に「すっかり腹を立て」たジョゼは、「管理人」が悪いから「あのおばはんらにじろじろ見られるんや！」と怒りまくる。いつもなにかに怯え萎縮していたジョゼは、恒夫に向けて怒りのエネルギーを発散することで「無遠慮」なまなざしに抵抗するのである。

そんなトラブルのあと、恒夫に誘われて向かった水族館で水槽に見入ったジョゼは、「海底に一人で取り残されたよう」な「恐怖に近い陶酔」に浸る。その夜、カーテンを払った窓から射しこむ月光で目を覚ましたときには「部屋中が海底洞窟の水族館」になったような錯覚に陥る。語り手はそのときのジョゼの内面を、「ジョゼも恒夫も、魚になっていた。／（アタイたちは死んだんや）／――死んだんやな、とジョゼは思った。／」と描写する。

「魚たち」になるということ。それは、いうまでもなく群れとして生きることである。彼女は、「コバルト色の小魚が縞をなして群れ」ているなかを「鮮やかに赤い魚がすりぬけて」いくような世界に生きることを志向している。誰からも名前を問われず、誰かに向かって名乗る必要もなく、いかにその姿態が「怪っ態」であろうとそれを嘲笑われることもなく、群れとなって水中を「鮮やかに」、「すりぬけて」いけるような「種」としての生。個としての存在性に執着することなく、生と死が自然界のリズムとしてなめらかに循環していくような生。それは「虎」のような存在とは真逆のものである。ジョゼは、自分たちがどのように見られているかということなど気にもとめずに悠々と泳ぎ回る魚たちに「夢」の続きを仮託しているのである。

魚のような恒夫とジョゼの姿に、ジョゼは深い満足のためいきを洩《も》らす。恒夫はいつジョゼから去るか分らないが、傍にいる限りは幸福で、それでいいとジョゼは思う。そしてジョゼは幸福を考えるとき、それは死と同義語に思える。完全無欠な幸福は、死そのものだった。／（アタイたちはお魚や。「死んだモン」になった――）／と思うとき、ジョゼは（我々は幸福だ）といってるつもりだった。ジョゼは恒夫に指をからませ、体をゆだね、人形のように繊《ほそ》い、美しいが力のない脚を二本ならべて安らかにもういちど眠る。

作品はこのようにして、いまこの瞬間の「完全無欠な幸福」が「死と同義語に思える」という、どこか詩的なイメージをもって閉じられる。この場面については、すでに中銀珠が「予感する〈女〉たち――韓国語訳『ジョゼと虎と魚たち』をめぐって」（前出）のなかで指摘しているように、フランソワーズ・サガン作／朝吹登水子訳『一年ののち』（新潮社、一九五八年三月）の

〝いつか貴女はあの男を愛さなくなるだろう〟とベルナールは静かに言った。〝そして、いつか僕もまた貴女を愛さなくなるだろう。／我々はまたもや孤独になる、それでも同じことなのだ。其処に、また流れ去った一年の月日があるだけなのだ……〟／〝えゝ、解っ

てるわ〃とジョゼが言った。／それからかの女は、陰影の中でベルナールの手を取ると、かれの方に眼を上げずに、一瞬、その手を強く握った。

という描写のイメージが重ね合わされている。主人公に与えられたジョゼという名前の由来を考えても、それは妥当な解釈だと思われる。ただし、この場面に色濃く漂う死のイメージに注目するとき、作者・田辺聖子が書き記したもうひとつの文章から想像をめぐらせてみることも無駄ではあるまい。

それは、ジョゼを形容するもうひとつの喩えである「市松人形」について記した「市松人形《いちまサン》の祈り」（『ハイミセス』一九九四年五月十八日、原題「星たちとのめぐりあい——身辺玩具　吹きよせ」、のち『手のなかの虹—私の身辺愛玩—』文化出版局、一九九六年三月に所収）の言葉である。作者はこのエッセイで「人形は子供のもてあそびものではあるがまた、成熟した大人の心を浄化し、円満具足の祈りそのものでもある。ときに人形の眼は神性を示唆し、人間に似せて作られながら人間を超えてしまった美と気品をたもつ」と述べたうえで、三木露風『廃園』（光華書房、一九〇九年九月）に話題を転じ、「露風の詩を人形たちに献げよう」と記して文章を閉じる。それは以下のような詩である。

——接吻の後に——

「眠りたまふや。」
「否《いな》」といふ。

皐月、
花さく、
日なかごろ。

湖《うみ》べの草に、
日の下《もと》に、
「眼閉ぢ死なむ」と
君こたふ。

この文章が執筆されたのは「ジョゼと虎と魚たち」の発表からずいぶん後のことであり、作品を書く段階で、すでにこの象徴詩を下敷きにしていたかどうかはわからない。だが、「接吻の後に」という詩の世界から想起される「人間を超えてしまった美」のイメージが「市松人形」に擬えられていることを考えると、「ジョゼと虎と魚たち」のラストシーンがこの「接吻の後に」という詩の世界と重なり合っていることは確かだろう。初めて接吻を交わした恋人たちが一瞬の恍惚のなかに溶けこんでしまうように、ジョゼと恒夫もまた「海底に二人で取り残されたよう」な感覚のなかで生を凝固させるのである。

私たちが身体障害者をどのようなまなざしで見つめ、どのように関わっていくことができるかという問題は、それほど簡単に答えが出せるものではないだろうし、簡単に答えを出そうとすること自体が、逆に偏見や先入観の歪みを大きくしてしまう危険性も併せもっている。また、さまざまな症状や事情を抱えている身体障害者をひと括りにしてしまうこと自体、きわめて「役所」的な発想である。そうしたなかにあって、「ジョゼと虎と魚たち」という作品は、私たちが身体障害者との関係を再構築するための重要な考え方を示してくれているように思う。それは、彼らに「克服の物語」を押しつけ、身体障害者という既成観念の内側に留まって生きるように仕向けないことである。何かを択びとったり拒否したりするときの選択権は彼ら自身にあるという前提のもとで、「抵抗の物語」を生きることを徹底的に支持し続けることである。ジョゼと向き合う恒夫がそうであったように。

注

1 現代では「障害」という表記を用いず、身体障碍者、身体しょうがい者と記すことが多いが、法律的な規定および作品が発表された時代の文脈に照らし合わせて、本節では身体障害者と表記する。

2 身体障害者福祉法（一九四九年十二月二十六日制定）は、その第一条（法の目的）で、「身体障害者の自立と社会経済活動への参加を促進するため、身体障害者を援助し、及び必要に応じて保護し、もつて身体障害者の福祉の増進を図ることを目的とする」と謳っている。

3 この作品では身体障害者に対する「役所」的な対応がしばしば批判的に描かれるが、小説内には、祖母を喪ってひとりになったジョゼが暮らしていけるように、市の補助金でトイレを改造したりする場面もあり、身体障害者に対する福祉政策がリアルに描かれている。もちろん、ジョゼはそうした福祉の援助そのものを拒否しているわけではない。彼女が「抵抗」しているのは、あくまでも、身体障害者をお荷物のように捉えて、「健常者」により近づくことがその人たちの幸せだと考えるような思想そのものに対してである。

4 須田雅之／究極Q太郎＋神長恒一（聞き手）「養護学校は、やっぱ、あかんねんか?」（『現代思想 特集・身体障害者』前出）のなかで、須田は「僕の理解では、全障研（全国障害者問題研究会、一九六七年に日教組の教員を中心に結成される―筆者注）の人たちは、障害者固有の肉体をあくまでも治療とリハビリテーションの対象としている。つまり〝障害〟を除去、改善、克服すべきものとみなしていて、健常者の肉体に一歩でも二歩でも近づいていこうという発想を持っている。障害者イコール不完全、健常者イコール完全という図式で、疑似科学的な社会進化論のような発想で見ているんだよね」と発言している。このように「障害」を「除去、改善、克服」すべきものとみなす考え方に対して、近年流行しているのが、「障害は個性」という障害者観である。こちらは、「我々の中には、気の強い人もいれば弱い人もいる、記憶力のいい人もいれば忘れっぽい人もいる、歌の上手な人もいれば下手な人もいる。これはそれぞれの人の個性、持ち味であって、それで世の中の人を二つに分けたりはしない。同じように障害も各人がもっている個性の一つであると捉えると、障害のある人とない人といった一つの尺度で世の中を二分する必要はなくなる」（総理府編『平成7年版　障害者白書　バリアフリー社会をめざして』東京官書普及、一九九六年一月）という立場から差別の克服と共生をめざそうとする働きかけであるが、豊田正弘に言わせれば、「障害者にとってそれは多くの場合、自己を拒絶し疎外する社会の経験」であり、身体障害者は、逆にそうした社会のなかで「生き抜く術を獲得する作業」（「当事者幻想論」『現代思想　特集・身体障害者』前出）をすべて背負わされることになるという。この作品におけるジョゼと恒夫の「共棲み」は、そのような「更正援護」の認識とは決定的に違っている。

5　障害者の生と性の研究会編著『知的障害者の恋愛と性に光を』（かもがわ出版、一九九六年八月）、谷口明広『障害をもつ人たちの性——性のノーマライゼーションをめざして』（明石書店、一九九八年二月）、障害者の生と性の研究会『ここまできた障害者の恋愛と性』（かもがわ出版、二〇〇一年八月）などを読むと、女性身体障害者の〈性〉が置かれている現状がよく理解できる。

この作品は、立教大学文学部の授業（基礎演習）で学部一年生のあるグループがとりあげたものである。小説と映画（監督・犬童一心、脚本・渡辺あや、出演・池脇千鶴、妻夫木聡、二〇〇三年十二月公開）について二回に亙って発表＋議論したが、論文では小説のみを考察の対象とした。論文には授業でやりとりした内容も反映されていることをお断りするとともに、授業に参加してくれた学生たちに感謝申し上げる。なお、演習における議論の過程で私自身が『現代思想　特集・身体障害者』（前出）から様々な刺激を受けたこともあり、本節ではそこに所収されている論文からの引用が数多くあることを断っておく。

コラム④　古井由吉「先導獣の話」

ある夜のこと、公園から街へ流れ出ようとした学生のデモ隊が公園前の大通りで機動隊とひとしきりもみあって、またいつものように公園の中へ押し返されたその後、私は道路に昏倒しているところを警察に保護された。（中略）／はじめ警察は私が煽動者たちの一人ではないかと、かすかな疑いを抱いたようだった。なんでも、学生たちの中に背広姿の大男が一人いて、ときおり若い姿の間からぬうっと全身を現わしてはプラカードを頭の上で水車のように振り回し、道路を渡りかけて何とはなしにためらい出した学生たちを、「渡れ、渡れ」とけしかけていた。それがどことなく私に似ていたと、ある若い機動隊員が言ったのだそうだ。私が大男ではないことに、警察がすぐさま気づいてくれたのは幸いだった。それでも、あるいは背後関係の糸口でもと欲を出した警察は、翌日いちおう私の身許調査をしたらしいが、それらしい気配の出てくるはずもなかった。警察が私の会社まで行ったのか、そんな嫌疑が私にかかっていることを知った同僚たちは、嬉しそうな顔をうち揃えて病院にやって来て、私の武勇を口々に讃めたたえた。課長までがマルクス・レーニン主義云々と冗談口を叩いて帰っていった。それはつまり、会社のことは心配するなという意《こころ》だった。私にしても、事故にあったとしか考えていなかった。だがときおり私はあの若い機動隊員のことを思い浮かべた。もちろん私は大男ではない。それに、私はどこからどう見ても大学出の凡庸な小市民の人相であり、昏倒していた間だって、それには変りなかったはずである。だが、まさにそんな姿を、彼はあの煽動者のうちに見たと思ったのだ。そして私が大男でないことは見ればわかるのに、それなのに《似ている》と上司の前で言ったのだ。

私は学生たちにひどく小突きまわされたのを覚えている。手もなく翻弄されている姿は、遠くからは、ときとして誇らかに叱咤している姿に見えるものだ。それに、泡を喰ってよろけまわっている善良な市民の手にプラカードを握らせるというのは、これはなかなか素晴しい余興である。そして最後に私はみぞおちをキュッと衝かれて気が遠くなった。（中略）あのとき、私は群というものの恐ろしさをびりびりと肌で感じとりはしたが、学生たちに対しては、何の怒りも感じなかった。ただ私のまわりでいかにも善良そうな、いかにも思いの凡庸そうな、そして結局は幸福になれそうな若い顔が、警察車のライトの中にぽかりぽかりと浮ぶたびに、私は無性に哀しくなったものだった。《君たちも、こいつは勝てないや。だって、こうやって暴れていても、それがそっくりそのまま、今の世にかなっているんだもの……》と私は心の底でつぶやいていたものだった。してみると、私はやはりかなり酔っていたのだ。酔うと物狂わしくなるというのは、これは嘘である。酔うほどに当人の心はいよいよ冷ややかに静まりかえっていき、それにつれてまわりが物狂わしくなっていくものなのだ。

だがあの機動隊員はおそらく今でもあの印象を拭いきれないでいるだろう。おそらく若いなりに沢山の体験が積りに積って、そんな錯覚を生み出したのだ。とすれば、それはもはや必ずしも錯覚ではなくて、私があの大男だった、と言って言えないでもないのだ。そう思うと、私はベッドの中でひとり静かに横たわりながら、自分という存在が病院の薄汚れたガラス窓を通り抜けて、家々の屋根を乗り越えて、遠くから聞こえる商店街のスピーカーの声とともに、表通りに広がっていくような気持になる。あの事故が私の中に惹き起した変化といえば、この奇妙な拡散の感覚だけである。しかしそのおかげで、私はいくらか変わってしまったように思う。私にとって、自分の内と外の区別が以前ほど定かではなくなってしまった。現に今こうしておもてでひっきりなしに降る雨の音につつまれて仰向けに寝ていると、私はまるで自分が無数の雨粒となって汚水の中へ落ちていくような、そんな感じにすうっと陥っていく。おもてで俺が降っている、とつぶやきはじめれば、これはもう立派な狂気であり、病院をかえなくてはならない。

そしてある夕方、静かなノックがして、蒼白い雨の午後の光の中に、あの先輩が幽霊のように立った。この人までがやって来るとは驚きだった。どうせ、皆が行ったからには自分も行かなくてはなるまい、と思って来たのだろう。それでは、彼もまた皆と同様に、私の武勇伝について軽口を叩くのだろうかと、私はいくらか眉をひそめるような気持になった。ところが彼は私に近寄るや、「困ったことになりましたねえ……」と言ってベッドのそばの椅子に腰を下ろし、それからもう一度「ほんとに、君、困ったことにね……」とつぶやくと、まるで自分自身のことのように頭を抱えこんでしまい、夏至にまもない雨の日が室の内側からようやく暮れはじめた頃になっても、まだ黙って坐りついていた。

一九七〇年、専業作家になった直後の古井由吉は「私の文学的立場」（『東京新聞』十一月五日、六日）のなかで、自分は「個が群れに融けかかるところを描くこと」に心が向かうと語っている。また、「群れの中の自我」（『読売新聞』夕刊、一九七一年一月二十日）では、近代的自我なるものを前提とする旧弊な文学観を退け、「小説中の人物をなにかもっとも根もとにある熱っぽいものの影絵のように」描きたいと語っている。「先導獣の話」（『白猫』一九六八年十一月）は、二つのエッセイに先んじて古井由吉が自らの方法を実践しようと試みた短篇小説である。

五年間の地方生活を終えて都会での生活をはじめた主人公の「私」は、少しの苛立ちもみせず整然と改札を通る人々、誰に命令されたわけでもないのに群のテンポに足並みを合わせて移動する人々に「目まい」を感じ、ひとつの妄想を抱く。それは「草原にのどかに広がる群獣の中のまだ若い一頭が「目に見えぬもの」の気配に怯えて駆け出した途端、「驚愕が疾駆を呼び、疾駆が驚愕を誘い」といった具合に群そのものが雪崩をうって動きはじめるさまであり、「私」はそれを「先導獣」と名付ける。

都会の人々は誰もが決められたテンポで整然と動いている。だが、それは彼らを支配する秩序があり、その秩序に従うことが最も機能的かつ効率的だと認識されているからに過ぎない。もしそこに秩序の裂け目が生じ、「目に見えぬ気配」に怯えた「先導獣」が現れたら、人々は瞬時にパニックとなりひとりの驚愕が群全体を突き動かしてしまうだろう。「先導獣の話」という作品は、そうした不穏さとともに語り始められるのである。

引用箇所は、学生のデモの渦に巻き込まれたときのケガで入院した「私」が、一連の出来事を振り返る場面である。ある日、仕事を片づけていくらか虚脱状態にあった「私」は、酩酊した状態でひとり道路に寝そべっているところを学生デモに襲撃される。「私」は紛れもなく被害者であったはずだ。だが、現場にいた若い機動隊員の口から、プラカー

【図6】機動隊の強制立ち入り調査
立教学院史資料センター所蔵

ドを振り回して躊躇する学生たちをけしかける「背広姿の大男」がいたとする証言が出たことで警察は「私」の身元調査を進める。もちろん、それは事実無根なのだが、ひとたび「私」に嫌疑がかかっただけで同僚は色めきたち、「私」の「武勇を口々に讃めたたえ」る。課長に至っては「マルクス・レーニン主義云々」といった冗談口を叩く始末となる。「私」は機動隊員の《似ている》という証言ひとつで暴動の煽動者＝「先導獣」へと仕立てあげられるのである。

　このとき、病院のベッドに横たわる「私」のなかに去来するのは「群というものの恐ろしさ」である。「私」を取り囲んで暴行を加えた学生たちは、「いかにも善良そうな、いかにも思いの凡庸そうな、そして結局は幸福になれそうな若い顔」をしていた。彼らひとりひとりのなかに暴動を誘発するような要素はどこにも見あたらない。だが、ひとたび群のなかに身を置くと「驚愕が疾駆を呼び、疾駆が驚愕を誘い」といった具合に些細なことをきっかけに無秩序なエネルギーが炸裂する。それは、むしろ「善良な市民」であるがゆえの危険な落とし穴でもある。

　このあと、群に対する認識はさらにシニカルなものになる。続く場面で「警察車のライト」に照らされたデモ隊を思い出した「私」は「無性に哀しく」なり、《君たちも、こいつは勝てないや。だって、こうやって暴れていても、それがそっくりそのまま、今の世にかなっているんだもの……》と語るのである。

　彼らは日本の政治を批判し、権力の横暴なふるまいに抗おうとする存在かもしれない。その行為は純粋な動機によってなされているのであろうし、彼ら自身もデモの正当性を微塵も疑っていないだろう。だが、彼らが群となって活動できる自由を保障しているのは、彼らが憎悪の刃を向けている国家であり、彼らは国家という巨大な掌のうえで踊っている孫悟空に過ぎないということになる。ここでのデモは、国家権力の尖兵である機動隊や警察官と対峙しているように見えて実際はそれらに庇護されているのだ、というのが「私」の認識である。

　病室で横たわりながら機動隊員の「錯覚」を生み出したものは何だったのかと考えた『私』は、「私があの大男だった、と言っても言えないでもないのだ」という奇妙ないい回しをする。「と言える」でもなければ「と言えなくもない」でもなく、どこか曖昧さを残したかたちで言葉を宙吊りにする。いまここにいる「自分という存在」が拡散し、内と外が定かでなくなる感覚を確かなものにしながら「おもてで俺が降っている」と呟く。

　こうして、「群というものの恐ろしさ」から恢復しつつあるかのように見えた「私」だったが、テキストの最終段落ではその調和的な空気感がバッサリと切り裂かれる。病室を訪ねてきた会社の先輩は、「困ったことになりましたねえ……」と言いながら頭を抱え込んでしまうのである。それが機動隊員の《似ている》という証言がもたらした群の暴力であることはいうまでもない。「目に見えぬもの」の気配に怯えて駆け出した「先導獣」の不安が群を瓦解させたのと同様、彼の「錯覚」は人々を突き動かし「私」を破滅させるのである。

第5章——寄せ場の群衆

5―1　〈闘争〉と〈運動〉の狭間で――映画「山谷《やま》　やられたらやりかえせ」

1　はじめに

一九八〇年代初頭、釜ケ崎（大阪）で日雇労働者（以下、労働者と表記する）の生活を支援していた活動家が主導するかたちで、山谷（東京）、笹島（名古屋）、寿（横浜）、築港（福岡）をはじめとする全国の寄せ場（注1）がひとつのネットワークで結ばれるようになる。一九八一年八月には寄せ場交流会が、翌年六月にはそれを土台とする日雇全協（全国日雇労働組合協議会）が発足する。もともと山谷では、労働者をくいものにする悪質業者、手配師の違法行為、賃金のピンハネ、労働災害の揉み消し、賭博行為などを摘発し、実力闘争によって労働者の雇用を確保するとともに、寄せ場における支配や差別の構造を解体しようとする悪質業者追放現場闘争委員会が活動していた。それが、日雇全協の誕生によって全国各地の寄せ場に広がることになる。

また、その頃の山谷では、一九七九年六月九日に単身で山谷派出所（通称・マンモス交番）を襲撃して警察官を殺害した磯江洋一を支援する6・9磯江洋一闘争の会に多くの活動家が集結し裁判闘争が続いていたが、それぞれは理論的にも実践的にも重なり合うところが多かったため、やがてひとつの闘争組織としてかたちをなすようになる。それが山谷争議団（全国日雇労働組合協議会山谷支部山谷争議団、一九八一年十月発足、以下、争議団）である。

当時、山谷を縄張りとし労働者を食いものに利権を貪っていた金町一家（右翼暴力団「日本国粋会」傘下）西戸組は、こうした動きを封じ込めるために政治結社・皇誠会を組織して争議団への威嚇をはじめる。一九八三年十月末頃からは公然と襲撃をするようになったため、同年十一月三日には争議団および彼らのもとに集った労働者約千人が結束して西戸組を撃退させるとともに皇誠会の追放にも成功する。

暴力団としての組織拡大はもちろん、政治結社としての活動にも失敗した西戸組は、山谷互助組合なるものを設立して日雇全協の切り崩しと争議団の弱体化を画策する。治安維持という建前から西戸組の縄張り支配を許す一方で、戦闘化する労働運動に対して機動隊を出動させるなどの弾圧を加えていた警察は山谷互助組合の策動を容認し、結果として山谷における暴力と搾取の構造を温存させる役割を果たすことになる。

ドキュメンタリー映画「山谷《やま》 やられたらやりかえせ」（以下、作品と表記する）は、こうした情況のなかで〈闘争〉を続ける山谷の人々を記録に残し、同じ境遇を強いられている全国の労働者との連帯を深めていくことを目的に制作が始められた。

自らのシナリオ案に沿って映画を企画したのは佐藤満夫である。一九四七年一月十九日に新潟県南魚沼郡に生まれた佐藤は、高校三年生のときに上京し全共闘運動にのめり込むようになる。東アジア反日武装戦線（注2）の活動に共鳴し、映画界に入ったのちも山谷を支援する有志の会メンバーとして活動する。一九八四年十一月には、山谷の労働者たちを支援する立場から「マニフェスト映像」を結成し映画制作に乗り出す。

だが、撮影開始から間もない一九八四年十二月二十二日、佐藤は西戸組の組員・筒井栄一によって刺殺される。争議団の主要メンバーとして佐藤の遺志を受け継ぐべく、新たに監督となって一九八五年十一月に映画を完成させた山岡強一も、翌年の一月十三日に新宿区大久保の路上で金町一家金竜組組員の凶弾に斃《たお》れることになる。

ひとつのドキュメンタリー映画が完成、上映されるまでのあいだに二人の監督が相次いで殺害されるというのは、恐らく前代未聞の出来事であろう。暴力団やそれに関連する組織がいまだ裏世界を支配していた時代とはいえ、それは陰惨なテロ行為ともいえる凶悪犯罪だった。映画という方法で労働者たちが置かれている情況を広く知らしめようとした二人の民間人が命を落とした背景に、警察権力の怠慢、および、暴力団の力を借りて地域の治安維持を図ろうとした地域代表者（映画のナレーションでは「地域ボス」と呼ばれる）の利己主義があることは間違いない。

したがって、作品は、映画人であった佐藤が自らのシナリオ案に沿って撮影したフィルムと、必ずしも映画撮影のプロではなかった活動家・山岡が監督になって撮影したフィルムをつなぎ合わせるかたちで編集されている。また、前者と後者のあいだには監督不在のまま現場の判断で撮影が進行した部分があるし、山岡が監督になってからは「「山谷」制作上映委員会」（以下、委員会と表記）の集団体制で撮影、ナレーション、編集等が行われた側面もある。映画の企画・制作は佐藤の頭のなかで組み立てられたものを原型としているが、実際に完成した作品には複雑なグラデーションが存在しているのである。

こうした経緯もあり、作品は現在に至るまで、日雇全協の各支部が置かれている主要都市をキーステーションとした上映会のみで視聴が可能となっている。フィルムの管理は厳格に行われ、全国均一料金（フィルム上映費・五万円、入場料・千円）、上映に際して日雇全協または委員会のメンバーによる解説を加えることを原則としている。当然、ビデオやＤＶＤとしての一般販売はされておらず、映画館への配給も行われていない。つまり、この作品はひとつの映画であると同時に、山谷における〈闘争〉あるいは〈運動〉を継続するための武器でもあり、いまでもそれが日々実践されているということである。

2 佐藤満夫のシナリオ案とカメラマンの抹消

現在でも上映運動が継続されているこの作品のチラシ（二〇一九年五月十一日）には、

> カメラは佐藤監督の「死」と、それに続く反撃の暴動に突き動かされ、寄せ場労働者の一日と一年を追いながらも、決して沈んだ表情は見せない。そうすることは、この地に住み、生活している者たちの流儀ではないからだ。社会から隔絶され、どこか遠くにあると思っている寄せ場は、私たちのすぐ横、すぐ隣りにあることがわかるだろう。それは、絶望の深さを知り抜いた者が、その果てにつかんだギリギリの明るさである。寄せ場はこの社会の「現在」を照らし出すと同時に、時代の「予感」を孕む磁力に満ちた「都市」そのものである。

と記されている。ここで何度も繰り返されるのは「寄せ場」という言葉であり、「寄せ場」の問題は「寄せ場労働者」の問題であると同時に「私たち」の問題でもある、という明確な主張がなされている。このことから、作品は、「どこか遠くにあると思っている寄せ場」を「私たち」のこととして認識するための実践として制作されていることがわかる。

ただし、この作品はドキュメンタリーであるため、映画全体を貫くストーリーやプロットというものはない。したがって、紙上に再現できるのはシナリオにあるシーンのタイトルのみである。そこで、まずは山谷越冬闘争を支援する有志の会編『反撃への葬列 佐藤満夫追悼集』（山谷越冬闘争を支援する有志の会、一九八五年二月）に収録されている佐藤のシナリオ案から「画面」（シナリオ案は「画面」、「ナレーション」、「効果」で構成されている）を確認してみよう。

1プロローグ―昼の山谷／2対皇誠会一六十日間の戦斗／3タイトル・仮題「やられたらやり返せ！ 生きて奴等にやり返せ！」／4山谷・泪橋（早朝）―一九八四年十二月×日―／5互助会解体斗争／6争議団、朝の集約とその日の任務分担の打ち合せ／7争議団、朝食風景／8昼のドヤ街／9センター求人窓口／10玉姫職安／11争議団、越年越冬準備会議／12朝の寄せ場、情宣―山谷対策室との団交への参加呼びかけ／13車に分乗し都庁に向かう争議団、日雇労働者／14東京都山谷対策室との団交―行政の越年事業をめぐって／15夜の道、自転車で帰宅のRさん／16Rさんのアパート、情景。／17同・室内、Rさんを迎える臨月のFさん／18年末一時金の支給窓口／19朝の玉姫職安／20病院・産室／21クリスマス、街の情景／22人民パトロールに出る争議団／23人民パトロール／24警察・地域住民・福祉の狩り込み／25新宿・夜景／26地下道、「浮浪者」狩り／27寿の日雇労働者差別虐殺／28越年収容所への入所資格審査／29越冬突入総決起集会／30支援との越年・越冬の打ち合せ／31越冬準備／32越冬突入／33夜の玉姫公園、薪に火が点けられる／34官庁街／35皇居前広場・八五年一月二日、一般参賀／36新宮殿／37ニュースフィルム（大元帥裕仁の閲兵、南京入城、非戦斗員の虐殺、〝百人斬競争〟を報じる東京日々新聞、戦斗場面等）／38山谷ドヤ街、争議団のアジテーションが流れる／39玉姫・越冬風景／40朝日が玉姫公園を赤く染める（一月四日）／41職安のシャッターが開き、つめかける労働者／42越年後の玉姫公園／43争議団・支援によるささやかな打ち上げ／44朝の寄せ場／45職安前、労働歌を歌う山統労（ゴン）／46労働相談受付（労災問題？）―㋑／47争団・支援の越年総括会議／48夜間の人パト・雪の夜／49雪景色のドヤ街（未明）／50職安、大量のアブレ／51医療班追跡調査／52労働相談受付―㋺／53対皇誠会戦判決公判直前の、弁護団・被告団会議／54法務省合同庁舎／55労働相談㋺の解決／56建国記念日＝紀元節／57物故者追悼―人パトの終了／58拘禁二法案国会上程阻止斗争／59宇都宮病院解体斗争／60丸の内・出勤風景／61強制連行（資料を中心として）―信濃川発電所、花岡鉱山、大船渡線鉄道工事等での死のタコ部屋労働、中朝人民の決起と虐殺／62現在の大船渡線（岩手県）／63強制連行の体験を語る在日朝鮮人（山谷在住？）／64飯場／65就労現場／66山谷・ドヤ街／

67人夫出し飯場（労働供給体制）／68山谷互助組合／69暴力飯場／70ドヤ―日雇労働者の生活環境／71争議団学習会（内容？）／72互助会の動向（？）／73争議団のレクリェーション―春―／74争議団メンバーの労働斗争への取り組み／76池尾荘前、打ち合せ／77朝の寄せ場／78飯場に向かう争議団の車／79飯場団交、賃上げを勝ち取る／80笹島の春斗（？）／81メーデー／82釜ケ崎・朝の寄せ場／83釜ケ崎・反差別との斗い／84新幹線車内／85××駅頭／86現地側との打ち合せ／87寄せ場の実態調査／88山谷・朝の寄せ場―梅雨―／89ビルの竣工式（シーン65のビル）／90マンモス交番とパレス・ハウス／91パレス・ハウス（中）／92職安／93センターの紹介窓口、閑散としている／94雨に煙るドヤ街・泪橋／95クレジット・タイトル　―終―　注：互助会闘争の展開次第では、内容も撮影

佐藤の原案では、仮題が「やられたらやり返せ！　生きて奴等にやり返せ！」だったことが確認できる。また、撮影の対象は山谷という寄せ場に生きる人々であると同時に争議団の活動そのものであり、特に越年闘争を中心に、冬場の厳しい現実と〈闘争〉の模様を時系列で描いていく方法が構想されていたこともわかる。そこでは、労働者へのインタビューは予定されておらず、あくまで寄せ場の過酷な暮らしぶりを切り取ることが主となっている。

まず注目したいのは、シーン15～17、20～21で臨月の妻をもつRさんに焦点をあて、クリスマスで賑わう街の雑踏に重ねながら、ひとりの労働者のささやかな幸福を描こうとしていたことである。労働者の過酷さを浮き彫りにするために、敢えて登場人物を交換可能な歯車のように描く手法を取るこの作品にあって、Rさん夫妻の存在は極めて異質である。そこには、社会を俯瞰的・構造的に捉えようとする活動家としての狙いと、個々の人間の実相を迫真的・情緒的に描こうとする表現者の欲望が交錯している。実際には撮影されないままに終わっているが、もしこのシーンが挿入されていたら同作の印象はかなり違ったものになっていたはずである。

同じことは、映画世界に流れる四季の移ろいからも見て取れる。作品のクライマックスにあたるシーン89は、シーン65で建設中だったビルが竣工式を迎えるカットだが、そこには、山谷の労働者たちの力で東京という近代都市ができあがっていることを暗示しようとする狙いがあからさまに投影されている。労働者たちの生活環境が改善され、争議団の活動が全国に広がっていく様子を描きつつ、それをメーデーやビルの竣工式といった祝祭的な光景に重ね合わ

せようとする手法といい、シーン92以降の寂しくもの悲しい山谷の風景といい、佐藤が思い描いていた映像世界には、物語を鮮やかに着地させようとする意志が働いている。ビルの完成を描くということは労働者を縁の下のヒーローとして偽装することであり、働くことの充足感を味わう主体として彼らを描いてしまった瞬間、寄せ場を必要とする社会構造の矛盾は忘却される懼れもあるのだが、このシナリオでは怒りや嘆きの持続よりもビルの完成というカタルシスが優先されている。

一方、天皇制に基づく日本の社会構造が多くの被差別者たちを生み出し、彼らが吹き溜まる場としての寄せ場を必要としてきた歴史的背景に関しては35〜37、56で掘り下げようとしているが、肝心のところを記録フィルムの引用で済ませており、狙いがやや空回りしている。それは中国や朝鮮半島から強制連行で日本に連れてこられた労働者の描き方においても同様である。シーン61〜63は資料とインタビュー(注3)で構成しようとしているが、肝心の体験者は「山谷在住?」となっており、強制連行を体験した人々の戦後と山谷をどのように連続させるかが曖昧だったことがわかる。また、シーン53〜54、58〜59からわかるように、佐藤のシナリオ案では法廷の場での議論を記録しようとする姿勢が明確である。彼にとっての〈闘争〉は、争議団や日雇全協が団体交渉の場で賃上げや労働条件の改善を獲得することであると同時に、裁判を通して国を動かし法律を変えていくことにあったのであろう。

佐藤のシナリオに関しては、当時、編集を担当していた赤松和子が「山岡さんの思い出——フィルム編集にあたって」(『寄せ場』第一号、一九八八年三月)に詳細な記録を残している。同論に拠れば、「延べで四一時間、約九万フィートト、カット数にして二四〇〇カット」にも及ぶ撮影フィルムのうち、佐藤が撮影したのは「冒頭の山谷俯瞰、タイトルバックになっている南千住駅から泪橋へ向かう移動、山谷紹介の一連の移動カット、朝の就労風景」、「年末一時金支給、都庁団交」を中心に「総撮影量九万フィートの内わずか八〇〇〇フィート、約四時間」だったという。また、完成した作品には、東京大空襲で両親を亡くしたあと、孤児として生きてきた労働者が玉姫公園で路上死し、そこに「行旅死亡人」と記された『官報』が映し出されるシーンがあるが、これも佐藤が撮影したものだという。

逆に採用されなかったのは、争議団の会議、医療班会議など労働者をサポートする側の働きぶりに関わる映像である。さきのシナリオ案からもわかるように、佐藤には、山谷における労働者の生活とそれを支援する争議団の活動を双方向から捉えることで問題の本質を広く世に問う狙いがあった。法や制度を味方につけるとともに、労働者が誇りをもって働ける環境を整えようとしていた。そのためには争議団の〈運動〉を追跡することが必須だった。

実際、〈運動〉としての側面はシナリオ案の最後に付された確認事項からも推し量ることができる。冒頭、佐藤は「この映画は基本的にドキュメンタリーであり、シナリオは単なるイメージの要素が強い」と記し、シナリオありきの映画ではないと訴える。また、「ナレーションについては、ダビング・ラッシュ完成時に打ち合わせる」とも述べており、ナレーションは試写会のあとスタッフによる「打ち合わせ」を経て吹き込むことになっていた（注4）。つまり、当初の段階では、映像次第で内容が変わることが想定されていたし、肝心のナレーションについては撮影スタッフによる共同作業で進めることになっていたのである。

この映画制作は支援団体からのカンパに頼るところが大きく、暴力団や右翼団体によって撮影を妨害されたり危害を加えられたりする危険があったため、争議団や日雇全協との緊密な連携とスタッフの役割分担が重要だったのであろうが、長く映画の世界に生きてきた佐藤にとって、それはジレンマを抱え込まざるを得ない問題だったはずである。確認事項には「ネガフィルムはSが所有し、責任をもって保管する。完成プリント（八㎜縮小も可能）は、S及び日雇全協が各一本所有し、全協分については全協の自己資金によりプリントする。Sは、全協の寄せ場・友好団体を対象とした上映活動には、なんら権限を有しない。Sは、日雇全協及び労働者の利益に反しない限りにおいて、上映活動を行なうことができる。映画の完成後、大衆的上映を共催したい」という項目が含まれているが、完成作品を「上映活動」で利用すると同時に、一般劇場での上映にも供したいというのが彼の宿願だったのではないだろうか。

シナリオ案でもうひとつ注目したいのは、賭場をはじめ危険が予測される状況下にカメラを入れる予定だったことである。暴力団にとって賭場の様子を撮影させることは自らの首を絞めるような行為であり、とうてい容認できるものではない。だが、佐藤はそうした生々しい現場を撮ることでドキュメンタリーに力を与えようとした。労働者の姿態や肉声といった身体の痕跡を執拗に追うと同時に、彼らを食いものにする世界にも足を踏み入れようとした。それは文字通り命がけの企てだった。一九八五年二月三日に開かれた「山谷と全国を結ぶ人民葬」（於・サンパール荒川）の基調文「佐藤満夫さんを追悼する」（全国日雇労働組合協議会『山谷』制作上映委員会『対ファシスト戦をめぐる同志山岡強一論文集 山さん、プレセンテ！』全国日雇労働組合協議会『山谷』制作上映委員会、発行年月不詳）は、映画人としての佐藤について、山谷をはじめとする寄せ場は、これまで「あってはならない所」として、「市民社会」から隠蔽され、寄せ場労働者は「無告の民」とされてきた。支配の危機が煮つまってきた近年はそれ以上に、八三年二月に発覚した横浜寿町周辺での日雇労働者差別虐殺事件、八四年三月の宇都宮病院での虐殺事件、地域ボス等を中心とする「環境浄化」と称する「浮浪者」狩り、寄せ場労働運動に対する右翼暴力団の武装襲撃と警察権力の大弾圧、福祉切り捨て、すなわち殺人行政による「野垂れ死」攻撃—等々、より露骨な抹殺攻撃がかけられてきている。現に佐藤さんのカメラはわずかの間に、玉姫公園、大井収容所で殺された二人の労働者を撮え《ママ》ている。佐藤さんが成さんとした活動は、こうした状況を白日のもとに曝そうとするものであり、支配者共にとっては、肝を冷やすものであったに違いない。／同時に佐藤さんはカメラを山谷のド真中に据えた。それは、山谷労働者を真正面から撮ることによって、この資本制社会の荒波にもみしだかれた屈折を強いられ俯きがちな山谷労働者への挑戦であった。佐藤さんの制作姿勢は、紛れもなくひとつの思想の実践であった。

という言葉を捧げているが、それは、「映画では腹は膨れないが敵への憎悪をかきたてることはできる」（一九八四年十二月、映画制作に際して撒いたビラの言葉）と訴えて山谷にカメラが入ることに理解を求めた佐藤の覚悟に対する明確な応答である。

　佐藤は、この映画を通して「市民社会」が見てみぬふりをしてきた闇を白日のもとに曝そうとした。そのためには危険を顧みず「山谷のド真中」にカメラを据える必要があったし、ドキュメンタリーとしての迫力を出すためには労働者たちの身体性や生きざまを接写することが絶対条件だった。

　ただし、映画人である佐藤にとっては争議団もまた被写体の一部だった。彼らの〈運動〉が実を結び、労働者たちに報われる日が来ることを期待する思いがあった。だからこそ、そのシナリオ案の後半には、全国の寄せ場との連帯やビルの完成といった祝祭が必要だった。それはある意味で矛盾した目論見だったといえなくもないが、彼は敢えて二兎を追うことを選択したのである。

　だが、佐藤の死によって映画の制作は頓挫する。労働者の怒りが暴動というかたちで爆発するなか、「山谷と全国を結ぶ人民葬」（前出）を契機に、争議団、山谷越冬闘争を支援する有志の会、撮影スタッフ、佐藤の友人が集って委員会（完成作品のエンドロールには、赤松和子、荒木剛、赤松陽構造、池内文平、神田十吾、菊地進平、小見憲、佐藤聡美、高田明、平井玄、福田憲二、山岡強一の名が記されている）が結成される。だが、作品の方向性をめぐって議論が紛糾し制作は難航する。素人の活動家たちが喧々諤々の議論を重ねているうちにも、高田明を中心とするカメラマンたちは着々と撮影を進める。

　のちに赤松陽構造は『山谷《やま》』制作上映委員会編『山谷やられたらやりかえせ』（現代企画室、一九八六年四月一刷発行、その後、改訂を重ね二〇一一年十月四刷発行、以下、パンフレットと表記）に寄せた「山さんとの映画制作を辿って」というエッセイで、当時の情況を、

> 瀕死の佐藤満夫を上から覗くようにして捉えていたカメラは、その夜の暴動に於いてもその〝客観的〟な視点をとり続けて、佐藤満夫の生前に撮られたフィルムとの間に明らかな断層が生じていた。そしてカメラが山谷・玉姫公園での越年闘争の風景を空撮するに到り、マスコミ報道の持つ〝客観的〟な視点と何ら変わることが無くなった。／情況とそこに存在する人々を撮影することで、その対象と向き合い、その存在から自己を含めた変革の契機にする。その視点を得ないままでカメラが回り続けるならば、佐藤満夫が〝この映画に取り組むことによって……生まれ変わりたいわけです〟として撮りはじめた、この映画の意味を総て無くしてしまうはずである。／制作上映委員会はその断層を埋める為に、佐藤満夫の残したシナリオ案に意図された彼の思想性、この映画への想いの検証と、虐殺以後の情況を含めての新たな構成案の作成に着手した。／山さんを中心とした構成案の作成は難航。その間、撮影現場優先を主張するカメラマンにより、山谷争議団の闘争スケジュールを追っての撮影が続行された。

と振り返っている。この証言は映画の制作過程を考えるうえで極めて重要である。委員会の活動メンバーが撮影現場に対して抱いた不信感の根底にあるのは、マスコミ報道のように「〝客観的〟な視点」を装った撮り方に対する怒りであり、「対象と向き合い、その存在から自己を含めた変革の契機にする」ような相互性をもたないドキュメンタリー映画に何の意味があるのかという忸怩《じくじ》たる思いだったのである。

　こうした亀裂は撮影の進行とともに深くなり、一九八五年三月から八月にかけては監督不在のまま山谷互助組合解体、山谷春闘、三大寄せ場（釜ケ崎・笹島・寿）などが撮影される。「映画は映画屋でなくては作れない」と主張する

カメラマンの高田に同調するように、佐藤満夫未亡人からも「早期完成による配給資本ルートでの上映」が要望され委員会は紛糾する。映画の制作を〈闘争〉の手段と考える争議団と一般にも配給される映画作品を制作したいと考える高田や佐藤満夫未亡人のあいだに生じた亀裂は、徐々に大きくなっていくのである。

恐らく、その背景には制作にかかる資金や撮影スタッフの生活という問題があったのだろうが、この時期の議論では上映運動の理念そのものが崩壊しかけていた。のちに赤松和子が、「一番問題になったのは——佐藤の死からものすごい量のフィルムが回されて、膨大なラッシュがあがってきたわけですが——山谷の労働者の表情が画面から失われていった、佐藤のときには労働者に向けられていた視点が、虐殺された佐藤監督自身に向き、それから出発した事件に向いていったということです。こういう事件がありましたから仕方がなかったのかもしれませんけど、視点が逆転していったみたいな過程があったと思います」（「山岡さんの思い出——フィルム編集にあたって」前出）と回顧しているように、佐藤の死は映画撮影を頓挫させるだけでなく、虐殺事件そのものがドキュメンタリーの核心となってひとり歩きするような「視点」の反転を生み出したのである。

事態への対応を迫られた委員会は争議団の積極的な関わりを要請し、「支配の暴力」、「寄せ場への挑発」、「市民社会へのつきつけ」、「勝利への確信」という四つの視座を確認するが、プロモーションフィルムの試写会において「映画的な手法が優先」されていることに愕然とし、当時、全国日雇労働組合協議会編『船本洲治遺稿集 黙って野たれ死ぬな』（れんが書房新社、一九八五年九月）の編集にあたっていた山岡強一が監督として現場に入ることになる。映画に関してズブの素人であった山岡は、自分が監督としてすべてを判断するのではなく、常に争議団の〈運動〉に返していくという条件で要請を受け容れ、八月十五日の山谷夏祭り、反靖国闘争の撮影から現場に入る。「カメラマンとの断層は如何ともし難い」ものがあったが、山岡は自ら構成ノートを作成して映画を当初の構想に引き戻す取り組みをする（以上、カッコ内は赤松陽構造「山さんとの映画制作を辿って」前出より）。

結果、カメラマンの高田は現場を追われ、完成した作品のエンドロールにも撮影者として記録されることはなかったし、その後の映画記録関連資料をみても、完成作品における多くの場面を彼が撮っていることは意図的に伏されている印象がある。山岡が金町一家の凶弾に斃れるわずか十時間前（一九八六年一月十二日）に行われた座談会「映画『山谷——やられたらやりかえせ』を完成して 断ち切られたフィルムをどう繋いでいったか」（パンフレットより）において、委員会メンバーのひとりである神田十吾だけが、「佐藤さんが殺されて高田さんが放り出されたというかな。あの中に放り出されたときに、高田さんらは監督を殺された怒りみたいなことだけで機動隊を追っていくみたいなことを一心にやったわけでしょう。そういう意味では、当然といえば当然、彼はああいうふうにするしかなかったんじゃないかな」と発言して擁護する姿勢をみせているが、この作品における撮影の仕方を正当に批評しようとする言説はこれまでほとんどないといってよいだろう。

3　山岡強一が描こうとしたこと

佐藤の遺志を継ぐかたちで監督となった山岡は、一九四〇年七月十五日に北海道雨竜郡沼田町に生まれ、昭和炭坑労働者の子として育った。五歳のときには、炭坑で強制連行されていた朝鮮人労働者が日本の敗戦を知って決起する光景を目撃する。一九六八年に上京し、同年十一月から山谷で生活。東京日雇労働者組合（東日労）に加入し、一九七二年には船本洲治らが釜ケ崎で行っていた暴力手配師追放釜ケ崎共闘会議（釜共闘）との連携による山谷悪質業者追放現場闘争委員会（現闘委）を結成している。一九七五年六月二十五日、同志である船本洲治が沖縄嘉手納基地の第二ゲート前で「皇太子の訪沖阻止！」の言葉を残し焼身自殺を遂げたことに衝撃を受け、同じく同志である磯江洋一の裁判支援闘争に加わった。一九八二年六月二十七日には日雇全協を結成し争議団の活動を開始している。

山岡は、「佐藤さんは、一年余の山谷での蓄積を踏まえ、彼本来の仕事である映像活動をもって、昨年一二月から新たにわれわれと共同の戦列に加わることになった。彼のカメラは山谷争議団の労働運動とは別な意味で挑戦的であった。行政当局が六六年に番地改正を行なって山谷の名を冠した町名を他の名称に改めたり、釜ケ崎においても愛隣地区と変えたように、山谷や釜ケ崎と呼ばれることによって喚起されるものの実態は、一貫して隠蔽、圧殺されてきた。佐藤さんのカメラは、まさにその実態を暴くものにほかならなかったし、それによって、強権の下で差別・抑圧への屈強を強いられている山谷労働者の主体奪還と決起を促すものであった。次に、寄せ場という労働市場のヤクザ制圧を通して、警察・行政・地域ボスの合意のもとに民間暴力装置としての認知を得ようとの野望を抱く天皇主義右翼西戸組の暗躍を暴くことで、今日の全社会的な支配の腐敗を、そして、そこに胚胎するファッショ化の危険を抉ることであった」（「警察・行政・右翼暴力団の一体化した寄せ場再編」『新地平』

一九八五年九月、のち『対ファシスト戦をめぐる同志山岡強一論文集　山さん、プレセンテ！』前出）といった言葉で佐藤の功績を讃えつつ、その思想に立ち戻った映画の完成をめざす。素人でありながら、映画の撮り方に関する持論を展開する。たとえば、インタビュー「カメラは常に民衆の前で解体されなければならない」（山岡強一『山谷《やま》　やられたらやりかえせ』現代企画室、一九九六年一月）において山岡は、

　カメラの持つ卑しさみたいなものを逆に解体していく。カメラの持つ物神性といったものを解体していくことが必要なんじゃないかな。実際、事実を並べただけでは、資本制社会の情報そのものになってしまう。事実にいかに対峙していくのか。それをいかに組みかえ、構成して、自らの情報にしていくのか。その作業こそ最も大切なんじゃないのかな。そして、この解体作業の中から、事実なり情報なりを、民衆の側に奪い返す。カメラは常に民衆の前で解体されていく――これが本当のドキュメントだと思う。

と主張し、高田らの「〝客観的〟な視点」を装った撮り方をあからさまに批判する。カメラはありのままの事実を映し出すことができると勘違いしてその「物神性」を過信する態度に「卑しさ」をみる。優れたドキュメンタリー作品を撮ることが重要なのではなく、事実を「組みかえ、構成して、自らの情報にしていく」取り組みにこそドキュメンタリーの価値があると主張する。それは、映画のプロを挑発する言葉であると同時に、監督としてメガホンを執ることになった自分自身に刃を向ける行為でもあったと思われるが、結果的に佐藤が信頼して撮影を任せたプロカメラマンの高田を排除することになってしまうのである。それは急進的な活動家である山岡が陥った独善であったかもしれないが、高田の側からの証言が残っていないため、それ以上の憶測を巡らすことはできない。

　もうひとつ、事実を民衆の側に「奪い返す」ための方策として山岡が拘ったのは、映画を劇場で一般公開するのではなく委員会の管理下で講演や解説と組み合わせながら上映するというものだった。彼にとっての映画は、完結した作品として鑑賞されるべきものではなく、「時代の危機感」を共有するための材料、活動を推進していくための持続的な「回路」として認識されていたのである。

　山岡が記した「映画『山谷《やま》――やられたらやりかえせ』書簡1」（山岡強一『山谷《やま》　やられたらやりかえせ』前出）には、すでに撮影されたフィルムを引き受けつつ、山谷の事実を民衆の前に「奪い返す」という野心を叶えるために彼がど

のような戦略を用いたかが端的に記されている。たとえば、彼は寄せ場におけるピンハネ労働市場の根底に暴力団、右翼、テキヤなどによる利権構造があることを明らかにするとともに、警察、行政、地域住民らの差別主義、排外主義によってそれが温存されているとする。佐藤の死後に現場スタッフの判断で撮影された山谷の夏祭り、八月十五日の靖国神社、全国四大寄せ場の紹介なども「一九八五年の状況を象徴するもの」として挿入することを決める。完成した作品を見ると、一九八三年二月に横浜で起こった「浮浪者」虐殺事件、一九八四年三月に起こった宇都宮病院事件などに関する言及もあり、山岡が同時代に各地で起こった事件や社会問題とリンクさせながら寄せ場の本質をみきわめようとしていたことがわかる。

一方、活動家としての山岡は、争議団の内情が明らかになるような映像を意図的に除外する方針を取る。争議団という組織にカメラを向けること自体を止めてしまう。争議団メンバーが撮影の方針を議論するシーン、山谷のパトロールで路上生活者を支援するシーン、労働者を不当な条件のもとで働かせる企業担当者を吊しあげるシーンなどは描かれるが、彼らは常にカメラとともに被写体を見つめる側に立っている。山岡自身にも「争議団がカッコ良く描かれて」しまっている点に対する自覚はあったようで、「カメラは労務者にあるのではなく、はじめから争議団側にあるのですから、その辺がどうも詐欺っぽくなる」（「映画『山谷《やま》――やられたらやりかえせ』書簡3」（パンフレット）といった問題提起をしているが、争議団の在り方そのものにカメラを向けない以上、こうした正義／悪の対立軸が生成されるのは必然であったといえるだろう。

それを象徴するのが作品の冒頭である。山岡は、西戸組組員に刺されて路上に横たわった佐藤が病院に救急搬送される様子を捉えた衝撃的なシーンと、その事件の夜、刺殺者がマンモス交番に逃げ込んだことに怒りを爆発させた労働者が交番に押し寄せ、それを封じ込めようとする機動隊ともみ合いになる場面をひとつにつないでいる。パンフレット（前出）所収の「手紙　N氏へ」のなかで、「この映画は二つの問題点から出発している。ひとつは、十二月二十二日朝、瀕死の佐藤さんを上からのぞくようになぜ撮れたのか。次に、その夜カメラが挑発の役割を果たしたとしても、暴動の火中にあっていかなる武器たりえたのか」と提起していた山岡は、自らが問題提起していた場面を敢えて作品冒頭に据えることによって、この映画が二つの暴力との〈闘争〉であると同時に、それを描くという行為にまつわる〈闘争〉でもあることを宣言しているのである。

山岡がどこまで計算づくでそうした構成を採用したかは

わからないが、この作品を観ることになる多くの観客は、そこに主君を殺された家臣が決起して復讐を果たしていく仇討ちものの予兆を看取したはずである。この作品は、監督の刺殺という陰惨な事件を梃子に、第三者のつもりで上映会に参加した観客を現場に連れ出し、彼らのなかに仇討ちへの期待を植え付けるのである。さきに紹介した編集担当の赤松和子は、「山岡さんの思い出――フィルム編集にあたって」（前出）において、

> とても不思議に思っていたのですが、山さんはご自分の編集ノートのようなものをお持ちで、いつもメインの福田さんのうしろに座って、編集機材に小さく映し出される画の内容をシーンごとに詳細に追って、独自の構成表を作られました。ともすれば実際の編集よりも構成表の作成に熱心になられ、よく福田さんに怒られていらっしゃいました。そして、何かあると画面よりも、むしろその構成表を見て考え込まれていることが多かったように思います。映画監督が画面に執着しないのですから、やはり変だと思います。でも、山さんの編集は、こうして一つ一つのフィルムをご自分の磁場でとらえ返し、実際の画面に映し出されるものだけではなく、むしろ映しきれなかった、撮りきれなかったものを編集していかれたのだと、今になって思います。

と証言し、「編集ノート」や「構成表」の通りに撮影していくことばかり気にして実際に撮影した映像に執着しない山岡のスタイルを批判的に回顧しているが、それは、ズブの素人である山岡がいかに精神的に余裕をもつことができないまま撮影していたかを明らかにするエピソードであると同時に、「一つ一つのフィルム」を「自分の磁場」に引き込んで「編集」の力でものをいわせようとした彼の強引さを冷ややかに指弾した評言だといえよう。

　さらに、山岡は労働者へのインタヴューによって彼らが体験した不条理を浮き彫りにしつつ、それを山谷の日常と重ねて見せることにも拘泥している。実況解説風のテロップとナレーション、〈闘争〉の高まり、忍従、悲哀を表現するBGMなどを効果的に用いる一方で、寄せ場に生きる人々の会話と怒声、集会や労使交渉での糾弾、何を言っているのかわからない酔っ払いの喚き声などの「現実音」（注5）を意図的に拾い、映像にザラつきと緊張感を与えようとしている。複数の声が被ることで個々の発話の意味が聴き取れなくなる場面も少なくないが、意味を失った声の集合体が、まるで寄せ場の呻きのように届いてくる。物語性やス

トーリー性が完全に剝奪され、今日を生き延びるために闘う人々の必死の形相だけがクローズアップされる。山岡は、いかにもドキュメンタリー映画という体裁で撮られた光景をいったん壊し、荒々しい手触りが感じられるシーンを拾い直そうとしているのである。

もうひとつ、山岡が「編集」作業の過程で強く意識していたのは、山谷をはじめとする寄せ場を〝いま・ここ〟という平面的な空間として捉えるのではなく、寄せ場の誕生から今日に至るまでの重層的な世界として再構成すること、すなわち、山谷とそこに生きる人々の歴史性を描くことだった。そのために、彼は佐藤のシナリオ案になかった独自のシーンを用意し、新たな撮影スタッフとともに筑豊ロケに出発する。出発を控えた山岡は、「この映画で唯一既成の方法をとるとすればローポジションのカメラでしょう」という赤松陽構造の言葉に「やさしくうなずきながら」眼を輝かせた（カッコ内は「山さんとの映画制作を辿って」前出より）というが、この遣り取りを読むかぎり、このとき山岡のなかに、対象を「ローポジション」から撮るという意識が強く働いていたことは間違いない。「山谷」の中心にカメラを構え、そこに起こる事実、そこに生きている人間の姿をありのままに撮るのが佐藤の方法だったのに対して、山岡は、眼の前の事実によって自分自身が解体されていくさまを捉え、眼の前に映し出されていない事実＝寄せ場における搾取と差別の歴史性を「編集」しようとしたのである。

では、山岡が独自のアイディアとして提案した筑豊ロケには、どのような狙いが込められていたのであろうか。「映画『山谷《やま》――やられたらやりかえせ』書簡1」（パンフレット）には、当時の山岡の構想が以下のように記されている。

> ここから戸畑・八幡の、新日鉄という大独占の城下町に生みだされている「労働下宿」――それは山谷・釜ケ崎とは違った見えない寄せ場として映される。意図はこうです――鉄が産業の米であり、国家であるとの謂の通り、その鉄を作るエネルギーとして筑豊の石炭が掘られ、そのために全国から労働者・労務者が集中して、一大「炭鉱都市」圏が生み出され、遠賀川をその交通（―運搬）の要所として、それを仕切る暴力構造を生み、筑豊と戸畑・八幡を結び、その行政府として博多が位置した。博多は、従って日本資本主義の前線基地として軍都であり、玄界灘を臨む侵略基地でもあった。そこで、筑豊―戸畑・八幡―博多（これは築港とよばれる寄せ場）――山谷・釜ケ崎といった具合に労務者支配の実相を照らし出すと共に、その究極として、更にはその最も普遍的なものとして強制連行の労務者

に到ります。――この強制連行の描写の中でAさんの歌を流します。そして、玄界灘へは朝鮮人墓地から入って行く。ラストは再び現実の労務者の街・山谷。――と、こんな構成になります。

山岡は、山谷における右翼ヤクザ=西戸組と労働者の〈闘争〉を契機に、その問題が日本各地の寄せ場にスライドし、さらに筑豊炭鉱、強制連行で過酷な労働を強いられた朝鮮人墓地へと連鎖していくような撮り方を構想している。また、この場面は作品の前半に描かれる在日台湾人・林歳徳の証言(注6)とも重なりながら、〝いま・ここ〟にある「日本」という枠組みのなかで寄せ場を思考することへの警鐘を鳴らす。そこで問われるのは労働者に対する差別の実態であると同時に、「日本資本主義」による植民地支配の構造そのものである。北海道の炭鉱労働者の家庭に生まれ育った山岡にとって、炭鉱こそは「日本資本主義」における棄民政策が最も先鋭的に現れる世界であり、山谷もまたその吹き溜まりとして認識されているのである(注7)。

ただし、このあたりから山岡の論調は山谷に滞留する労働者による生きるための〈闘争〉を離れ、戦前日本の東アジアにおける帝国主義支配とその傷痕へと移行する。カメラを通して問いかけられる問題が肥大化し、山岡自身の思想的認識があられもなく噴き出してしまっている印象が強い。その典型が映画のラストシーンに映し出される「Romusha」という言語メッセージである。

作品のラストシーンは、朝鮮人の墓石に夕暮れの玄界灘を重ねることで、祖国に帰ることができなかった人々の無念を印象付けたあと、山谷の手配師が労働者や争議団のメンバーに厳しく糾弾されるシーンを映し出すという沈黙から怒号への反転で締めくくられている。やがて糾弾の声が途絶えると同時にエンディングのテーマ音楽が流れ、白髭橋の彼方に朝日が昇る光景となる。それは自らの言葉を残すことすらできずに死んでいった朝鮮人たちへのレクイエムであると同時に、山谷における労働者の連帯と蜂起を促すためのメッセージとなっている。だが、徐々に流れていくエンドロールの最後、スクリーンにはインドネシア語の教科書に記された「Romusha」という文字が浮かびあがる。「終」という文字は最後まで現れずに映画は閉じられる。

このエンディングには、山岡が発足当時から関わっていた「在日朝鮮人獄中者救援センター」(一九八一年～一九八三年)や、「解放を求めるアジア民衆の会」(一九八五年十月設立)の活動理念が影響していると思われる。同会メンバーのひとりとしてパンフレットに「〝ロームシャ〟」というエッセイを寄せた内海愛子が、「日本やかつての「大東亜共栄圏」

の地域には、無数のアジア人の無念の死、不条理な死が埋めこまれている。私たちの手でそれを一つ一つ掘りおこして、責任を明らかにしていく気の遠くなるような作業を続けていくこと、山岡さんが、映画の終りに〝ロームシャ〟を映し出したのは、そのことを私たちに提起したかったからではないのか。ロームシャ――それは日本のアジア支配の重層構造を解き明かしていく鍵だからである」と述べているように、それはまさに映画の制作者から観客へと託された終わりのないメッセージとして機能している。

だが、映画という表象世界において、制作者のメッセージを文字で突きつけられることほど鬱陶しいものはない。それは映画の技法としても最悪の部類に入るだろう。またこのエンディングは、「カメラは常に民衆の前で解体されていく――これが本当のドキュメントだと思う」（「カメラは常に民衆の前で解体されなければならない」前出）という自らの理念をも裏切ってしまっているのではないだろうか。筑豊の炭鉱に、佐藤のシナリオ案に拘束されない想像の領域を見出した山岡は、つい前のめりになって自身の切実な思いを露呈してしまったのではないだろうか。少なくとも、このエンディングに対象を「ローポジションのカメラ」で撮ろうという姿勢は感じられない。

詳細は次項以降の映画分析で論述したいと考えているが、作品において最も観る者の心を揺さぶるのは、佐藤や高田が勝手に撮り散らかしたフィルムを前にした山岡が、使えそうなシーンを切り出し、ナレーションやテロップを駆使して重層的な構成を成し遂げていくようすが垣間見える瞬間なのではないだろうか。この映画の本当の魅力は強靭なメッセージにあるのではなく、さまざまな立場と方法でドキュメンタリーを制作しようとした人間たちの思いが衝突し混乱し続ける過程にあるのではないだろうか。

4　映画「山谷　やられたらやりかえせ」が顕わにしたもの

すでに述べたように、この映画は配給による一般上映がされておらず、DVDなどの記録媒体も発売されていないため、委員会が主催する上映会または委員会メンバーの解説とセットになった試写でしか観ることができない。したがって、本項ではパンフレット（前出）に収録されたナレーションとテロップ、および筆者が音源を文字に起こした記録をもとに考察を進める。作品冒頭のナレーションは、一九六六年の町名変更で「地図にない街」となった山谷の歴史を次のように語っている。

山谷は日雇い労働者の街である。その範囲は台東区清川・日本堤・東浅草・橋場。そして荒川区南千住にまたがっている。明治通りと旧都電通りの交差する泪橋を起点に、東と北は墨田川まで。西は江戸時代の遊郭で有名な吉原と接する。南は皮革産業地帯の台東区今戸となっている。ドヤ街には、八千人を超える労働者たちが生活している。しかし、そこは「地図にない街」だ。一九六六年の「町名変更」でその二文字は抹消されてしまった。／江戸時代の山谷は、下層民の収容所であり、墓場であった。今の山谷あたりは、「穢多」村と呼ばれ、弾左衛門の支配のもとにおかれ、皮革産業がその制限職種とされていた。「非人」は、吉原に隣接する浅草溜――今の千束町あたりに囲い込まれ、非人頭車善七の支配下にあった。囚人の引廻し、処刑、小塚原刑場での屍体の片付けなど、人のいやがる仕事に使われていた。／寄せ場は、一七八〇年の飢饉で逃散農民が江戸にあふれ、それを収容することから始まった。幕藩体制が揺らぎ出すなかで、農民の逃散はさらに本格化し、幕府は石川島に寄せ場を設置した。石川島人足「寄せ場」は、封建制崩壊後も、石川島「監獄」として明治へと引き継がれた。

このナレーションは、行政の都合で「地図にない街」へと存在を抹消されてしまった山谷の歴史を江戸時代に遡って検証し、山谷における寄せ場の成り立ちを具体的に示したものである。そこには明確な事実だけを包み隠さず顕わにしようとする狙いがある。多くの居住者にとって、それは好ましい事実ではないだろうが、委員会はこのナレーションを通して不都合な事実は忘却すればよいと考える「寝た子を起こすな」の論理を拒絶するのである。ちなみに、この作品では他の地域の寄せ場についても説明がなされており、釜ケ崎（大阪）は「日本最大の寄せ場である。およそ四万人がここで暮らし、二万人の労働者が働いている。「新世界」と遊郭「飛田」に接し、周囲には沖縄出身者や在日朝鮮人が多く住む、被差別部落も隣接する。暴力団の事務所も多く、日雇い労働者を食い物にするヤミ金融が盛んに行なわれている。／寄せ場のどまん中には警察署がある。また、街の隅々に監視カメラが据え付けられ、労働者の一挙手一投足を二十四時間監視している」と紹介されている。山谷が江戸時代からの歴史的背景を中心に記述されているのに対して、釜ケ崎の場合は現在の様子にまで踏み込んだ解説がなされている。特に最後にある「監視カメラ」は釜ケ崎という街のありようを示す象徴的なものである。

作品では、山谷に生きる人々の様子を静かに描写しながらさきのナレーションが流れるのだが、ここで突然、監督の佐藤が早朝のパン屋に並ぶ労働者に向かって自分が撮ろうとしている映画の意図を語りはじめるシーンが挿入される。

今度の映画はね、マンモスとかヤクザっていわれても、絶対あいつらのいろんな賭博の現場とかさ、そういう警官が暴行しているようなところを撮るつもりだから、おれらもやられるかもわかんないけどね、狙われるかもわかんないけど、そんなんきちんとやらないとね、映画があの上っ面だけなでてさ、日雇労働者がかわいそうだ、みたいな話しになっちゃうからね。そうじゃなくて、もっと闘う映画っていうのかな、その警官だってほら、アオカンしてる人間に水ぶっかけて、火消して廻るじゃない。朝になると凍え死んじゃったりするでしょう。そういうところもちゃんと映画のなかでね、撮ってさ、で、寄せ場の労働者に観てもらって、それからあと、あの釜とかさ、全部いろんなところ撮りますから、日本のこう、寄せ場を……。

映画のなかに、自身の狙いを語る監督の肉声を入れるというのは、必ずしもうまい表現方法とはいえないだろう。だが、ここで重要なのは、この肉声が映画制作のことをよく知っている撮影スタッフや委員会メンバーに向けて語られているのではなく、これからの仕事に備えて早朝のパン屋で腹ごしらえをする労働者に向けて語られている言葉だということである。ここでの佐藤は、敢えて、自分の意図を容易には理解してくれないであろうと思われる相手に語りかけていくことで、映画制作の信念と方法を鍛え直そうとしているかのようにみえる。

もうひとつ、作品のナレーションで興味深いのは、「地域ボスたちは、山谷労働者の落とす金で、自らを肥やしているにもかかわらず、労働者に対する差別をむきだしにしている。日頃から警察と一体になって、野宿を余儀なくされている労働者の、命を守る焚火に水をかけたり、雨つゆをしのぐ地下道から排除したりしている。／彼ら地域ボスたちは、暴力団が生き血を吸うため、労働者に襲いかかっていることには一切触れずに、差別煽動の陳情書を区議会に提出した」といったあけすけな表現で山谷の地域住民に対する痛烈な批判がなされていることである。自宅のそばで焚火をされる生活者の立場からすれば、確かに迷惑なことであり、治安が乱されることへの恐怖や不安を抱くのはもっともだと感じるが、この作品は、暴力団、警察、大手建設資本などはもちろんのこと、市民感情を敵に回すことさえ覚悟のうえで労働者たちが置かれている窮状を訴えるのである。それは、寄せ場の恩恵を受けているにもかかわらずその存在を隠蔽することに加担する一般生活者に突きつけられた刃そのものである。

また、当初、佐藤が主題としていたことのひとつは、年末年始に仕事がなくなりその日の生活にも困窮することになる労働者を救うための越年闘争だったが、完成した作品ではそれがナレーションによる説明で処理されている。

> 年末一時金とは、その年の九月末までに、日雇い雇用保険手帳を取得した人に、東京都が〝措置金〟として支給する金のことである。その額は三万六千円ほどで、この年の受給者の数は八千二百五十人であった。／その一時金が、山谷の厳しい冬を越す生活資金となる。だが、年あけは極端に仕事は少ない。月末までアブレ地獄をしのがねばならない。このような山谷の現実からして、焼け石に水としかいえない額である。／そこで、多くの労働者は、年末の二十九日から五日までの越年期を、人里離れた大井収容所で過ごすことになる。しかし、東京都は前年千七百人の定員に対して、十二月の収入十万円以下という足切りをしようとした。さらに、年末一時金を受け取った労働者にまで、その足切りを強め、広げていった。／越冬実行委員会は、労働者の街で、労働者の命を守るために、十二月二十九日から一月四日までの玉姫公園・炊き出し、そして、十二月中旬から二月初旬までの人民パトロールのための資金カンパを呼びかけた。この日、およそ七十万円のカンパが寄せられた。

「日雇い雇用保険手帳」[注8]にしろ「措置金」にしろ、ここには作品を観ただけでは理解が及ばないことが多々ある。また、できることなら「大井収容所」内部を撮影して年末年始のようすを伝えたいと考えていたはずだが、入所手続きのシーンしか映像がないため施設のどこが問題なのかが伝わらない恨みもある。

同じことは、本節第3項で述べた筑豊炭鉱の場面にもいえる。筑豊の街を紹介するシーンでは、まず「炭鉱には、全国から多くの人が狩り集められた。そして、多くの人が炭鉱災害でなくなった。閉山した今もなお、行き場のない遺骨が残っている。／かつて筑豊は、全国で一番生活保護を受ける者が少なかった。今「生活保護が筑豊の最大の産業」とまでいわれるのは、閉山後、残されたものが失業と貧困であり、そのもとに生み出される差別であることを物語っている」というナレーションが入る。また、それに続けて「日本の産業を支えたのは筑豊であり、その筑豊を支えたのは、全国から流れてきた労働者、被差別部落民、そして強制連行された朝鮮人であった。なかでも、もっとも苛酷な運命を背負わされたのは、朝鮮人と被差別部落民であった。／石炭産業がつぶされ、追われた者にも、残された者にも、〝棄民〟の現実しかなかった。ここにあるのは、労務支配が棄民政策と表裏をなしているということである」とまくし立てられる。

だが、自分自身のアイディアで意気軒高に筑豊を撮りはじめた山岡は、ここで深刻なモラル違反を起こしてしまう。ひとつは、「生活保護が筑豊の最大の産業」という表現そのものが事実を歪曲していることである。「生活保護」は諸事情によって働くことができない人々に与えられた権利であり、「生活保護」の受給者に後ろめたさを感じさせるような捏造は許されない。

また、このナレーションは、あたかもその地域の人々がまともに働こうとせず、「生活保護」に依存してのうのうと暮らしているような偏見をもたらしかねない。山谷の越年闘争において、「措置金」を受け取る労働者を支援する立場からカメラを回していたことを念頭に置くと、筑豊の描き方にはむしろ侮蔑的な視線さえ感じる。

さらに問題なのは、人々が「生活保護」を受け取るシーンが金網越しに望遠で撮影されており、被写体から承諾を得ていない隠し撮りの可能性が高いことである。のちに「筑豊シーン問題」とよばれることになるこの事件が原因となって、委員会は一時期、映画の上映運動を「自主凍結」(注9)せざるを得なくなる。委員会が「自主凍結」していた時期、『山谷上映ニュース』21号（一九九三年四月十日）に「自らの現在を確認する為の覚書」を書いた新井輝久は、次のような印象深い文章を書いている。

エリック・サティから冷笑を除いたようなピアノの音と、川崎町役場の看板。窓口にならぶ人々。ナレーションの声。インタビューの声。ナレーションからは、その人々の列が、生活保護を受給する為のものだとわかるのだが、そこには、例えば少し前に、この映画にあらわれた年末一時金支給のシーンにあった荒々しさはない。／この年末一時金支給のシーンはどんなものだったろう。「暴力反対」と連呼する声。規制する機動隊の姿と笛の音。「何やっとるんだ、ポリ公。どけ、どかんかい」という声と、脚立を手にロープを乗り越えて入る男の姿は、佐藤満夫のものだ。これは佐藤が生前に残したフィルムなのだ。だが、山岡は川崎町役場の金網の外にカメラを据える。挑発としてのカメラではなく、「善意の報道者」でもない位置に。そこからみえるのは、どんなものか。例えば、生活保護費の給付が、その気になれば誰でも覗く事の出来る、金網に囲まれた役場の窓口の前に人々を並ばせておこなわれているという事。ここから、行政の給付の姿勢を批判する事はたやすい。けれども、この列がどのようなものかを考える時に、先の一時金支給を始め、寄せ場の就労過程での職安や、アブレ金受給、大井収容所入所などのシーンで、度々この映画にあらわれる、人々の列が思い起こされるだろう。この列はまた、越冬闘争のワッショイデモの隊列にもなり得るのだ。窓口で渡された封筒の中身を確かめる女性の姿は、例えば明らかに撮影されている事を意識した、人民パトロールで出会った労働者の身振りとは異質のものだが、それが金網越しに撮影されているという事だけで「隠し撮り」だとするならば、野田屋という山谷の飲み屋での、炭鉱離職者との会話も、その種の男性の袖口に小型のマイクロフォンを見つけた途端、「隠し撮り」になってしまう。問題は撮るものと撮られるもの、そして観せるものと観るものとの関係であるはずだ。

新井は、生前に怒号飛び交う山谷で「年末一時金」支給シーンを撮った佐藤と、筑豊の「生活保護費」給付を撮るために金網の外にカメラを据えた山岡とを比較し、後者の立ち位置の中途半端さを指摘する。だが、その一方で問題の核心は「隠し撮り」かどうかにあるわけではなく、「撮るものと撮られるもの、そして観せるものと観るものとの関係」にあると主張する。

同論で重要なのは、反復される「人々の列」に着目し、人々が並ぶこと／並ばせられること／隊列を組むことを通して作品を読む可能性を示唆していることである。烏合の衆が順序よく並ばされていく過程には、常に権力、階層、貧困の問題が介在している。デモの隊列にみなぎっている連帯の意志が解体され、ひとりひとりが静かに順番待ちの列に並ばされるようになった瞬間から、世界は支配する側の論理で動きはじめる。新井は、この作品にたびたび登場する「人々の列」のなかに、そうした問題の本質に迫る糸口があると確信しているのである。

また、新井は「野田屋という山谷の飲み屋での、炭鉱離職者との会話も、その種の男性の袖口に小型のマイクロフォンを見つけた途端、「隠し撮り」になってしまう」とも指摘し、山岡の構成の仕方を考えるうえで見逃せない問題を提起している。この作品には、仕事を終えた人々が野田屋酒店でその日の憂さを晴らすように語り合うシーンがあるのだが、それは、山岡と争議団メンバーが酒を呑んでいるときにたまたま隣に居合わせた労働者と意気投合し、相手の男が筑豊の出身であることが明らかになる設定になっている。

山岡監督　働いた。で、手配師知ってるの？
労働者5　ああ。
山岡監督　なに、筑豊？
争議団B　筑豊のどこ？
山岡監督　方城だろ？
労働者5　福岡県田川郡……
争議団B　田川のどこ？
労働者5　田川郡……
山岡監督　方城って町がある？　あっ、方城。そこの何という炭鉱だった？
労働者5　だから、三菱方城鉱業所。
山岡監督　あゝ、三菱方城鉱業所。
争議団B　トンコ番やってたのか。
労働者5　六年よ。
山岡監督　先山になった？
労働者5　それはもちろんさぁ。（哄笑）その時におれは結婚し、カカアをもらった。
山岡監督　炭鉱で？
争議団B　こんなにお前、まじめにやったって、女房なんかお前、二〇年先になっても……。
労働者5　ははははぁ、よかばい、よかばい！／三十五年のとき、退職したんだ。かたたたきで。
山岡監督　あ、肩たたきでな。希望退職てやつだな。

この会話にはいくつか不自然な点がある。最初の部分の話題は白手帳や手配師に関することなのだが、山岡が唐突に「なに、筑豊？」と問いかけ、そこから話題が筑豊炭鉱のことに移っていくように展開している。また、争議団Bが「筑豊のどこ？」と訊いた途端、山岡は「方城だろ？」、「その何という炭鉱だった？」と畳みかけている。労働者5がつい口にする「だから、三菱方城鉱業所」という言葉も、まるで撮影以前のやり取りでそのことはもう伝えていたはずなのに、といったニュアンスを含み込んでいる。

恐らく、この場面は筑豊炭鉱のロケを敢行するための伏線として山岡が用意したものであり、労働者5の声を拾うため、どこかにマイクがしかけられていた可能性も否定できない。厳密にいえば、そうした疑いが生じるような展開をみせていること自体、ドキュメンタリーとしての手法を踏み外しているといってよいだろう。

いずれにしても、作品の末尾における筑豊のシーンには作品の価値を台無しにしかねない瑕疵《かし》がある。作り手の意図が前のめりに出てしまっているために、対象となる「人々の列」がナレーションの内容に効果をもたらすイメージ映像のようになってしまっている。そこには「撮るものと撮られるもの、そして観せるものと観るものとの関係」を問い直そうとする緊張感は微塵もない。山口泉が「闘いの当事者の「遺産」としての思想」(『毎日グラフ・アミューズ』一九九六年年四月二十四日)において、「この映画それ自体は、彼の文章に対置したとき必ずしも完璧な作品ではなく、いくつか深刻な問題点も含んでもいる」と指摘しているが、そこには、この問題も含まれているのではないだろうか。

もうひとつ、筑豊炭鉱のシーンで気になるのは、衰退した街の光景を回路とする哀愁と鎮魂の醸成が図られていることである。たとえばBGMをとってもこの場面は異質である。佐藤の人民葬における「同志は斃れぬ」(作詞・作曲/スティークリッヒ)、フェスティバルの「ワルシャワ労働歌」、そしてエンディングで沈む太陽とともに鳴り響くサックスとドラムなど、この作品に流れる音楽は、いずれも怒り、悲しみ、闘志などの感情を激しく揺さぶるものが多い。ところが、筑豊炭鉱の場面では、炭鉱の廃墟に咲くコスモス映像とともに流れるパブロ・カザルスの「鳥の歌」、炭鉱長屋の浴槽場面に流れる三橋美智也の「哀愁列車」、そして、朝鮮人墓地を訪ねる場面で日本語に翻訳された歌詞とともに流れる朝鮮語の歌(曲名不詳、朝鮮人炭鉱労働者が民謡「ノレカラ」に即興で歌詞を付けて歌ったもの)などが連続的に用いられ、それまでのささくれだった怒りや悲しみが柔らかいものに包まれてしまう。それはまさに哀愁と呼ぶにふさわしい情感であり、〈闘争〉への気力を著しく後退させる。恐らく、山岡のなかには、林えいだい『強制連行・強制労働 筑豊朝鮮人坑夫の記録』(現代史出版会、一九八一年十二月)の内容を映像に反映させたいという思いがあっただろうし、より根源的にいえば、佐藤と自分を結ぶ東アジア反日武装戦線の思想への共鳴が彼を突き動かしていたともいえるだろうが、いずれにしても、ここでの山岡が被写体との対話を忘れ、「筑豊朝鮮人坑夫」の「哀愁」を一方的に伝えようとしてしまっていることは否めない。

続いては実際のシーンについての分析である。この作品の撮り方で気づかされるのは、労働者はもとより暴力団組員や手配師たちを撮るときでさえカメラが前方正面から顔を捉え、その表情の変化や歪みから観る側がさまざまな想像をめぐらすことができるようになっていることである。また、大勢の人間が群れとなってうごめく光景と、嵐が過ぎ去ったあとに個々の人間がポツンと取り残される光景を交錯させることで、強い連帯の絆で結ばれているわけでもない人間たちが身を寄せ合うようにして生きていくしかない情況が明らかにされている。寄せ場の労働者は、他者と力を合わせて信頼関係を築くことすらできないように仕組まれていることが炙り出されている。

一方、彼らが発する言葉は、しばしば周囲の喧騒や怒号と入り混じる。作品における労働者の言葉は、さまざまな「現実音」に遮られてしまうもの、観る者たちに届かないものとして、逆説的な機能を担っている。その典型は在日台湾人の林歳徳さんが戦後ヤミ市で松田組への協力を迫られたときのことを語る場面である。

山岡監督　あの、商店主が松田組の支援を決議していって、炊き出ししたとか、そういう……

林さん　たたき出し（山岡監督が「炊き出し」と言ったのを「たたき出し」と聴き違えている――筆者注）というのは、この新橋駅前から、台湾人を全部追い返す、追っ払っちゃおうってんだよ。それはものすごい町の人、それがあちこちのね、あの、団体全部集めてきた。あの、ヤクザ、総動員ですよ。その背景に、背後に支援しているのが、警察ですよ。だから、ぼくはいつも言うのよ、日本人反省はないって、ねえ。外国人を排斥する前にこれだけ台湾人や朝鮮人がなんで日本来たかと考えりゃいいんだよ、ね。強制連行来なけりゃそんなことないんですよ。黙って知らん顔することできるかってんだ！　これが新日本帝国の誕生の、本質だよ。

これは、台湾人である林さんが「炊き出し」を「たたき出し」と聞き間違いして応答する場面である。だが、山岡はそれを訂正することなく林さんの言葉に最後まで耳を傾ける。こちらの意図が正確に伝わっているかどうかよりも、相手が心の底に蓄えている思いを引きだすことが重要だと考えるからこそ、彼はここで余計な口を挟まないのである。その意味で、この誤解は外地から日本に強制連行されてきた人々の二重化された身体を表現すると同時に、相手の言葉に耳を傾け続ける聴き手の身体性をも浮上させているといえるだろう。

すでに紹介したように、この作品の撮影は、①佐藤監督、高田カメラマンの体制で撮影した部分（冒頭の「山谷俯瞰」から「山谷紹介の一連の移動カット」、「朝の就労風景」、「年末一時金支給、都庁団交」など）、②佐藤の死後、高田を中心とする現場スタッフの判断で撮影した部分（「反靖国闘争」の撮影以前）、③山岡監督がカメラマンを替えて撮影した部分に分けられる。完成したフィルムの内容を厳密に区分けすることはできないが、大きな枠組みでいえば、①の映像が最も強烈な衝撃力をもっており、③は映像の力というよりも山岡が伝えたいメッセージを表現するために映像が用いられている印象が強い。また、②に関しては、「早期完成による配給資本ルートでの上映」へと方針が変わりつつあったこともあり、ドキュメンタリーとしての客観性を重視する傾向が強い。当然のことながら、現在に至るまでの上映運動では佐藤から山岡へと継承された問題、すなわち、寄せ場の歴史性とその構造を明らかにし、山谷に生きる労働者の生活をよりよいものにするための〈闘争〉を継続するための武器としての映画、という側面から議論されることが多い。

だが、あらためてこの作品を観たとき、圧倒的なインパクトをもっているのは、のちに撮影現場から追われ、エンドロールにも「撮影者」として名前を留めることがなかった高田明が撮ったフィルムである。この作品がいまも多くの観客を魅了するとすれば、その原動力は佐藤から山岡へと継承された活動家のイデオロギーやメッセージにあるのではなく、それまで誰も撮ることができなかった山谷のど真ん中にカメラを据え、様々な妨害に屈することなく労働者たちの生態を撮り続けた「撮影者」たちの実践にあったのではないだろうか。

たとえば、作品の序盤には、早朝の山谷でシャッターが開くと同時に山谷労働センターに押し寄せる人々の群れや手配師から仕事をもらってマイクロバスに乗り込む労働者の殺気立った表情をマイクが拾う「現実音」だけで構成されたシーンがあるが、よく眼を凝らすと、そこには人々の白い吐息、うどんの湯気、タバコ、仕事にあぶれた人々の焚火など、さまざまな煙りが立ちのぼっている。冬の寒さや景気の世知辛さが漂うなかに煙りがたちのぼるとき、私たちは人間の生気とつかの間の安息とを感じることができる。暴力団に刺された佐藤が病院に搬送されるシーンをはじめ、この作品のカメラマンはしばしば機器を担いだまま駆け出すが、その映像は決してブレることなく躍動する対象を的確に捉えている。

また、それに続くシーンには、争議団のメンバーが焚火をする男たちに話しかけるようすが描かれているが、そこに登場する酔っ払いたちの表情と言葉は、労働者たちを不幸な存在、支援されるべき対象として見てしまいがちな私たちの先入観を見事なまでに突き崩してくれる。

争議団A　ヤマに来るまで何やってたんだよ。
労働者2　元国鉄職員すよ。（一同笑い）
争議団A　国鉄職員か。なんだおれと似たようなもんじゃないの。
労働者2　おれ、機関士やってた。脱線、転覆、機関
車が……。
争議団A　一杯飲んで運転して、脱線しちゃったのか。
労働者2　脱線、転覆。おこられちゃった……
争議団A　おこられちゃったのか。なあ、ヤマへ、飯
場行って、なんでまた十日で戻ってきた
の？
労働者3　だって、ここしかないじゃん、帰ってくる
ところは。
争議団A　だけどさ、十五日契約だったら、十五日やっ
てきたらいいじゃない。
労働者3　ちゃんと途中でやめた。
争議団A　なんでやめたの？
労働者3　でも、途中でゼニ持ってきたぞ。
争議団A　持ってきたけど、なんでやめたの？
労働者3　この街が好きなんじゃい。好きだから、こ
の街、帰るとこは、おれの街はこれしかな
いんだよお！

この場面に登場する労働者たちは山谷に対しての強い愛着をもっている。落ちぶれてこの街にやって来たのではなく、自分のような情けない人間を温かく迎え入れてくれる街だからここに戻ってくるのだと考えている。彼らには、たとえ仕事にあぶれても昼間から酒を呑むだけの生活であっても「ここしかない」という確信がある。恐らく、このシーンは正式なインタビューという形式でなされたものではなく、焚火を囲んで雑談をしているうちに男たちが争議団に心を許すようになって撮れたものだろうから、撮影には相当の時間をかけていると思われるが、その映像には、確かに撮る側と撮られる側の関係性が滲み出ている。長時間に亙ってカメラを回し続けるなかで、はじめて見せた表情が捉えられている。

また、同じことは殺された佐藤の人民葬、夏祭り、野田屋酒店での立飲み風景、玉姫公園での山谷越冬闘争のシーンにもいえる。日頃の憂さを晴らすかのように踊る人々、しんみりとした表情でステージに魅了される人々、そして、狭い立飲み屋のなかでそれぞれの思いをまくし立てる人々の表情には深い陰影がある。単純な喜怒哀楽ではなく、その人間が生きてきた時間の痕跡が複雑に交じり合った泥臭い温かみがある。さきに述べた行列する身体が様々な法や

規制によってがんじがらめにされた身体だとすれば、叫び、踊り、語り合う労働者たちの破顔は、自分たちを抑圧するものからほんのわずか解き放たれる瞬間の表情なのかもしれない。

重要なのは、作品前半部のカメラが、そうした瞬間を的確に切り取っていることである。並ぶこと、待つこと、立ち続けることに慣らされた労働者の身体がダラリと弛緩し、呂律の回らない口調で何かを語り始めようとする衝動をカメラがしっかりと受け止めていることである。まるで自分の気配を消すかのように沈黙する者たちの孤独な表情を連続的に捉えていくことで、誰もがひとりひとりであるからこそ他者の孤独が理解できるという真実を映し出していることである。

それは、特定の相手に対するインタビューにもいえる。この作品の前半部には、さきに紹介した台湾出身の林歳徳さん、宇都宮病院入院経験者のTさん、山谷争議団に労災相談にきた小林さん、暴力飯場に抛《ほう》り込まれたすえ、困り果てて山谷争議団に駆け込んできた倉田夫婦などのインタビューシーンがあるが、このときのカメラは、山岡や争議団メンバーの質問に訥々と答える様子とともに、人々の指先の動きや遠くを見つめる視線をクローズアップして、言葉にならない思いや感情をすくい取ろうとする。そこには、こちらが期待するような証言を引き出したいと考えるインタビュアーと、相手のわだかまりをそのままフィルムに収めようとするカメラマンとの不協和音が映し出されている。小手先の「編集」では表現することのできない映像の衝撃力がある。

逆に、労働者の足許をみて不当な賃金、労働条件で働かせる手配師を突き上げる場面、あるいは、業者との労使交渉や越年対策をめぐる都庁との団体交渉で罵声が飛び交う場面では、瞬発力のある罵声を投げつける争議団の活躍が際立つのだが、彼らの正論が映像に緊張感を与えるかというと必ずしもそうはなっていない。争議団メンバーは厳しい口調で詰問するのだが、肝心のカメラは相手ののらりくらりした態度にペースを合わせるような撮り方をするため、そこにギャップが発生し、お互いのやり取りが滑稽味を帯びてしまうのである。映像が漂わせる滑稽味を言葉で説明するのは難しいが、その典型は次のようなやり取りにみられる。以下は争議団の要求書に誠実な回答を示そうとしない業者の社長が争議団に糾弾される場面である。

争議団E　あんたはなぁ、一度もなぁ、われわれの回答にはなぁ、無回答だ。数少ない業者だ。

社長　だって、今うち、うらは新聞広告出してるもんね……

争議団Ｄ　新聞広告とか関係ないんだよ。そんなことは。新聞広告だろうがなんだろうが、日雇いの組合だ、わしらは。全国日雇、全協ゆうてなぁ。

社長　仕事やるのに、何で新聞出したら駄目なの。

争議団Ｄ　だから、新聞広告だろうが何だろうが、いいがな。関係ないんだよ、わしらに、そんなことは。

争議団Ｅ　話しをごちゃごちゃさせないで。山谷求人やってるんだから、新聞広告もやってる、われわれの仲間をな、あんた雇用してるんだよ、なぁ。身なり整えなさいよ、ほらぁ。興奮しないで、ほら、社長！ 自分の身なりを、ほら！

社長　ちょっと待ちなさい。おらぁ、仕事できないよ、こんなことやってたら。

争議団Ｄ　お前が仕事行けないことやってんだよ。団体交渉にちゃんと応じればいいんだよ。したら仕事行けるんだよ。

争議団Ｅ　すみやかにね、話しね、団体交渉に応じると約束すればいいわけだよ。

争議団Ｄ　そっちが来ねいからやな！ わざわざ来たんじゃないか、お前！ お前が来てりゃ、こういうことならないんだよ。

社長　何で、お前とか何とか、おれ言われちゃうの？

争議団Ｄ　あたりまえやないか！

このやり取りは、ほとんど漫才のようなものである。怒りをあらわにする争議団メンバーに対する社長の応答はことごとく頓珍漢で、わざとボケているようにさえみえる。このあとの会話には、「何でそんなに怒られにゃいけんの、おれを」／「あったり前だよ、お前」といった掛け合いもあり、オチさえついている。この時期の山谷は、西戸組が互助組合（入会金五万円、会費三万円）を組織して日雇全協の切り崩しと互助組合への加入要求を強めていた時期であり、争議団は文字通り命がけの〈闘争〉を強いられていた。実際、二人の監督が殺害されるとともに、多くの争議団メンバーが拘禁されたり警察に逮捕されたりしているのだから、悪徳業者との団体交渉も一触即発の緊張感が漂っていたはずである。

だが、ここでのカメラ、音楽、ナレーションは、通俗的なドキュメンタリーにありがちな緊迫感の演出をせず、言い逃れしようとする社長ののらりくらりした態度を追う姿勢をみせる。まるで他人事のように暢気なもの言いをする社長の側に当事者という意識が決定的に欠落していることを顕わにしてみせる。

それは糾弾に続いて映し出される労働者たちの食事シーンにもいえる。争議団の代表が社長との交渉内容を説明しているとき、男たちはみな俯いたまま黙々と飯を口に運んでいる。誰も争議団の方を見ないばかりか、頷く素振りすらしない。このときカメラは、飯を食い続ける労働者たちの居心地悪そうな表情をはっきりと捉えてしまっている。建設会社や手配師に搾取されるのは嫌だし、自分たちの生活が困窮していることに不満もあるが、だからといって〈運動〉に加わる勇気はない者たち。争議団の〈闘争〉に助けられてはいるが、寄せ場を仕切っている暴力団はもちろん、警察にも行政にも抵抗しようなどとは微塵も思っていないい者たち。そうした、善良なる労働者たちの怯えがありありと映し出されている。

このときのカメラは、作品を撮っている争議団の存在そのものを中吊りにする役割を果たしている。それまで、争議団の視線から山谷を眺めていた観客は、一瞬、糾弾される社長も寄せ場の論理のなかで搾取されている労働者も、ひょっとしたら波風の立たない生活を望んでいるのではないか、という思いに囚われるのである。それは山岡が意図したものではないだろうが、結果として撮る側と撮られる側の関係性を問い直す契機をもたらしているのではないだろうか。

また、こうしたカメラの役割は、佐藤が撮影した都庁団交（一九八四年十二月）のシーンと比較するとより明確になる。この場面のカメラは、団体交渉のビラ撒きや車に乗り込む人々の意気込んだようすにはじまり、交渉のスローガンが掲げられた赤旗を何度もアップで映し出す。同時に都庁サイドが会場に貼り付けた「これより先関係者以外の方は入らないでください」という指示書きもフレームに収め、その排他性を無言のうちに非難する。都庁担当者の後ろ側にもカメラを置き、争議団メンバーの発言はもとより会場内の怒号をそっくり拾っている。このことから、佐藤がメガホンを執っていた撮影初期段階におけるカメラは争議団の主張を後ろから支援する武器として機能していたことがわかる。だが、のちに監督を失い勝手な動きをはじめたカメラは、山岡が意図しないところで争議団を逆照射し、この作品に〈運動〉でも〈闘争〉でもないもうひとつの奥行きを与えてしまったのである。いまでもこの作品が多くの人々を魅了するのは、そうした不協和音がもたらす緊張感を観客が共有できるからではないだろうか。

5　ドキュメンタリー映画にしかできないこと

　ある映画を観たあと、どのシーンが最も印象に残るかはひとそれぞれであろうし、それは必ずしも作品の核心を突く重要なシーンとは限らないだろう。したがって、これから記す内容は作品の分析というより極めて個人的な印象記の類かもしれない。

　作品には、最初に制作をはじめた佐藤とその遺志を継いで映画を完成させた山岡という二人の活動家の揺るぎない信念が込められている。山谷をはじめとする全国の寄せ場の歴史的背景と搾取の構造、そこに生きる労働者の過酷な生活と労働運動、そして、寄せ場を凝視することによって見えてくる天皇制、帝国主義、強制連行、部落差別の問題など、彼らが映画を通して提示してみせた諸課題はいまも色褪せていない。佐藤の死にはじまり、筑豊炭鉱のロケーションを経て、最後に再び山谷で手配師が糾弾されるシーンで終わる循環性といい、その循環性からはじき出されたところにポツンと置かれる「Romusha」の文字といい、作品には「やられたらやりかえせ」のメッセージがいたるところに散りばめられている。

　だが、極めて私的な印象をいえば、私自身がこの作品で強く感銘を受けるのは、そうした勇ましい人々の姿ではなく、山谷という場所で日々を懸命に生きている人間の生々しい表情や言葉が確固とした輪郭をもって切り取られる瞬間である。なかでもドキュメンタリー映画ならではの圧倒的な力を漲らせているのは、作品の終盤、争議団の人民パトロール隊が路上で野宿をしている労働者を見つけ、用意していたオジヤとカイロを差しだす場面である。

人パト隊Ｉ（争議団Ｄ）　先輩、大丈夫？　酔ってる？　もうあれだぜ、頭もずぶぬれになってい るよ。ね、争議団、人パトに回ってきた。……大丈夫？　こごえ死ぬよ、今日、雪まじりやから。雪まじりやから、こごえ死んじゃう。頭もビショビショよ。あの、人パトに来たんだ、人パト。

労働者　悪かったなぁ。

人パト隊Ｉ　オジヤ食べる？　オジヤ食べるか、おなか冷えているだろ。

労働者　おれよう、今日仕事しようと思ってよう、一生懸命闘ってきたんだ、おれは。おれの相棒の野郎にゃ、酔っぱらってすぐ寝

人パト隊Ⅰ　る男だから。あの、すみません。（人パト隊Ⅱがタオルで労働者の顔を拭っている）

労働者　もっと顔をあれだ、顔を。ついてる。（人パト隊Ⅰが労働者の顔をタオルで拭ぐう）

人パト隊Ⅰ　あ、すみません。

労働者　今日、仕事しようと闘っても駄目だな、朝から雪なんだ。

人パト隊Ⅰ　いや、仕事だけはやるよ、おれは。一生懸命、でもよう……

労働者　今日はないよ、雪降ってるのに。

人パト隊Ⅰ　あぁ 先生！（人パト隊Ⅰを指差し、漸次、労働者の意識がはっきりしてくる）

労働者　先生じゃないよ、争議団。同じあれだ。

人パト隊Ⅰ　いや、いや、いや。そういう人に会えるの幸せなんでねえ。ちがうんだよ、雨降っててね。きのう、ぼくはね、お仕事でしょう……

労働者　ドヤはないのドヤは。今日借りてないの、ドヤ。

人パト隊Ⅰ　いや、いや、いや。何とか……

労働者　オジヤ食べる、オジヤ。オジヤ持って来てるけど。

人パト隊Ⅰ　ちがうんです、先生！

労働者　オジヤ持って来てるんだけど。

人パト隊Ⅰ　ちがうんよ、その話しはいいけど。

労働者　どういう話し？

人パト隊Ⅰ　ちがうんだよ。二、三日前にね、ぼく雨の中たたかって、この二、三日よ。で、交通費払うからってね、雨でパーになって、四千円もらって、そしたらね……

労働者　四千円もらってて、前借りや。

人パト隊Ⅰ　今日行ってみたら、あした……

労働者　手配師が？

人パト隊Ⅰ　おお。

労働者　何？賃金未払いになってるの？

人パト隊Ⅰ　いや。やっぱり交通費ぐらいはもらいたいな、と思って。

労働者　あゝ帰るときに？

人パト隊Ⅰ　うん。

人パト隊Ⅱ　話しの途中で悪いんだけど、オジヤ。

人パト隊Ⅰ　ちょっと暖ためてさ、体を。

人パト隊Ⅱ　あとね、これ、カイロ。わかる？

人パト隊Ⅰ　使い方わかる？出してもむやつ。今日入れといたがいいよ。今入れる？　今使う？

労働者　いやぁ。

人パト隊Ｉ　持っとく？

労働者　うん。

人パト隊Ｉ　持っとく。体冷えるで。ほんで気をつけないとさ、今みたいにして寝ておったら死んじゃうぞ。

労働者　いや！　おれはこんなことやってても死なないぞ。よし！　あしたからまた闘おうという気持ちだもん。

　このシーンの冒頭は、雪まじりの雨が降りしきるなか、人パト隊が路上に倒れ込んでいる初老の労働者を見つけて声をかけるところからはじまる。男は泥酔しているのか、しばらく意識も朦朧としている。だが、タオルで頭や顔を拭われているうちに意識が戻り「悪かったなぁ」と応じる（シナリオではニュアンスが伝わらないが、ここでの「悪かったなぁ」は「すまないなぁ」という意味合いである）。「オジヤ食べる？」と話しかけられた男は、まるでそれが聞こえていないかのように、「おれよう、今日仕事しようと思ってよう、一生懸命闘ってきたんだ、おれは」とまくしたてる。明日は雪だから、という人パト隊を前に、ひとり言のように「いや、仕事だけはやるよ、おれは。一生懸命、でもよう……」と呟く。

　最初に「先輩」と話しかける人パト隊の目線と「先生！」と問い返す男の目線は同じ高さを保ち、人パト隊の言葉そのものが男の心を温めていくような親密さが生まれる。映像から伝わってくるのは、誰かに向かって自分を語りたい、自分が味わった辛い経験を知ってもらいたいと願い、言葉を発し続けようとする男の懸命さである。それまで相手を糾弾する〈闘争〉の言葉を発し続けていた争議団のメンバーも、そんな男の懸命さを知って優しく耳を傾ける。

　だが、人パト隊から「ドヤはないのドヤは。今日借りてないの、ドヤ」と訊かれると、男は困った表情を浮かべ、カメラに向かってニッと笑みを浮かべる。それは明らかに羞恥の表情である。冬の野外で倒れ込み、翌朝まで寝ていたら野垂れ死んでいたかもしれない男がみせる一瞬の羞恥。それは、私たちに人間の尊厳を思い出させてくれる。どんなに惨めな生活をしていようと、人には矜持というものがある。怒りや悲しみのように相手に向けてまっすぐに表現できる感情なら理解するのはそれほど難しくないが、相手の眼に映っている自分自身を省みて恥ずかしいと思う感情にはより複雑な回路がある。このあと、男は「いや、いや、いや。何とか……」と言葉を濁すが、この数秒間のやり取りは、役者の演技で表現できるものではないだろう。

さらに、このシーンでもうひとつ心に残るのは、人パト隊がたびたび「オジヤ持って来てるんだけど」と勧めても、「ちがうんよ、その話しはいいけど」と制し、最後まで話を続けようとすることである。雨のなかを出かけていったのに仕事にありつけなかったことを無念そうに語り、小さな声で「いや。やっぱり交通費ぐらいはもらいたいな、と思って」と呟くことからもわかるように、男にとってその交通費は明日に命をつなぐ拠りどころである。当然、腹も空かせているに違いない。そんなとき、眼の前に温かいオジヤを差し出されたら、貪るように食べたくなるのが当然であろう。実際、男はオジヤの入ったどんぶりを差し出されたとき、なんともいえない表情で「アーッ」と声を漏らしてそれを受け取る。前歯のない口に割箸を挟んでそれを割ろうとする。だが、「体冷えるで。ほんで気をつけないとさ、今みたいにして寝ておったら死んじゃうぞ」という労りの言葉をかけられると、すかさず割箸を口から離し、ファイティングポーズをとるような仕草で「いや！　おれはこんなことやってても死なないぞ。よし！　あしたからまた闘おうという気持ちだもん」と言うのである。人パト隊と男との会話は、ある意味で嚙み合っていないし、この男の明日に何らかの希望が差し込んでいるわけでもない。だが、男の表情、言葉、身体は、圧倒的なリアリティをもって観る者を魅了する。それは、さきに紹介した上映運動のチラシにある「絶望の深さを知り抜いた者が、その果てにつかんだギリギリの明るさ」にも通じている。

同じことは、作品の最後に再び描かれる山谷の光景にもいえる。そこには、労働者、争議団のメンバーに取り囲まれて糾弾される手配師がいる。群衆はそれまでの鬱憤を晴らすかのように次々に罵声を浴びせ、しまいには胸倉を摑んで手配師を台のうえに引きずり上げるのだが、画面の中心に映っている手配師は、どこかとぼけた表情をしている。彼は、手配師としての自分がやったことの何が問題なのかもわからず、とりあえず謝っておけばこの場をやり過ごすことができるだろうとタカを括っているようにさえみえる。カメラの焦点は、群衆の怒りに震える様子と手配師のうつろな表情のコントラストに向けられているのである。

そんな嚙み合わない糾弾シーンのなかで、唯一、観る者をギョッとさせるのが手配師の左手である。そこには、第一関節からさきが失われている小指が映し出されている。クローズアップするわけではないため眼を凝らしていないと見逃してしまう場面だが、カメラマンは明確な意図をもってそれをフィルムに収めている。切り落とされた指は、手配師と暴力団とのつながりを暗示的に表象すると同時に、切り落とされるものという意味において、山谷をはじめとする全国の寄せ場に生きる労働者たちの寓意となっている。また、〈ない〉というかたちで語られる事実の重みは、不当な暴力や搾取が蔓延する寄せ場が〈ある〉ことを知っていながら、それを〈ない〉ものとして見てみぬふりをしてきた行政、警察、そして「私たち」にも向けられる。

真冬の山谷で野宿をしていた労働者を撮ったシーンと小指のない手配師を撮ったシーンは、それぞれまったく違う情況であり、場に漂う雰囲気も違う。前者は山谷の労働者たちを温かく支援する争議団の姿、後者は彼らの荒ぶる姿といってよいだろう。だが、それぞれには監督が構成表を作って撮ろうとしていたものとはまったく別のものが映り込んでしまっている。朦朧とした意識のなかで労働者が見せるはにかみと、仕方なしに土下座をさせられる手配師の小指は予定調和的に進行する映像にざらつきを与える異物として観る者を挑発するのである。

作品を観た者は、自分もまた寄せ場をめぐる事実と関係する当事者であることを知る。新井輝久の「撮るものと撮られるもの、そして観せるものと観るものとの関係」(「自らの現在を確認する為の覚書」前出)という言葉になぞらえるなら、それはフィルムに映し出された世界を回路として被

【図7】作品のポスター(イメージ写真)

写体と自分との関係を構築し直していくことと同義である。作品のポスター（【図7】参照）には、山谷での〈闘争〉を繰り広げる西戸組の事務所前に陣取って敵を睨みつけている労働者たちの立ち姿をイメージした写真（注10）が採用され、その精悍な表情が強烈なインパクトを与えるが、彼らの視線のさきにいるのは、きっと暴力団であると同時に行政や警察であり、安眠を貪る「私たち」自身である。

6　おわりに　映画「山谷　やられたらやりかえせ」の上映運動

たびたび述べてきたように、現在この作品を観る方法は、委員会が企画する上映会、または、学術研究や教育を目的として委員会メンバーを講師とする解説とともに大学機関等で行う試写しかない。フィルムや保存用のＤＶＤのみを貸し出してもらうことはできないため、本節の執筆にあたっても、通常の作品分析のように本文を繰り返し参照して細部を把握する作業はできなかった。勤務先の大学院ゼミで上映会を開催した際、映画を観ながらメモを取り、それを別の上映会で確認するという作業を行ったが、必ずしも十全な検証ができたとは考えていない。

だが、この作品の場合は、そうした制約も作品の一部に組み込まれているのであろう。上映運動とはまさに一回性の行為としての上映を反復し続けることであり、委員会メンバーによる解説と映画がセットになることではじめて作品として完成するものだからである。たとえば、同じ戯曲を用いた芝居がその都度の演出や配役によってまったく違う作品になるのと同じように、この作品も時代や情況に応じて絶えずその内容が問い直され、観る者を刺激し続けるものとして生き続けているのである。

ただし、こうした上映運動のあり方については、活動開始直後から様々な議論がなされてきた。たとえば、作品の完成から四年半後、「「上映運動」をふりかえって」（『寄せ場』第三号、一九九〇年五月）を書いた池内文平は、その様子を以下のように記している。

> 山岡さんの虐殺（八六年一月一三日）からほぼまる一年間で全国三〇〇カ所・観客三万人という成果をあげた。つまり、現在までの五〇〇カ所・五万人のうちの七割ちかくを最初の一年間でやっちゃったわけだ。（中略）／映画を観たひとの感想のなかで「不満」としていちばん多かったのは「もっと山谷のことを知りたかった」というものである。つまり批評としては、山谷のディテールが稀薄であること、これは山谷を「知ろう」

という観客には不親切なことである。逆にいえば、「山谷」以外の内容の詰め込みすぎであり構成の混乱であるということになる。／ぼくらとしては、この映画でいちばん押さえたかったことは、寄せ場の階級性であり、社会性であり歴史性であった。その観点からみれば、この映画の構成はわりと単純であり、むしろ説明的でありすぎるといってもいいぐらいだ。ところが映画を観ようとする「目玉」は、その欲望のおもむくままに画像を切り取って目玉の奥に画像の流れを再構成してしまう。実はこの「再構成力」を信頼できるかどうかが、モノを創る側にとっては胆力を持てるかどうかの分かれ目なのだが、おうおうにして、送り手と受け手の目論見がすれ違ってとんでもなく面白い混乱をまねくことがある。上映運動の中ではこの「すれ違い」が目立って多かったといえるかも知れない。

佐藤に続き山岡までもが虐殺されたことで、この作品はマスメディアにも大々的に取り上げられ、ドキュメンタリー映画としては破格の注目を浴びることになる。一般劇場での上映をしないにもかかわらず、わずか一年間で三百ヶ所、三万人の観客を集めるというのは大変な数字である。その後はややペースが落ちているようだが、少なくとも「山谷のディテール」を映像化した唯一の作品として注目されていたことは間違いないだろう。

ここで興味深いのは、当時、多くの観客が「もっと山谷のことを知りたかった」という感想を漏らしていたという証言である。制作側としては、寄せ場の階級制、社会性、歴史性を伝えることに主眼があり、それはむしろ「説明的でありすぎる」といってもいいほど単純明快に示していたつもりだったが、観客はその目論見とは真逆の反応を示したのである。

制作側と観客とのあいだに「すれ違い」が生じた原因としてまず考えられるのは、映画という媒体に対する認識のズレである。この作品には映像に被せるかたちでナレーションやテロップが頻繁に用いられ、そこで膨大な情報が伝達される。山谷の歴史、暴力団による搾取と支配、建設資本の労務支配、弱者に対する差別と偏見、日本全国に広がる寄せ場の様子、日雇労働者の越年闘争、筑豊炭鉱に強制連行されてきた朝鮮人たちへの労務支配など、百十分のフィルムに詰め込まれた情報は極めて多岐に亙っている。もちろん、制作側としては、それぞれが別々の問題として存在しているのではなく、すべては天皇制による帝国主義支配や、寄せ場の背景にある被差別部落の歴史、下層労働者に対する搾取の構造につながっていくという認識があるため、「映画の構成はわりと単純」ということになるのであろう。

だが、観客は映画をそのような教材として観るわけではない。たとえ記録映像をベースとするドキュメンタリー映画であろうと、編集や演出が加えられたものはすべて作品であるという認識は、ほとんどの観客に共有されているはずである。特に、わざわざ上映運動に足を運ぶような目の肥えた観客にとって、制作者の意図や主観を含まない映像などあり得ないのは自明のことである。

また、このような「すれ違い」が生じる原因として、池内は「欲望のおもむくままに画像を切り取って目玉の奥に画像の流れを再構成してしまう」ような「再構成」の力学を挙げているが、作品および上映運動の本質的な問題はそれだけではない。映画の観客は池内らが考えている以上に、ドキュメンタリー映画の味わい方を熟知している。ドキュメンタリー映画にも優れた作品とダメな作品があり、優れた作品は、あまたあるフィクション映画と同じように観客を魅了し、さまざまなイマジネーションを喚起する力があることがわかっている。つまり、上映運動でこの作品に出遭った観客のなかに「山谷のディテールが稀薄である」という評価が多かったということは、文字通り「山谷のディテール」が描けていないということなのである。

上映運動に参加した観客は、山谷にカメラを据えて寄せ場の事実をフィルムに収めた画期的な作品として大きな期待をもってこの作品を観たはずである。なかには、撮影を主導した監督が二人とも殺害されるというセンセーショナルな話題に関心をもって参加する観客も少なからずいただろうが、一般の市民が近寄り難い空間だと思われている山谷の事実を自分の眼で確かめたいという思いは、多くの人々に共有されていたはずである。それに反して、ナレーションやテロップを通して伝えられる言葉はいかにも教条的で、映画館に行かずとも関連する書籍を読めば理解できることが少なくない。同時代に起こりつつあった衝撃的な事件の背景を寄せ場の問題と関連付けて議論する手法は、もちろん一定の衝撃を与える効果をもっていたであろうが、観客が求めていたものの中心が山谷の事実であることは確かであろう。

さらに、作品の上映運動をはじめる時期、関係者のあいだでしばしば議論になったことのひとつにナレーション問題があった。具体的には、

一、山谷という地区の歴史的説明において「江戸時代の山谷は、下層民の収容所であり、墓場であった」といった暗いイメージだけがクローズアップされ、

「闘いの歴史」についての言及がないこと。
二、「穢多」、「非人」といった差別語を何の説明もなく使用することで差別観が助長される可能性があること。
三、「皮革産業がその制限職種とされていた」とあるが、制限職種は皮革産業だけではないこと。
四、人々の価値観がどのように生成されてきたかを説明しないまま「……人のいやがる仕事に使われてきた」といった表現を使うべきではないということ。
五、分断・支配の本質が説明されておらず、時代背景も明確でないこと。
六、寄せ場と被差別部落の関係がよく見えないこと。
七、宇都宮病院のシーンで「厳しい生活と労働の中で、身も心もボロボロにされ」といった表現がなされているが、「心」はすぐれて人格に関わる問題であり、「心」までは売り渡していないという批判があること。
八、「精神病院」というマイナスイメージの強い表現をそのまま使用するのはどうかということ。
九、被差別部落民を単に「部落民」と呼ぶなど用語の不徹底があること。

（以上は、一九八六年に「山谷」制作上映委員会がまとめた文書を要約したものである）

などの問題点が挙げられ、それらの解決に向けて以下のような方針が示されることになった。

一、問題点を「差別と闘う文化会議」の人たちと共同で煮つめ、対応を考えてゆく。
二、寄せ場と被差別部落の相互理解を深め、分断・支配構造を撃つ運動を形成してゆく。
三、その上にたって、問題点を整理し、ナレーションの変更などを考えてゆく。
四、問題を緊張をもって受け止めるが、現在の山谷における闘争の緊急性を考え、当面はこのままで上映運動を続けてゆく。

こうした議論をみていくと、やはりこの作品は、内容のみならず上映運動にともなうさまざまな困難を抱え込んでいることに気づかされる。映画を完成させた山岡は、制作中に書いた知人宛ての手紙で「この映画は未完の映画である。上映運動がそれを完成させてゆく」（引用は一九八六年三月に委員会がまとめた「ナレーション問題について」パンフレット所収より〉と宣言しており、委員会もこの方針に従って〈運動〉を続けてきたが、作品が「未完」であるということはいくらでも修正可能ということであり、各方面から意見が寄せられるたびに議論が起こる。時代を経るにつれて歴史認識や概念規定に変更が迫られることもある。実際、作品のシナリオをあらためて読み直してみると、釜ケ崎の説明における「沖縄出身者や在日朝鮮人が多く住む」といった限定、「強制連行された朝鮮人」といった言葉で在日朝鮮人を一括りにすることの短絡性など、事実認識として適切とはいえない表現が見受けられる。完結した映画の作品として捉えれば制作当時の時代情況を反映したものとして了解が得られるであろうが、いまもなお「未完」であるとすれば、不適切な表現に対する責任を問う声は止まないことになる。

実際、委員会がまとめた事態の解決に向けた方針でも、「ナレーションの変更などを考えてゆく」、「当面はこのまま上映運動を続けてゆく」という矛盾したもの言いがなされており、議論は袋小路に突きあたっている印象が強い。そもそも、ナレーションに限らず、映画作品における内容の変更は、たとえ微細な修正であっても全体を損なうほど危険をともなう重大な出来事であり、おいそれと為されるべきではない。特に、〈運動〉の推進母体である委員会がナレーションの修正をしたとなれば、それはもはやその場しのぎと指弾されることになるだろう。一九八〇年代であれば、こうした上映運動に対する社会的な共感も得られやすかっただろうし、この映画を通して寄せ場の事実に関心をもち、労働運動についての理解を深めていく人々も少なくなかっただろうが、一九九〇年代以降の世相はそうした〈運動〉の在り方そのものを置き去りにし、広範な市民を巻き込んだ活動がしにくい情況をつくりだしている。

さらに、もうひとつ見逃せないのは、上映運動の際に解説を担当できるスタッフが高齢化し、作品に描かれた時代の山谷を語ることそのものができなくなりつつあるという問題である。この作品は、さまざまな課題や欠点をもつ一方で、それを遥かに凌ぐ価値をもっている。撮影されたフィルムの力はいまも多くの観客の心を揺さぶり、ドキュメンタリー映画としての高い達成度を示している。にもかかわらず、それを解説するスタッフが不足するにつれて上映機会が減り、新たな世代の人々がこの作品と出遭うことができなくなるとすれば、それは悲劇的な出来事なのではないだろうか。

以上、作品に対する観客の反応と上映運動が抱える課題を検討してきたが、最後に、いまいちど二人の監督の思想に立ち戻り、この作品の可能性を考えてみたい。一九八四年に映画の制作を企画した佐藤は、山谷の労働者たちに撒いたビラに「映画では腹は膨れないが敵への憎悪をかきたてることはできる」（前出）という文章を書き、以下のように述べていた。

この映画は、完成までに二年間の日時を要します。その間、私共は寄せ場に常駐して皆さん同様の日雇労働に従事しながら撮影を続けます。けっして半端な気持で皆さんにカメラを向けているわけではありません。映画屋にも羞恥心がありますので偉そうな理屈は省略させて頂いて個人的な事情を述べますと、この映画に取り組むことによって、十五年つづいた稼業の垢を洗い落し、生まれ変りたいわけです。しかし、反面では下品なことをやっているという意識にとらわれているわけで、直接ポリ公、ヤー公を相手に闘う方が気楽です。しょせん、皆さんにとって私共は他所者で目障りな存在でしょうが、寄せ場の未来を切り拓くため、現実を映像にとらえると宣言した以上、一歩も後退することは敗北を意味します。

佐藤の構想では、この作品は完成までに二年間を要する予定だった。山谷の様子を四季の移ろいとして完結させるのではなく、二度目の季節がやってくることに重点を置こうとしていた。より具体的にいえば、二度の越年闘争を描くことで寄せ場をめぐる環境がどのように変化しているかを明らかにしようとした。完成までの間は、監督をはじめとしたスタッフも寄せ場に常駐し、日雇労働に従事しながら撮影するという方針だった。自分たちは「他所者で目障りな存在」だからこそ、労働者と密着し苦労を共有しようとしていた。寄せ場の「現実を映像にとらえる」ためにはそれが絶対条件だと考えていた。したがって、もし佐藤が兇刃に斃れず映画を最後まで撮っていたら、のちに観客が抱く「山谷のディテールが稀薄である」という感想は違うものになっていたかもしれない。

だが、佐藤の死後に監督となった山岡にとって山谷という空間はやや違う意味をもっていたようである。たとえば、彼は「シマンチューMさんの闘いから学び、「奄美―沖縄―大和寄せ場」を通底する闘いの回路を構築するために！」（山岡強一『山谷《やま》　やられたらやりかえせ』前出）のなかで、

山谷の労働者は、よくグウタラな、怠け者と言われます。しかし、山谷で暮らすと、そうしたレッテルでは、山谷の事を何も語っていないことを身にしみて解ります。山谷の人間は、政府の農業・産業政策によって、

> 農業を捨て、炭鉱から追われた人たちであり、また日本の大資本によって海や土地を奪われた沖縄やアイヌの人たちであり、更に戦前・戦中日本帝国主義の植民地支配によって日本へ出稼ぎに来ざるを得なかったり、人間狩りの強制連行によって日本の飯場や工場・鉱山へぶち込まれ、日本の敗戦後もいろいろな事情で帰国できなかった人たち等によって、山谷─寄せ場の住人は構成されています。ということは、寄せ場の人間にとって、帰るべき所を奪われているか、帰るにも帰れない事情が、必ずあるということです。（中略）山谷─寄せ場こそ、今日の社会の矛盾のもっとも集中している所です。すなわち、支配者が〈臭いものにはフタをせよ〉式に、己れの悪業を隠すために、寄せ場に起きる全てのことを隠そうとします。

と記し、「山谷─寄せ場」を「今日の社会の矛盾のもっとも集中している所」と規定する。山谷は山谷であると同時に社会の縮図であり、山谷を起点として歴史としての縦軸と空間としての横軸に広がっていく「支配者」の「悪業」を暴くことが重要だと述べられている。

　佐藤と山岡の決定的な違いは、前者が山谷という地域とそこに生きる労働者に焦点を絞り、人々と生活をともにしながら現場における日々の〈闘争〉を描こうとしていたのに対して、後者は現代社会の底辺に置かれた人々、被差別者たちを串刺しにする社会構造の矛盾を歴史的に検証し、他の地域との連帯を求める〈運動〉を展開していこうとしている点にある。簡潔に図式化してしまえば、そこにあるのは、〈闘争〉から〈運動〉へのシフトチェンジである。つねに山谷に生きる労働者の立場に身を置き、どのようにしたら彼らが生き延びることができるか、生活を安定させるためには何が必要かという観点から行動の原理を導きだしていく〈闘争〉のスタンスと、諸課題を連動させて全体のうねりを巻き起こすことで誰もが寄せ場の当事者であることを訴えようとする〈運動〉のスタンスでは、労働者の描かれ方が違ってくるということである。

　もちろん、完成した作品はひとつしかない以上、こうした二つの立場に優劣をつけることはできないし、その必要もない。佐藤のような〈闘争〉の思想が生き延びていたら、寄せ場の事実をはじめてフィルムに刻んだ作品として多くの観客を魅了しただろうが、それは、あまたあるドキュメンタリー映画のひとつとして消費されていく運命だったかもしれない。山岡が強引なかたちで寄せ場をめぐる諸課題を連動させ、観客もまた当事者であることを要請するような映画を撮ったからこそ、上映運動は現在にまで継続され、様々な議論を巻き起こすことができたのかもしれない。逆にいえば、この映画は多くの欠点を抱える壮絶な失敗作だからこそ価値があるのかもしれない。

大澤真幸は『社会学史』（講談社現代新書、二〇一九年三月）のなかで、女性マルクス主義者のローザ・ルクセンブルク（Rosa Luxemburg 一八七一年〜一九一九年）がベルンシュタイン（Eduard Bernstein 一八五〇年〜一九三二年）をはじめとする修正主義者たちと論争をした際、「革命の好機を待っていたら、それは永遠にやってこない。最初の「権力奪取」の試みは、原理的に時期尚早で、失敗する他ない」と批判したことを引き合いにし、「時期尚早の権力奪取の試みの反復的な失敗こそが、革命の主体を教育し、成熟させる」のだから、「失敗こそが、成功のための不可欠の条件」なのだと結論付けているが、それはこの作品においても同様なのではないだろうか。作品の副題にある「やられたらやりかえせ」というスローガンを支えているのは、報復の論理ではなく主体獲得の論理である。そこで問われているのは〈闘争〉の成果ではなく、たとえ「失敗」しても〈闘争〉し続ける主体であろうとすること、自分たちに続く者たちを育てることである。その意味において、この作品は未来に向けて投機された「反復的な失敗」の第一歩なのである。

注

1 作品では「精神病院」や「警察国家」と寄せ場との関連が執拗に追及されているが、現場闘争委員会「寄せ場社会から見た日本収容所列島変遷史」（『やられたらやりかえせ！』釜共闘・山谷共闘委編集委員会編『やられたらやりかえせ！ 実録 釜ケ崎・山谷解放闘争』田畑書店、一九七四年八月）では、そのつながりが、「日常的に暴力的な抑圧を受けている寄せ場では、労働者の抵抗は暴力的に表現されざるを得ない。それが個別に表現されたとき、「犯罪者」として処理され、集団的に暴動として表現されるとき、それは集団「犯罪」として片付けられる。この表現形態は、資本に順応できない性格破綻者と見なされ、制度に鋭く対立する反対者であるが故に、病者＝精神異常者として選別され、刑務所か精神病院へと収容される。いずれも保安処分機構の最たる装置である。／寄せ場労働者のアル中患者は、その予備軍も含めると、おびただしい数になると思われる。寄せ場労働者にとって酒は生活の必需品となっており、いみじくも福祉センターの医師は労働者にとって酒は酸素のようなものだと言ったものだ。寄せ場の酒場・立ち飲み屋で売られている酒は、そのほとんどが悪質な合成酒であり、短期間でアル中患者を製造するのに一役買っている。／アル中は暴力的に表現されるが故に、病者として処理され、精神病院へと送られる。山谷地区の労働者人口は約一万人と言われるが、泥酔者「保護」と称して警察の手でアル中狩りが行なわれ、トラ箱へと収容される人数も、同じく年間一万人と言われる。そのうち措置入院六〇名、同意入院（措置入院と実質的に変らない）は一、二〇〇名に達し、都内の精神病院入院者の三分の二が山谷労働者で占められていると言われる。寄せ場では刑事事件や公安事件として警察署・刑務所へと送られる数倍の数が、精神病院に収容されていることを示している。／精神病院での治療の実体は、電バチその他の医学的暴力支配による作業療法という名の強制労働であり、ここにおいても資本制秩序支配はいかんなく維持されている。このことはアメヤ事件等によっても明らかにされたところであり、その本質は抵抗のエネルギーを抑圧し、隔離抹殺処分するものであることを如実に物語っている」、「福祉だの医療だのと結構な呼び名のもとに、寄せ場では保安処分攻撃＝暴動事前鎮圧策が実施されてきたということである。／資本主義の諸矛盾が集中的に現われる寄せ場では、支配にとって弾圧と保安処分の見本市であり、実験場となっているのである。／ところで警察は、暴動事前鎮圧体制の中に、行政機構を有機的な関係として組み込んでいる。また彼らは、商店主・ドヤ主・町内会・防犯協会等を自警団へと組織し、これらの民間諸組織に労働者を監視させ、デマ宣伝を流し、警察への通報を行なわせている。／さらに警察は、暴力手配師・悪質業者を組織して、労働者の現場闘争・反乱に対する日常的な弾圧を請け負わせ、彼らの手に負えないときは警察が前面に出て、労働者に弾圧を加えてゆく。／そしてマスコミにデマ情報を流し、労働者相互の分断をはかり、市民社会から孤立させるべく政治宣伝を系統的に行なっているのである」と論じられている。

2 平野良子は「風の夜のひとりごと」（『地底の闇から海へと悼 山岡強一I』同刊行委員会、一九八七年）で、「それは磯江洋一さんが山谷マンモスポリせん滅に単身決起して敵の手にとらえられ七九年六月九日からまもない日のこと。山さん（山岡強一――筆者注）はその後六・九闘争の会をつくることになる数人の仲間とともに磯江さんの救援をめぐる合同会議のため、「東アジア反日武装戦線を救援する会」の事務所にあらわれた。（中略）愛すべき友人諸君はすでにかなり飲んでいて、俺たちは六・九を契機に山谷での闘争を再開する。六・九は「救援会」ではなく「闘争の会」なのだ、ついては〝救援〟に関してはあんたたちのほうが〝先輩〟なんだからよろしく協力を頼む、というようなことを、かわるがわる大変元気よくまくしたてたものである」、「山さんは重層的な運動展開を考えていたのだ。八五年九月、金明植氏の指紋押捺拒否を契機に山さんが提起した日本の戦争責任を具体的に追及する作業は、やがて「解放を求めるアジア民衆の会」として組織化される。山さんを含む準備討論の中で、これをアジアと日本民衆との協同の作業とすること、できるだけ広範な戦線を結集すること、単なる机上の戦争責任追及にとどまらず具体的な抗議行動としてもつくっていくことなどが話された。山さんにとって「民衆の会」はこれまで考えてきたことを凝縮した一つの形だったのではないか。結成集会は八六年一月一三日から一ヶ月後の二月一五日だった」と述べているように、山岡の思想や行動原理の背景には東アジア反日武装戦線のイデオローグが強く影響している。当然、東アジア反日武装戦線・支援連の集会で山谷越冬闘争を支援する有志の会のメンバーと出遭ったのがきっかけで山谷を拠点とするようになった佐藤の実践にも共鳴するところが多かったと思われる。

3 62は「現在の大船渡線（岩手県）」というタイトルになっているが、実際には「残虐現場で当時の模様を語る古老」を予定していたらしい。

4 佐藤満夫のシナリオ案にはノレーションの構想も記されている。以下、その項目を羅列する。「斗いの経過説明（皇誠会の武装襲撃粉砕から包囲追撃戦へ）及び、寄せ場に天皇主義右翼が登場したことの政治的分析／―日の丸か赤旗か、我々は勝利に向って前進する／寄せ場の紹介（寄せ場とは―就労過程を主要に、暴力手配師・業者について）／互助会解体―第二次戦斗の経過と互助会結成の企み、権力の争議団弾圧を暴露する／寄せ場の紹介／山谷の日雇動労者数。月平均就労日数・賃金。センター・職安の反労働者性。／アブレ金支給―アメとムチの労働者分断政策／行政の山谷対策の実態を暴露。／収容所人員の削減、 時金の支給打ち切りの可能性等、行財政改革による〝アメの時代〟の終り／カンパ金が越年越冬資金となること。来年は打ち切られるかもしれないことを強調／仕事の減少を求人件数で表わす／日雇労働者に対する差別をテコとした先行的保安処分の実態／越年事業の欺瞞性を衝く／越年・越冬斗争の意義／八四〜八五年越冬斗争の政治的位置付け／経済大国日本における独占資本主義の矛盾の煮つまり／天皇制ファシズムによるアジア侵略を、天皇制復活の時代情況と関連付けて／越年斗争は終った―延べ炊き出し数、医療対象者数―／山統労の路線批判／―独占資本が作り出した〝冬〟との斗いは続く／資本の論理による野垂れ死攻撃／調査内容／判決内容、及び批判／ファシズムの胎動／人パトの集約／寄せ場と保安処分（もしくは争議団メンバーによる解説）／強制労働、独占資本の犯罪／重層的搾取構造について／寄せ場支配再編―全民労・互助会登場の意味（争議団メンバー）／寄せ場形成史、もしくは吸血的ドヤ街の構造？／春斗の意味／寄せ場の春斗を紹介／労戦の右傾化批判と、戦斗的階級的労働運動の復権／釜ケ崎の紹介／全国日雇労働者の組織化・団結の必要性について／全協結成宣言」。この項目を見る限り、佐藤は統計や資料に基づく概説的な内容をナレーションで示そうと考えていたことがわかる。

5 佐藤のシナリオ案には効果音についての指示もあるが、ほとんどは「現実音」、「会話」としか書かれておらず、余計な演出を極力排除しようとしていたことがわかる。

6 この場面には、「林歳徳さんは、一九一八年、台湾で生まれた。十九歳の時､軍属として強制徴用され､上海に動員された。だが、南京大虐殺をはじめとする日本軍の数々の蛮行を目撃、底知れぬ怒りを感じ、反戦脱走を敢行した。／その後、日本に渡り、敗戦を迎えた」というナレーションが付されている。

7 山岡強一は「映画『山谷《やま》――やられたらやりかえせ』書簡2」（『山谷《やま》　やられたらやりかえせ』（前出）に、「これは今回のフィルムには描けませんでしたが、部落差別の問題があります。かつて、殷賑を極めた〈炭鉱都市〉が廃墟と化せられた中に差別の現実が残されることの恐しさです。これは日本の国家（―社会）というものが、いかに天皇を頂点としたピラミッド形の構造に、その根拠を置き〈定着〉とか〈土着〉とかの生活に貫通されているかということと考えます。筑豊がそうであったように、現代の都市は古代や近世とは明確に違う意図のもとに作られます。そして、その意図が差別を見えにくいものとして増殖しています」と記し、できることなら部落差別の問題にも踏み込んで寄せ場の歴史を描きたかったと語っている。

8 日雇労働者に交付される雇用保険手帳（通称・白手帳）。ただし、白手帳を受け取ることができる日雇労働者は、雇用保険法四十二条が定める「日々雇用される者または三〇日以内の期間を定めて雇用される者（前二月の各月において一八日以上同一の事業主に雇用された者及び同一の事業主に継続して三一日以上雇用された者を除く）」に該当する者に限られる。日雇労働者は働いた日ごとに会社から白手帳に雇用保険印紙を貼ってもらい、前月、前々月に合計二十六枚以上の印紙が貼ってあれば、失業した日に職安で日雇労働求職者給付金を受け取ることができる。印紙は一級から三級まであり、賃金によって給付金も変わる。

9 一九九〇年一月二十八日に開催された上映委員会解散集会（早稲田スコットホール）以降、「筑豊シーン問題」が浮上する。上映委員会は再結集のうえ議論を行い上映運動の「自主凍結」を決めた。その後、上映委員会は「映画「山谷についてのぼくらの基本的な考え方―ことにその「筑豊シーン」をめぐって」」（『山谷上映ニュース』21号、前出）を掲載し、翌一九九四年四月の武蔵野美術大学上映会を皮切りに上映運動を再開するが､同年十二月二十三日以降は再び「自主凍結」となり、一九九五年十一月には山谷争議団が分裂してしまう。その後、「筑豊シーン」において批判された箇所をカットする案、撮り直しをする案などが議論されたが、結果としてオリジナルのまま一九九七年十月九日の山形国際ドキュメンタリー祭に参加し、以後、上映運動を完全再開して現在に至っている。

10 作品のなかに、このポスターのようなシーンはなく、ポスターになっている男たちも登場しない。したがって、このポスター写真の労働者たちはモデルの可能性もある。どのような経緯でこのスチール写真が採用されたのかは不明だが、山谷の労働者を正面に据える極めて重要なスチールにモデルを使ったとすれば、当然そこには制作する側の戦略があったはずである。

作品については、立教大学大学院ゼミの特別授業として委員会メンバーの小見憲氏にお越しいただき、上映会と解説講義を行うなかで様々な疑問に応答いただいた。小見憲氏、および、それぞれの参加者に心から感謝申し上げます。

5―2　一九六〇年代の雑誌メディアにおける〈釜ケ崎〉

1　〝カスバ〟としての釜ケ崎

一九〇三年三月～七月の内国勧業博覧会開催にあたり商都としての威信をかけた大阪市は、会場となる今宮周辺（のちの「新世界」）の街並みを浄化するため長町などにあったスラムを解体し、貧民層を大通りひとつ隔てた釜ケ崎区域に集約する。一九〇七年には大阪府令によって市内での木賃宿営業が禁じられたため、多くの木賃宿の業者も大阪市の南境を越えたところに位置していた釜ケ崎に移動する。また、第一次世界大戦後の日本では不況で職を失った労働者や定住する場所を持たない浮浪者の処遇が問題になるが、大阪市はここでも釜ケ崎に狙いを定め簡易宿泊所の増設を進める。こうして釜ケ崎は行政の施策によって周辺から隔絶された特殊地域へと変貌していくのである。一九二〇年代の釜ケ崎には、簡易宿泊所（通称ドヤ）が五十～六十軒あり、約四千人の居住者がいたとされている（注1）。

だが、釜ケ崎が本質的な意味において〝東洋のカスバ〟へと変貌していくのは敗戦後のことである。映画「望郷」に描かれたcasbah（アラブ諸国において城塞に囲まれた居住地区を意味する）をモチーフとする歌謡曲「カスバの女」（注2）で広く知られる迷宮都市・カスバと、「カス」の集まる「場《ば》」という意味を掛け合わせたこの言葉には、対象への蔑みを知的な言語操作で包み込んだうえで、そこがいかに恐ろしい場所であるかを隠語的に理解させようとする策略が込められている。暴動がなぜ起きたのかという問題には触れず、スラムとしての側面を強調することに言葉を費やしている。それは、釜ケ崎に近づいてはならないという警告のようにもみえるし、釜ケ崎があることで市民が恐怖に曝されているのだという被害者意識の表明にもみえる。

敗戦直後の釜ケ崎は、空襲で家を失った罹災者、身寄りのない引揚者などが流れ着く吹き溜まりだった。彼らの多くは日雇い労働者（注3）として働くしか生き延びる術をもたなかった。通りには食堂、安酒屋、靴磨き、タバコ売りといった露天商が軒を連ねるとともに、荷物担ぎ、ボロ買い、クズ拾い、盗品を売りさばく闇商売が盛んに行われた。日雇い労働者を喰いものにする手配師、賭博師、ポン引きが横行しヤクザ組織の利権争いも活発だった。また、釜ケ崎の隣接地域にはかつて日本最大といわれた飛田遊郭があり、売春防止法（一九五七年四月施行）以後も料亭街という隠れ蓑で売春営業が続いていたため、釜ケ崎周辺にはさまざまな目的で人が群がった。こうして、釜ケ崎は寄せ場であると同時にさまざまな闇商売や脱法行為が横行する〝魔窟〟と呼ばれるようになるのである。

ただし、敗戦後の日本には戦災で仕事や家を失った人々が数多くおり釜ケ崎だけが特別なわけではなかった。全国いたるところにバラックやスラムがあった。逆にいえば、日本中がみな貧しく混乱していた時代には釜ケ崎もその典型的な光景のひとつに過ぎなかった。だが、ＧＨＱ／ＳＣＡＰの占領政策が着々と進められ、朝鮮戦争の特需が追い風になったことで日本は高度経済成長の時代へと移行していく。釜ケ崎が特殊なのは、復興の恩恵が十分に与えられず、むしろ急激な経済成長にともなう社会の犠牲や歪みが押しつけられたことにある。

一九六〇年代に入ると農村で食いつめた人々や閉山した炭鉱労働者が流入するようになり、地区人口三万五千人のうち日雇い労働者が六〜七割という状況になる。一九六五年五月には大阪万博の開催が決まり全国から日雇い労働者が押し寄せるが、第一次石油ショックとともに好景気は過ぎ去り、労働者からの搾取で懐を肥やしたヤクザ組織がそれまで以上に勢力を拡大し街を闊歩するようになる。寄せ場は本質的に好況／不況の調整弁としての機能を担っているが、釜ケ崎の場合は、一度この〝吹きだまり〟に定着してしまったらもう外の世界に戻れなくなってしまうような、人間性剝奪の仕掛けが重層的に張り巡らされているのである（注4）。

こうした事態が生じた責任は、もちろん釜ケ崎という特殊地域を政策的につくりだした大阪市にある。戦後から一九六〇年代にかけて、大阪市は釜ケ崎に対する抜本的な対策をほとんど行わず、世間を騒がせるような事件やトラブルが起こったときだけ対処療法的にそれを解決しようとした。日本最大規模といわれる西成警察署を中心に犯罪行為の取り締まりは強化したが、釜ケ崎に対する根深い差別と偏見、この地域で日々繰り返されている脱法行為を根本的に解決しようとはしなかった。釜ケ崎の問題が他の区域に拡散するのを防ぐため目に見えない壁を設け、釜ケ崎の日雇い労働者を生かさず殺さずの状態で利用し続けた。

その象徴的な政策のひとつが釜ケ崎の呼称問題である。

釜ケ崎という地名は一九二二年三月の町名改称で消滅しているが、本節が対象とする雑誌メディアでは、釜ケ崎という呼称があたり前のように用いられている。また、学術的な言説を読んでいると、しばしば〝主に西成区の萩之茶屋一丁目から三丁目ないし太子一丁目あたりを含んだ約〇・六二平方キロの地域〟といった説明につきあたる。原口剛が「釜ケ崎とはドヤ街を示す通称にすぎず、「キタ」や「ミナミ」がそうであるように、明確な境界をもたない。にもかかわらず「約〇・六二平方キロ」というかなり厳密な数値が弾き出されている。このような数値は、面を区切る境界がなければもたらされるはずがない」（『叫びの都市 寄せ場、釜ケ崎、流動的下層労働者』洛北出版、二〇一六年九月）と指摘している通り、この名称には、行政区域としては抹消しつつ実態としてのそれは周辺住民の誰もが暗黙のうちに了解できるようにする悪意、すなわち、消すことでむしろ強調するような〝見せ消ち〟の悪意が施されているのである。

また、戦後の釜ケ崎には二つの別称もある。そのひとつが「西成」である。釜ケ崎は西成区という行政区画の一部であるため各種公的機関に「西成」という表記が含まれている。特定の地域に対する差別や偏見を脱色するために、行政は敢えて「西成」という呼称を用いて適度な距離感と抽象性を確保しようとしたのである（注5）。しかし、当然のことながらこの呼称は釜ケ崎以外の西成区民から強い反発を受けることになる。地域イメージは、住民のアイデンティティはもちろん地価などにも直結するため、行政は釜ケ崎の記憶を上書きしつつ他の西成区民からクレームが出ないような対応を迫られる。

そこで考案されたのが「あいりん地区」という呼称である。「あいりん地区」という表現は、釜ケ崎の混沌ぶりに手を焼いた大阪市が、福祉向上と環境浄化を目的に結成した西成愛隣会（一九六〇年九月発足）に起源をもつが、この呼称が正式に決定されるのは一九六六年六月十五日に開催された「西成対策三者連絡会議」においてである。犯罪行為に対する徹底した取締りと検挙主義を確認した府、市、府警は、以後、釜ケ崎という名称を止めて「あいりん地区」に統一することを決議する。各種報道機関にも足並みを揃えるように要請し了解を得る。この呼称は「愛隣」という言葉がもつ偽善的なニュアンス、あるいは上から見下すような視線に加えて、行政が警察や報道機関にその使用を求めた表現であるという点において住民の意向を完全に置き去りにしているのである。

こうして、釜ケ崎は「西成」、「あいりん地区」という異名をもつことになった。もちろん、日雇い労働者にとって最も身近な言葉が釜ケ崎であることは確かだが、雑誌メディアではそれぞれの立場や目的に応じて三つの呼称が使い分けられることになった。日雇い労働者、警察、ヤクザ組織、行政、釜ケ崎におけるドヤの経営者や商店主、一般の居住者、そして釜ケ崎を外から眺める人々の利害が複雑に絡み合うなかで、雑誌メディアもまた自分たちがどのような視点に立って記事を構成するかを問われることになった。

本節が明らかにしようとしているのは、まさにこの問題である。「西成」でも「あいりん地区」でもなく、釜ケ崎と呼び続けられるこの地域を雑誌メディアから考察すること。それは雑誌メディアが何を浮かびあがらせようとしたかを考えることであると同時に、彼らが想定する読者、すなわち、釜ケ崎を見る人々の欲望のありようを問い直すことである。

そのために、本節では敗戦直後から一九六〇年代までを射程として雑誌記事における釜ケ崎の表象を分析する。釜ケ崎において最も弱い立場にあり、徹底的に搾取される対象でもある日雇い労働者に焦点をあて、彼らのような存在が温存される仕組みに迫るとともに、雑誌メディアがそれをどのように表象してきたかを考察する。釜ケ崎には、日雇い労働者を市民社会の秩序に組み込んでいこうとする環境浄化の力学と、彼らを吹き溜まりに押し込んでしまおうとする善良な市民の暴力性が同時に発現し、まるで内と外を隔てる壁を壊そうとしているようにみせて目に見えない新たな壁を構築しようとするようなダブルバインドが派生していることを明らかにする。そうした状況のもとで、雑誌メディアがどのような視点から釜ケ崎を記事化したのかを検証する。

2　潜入ルポから見えてくる釜ケ崎

試みに大宅壮一文庫が所蔵する雑誌データベース（Web OYA-bunko）で戦後の雑誌記事タイトルを調べると、【詳細検索】では「釜ヶ崎」三百二十一件、「西成」五百八十三件、「あいりん」三百件がヒットする。だが、「釜ヶ崎」でヒットした項目は、「事件「教師」から「夜の女」へ〝愛人〟のトビ職に殺害されて」という『週刊新潮』一九七三年六月七日の記事が最古であり、その次は一九八八年六月まで飛んでしまう。つまり、「釜ヶ崎」という表記で検索しても、敗戦後から一九七〇年代にかけての雑誌記事はほとんど抽出できないのである。また、大宅壮一文庫が独自に作成し『大宅壮一文庫雑誌記事索引総目録：1888－1987追補 人名編・件名編』（紀伊國屋書店、一九九七年三月）に収録している一九八七年以前のデータベース【目録検索】で調べてみても、「釜ヶ崎」二件、「西成」十三件、「あいりん」二件という惨憺たる結果になる。一九八七年以前の雑誌記事にはこれらのキーワードがほとんど見あたらないということである。

ここで最もヒット数の多い「西成」をもう少し詳しく見ていくと、一九五〇年代に【詳細検索】で二件（「麻薬密売に〝新人〟登場 発覚したマカオ・香港ルート」『週刊読売』一九五八年十一月三十日、「〝浪花のちゃんねえ〟に…手を出すな」『週刊明星』一九五九年十一月二十九日）、【目録検索】で五件（「芸人長屋ひやかしルポ 大阪西成区山王町、演芸もの問屋街」『娯楽よみうり』一九五七年四月二十六日、「大阪夜話 西成地区楽天地ルポ赤いネオン未だ消えず」『娯楽よみうり』一九五七年十月四日、「ヤクザとキリストの友情物語 西成乱闘事件のしめくくり」『週刊新潮』一九五九年五月二十五日、「男性遍歴のこんな終着駅 西成少女売春の立役者 大阪のカスバ西成の中心「飛田」」『週刊新潮』一九五九年十一月九日、石上玄一郎「特別ルポ 大阪のカスバに潜る！ 西成区一帯」『日本』一九五九年十二月）がヒットしている。タイトルからも明らかなように、この時代に「西成」で注目される話題はもっぱら隣接する飛田（注6）と関連する売春もの、あるいは、ヤクザ絡みの犯罪ものであり、ドヤ街およびそこに暮らす日雇い労働者に焦点があてられることはないのである。

だが、ここにひとつの盲点がある。戦後から一九七〇年代における「釜ヶ崎」の表記は「ケ」を大書きにした「釜ケ崎」と小書きの「ヶ」が併用されており、ネット検索の場合はそれぞれが異なる表記で認識されてしまう。実際、大文字の「釜ケ崎」で【目録検索】をかけると、そこには一九五〇年代から八〇年代にかけて九十六件の記事がヒットする。「釜ヶ崎」、「西成」、「あいりん」では大衆向けのゴシップや無記名の時事ニュースしかヒットしなかったが、「釜ケ崎」にした途端、作家や文化人によるルポルタージュや専門性の高い論説記事が多くなる。また、第一次暴動が起こる前後に釜ケ崎への注目が集まり、一九五九年から一九六一年の三年間に十九件が集中していることがわかる。大宅壮一文庫所蔵資料で解析する限り、この時期の釜ケ崎はそれまでにないほどの脚光を浴びているのである。

ただし、なかには具体的な事件に関する報道、飛田における売春関連記事、行政の施策や警察の取締りに関する報道などが含まれるため、本節では、釜ケ崎に生きる日雇い労働者の実態に迫ろうとするエッセイやルポルタージュ、歴史的な背景を踏まえながら釜ケ崎の現実と対峙しようとする論説を中心に考察することにした。

【目録検索】の結果を見ると、敗戦後はじめて「釜ケ崎」が雑誌記事タイトルになったのは北浦謙二郎「東洋のカスバ・大阪釜ケ崎」（『週刊サンケイ』一九五三年三月十五日）だと確認できる。釜ケ崎を拠点とするヒロポンの密造・販売グループが摘発された事件を報道したこの記事には、「逮捕された密造者、販売者のほとんどが中毒患者だつたが、月産四百五十万本というヒロポンは、数千名もいる飛田新地の接客婦はもちろん、街娼、男娼、徹夜仕事の自動車運転手、盗品ブローカー、ルンペン、不良少年から男女高校生にまで行き渡り、同署の推定ではこの近辺だけで患者数二万以上とみこんでいる」とあり、まるで飛田や釜ケ崎の住民はほとんどがヒロポンの「中毒患者」であるかのように書かれている。また、「彼女たちは薬のない限り動けず、〝薬が欲しければ働け〟と酷使され、たとえ故郷の田舎へ逃げ帰つても、薬がないためまたヒロポン恋しさに舞いもどつてくるという例もある。ポン中毒の女の方が逃げないから安全だというので、雇主が高く買うとさえいわれており、ここにいたつてはヒロポンが彼女たちを縛る〝見えざる縄〟となつているとも云える」と書くことで、そこがいかに恐ろしい〝魔窟〟であるか、いちど身を落としたら抜け出せない沼であるかを強調している。労働者の立場から記事を編集しているはずの『労働文化』（一九五九年八月）に掲載された「お国自慢東西都市対抗、山谷・釜ケ崎」ですら、「釜ケ崎では通行人を無理やり連れ込んで身ぐるみ剝いでしまう暴力ポン引きが横行し、麻薬がひそかに肉体をむしばんでいる」と報じるほどである。

同じことは「釜ケ崎ルポ 大阪の無法地帯」（『週刊明星』一九五九年十一月八日）にもいえる。記者は冒頭で「わずか二平方キロのこのスラム街に八十組もいる土地の暴力団組織（従って西成署は、鳥取警察の全人員に相当する四〇八名という日本一の警察力を投入している）と結びついている」と指摘し、なぜ西成警察署が巨大化せざるを得なかったのか、という問いを提起する。そのうえで、釜ケ崎の住人四万五千人のうち約一万人が無籍者であること、売春防止法施行以後も旧飛田遊郭二二一軒のうち二〇三軒が売春営業を続けていること、街頭に立つ夜の女が約三百名もいることなどを指摘し、具体的な数字をもとに釜ケ崎を仕切っている暴力団組織がいかに大きな利権をもっているかを明らかにする。また、釜ケ崎には小中学生の窃盗・万引きグループから青少年のチンピラまで世代ごとの犯罪集団があり、「エスカレーター式」に新しい世代が暴力団に加わることで、暴力、売春、麻薬、盗犯が繰り返される循環構造があると説いている。

一九六〇年前後に流行した潜入ルポの書きぶりを見ていくと、〝郷に入りては郷に従え〟とばかりに、わざわざ汚い恰好をしてドヤに入り、自分も住人のひとりであるかのような素振りを見せるが、実際には、彼らの言葉を面白い記事に仕立てることしか考えていないような野心まる出しの書き手が少なからずいる。鬼内仙次「下駄ばきの釜ケ崎生活ではなく、生存することのよろこびとかなしみ」(『文藝春秋』一九六一年十月)などはその典型である。記事の冒頭、知り合いの警察官から「ほんとうに話を聞きたいのなら、あそこの人間になりきらなきゃ」というアドバイスを受けた記者は、「取材上の注意」として「一、終始敬語を使う事」、「二、話を聞く間は、老若男女を問わず、絶えず煙草をすすめる事」、「三、必ず相手を誉めること」、「四、下駄をはく事」をあげ、外見上において彼らと同化することが必要だと述べているが、それはある意味で〝魔窟〟としての釜ケ崎を興味本位で覗き見しようとする態度と変わりがない。現状を動かすつもりなどさらさらなく、まるで見世物小屋にでも行くかのような立ち位置で記事を書き、結果として差別や偏見を助長する側に加担してしまっているのである。

これらの記事に従えば、釜ケ崎はただの「無法地帯」ではなく、法を無視する行為が堂々とまかり通る場所、幼い頃から犯罪行為のイロハを習得し、暴力団に加わっていくことがひとつの成功を意味するような場所ということになる。釜ケ崎といえば、浮浪者や流れ者がふらふらと流れ着き、吹き溜まっていく街というイメージがあるかもしれないが、そこから見えてくるのは、むしろ、弱い者や貧しい者がそこから抜け出せないようにする仕掛けが張り巡らされた漏斗状《ロートじょう》の構造である。

一方、「特別ルポ 大阪のカスバに潜る! 西成区一帯」(前出)を書いた作家の石上玄一郎は、カスバとしての釜ケ崎は自分を彼らと「隔絶した場所」に置こうとする一般市民の思惑によって温存されているという立場をとり、「人々はともすればこのスラム街の存在を日本の「政治の貧困」がシワヨセされてできた恥部だなどという。/だが、われわれの恥とするこの罪と頽廃と貧窮の街は果してわれわれと無関係な存在であろうか?/このスラム街の犯罪者、暴力団、麻薬中毒者、売春婦、浮浪児達は果してわれわれと別箇な世界の人間達であろうか?/いやわれわれの一人一人はみなこのスラム街の存在について責任がある。彼等の貧困と苦悩について、彼等の落魄にも背徳にも責任がないとはいえないのだ。/そしてこのスラム街がある限り、それと隔絶した場所にある筈のわれわれのささやかな市民的な幸福もまたもろく、そしてむなしいことを忘れてはならない」と説いている。管見の限り、戦後の釜ケ崎をめぐる議論のなかで壁の外にいる「われわれ」にも責任の一端があると主張した言説はこれが初めてである。

こうした言説と連動するかのように、一九六〇年代に入ると映画の舞台として釜ケ崎が脚光を浴び始める。映画「太陽の墓場」（一九六〇年八月、松竹／八十七分、監督・大島渚、主演・津川雅彦、佐々木功、炎加世子、伴淳三郎）、「がめつい奴」（一九六〇年九月、東宝／一〇八分、脚本・菊田一夫、監督・千葉泰樹、主演・三益愛子、団令子、中山千夏、森繁久彌）（注7）、「当たりや大将」（一九六二年八月、日活／八十七分、脚本・新藤兼人、監督・中平康、出演・長門裕之、中原早苗）は、いずれも釜ケ崎に生息する日雇い労働者、商売人、チンピラなどを描いた世話物であり、貧困と暴力に抑圧されながらもしたたかに生き延びようとする人々の熱気が画面にみなぎっている。

釜ケ崎に世間の注目が集まるようになるのと同じ頃、大阪市政策企画室企画部は都市問題研究会を立ちあげ、雑誌『都市問題研究』（一九六〇年十月創刊）を発行する。社会学や公共福祉の研究者による釜ケ崎研究が活発に行われる。大阪社会学研究会「釜ケ崎の実態（上）・（下）」（一九六一年五月、六月）、柴田善守「社会福祉の地域的開発　釜ケ崎対策を中心として」（一九六一年十一月）、大道安次郎「「民生地区」対策の回顧と展望「釜ケ崎事件の教訓」」（一九六二年一月）、大藪寿一「釜ケ崎の変貌」（一九六五年十月）が次々に掲載され、一九六六年十二月号では「スラム特集」まで組まれる。

だが、残念ながら『都市問題研究』に掲載された論文は、基本的に学者が資料を調べ机上で書いたものである。特殊地域としての釜ケ崎の現実を考えるうえではほとんど役に立たない。たとえば、『朝日新聞』記者・柴田俊治は「釜ケ崎「大阪のどん底」にかき残したこと」（『部落』一九六〇年四月）において、「いかにも自分たちは貧乏人が生きるために尽くしているようにいう人の大半は、まず貧しい人たちによってごっそりもうけている人だと思っていい」、「この町を動かし、ひいては市会議員たちを押しあげ、行政に発言権をもっているのはこうしたボス達である。スラムは釜ケ崎にあるのではない。案外、大阪市の市会議場のなかなどに、スラムを存続させているなにものかがあるのじゃないだろうか」と指摘し、鋭い舌鋒を展開している。

だが、『都市問題研究』に集った学者たちは、誰もこうした問いに応答せず、ただ資料やデータの分析に明け暮れて論文を量産しているだけである。社会学者の仲村祥一が「釜ケ崎と社会科学徒の反省」（『思想の科学』一九六一年十月）のなかで、「資本主義の矛盾を語り、失業・貧困の必至を論じて、その現実態をその具体相において実見しない机上のマルクス原理論の研究よりは、たとえしばしといえども、路地から路地を、ドヤからドヤを訪ね、腐臭を実感しながら現地を彷徨う経験がすぐれていると私は思う」、「釜ケ崎事件を二日目以降、傍観しつつ私の実感したものは、行政への科学の非参与性、実践へ無縁なところで資料を整理し分類報告し、客観性を自慰する科学のインポテンツであった。役に立つことへの志向が危険な陥穽を含んでいることを私は知っている」と記したように、税金で発行されたこの雑誌は、結果的に行政のアリバイ作りのような役割を果たしてしまったといえるだろう。

　釜ケ崎といえば、武田麟太郎の小説「釜ケ崎」の冒頭にある「カツテ、幾人カノ外来者ガ、案内者ナクシテ、コノ密集地域ノ奥深ク迷ヒ込ミ、ソノママ行先不明トナリシ事ノアリシト聞ク」という一節の印象があまりに強烈で、釜ケ崎のことをよく知らないまま〝近づいてはならないところ〟と思い込む人々も多かった（注8）と思われるが、たとえフィクションであっても、小説を通して釜ケ崎が抱える困難が可視化されたことは確かだろう。『都市問題研究』にしても、行政と研究者が釜ケ崎に暮らす人々の生活改善という観点から問題を議論の俎上に載せることができていれば、現状を変えることに一定の役割を果たせたかもしれない。

2　暴動が街を変えた

だが、一九六〇年八月一日に起こった第一次釜ケ崎暴動によって事態は急変する。この日、大阪・釜ケ崎の簡易宿泊所に暮らす日雇い労働者の老人がタクシーにはねられて死亡するという事故が起こる。現場に集まった人々は救急車の到着が遅れたことに怒り、日頃の鬱憤を晴らすかのように暴徒化していく。通行車両の襲撃、商店からの略奪、派出所への放火などを繰り返した彼らは、やがて西成警察署を包囲して投石をはじめる。噂を聞きつけて集まってきた荒くれたちも加わり、街は完全な無法地帯となる。のちに第一次釜ケ崎暴動と名づけられるこの事件は五日間に亙って続き、戦後日本における最大の暴動へと発展する。のちの報道によれば、鎮圧までに延べ十万五千人以上の警察官が動員され、死者一名、負傷者九百三十四名（警察官七百七十一名、一般人百六十三名）、検挙者百九十四名を数えている。暴動が起こった翌日の『朝日新聞』朝刊は、この事件を大々的に報じるとともに、「事件の背景」という解説記事を入れ、

> 動機は交通事故の被害者への同情からという単純なことだった。／交番へ押しかけて抗議するという風景は〝釜ケ崎〟ではめずらしいことではない。それがこんな暴動化した背景には警察の不手ぎわ、〝釜ケ崎〟の特異な性格、うっせきしたコンプレックスと、さまざまな要素が織り合わされて、いちどにふき上がったと

いえるようだ。（中略）〝釜ケ崎〟は東京の山谷と並んで日本の〝カスバ〟といわれるところ。全国から食いつめた流れ者や犯罪者が〝吹きだまり〟のように集まり、「住所不定」のラク印を押されてドヤ街約二百軒に寝泊まりする人はザッと一万余人（西成署推定）。大半は日雇人夫になるが、一部はヤクザ、暴力団の組織にはいって、ポン引き、麻薬の密売、白タクの運転手など〝法のアミ〟をくぐる商売が多い。／このため「少々悪いことをしてもこの住人の中にまぎれ込めばわからない」といふふだんからの気持ちがこの事件をいっそう悪化させたといえよう。

と指摘している。また、「釜ケ崎とは」という用語解説を付して「釜ケ崎は大阪市西成区北東部の南海本線、同天王寺線、同阪堺線、国鉄関西線に囲まれたいわゆる〝ドヤ街〟の通称。一帯は、安宿、あいまいアパート、古物商、バラックが迷路のような道にひしめき、バク徒、暴力団、売春暴力団、グレン隊、手配師なども多く住みついている（大阪）」と紹介している。

　この記事は釜ケ崎に対する世間のまなざしを余すところなく映し出している。公平で客観的な報道を建前とする新聞であるがゆえにその偏見の根深さが顕わになっている。新聞が報ずる釜ケ崎は「うっせきしたコンプレックス」、「食いつめた流れ者や犯罪者」、「〝法のアミ〟をくぐる商売」といった言葉によって一般の市民社会から切り離され、まさに落伍者たちの〝吹きだまり〟へと貶《おとし》められるのである。

　そこには、暴動がなぜ起きたのかという視点がどこにもない。スラムとしての側面を強調することにばかり言葉が費やされている。それは、釜ケ崎に近づいてはならないという警告のようにもみえるし、釜ケ崎があることで市民が恐怖に曝されているのだという被害者意識の表明にもみえる。

　こうした論調は週刊誌でも同じである。たとえば、中山久雄「〝釜ケ崎〟を狂わせたもの　大阪西成暴動事件の黒いカルテ」（『週刊サンケイ』一九六一年八月二十一日）の見出しが「うさばらしの〝一騒ぎ〟」、「爆発した〝ケタオチ〟の不満」、「痛手受けた善良な地元民」、「明るい町づくりへ」で構成されていることからもわかるように、記者たちは、暴動の当事者はもちろんのこと釜ケ崎の住人にほとんど取材をせず、警察や大阪市民生局が提供した情報を鵜呑みにしている。日頃から警察の取締りに腹を立てていた〝ケタオチ〟（劣悪な労働条件のもとで働かされる労働者たちを指す隠語）が「うさばらし」で暴動を起こしたことで善良な地元民は大きな痛手を受けた。事件を教訓に、これからは地元民が結束し明るい町づくりに邁進しようという予定調和の展開に収まっている。暴動の真相に迫る気もなければその背景を掘り下げようともしていない。記事の最後には「大阪市では、こんどの事件を教訓にして、工費八千七百万円を〝釜ケ崎〟につぎこみ、バラックを鉄筋五階建てのアパートに建て変え、住民を移住させ、一階には授産場、生活指導室、理髪室、浴場などを作る計画をたて、この秋に着工する。町には児童センターを設けて、ブランコ、スベリ台を作り〝釜ケ崎〟の子供に開放するプランもできている」などという広報の文言が並び、「これを教訓にして、〝釜ケ崎〟に愛情をそそぎます」という民生局長の挨拶まである。

この記事にあるような対策が重要であることはいうまでもない。快適なアパートを建てること、子どもたちが伸びのびと遊び回れる施設を用意すること。それはバラックに暮らす貧民層を救済するために行政が取り組まなければならないことのひとつであろう。だが、それだけで釜ケ崎という地域全体の環境が改善されるわけではない。そもそも家族をもたず住民票すらないドヤ街の日雇い労働者の人権が保障されなければ、暴動の火種は絶えずくすぶり続けることになるはずである。逆にいえば、ここでの記者と民生局長は、最も肝心なところを空白にしたままインタビューを終了させてしまっているのである。

孤独な流れ者が暮らすドヤ街には他者との親密な関係性というものが存在しない。彼らは住民票をもっていないためまっとうな定職に就くことも難しい。日銭を貯めてこの街からの脱出を図ろうとしても世間には根深い差別意識がある。資本主義構造の底辺に置かれ、常に搾取される側に配置される日雇い労働者に必要なのは、安息できる住居であり、人とのつながりを実感できる地域コミュニティであり、自分がこの社会に役立っているという矜持をもてることである。だが、行政にとって重要なのは目に見えるかたちで適切に予算を執行することであり、記者もそれに追従している。また、釜ケ崎の住人は明らかに社会的弱者なのだが、この記事では衝動的な破壊行為に及ぶ荒くれ者として表象されている。当事者の生々しい声は意図的に消去されている印象さえある。

雑誌メディアには、事実を報道するだけでなく読者の関心を探りあてて問題の本質に迫る責務がある。読者は何を求めているのか、何を知りたいのかという期待の地平を想定し、それに応えていくことが記事の価値となる。つまり、ここで暴動の本質を「うさばらしの〝一騒ぎ〟」、「爆発した〝ケタオチ〟の不満」と呼んでいるのは、まさに読者自身でもある。

こうした観点から暴動後の釜ケ崎に関する言説を追って

いくと、当初は警察や行政の立場から出来事を表層的に捉えていた雑誌メディアが、徐々にその背景にある問題に目を向けるようになっていくようすが見えてくる。たとえば、「時の動き スラムとドヤの違い 釜ケ崎暴動の含む警告」（無著名『朝日ジャーナル』一九六一年八月二十日）は、同じ低所得階層の集まりであっても、家族を単位として結合性が強いスラムと、個人単位の生活者が多いドヤ街では「群衆」の性格が著しく異なっているとし、釜ケ崎は「スラムとドヤ街の混合体」だと指摘している。世界各地のスラム対策を参照しつつ、「スラムの改良には、役所の組織や権力とはちがった、ハダで触れ合う人間関係のつながりが必要である」と結論づけている。

また、この時期の雑誌メディアには、若い頃に借金取りに追われて釜ケ崎で暮らした経験をもつ作家の黒岩重吾が頻繁に登場し、ドヤ街の住人の視点から事態が問い直されている。「釜ケ崎無法地帯というけれど」（『週刊朝日』一九六一年八月十一日）という企画記事には、黒岩重吾「ドヤ街に住んだころ」と大島渚「「太陽の墓場」の舞台」が寄稿されているが、このエッセイで黒岩は、「あぶれる者が必ずいたほど仕事が少なく、賃金も悪かった当時にこんどの暴動が起こらず、景気がよくなり、日当も多くなった現在、これが起こった、ということである。／私は、当時のドヤ街の住人たちは、余りの生活の苦しさに、騒動を起こす気力さえ、なかったためだと思う。これが今では、賃金も多いため、自然酒の量も多くなり、かえって人間らしい不平不満が出て来たのだ、と考える。金回りが良くなったため、おれたちも人間だ、という人間らしい元気が出て来たのではないか」と述べている。

戦後日本で最大の暴動と称されたこの事件は、地域の人々に大きな損害を与え社会を震撼させる。当然、雑誌メディアでそれを正当化しようとするものはほとんどなかった。だが、黒岩は暴動をたんなる欲求不満の捌け口としてではなく、日々虐げられていた人々が自らの存在を主張し、人間らしさを取り戻すための行動だったと解釈した。反社会的な行為だったかもしれないが、釜ケ崎にとっては画期的な出来事だったと評価した。

それは大島渚においても同様である。エッセイの冒頭、釜ケ崎を撮るという企画に対して撮影所のなかで猛烈な反対意見があり、「（釜ケ崎にオープン・セットを建てようものなら）一晩でこわされるだろう、盗まれるだろう、焼かれるだろう」という声が多かったと語った大島渚は、それが杞憂であったと断言する。「釜ケ崎の人びとは顔を見られたり、写真にとられたりすることをきらうと、一般に言われており、その理由は前科のある者が多いからだと、まことしやかに伝えられているが、必ずしもそうではない。それは、あったとしてもごく少数のことであろう。映画に出してくれと何人も言って来た」と回顧し、「人なみに扱わなければ、暴発することもあるだろう。私たちもまたそうである。その暴発するエネルギーを正しく豊かな方向に向けなければならない。それをはばんでいる悪、人びとの外部と内部の悪は、はげしく否定されなければならない」と結んでいる。

「ドヤ街に住んだころ」において、「おれたちも人間だ」という叫びを代弁した黒岩は、のちに釜ケ崎の人々を主人公とする作品集『西成山王ホテル』(講談社、一九六五年七月)を発表している。彼はごくあたり前のことにしか見えないその言葉に執着し、小説という方法で問いかけたのである。

興味深いのは、『西成山王ホテル』が刊行される頃、大島渚へのオマージュのようなかたちで「現代をえぐる《釜ケ崎》この太陽の墓場」(『サンデー毎日』一九六五年九月五日)というエッセイを書いていることである。暴動以来、久しぶりに釜ケ崎を訪れた黒岩は、警察と住民とのあいだに以前では考えられなかった結びつきができつつあることに驚き、「それは一面、彼等がいかにある面で単純な善良さを持っている人達だといえるかもしれない」と感じる。また、釜ケ崎を「カスバ地帯」にしているのはドヤの住人ではなく、吸血鬼のように彼らを食いものにする暴力団だとし、「一組も解散せず推定千二百人もの暴力団員がこの狭い地域で呼吸している事実」を見逃してはならないと考える。新しくて清潔なドヤを見学した際、そこに冷房が完備されていることに感激し、「どんな人間も、人間は人間らしく生活する権利がある」という「憲法の精神が釜ケ崎にも現われ始めた」と記す。

住環境の向上に対する期待ということでいえば、他の潜入ルポでも類似した指摘がある。S・T「現地ルポ 大阪・釜ケ崎にみる人生模様、住人たちの描く喜怒哀楽の姿を追う」(『週刊言論』一九六六年七月六日)では、釜ケ崎で屋台の飲み屋をやってきたMさんの言葉として、「釜ケ崎の問題を解決するには、もっと人間らしいアパートを府か市がつくることだ」、「労務者たちを取り締まるための警官ではなく、労務者を守るための警官をもっと置くべきだ」という要望も紹介されている。だが、黒岩の「現代をえぐる《釜ケ崎》この太陽の墓場」(前出)が優れているのは、「人間らしい」などという抽象的な概念をすべて捨象し、「冷房」という具体的なモノこそが「人間らしい」生活への第一歩だと断言している点である。そこでは、うわべだけを取り繕った言葉の欺瞞性が暴かれているのである。

それは、労働大臣・石田博英と『朝日新聞』記者が集った座談会「ドヤ街はこんなところ」(『週刊朝日』一九六〇年八月二十一日)にも通じている。この記事は東京・山谷と大阪・釜ケ崎の現況を比較したもので、「釜ケ崎では、いいところだから、いつまでもここにおりたいと私にいったのはひとりもなかった。私の感じたのは孤独だった。やりきれないほどさびしいですよ。たとえば、だれが死んでも、お葬式やっているのをみたことがない。無縁で市役所が連れてってる」といった陰惨な内容の報告になっているのだが、後半では、大阪本社社会部の柴田俊治記者と石田博英の興味深いやり取りがなされている。ここで、釜ケ崎に暮らす貧民層の人々の声を代弁するように「おれたちのほしいのは託児所とか、子どもが勉強する場所だ。警察ばかり建てりゃ、おれたちだって好かん」と発言して政治の鈍感さを皮肉った柴田に対して、石田博英はドヤの人々が「一般の人たち」から妙な目で見られなくても済むように現場の往復に臨時のバスで対応すること、映画館などの娯楽施設をつくることが必要だと応答している(注9)。

この対談で興味深いのは、問題の本質を明らかにして抜本的な改善を図ろうとする立場と、当事者にとって何が有益かを的確に把握して、羞恥心を取り除こうとする立場の違いが明らかになっていることである。また、「託児所」や「子どもが勉強する場所」を求める柴田の認識は人道主義やヒューマニズムから出発しているが、石田のそれはドヤの人々が密かに抱えている劣等感を探りあて、彼らに精神的慰安を与えることを目的にしている。どちらが優先されるべきかを性急に判断することはできないが、少なくとも、釜ケ崎の環境改善に関して二つの道筋があるという事実が突きつけられていることは確かである。

こうして、雑誌メディアが日雇い労働者の切実な声に耳を傾ける記事を掲載するようになったことで、釜ケ崎暴動の原因のひとつがドヤの住環境の劣悪さに起因していることが明らかになった。狭くて蒸し暑いドヤでは寝付くことができず、かといって自由に使える金もなく、意味もなく釜ケ崎の街を徘徊することしかできない彼らにとって、暴徒の群れに加わって破壊行為をすることは不満やストレスの発散であると同時に、いくら働いてもドヤから出ていくことができない搾取の構造そのものに怒りや恨みをぶつける行為だったということが明らかになったのである。

ちなみに、この時期の雑誌記事を読んでいてしばしば遭遇するのは、いわゆる〝イタチごっご〟の議論である。たとえば、ドヤを出て公営住宅に住もうとすると申し込みの際に住民登録、所得証明などが必要になる。だが、釜ケ崎の日雇い労働者の多くは住民税を収めていないためその証明ができず、公営住宅に申請する資格がない。つまり、ドヤを出ていくためにはドヤでないところに住んでいる必要があるという矛盾のなかで、いつまでも埒《らち》のあかない堂々巡りが繰り返されるのである。第一次暴動以降、大阪市は釜ケ崎に労働福祉センターを置き、法の〝拡大解釈と弾力的運営〟によって、住民登録のない日雇い労働者に健康保険や失業保険を与える取り組みをはじめたし、一時は市営住宅を建設するという構想もあったが、結局、それは地元のアパート、簡易宿泊所のオーナーによる猛烈な反対運動により実現しなかった。議員たちも票と結びつかない日雇い労働者に肩入れすることはなかった。その意味において、当時の雑誌メディアは釜ケ崎が抱える問題の構造を解き明かすことには成功しているが、それを運動として推進させる力はもっていなかったということになる。

　そうしたなか、第一次暴動後の釜ケ崎にひとつの同人雑誌が誕生する。ガリ版刷り雑誌『裸』（一九六二年三月創刊、裸の会）である。本名さえ明かさない人々が自由に作品を発表することを原則とするこの雑誌は、第三号の段階で百二十七人の同人を集め、第一一〇号（一九七一年四月二十五日）まで継続される。

　この雑誌の特徴は、西成警察署の現職警察官（防犯コーナー主任）の松原忍が「裸の町、釜ケ崎にうたう人生詩集 警官、労務者、雑役婦が集って同人雑誌を」（『週刊女性』一九六二年五月三十日）と呼びかけて創刊したものだという点である。

　暴動以後の西成警察署は、ドヤに週刊誌を配布して日雇い労働者に雑誌を回覧させるなど、文字情報を通して彼らがより多くの情報に触れ、広い視野をもてるようにする取り組みをはじめている。したがって、現職の警察官が中心になって編集する『裸』も、当初は活字を通した懐柔工作という見方があった。だが、雑誌『裸』は労働者会員から会費を取らずに運営され、松原忍の定年退職と同時に「裸の会」自体が解散している。つまり、同誌を継続させた原動力はひとえに彼の熱意に拠るものであり、編集発行に携わるスタッフも手弁当で協力したものと思われる。たとえ当初の動機がどうであったにせよ、『裸』は釜ケ崎の人々が自由にものを表現することのできる数少ない場として機能し、ドヤの内と外をつなぐ一定の役割を果たしたといえる。暴動を経た釜ケ崎に、会員が自ら書き、考え、話すことで「どん底の暮らしのなかから立ち上がるための新しい力」を養う雑誌が誕生したこと。彼らが自らの声を発するための武器を手に入れたこと。それは画期的な出来事であり、警察官が関わっていることとは別に正しく評価されるべきことである（注10）。

　なお、同時代の釜ケ崎では相馬六郎による『ガリ版新聞・釜ケ崎』も創刊（一九六三年一月五日）されており、釜ケ崎の人々のなかに自前のメディアによって街を変えていこうとする意識が芽生えていたことを窺わせるが、このガリ版新聞については残念ながら現段階で目を通せていない。

暴動は破壊行為であり、被害を受けた人々も少なからずいることは事実である。その方法が正しかったと断言できるだけの根拠をもちあわせているわけでもない。だが、こうした暴動によってドヤの住人は可視化され顔の見える他者になった。彼ら自身がそれまでに蓄積していた憤怒を爆発させることで、何が問題なのかが露呈した。

もちろん、暴動以後の行政が改善のために迅速な対応をしたわけではない。「暴動直後「このスラムをどうするか」ということが大きな問題となった。社会学の先生や評論家、官僚が動員されめいめい勝手な熱を吐いたが、あれから一年――いまではケロリと忘れられている。できたのは就労をあっせんするための貧相なバラック建ての府労働部分室だけである。将来の釜ケ崎の見本のため〝社会福祉主義のショーウィンド〟になるはずだった鉄筋アパート設計計画も、青写真のまま宙ブラリンだ。ショーウィンド一つできなくて本物のできるはずがない。釜ケ崎は一年前とまったく変りはない」（八田利男「大阪の最低地帯―忘れられてしまった釜ケ崎」『漫画読本』一九六二年八月）といった諦めの言葉もあった。

だが、同時代における山谷暴動、三池争議、そして多くの群衆が国会議事堂を取り囲んだ安保闘争と同様、釜ケ崎の暴動にはまちがいなく意味があったし、雑誌メディアも、そこに噴き出した不満や怨嗟に圧倒されたからこそ彼らの視点に立ってものを考えるようになったのであろう。事件発生後、行政は暴力団の手配師などを排除するために、大阪府労働部西成分室（翌年より西成労働福祉センター）を設けて日雇い労働者の就労斡旋を開始することになった。住民票をもたない住人の子どもたちが通えるあいりん学園（注11）もできたし、西成警察署の三階には防犯相談コーナーが置かれ、それまでドヤの住人を犯罪者扱いしていた警察も対話の窓口を開いた。暴動以後、行政は臭いものに蓋をするといった姿勢で釜ケ崎の現状に目を瞑ることができなくなったのである。

ただし、毎朝同じ時間に仕事を求めて集まる五千から六千人もの日雇い労働者を短時間で差配するのは物理的に不可能である。西成労働福祉センターの紹介は職業安定法に基づく正式な斡旋ではないため、センターに登録した手配師が紛れ込んで従来通りの求人を行うこともあったし、センターを介するようになったことで業者が示し合わせて賃金を一律化し、結果的に、ピンハネをされても手配師についていった方が高収入になるという逆転現象も起こった。

一九六七年頃の記録によれば、労働福祉センター利用者数は「センターで仕事を紹介したもの三、〇〇〇人、労務者自身で現場へ直行したりヤミ手配師の手で就労するもの四、〇〇〇人、職安経由の失対労務者一、五〇〇人、そしてこれとほぼ同数の労務者がアブレたり休んだりしている」（井上俊夫「釜ケ崎維新のなかの群像」『現代の眼』一九六七年十一月）状況だった。

3　釜ケ崎を脱出せよ

一方、こうした暴動が行政や警察に取締りの根拠を与え、環境浄化の名のもとに、ドヤの住人たちへの監視が厳しくなったことも事実である。第一次暴動のあと、同じような暴動が頻発するようになると、それぞれの雑誌メディアは、どのような立場で事件を報道するかを問われるようになる。記事の内容は大きく二つの方向に分裂する。ひとつは、釜ケ崎を外から眺める人々の〝良識〟に寄り添い、無法地帯としての釜ケ崎をより先鋭的に表象していこうとする流れ、すなわち、一般市民の安全を守るという建前のもので、目に見えない壁をより高くしていこうとするものである。また、それとは逆に虐げられた人々の生活を克明に伝えることで周囲の理解を促し、壁を取り払うための努力を促す記事も少なからず書かれるようになる。

一九六〇年代前半の記事を追っていて特にその傾向が著しいと感じるのは、なぜ釜ケ崎の問題を解決することが困難なのかという問いから出発し、この社会が自らの矛盾や暗部を隠蔽するために〝カスバ〟を必要としていることを逆説的に裏付けていくような記事が少なからずあることである。たとえば、大阪読売新聞社の記者が作家・黒岩重吾、写真家・井上青竜を迎えて開催した座談会「釜ケ崎の住民・現地座談会〝シャバの人にはわからへんワ！〟」（『週刊読売』一九六一年八月二十日）では、〝西成は票にならんからね〟という見出しが掲げられ、住民票のない住人が多いこの地域には政治も関心をもたないし、住民たちのなかにも政治に対する期待や関心が芽生えないため、結局、政治が不在のなかで厚生施設をつくっても、本質的な問題に目をつぶって「くさいものにフタ」をするだけに終わるという指摘がなされている。また、「釜ケ崎潜入記」（『週刊文春』一九六一年八月二十一日）では、「釜ケ崎に一度住むと、ユートピアにも思えてくるという。／ここには熾烈な生存競争の匂いは薄い。何一つ、社会に気がねして生活しなくてもよい。／彼等は、脱落者というレッテルをこの釜ケ崎に逆にはって、彼等なりの順応した世界をここに築いて、恥じることはない。／従って権力者に反発こそすれ劣等感そのものを全面に押し立てて争うといった空気もない」と断言され、第一次暴動ですら「群衆心理」にひきずられた「児戯」に過ぎないとされている。行政にも本気で取り組む動機付けがないし、ドヤの住人も「熾烈な生存競争」から逃れてここに転落したのだからお互いさまだというのがこうした記事にみられる基本的な構図である。つまり、釜ケ崎は社会の落伍者や法治社会のルールに従えない人々を隔離収容する負のシェルターであり、そのフタを開けてしまったら臭気が外に広がるだけだということである。

なかには、「わたしは、きたない場所を見ると、掃除したくなる。日本人は、きたない場所を見ると知らん顔をする。きっと宗教的な考え方もはいっているのだろう。日本の宗教は不浄をきらう。けれども手をよごさないで、きたない場所を掃除することはできない」（ドイツ人宣教師 エリザベス・ストローム「青い目のみた日本のハレム 釜ケ崎に働くドイツ人宣教師ストロームさん」『時』一九六四年十月二日）といった記事をはじめ、たとえ厳しい道のりであっても釜ケ崎には「秩序の支配（Hier Herrsche Ordung）」が必要だという主張があることは事実である。釜ケ崎に入ったキリスト教団体が長年に亙ってどれだけ真摯な取り組みをしてきたか、その活動によってどれだけ多くの人々が救われたかを考えると、「秩序の支配」という信念がもたらした功績を無視することはできない（注12）。

だが、当時の記事を通覧していくと、全体の方向性としては、釜ケ崎そのものを変えるのではなく、吹き溜まった人々のなかで一般社会に復帰できる見込みがある人たちを釜ケ崎から脱出させよう、という方向に議論が動いていくようすが見えてくる。その典型といえるのが、牧野喜男記者と内藤達記者による「無法の街・釜ケ崎」（『サンデー毎日』一九六一年八月二十日）である。記事の前半、記者はいつもの調子で「〝落伍者〟も、ここにくれば生活はできる」、「重なり合うようにして寝ているくせに、背中合わせの生活態度で、一人一人は孤独な存在だ。／物質的にも精神的にも、失うものはなにもない。誇りもミエもなく、明日への希望さえない。動物的、衝動的に、日を過ごす。心の底に残るのは、欲望と反感だ。富への反感、権力への反感。とくに、警察に対する反感は根強い」とリポートする。コメントを求められた有識者も、公園用地にアパートを建てること、旅館主組合を指導して清潔で居心地のよい住環境を整えることなどを訴えて読者の理解を促す。

そして、記事の終わり近くになって紹介されるのが光川晴之の「ノーマルな家庭生活を営む可能性のある者を、あそこから連れ出して家を与えるんですね。もちろん職も世話し、託児施設も作り、主婦の内職などもできるようにするんです」というコメントである。ここで光川は、釜ケ崎の再編成よりも立ち直る可能性のある人々をそこから切り離すべきだとしている。柔らかい表現ではあるが、見込みのある人間と見込みのない人間を切り離すことが問題解決の合理的な施策だと主張している。

こうした見解は、大藪寿一の「ルポ・問題の地3 釜ケ崎 人間性むき出す四つの顔」（『朝日ジャーナル』一九六二年一月二日）にも引き継がれている。ここでは、釜ケ崎の問題が「二〇世紀後半の特殊現象としての巨大都市が生れ出ようとする過程の、一つの苦悩の産物」と捉えられ、劣悪な環境のドヤを解消するためには、住宅地区改良法にもとづく地域浄化だけでなく、ドヤの住人を分散させ日雇い労働者の計画配置を促進すべきだという見解が示されている。まさに光川のそれと同じ認識である。

釜ケ崎の「スラムの住人を分散させ日雇い労働者の計画配置を促進する」という考え方が目に見えるかたちで展開されたのが、更生相談所の事業として一九六二年十月に開設された「あいりん銀行」（注13）である。「勤労意欲を啓発し、自力更生を促進する手段の一つとして、貯蓄奨励を促進する」というスローガンを掲げて大阪市が設立した「あいりん銀行」は、身分証明書がなくても現住所のみで口座を作ることができたこと、日当の一部を貯金する労働者のために朝九時から夜八時まで受け付けたこと、少額の出し入れが簡単にできたことなどの理由で日雇い労働者に歓迎され、彼らの貯蓄意欲を著しく高めたといわれている。

各雑誌メディアもこの取り組みに関心をもち、「どん底の町〝釜ケ崎〟に巡り来た春」（『週刊大衆』一九六五年一月二十一日）などは、大阪市立愛隣会館館長・浅田国吉へのインタビューをもとに、あいりん銀行の取り組みを肯定的に紹介している。また、「愛子面談と釜ケ崎青年」（『サンデー毎日』一九六四年八月三十日）というルポルタージュでは、『サンデー毎日』の「愛子面談」というコーナーで三益愛子に励まされた釜ケ崎の青年が、日々まじめに働いて貯金をしながら立ち直っていく過程が書簡形式で綴られている。ある日、動物園の虎を見た青年は「わいわ《ママ》自由や／けどわいの自由は／寂しい自由や」という詩をしたためる。ときには競輪の誘惑に負け、ときには二百円で身体を売ろうとする子持ちの女に金を手渡してその場を逃げ去る。よく出来た更生物語といえばそれまでだが、手紙を書き続けることで自分を率直に語ることの喜びを知っていく青年の姿が生々しく描かれており、まさに〝あいりん銀行の宣伝記事〟といった印象を与える。

これらの記事に共通しているのは、〝労働意欲のある者はしっかりお金を貯めて釜ケ崎の街から抜け出しなさい〟

というメッセージである。ドヤの日雇い労働者の労働条件や生活環境全般の改善をめざすのではなく、見どころのある者とそうでない者をはっきりと区分けして、前者に期待しようという考え方である。もちろん、こうした施策の背景には、先駆者が育っていけば後に続くものが出てくるという発想があるだろうし、それ自体が間違っているわけではない。だが、ここで問題なのは、記事の内容と行政の思惑がピッタリと重なり合うことで、雑誌メディアが批評性を失ってしまったことである。釜ケ崎を外から見る読者が気持ちよくなれるような記事を量産することで、釜ケ崎を特殊地域たらしめている問題の数々が個人の努力へと還元されてしまったことである。

当時、読み物系の週刊誌では、作家が何の予備知識もなくその場所に赴き、思いつくままを綴る探訪記のようなものが流行っており、釜ケ崎にも三浦朱門がやってきて「釜ケ崎　日本の庶民の原形は釜ケ崎の住人ではないだろうか」（『週刊サンケイ』一九六四年八月十日）という記事を書いている。三浦は、「釜ケ崎はいわば、古い日本の庶民の生活をそのまま残している、数少ない土地なのかもしれない」などというわけのわからないことを述べた挙句に、釜ケ崎の日雇い労働者は「八百五十円の日当をこうやって使えば市民社会に復帰できるとわかっていながらいざとなると、やはりどうにもならない」と切り棄てている。それは驚くほど無知で傲慢な言葉であり、こうした記事を掲載する雑誌メディアの見識が問われるレベルだと考えられるが、より重要なのは、〝釜ケ崎を脱出せよ〟という時代のメッセージがこうした記事を書かせ、読者もまたそれを容認しているという現実なのである。

その対極にあるのが野坂昭如「〝影の地帯〟単身潜入ルポ①　懐かしきわが故郷、釜ケ崎」（『宝石』一九六六年十月）である。〝焼跡派〟を自認する野坂は、釜ケ崎の危険きわまりない空気にふるえあがりながらも一皿十五円の犬肉を喰い、南京虫が這いまわる蚕棚に宿泊する。周囲から胡散臭い奴とあしらわれながらも釜ケ崎の奥深くに身を沈める。「ここに拠点をおいて、おびただしい数の迷える子羊アンコ達を救おうと努めているのは、彼らだけなのだ。自民党も社会党もそして創価学会すら、釜ケ崎には手をつけていないのだから。ましてや日本の既成宗教の誰一人、ここに身を挺するものはない。ここはまったく見放されているのだ」と吠える。痛烈な皮肉を込めて、「釜ケ崎こそは、男の故郷であるといっていい。男性を失ったサラリーマンたちは、年に一度、二、三日でいいからここへ入りこんで裸のまま往来を闊歩し、またニッカーボッカーに鉢巻きをしめて炎天のもとツルハシをふるい、着飾った女をみうけたら「オ××コさせてえなア」と怒鳴ればいい。肉体の疲労が当然のこととして要求する酒の、本来あるべき酔いに身をまかせ、星空をながめたまま大道に寝そべってしまえばいいのだ」と訴える。野坂の書きぶりには独特の逆説性があるため、読者のなかにはこの物言いを真に受けてしまった人々もいただろうが、その根底に、釜ケ崎に関心をもたない政治家や市民に対する挑発があることは間違いないだろう。

一九六五年九月、釜ケ崎に大ニュースがもたらされる。一九七〇年の万国博覧会会場に大阪が内定するのである。この報せを受けたあと『にっぽん釜ケ崎診療所』（朝日新聞社、一九六六年一月）を書いた本田良寛は、わざわざ「万国博への期待」という項目を設け、「万国博を建設するときに、そこで働く人びとの労働や福祉を考える委員会、万国博建設に従事する労働者のための委員会を設けてほしい」、「この委員会によって、仕事に参加する労働者に、はっきりとの社会保障を与え、福祉の途を講じ、生活の保障をするようにしてほしい」、「望まれるのは、四十一年の七月一日から発効する港湾労働法のような前向きに労働行政である」と要望する。さらに、医者である本田は、「特別な事情のために社会福祉の権利を奪われている人々に保障を与える病院」の建設にも言及し、「長期疾患、短期疾患の収容施設をもち、精神衛生の問題を処理できる機構を備え、カウンセラーやケースワーカーが活躍できる病院」、「労働対策上からいえば意欲をもって労働をしながら社会保障に吸収されていない人びとのための病院」、「アルコール中毒患者、病的性格者、精神病者の問題を処理できるような病院」、「生活保護階層に転落する前に、早目に救いの手をのべる病院」が必要だとしている。

残念ながら、こうした切実な訴えが同時代の雑誌メディアを動かすことはなかった。釜ケ崎は「あいりん地区」へと改称（一九六六年六月十五日）され、釜ケ崎のメイン通りを監視する目的で防犯カメラ二台が設置（一九六六年十一月）されるが、それは釜ケ崎という街の自力再生を促す取り組みではなく、「八百五十円の日当をこうやって使えば市民社会に復帰できるとわかっていながらいざとなると、やはりどうにもならない」連中が暴れないように監視する体制が整ったことを意味していた。

一九六五年以降、釜ケ崎を取材する記事は極端に減少するし、稀に潜入ルポが企画されても、日雇い労働者の過酷で計画性のない暮らしぶりを悲惨な現実として伝えるような書き方が常態化していく。それは、雑誌メディアそのものが三浦朱門のような見方をするようになったということでもある。まともに働いて日雇いの収入をこつこつ貯めていけば、いつかは釜ケ崎を脱出できるのに、それができない怠惰な人間たち。それがこの時期の雑誌メディアによって構築された日雇い労働者たちのイメージである。

一九六八年八月に大阪社会学研究会が行った『大阪市民の愛隣地区（釜ケ崎）イメージ調査』（非売品、大阪府立中央図書館所蔵）には、そうした市民のまなざしが如実に表れている。同報告書の「はじめに」には、「昭和43年７月～８月の期間に、大阪市民生局委託の「大阪市民の愛隣地区（釜ケ崎）イメージ調査」（予備的・面接調査）を行なつた。／選挙人名簿によつて、西成区（愛隣地区を除く）と阿倍野区から、それぞれの人口に比例して、前者１８０人後者１２０人をえらび念のために居住者の移動率の高さを考慮して、予備対象者を約１００人えらんだ。／はたせるかな、転居、結婚による移動、死亡、出張、留守、病気、越境入学者の父兄で不在、拒否などが、実に１５５人を数え、面接調査の実施できたのは２３７人であつた。／われわれは、この面接調査結果を基礎的資料として、機会を得て、大規模な調査研究を期している。／「愛隣地区綜合実態調査」とあわせて検討批判されるよう望む次第である」とあり、この報告書が必ずしも住民の総意を示すものではないことを釈明している。また、この報告書には「実態調査（単純集計）結果の要旨」が付されており、以下のようにまとめられている。

1　調査対象者の約85％は、愛隣地区と釜ケ崎の両名称を知つている。愛隣地区の名称を認知しないものは約15％である。

2　愛隣地区（釜ケ崎）を知つた媒体については、その認知者（２３４人、調査対象者の98％）の約55％がテレビと新聞によつている。そして人の話によるものが前２者に次いで33％を示している。

3　愛隣地区のことをよく知らない大阪市民や他府県人は、西成という名前だけで恐しいところだと思うものがあるので、この質問が行われた。西成地区と愛隣地区を区別できたものは対象者の52％である。

4　愛隣地区の「そうどう」は殆どすべてのもの（99％）が知つていた。

5　愛隣地区（釜ケ崎）の印象は、「よくそうどうがおきる所」が55％で首位を占めるが、これと大差なく「めぐまれない人が集る所」が53％である。以下「スラム地区」43％、「何か悪いことをしたものが逃げてかくれる所」36％、「怠け者の集る所」33％、「おそろしい所」30％などが上位を占めている。（２３４人の回答）

6　愛隣地区へ行つたことのあるものは54％を示している。

7　愛隣地区への関心・興味を示すものは34％である。調査員の話によれば「われ関せず……」の態度が多かつた。

8 愛隣地区に「そうどう」の起る理由は、権威、権力への反抗だとするものが第1位で45％である。そしてこれと大差なく国・府・市の政治の貧困を理由にするものが43％、世間がここの住民をつめたくあつかうからだとするものが42％を示している。以下居住民、居住地自体の特質に原因を求めようとする「労務者の異状な性格が原因」30％、「暴力団が暗躍するから」28％の順となつて上位を占めている。

9 愛隣地区のあることによつて、直接に家族のだれかが被害をうけたことの有無については、殆んどすべてのもの（98・3％）が被害なしとこたえている。他方僅かながら直接の被害者は、就職、親類つきあいに関してそれを蒙つている。

10 愛隣地区のことを詳細に知りたいと思うものは、調査対象者全体の25％である。そして知りたい内容は、住居の生活状況、大阪市・大阪府の対策、愛隣会館の利用度、などがその主なるものである。

11 愛隣地区へ行くことの恐怖については、恐ろしいと思わないものが42％、恐ろしいと思うものが40％と両者間に大差はみられない。

12 自分の現在の住所附近に愛隣地区の住人が引越してくるのは困るというものは、僅かに7％を数えるにすぎない。

13 大阪府の労働対策について、充分とはいえないものが48％で、分らない46％、充分やつているが6％である。／大阪市の民生対策について、充分とはいえないが46％で、分らない45％、充分やつているというのは府に比べてほんのわずか多く、9％である。／警察の治安対策については、充分とはいえないが44％、分らない39％、充分やつているというのは、大阪府・大阪市の各対策に比較すると、かなり高く17％を示している。

14 愛隣地区改善の方策として筆頭にあげられるものは「環境衛生にもつと力を入れる」で55％を示している。以下「愛隣会館の利用できる内容をもつとふやす」が19％、「警察のとりしまりをもつときつくする」が11％で上位を占めている。

15 スラム居住区に対する個人としての助力・援助については、「本人が悪いのだから、本人の努力で立直るべきだ」とするものが最多で35％を数える。そして「機会があれば、できるだけの援助（助言、金銭など）を個人としてあげたい」というのは、僅か4％を示すにすぎない。面接調査を通して感じたことの1つである「自

分に関係のないことは、どうでもよい」という態度も
この点でうなづけるものがある。

要旨のなかで特に注目したいのは、「愛隣地区の「そうどう」」について「殆どすべて」が知っているが、必ずしも多くの人々が「関心・興味」をもっているわけではないという事実である。一般の市民にとって釜ケ崎は「よくそうどうがおきる所」、「めぐまれない人が集る所」、「スラム地区」、「何か悪いことをしたものが逃げてかくれる所」、「怠け者の集る所」、「おそろしい所」であり、それ以上でも以下でもないということであろう。もちろん、このイメージ調査は面接形式で行われているため、調査員がどのような問いかけをしたのか、特定の回答への誘導がなかったのか、といった不透明な部分は残る。だが、全体として知っているけれど関わりたくないという傾向が顕著であることは否めない。回答者の54％が実際に「愛隣地区（釜ケ崎）」に行ったことがあるにもかかわらず、彼らの多くは「われ関せず」の回答をしているのである。

一方、「愛隣地区（釜ケ崎）」の住人が貧困に喘いでいる状況に関しては、行政の責任を問う声と自分たちを含めた「世間」の冷たさを問題視する声が拮抗している。ここで調査に応じた人々の多くは、「愛隣地区（釜ケ崎）」の現状と課題をよく知っており、それを放置している責任の一端が自分たちにもあるということも理解していながら「われ関せず」の態度を貫いているのである。

もうひとつ注目したいのは、「愛隣地区（釜ケ崎）」があることによって「直接に家族のだれかが被害をうけたことの有無」について、「殆んどすべてのもの（98・3％）が被害なしとこたえている」ことである。自分が住んでいる地域に「愛隣地区の住人が引越してくるのは困る」という回答が、「僅かに7％」しかいないという点も含めて、ほとんどの市民は「愛隣地区（釜ケ崎）」の住民そのものに対する差別意識や恐怖感を抱いているわけではないということがわかる。市民が恐れているのは「愛隣地区（釜ケ崎）」の住人ではなく、「愛隣地区（釜ケ崎）」という空間そのものなのである。

さらにこの調査から明らかになったのは、政治や行政の力で状況を改善できるという期待感がほとんどなく、むしろ、警察による取締りを強化することを求める声が大きいことである。行政による「民生対策」よりも警察の「治安対策」を信頼する市民が圧倒的に多いことである。それは〝釜ケ崎を脱出せよ〟という無言のメッセージとも共鳴しながら「愛隣地区（釜ケ崎）」の特異性を際立たせている。地域の歴史と実態をよく知っている市民にとって、そこは

警察の監視と公権力によって抑え込むしか術のない街として認識されているのである。

4　天皇陛下に歩いてほしい

一九六〇年代の後半には、細川順正「労働力流動化の底辺　釜ケ崎労働者の実態」（『旬刊　賃金と社会保障』一九六五年七月）、三塚武男「「アンコ」とその労働市場　釜ケ崎問題の焦点」（『部落問題研究』一九六五年十月）など、釜ケ崎の労働市場の現状と課題を考察する研究が相次いで発表される。たとえば、大藪寿一「山野騒動の背景――釜ケ崎との共通点をさぐる」（『科学朝日』一九六六年十一月）が、釜ケ崎や山谷の「ドヤ街的スラム」を解消するための具体的な施策として、①アンコ（労務者）雇用会社を統合し経営能力を高め、アンコたちを正式従業員として雇用するように、行政指導すること、②将来計画の基礎に立って、適当な地域に単身労務者用の休息・娯楽施設をもった公共の宿泊所を提供すること、③官僚的処理のマイナスを補うものとして、温かい人間関係的施策を推進すること、以上の三点を指摘し、「労働市場」の在り方に関しての問題点を明らかにしている。

だが、実際に日雇い労働者の「労働市場」が抜本的に改革されたかといえば必ずしもそうとはいえない。また、雑誌メディアに限っていえば、それまでのようなありきたりの潜入レポートでは読者を惹きつけることができなくなり、記事数は極端に少なくなっている。釜ケ崎において何が問題なのかは明確になったが、そうした現状を動かそうとする議論はなされないまま読者も関心を失っていったということである。

そうしたなか、これまでたびたび登場した『朝日新聞』記者・柴田俊治や作家の黒岩重吾と同様、さまざまな雑誌を通じて継続的に発言し続けたのが、詩集『野にかかる虹』（三一書房、一九五六年十月）でH氏賞を受賞し、農民文学者、大阪文学学校講師として活躍していた井上俊夫である。「釜ケ崎騒動の渦中にいて　労務者の〝敵〟はここにはいない」（『朝日ジャーナル』一九六六年六月十九日）、「「釜ケ崎」神話の崩壊」（『読売新聞』一九六六年六月二十日）、「読者から　再び釜ケ崎について」（『朝日ジャーナル』一九六六年七月十日）、「釜ケ崎維新のなかの群像」（『現代の眼』一九六七年十一月）などを立て続けに発表した井上は、いずれの論説でも広い視野をもち、釜ケ崎の実態をより適切な言葉で表現することに心を砕いている。なかでも興味深いのは、東京に住む「××さん」に宛てた書簡の体裁で書かれた「釜ケ崎騒動の渦中にいて　労務者の〝敵〟はここにはいない」である。

ここで井上は、「こんどの暴動の原因と性格は、だれの目にもたやすく見とおせるくらい単純なもの」だと述べている。「単純な原因と性格のもとに、こうした暴動がおくめんもなくくりかえされるところに、釜ケ崎がおちいっている恐るべき深淵が認められるのだ」とし、「一番うまい汁を吸っている経営者はいつも釜ケ崎にいない」と指摘している。つまり、釜ケ崎で繰り返されている暴動の加害者と被害者は、いずれも「うまい汁を吸っている経営者」に操られているのであり、必死に生きようとする者たちを対立させることで漁夫の利を得ている連中こそ本当の〝敵〟だというわけである。

搾取というのは本来そういうものだといってしまえばそれまでだが、ここには、雑誌メディアが追及することができなかった釜ケ崎の闇が浮き彫りにされている。暴力団のような反社会的な組織であれば批判するのは簡単だが、恐らく、ここで井上が想定している〝敵〟というのは、表向きまっとうな仕事をしていて行政や警察からも信頼されるような、社会的地位のある人々だからである。

もうひとつ、この時期の釜ケ崎関連記事で秀逸なのは、東洋大学社会学部三年生・蔵波修による「潜入ルポ　釜ケ崎」（『マイウェイ』一九六八年十月）である。学生ゆえの気安さか、蔵波は手配師とアンコそれぞれにインタビューをし、「夏は、アンコを連れて行くのに苦労するな、暑いさかい、あまり仕事をしないんや。アンコを連れていくのには、やはり十月、十一月がええな」、「あいつらは、人間じゃない。うまいことといって、飯場に連れていって、ピンハネするんや。きたないやろ。そやさかい、また誘っても、からだが悪いというて断っているんや」といった言葉を引き出している。ときには裏通りに立つ娼婦や大王寺公園の「オカマ」と関わり、ときにはストリップ劇場や教会に出かけたりと釜ケ崎を縦横無尽に駆け巡り、果てはドヤで知り合ったヤクザに連れられて暴力団事務所の賭場にまで足を踏み入れている。考現学の手法を用いたホテル内部の再現もあり、それまでの潜入ルポとはまったく違う味わいがある。偏見をもたずに釜ケ崎の住人と接し、その声を拾うというフィールドワークの基本が実践されており、色気まる出しの雑誌記者などよりはるかに濃密な内容になっている。

そうしたなか、『週刊朝日』一九六九年一月十日が組んだ特集「わたしたちにも言わせて！」に多田道太郎が「釜ケ崎で　天皇陛下に歩いてほしい」というコラムを寄せる。同人雑誌『裸』（前出）に集う人々との語り合いに参加した多田は、参加者それぞれが口にする役所や病院への批判に耳を傾けたあと、「地球よひっくりかえれ／地球よ／ひっくりかえってあべこべになれ／砂になれ／泥になれ／奴隷になれ／あべこべになって住みよい社会をつくれ／環境や鉄柵を引き抜け／矛盾したアンバランスと財宝と権力をたたき壊せ／貧困とこの過密地帯を焼いてしまえ」（平岡敏明氏）という詩を紹介する。そして、コラムの最後を「釜ケ崎はどんどん大きくなっている。それだけ、社会は悪くなってきているのだと彼らはいう。好きな釜ケ崎が大きくなることを嘆く。それが彼らの痛切な心である。右の詩には「ぼくたちの叫び」という題がついていた。彼らの「一言」は一言ではなく「叫び」だ。／最後までニコニコ笑って皆の話をきいていた高田トキエさん（日雇、露天商などやり、ガス会社集金人）はぽつんとこう言った。／「天皇陛下に一ぺん不意打ちで釜ケ崎を歩いてほしい」」と結んでいる。

　このコラムにおいて多田が取った戦略は、最初から最後まで余計な言葉を挿み込まず、釜ケ崎の人々の率直な声だけを拾い集めるというものである。もちろん、長時間に及ぶ対話のなかから、どの言葉を拾いあげどのように配置するかは多田に委ねられているわけだが、彼はその痕跡を極力消去し、あたかも自然な流れのなかでこうした対話が成立したかのような書き方をしている。だが、「天皇陛下に一ぺん不意打ちで釜ケ崎を歩いてほしい」という言葉をタイトルにすることで、このコラムは、いっきに広い視野と洞察を獲得する。社会の底辺に生きることを強いられた人々がひっくり返そうとしているこの「社会」は、どのような構造で成り立っているのか、その頂点にいるのは誰なのかが明示される。イデオロギーや政治的な立場にも与せず、何かを批判するかのような素振りも見せず、日本「社会」の本質が淡々と切り取られるような記述になっている。釜ケ崎を釜ケ崎たらしめているもの、〝カスバ〟としての釜ケ崎をいつまでも温存させようとする力学がどのように働いているのかが見えてくる書き方になっている。釜ケ崎に対する差別や偏見は、部落差別や在日朝鮮人差別と同様、日本近代が構築してきた〝国体〟のありようと深く結びついていることがさりげなく暗示されている。それは、同時代の雑誌メディアが言及できるギリギリの表現だったに違いない。

　以上、大宅壮一文庫が所蔵する雑誌の記事から一九六〇年代の釜ケ崎を逆照射してきたが、わずか十年というスパンにおいても記事の傾向には大きな変化がみられる。当初、数多く書かれていた、怖いもの見たさの潜入ルポや釜ケ崎暴動に関連する煽情的な記事は、ある時期を境に影を潜め、日雇い労働者が本当に求めているものは何か？という具体的な対策に迫る記事が多くなる。また、当初は行政や警察の立場から捉えられる傾向があったが、なぜ釜ケ崎では暴動が繰り返されるのかという問題に迫ることで、当事者の声を聴こうとする姿勢が徐々に強まる。ときには、〝悪貨は良貨を駆逐する〃の論理を持ち出して、釜ケ崎を変えるよりもその環境から外に飛び出したいと願う人間を育てようとする施策がなされていることも事実だが、多くの記事は、日本「社会」の闇と矛盾が凝縮された釜ケ崎から目を背けること自体を危険な兆候として認識し、安全な場所から釜ケ崎を傍観する読者に釜ケ崎の現状を伝えているのである。

注

1　当時、西成警察署長だった玉垣初太郎は「西成事件回顧—その特殊事情を知らねばならない—」(『今橋ニュース』一九六一年十一月)で釜ケ崎の歴史を概観し、「通常〝釜ケ崎地帯〟と呼ばれているこのスラム街は、明治中期には日東町(日本橋三丁目東裏附近)にあつたものが、大正の初めに追われて現在の西成署附近に流れついたのがそもそものはじめであると云われている。その後大正七年に飛田遊郭が出来たり、関西線が開通してこの周辺が開けたと書かれているが、この地は浮浪者や日雇が入り込む最も好都合な条件が備わつていた。／先づその中心になるのは所謂安宿であつて、今この周辺に約三〇〇軒あるが、その他にアパート、下級旅館などが利用者の需要に応じて利用され、安宿では一泊三十円から高いところで百円位といつた宿泊料である。次には所謂〝めし屋〟が五十軒位あり、西成カレーと称する麦飯カレーは三十円で提供される。更には青線地帯で安いのは一〇〇円から二～三〇〇円、衣類なども非常に安く求めることが出来る。その上彼等は集団で生活することが一つの魅力で、夜になると警察の周辺は歩けないくらいに群がるが、これらの人達はすべてこの安宿に泊り、宿泊者は一万数千人に達している。／グレン隊、暴力団といつた連中は西成管内に約七〇団体一、七〇〇名おり、彼等の中親方は一家を別に持ち、兄貴株は三〇〇円位の旅館を利用し、若い衆は安宿を利用したりアパートに泊つている。その他売春婦は一、〇〇〇名位いるが、これらの殆どが安宿に寝起きして客の要求に応じている。／大阪では年間十数万点の盗難被害があるが、その中の約半分は西成の地域に流れ込むと云われ、毎日のようにわけのわからぬものがあちこちに見受けられる始末で、単車などナンバーを調べて被害者に返しているが、これには専門の連中がいて、九州、四国方面へ売り飛ばしている。／一方大阪で麻薬の検挙される約四割五分くらいはこの西成管内でやるわけで、麻薬や売春婦には必ず暴力団がくつついており、彼等にはかなり贅沢な生活をしている者もいる。／然し一方ここで働く者の六、〇〇〇～七、〇〇〇名の中で職業安定所に登録されている者は約四、五〇〇名で、最初その中三、五〇〇名が就労の申出がある。その他に二、五〇〇～三、〇〇〇名は職安に行けない労働者であつて、これらは九月一日以前に霞町や山王町付近に集り、それを港湾関係や雑役関係の求人者が来て暴力団その他手配師が中に入り、仲介となつて仕事に従事していた。然し暴力団の介入は、求人側からも就職人側からも手数料をとり、就労させる場合暴力で無理矢理に行かせるといつた斡旋が行なわれていた。そこで府の労働部に公の斡旋機関を作つてもらうようお願いしていたが、幸い九月一日から大国街の南に府労働分室ができて、一五〇〇名前後を港湾、倉庫、土木建築などに斡旋している」と記している。この記事が重要なのは情報が正確かどうかではなく、一九六〇年代の警察が釜ケ崎をこのように把握していたという事実である。なお、第一次暴動の経緯については、寺島珠雄編『労務者渡世 釜ケ崎通信』(風媒社、一九七六年八月)が詳細に報じている。

2　作詞・大高ひさを、作曲・久我山明。「ここは地の果てアルジェ

リヤ どうせカスバの夜に咲く 酒場の女のうす情け」というフレーズで知られる。なお、同曲は一九五五年に芸術プロが製作を試みた映画「深夜の女」の主題歌としてエト邦枝が歌ったものだが、映画自体が製作中止になったため当初はほとんど売れなかった。その後、一九六七年に緑川アコのカバーによって大ヒットを記録し、以後、多くの女性歌手に歌われることになった。

3
いわゆる日雇い労働者には、あいりん労働公共職業安定所に登録し、失業対策事業などに従事する労働者（俗称「ヨゴレ」）と、手配師の斡旋で仕事を手に入れる労働者（俗称「立ちん坊」）がいるが、本節ではその総称として日雇い労働者という呼称を使用する。日雇い労働者（場合によっては「日雇い労務者」とも呼ばれている）という表現には差別的なニュアンスが含まれているが、歴史的事実および同時代における彼らの位相をより正確に表現していることを考慮し、敢えてそのように記す。

4
郡昇作『釜ケ崎 復刻版』（新和出版社、一九七六年八月、初刊は『釜ケ崎無宿 どん底の職業顛落の原因 どん底の心』のタイトルで一九七二年に自費出版）「第三編 どん底の心境」には、「無宿と呼ばれる人々の中には、肉体も精神も智力も感情も、総てが麻痺し、退歩して、只単に衝動によってのみ動く、五六才の幼児よりも劣るが、僅かに類人猿よりはましだと思われるような哀れなものがいた（中略）魯鈍で、無頓着で、無感覚で、如何なる刺戟に対しても、それが余程大きいものでない限り、少しの反応も現わさなかった。死線を越へて悲惨と絶望を忘れた彼氏達は、全くの意気阻喪した屍であった」、「地獄のような不況の中で、ただ生きて行くだけであれば、塵箱を漁る能力さえあればよいことになる。余分の能力を必要としないのである。賢明な智能のヒラメキを人に見せる必要もない。むしろぼんやりしている方が身を守ることになる。智識慾よりも食慾が満されることの方が先決問題であったのである。肉体や精神が麻痺していなければ屑拾や乞食によって生命をつないで行くことは出来なかったのである」とある。

5
井上俊夫「釜ケ崎・腐蝕の市場」（『現代の眼』現代評論社、一九六六年八月）は、特殊対策が必要な地域という観点でいえば、「それに隣接して指定区域と同様のネガチブな環境にある浪速区、天王寺の一部も包含しなければ無意味である」と指摘している。

6
黒岩重吾は「無軌道売春の街・大阪「飛田」」（『週刊コウロン』一九六〇年四月五日）において、「女性の人権を確立し、人身売買のいまわしい形を失くすことで、大いに功績のあった法律もその網の目からとりおとしたタネから「フェニックス飛田」を誕生させてしまった。／しかも、この飛田に集中的にあらわれた法の矛盾は、将来ますます大きくなる可能性を持っている。とすれば今、売春問題で最も大事なことは、過去の法律の功績を消すことなく、この矛盾を率直に解決してゆくことではないだろうか。／暴力売春団に絞られる売春婦のためには、ヒモに対する徹底的な立法措置が必要だろう。／野放し状態の売春の危険を少しでもとり除くためには、今までのように「売春はすべていけない」と頭から決めつける考え方を一歩譲らねばなるまい。／場合によっては、一定地域における、女性の自由意志による単純売春は認め、管理するという考えも必要かもしれない。／なぜなら、売春の暴力組織化、潜在売春の拡大化、性犯罪の激増は、売春を絶対悪として全面的に取締る（効果のない取締り）ところにおこるからである。一定地域に自由売春（ヒモ及び売春によって利益を受ける第三者は厳罰）を認めれば、暴力組織は必然的に弱体化し、潜在売春の必要性は減少し、性犯罪もその数を減らすものと考えられる。／ともあれ、大阪飛田の一角は夕方から朝まで人通りの絶えない「けったいな無法地帯」として、三年目の売春防止法の施行記念日を迎えたのである」と述べている。

7　菊田一夫が一九五九年度の芸術祭主催公演用として書き下ろした戯曲。一九五九年十月五日から一九六〇年七月十七日まで東宝現代劇が菊田一夫の演出で公演（芸術座、出演・三益愛子、榎本健一、中山千夏等）し、二百七十日のロングランを続けた。ロングラン終了後は梅田コマ劇場（一九六〇年九月）でも公演が行われ千葉泰樹監督により映画化された。「ドヤ街はこんなところ」（『週刊朝日』一九六〇年八月二十一日）には、「「がめつい奴」は釜ケ崎の本当の姿を現わしているかね」という司会者の問いかけに対して、記者が「昨年山谷へ行く前に見たんだが、参考になることは何もなかったよ。（笑い）」と答える場面がある。

8　柴田俊治「大阪のどん底・釜ケ崎に住んでみて」（『朝日新聞』一九六〇年二月十七日～二十二日）には、「釜ケ崎といえば世間は泥棒と愚連隊の巣のように思っている――これが、この人たちにはいちばんつらい。実際〝ガード下〟の人たちはまじめに働いている。家賃を払えなくなれば追っぽり出されるのだからみんな必死だ」、「いまガード下はひときわ暗い気分に包まれている。就職ができない。学科試験は通ったのに、面接で落ちる。会社は理由をいわないが、親たちは家庭調査でここの住所がわかればダメなのだと信じている」とある。

9　ドヤと呼ばれる簡易宿泊所について、広野良雄「素顔の釜ケ崎」（茂木草介『ボロボロ人生の唄 釜ケ崎物語』秋田書店サンデー新書、一九六四年九月）は、「一畳きりの、それも一つの階を二段に仕切っているため、三尺八寸（一・一五メートル）の高さしかない、いわゆるカイコ棚部屋である。しかもその家賃たるや、一日百円から百五十円、二百円のところもある。月に一万そこそこの収入しかない日雇労働者が、月三千円以上の家賃を払って、どうして人並な生活ができるわけがあろうか」と述べている。また、井上俊夫も「釜ケ崎・腐蝕の市場」（前出）のなかで「ドヤの密集地帯で、比較的新しい鉄筋コンクリート三階建」のホテルを選んで宿泊したときの体験を、「一泊二百円といえば、この界隈ではハイクラスに属する。しかし、どの部屋もたたみ一畳きりのスペースしかない。二〇ワットの蛍光灯一、灰皿一、チリかご一、せんべいふとん二、まくら　の他はなにもない。それでも一泊百円前後のカイコ棚式、あるいはタコ部屋式のドヤにくらべたら、完全な密室になっているからありがたい。はじめは物めずらしさも半分手伝ってドヤも悪くないなどと思っているが、真白な天井と壁、それにベニヤ板製の扉が三方から身体をしめつけてくるようにのしかかってくるので、三日もしないうちに神経がいらだち、やりきれなくなってくる。まるで独房にとじこめられているようなという比喩をつい使いたくなるが、実は独房の方がもっとゆったりしている。これでも建築基準法違反でないというから、この法律を起案したり議決した連中を一度ここにぶちこんでやりたい。／こうした部屋にじいっとうずくまっていると、真夏の夜、金もないのにいつまでも街頭をぶらついて暴動でもなんでもいいからなにか面白い事件が起こりはすまいかと待ちかまえている孤独な労務者の心情が一挙に理解できる」と綴っている。

10　「裸の会」設立の経緯については、松原忍「釜ケ崎のボス　みずから飛び込んだ裸の街」（『ボロボロ人生の唄 釜ケ崎物語』前出）に詳しい。

11　釜ケ崎暴動以後の行政に関しては様々な評価があるが、永田道正「愛隣地区の対策と今後」（『ここに光を求めて 釜ケ崎の子等と共に』文化出版社、一九六八年十月）は、最も公平かつ客観的な記述のひとつであろう。同論には、「釜ケ崎といえば、くさい物にフタ、といった様に、何でも、かくし、かくされて来た。そこに釜ケ崎事件が起きた。政府及び府市においても、この暴動事件の重大さを考え、色々の対策を立ててきた。愛隣会館の総合福祉センターとしての中に、不就学児童のため、あいりん小、中学校ができたが、これは画期的なことだ。次に、労働者更生のためのあいりん銀行、これも一応、順調に伸びているようである。子供がいて仕事に行けない人のためのベビーセンター。これは少々解改《ママ》する必要があると思われる。施設は、なかなか立派なものではあるが、規則にしばられることと、地域の実情に足応《ママ》しない点があるからだ。その外にも児童相談、民主相談、婦人相談、戸籍相談、保健所などが設置されているが、予算と、人員不足で成果は余り望めない様である。貧困家庭の住宅として、愛隣寮と、今池生活館が建設され入居者は、満員ではあるが、労務者の中でも高級取りでなければ入居できない点に大きな問題がある。移動労務者、タチンボ、手配師の対策として西成労働福祉センターがある。予算や施設が貧弱なため機能は、果せていない。そのため移動労務者がタチンボと成って手配師の迎えに来るのを路上で待っている数が多いように思われる。現在の釜ケ崎対策はともすれば、お役所仕事といわれるように、対策の中の内容に摘用《ママ》される人はよいが、一般社会生活に摘用《ママ》しにくい人間が多いため、福祉といっても色々の問題がある。現況のままでは、弾力性にとぼしく、対策はやってますというだけにすぎない」と述べている。本節では不就学児童の問題に関して詳しく言及できなかったが、関誠「釜ケ崎を歩いて」(『月刊福祉』一九六一年十月)は、「釜ケ崎には約三〇〇人もの不就学児童がいる」と報告している。

12 一九六〇年代から一九七〇年代の釜ケ崎における宣教師たちの活動については、エリザベス・ストローム『釜ケ崎はワタシの故郷』(教文館、一九七二年一月)、同『喜望の町 釜ケ崎に生きて二〇年』(日本基督教団出版局、一九八八年九月)に詳しい。

13 正式名称はあいりん貯蓄組合。寺島珠雄編著『釜ケ崎語彙集1972-1973』(新宿書房、二〇一三年八月)では、「種々の釜ケ崎対策のなかで、喜んで迎えられて実績を重ねている僅少な事例の一つ」と指摘されている。

釜ケ崎資料センターは、HP上で釜ケ崎に関する戦前の新聞記事、関連書籍、地図、写真などを紹介している。また、大阪自彊館記念誌の記録や、細見正、釋智徳の研究成果を踏まえた「釜ケ崎総合年表」を作成し、画像や記事の引用によって近代における釜ケ崎の歴史を客観的に浮かびあがらせている。同センターのURLは http://www.kamamat.org/ (二〇二一年十一月十日現在)

コラム⑤　崎山多美「ガジマル樹の下に」

聴こえてきたのは、笑い声ではなかった。ひく、ひくひくひく、きしむような壊れかけるような、堪えかねる悲憤の隙間から漏れてくる嗚咽にも聴こえる音だ。耳を澄ませる。これはミヤラビたちのうたう声だ。風にふるえ、己を励ますように鞭打つように上げられる、音程のあいまいな歌声だった。

うーみ、ゆかばぁ……かばねー……
やーま、ゆかばぁー……かばねぇー……
……かえりみはー、せーじ……。

うたいつつミヤラビたちは摺り足で一歩ずつ断崖の方へとすすんでいく。一歩すすんでは半歩後じさる、というぐあいに。自らの歌に追われるような足運びだった。ふるえながら立ち止まっては、一歩前へ、半歩引いては、また一歩……。うーみ、ゆかばぁ……の韻律にのってスローダンスの歩みをするミヤラビたち。わたしも、そうする。つられて、というより、ミヤラビたちのうたう歌の韻律がわたしにそうすることを強要するのだ。そうしながらも、しつように隠微な韻律への激しい拒絶感が起こる。だが、足の運びを止めることはできない。ミヤラビたちがするようにわたしもそのようにおこなうことが、チルーとしての自覚をうながし、彼女たちとの「イタミ分け」を実現することになるということを、おびえと恍惚感のなかでわたしは理解する。そして、断崖絶壁へと歩み出る。

歌声が止んだ。立ち止まる。

ミヤラビたちは断崖絶壁の一歩手前。

海面はかなり下方にあった。見ると、海の青は沈みかけた夕日に赤黒く変色し、白波がこちらを招いて立ち騒いでいる。その海を、ミヤラビたちは無言で見下ろしている。しずかだが背中のふるえはつたわる。叱咤するように歌声はつづく。ああ、ミヤラビたちは、次のうごきへと誘われてしまう。わたしの膝が小刻みにふるえだした、そのとき、唐突に、あるウタの韻律がわたしの口をついたのは。

うらむ、此《ク》ぬ世界やぁ、……

わたしは、ミヤラビたちの背のむこうの海に向かって、ありたけの喉を張り上げる。

　情け無《ナサキネ》ーん海ぬう、

　　我ン渡さと思てぃ、手舞ぃすさぁ

ミヤラビたちが一瞬踏みとどまり、ゆっくりとわたしを振りかえった。手舞い、すさぁ、の余韻に溶けこむようにミヤラビたちは顔をほころばせ、笑みを含んだ幾つもの目がわたしを見ている。しずかに瞬きをし、またゆっくりと海側へ向けられる。まって。行かないで。ミヤラビたちへ伸ばしたわたしの腕が、しゅんかん、何者かの手によって押し返され、わたしの足はぎりぎりのところで踏みとどまり——。

からんとかわいた、だだっぴろい屋敷の庭。

古いガジマル樹の根元に放り出されてあった、一冊のノートを手に取った。微かに黴のにおいが漂うノートの表紙にうすく張った埃を払うと、「記録y」と書かれた硬い文字を読むことができた。

ここに引用したのは、崎山多美の連作集『うんじゅが、ナサキ』（花書院、二〇一六年十一月）に収録されている短篇小説「ガジマル樹の下に」（『すばる』二〇一三年十月）のラストシーンである。

ある日、玄関先に現れた見知らぬ「坊主頭」から小包を渡された「わたし」は、箱のなかにファイル「記録x」「記録y」「記録z」を見つける。そこに記されている言葉が「命令文」であるかのように感じた「わたし」は、ファイルの指示に誘われるように物語の世界へと引きずり込まれていく。

チルーというムスメを介して海に臨んだ断崖絶壁に立つことになった「わたし」の目の前に、頬骨が浮き目玉ばかりがぎろぎろと光っている男《イキガ》に先導された大勢の少女《ミヤラビ》が現れる。ミヤラビたちは、ぼさぼさにほつれた三つ編みを垂らし「ムザンで哀れ」なモンペ姿。彼女たちの周りには髭をたくわえた髭イキガ、「ぱりっとしたスーツ」を着こなすスーツイキガ、「道化師ふう」の大男《マギイキガ》と小男《グマイキガ》もいるが、みな「虚無の海から這い上がってきた目」をしている。それは、怒りを湛えているような「深い悲しみの表情」である。

だが、髭イキガの合図とともにミヤラビたちの身体が激しく揺らぎはじめる。「アドリブの演技をいきな強要されたという乱雑さで、胸を反り、身をかきむしり、もだえだす」。彼女たちの口上に「命《ヌチ》のウユエー為《す》ーんでぃ……」という言葉が繰り返されることに気を留めた「わたし」が「ヌチの、ウユエー、というのはどういう種類の祝いゴトなんでしょう」と問うと、ミヤラビたちは澄んだ声で「――ヌチのウユエー、とはー、／唯一無二のこのヌチをー、／まもるということー」と応じる。「ヌチをまもるにはー」と続けられた掛け合いは、やがて「――タカラとしてのこのヌチをー、まもるべくぅー、／まーもるも、せーめるも、くーろがねのオー……」といった軍歌調の台詞へと転じていく。

この作品に登場するミヤラビたちは、自らを「あのとき、この場所で、ごっそり死んだ』者たちと名乗る。「ここにいるヒトたちは、あのヒトもこのヒトも、みんな、チルーなのですよ。チルーとしてのイタミを背負ったものたちなのです」と語り、一緒に「イタミ分け」の儀式をはじめようと誘う。ほつれて穴の空いたシャツと下着を脱ぎ捨てたミヤラビたちの若い肌は「ほんのりとなまめかし」く、キズの痕跡はどこにも見つからない。彼女たちのキズとイタミは「人の目では見ることのできない場所に隠されてある」のではないかと感じた「わたし」は、「――さあ、チルーさん、あなたも脱ぐのです、その重たい服を」と促されるまま、眼下にひろがる海に向けてあられもなく上半身を曝す。引用はそれに続く場面である。

【図8】万座毛（恩納村HPより）

それまで朗らかな声で「わたし」との「イタミ分け」をしていたミヤラビたちは、背に夕日を浴びながら摺り足で前へ前へと進んでいく。そのとき、聴き手の役割を与えられた「わたし」の耳には、「ひく、ひくひくひく、きしむような壊れかけるような、堪えかねる悲憤の隙間から漏れてくる、嗚咽にも聴こえる音」が聞こえてくる。それは、一九三七年十月に行われた国民精神総動員強調週間に発表され、戦時中は準国歌とも称された官製軍歌「海行かば」（詩・大伴家持、曲・信時潔）であった。

当時の歌唱において、「海行かば」の終句には、大伴家持の長歌「賀陸奥国出金詔書歌」から採った「海行かば 水漬《みづ》く屍《かばね》／山行かば 草生《くさむ》す屍《かばね》／大君《おおきみ》の 辺にこそ死なめ／かへりみはせじ」という歌詞と、「陸奥国出金詔書」から採った「長閑《のど》には死《し》なじ」になっている歌詞が二種類併用されていた。また、ラジオ放送の大本営発表が玉砕を伝える際に冒頭曲として用いたため、戦没者を弔う鎮魂歌として認識する人々も多かった。

だが、ミヤラビたちの歌声では「屍」の言葉が強調される一方、「大君の 辺にこそ死なめ」の一節は「……」に掻き消されている。その直前、彼女たちの口からは「まーもるも、せーめるも、くーろがねのオー……」という威勢のよい海軍軍歌「軍艦」（作詞・鳥山啓、作曲・瀬戸口藤吉、「軍艦行進曲」、「軍艦マーチ」ともよばれる）の一節が発せられているが、この「軍艦」が曲間に東儀季芳作曲バージョンの「海行かば」を挿入して歌われていたことを鑑みれば、ここで掻き消された「大君の 辺にこそ死なめ」という歌詞は、「唯一無二のこのヌチをー、／まもるということー」とはどういうことか、という問いへの応答であることがわかる。ミヤラビたちは、まさに「大君」＝天皇の「辺にこそ死なめ」と命ぜられて海に散っていった少女たちなのである。

「ふるえながら立ち止まっては、一歩前へ、半歩引いては、また一歩……」といった具合に歩みを進めるミヤラビたちを待ち受けているのは断崖絶壁である。後ろには、ただひとり「ぱりっとしたスーツ」に身を包むスーツイキガ、髭イキガ、「道化師ふう」の大男《マギイキガ》と小男《グマイキガ》といった野蛮な男たちが立ち塞がっている。「海行かば」や「軍艦」が強いる「辺にこそ死なめ」の精神を体現する彼らは、震えるミヤラビたちを躊躇なく断崖絶壁に向かわせるのである。

引用箇所より前には「いつしか軍国調になっていく」コトバ遊びをまとめあげようとするスーツイキガが「声も高らかに」合図を送る場面があり、「イクサ世《ユー》や仕舞《シマ》ち、弥勒世《ミルクユー》、迎るゆ為《タミ》なかい、／心《ククル》なぐなぐとう、命《ヌチ》ぬウユエー、さびらぁー」と発声されている。だが、それを聴いた「わたし」は極めて辛辣に「韻の壊れた、古い謡のパクリ文句だった」と評している。それは謡のなかに込められた本来の韻律を壊し、いかにもそれらしく見せかけただけの「パクリ文句」に過ぎないと糾弾している。

当然、それは「海行かば」や「軍艦」がもたらす厳粛さや高揚感にもつながる。「わたし」は、「まーもるも、せーめるも、くーろがねのオー……」や「大君の 辺にこそ死なめ」といった歌唱の意味はもちろんのこと、それらを広く浸透させ、天皇のために命を捧げることが正しい国民の在り方であるかのように仕向けてきたすべての言葉と歴史を「パクリ文句」のようなものだと認識しているのである。

作品のラストシーン。ふと「あるウタの韻律」が「わたし」の口をつく。「ありたけの喉を張り上げ」て、「うらむ、此《ク》ぬ世界《シケ》やぁ、……情け無《ナサキネ》ーん海ぬう、我ン渡さと思てぃ、手舞いすさぁ」と呼びかけると、ミヤラビたちは一瞬だけ踏みとどまり顔をほころばせる。ミヤラビたちの体験と記憶は、こうして「あるウタの韻律」となって「わたし」のなかに流れこむのである。

あとがき

二〇一九年三月、立教大学を会場に名古屋大学との合同研究会が開催された。両校の大学院生による研究発表に続いて行われた教員のラウンドテーブルには、名古屋大学から飯田祐子さんと日比嘉高さんが、立教大学から金子明雄さん、川崎賢子さん、そして私が登壇した。全体テーマは「近現代文学・文化研究の「いま」と「これから」」（詳細な内容は『立教大学日本文学』二〇一九年七月に掲載）。それぞれの登壇者はテーマに誠実な応答を試み、いま自分が関心をもっていること、これからの日本近代文学研究への展望などを語った。参加した大学院生たちとの議論も活発になされ、とても有意義な時間を過ごすことができた。

だが、そのときの私は目の前の大学院生たちに研究指南をする自信がなく、「人、物、お金、ときどき勉強」という、なんとも緊張感のないテーマを用意した。若い頃の自分はひたすら本を読み、貪欲に新しい知見を吸収し、身を削るようにして論文を書いていたが、いまの自分はまったく勉強をしていないので恥ずかしいと語った。わざわざラウンドテーブルに参加してくれた大学院生には申し訳なかったが、自分の研究の方向性が見えなくなっていることを率直に吐露させてもらった。

当時の私は、科学研究費のプロジェクトや学内外の研究者との共同研究に費やす時間が多くなっており、決められた期間内に一定の成果を挙げることを目的に原稿を書いていた。文学は作品を読むこと自体がひとつの愉楽なのだから、面白い本を読み漁り、じっくり腰を据えてものを考えたいと思いつつ、そんな余裕はどこにもなく、常に目の前にある仕事を順番に片付けているような気持ちだった。いま、こうして過去の研究を一冊の単著にまとめるにあたって私の脳裏に浮かんでくるのはあのときの切迫感である。

私が勤務する立教大学は近代文学研究をしていくための施設が整っており職場環境も申し分ない。目の前には高い能力をもった学部生、大学院生が数多くおり、授業をしていても確かな手応えがある。学部、大学院を問わずゼミでの議論は活発で、教えているつもりでいた自分がいつのまにかより多くのことを学ばせてもらっている気さえする。

ただし、多くの学部生、大学院生と切磋琢磨するためには相応の労力が要る。彼らの成長を促すためには、ひとりひとりの研究テーマに合わせて作品を読み、個別の研究指導をしなければならないため、授業や大学の公務とは別に多くの時間が割かれる。さらに困るのは、そうやって学部生や大学院生と関わる仕事はとてもやり甲斐があり、大きな充実感が伴うということである。次の世代を担っている若者たちと一緒に作品を批評したり文学談義に興じたりすることは、もはや仕事というより人生の刺激であり誘惑である。率直にいってしまえば、長時間に亙るゼミのあと彼らと一緒に呑む酒ほどおいしいものはない。

しかし、圧倒的な知性と研究能力が備わっているわけでもない私が彼らの研究意欲を充たしてあげられるだけの言葉を提供するためには、日々の勉強が不可欠である。研究をアウトプットすることにばかり気が向いていた当時の私は、その矛盾に直面し、より多くの学術的知見をインプットしなければガス欠になってしまうという危機感を抱いていたのだと思う。

また、あの頃の私は「戦中・戦後の稀覯雑誌と出版文化に関する研究」というテーマで博士の学位（二〇一八年九月二十八日、総合研究大学院大学、主査・劉建輝、審査委員・細川周平、坪井秀人、成田龍一、紅野謙介）を取得した直後であり、戦中戦後の雑誌研究に関する成果を次から次へと発表していたから、傍目には順調な研究生活を送っているように見えたかもしれない。いろいろな仕事をこなしている時期だったからこそ自分でもガス欠になっていることに気づくことができず、得体のしれない虚無感に襲われていたともいえるだろう。

ちょうどその頃、新型コロナウィルスの蔓延により世界はパンデミックに陥る。家族以外の誰かと会うことはもちろん、外出することもままならない試練の日々が始まる。二〇二〇年度が研究休暇にあたっていた私は、他の教員がオンライン授業の対応に追われるなか、ひとり自室に閉じ籠もって自分だけの時間を過ごすことができた。社会は混乱を極めていたが、私自身は、こんな機会はめったにないのだから静かにものを考えてみようという気になった。

そこで、私はリハビリのつもりで大学院生時代に研究していた久保田万太郎の劇文学を読み直し、それまでの研究を単著にまとめる仕事に着手した。このようなことを白状するのは恥ずかしいが、いかにも粗削りでいいたいことをうまく表現できないもどかしさばかりが伝わってくる若書きの論文を読んでいるうちに、私はなぜか気持ちが高揚し、研究への意欲が再び湧きあがってくるような気がした。なかには、それなりに面白く書けている論文もあるように思えて嬉しかった。一年半の時間をかけて上梓した『読む戯曲《レーゼ・ドラマ》の読み方　久保田万太郎の台詞・ト書き・間』（慶應義塾大学出版会、二〇二一年十月）を手に取ったときには久しぶりの達成感を味わうことができた。

さらに、六十歳の還暦が近づくにつれて自分の研究者生活をどのように着地させるかという問題を考えるようになった私は、大学を定年退職したらこれまでの研究にけりをつけ七十歳になったらすべての蔵書を古書店に売却することにした。もし老後も研究に未練が残っていたら、そのときは図書館で資料を借りて研究すればよいと割り切った。

こうして、残り十年という期間を定めることで自分の研究計画を逆算できるようになった。若い頃に書き散らした論文をもう一度読み直し、それを体系化してみる作業を続けているうちに、新たな研究の水脈のようなものが見えてきた。それは、近代日本文学が〈大衆〉なるものをどのように見つめ、どのような方法を駆使して描いてきたのか、〈群れ〉として括られる〈大衆〉のなかから〈個〉を屹立させるために作家たちはどのような取り組みをしてきたのかという問題だった。かつて、私は『高度経済成長期の文学』（ひつじ書房、二〇一二年二月）という単著を上梓し、戦後復興を果たした日本の大衆化社会、および、そこに誕生した新しい文学表現のありようを考察したが、同書もまた〈大衆〉なるものへの関心から出発した成果のひとつだということがわかった。

私が文学研究をしていくうえで常に心掛けているのは、言語表現によってこの世界に新たな価値を作り出すこと、あたり前のように信じられていることを疑い、私たちがこの世界に生きていることの意味や目的を問い直すこと、そして、そもそも価値や意味とはどのようなものなのかを考えることである。また、私たちは文学作品を読むことで自分自身の世界を拡げ、さまざまな偏見や先入観から自由になるための手立てを探ることができる。生きることの歓びや大切なものを喪うことの悲しみをより深く味わい、この世界に自分がただ一回きりの生として存在することの意味を考えることもできるはずである。私が敢えて過去に書いた論文を一冊の研究書にまとめ直して刊行した理由は、そうした初心を自分のなかに取り戻すとともに、〈群れ〉のなかからひとりひとりの人間を掘り出していこうとする文学的営為を再考することが現代においても一定の価値や意味をもっていると考えたからである。

本書はそうした観点で編集したものである。プロレタリア文学に始まり、一揆、合戦、軍隊、抑留、占領、匿名化、プロパガンダ、そして暴動など、それぞれの主要なモチーフは異なっているが、ひとりひとりの人間から〈個〉としての尊厳を剝奪し、〈群れ〉や〈うごめき〉として表象しようとする権力の力学が働く作品である点では共通している。それらを読み解くことによって私たちがこの世界に居場所を占めようとするときに直面するさまざまな軋轢《あつれき》や柵《しがらみ》を可視化すること。私たちを支配、抑圧、拘束するものの本質を浮かびあがらせること。それが本書の狙いである。

私自身の考察は本書をもってひと区切りとなるが、〈群れ〉や〈うごめき〉という観点からの作品分析はようやくその扉が開かれたばかりであろう。「序」でも述べたように、日本の近代文学研究は主人公の内面、自我、主体性を深く掘りさげ、苦悩や葛藤を捉えることに正統性を見い出してきた。彼らのなかに現実社会の困難を克服する強い精神性を認めることに価値を置いてきた。だが本当にそうだろうか。〈個〉と〈個〉は衝突／離反を繰り返しながら侵食し合っているのではないだろうか。古井由吉の言葉を借りれば、「小市民的な人間の恐れと憎しみ」は「自分のそれと、人のそれとの重なるような、共鳴するような、共振れするようなところ」（阿部昭、黒井千次、後藤明生、坂上弘、古井由吉による「座談会 現代作家の課題」『文藝』一九七〇年九月での発言）に生成するのであり、文学研究においては、そうした〈群れ〉と〈個〉の運動性を摑み取る必要があるのではないだろうか。

現代においては、多くの書き手たちがこの問題に鋭敏な認識をもち、〈個〉という使い古された概念から言葉を救済しようとしている。自分が自分でなくなるような境域を見定め、それを描くのにふさわしいモチーフ、文体、表現を編み出している。本書が呼び水となって、こうした新しい世界観に基づく文学テキストを分析対象とするような研究が続いてくれることを願うばかりである。

本書の装幀に使用した香月泰男「点呼」（一九七一年）は、私自身が画集を見て決めたものである。一九九三年に山口大学に赴任してから九年間を山口の地で暮らした私にとって、香月泰男という画家は特別な存在だった。就職したばかりの頃、たまたまテレビでＮＨＫスペシャル「立花隆のシベリア鎮魂歌〜抑留画家・香月泰男」（一九九五年六月四日放送）という番組を見た私は、自ら極寒のシベリアを訪ねた立花隆が番組の後半で言葉を失い、ただただ滂沱の涙を流し続けるシーンに圧倒され、香月泰男という画家をより深く知りたいと思った。図書館で本や画集を借りその生涯を学んだ。シベリアシリーズに描かれた無数の苦役者とその貌に圧倒された。山口県三隅町（現長門市）にある香月泰男美術館には家族で出かけることも多かったし、遠方から訪ねて来た知人・友人を案内するときにもこの美術館は外せない場所だった。長門の千畳敷を散策し、蕎麦を食べ、美術館を見学したあと隣接する湯免温泉でくつろぐ休日の愉しさはいまも忘れられない。

最後に、本書を琥珀書房から出していただくことになった経緯について触れておきたい。琥珀書房の山本捷馬さんは、私が長年継続している戦後占領期の雑誌復刻を担ってくれている京都の三人社から独立した気鋭の出版人である。かつて不二出版の社長をしていた越水治さんが三人社を起こしたばかりの頃、行きつけの焼鳥屋でスカウトしたといわれる山本さんは、学術研究に対する深い理解と謙虚さを持ち合わせており、自分が手がける出版物に対して清廉な自負をもっている。持ち込まれた原稿を丁寧に読み、それに関連する資料を調べ、版元としての強い思いをもって書籍を世に送り出している。業界そのものが沈没しかけているといわれる学術出版界にあって、山本さんはいつまでも意気軒昂でいてもらわなくてはならない人材である。今回、私は一方的に出版企画を持ち込んで本書の出版を承諾していただいたが、琥珀書房という大きな可能性を秘めた出版社から上梓することができ本当に嬉しく思っている。

また、本書の校訂作業に関しては、かつて『幻の雑誌が語る戦争『月刊毎日』『国際女性』『新生活』『想苑』』（青土社、二〇一八年一月）、『幻の戦時下文学『月刊毎日』傑作選』（青土社、二〇一九年二月）の編集などでお世話になったフリー編集者・石井真理さんにご尽力いただいた。石井さんと出遭ったのは私が山口にいた頃であり、最初の単著である『「国語」入試の近現代史』（講談社メチエ、二〇〇八年一月）からのお付き合いだから、かれこれ十五年以上お世話になっている。私の原稿は誤記だらけの粗雑なものだが、ひとつひとつを精緻に読んで間違いを正し、ときには読者の視点も交えながら内容をチェックしてくれる石井さんには感謝の言葉しかない。

本書の編集と出版にご尽力いただいたお二人には心からお礼申し上げます。ありがとうございました。

二〇二四年三月　　　　　　　　　　　　　　　　　　　　石川　巧

【初出一覧】

序　書下ろし

1 「自家中毒としての「大衆性」 佐藤春夫「美しい町」から見えてくるもの」（『21世紀の日本文学研究』報告書』立教大学日本文学科創設50周年記念国際シンポジウム報告集、二〇〇七年二月）と一部重複。

第1章　労働者であること

1 「彼女の朝から別の朝へ――佐多稲子「キャラメル工場から」論」（『国語と国文学』第七十三巻十号、一九九六年十月）

2 「「あなた」への誘惑――葉山嘉樹「セメント樽の中の手紙」論」（『山口国文』第十九号、一九九六年三月、山口大学）

3 「『蟹工船』における言葉の交通と非交通」（『敍説』第二十号、花書院出版、二〇〇〇年六月）

第2章　群れの力学

1 「群衆とは何者か？――歴史小説における〈一揆〉の表象」（『敍説』Ⅲ―第十二号、花書院出版、二〇一五年二月）

2 「『上海』の力学――〈場〉の運動に関するノート」（『山口国文』第二十二号、一九九九年三月、山口大学）

3 「群衆はいかにして国民となるか――石川達三「蒼氓」」（『国文学解釈と鑑賞』第七十巻第二号、二〇〇五年二月）

4 「二つの日本合戦譚――菊池寛と松本清張」（『松本清張研究』第七号、二〇〇六年三月、松本清張記念館）

第3章　侵略の光景

1 「夢野久作が描いた〈東亜〉――「氷の涯」を中心に」（『立教大学日本文学論叢』第二十号、二〇二〇年十二月）。二〇一九年度・台湾日本語文学会（特集テーマ「日本語・日本文学研究の人文知・社会知」二〇一九年十二月十四日、於・東呉大学）における「基調講演」の内容をもとにした講演記録を、さらに論文化したもの。本書収録にあたって、「ですます調」の文体を「である調」に改めた。

2 「石川達三「沈黙の島」を読む」（拙著『幻の雑誌が語る戦争』青土社、二〇一八年一月）を加筆修正。

3 「侵略者は誰か――村上龍『半島を出よ』」（松本常彦、大島明秀編『九州という思想』二〇〇七年四月、花書院出版）

第4章　匿名性をめぐる問い

1 「〈正名〉のモラル――中野重治「歌のわかれ」論（上）」（『山口国文』第二十四号、二〇〇一年三月、山口大学）、「〈正名〉のモラル――中野重治「歌のわかれ」論（下）」（『山口国文』第二十五号、二〇〇二年三月、山口大学）。

2 「ひとりひとりの死を弔うために――長谷川四郎「小さな礼拝堂」論」（『跨境 日本語文学研究』第五号、二〇一七年十二月、東アジアと同時代日本語フォーラム×高麗大学校 GROBAL 日本研究院）

3 「手紙のなかのヒロイズム――樺美智子・奥浩平・高野悦子」（『近代文学合同研究会論集』第十二号、二〇一六年一月）

4 「車椅子の〈性〉――田辺聖子「ジョゼと虎と魚たち」考」（『立教大学日本文学』第九十七号、二〇〇六年十二月、立教大学日本文学会）

第5章　寄せ場の群衆

1 「映画「山谷《やま》やられたらやりかえせ」の脚色・制作・上演運動」（『敍説』Ⅲ―第十八号、二〇二〇年十一月、花書院出版）

2 「一九六〇年代の雑誌メディアにおける〈釜ケ崎〉」（『敍説』Ⅲ―第二十号、二〇二三年八月、花書院出版）

【参考文献】

※本書を執筆ために参照した文献、引用文献のうち書籍を章ごとに紹介する。繰り返し参照した書籍について重複して紹介することはしない。論考執筆の過程において参照したが引用などはしなかった書籍、本書で取り上げた作家の諸作品については原則として割愛した。

序

エドガー・アラン・ポー『アッシャア家の崩壊』（佐々木直次郎訳、角川文庫、一九五一年十月）
西部邁『大衆への反逆』（文藝春秋、一九八三年七月）
丸山眞男『日本の思想』（岩波新書、一九六一年十一月）
山崎正和『柔らかい個人主義の時代』（中央公論社、一九八五年九月）
ギュスターヴ・ル・ボン『群衆心理』（桜井成夫訳、岡倉書房、一九四七年二月）
リースマン『孤独な群衆』（加藤秀俊訳、みすず書房、一九六四年二月）
エリアス・カネッティ『群衆と権力』上・下（岩田行一訳、法政大学出版局、一九七一年三月、一九七一年十一月）
松山巌『20世紀の日本12 群衆 機械のなかの難民』（読売新聞社、一九九六年十月）
島村輝「群集・民衆・大衆 明治末から大正期にかけての「民衆暴動」」（小森陽一、酒井直樹、島薗進、千野香織、成田龍一、吉見俊哉編『岩波講座5 近代日本の文化史 編成されるナショナリズム 1920年代―30年代1』岩波書店、二〇〇二年三月）
今村仁司『群衆――モンスターの誕生』（ちくま新書、一九九六年一月）
荻上チキ『ウェブ炎上 ネット群集の暴徒と可能性』（ちくま新書、二〇〇七年十月）
藤野裕子『民衆暴動――一揆・暴動・虐殺の日本近代』（中公新書、二〇二〇年八月）

第1章

宮本顕治、宮本百合子『十二年の手紙』（筑摩書房、一九五〇年六月、一九五一年四月）
葉山嘉樹『誰が殺したか?』（日本評論社、一九三〇年一月）
佐藤春夫、宇野浩二共編『昭和文学作家論』上（小学館、一九四四年四月）
小林康夫『出来事としての文学』（作品社、一九九五年四月）
中沢新一『リアルであること』（メタローグ、一九九四年九月）
増田修『国語教材研究講座 高等学校現代文』上巻（有精堂、一九八四年一月）
小林多喜二全集編纂委員会編『小林多喜二全集』第11巻・書簡集（新日本出版社、一九六九年三月）
J・E・スタッキー『読み書き能力のイデオロギーをあばく』（菊池久一訳、勁草書房、一九九五年二月）
板垣鷹穂編『新興芸術研究（2）』（刀江書房、一九三一年六月）
田中克彦『ことばの差別』（農山漁村文化協会、一九八〇年五月）
姜尚中『オリエンタリズムの彼方へ――近代文化批判』（岩波書店、一九九六年四月）
丸谷才一『日本語のために』（新潮社、一九七四年八月）

コラム①

渡辺澄子『気骨の作家 松田解子 百年の軌跡』（秋田魁新報社、二〇一四年十一月）
松田解子『松田解子自選集』第6巻（澤田出版、二〇〇四年五月）

第2章

尾崎秀樹『歴史文学論――変革期の視座』（勁草書房、一九七六年一月）
杉浦明平『維新前夜の文学』（岩波新書、一九六七年五月）
遠藤周作『沈黙』（新潮社、一九六六年三月）
山本周五郎『栄花物語』（要書房、一九五三年九月）
司馬遼太郎『尻啖え《しりくらえ》孫市』（講談社、一九六四年十二月）
白土三平『カムイ伝』第一部全二十一巻（小学館ゴールデンコミックス、一九六四年～一九七一年）

保坂智『百姓一揆と義民の研究』（吉川弘文館、二〇〇六年七月）
藤沢周平『義民が駆ける』（中央公論社、一九七六年九月）
江馬修『山の民』（飛騨考古土俗学会、第一部『雪崩する国』一九三八年六月、第二部『奔流』一九三九年二月、第三部『途上』一九四〇年二月。のち隆文堂版、冬芽書房版などを経て『定稿 山の民』第一部～第四部、理論社、一九五八年五月～九月）
安丸良夫『一揆・監獄・コスモロジー』（朝日新聞社、一九九九年十月）
西野辰吉『秩父困民党』（『新日本文学』一九五四年三月～一九五六年二月に断続連載、のち講談社ミリオンブックス、一九五六年三月）
山本七平『一九九〇年の日本』（福武書店、一九八三年六月）
戒能通孝『群衆』（要書房、一九五三年三月）
大江健三郎『万延元年のフットボール』（講談社、一九六七年九月）
港千尋『群衆論 20世紀ピクチャー・セオリー』（リブロポート、一九九一年六月）
斎藤隆介『ベロ出しチョンマ』（理論社、一九六七年十一月）
小泉義之『弔いの哲学』（河出書房新社、一九九七年八月）
吉本隆明『擬制の終焉』（現代思潮社、一九六二年六月）
ハンナ・アーレント著、ロナルド・ベイナー編『カント政治哲学の講義』（浜田義文監訳、伊藤宏一、多田茂、岩尾真知子訳、法政大学出版局、一九八七年一月）
赤間啓之『分裂する現実――ヴァーチャル時代の思想』（ＮＨＫブックス、一九九七年十月）
岩井克人『貨幣論』（筑摩書房、一九九三年三月）
石川達三『経験的小説論』（文藝春秋、一九七〇年五月）
外務省通商局第三課編『移民運送船ノ研究』（外務省通商局、一九三〇年三月）
辻小太郎『ブラジルの同胞を訪ねて』（日伯協会、一九三〇年五月）
石川達三『最近南米往来記』（昭文閣書房、一九三一年二月、のち中公文庫、一九八一年十月）
木村一信『作家の世界体験――近代日本文学の憧憬と模索』（世界思想社、一九九四年四月）
鈴木譲二『日本人出稼ぎ移民』（平凡社選書、一九九二年十一月）
佐藤弘『政治経済地理学』（古今書院、一九二八年十一月）
永田稠『日本植民読本』（寶文館、一九三六年一月）
今野敏彦、藤崎康夫編『移民史Ⅰ 南米編』（新泉社、一九八四年二月）
Ｍ・フーコー『性の歴史Ⅰ 知への意志』（新潮社、一九八六年九月）
谷川雁、吉本隆明、埴谷雄高、森本和夫、梅本克己、黒田寛一『民主主義の神話―安保闘争の思想的総括』（現代思潮社、一九六〇年十月）
和辻哲郎『日本倫理思想史』下巻（岩波書店、一九五二年十二月）
松本新八郎『歴史文学への招待』（南北社、一九六一年三月）
松本清張『形影 菊池寛と佐佐木茂索』（文藝春秋、一九八二年十月）
菊池寛『日本戦史抄』（昭和書房、一九四一年五月）

コラム②

石原吉郎『新選現代詩文庫１１５ 新選石原吉郎詩集』（思潮社、一九七九年七月）
『現代詩読本 石原吉郎論』（思潮社、一九七八年七月）

第3章

夢野久作『ドグラ・マグラ』（松柏館書店、一九三五年一月）
長谷川治編輯『ハルビン１９３６』（哈爾賓印刷所出版部、一九三六年五月）
藤原書店編集部編『満洲とは何だったのか』（藤原書店、二〇〇四年七月）
川島浩平、竹沢泰子編『人種神話を解体する３「血」の政治学を越えて』（東京大学出版会、二〇一六年九月）
村上春樹、川上未映子対談集『みみずくは黄昏に飛びたつ』（新潮社、二〇一七年四月）
國分功一郎『中動態の世界 意志と責任の考古学』（医学書院、二〇一七年四月）
クロード・レヴィ＝ストロース『野生の思考』（大橋保夫訳、みすず書房、一九七六年三月）

文部省『国体の本義』（一九三七年三月）
魯迅『「野草」全釈』（平凡社東洋文庫、一九九一年十一月）
厨川白村『象牙の塔を出て』（福永書店、一八九五年六月）
村上龍『村上龍 文学的エッセイ集』株式会社シングルカット、二〇〇六年一月）
ユルゲン・オースタハメル『植民地主義とは何か』（石井良訳、論創社、二〇〇五年十月）
火野葦平『革命前後』（中央公論社、一九六〇年一月）
ロバート・J・C・ヤング『ポストコロニアリズム』（本橋哲也訳、岩波書店、二〇〇五年三月）
ベネディクト・アンダーソン『想像の共同体 ナショナリズムの起源と流行』（白石隆、白石さや訳、リブロポート、一九八七年十二月）
竹内好『魯迅入門』（東洋書館、一九五三年六月）
冷泉彰彦『911セプテンバー・イレブンス』（小学館、二〇〇二年三月）
E・K・セジウィック『クローゼットの認識論 セクシュアリティの20世紀』（外岡尚美訳、青土社、一九九九年七月）
韓元彩『脱北者』（李山河訳、晩聲社、二〇〇二年六月）

第4章

林淑美『中野重治 連続する転向』（八木書店、一九九三年一月）
竹内栄美子『中野重治〈書く〉ことの倫理』（EDI学術選書、一九九八年十一月）
和辻哲郎『日本精神史研究』（岩波書店、一九二二年九月）
和辻哲郎『風土 人間学的考察』（岩波書店、一九三五年九月）
阿部次郎『三太郎の日記』（東雲堂、一九一四年四月）
阿部次郎『人格主義』（岩波書店、一九二二年六月）
倉田百三『出家とその弟子』（岩波書店、一九一七年六月）
倉田百三『愛と認識との出発』（岩波書店、一九二一年三月）
竹内洋『日本の近代12 学歴貴族の栄光と挫折』（中央公論社、一九九九年四月）
厨川白村『苦悶の象徴』（改造社、一九二四年二月）
磯田光一『左翼がサヨクになるとき』（集英社、一九八六年十一月）
前田愛『都市空間としての文学』（筑摩書房、一九八二年十二月）
亀井秀雄『中野重治論』（三一書房、一九七〇年一月）
高橋博文『日本の近代小説』（東京大学出版会、一九八六年七月）
中川一政『見なれざる人』（叢文閣、一九二一年二月）
加藤典洋『ホーロー質』（河出書房新社、一九九一年八月）
ブハーリン、プレオブラジェンスキー『共産主義のABC』（田尻静一訳、政治研究社、一九三〇年六月）
佐藤春夫『田園の憂鬱』（新潮社、一九一九年六月）
佐藤春夫『都会の憂鬱』（新潮社、一九二三年一月）
テオドル・リップス『美学各論』（稲垣末松訳、洛陽社、一九二一年七月）
テオドル・リップス『倫理学の根本問題』（藤井健治郎訳、同文館、一九二一年十一月）
高橋佐門『旧制高等学校研究』（昭和出版、一九七八年九月）
井口時男『柳田国男と近代日本』（講談社、一九九六年十一月）
レオ・クーパー『ジェノサイド 二十世紀におけるその現実』（高尾利数訳、法政大学出版局、一九八六年八月）
本多秋五『物語戦後文学史（全）』（新潮社、一九六六年三月）
川崎賢子『彼等の昭和――長谷川海太郎・潾二郎・濬・四郎』白水社、一九九四年十二月）
ノーマン・M・ネイマーク『スターリンのジェノサイド』（根岸隆夫訳、みすず書房、二〇一二年九月）
ブルーノ・ベテルハイム『生き残ること』（高尾利数訳、法政大学出版局、一九九二年八月）
テオドール・W・アドルノ『否定弁証法』（木田元、渡辺祐邦、須田朗、徳永恂、三島憲一、宮武昭訳、作品社、一九九六年一月）
大岡昇平『俘虜記』（創元社、一九五二年十二月）
高橋哲哉『靖国問題』（ちくま新書、二〇〇五年四月）
富田武『シベリア抑留 スターリン独裁下、「収容所群島」の実像』（中公新書、二〇一六年十二月）
アルベール・カミュ『シジフォスの神話』（矢内原伊作訳、新潮社、

一九五一年九月）
原口統三『二十歳のエチュード』（前田出版社、一九四七年五月）
川本三郎『マイ・バック・ページ ある'60年代の物語』（河出書房新社、一九八八年十二月）
つかこうへい『飛龍伝'94 ―神林美智子の生涯』（集英社、一九九七年一月）
江刺昭子『樺美智子 聖少女伝説』（文藝春秋、二〇一〇年五月）
小熊英二『１９６８ 若者たちの叛乱とその背景』（新曜社、二〇〇九年七月）
柴田翔『されど われらが日々――』（文藝春秋新社、一九六四年八月）
亀山佳明、富永茂樹、清水学編『文化社会学への招待』（世界思想社、二〇〇二年四月）
樺光子編『友へ 樺美智子の手紙』（三一書房、一九六九年七月）
サガン『一年ののち』（朝吹登水子訳、新潮社、一九五八年三月）
田辺聖子『手のなかの虹―私の身辺愛玩―』（文化出版局、一九九六年三月）
三木露風『廃園』（光華書房、一九〇九年九月）
総理府編『平成7年版 障害者白書 バリアフリー社会をめざして』（東京官書普及、一九九六年一月）
障害者の生と性の研究会編著『知的障害者の恋愛と性に光を』（かもがわ出版、一九九六年八月）
谷口明広『障害をもつ人たちの性――性のノーマライゼーションをめざして』（明石書店、一九九八年二月）
障害者の生と性の研究会『ここまできた障害者の恋愛と性』（かもがわ出版、二〇〇一年八月）

第5章

山谷越冬闘争を支援する有志の会編『反撃への葬列 佐藤満夫追悼集』（山谷越冬闘争を支援する有志の会、一九八五年二月）
全国日雇労働組合協議会『山谷』制作上映委員会『対ファシスト戦をめぐる同志山岡強一論文集 山さん、プレセンテ！』（全国日雇労働組合協議会『山谷』制作上映委員会、発行年月不詳）
『山谷』制作上映委員会編『山谷《やま》 やられたらやりかえせ』（現代企画室、一九八六年四月）
全国日雇労働組合協議会編『船本洲治遺稿集 黙って野たれ死ぬな』（れんが書房新社、一九八五年九月）
山岡強一『山谷《やま》 やられたらやりかえせ』（現代企画室、一九九六年一月）
林えいだい『強制連行・強制労働 筑豊朝鮮人坑夫の記録』（現代史出版会、一九八一年十二月）
大澤真幸『社会学史』（講談社現代新書、二〇一九年三月）
釜共闘・山谷共闘委編集委員会編『やられたらやりかえせ！ 実録 釜ケ崎・山谷解放闘争』（田畑書店、一九七四年八月）
刊行委員会編『地底の闇から海へと 悼 山岡強一 I』（同刊行委員会、一九八七年）
黒岩重吾『西成山王ホテル』（講談社、一九六五年七月）
本田良寛『にっぽん釜ケ崎診療所』（朝日新聞社、一九六六年一月）
大阪社会学研究会『大阪市民の愛隣地区（釜ケ崎）イメージ調査』（一九六八年八月、非売品、大阪府立中央図書館所蔵）
井上俊夫『野にかかる虹』（三一書房、一九五六年十月）
郡昇作『釜ケ崎 復刻版』（新和出版社、一九七六年八月）
茂木草介『ボロボロ人生の唄 釜ケ崎物語』（秋田書店サンデー新書、一九六四年九月）
永田道正『ここに光を求めて 釜ケ崎の子等と共に』（文化出版社、一九六八年十月）
エリザベス・ストローム『釜ケ崎はワタシの故郷』（教文館、一九七二年一月）
エリザベス・ストローム『喜望の町 釜ケ崎に生きて二〇年』（日本基督教団出版局、一九八八年九月）
寺島珠雄編著『釜ケ崎語彙集 1972-1973』（新宿書房、二〇一三年八月）

コラム⑤

崎山多美『うんじゅが、ナサキ』（花書院、二〇一六年十一月）

や行

ら行

わ行

その他

ま行

な行

は行

さ行

た行

か行

人名索引

著者紹介

石川巧（いしかわ・たくみ）

1963年秋田県生まれ。1993年立教大学大学院文学研究科博士後期課程満期退学。

山口大学専任講師、同助教授、九州大学助教授を経て現在、立教大学文学部教授。

専門は日本近代文学、出版文化研究。

主な編著書に『高度経済成長期の文学』（ひつじ書房、2012年）、『幻の雑誌が語る戦争『月刊毎日』『国際女性』『新生活』『想苑』』（青土社、2018年）、『読む戯曲（レーゼ・ドラマ）の読み方―久保田万太郎の台詞・ト書き・間』（慶應義塾大学出版会、2022年）、『戦後出版文化史のなかのカストリ雑誌』（勉誠社、2024年）などがある。

鹿ヶ谷叢書005

群衆論
―近代文学が描く〈群れ〉と〈うごめき〉

2024年9月1日　印刷
2024年9月16日　発行
定価4,500円＋税

著　者　石川巧
発行者　山本捷馬
発行所　株式会社琥珀書房
京都市左京区田中東高原町34カルチャーハウス203
電話070（3844）0435

本文組版・装丁　クリエイティブ・コンセプト
装　画　香月泰男＜点呼＞
編集協力　石井真理（真文館）
印刷製本　モリモト印刷株式会社

ISBN 978-4-910993-56-0